Knaur.

Im Knaur Taschenbuch Verlag sind bereits
folgende Bücher von Anne Hertz erschienen:
Glückskekse
Wunderkerzen
Trostpflaster
Goldstück

Über die Autorin:
Anne Hertz ist das Pseudonym der Hamburger Autorinnen Frauke
Scheunemann und Wiebke Lorenz, die nicht nur gemeinsam schreiben,
sondern als Schwestern auch einen Großteil ihres Lebens miteinander
verbringen. Bevor Anne Hertz 2006 in Hamburg zur Welt kam, wurde
sie 1969 und 1972 in Düsseldorf geboren. Fünfzig Prozent von ihr stu-
dierten Jura, während die andere Hälfte sich der Anglistik widmete. Anschließend arbeiteten 100 Prozent als Journalistin. Anne Hertz hat im
Schnitt 1,5 Kinder und mindestens 0,5 Männer. Sie lebt in einem großen
Haus mit allen Menschen, die Ihr wichtig sind.
Mehr Informationen unter: www.anne-hertz.de

Anne Hertz

Sternschnuppen

Roman

Knaur Taschenbuch Verlag

Besuchen Sie uns im Internet:
www.knaur.de

Wenn Ihnen dieser Roman gefallen hat,
schreiben Sie uns mit dem Stichwort »Sternschnuppen« –
wir empfehlen Ihnen gerne ausgewählten Lesestoff für schöne
Schmökerstunden:
guteunterhaltung@droemer-knaur.de

Originalausgabe Oktober 2007
Copyright © 2007 by Knaur Taschenbuch.
Ein Unternehmen der Droemerschen Verlagsanstalt
Th. Knaur Nachf. GmbH & Co. KG, München
Alle Rechte vorbehalten. Das Werk darf – auch teilweise –
nur mit Genehmigung des Verlags wiedergegeben werden.
Umschlaggestaltung: Hilden Design, München
Umschlagabbildung: © AKIKO KAWANA / Getty Images
Satz: Adobe InDesign im Verlag
Druck und Bindung: CPI - Clausen & Bosse, Leck
Printed in Germany
ISBN 978-3-426-62978-9

7   9   10   8

Für Ursula von der Leyen –
und für Mary Poppins!

Leben ist das, was passiert,
während du gerade andere Pläne machst.
John Lennon

Prolog

Natürlich habe ich schon viele solche Geschichten gehört. In meinem Job wird man rund um die Uhr von irgendwelchen Leuten zugelabert. Meistens nicke ich dann nur freundlich und gebe mir Mühe, einen möglichst interessierten Eindruck zu machen – wobei ich in Wahrheit innerlich auf Durchzug schalte.

Besonders schlimm war es in der Zeit, als ich nach meiner Ausbildung den Job in einem großen Kölner Hotel bekam und die ersten Monate an der Bar arbeiten musste. Kaum zu glauben, mit welcher Hartnäckigkeit sich Gäste – vor allem einsame Geschäftsleute – am Tresen festkrallen können, um einem stundenlang und in epischer Breite ihre gesamte Lebensgeschichte auseinanderzusetzen. Ob man sie hören will oder nicht. Wie sie einmal mit bloßen Händen einen wild gewordenen Kampfhund gebändigt haben. Wie das damals war, als sie ihre Frau kennengelernt haben – und warum die Schlampe dann später mit ihrem besten Kumpel durchgebrannt ist und auch noch den Porsche mitgenommen hat. Wobei meist der Verlust des Porsches und des Kumpels wesentlich mehr zu schmerzen schien als das Entschwinden der Gattin. Und irgendwann, nach dem achten bis zehnten Gin Tonic, holen solche Typen dann immer die Fotos ihrer Kinder aus dem Portemonnaie und zeigen sie mit stolzgeschwellter Brust herum, als wären sie die einzigen Menschen auf der Welt, die zur Fortpflanzung fähig sind. Genau zu diesem Zeitpunkt kommt stets eine Ausführung über die dramatische Geburt des Sprösslings. Wie sie damals, drei Wochen vor Termin, mit ihrer Frau überstürzt ins Krankenhaus mussten, weil plötzlich die Wehen eingesetzt hatten. Im Taxi, bei Schnee und Regen, Orkanböen und Katastrophenwarnungen. Beinahe noch während der Fahrt, quasi auf der Rückbank des Wagens, ist das Kind schließlich zur Welt gekommen, nur mit Mühe und Not hat man es noch in den Kreißsaal geschafft, wo die Ärzte eigentlich nur die Nabelschnur durchtrennen mussten. Ein Wettlauf mit der Zeit, ein gnadenloser Kampf um Leben und Tod ...

Na ja, bisher habe ich dann immer gedacht, dass an solchen Geschichten wahrscheinlich nur eine einzige Sache stimmt: die Fahrt mit dem Taxi zum Krankenhaus. Gibt's doch in der heutigen Zeit und bei der modernen Medizin gar nicht mehr, so eine Geburt kann man schließlich richtig schön gemütlich planen. Genau so habe ich das gesehen. Bis vor ungefähr zwanzig Minuten jedenfalls. Seit neunzehn Minuten liege ich nämlich selbst auf der Rückbank eines Taxis. Und wenn der Fahrer nicht gleich aufhört, vor jeder dunkelgelben Ampel brav anzuhalten, stehen die Chancen gut, dass ich ihm für alle Zeiten die Sitze versaue.

Bevor ich ihn anbrüllen kann, dass er gefälligst aufs Gas drücken soll, wenn er nicht Augenzeuge einer blutigen Sturzgeburt werden will, fährt mir ein stechender Schmerz durch den Körper. Ich kann nur noch laut nach Luft schnappen und mich zusammenkrümmen.

»Vsjo horoschó, chto horoschó koncháetsya.«

Ach ja, als wäre meine Lage an sich nicht schon misslich genug, sitzt neben mir auf der Rückbank auch noch ein Kerl, der hektisch meinen Kopf tätschelt und dabei verständnisloses Zeug redet. Alexej heißt er, allerdings wird er lieber Sascha genannt. Als ich ihn vor einem guten halben Jahr kennenlernte, hätte ich mir nicht träumen lassen, dass ich ausgerechnet in seiner Gegenwart mein Leben aushauchen würde. Aber ich habe mir in meinem Leben so einiges nicht träumen lassen. Meine eigentlichen Pläne wurden vor nicht allzu langer Zeit durch diverse Widrigkeiten in Schutt und Asche gelegt. Da kommt es auf so eine Kleinigkeit wie die genauen Umstände meiner ersten Entbindung auch nicht mehr an.

»Vsjo horoschó, chto horoschó koncháetsya!«, ruft Sascha jetzt noch einmal beschwörend, nimmt meinen Kopf in beide Hände wie in eine Schraubpresse und beugt sich über mich. Seine grünen Augen mustern mich eindringlich, als wolle er per Hypnose die Geburt verzögern. »Vsjo horoschó, chto horoschó koncháetsya!«

»Was faselst du da eigentlich?«, bringe ich stoßweise mit letzter Kraft hervor.

»Ich mache Mut«, erklärt Sascha. »Ist ein Sprichwort aus Heimat, von meine Mama: Alles ist gut, was gut endet. Ich säähr zuversichtlich bin, dass wir schon schaffen.« Sein stark durchbrechender russischer Akzent straft ihn Lügen, denn eigentlich spricht Sascha ziemlich gut Deutsch. Er scheint also sehr nervös zu sein.

Trotz meiner Schmerzen bringe ich so etwas wie ein Lächeln zustande. »Ja, das schaffen wir schon«, erwidere ich mit dem Optimismus der Verzweifelten. Jetzt lächelt Sascha auch und streicht mir über den Kopf.

»Alles gut«, meint er wieder. »Ich bin da. Ich immer dableiben.«

Immer?

Ob das wirklich so gut ist?

Fünf Minuten später haben wir die Frauenklinik des Universitätskrankenhauses Eppendorf erreicht, und ich werde von zwei geübten Helfern auf ein rollbares Bett gewuchtet. Als wir den Eingang zum Kreißsaal erreichen, sehe ich ein bekanntes Gesicht – die Hebamme von der Voranmeldung! Sie begrüßt mich freundlich.

»Na, Frau Christiansen? Ich dachte, wir sehen uns erst in drei Wochen?«

»Dachte ich auch«, erwidere ich schlapp. »Aber offenbar hat's hier irgendwer etwas eiliger.«

»Versuchen Sie, sich zwischen den Wehen zu entspannen. Ich werde Sie gleich untersuchen.« Sie nickt dem Pfleger, der mittlerweile die Sanitäter abgelöst hat, zu. »Kreißsaal 3 ist frei, ich komme sofort hinterher.«

Sascha steht ein wenig unschlüssig herum und tritt von einem Bein aufs andere.

»Ich bin übrigens Hebamme Barbara«, stellt sie sich ihm vor. »Kommen Sie mit. Sie wollen doch bestimmt Ihre Frau bei der Geburt unterstützen.« Sofort nickt er erfreut und marschiert hinter meinem Bett her. Ich will das Missverständnis aufklären, aber die nächste Wehe trifft mich mit einer derartigen Wucht, dass ich nur noch aufstöhnen kann und mich ergebe in mein Schicksal füge.

Eigentlich wollte meine Schwester Merle bei der Geburt dabei sein, aber die war weder zu Hause noch auf dem Handy zu erreichen. Dann also Sascha statt Merle, ich werde mit ihr telefonieren, wenn ich das alles hier hinter mir habe. Was hoffentlich bald ist, denn noch so eine Wehe, und ich lasse mich freiwillig einschläfern.

»So, mal sehen …« Die Hebamme beginnt mit ihrer Untersuchung. »Hm, der Muttermund ist noch ziemlich fest, die Wehen waren wohl noch nicht so effektiv. Sind zwar schon in sehr kurzen Abständen, aber sie müssen noch stärker werden.« Bitte? Was sagt die dumme Kuh da? Hat die eine Ahnung, welche grauenhaften Schmerzen ich erlebe?

»Auf alle Fälle haben wir noch Zeit, ein CTG zu schreiben.«
Als sie Saschas Blick sieht, erklärt sie kurz: »Cardiotoko-gramm. Das ist ein Gerät, das die Wehen der Gebärenden und die Herztöne des Kindes aufzeichnet. Damit man immer weiß, wie es dem Baby geht.«

Ein CTG, auch das noch! Bei allen Vorsorgeuntersuchungen musste ich dafür zwanzig Minuten still liegen, das schaffe ich jetzt unter keinen Umständen. Außerdem sagt mir mein Gefühl, dass wir keineswegs noch so viel Zeit haben. Es wird mich garantiert gleich zerreißen – ich könnte wetten, dass ich noch in der nächsten halben Stunde Mutter werde.

Während mich die Hebamme verkabelt, greife ich unwillkürlich nach Saschas Hand. Sie ist weich und warm, und als er meinen Druck erwidert, fühle ich mich ein ganz kleines bisschen sicherer. »Ich bleibe da«, flüstert er und lächelt mich an. »Wir haben schon bald überstanden.«

Ich würde lachen, wenn ich nicht so große Schmerzen hätte. Wir? Ja, aber sicher doch!

Eine Viertelstunde später steht fest, dass ich recht damit behalte, dass es nicht mehr lange dauern kann. Allerdings anders, als gedacht. Die Hebamme guckt kurz auf die Aufzeichnung des CTG, dann holt sie einen Weißkittel, der sich uns als Dr. Meyer-Klose vorstellt. Auch er schaut sich das Blatt an, wendet sich dann zur Hebamme und nuschelt etwas von »pathologischem CTG«. Sie nickt, dann zieht sich Meyer-Klose einen Stuhl an mein Bett, setzt sich und fällt sein Urteil.

»Frau Christiansen, ich denke, wir werden jetzt einen Kaiserschnitt machen. Die kindlichen Herztöne sind nicht besonders gut, und eine natürliche Geburt wäre wahrscheinlich zu anstrengend. Ich würde auch lieber eine Vollnarkose machen, denn dann können wir schneller operieren, als wenn wir jetzt noch warten, bis die spinale sitzt.«

»Ich fürchte, ich verstehe Sie nicht ganz«, versuche ich so gefasst wie unter Wehen möglich herauszubringen.

»Bei einer spinalen, also einer Rückenmarksbetäubung, wären Sie während der Operation bei Bewusstsein. Die Vorbereitungszeit dafür dauert aber länger, und ich möchte den Kaiserschnitt jetzt so schnell wie möglich machen, damit die Herztöne nicht noch schlechter werden.«

Mir wird auf einmal ganz kalt, ich merke, dass Panik in mir hochkriecht. Sascha hält meine Hand jetzt ganz fest, und darüber bin ich wirklich verdammt froh.

»Worauf warten wir also?«, krächze ich matt.

»Keine Sorge, es geht gleich los. Das Team erwartet uns schon im OP.« Dr. Meyer-Klose strahlt mich über den Rand seiner genau genommen randlosen Brille an, und ich frage mich, ob er diesen Wird-schon-werden-Blick auf irgendeinem Kommunikationsseminar gelernt hat. Was für ein furchtbarer Tag!

Vor dem Operationssaal muss sich Sascha von mir verabschieden, er darf nicht mit hinein. »Viel Glück«, sagt er und streichelt meine Hand. »Ich warten hier, vor den Operationssaal.«

»Dem Operationssaal«, korrigiere ich ihn stöhnend. »Ich warte vor DEM Operationssaal.«

Sascha grinst mich nur an und tätschelt noch einmal meine Hand. »Ich weiß, du wirst schaffen. Du schon wieder bist ganz alte Svenja.« Ich werde weggerollt, bevor ich seinen Satz grammatisch umstellen kann. Die Tür schließt sich hinter mir, und Sascha winkt mir noch einmal durch die Verglasung zu.

Im OP ist es saukalt, und als ich mich umgucke, blicke ich in fünf grünvermummte Gesichter. Auweia! Jetzt wird's ernst.

»So, Frau Christiansen, ich bin Florian Müller und als Anästhesist zuständig für die Narkose«, begrüßt mich einer der Vermummten. »Entspannen Sie sich! Wenn Sie wieder aufwachen, sind Sie schon Mutter. Wollen mal kurz gucken«, er dreht sich zur Seite und studiert den Kalender, der an der Wand hängt. 13.04.2007. »Uih, Freitag der Dreizehnte – na, Sie sind ja hoffentlich nicht abergläubisch«, erkundigt er sich.

Und wenn – würde das etwas ändern? Ich kann jetzt wohl kaum einfach nach Hause gehen, *bin ich versucht zu sagen. Aber ich lasse es, und bevor ich mir noch weiter Gedanken darüber machen kann, ob der Operateur möglicherweise an böse Omen glaubt und deswegen zittrige Hände hat, geht bei mir das Licht aus … und ich träume. Träume davon, wie zum Teufel ich eigentlich hier gelandet bin. Von Carsten. Von dem letzten Abend, an dem ich ihn gesehen habe. Von Merle, Sascha, von den ungefähr tausend neuen Menschen, die mir in den vergangenen Wochen begegnet sind. Und von meinem ersten Tag im neuen Job. Gut sechs Monate liegt der jetzt zurück. Damals dachte ich, dass in meinem Leben nun alles richtig schön glatt verlaufen würde. So, wie ich es mir vorgenommen hatte. Tja. Dachte ich.*

1. Teil

1. Kapitel

H erzlich willkommen im Royal Fürstenberger! Ich hoffe, Sie hatten eine angenehme Anreise und werden in diesem Haus einen guten Start haben!« Peer Steinfeld schüttelt euphorisch meine Hand und zeigt dabei sein strahlend weißes Hollywood-Gebiss. Sieht ein bisschen aufgesetzt aus, aber vielleicht kann er ja nicht anders lächeln. Er ist groß und schlank, steckt in einem schwarzen Anzug, hat seine leicht graumelierten Haare ordentlich zurückgegelt und trägt eine Gucci-Brille. Ende vierzig schätze ich ihn, vielleicht auch schon kurz über fünfzig. In jedem Fall sieht er ganz genau so aus, wie man sich einen Hoteldirektor vorstellt.

»Vielen Dank, Herr Steinfeld, das hoffe ich auch«, erwidere ich höflich und strahle ihn ebenso breit an. Dann lasse ich meinen Blick durch die großzügige Lobby schweifen, in der er mich gerade in Empfang genommen hat.

Das Royal Fürstenberger ist Hamburgs erste Adresse, ein Grandhotel wie in alten Zeiten mit jeder Menge Prunk und Pomp. Direkt am Alsterufer gelegen, im Nobelstadtteil Pöseldorf, umgeben von herrschaftlichen Villen, teuren Restaurants und noch viel teureren Boutiquen. Zum Hotel gehört eine eigene Spielbank und ein kleiner Park, durch den die Gäste flanieren können. Das letzte Mal – von meinem Gespräch mit der Geschäftsleitung der Fürstenberger-Gruppe mal abgesehen – war ich vor zwanzig Jahren hier, als ich als Schülerin ein dreiwöchiges Praktikum gemacht habe. Schon damals dachte ich, dass es ein absoluter Traum sein müsste, einmal in diesem Hotel zu arbeiten. Und am nächsten Montag übernehme ich nun also ganz offiziell die Leitung des Luxustempels. Mit meinen nur sechsunddreißig Jahren verantworte ich dann eines der wichtigsten Fürstenberger-Hotels – ich könnte platzen vor Stolz!

»Dann will ich Sie mal in die Örtlichkeiten einweisen«, sagt Steinfeld und bedeutet mir, ihm zu folgen. Ich verzichte darauf, ihm zu erklären, dass ich das Hotel schon kenne; zum einen würde das besserwisserisch wirken, zum anderen ist mein Praktikum ja wirklich schon ein paar Jahre her.

Wir schlendern über den dicken, kostbaren Teppich, der das Geräusch jedes Schrittes aufzusaugen scheint. Hier und da nickt Peer Steinfeld einem Mitarbeiter zu, ich tue es ihm gleich und fühle mich wie die Queen von England, die durch das Meer ihrer Untertanen schreitet. Ich wünschte, Carsten könnte mich jetzt sehen! Aber leider musste ich ihn bis auf weiteres in München zurücklassen. Jedenfalls so lange, bis er einen neuen Job in Hamburg gefunden hat und mir hinterherziehen kann. Was hoffentlich bald sein wird …

Prompt wandern meine Gedanken zu Carsten ab, während ich brav hinter Herrn Steinfeld hertrotte. »Muss das denn unbedingt sein?«, meinte mein Freund, als ich ihm im Sommer erzählte, dass die Fürstenberg-Gruppe mich in die engere Wahl für den Direktorenposten des Hamburger Hauses in Betracht ziehen würde. Dr. Hubert Wiedemeyer, Deutschlandchef und mein persönlicher Mentor, hatte mir in einem Vieraugengespräch erklärt, dass meine Chancen in der Tat ausgezeichnet seien.

»Wenn ich die Stelle bekomme – ja, dann muss es sein«, lautete meine Antwort.

»Aber warum bieten sie dir nicht einfach die Leitung in München an? Hotel ist doch Hotel!«

»Zum einen hat das Münchener Fürstenberger erst seit einem Jahr einen neuen Direktor. Und außerdem ist das nun einmal so in dieser Branche. Wer aufsteigen will, muss die Stadt und oft sogar das Land wechseln.«

»Toll, und ich darf hinterherziehen!«, maulte er.

»Das haben wir mal so ausgemacht, erinnerst du dich? Beim nächsten Stellenwechsel bin *ich* dran, hast du damals gesagt. Schließlich habe ich vor acht Jahren für dich auf den Job in Singapur verzichtet.«

»Für *uns*«, korrigierte Carsten mich prompt. »Für uns hast du das getan. Und für die Familie, die wir gründen wollten.« In dem Moment, in dem er das sagte, tat es ihm offenbar schon wieder leid. »Entschuldige«, schob er schnell hinterher. »So war das nicht gemeint.«

»Doch, so war's gemeint«, erwiderte ich, wobei ich ihn aber gleichzeitig versöhnlich anlächelte. »Aber es hat nun einmal nicht geklappt mit Kindern, das ist nicht zu ändern.«

Nachdem sowohl Carsten als auch ich einige Jahre kreuz und quer durch die Welt gereist waren – er als Wirtschaftsprüfer, ich durch alle möglichen Hotels und alle möglichen Bereiche – und uns mehr oder weniger nur ein paar Tage im Monat sehen konnten, wollten wir endlich unser gemeinsames Leben beginnen. Also zogen wir zusammen nach München, wo Carsten bei einer großen Unternehmensberatung und ich im Royal Fürstenberger anfangen konnte. Ich war damals achtundzwanzig, Carsten fast dreißig – genau der richtige Zeitpunkt, um ein paar niedliche Kinder in die Welt zu setzen und für eine Weile Erziehungsurlaub zu nehmen.

Wir versuchten wirklich alles, ich rannte von einem Arzt zum nächsten, in die Kinderwunschklinik, zu diversen Heilpraktikern, aber ich wurde einfach nicht schwanger. Mit dreißig gab ich dann frustriert auf – und konzentrierte mich wieder voll und ganz auf meine Karriere. Wenn ich schon kein

Baby bekam, dann wollte ich diese Unabhängigkeit dazu nutzen, beruflich richtig durchzustarten. Mit Erfolg: Zuerst leitete ich den Empfang, wurde dann Reservierungschefin und unter dem neuen Direktor sogar Stellvertreterin – tja, und jetzt bin ich also hier. Natürlich auch dank Wiedemeyer, wie er mir gegenüber immer wieder betont. »Frau Christiansen«, teilte er mir in unserem letzten Gespräch gewichtig mit. »Ich habe mich sehr für Sie eingesetzt. Sie sind nun die erste weibliche Direktorin in einem deutschen Fürstenberger. Enttäuschen Sie mich nicht!«

»Keine Sorge«, hatte ich erwidert. »Das habe ich nicht vor. Sie werden sehen, dass Sie in mir genau die richtige Frau für den Job gefunden haben.« Mittlerweile hat Carsten sich auch an den Gedanken gewöhnt und schon jede Menge Bewerbungen in Hamburg laufen. Müsste wirklich mit dem Teufel zugehen, wenn sich da nicht bald etwas ergeben würde.

»Am Sonntag«, unterbricht Peer Steinfeld meine Gedanken, »lernen Sie dann die gesamte Belegschaft kennen. Wir haben eine kleine Nachmittagsveranstaltung geplant.«

»Sehr schön.«

»Immerhin haben wir gut hundert Mitarbeiter, die Aushilfen nicht mit eingerechnet.« Er bleibt kurz stehen und mustert mich intensiv. »Es ist ein großes Haus, Frau Christiansen, aber ich denke, das werden Sie schon schaffen.«

»Das denke ich auch«, erwidere ich mit einem strahlenden Lächeln, obwohl in seinem Ton ein Hauch von »Na, mal sehen, ob die das wuppt!« mitschwingt. Typisch Kerl, kann sich nicht vorstellen, dass eine Frau seine würdige Nachfolgerin sein kann. Aber dem werde ich es schon noch zeigen! Das heißt, ihm persönlich wohl eher nicht, nächste Woche macht Steinfeld sich nach Hongkong davon, wo er die Leitung des dortigen Royal Fürstenberger übernehmen wird. Bis Montag

soll er mich kurz mit den Mitarbeitern und den wichtigsten
Abläufen vertraut machen, eine Aufgabe, die er offenbar gern
übernimmt, denn jetzt erklärt er mir mit großspuriger Geste:
»Dort drüben ist die Rezeption.«

»*Ach was, so sieht eine Rezeption also aus?*«, liegt mir auf
der Zunge, aber im Job habe ich mir angewöhnt, meine spon-
tane Seite zu unterdrücken. Als jüngere Frau muss man ge-
legentlich darauf pochen, wirklich ernst genommen zu werden, da ist die Rolle des Klassenclowns nicht eben hilfreich.
Also sage ich nichts und folge Peer Steinfeld weiter. Ich blicke
an die Decke und bewundere den riesigen Kristallleuchter,
der direkt über uns baumelt. Mein Vorgänger bemerkt meinen Blick. »Wir haben eine Reinigungsfirma, die sich einmal im Monat um die Kronleuchter kümmert. Ansonsten
wird hier natürlich täglich gesaugt und geputzt, aber ich
habe Ihnen bereits ein Mappe zusammengestellt, in der alles
steht.«

»Sehr gut«, bedanke ich mich. Dann nicke ich den zwei Damen zu, die hinter der Rezeption stehen und uns mit unverhohlener Neugierde mustern. Beide tragen die Hotel-Livree,
ein schmal geschnittenes, nachtblaues Kostüm mit goldenen
Reversknöpfen. Als Direktorin werde ich diese Uniform
glücklicherweise nicht tragen müssen, ich fühle mich in so
etwas immer irgendwie verkleidet. Ein schlichter, grauer
Hosenanzug, wie ich ihn heute Morgen angezogen habe, die
langen blonden Haare ordentlich hochgesteckt – eben ganz
business woman.

»Meine Damen«, ruft Peer Steinfeld den zwei Frauen zu, als
er mit mir vor der Rezeption stehen bleibt. »Darf ich vorstellen: Das ist Svenja Christiansen, meine Nachfolgerin.«

»Angenehm«, sage ich und schüttele der Frau links hinterm
Tresen die Hand.

»Birgit Krumbach«, stellt sie sich vor und lächelt mich freundlich an.

»Und ich bin Petra Hauser«, meint die andere und reicht mir ebenfalls eine Hand.

»Freut mich sehr.« Die üblichen Floskeln, davon werde ich in den nächsten Tagen und Wochen vermutlich noch einige vom Stapel lassen. Erfahrungsgemäß dauert es etwa drei bis sechs Monate, bis man sich in einem neuen Hotel einigermaßen eingewöhnt hat und mit den Kollegen etwas wärmer geworden ist. Und bis man sich die meisten Namen merken kann, wobei die Angestellten hier praktischerweise Namensschilder tragen. Trotzdem versuche ich schon jetzt, mir die Gesichter von Birgit Krumbach und Petra Hauser einzuprägen. Macht sich immer ganz gut, wenn man das so schnell wie möglich draufhat.

»Wir veranstalten am Sonntag einen kleinen Welcome-Treff für Frau Christiansen«, teilt Steinfeld nun auch den beiden Rezeptionistinnen mit, »von 16.00 bis 18.00 Uhr im Weißen Saal. Da können Sie sich dann alle ausgiebig …«, er kichert, »beschnuppern.«

Ich habe zwar nicht die geringste Ahnung, was daran jetzt so witzig ist, aber ich nicke einfach mal zustimmend.

»Wollen wir dann weiter?«, fragt Steinfeld.

»Gern«, erwidere ich. »Könnte ich nur vorher kurz einmal entschwinden?« Ich deute auf das Schild, das Richtung Damentoilette weist. Irgendwie bin ich in den letzten Tagen so aufgeregt und nervös, dass ich ziemlich häufig auf die Toilette muss. Hoffentlich ist es wirklich nur die Nervosität, eine Blasenentzündung könnte ich gerade nicht gebrauchen.

»Selbstverständlich.«

Ich verschwinde kurz und stehe fünf Minuten später wieder neben Herrn Steinfeld. »Also, weiter geht's.« Ich folge ihm, vorbei an Bar, Restaurant und den hoteleigenen Boutiquen, weiter durch die drei großen Ballsäle, von denen der größte bis zu vierhundert Personen fasst. Dann zeigt er mir die verschiedenen Konferenzräume und diverse dunkle Abstellkammern. Als Nächstes geht's durch die Hotelküche, die Parkgarage und den Wellnessbereich mit Schwimmbad, Sauna, Dampfbädern und Beauty-Spa, wo ich mich schon wieder kurz entschuldigen muss, um auf die Toilette zu gehen. Das ist mir zwar etwas unangenehm, aber lieber soll Peer Steinfeld glauben, ich hätte eine Sextanerblase, als dass ich mir noch in die Hosen pinkele.

Anschließend erkunden wir die verschiedenen Gästezimmer. Mit jedem Stockwerk, das wir erklimmen, wird die Einrichtung prunkvoller, bis wir schließlich in der großen Alster-Suite landen. Hundertzwanzig Quadratmeter Luxus pur, zwei Schlafzimmer, ein riesiges Bad mit Whirlpool, Flachbildschirm mit Dolby-Surround-Anlage, ein antiker Sekretär im Louis-XV-Stil und so weiter und so fort. Dazu eine kleine Dachterrasse, von der aus man die gesamte Alster überblicken kann.

»Hier kann man es sich ja wirklich gutgehen lassen«, meine ich anerkennend.

»Für einen Preis von tausendfünfhundert Euro pro Nacht darf man das wohl auch erwarten«, stellt Peer Steinfeld belehrend fest. »Diese Suite ist selbstverständlich unseren besten Kunden vorbehalten. Botschafter und Öl-Milliardäre, Hollywoodschauspieler und hohe Politiker.«

»Das wundert mich aber. Ich hätte gedacht, diese Suite wäre genau das Richtige für Krethi und Plethi aus Paderborn.«
Hupps – habe ich das jetzt wirklich gesagt? Oder habe ich es nur gedacht? Ein Blick auf Steinfeld zeigt mir, dass ich diesen Gedanken anscheinend wirklich laut ausgesprochen habe! Etwas brüskiert rückt er seine Brille zurecht. Komisch, was ist

bloß momentan mit mir los? Normalerweise habe ich mich sehr im Griff, auch wenn ich privat gerne Sprüche klopfe.

»Frau Christiansen«, beginnt Steinfeld prompt eine kleine Strafpredigt, »ich schätze eine fröhliche, lockere Art.« Sein Ton lässt erahnen, dass er mit fröhlich-locker nicht das Geringste am Hut hat. »Und ich halte die Entscheidung von Dr. Hubert Wiedemeyer und der Geschäftsleitung, dieses Haus einer Frau anzuvertrauen, vom Grundsatz her auch nicht für verkehrt.«

Vom Grundsatz her? Ich muss kurz darüber nachdenken, ob ich das für eine Unverschämtheit halte, aber Herr Steinfeld spricht schon weiter.

»Seit über zehn Jahren, Frau Christiansen, leite ich dieses Haus. Und ich kann mit Stolz behaupten, dass ich es zu dem gemacht habe, was es ist. Ich würde es sehr begrüßen, wenn dies auch so bleiben würde. Ihre, nun … kindische Bemerkung ist da völlig fehl am Platze, wir sind ein Haus mit langer Tradition.« Er wirft mir einen weiteren strengen Blick zu.

So, das kann ich allerdings besser, Herr Steinfeld! Wenn der meint, er könnte mich hier als kleines Mädchen abwatschen, dann hat er sich getäuscht!

»Herr Steinfeld«, erwidere ich betont gelassen, »es tut mir leid, wenn meine kleine Randbemerkung Sie derart aus der Fassung gebracht hat, aber ich war schon immer der Ansicht …«

»Aus der Fassung?«, hakt er sofort nach und nimmt Anlauf für eine weitere Predigt.

»Lassen Sie mich ausreden!« Ich funkele ihn, wie ich hoffe, autoritär an. Der soll nicht noch einmal wagen, ein Revier abzupinkeln, das ganz eindeutig nicht mehr seins ist. Ab sofort bin *ich* hier die Chefin, jawoll! »Ich bin mir durchaus bewusst, wofür das Royal Fürstenberger steht. Wenn das jemand beurteilen kann, dann ich, denn ich habe hier schon vor zwanzig Jahren zum ersten Mal gearbeitet.« Nun rutscht mir das mit dem Praktikum doch raus, aber egal.

»Vor zwanzig Jahren?«

»So ist es. Und ich habe hart dafür gearbeitet, um eines Tages ein Haus wie dieses leiten zu dürfen.«

»Das habe ich ja auch nicht bestreiten wollen«, macht Steinfeld den lahmen Versuch, mich zu beruhigen. Ist ihm wohl etwas unheimlich, sich von einer Frau mal richtig eine zu fangen.

»Ich habe«, fahre ich unbeirrt fort, »mein in langen Jahren aufgebautes Netzwerk und meinen Lebensgefährten in München zurückgelassen, um diese Chance wahrzunehmen. Also werfen Sie mir nicht vor, ich würde den Job nicht ernst nehmen.«

»Das wollte ich doch gar nicht, ich …«

»Dann verstehen wir uns ja: schön!«, schneide ich ihm das Wort ab. »Und jetzt wäre ich Ihnen dankbar, wenn Sie die Führung fortsetzen würden.«

»Natürlich.« Die Art und Weise, wie er mich auf einmal ansieht, zeigt mir, dass mir mein kleiner Vortrag offenbar ein wenig Respekt eingebracht hat. Mit eiligen Schritten geht er zur Tür der Suite, öffnet sie und lässt mir galant den Vortritt hinaus in den Flur. Na bitte, geht doch. Ein I-a-Auftritt – wäre da nicht die unschöne Tatsache, dass ich draußen im Flur schon wieder nach einer Damentoilette Ausschau halten muss.

»Verzeihen Sie die indiskrete Frage«, meint Peer Steinfeld, als ich zum nunmehr dritten Mal innerhalb einer Stunde von der Toilette zurückkehre, »aber geht es Ihnen nicht gut?«

»Doch.« Ich lächele ihn selbstbewusst an. »Mir geht es bestens.«

»Äh, ja … gut.« Er geht nicht weiter darauf ein. Was hätte ich auch anderes antworten sollen? *Tut mir leid, aber ich bin inkontinent, und meine Tena-Lady sitzt nicht richtig?* Trotzdem beschließe ich, mir später in der Apotheke einen Blasentee zu besorgen. Sicher ist sicher. Zumal sich nun auch noch ein unangenehmes Ziepen im Unterleib dazugesellt.

Nach einem fünfminütigen Fußmarsch erreichen wir den hintersten Teil des Hotels. Was um Himmels willen will er mir hier zeigen? Die Hausmeisterwohnung?

Damit liege ich gar nicht so verkehrt: »Und hier«, erklärt Steinfeld, während er eine Tür am Ende dieses Ganges aufschließt und mir danach den Schlüssel in die Hand drückt, »werden Sie bis auf weiteres wohnen. Das Appartement ist für den jeweiligen Direktor, ich hoffe, es wird Ihnen gefallen.« Ach ja, natürlich. Meine Dienstwohnung. Ich trete ein und sehe mich um. Nicht ganz so schick wie der Rest des Hotels, aber auch nicht schlecht. Ein Schlaf-, ein Gäste- und ein Wohnzimmer, Kitchenette, Bad und dazu sogar noch ein Extraraum, in dem nur ein Schreibtisch steht. Die Wohnung ist zwar geschmackvoll möbliert, ansonsten aber leer.

»Sie wohnen nicht hier?«, will ich wissen. Herr Steinfeld nickt.

»Ich habe das Appartement nur im ersten halben Jahr genutzt. Dann bin ich mit meiner Familie in ein eigenes Haus gezogen, ab da habe ich es nicht mehr gebraucht.«

»Ja, so ähnlich werden wir es auch machen. Mein Lebensgefährte orientiert sich gerade Richtung Hamburg. Sobald er eine Stelle gefunden hat, werden wir uns auch nach einer eigenen Wohnung umsehen.«

»Dann drücke ich Ihrem Partner natürlich die Daumen, dass es möglichst schnell klappt. Arbeitet er auch in der Hotelbranche?«

»Nein, er ist Wirtschaftsprüfer in einer Unternehmensberatung. So gesehen ist es fast egal, wo er wohnt – Hauptsache, es
gibt einen Flughafen in der Nähe.« Wir lachen beide dieses
typisch wissende Lachen, mit dem sich zwei Alphatiere signa-
lisieren, dass sie einer eingeschworenen Gemeinschaft ange-
hören. Ich mag das nicht besonders. Aber es gehört zum Spiel
dazu.

»Wissen Sie schon, wann Ihre Sachen im Hotel ankommen
werden?«, wird Steinfeld dann schnell wieder geschäftsmä-
ßig.

»Montag. Ich telefoniere nachher noch einmal mit der Spe-
dition. Es sind aber nur fünf Kartons, die wichtigsten Dinge
sind in zwei Koffern, die ich noch bei meiner Schwester depo-
niert habe. Sie wohnt auch in Hamburg.«

»Wenn Sie möchten, kann ich die Koffer abholen lassen«,
bietet Steinfeld an.

»Das ist nett, aber wahrscheinlich nicht nötig. Ich melde
mich andernfalls.« Ich sehe mich noch einmal in der Wohnung um. Auf der Anrichte neben dem Bett steht eine Vase
mit einem großen Willkommensblumenstrauß.

»Möchten Sie sich noch das Bad genauer angucken?« Peer
Steinfeld grinst, und ich frage mich, ob das nun ein freund-
schaftlicher Witz oder eine gezielte Gemeinheit sein sollte.
Bei dem weiß man nie, also lehne ich dankend ab.

»Nicht nötig, wir können weiter.«

»Gut«, meint Peer Steinfeld. »Dann bringe ich Sie jetzt in
Ihr Büro, wo Sie auch Ihren Stellvertreter Georg Trautwein
kennenlernen.« Wir haben den Fahrstuhl noch nicht ganz erreicht, als es mir schon leidtut, seinem Angebot nicht nachge-
kommen zu sein. *Halt durch, Svenja,* mache ich mir selbst
Mut, *ewig kann das hier ja nicht mehr dauern.*

»Frau Christiansen! Da sind Sie ja endlich!« Georg Trautwein kommt auf mich zugestürzt, als sei ich die verloren geglaubte Tochter. Mit einer stürmischen Bewegung ergreift er meine Hand und schüttelt sie, als wolle er überprüfen, ob sie auch wirklich fest am Arm sitzt. Huch, was ist denn in den gefahren?

»Äh, ja, freut mich auch.« Ich betrachte ihn und stelle fest, dass wir etwa im gleichen Alter sind, vielleicht ist er zwei, drei Jahre älter. Wie Peer Steinfeld hat auch Georg Trautwein seine blonden Haare zurück in den Nacken gegelt, sogar die gleiche Gucci-Brille und einen ziemlich ähnlichen Anzug trägt er. Sieht aus wie ein Steinfeld-Klon in jünger.

»Das ist also Ihr Stellvertreter, Frau Christiansen«, erklärt Peer Steinfeld. »Außerdem ist Herr Trautwein für die Leitung des Verkaufs zuständig.«

»Na ja«, Georg Trautwein winkt bescheiden ab, »ich sehe mich in erster Linie als rechte Hand des Direktors. Verzeihung«, verbessert er sich dann, »der Direktorin.«

Der haut ja mächtig auf die Tonne, denke ich, *da muss ich glatt aufpassen, auf seiner Schleimspur nicht auszurutschen.* Aus den Augenwinkeln bemerke ich den missbilligenden Blick, den Steinfeld Georg Trautwein zuwirft. Die zwei scheinen also nicht gerade Freunde zu sein.

Nach einem kurzen Wortgeplänkel mit Georg Trautwein und der gegenseitigen Versicherung, wie sehr wir uns auf die kommende Zusammenarbeit freuen, zeigt Peer Steinfeld mir noch kurz mein neues Büro neben dem meines Stellvertreters.

Als wir das Vorzimmer zu meinem Büro betreten, fällt mein Blick auf eine hübsche junge Frau, die mit geschlossenen Augen in ihrem Bürostuhl lehnt. Die Füße hat sie auf den Schreibtisch gelegt, dabei gurrt sie ins Telefon: »Nur ein halbes Stündchen für deine süße Brina!«

»Hm, hm«, räuspert Peer Steinfeld sich, woraufhin die junge Frau die Augen öffnet. Erschrocken starrt sie mich und den Direktor an, dann legt sie ohne ein weiteres Wort den Hörer auf und schnellt aus ihrem Stuhl. Sie läuft fast so rot an wie der große Stein auf dem Anhänger ihrer auffälligen Kette, die um ihren Hals baumelt.

»Herr Steinfeld«, stammelt sie, »ich … äh … ich …«

»Frau Christiansen«, sagt Peer Steinfeld, ohne auf das Gestotter einzugehen, »das ist Sabrina Hoppe, Ihre persönliche Assistentin.«

Ich lächle sie so freundlich wie möglich an, damit sie weiß, dass ich ihren Auftritt überhaupt nicht schlimm finde. »Freut mich sehr, Frau Hoppe.« Ich schüttle ihre Hand.

»Frau Hoppe kümmert sich um Ihre Termine, erledigt die Korrespondenz, eben alles, was anliegt.«

»Das eben«, setzt Sabrina Hoppe nun wieder entschuldigend an, »tut mir leid … ich, ich wusste nicht …«

»Schon gut«, beruhige ich sie. »Sie haben doch nur telefoniert.« Dann zwinkere ich ihr zu, woraufhin sie endlich auch einmal lächelt. Eigentlich geht so etwas natürlich gar nicht, aber ich will hier nicht gleich am ersten Tag den Superboss raushängen lassen. Dafür ist Steinfeld noch zuständig, bis zu meinem wirklichen Antritt kann ich noch ein bisschen *Good-Guy-Bad-Guy* spielen. »Ich freue mich schon auf unsere Zusammenarbeit.«

Sie lächelt mich an. »Ich mich auch.« Wieder fällt mein Blick auf ihre außergewöhnliche Kette.

»Ein schönes Stück«, stelle ich fest.

»Danke«, sagt sie etwas verlegen. »Die habe ich selbst gemacht, in meiner Freizeit entwerfe ich Aztekenschmuck.«

»Sieht wirklich toll aus.«

»Gut«, werde ich von Steinfeld unterbrochen, dem das

Gespräch anscheinend zu feminin wird. »Dann gehen wir am besten jetzt in Ihr Büro.« Er öffnet die große Glastür, die das Vorzimmer von meinem Reich trennt. In der Mitte des Raums steht ein eindrucksvoller, antiker Schreibtisch, der fast vollständig von diversen Papieren und einem Computer verdeckt wird. Ein riesiger Ledersessel steht dahinter, an den Wänden hängen Bilder mit maritimen Motiven, in den Regalen herrscht ein wenig Aktenchaos.

»Ich bin noch nicht ganz fertig mit dem Aufräumen«, entschuldigt Peer Steinfeld sich. »Aber bis Sonntag habe ich alles sortiert und für Sie vorbereitet.« Er lässt seinen Blick durch den Raum schweifen, und ich meine, einen etwas wehleidigen Gesichtsausdruck zu bemerken.

»Fällt nicht ganz leicht, nach so langer Zeit, oder?«, sage ich mitfühlend.

»Na ja«, gibt Peer Steinfeld zu, »ich habe zehn Jahre lang für dieses Hotel gelebt, Tag und Nacht.« Dann lächelt er. »Aber Hongkong ist natürlich eine echte Herausforderung, auf die ich mich sehr freue.«

»Ich werde alles tun, um Ihnen eine gute Nachfolgerin zu sein.«

Steinfeld sinniert noch einen Moment vor sich hin, dann strafft er seine Schultern und sieht mich – diesmal tatsächlich richtig freundlich – an. »Das glaube ich Ihnen, Frau Christiansen.«

2. Kapitel

markus.giese@fuerstenberger-hamburg.de
An: Alle Abteilungen
Betreff: Email-Account neue Direktorin
Datum: 29.09.2006, 15.25 Uhr

Ich habe soeben den Email-Account unserer neuen Direktorin eingerichtet und freigeschaltet. Sie erreichen Frau Christiansen im globalen Adressbuch ab sofort unter svenja.christiansen@fuerstenberger-hamburg.de
Kollegiale Grüße
Markus Giese
Technischer Leiter

georg.trautwein@fuerstenberger-hamburg.de
An: Alle Abteilungen
Betreff: Re: Email-Account neue Direktorin
Datum: 29.09.2006, 15.32 Uhr

Hallo, lieber Markus,
ich habe sie übrigens gerade kennengelernt, unsere neue Direktorin. Ich muss sagen – oh, là, là! Schnittiges Teil. Überaus blond und überaus gut aussehend, was unseren Reservierungsleiter Lutz freuen und unsere Hausdame Maja nervös machen dürfte … Auf der Homepage vom Fürstenberger München ist ein Foto von ihr. Bin mal auf deine Meinung gespannt! ☺
Grüße

Georg Trautwein
Stellvertretender Direktor & Verkaufsleiter

markus.giese@fuerstenberger-hamburg.de
An: Georg Trautwein
Betreff: Re: Re: Email-Account neue Direktorin
Datum: 29.09.2006, 15.37 Uhr

Hey Georg,
ich sag's nicht gern, aber du bist echt eine Flasche! Wenn du
bei einer Rundmail auf »Antwort« klickst, wählst du automatisch »Antwort an alle«. Deine schwärmerischen Zeilen
hat jetzt also jeder Mitarbeiter inklusive unseres Herrn Direktors im Postfach. Und da die Christiansen schon bei uns im
Verteiler ist, hast du die Mail auch an sie rausgeschickt, du
Trottel. Aber keine Sorge: Bezüglich der Christiansen konnte
ich dich retten, hab ihren Account noch einmal lahmgelegt
und schalte ihn gleich wieder frei. Bei Steinfeld musst du
dich allerdings selbst rauslavieren ... Also pass in Zukunft
auf, wem du was mailst. Jetzt schuldest du mir was!
Markus Giese
Technischer Leiter

peer.steinfeld@fuerstenberger-hamburg.de
An: Georg Trautwein
Betreff: Re: Re: Email-Account neue Direktorin
Datum: 29.09.2006, 15.54 Uhr

Herr Trautwein,
überschreiten Sie bitte nicht schon wieder Ihre Kompe-
tenzen! Was sollen solche Rundschreiben? Im Übrigen ver-
bitte ich mir derart despektierliche Bemerkungen über Ihre

künftige Vorgesetzte. Reißen Sie sich zusammen, konzentrieren Sie sich auf Ihre Arbeit und machen Sie ansonsten ein freundliches Gesicht – mehr wird von Ihnen nicht verlangt, und das dürften doch selbst Sie hinbekommen, oder?
Peer Steinfeld
Direktor

lutz.stroemel@fuerstenberger-hamburg.de

An: Georg Trautwein
Betreff: Re: Re: Email-Account neue Direktorin
Datum: 29.09.2006, 15.59 Uhr

Georg,
wie ich sehe, hast du nichts zu tun, anders kann ich mir nicht erklären, warum du uns mit deinem belanglosen Krempel nervst. Kümmere dich lieber darum, dass du deine Wochenend-Sonderpakete mit Musicalbesuch und Dampferfahrt verscherbelt kriegst, die Christiansen wird bestimmt nicht begeistert sein, wenn sie sieht, dass wir im Moment nur eine Zimmerbelegung von 60 Prozent haben.
Außerdem kannst du dir mal zwei Sachen merken: Ich bin nicht Reservierungsleiter, sondern Revenue-Manager. Und lass die blöden Witzchen mit Maja, ich hab schon ewig nichts mehr mit der!
Lutz Strömel
Revenue-Manager

maja.friedrichs@fuerstenberger-hamburg.de

An: Georg Trautwein
Betreff: Re: Re: Email-Account neue Direktorin
Datum: 29.09.2006, 16.00 Uhr

Haha, wie lustig! Lutz und ich haben unsere Differenzen längst bereinigt und führen wieder eine sehr harmonische und liebevolle Beziehung, da kannst du noch so bescheuerte Bemerkungen machen. Übrigens finde ich überhaupt nicht, dass die Christiansen auf dem Foto sonderlich blond aussieht.

Maja Friedrichs
Leiterin Housekeeping

sabrina.hoppe@fuerstenberger-hamburg.de

An: Georg Trautwein

Betreff: Re: Re: Email-Account neue Direktorin

Datum: 29.09.2006, 16.51 Uhr

Also, ich habe sie auch schon kennengelernt und finde, sie macht einen netten Eindruck.

Sabrina Hoppe
Assistentin der Direktion

»Ein Hoch auf die neue Hoteldirektorin!« Meine Schwester Merle empfängt mich mit zwei Gläsern Sekt direkt an ihrer Haustür. Ich nehme eins davon und proste ihr zu.

»Vielen Dank!«

»Und? Wie ist es gelaufen?«

»Ziemlich gut, die Belegschaft scheint sehr nett und bemüht zu sein, also jedenfalls die Mitarbeiter, die ich schon getroffen habe.« Ich nehme einen Schluck und folge Merle ins Wohnzimmer. »Sonntag veranstaltet der scheidende Direktor sogar einen kleinen Empfang für mich, da werde ich dann dem Rest der Mannschaft vorgestellt«, erzähle ich weiter, als wir auf dem großen, bequemen Rattansofa Platz genommen haben.

»Ist bestimmt komisch, so viele Leute auf einen Haufen kennenzulernen«, meint Merle. »Ein bisschen wie der erste Schultag in einer neuen Klasse.«

»Stimmt«, gebe ich zu, »aber das kenne ich ja schon. Hab ja einige Umzüge und Jobwechsel hinter mir.« Merle schenkt uns noch einmal nach. »Danke übrigens, dass ihr mir noch die Koffer vorbeigebracht habt. Ich habe mich in meiner Hotelwohnung zwar noch nicht eingerichtet, aber jetzt ist immerhin schon mal meine Zahnbürste da, wo sie hingehört.«

»Gern geschehen«, erwidert meine Schwester. »Ich war neugierig, wie deine neue Schaffensstätte aussieht. Bisher kannte ich sie nur von außen, aber jetzt habe ich wenigstens schon mal kurz in die Lobby geschnuppert.«

»Schon imposant, oder?«

Merle zuckt mit den Schultern. »Sicher. Aber irgendwie auch … na ja, ich kann mir nicht vorstellen, dass man sich in so einem Kasten auf Dauer heimisch fühlen kann.«

»Von Dauer spricht ja auch niemand«, erkläre ich ihr. »Sobald Carsten einen neuen Job hat, suchen wir uns so schnell wie möglich was Eigenes. Bin schließlich auch nicht scharf drauf, dass meine Mitarbeiter mich in allen Lebenslagen zu Gesicht bekommen.«

»Du kannst immer noch bei uns wohnen«, bietet Merle an und klopft mit der flachen Hand auf das Sitzpolster des Sofas. »Das Ding hier ist saubequem.« Ich muss lachen.

»Nee, danke«, lehne ich ab. »Noch weniger scharf bin ich darauf, *euch* in allen Lebenslagen zu Gesicht zu bekommen.«

Merle zieht einen Schmollmund. »So schlimm sind wir auch nicht, in der Regel geht's bei uns recht harmonisch zu.«

»War doch nicht so gemeint.« Ich lege meiner kleinen Schwester einen Arm um die Schulter. »Aber die nächsten Wochen werden echt stressig, da muss ich bestimmt oft bis spät in die Nacht arbeiten oder frühmorgens raus. Ich denke, für euer Familienleben wäre es nicht sonderlich entspannend, wenn hier jemand zu den unmöglichsten Zeiten durch die Wohnung stolpert.«

Merle seufzt. »Trotzdem ist es wirklich schön, dass du endlich wieder in Hamburg bist. Ich erwarte, dass du mindestens ein paar Jahre bleibst!«

»Das habe ich auch vor«, versichere ich. »Carsten und ich haben sogar schon darüber gesprochen, ob es sich lohnt, wenn wir uns hier oben eine Eigentumswohnung kaufen.«

»Wirklich? Das wäre ja toll! Im Falkenried-Gelände sind gerade ein paar Neubauten zu haben«, schlägt sie begeistert vor. »Die sollen ganz schick sein und liegen sehr zentral, wir können ja mal …«

»Nicht ganz so eilig«, bremse ich sie in ihrer Euphorie. »Jetzt müssen wir uns erst einmal sortieren.« Lächelnd betrachte ich meine kleine Schwester, wie sie da so aufgekratzt und fröhlich neben mir auf dem Sofa sitzt. Ja, sie hat mir auch gefehlt, über viele Jahre habe ich sie nur in sehr unregelmäßigen Abständen gesehen. Und jetzt gerade freue ich mich total, bei ihr zu sein, einfach wieder ein Stück Familie zu haben. Im Hotelgewerbe schließt man zwar sehr schnell Freundschaften – und auch Feindschaften –, aber sie bleiben letzten Endes immer bis zu einem gewissen Grad an der Oberfläche, weil in dieser Branche ein ständiges Kommen und Gehen herrscht. Und Blut ist eben doch dicker als Wasser. Merle scheint es jedenfalls genauso zu gehen, was vielleicht auch daran liegt, dass unsere Eltern vor fünf Jahren nach Teneriffa ausgewandert sind, um dort ihren sonnigen Ruhestand zu genießen. So richtig haben wir jetzt nur noch uns, denn wir haben, ich durch meinen Job, Merle durch die Kinder, keine Zeit, permanent auf die Kanaren zu jetten.

»Was guckst du denn so nachdenklich?«, will meine Schwester wissen.

»Ach nichts«, erwidere ich und mache eine wegwerfende Handbewegung. »Nur ein kleiner Anflug von Sentimentalität. Ich bin einfach richtig froh, hier zu sein.«

»Dann lass uns das endlich gebührend feiern«, meint Merle und prostet mir ein weiteres Mal zu.

»Gern. Aber vorher muss ich kurz Carsten anrufen. Den habe ich den ganzen Tag noch nicht erwischt.«

Mehr Glück habe ich diesmal allerdings auch nicht, weder im Büro noch zu Hause ist er zu erreichen und auf seinem Handy läuft nur die Mailbox. Also gehe ich rüber zu Merle – natürlich nicht, ohne vorher meinen obligatorischen Besuch auf der Toilette absolviert zu haben –, die unser Lager mittlerweile in die Küche verlegt hat, wo sie gerade eine neue Flasche aus dem Kühlschrank holt. Mit einem weiteren Glas Sekt mache ich es mir auf einem der Barhocker am Küchentresen gemütlich.

»Na, was sagt Carsten?«, will Merle wissen.

»Leider nichts, ich habe ihn immer noch nicht erwischt. Weiß der Himmel, wo der steckt.«

»Er sucht sich also schon einen Job hier oben«, nimmt meine Schwester den Faden von vorhin wieder auf, »und ihr plant eventuell einen Wohnungskauf. Dann hat Carsten es offensichtlich verdaut, dass ihr euch in Hamburg ansiedelt.«

Ich zucke mit den Schultern. »Ich denke schon«, meine ich. »Immerhin hat er jede Menge Bewerbungen rausgeschickt.«

»Ist ja nicht einfach, heutzutage was zu finden«, gibt Merle zu bedenken. Ich schüttle energisch den Kopf.

»Also, wenn der mit seinem Lebenslauf nichts Vernünftiges findet – das würde mich doch sehr wundern.«

»Ich drück euch jedenfalls die Daumen. Und jetzt erzähl doch noch mal in Ruhe, wie es heute war.«

Ich berichte von meinem Rundgang, von Steinfeld, Trautwein und meiner ersten eigenen Sekretärin Sabrina Hoppe – und ende lachend mit der Schilderung meiner nervösen Reizblase. »Ich glaube, Steinfeld hat sich schon gefragt, ob ich heimlich auf dem Klo kokse, so seltsam hat er mich angeguckt.«

»Kauf dir doch mal einen Blasentee oder geh zum Arzt«, kommt es nun prompt von Merle. »Oder am besten beides.« Sie klingt wie eine besorgte Oma. Ich muss unwillkürlich lächeln, denn eigentlich habe ich mich früher immer um meine drei Jahre jüngere Schwester gekümmert, nicht umgekehrt. Bevor Merle Sebastian geheiratet hat, war sie ein ziemlich verrücktes Huhn und hat unseren Eltern zahlreiche schlaflose Nächte beschert. Die Kerle gaben sich bei ihr die Klinke in die Hand, während ich immer eher die Brave war. Schließlich habe ich meinen Traummann Carsten bereits im letzten Schuljahr kennengelernt – da war es gar nicht nötig, ständig auf die Piste zu gehen. Tja, und jetzt geht Merle in ihrer Mutterrolle mit ihren zwei Töchtern vollkommen auf, vorbei sind die wilden Zeiten. Aber sie scheint damit sehr glücklich zu sein, zumindest wirkt sie immer äußerst ausgeglichen.

Schon verrückt, wenn ich so darüber nachdenke. Früher war ich felsenfest davon überzeugt gewesen, dass ich die Erste von uns beiden sein würde, die heiratet und Kinder bekommt. So kann man sich täuschen.

»In Ordnung«, antworte ich auf ihren Vorschlag, »ich verspreche, wenn es morgen nicht besser wird, gehe ich in die

Apotheke … und kaufe mir mindestens drei schurwollene Unterhosen.«

Merle lacht und verprustet dabei einen Gutteil ihres Sekts. »Okay, ich gebe zu, ich klinge wie eine Glucke. Aber so ist das eben, wenn man kleine Kinder hat.«

»Apropos kleine Kinder«, wende ich ein. »Schlafen meine Nichten schon? Ich wollte ihnen eigentlich noch gute Nacht sagen.« Lea und Finja sind zwei richtig niedliche Racker. Vielleicht ein bisschen so, wie Merle und ich früher waren. Wobei ich mich nicht mehr wirklich daran erinnern kann, wie wir mit drei und fünf Jahren waren. Aber ich schätze mal, so ähnlich.

Anfangs ist es mir nicht leichtgefallen, zu akzeptieren, dass Merle Kinder bekommen hat und ich nicht. Aber mittlerweile sind die beiden Mädchen meine absoluten Lieblinge. Und das Beste an den beiden ist, dass sie mich für die tollste Tante der Welt halten. Diese Tante bringt ihnen nämlich in regelmäßigen Abständen genau die rosafarbenen Plüsch-Einhörner und singenden Barbiepuppen mit, die ihre Mutter aus pädagogischen Erwägungen niemals kaufen würde.

»Die sind zum Glück schon eingeschlafen«, beantwortet Merle meine Frage. »Aber du kannst die Mädchen ja morgen sehen.« Sie wirft einen Blick auf die Uhr. »Gleich acht, da müsste Sebastian eigentlich jeden Moment kommen. Sobald er da ist, können wir los.« Merle hat mir schon gestern erzählt, dass sie darauf besteht, dass wir heute zur Feier des Tages auf den Kiez gehen und den Stätten unserer Jugend noch mal die Ehre erweisen. Das heißt, genau genommen Merles Stätten ihrer Jugend, ich war ja mehr das Modell Stubenhocker. Ihren Mann Sebastian hat Merle zum Babysitten verdonnert. Da er aber sowieso keine Lust hat, mit zwei kichernden Frauen über die Reeperbahn zu eiern, ist es für ihn wohl nicht weiter tragisch. Ich bin zwar immer noch keine ausgeprägte Pistengängerin, aber heute freue ich mich richtig darauf, mit meiner Schwester um die Häuser zu ziehen.

»Hallo Mädels!« Kaum hat Merle den Satz beendet, guckt schon Sebastians brauner Wuschelkopf hinter der Küchentür hervor. »Na, bereit für die Party?«

Ich stehe auf und gebe meinem Schwager ein Begrüßungsküsschen. »Ja, von uns aus kann's losgehen.«

»Wo wollt ihr denn hin?«, fragt Sebastian.

»Wieso, willst du uns einen Aufpasser hinterherschicken?« Merle grinst ihn an.

»Klaro, am liebsten zwei. Ich weiß ja, was passiert, wenn meine Frau auf die Rolle geht«, gibt Sebastian zurück. »Nein, im Ernst, reine Neugier. Ein alter Knacker wie ich will eben wissen, was bei den jungen Dingern so angesagt ist.«

Ich muss lachen: Verglichen mit dem durchschnittlichen Besucher der angesagten Szenebars auf dem Kiez sind Merle und ich bestenfalls Omas, wahrscheinlich eher Uromas.

»Da hast du Pech, mein Alter«, Merle streicht Sebastian durch die Haare, »unsere Pläne für heute Abend sind absolut geheim.«

42

3. Kapitel

Und du bist sicher, dass wir hier viel Spaß haben werden?«
Skeptisch beäuge ich den Eingang der Kneipe, in die
Merle mich schleppen will. Sieht aus wie eine heruntergekommene Spelunke. Die Scheiben sind so dreckig, dass man
kaum durchgucken kann, und der Putz der Außenfassade blättert auch schon ab. Und dann der Name: *Bangkok Bar*. Klingt
für mich eher nach Sextourismus als nach einem lustigen
Freitagabend.

»Ach, Mensch, du warst echt zu lange in München. Langsam wirst du richtig Schickimicki. Die *Bangkok Bar* ist momentan *der* Renner auf dem Kiez, total angesagt. Wirst du
schon sehen«, versucht Merle, mich zu überzeugen.

»Na hör mal, München ist überhaupt nicht Schickimicki.
Und nur, weil da nicht überall der Müll rumfliegt, muss es
nicht gleich langweiliger sein als Hamburg«, verteidige ich
meine alte Wahlheimat, sehe aber schon an Merles Gesichtsausdruck, dass das sinnlos ist. Sie würde Hamburg niemals
länger als vier Wochen am Stück verlassen. Eingefleischte
Hanseatin eben.

Während wir noch über Schickimicki-oder-nicht frotzeln,
schwingt plötzlich die Tür der *Bangkok Bar* auf, und ein Trupp
angetrunkener Typen fällt uns lachend entgegen. Einer trägt
ein bemaltes Shirt und hat dazu noch eine Art Bauchladen
umgeschnallt. Ein Junggesellenabschied also.

»Hallo, Ladys«, spricht er uns lallend an. »Ein paar Kondome gefällig? Ich mach euch auch einen super Preis. Ein Euro
pro Stück. Ach, was sage ich? Fünfzig Cent!« Bei den letzten Worten verliert er sein Gleichgewicht und fällt mir

schwankend um den Hals. »Hoppala!«, murmelt er und versucht, sich wieder von mir loszumachen. »Ui – 'tschuldigung!«

Seine Fahne haut mich fast um, ich winde mich schnell aus seiner Umarmung. Puh, das riecht ja entsetzlich. Normalerweise bin ich da nicht so empfindlich, aber das ist mir eindeutig zu viel, der muss eine ganze Schnapsbatterie leer gesoffen haben.

Mittlerweile haben die Jungs ihren Kumpel wieder eingefangen, aufgestellt und versuchen nun, Merle in ein Verkaufsgespräch zu verwickeln. Die scheint sich blendend zu amüsieren, allerdings hat sie im *Freudenhaus*, wo wir unseren Kieztrip gestartet haben, auch schon drei Viertel Chardonnay zum Essen getrunken. Ich bin hingegen noch relativ nüchtern, irgendwie ist Alkohol heute nicht so meins. Allerdings: Wenn sich der Abend so weiterentwickelt, werde ich das dringend ändern müssen. Nüchtern ist das nicht zu ertragen!

»Hm, was meinst du«, fragt meine Schwester, »was besser schmeckt? Erdbeere oder Banane?« Merle legt die Stirn in Falten, als denke sie ernsthaft über diese Frage nach.

»Also, meine Verlobte mag Banane lieber«, bemüht sich der Hobbyverkäufer um eine fachmännische Beratung. Vielen Dank, so genau will ich es gar nicht wissen.

Merle leider schon: »Echt? Na ja, Banane passt doch auch irgendwie gut.« Beide brechen in hysterisches Gelächter aus. So, das reicht jetzt. Sanft ziehe ich Merle am Ärmel.

»Komm, mir wird langsam kalt, lass uns mal reingehen.«

»Mann, die waren doch lustig! Was hast du es denn auf einmal so eilig?« Merle blickt mich vorwurfsvoll über den Rand ihrer Bierflasche an, nachdem wir uns an einen der vielen freien Tische gesetzt haben.

»Also, meine Sorte Humor ist das offen gestanden nicht. Aber vielleicht finde ich das nach dem nächsten Bier auch komischer.«

Merle verzieht den Mund, sagt aber nichts. Auf ihrer Stirn steht allerdings so etwas wie *langweilige Spießer-Schwester* geschrieben. Egal, mit dem Vorwurf kann ich leben.

»So«, sage ich und blicke mich im Barraum um, der langsam etwas voller wird, »und jetzt erklär mir doch mal, warum du nun gerade in diese Kaschemme wolltest? Ich kann hier beim besten Willen nichts Spektakuläres erkennen. Für mich sieht's eher ein bisschen runtergekommen aus.« Und das ist noch untertrieben. Das Licht in dem verwinkelten Raum ist schummrig, weil die Hälfte der Deckenlampen kaputt zu sein scheint. Die Tische sind aus braunem Resopal, und irgendjemand hat anscheinend versucht, das traurige Ambiente mit ein paar zerfledderten Lampions und Girlanden aufzuwerten. Erfolglos, so viel steht mal fest.

»Warte ab – und vertrau mir. Siehst du die Bühne da in der Ecke?« Ich drehe mich um. Tatsächlich, schräg gegenüber der Bar befindet sich ein provisorisch aus Sperrholz zusammengezimmertes Podest. »Ab zehn, also in einer Viertelstunde, wird hier die ultimative Karaoke-Show starten. Wahnsinnig lustig, echt saukomisch!«

Na großartig. Karaoke. Genau mein Fall.

»Ich dachte, so was sei schon wieder völlig out«, werfe ich ein.

»Ja, diese nachgemachten Amateur-Karaokes in irgendwelchen Dorfdiskos. Aber hier ist das anders: Hier singen wirkliche Könner, da sind die paar betrunkenen Deppen zwischendurch erst recht zum Schreien. Und der DJ, der die ganze Sache hier managet, hat sogar schon in Tokio aufgelegt. Also, ich war zwar erst einmal hier, aber da hatte ich einen der besten Abende meines Lebens.«

45

Oha! Das will bei Merle allerdings etwas heißen. Ich bin gespannt.

Tatsächlich kommt bis zehn Bewegung in die Bar. Durch die Tür strömen noch einmal gefühlte fünfzig Leute, alle offensichtlich bestens gelaunt. Das Schummerlicht wird ersetzt durch etwas, was beinahe den Namen Lightshow rechtfertigen würde – verschiedenfarbige Blitze schießen durch den Raum, der sich auf einmal zu drehen scheint. Dann erscheint auf dem Podest ein zierlicher junger Mann mit einem Mikrofon.

»Hello and welcome to Bangkok Bar. I'm Tom and I will be your host tonight. So whichever song you want to perform, just let me know. Enjoy!« Aha, Tom, unser Gastgeber. Offensichtlich der Tokio-DJ. Dem Äußeren nach zu urteilen stammt er selbst aus Thailand. Schon drängelt sich ein kleiner Pulk Singwilliger vor ihm und drückt ihm kleine Zettel in die Hand.

»Was machen die da?«, will ich von Merle wissen.

»Auf jedem Tisch gibt es ein Songbook, siehst du?« Stimmt, da liegt tatsächlich etwas, das ich bisher für die Speisekarte gehalten habe. »In dem Buch sind alle Lieder, die Tom auf seiner Karaoke-Maschine hat, mit Nummern verzeichnet. Du suchst dir aus, welches Lied du singen möchtest, schreibst die Nummer auf einen der kleinen Zettel, die neben den Bierdeckeln liegen, und gibst ihn Tom. Tja, und meist bist du dann innerhalb der nächsten zehn Minuten dran. Der Text erscheint auf der Leinwand gegenüber der Bühne, damit du dein Publikum auch schön ansingen kannst. Ganz einfach.«

Ich blättere in dem Buch. Von George Michael über die Black Eyed Peas bis zu Metallica scheint so ziemlich alles drin zu stehen, was Rang und Namen hat.

»Na, was willst du singen?« Neugierig lugt Merle über meine Schulter.

»Natürlich gar nichts – ich wollte nur mal schauen, was uns hier so erwartet. Zwei Stunden Wildecker Herzbuben könnte ich nämlich nicht ertragen.«

»Och bitte, du musst auch singen! Sonst bringt das doch keinen Spaß.«

»Sagtest du nicht etwas von ›hier singen die Profis‹? Du hast mich anscheinend noch nie singen hören. Damit kriegen wir die *Bangkok Bar* schneller leer als mit einem Feueralarm.«

Merle grinst. »Stimmt, das war immer nicht so dolle. Aber ich will auf alle Fälle singen.« Kein Wunder, meine Schwester ist tatsächlich ein kleines Goldkehlchen und hat auch einen gewissen Hang zur Selbstdarstellung. Da kommt ihr so eine Gelegenheit natürlich gerade recht. Ich seufze und gebe ihr das Songbook. Sie blättert kurz, dann tippt sie auf eine Seite.

»Hier, Nummer A34, Elton John, *Your Song*. Was meinst du?«

»Spielt es eine Rolle, was ich meine?«

»Klar, warum nicht? Klingt bestimmt schön.« Begeistert kritzelt Merle die Zahl auf den Zettel. Mittlerweile hat der erste Freiwillige die Bühne erklommen, und auf der Leinwand wird der Titel eingeblendet. *Sing Hallelujah*. Na dann.

Drei Lieder und fünfzehn extrem lange Minuten später bin ich sehr froh, dass mit Merle nun endlich jemand ans Mikro gelassen wird, der wirklich singen kann. Denn bisher hat sich von den vielbeschworenen Profis noch keiner blicken lassen, und ich bekomme langsam Ohrensausen. Wie grausam – die Leute müssen doch merken, dass sie immer einen Viertelton drunter- oder drüberliegen! Brrr, ich muss mich wohl wirklich betrinken, um den Abend heil zu überstehen.

It's a little bit funny this feeling inside
I'm not one of those who can easily hide
I don't have much money but boy if I did
I'd buy a big house where we both could live

Merle beginnt zu trällern, und schlagartig wird es in der Bar ruhiger. Sie hat wirklich eine wunderschöne Stimme und etwas, das Dieter Bohlen beim Recall wahrscheinlich mit *Mann, du knallst voll rein!* bezeichnen würde. Klasse! Ich merke, dass ich gerade ziemlich stolz auf meine kleine Schwester bin.

If I was a sculptor, but then again, no
Or a man who makes potions in a travelling show
I know it's not much but it's the best I can do
My gift is my song and this one 's for you

Bei den letzten Worten dreht sie sich zu mir und kommt mir von der Bühne ein paar Schritte entgegen, um meine Hand zu nehmen. Ich bin ganz gerührt.

And you can tell everybody this is your song

Ich bin ja eigentlich eher unsentimental veranlagt, aber jetzt merke ich, dass mir auf einmal Tränen in die Augen schießen. Was ist bloß los mit mir? Ich bin so gerührt, dass ich auf der Stelle in hemmungsloses Schluchzen ausbrechen könnte. Gott sei Dank lässt Merle meine Hand wieder los und schlendert zurück Richtung Bühne.

It may be quite simple but now that it's done
I hope you don't mind
I hope you don't mind that I put down in words
How wonderful life is while you're in the world.

Die letzten Takte verklingen, Merle gibt Tom das Mikrofon zurück. Puh, dass war knapp. Verstohlen schniefe ich in ein Taschentuch. Gut, dass mich hier niemand kennt! Merle genießt die allgemeine Aufmerksamkeit sichtlich, sie badet in dem tosenden Applaus, der nach ihrem Auftritt aufbrandet.

»Na, wie war ich?«, fragt sie, als sie strahlend an den Tisch zurückkommt.

»Sensationell, Süße. Der bisherige Höhepunkt des Abends. Obwohl das auch nicht sonderlich schwer war.«

Merle streckt mir die Zunge raus. »Ätsch, sing doch selbst.« Doch dann mustert sie mich plötzlich besorgt. »Sag mal, geht's dir nicht gut?«

»Doch, bestens. Warum?«

»Du siehst irgendwie so mitgenommen aus.«

»Ich bin nur ein bisschen müde, außerdem habe ich was ins Auge bekommen.«

»Wenn es dir partout nicht gefällt, können wir auch woandershin gehen. Heute scheinen wirklich überwiegend Amateure hier zu sein.«

Während ich gerade entgegnen will, dass ich tatsächlich noch nie so viele Menschen auf einem Haufen gesehen habe, die überhaupt nicht singen können, tut sich auf der Bühne wieder etwas. Die Auferstehung von Elvis. Zumindest stimmlich. Gänsehaut, sofort!

On a cold and gray Chicago mornin'
A poor little baby child is born
In the Ghetto

Mein absolutes Lieblingslied: *In the Ghetto!* Und offenbar vom King selbst gesungen. Denn anders ist kaum zu erklären, warum ich auf einmal das Gefühl habe, von der runtergerockerten *Bangkok Bar* direkt nach Vegas gebeamt worden zu sein. Merle scheint es ähnlich zu gehen, ihre Lippen formen ein *WOW*, und sie fliegt geradezu herum Richtung Bühne.

Dort steht allerdings nicht Elvis persönlich, sondern ein Typ, der irgendwie an Jake Gyllenhall in Kombination mit Heath Ledger in schwarzhaarig erinnert, also quasi die Brokeback-Mountain-Mischung. Ungefähr Ende zwanzig, Anfang dreißig. Dazu hat er unglaublich grüne Augen, wie ich sogar von meinem Sitzplatz aus erkennen kann. Die einzige

Übereinstimmung mit Elvis ist die schwarze Haarlocke, die durch etwas zu viel Haarlack wie festgetackert an der Stirn klebt. Natürlich sieht er sehr gut aus, aber auch irgendwie … witzig. »Der hat ja eine irre Stimme!« Merle ist völlig beeindruckt. Dann wendet sie sich triumphierend zu mir um. »Siehst du, ich hab dir doch gesagt, dass hier die Könner auftreten.«

»Von *die* Könner sind wir noch weit entfernt, außer dir sehe ich hier bisher nur einen. Aber ich muss zugeben, dass dieser Junge wirklich was draufhat. Ich dachte erst, der King wäre zu uns herabgestiegen!«

»Ja, der ist echt toll.«

»Hast du den schon mal gesehen?«

Merle schüttelt den Kopf, kneift aber gleichzeitig angestrengt die Augen zusammen. »Nö, hier war der damals nicht, das hätte ich nicht vergessen.« Ich werfe einen Blick auf das mittlerweile dritte Bier, das Merle sich geholt hat. Ich selbst würde jedenfalls bei den Mengen, die sie sich heute reinschüttet, vermutlich so einiges vergessen. Nicht zuletzt meinen eigenen Namen. Aber Merle schüttelt wieder den Kopf. »Nee, das wüsste ich noch, so eine Stimme vergisst man nicht. Aber ist wirklich ein toller Typ.«

Da hat sie recht. Wie er da so auf der Bühne steht und selbstbewusst den Elvis gibt – das hat schon was.

Viel schneller, als mir lieb ist, findet das Lied ein Ende. Offensichtlich ist Elvis mit seinem Fanclub hier aufgetaucht, jedenfalls hat sich eine Gruppe kreischender Pseudogroupies vor der Bühne versammelt und ermöglicht dem King ein Bad in der Menge. Er verteilt Küsschen und schüttelt Hände, anscheinend hat er auch das Gefühl, in Las Vegas zu sein. Er macht noch eine tiefe Verbeugung, gibt Tom das Mikro zurück und springt mit einem eleganten Satz von der Bühne.

Und dann steuert er geradewegs auf unseren Tisch zu und setzt sich unter den neidischen Blicken seiner Entourage neben Merle und mich! Ohne zu fragen, ohne irgendwas, als wäre es das Normalste der Welt. Wirklich, der Mann ist sehr selbstbewusst.

Und ich mehr als nur ein bisschen irritiert.

»Ladys«, begrüßt er uns mit tiefer Stimme und legt in besitzergreifender Manier seine Hände auf jeweils eine unserer Stuhllehnen. Auweia! »Ich freue mich, heute Abend so hübsche und begabte Frauen in Publikum zu sehen.«

Uh, wie platt. Der Junge sollte sich aufs Singen beschränken. Was für ein dämlicher Spruch. Allerdings schwingt ein leichter, sehr interessant klingender Akzent mit. Französisch? Portugiesisch?

»*Im*«, korrigiere ich ihn aus einem Reflex heraus. »Es heißt IM Publikum zu sehen, nicht in.«

»Ich bin Alexej«, sagt er und geht auf meine Bemerkung nicht weiter ein, als sei sein Name Erklärung genug. Dann streckt er Merle eine Hand entgegen, die diese sofort begeistert ergreift und schüttelt. »Meine Freunde sagen Sascha«, fährt er dann fort. Aha, also offensichtlich ein Russe. »Als ich dich habe singen hören, dachte ich, wir müssen unbedingt machen zusammen Duett«, schmachtet er Merle an.

So eine lahme Anmache. Damit kann er doch höchstens beim Seniorentanz im Altersheim punkten. Bevor ich noch erklären kann, dass es außerdem richtig »ein Duett zusammen machen« heißt, fällt Merle mir schon ins Wort.

»Super Idee – hast du an was Bestimmtes gedacht?« Meine Schwester strahlt über das ganze Gesicht. Ich bin fassungslos.

»Wie wär's denn mit *Something Stupid*?«, schlägt er vor. *Oder ›Someone Stupid‹*, würde es mir fast entfahren, aber ich halte lieber den Mund. Hier sind ganz eindeutig zwei

Künstler unter sich. Dass ich direkt danebensitze, scheint keinen von beiden sonderlich zu interessieren, ich bin mit einem Schlag Luft geworden.

»Gute Idee«, meint Merle, »aber schön finde ich auch *Up where we belong.*« Die beiden stecken ihre Köpfe ins Songbook, ich meinen in die Getränkekarte.

»Ich bestell mir noch was«, sage ich und will Richtung Tresen.

»Oh, bringst du mir einen Gin Tonic mit?«, bittet Merle, bevor sie mit ihrem neuen Seelenverwandten und mindestens drei Zetteln in Richtung Tom steuert. Ich habe das untrügliche Gefühl, dass das hier ein sehr langer Abend werden wird.

Zwei Stunden später haben Sascha und Merle mindestens achtzig Prozent des Songbook-Repertoires zum Vortrag gebracht und fast alle Amateure so eingeschüchtert, dass sich nur noch die ganz betrunkenen auf die Bühne trauen. Ich habe zumindest einen leichten Schwips, aber das ist nichts, verglichen mit der Schräglage, in der sich Merle mittlerweile befindet. Gut, wer die Cocktailkarte einmal rauf und runter trinkt, muss einfach mit Ausfallerscheinungen rechnen. Man kennt das ja. Singen kann sie allerdings auch jetzt noch, selbst wenn hier und da ein paar Text- und Artikulationsschwierigkeiten zu bemängeln sind. Zwischendurch muss sie sich ein Auge zuhalten, um noch lesen zu können, was auf der Leinwand steht.

Endlich macht Tom eine kleine Pause, und ich nutze die Gelegenheit, Merle ein bisschen Mineralwasser einzuflößen. Sascha haben wir in der Zwischenzeit offenbar adoptiert, er weicht nicht mehr von unserer Seite.

Da Merle mit einer geregelten Konversation in ihrem

Zustand überfordert wäre, übe ich artig Smalltalk mit unserem neuen Freund. Meine Schwester hat derweil ihren Kopf gegen die Wand gelehnt und hält ein kleines Kurznickerchen.

»Wo kommst du eigentlich her?«, will ich wissen.

»Moskau. Aber wir haben deutsche Babuschka, die immer deutsch mit uns hat gesprochen.« Die liebe Oma also, wie rührend!

»Das hört man«, mache ich ihm ein Kompliment. »Beziehungsweise, man hört eigentlich fast gar keinen Akzent. Finde ich immer toll, wenn Menschen zweisprachig aufwachsen.« Sascha gähnt. Okay, Bildungsthemen sind seine Sache nicht.

»Und was machst du normalerweise so?«

»Ich bin Sänger – aber du hast wahrscheinlich schon gemerkt.«

»Ja, zumindest habe ich so etwas vermutet. Wo singst du denn? In einem Musical?«

»Große Gott!« Sascha macht eine dramatische Handbewegung. »Da man wird verheizt. Ich habe eigene Band, wir treten auf bei High Class Events. Presseball, Sportball, du verstehst?«

»Ball des Sports«, verbessere ich ihn.

»Richtig«, sagt er nun, »Ball von dem Sport.«

Na gut, lassen wir das. Der Herr ist also wichtig. Fragt sich nur, warum er dann in der *Bangkok Bar* rumhängt und kleine Mädchen beeindruckt.

»Toll!«, gebe ich mich trotzdem interessiert. »Wie heißt die Band denn?«

»*Total Spirits*. Du hast wahrscheinlich schon gehört, oder?«

»Äh, nicht wirklich«, muss ich zugeben. »Aber ich bin auch gerade erst von München hierhergezogen, und da habe ich … also, da kenne ich mich noch nicht so mit der Szene aus.«

Jetzt schnauft Sascha entrüstet. »Wir sind überall bekannt.«

»Ich, äh, bin mehr so für Klassik«, versuche ich, die Situation zu retten.

»Sagst du mal«, meint Sascha nun und nimmt das Songbook in die Hand. »Ich habe schon viel gesungen mit deiner Schwester. Jetzt will ich singen mit dir.«

»O nein!«, wehre ich mit erhobenen Händen ab. »Ich kann im Gegensatz zu meiner Schwester leider überhaupt nicht singen.«

»Macht doch nichts«, meint Sascha, »ist doch nur für Spaß.«

»Nein«, wiederhole ich, »das ist wirklich nichts für mich.«

»Komm schon, das wird ganz schön.«

»Bestimmt nicht«, meine ich grinsend. »Das wird höchstens ganz schrecklich.«

»Aber ist egal«, lässt Sascha nicht locker. »Ist nur Bangkok Bar.« Mit diesen Worten will er mich am Ärmel von meinem Stuhl hochziehen.

»Nein!«, entfährt es mir eine Spur energischer, als ich will. Sascha hält in seiner Bewegung überrascht inne. »Weißt du«, versuche ich ihm zu erklären, »ich mache nur Dinge, in denen ich gut bin.«

Für einen Moment scheint Sascha sprachlos, er guckt mich aus großen Augen an und lässt sich wieder auf seinen Sitz plumpsen. »Aber das sehr schade«, stellt er gedehnt fest. »Dann du verpasst viel von Leben.«

»*Vom* Leben«, erkläre ich. »Das heißt natürlich, nein, ich verpasse gar nicht viel vom Leben, mir gefällt es genau so, wie es ist.«

Bevor Sascha etwas darauf erwidern kann, werden wir von einem gurgelnden Geräusch unterbrochen. Offenbar ist Merle wieder aufgewacht, und ihr wird gerade richtig schlecht. Sie sitzt jetzt vornübergebeugt auf ihrem Stuhl, lässt den Kopf hängen und wird von seltsamen Krämpfen geschüttelt. Ach du Scheiße! Schnell Richtung Damentoilette! Sascha scheint genau das Gleiche zu denken wie ich, jedenfalls hakt er sich bei Merle unter – und gemeinsam schaffen wir es gerade noch rechtzeitig mit ihr in den Waschraum. Mit vereinten Kräften hieven wir Merle über die Toilette, wobei Sascha ihr, ganz Gentleman, die Haare aus dem Gesicht hält.

Zumindest ist der Russe kein Weichei, das muss ich ihm lassen. Anstatt sich nach Merles, nennen wir es einmal *eruptiver Selbsttherapie* ganz schnell zu verpieseln, holt er ein Handtuch von der Bar, macht es nass und tupft damit das Gesicht meiner Schwester ab. Die sitzt inzwischen auf einem Hocker vorm Klo und ist immer noch ganz grün im Gesicht. Sascha guckt besorgt.

»Oh, das tut mir leid. Hab ich nicht mitgekriegt, dass Merle hat getrunken so viel. Soll ich euch nach Hause bringen?«

»Danke, echt ein nettes Angebot. Aber ich glaube, ich suche uns mal ein Taxi.«

»Das kannst du vergessen. Ich glaube nicht, dass jemand sie in diese Zustand mitnimmt. Sieht aus ganz schön fertig. Und niemand will sich lassen die Sitze voll – na, du weißt schon.«

Ich betrachte Merle, die wirklich ein Häufchen Elend ist. Vielleicht hat Sascha recht. Genau genommen riecht Merle auch ein bisschen streng.

»Na gut, wahrscheinlich hast du recht. Wo steht denn dein Auto?«

»Direkt hinter Bar.«

Gemeinsam schleppen wir Merle die Treppen vom Waschraum hoch und tragen sie zum Hinterausgang. Dafür, dass sie eigentlich recht klein und zierlich ist, scheint sie plötzlich eine Tonne zu wiegen. Auf dem Parkplatz angekommen, zückt Sascha seinen Autoschlüssel und drückt auf die Fernbedienung. Mir entfährt ein anerkennendes Pfeifen, denn der Wagen, der uns freudestrahlend anblinkt, ist eine regelrechte Bonzenschleuder: ein silbergrauer Mercedes CLS. Ich gebe es ungern zu, aber jetzt bin ich doch ein bisschen beeindruckt. Durch meinen Job kenne ich mich mit den Luxuslimousinen unserer Gäste ein wenig aus, und dieses Gefährt hat gut und gerne achtzigtausend Euro gekostet. Scheint so, als seien *Total Spirits* doch ganz erfolgreich, auch, wenn ich noch nie etwas von ihnen gehört habe. Aber das heißt in meinem Fall ja auch nichts.

Sascha scheint meine Gedanken zu lesen. »Ich bin ganz gut in Geschäft.«

»Ja, das ist wirklich offensichtlich.«

Sascha wuchtet Merle wie einen nassen Sack auf die Rückbank seines Luxusschlittens. Ich klettere zu ihr und streichle über ihre Wange. Sie ist zwar selbst schuld, aber jetzt tut sie mir doch irgendwie leid. Und um den morgigen Tag beneide ich sie echt nicht, der wird bestimmt furchtbar.

»So, wo darf ich Damen hinbringen?«

»Zuerst nach Eimsbüttel, in die Ottersbekallee. Kennst du die?«

»Ich nicht, aber Navi«, kommt es eine Spur zu lässig vom Fahrersitz. Egal, Hauptsache, wir sind schnell da. Merle hat in der Zwischenzeit angefangen, stöhnende Laute von sich zu geben. Oder sollten wir sie doch lieber gleich ins Krankenhaus schaffen, damit man ihr dort den Magen auspumpt? Wie kann eine Ehefrau und zweifache Mutter nur so unvernünftig sein?

Nach zirka zehn Minuten und einer scharfen Rechtskurve passiert das Unvermeidliche: Merle macht einen glucksenden

Laut – und übergibt sich, ehe ich es verhindern oder die Tür aufreißen kann, auf die schönen sandfarbenen Ledersitze. Scheiße!

Sascha rastet allerdings nicht wie erwartet aus, sondern wirft nur einen kurzen Blick in den Rückspiegel. Dann seufzt er etwas, das sich wie »*Mauska*« oder so anhört, und steuert mit stoischer Ruhe die nächste Tanke an.

»*Zhizn prozhit – ne pole perejti*«, sagt er und öffnet die Fahrertür.

»Hä?«

»Das Leben ist kein Zuckerschlecken. Altes russisches Sprichwort. Moment, bin gleich wieder da.« Mit diesen Worten verschwindet er Richtung Tankstellen-Shop.

Zwei Sekunden später muss ich auch schnell aussteigen, denn der Geruch geht gerade dermaßen auf die Nase, dass ich schon fürchte, aus Solidarität gleich mitspucken zu müssen. Draußen lehne ich am Auto und atme die frische Nachtluft tief ein. O Mann, was für ein Desaster.

Mit Eimer und Schwamm bewaffnet steht Sascha ein paar Minuten später neben mir und beseitigt dann heldenhaft den Großteil des Malheurs. Merle liegt mittlerweile zusammengesunken im Fußraum. Wie erkläre ich ihren Zustand eigentlich Sebastian?

Wie sich zeigt, brauche ich das gar nicht. Als wir kurze Zeit später endlich in der Ottersbekallee ankommen, wuchten Sascha und ich Merle ins Hochparterre, die letzten Meter kommt uns Sebastian schon entgegen und nimmt uns seine unpässliche Gattin ab.

»Ach du Sch…«, stellt er mit einem Blick auf seine Frau fest. »Da hat meine Kleine wohl ordentlich gefeiert. Tja, wehe, wenn sie losgelassen. Hätte ich mir eigentlich denken können, nur gut, dass sie dich dabeihatte.« Dann sieht er Sascha an. »Und wer sind Sie?«

Hm, klingt in Anbetracht der Tatsache, dass Sascha so heldenhaft geholfen hat, etwas sehr unfreundlich.

»Oh, kam ich zufällig und habe Hilfe angeboten«, erklärt Sascha.

»So«, meint Sebastian gedehnt, »na, das ist nett. Ein Gentleman. Also, vielen Dank.«

»Keine Problem«, meint Sascha. Dann wendet er sich an mich. »Wohnst du hier oder soll ich dich fahren woanders?«

»Ich wohne im Hotel, aber jetzt kann ich mir ein Taxi nehmen.«

»Nix«, wehrt Sascha ab. »Ich fahr dich.« Na gut, warum eigentlich nicht? Ich verabschiede mich noch kurz von Sebastian, der nun alle Hände voll mit der Krankenpflege zu tun hat, folge Sascha wieder zum Wagen und klettere auf den Beifahrersitz.

»Ich muss ins Royal Fürstenberger an der Alster.«

Diesmal pfeift Sascha anerkennend. »Schönes Hotel. Wochenendreise nach Hamburg?«

»Nee«, erwidere ich. »Ich arbeite da. Ab Montag.«

»Oh, wirklich?« Er wirft mir einen erstaunten Blick von der Seite zu. »Als was?«

Ich überlege kurz, was ich darauf sagen soll. Direktorin klingt so aufgeblasen. Aber dann fällt mir ein, in was für einem Wagen ich hier sitze und dass Sascha sich mir gegenüber immerhin als eine Art Superstar verkauft hat. »Ich bin die neue Direktorin.«

»Aha.« Die restliche Fahrt ist Sascha ziemlich schweigsam. Mit einer erfolgreichen Frau kann er wohl nichts anfangen. Vielleicht ist er aber auch nur müde. Ich bin es jedenfalls und verzichte daher auch auf Smalltalk.

Kurz vor dem Hotel hält Sascha an. »Macht es dir aus, die letzten Meter zu laufen? Da vorne ist Einbahnstraße und ich kann schlecht wenden.«

»Klar, kein Problem.« Ich verabschiede mich von meinem Retter und steige dann aus dem Wagen. Bevor ich die Tür schließe, stecke ich noch einmal den Kopf ins Auto. »Das war wirklich toll, wie du mir mit Merle geholfen hast. Danke nochmals, du hast jetzt einen gut bei mir!«

Sascha lächelt. »Vielleicht ich komme mal darauf zurück.«

Als er wegfährt, winke ich ihm kurz nach. Dann schlendere ich leicht beschwingt Richtung Hoteleingang. Alles in allem doch ein sehr netter Abend.

Ob ich jetzt noch bei Carsten anrufen kann? Eher nicht, es ist schon fast drei. Wann ist es mir das letzte Mal passiert, dass ich so spät nach Hause gekommen bin? Also, wenn ich nicht gerade bei der Arbeit war und Nachtdienst hatte? Muss wirklich Ewigkeiten her sein!

Und eigentlich fühlt es sich gut an.

59

4. Kapitel

Wumms! Das Klingeln meines Handys lässt mich hochschrecken – und ich knalle mit dem Kopf gegen das Regal direkt über meinem Bett. Welcher Idiot hat das ausgerechnet hier angebracht?

Während ich fluchend aus dem Bett stolpere und dabei prompt über meine Sachen falle, die ich vor dem Einschlafen etwas achtlos auf den Boden geworfen habe, nehme ich mir vor, dieses gemeingefährliche Brett noch heute abzuschrauben. Im Dunkeln taste ich nach dem Lichtschalter an der Wand, aber ich habe in meiner neuen Bleibe noch keine rechte Orientierung, zumal meine Schlaftrunkenheit mir dabei auch nicht gerade behilflich ist. Wie viel Uhr ist es eigentlich? Und warum ist es hier so stockfinster? Ich suche weiter nach dem Schalter und fege dabei die Vase mit meinem Begrüßungsblumenstrauß von der Anrichte. Ein lautes Klirren sagt mir, dass sie den Sturz nicht überlebt hat. Mist!

Wo ist nur dieser verdammte Lichtschalter?

Mein Handy klingelt munter weiter, ich lasse mich auf allen vieren nieder und robbe vorsichtig, um nicht noch mehr zu zerstören, hinaus ins Wohnzimmer, wo meine Handtasche auf dem Sofa liegt. Als ich die Tasche endlich ertastet und umständlich mein Mobiltelefon hervorgewurstelt habe, verstummt das Klingeln.

Ich starre aufs Display: *Carsten Mobil*. Das wurde ja auch Zeit!

Ich finde den Schalter des Bodenstrahlers neben dem Sofa und betätige ihn, sofort wird das Zimmer in angenehmes Licht getaucht. Seufzend erhebe ich mich, gehe rüber zum Fenster und ziehe die Vorhänge auf – und stelle erstaunt fest, dass draußen bereits helllichter Tag ist. Ich sehe auf meine Armbanduhr, schon kurz nach drei! Ich muss geschlafen haben wie ein Murmeltier, die blickdichten Hotelvorhänge haben ganze Arbeit geleistet. Schnell hole ich ein Kehrblech aus dem kleinen Abstellschrank der Küchenzeile und mache mich auf den Weg ins Schlafzimmer, um zuerst einmal das Vasen-Malheur zu beseitigen, bevor ich mit nackten Füßen in die Scherben tappe. Mit Hilfe des Lichts, das vom Wohnzimmer ins Schlafzimmer fällt, finde ich jetzt den Lichtschalter, danach ziehe ich auch hier die Vorhänge beiseite. Nachdem ich die Scherben aufgefegt und entsorgt habe (hoffentlich war's kein antikes Stück!), stelle ich die Blumen vorerst in einen Putzeimer. Der macht sich auf der Anrichte zwar nicht ganz so schön, aber ich denke mal, den Blumen wird's egal sein. Danach setze ich mich im Wohnzimmer aufs Sofa, schnappe mir mein Handy und rufe Carsten zurück.

»Hallo, mein Schatz!«, meldet er sich. Tut wirklich gut, seine vertraute Stimme zu hören. »Warst du gerade im Stress?«

»Nein, ich hab noch geschlafen.«

»Um diese Uhrzeit?«

»Na ja, Merle hat mich gestern noch zu einer kleinen Kiez-Tour überredet«, erkläre ich, »und ich war erst um kurz nach drei im Bett.«

Carsten lacht am anderen Ende der Leitung, und mit einem Mal fehlt er mir ganz schrecklich. »Kaum bist du mich los, da ziehst du also schon mit deiner Schwester durch die Kneipen«, stellt er mit gespieltem Vorwurf in der Stimme fest.

»Genau genommen war es nur eine Kneipe«, korrigiere ich ihn. »Und ich kann dich beruhigen: Habe keinerlei konkurrenzfähiges Material gesichtet.«

»Dann ist's ja gut.« Wir schweigen beide einen kurzen Moment, und ich lausche auf das leichte Knacken in der Leitung.

»Du fehlst mir«, meine ich dann, »ich fänd's schön, wenn du jetzt bei mir wärst.«

»Ich auch.«

»Wo hast du denn eigentlich gesteckt? Ich hab's ein paarmal bei dir auf dem Handy und zu Hause versucht.«

»Viel zu tun«, erklärt Carsten, »ich nutze deine Abwesenheit, um meinen Hang zum Workaholic voll und ganz auszuleben.«

»Mach dich lieber nicht zu unentbehrlich«, wende ich ein, »sonst lassen die dich am Ende nicht gehen, wenn du einen neuen Job hast.«

»Hm, glaub ich nicht.«

»Gibt's da eigentlich was Neues? Hast du was von deinen Bewerbungen gehört?«

»Noch nicht, aber ich hab sie ja auch erst vor drei Wochen rausgeschickt.«

»Trotzdem solltest du da nächste Woche vielleicht mal nachfassen«, meine ich. »Ich will dich nämlich so schnell wie möglich bei mir haben und mit dir zusammen eine richtige Bleibe suchen.«

»Wieso? Ist deine Unterkunft nicht standesgemäß?«

Ich lasse meinen Blick durch das Wohnzimmer gleiten. Sicher, schlecht ist es nicht – aber es hat so gar nichts Persönliches.

»Ist eben was anderes als zu Hause«, erkläre ich. »Also, fragst du nächste Woche mal nach?«

»Mach ich«, verspricht Carsten. »Ich will ja selbst so schnell wie möglich wieder bei dir sein, und der Job bei WaterPrice-Copper klingt wie für mich gemacht.« Dann wechselt er das Thema. »Aber jetzt erzähl doch mal, wie's bei dir bisher gelaufen ist!«

Ich zucke mit den Schultern, was er natürlich nicht sehen kann. »Ganz okay«, sage ich. »Scheinen alle nett zu sein. Die meisten Mitarbeiter lerne ich erst morgen kennen, da machen sie für mich einen kleinen Empfang.«

»Klingt ja wichtig«, kommentiert er. Ich kichere.

»Ich *bin* jetzt wichtig, wenn ich dich daran erinnern darf.«

»Oh, natürlich. Muss ich dich ab sofort siezen?«

»Du Scherzkeks!« Mit einem Seufzer mache ich es mir auf dem Sofa richtig gemütlich.

»Hör mal«, meint Carsten plötzlich, »ich muss Schluss machen, bis Montag muss ich noch jede Menge Unterlagen vorbereiten.«

»Ach so«, erwidere ich etwas enttäuscht. Ich hätte gern noch länger mit ihm gesprochen, einfach nur, um seine Stimme zu hören.

»Wir können ja heute Abend oder morgen wieder telefonieren«, sagt Carsten, weil er vermutlich bemerkt, dass ich ein wenig traurig bin.

»Klar.«

»Also, mach's gut.« Er schickt mir ein Küsschen durch die Leitung.

»Du auch.« Ich küsse ihn zurück. Als ich gerade auflegen will, fällt mir ein, dass ich ihn noch fragen wollte, ob er schon den Flug von München nach Hamburg gebucht hat, um am nächsten Freitag zu mir zu kommen. Zwar sehne ich mich nach unserer gemütlichen Wohnung, aber an meinem ersten Wochenende kann ich mir unmöglich schon ganz frei nehmen. »Carsten!«, rufe ich ins Telefon. Aber er hat schon aufgelegt. Als ich auf Wahlwiederholung drücke, geht nur noch die Mailbox dran. Unwillkürlich muss ich lächeln, er ist wirklich ein kleiner Workaholic. So wie ich. Wir passen eben perfekt zueinander.

Nach einer schnellen Dusche bin ich bereit für eine kleine Shopping-Tour. Zwar werde ich nicht allzu lange in diesem Appartement wohnen, aber trotzdem möchte ich es mir mit dem ein oder anderen Accessoire etwas gemütlicher machen. Ich schnappe mir mein Handy und rufe Merle an, vielleicht hat sie ja Lust, mich zu begleiten.

»Merles Handy«, meldet sich Sebastian nach dem dritten Klingeln.

»Guten Tag, Herr Schwager! Ist meine Schwester zu sprechen?«

»Nein«, grunzt Sebastian vorwurfsvoll, »sie hat deinen Mordanschlag nur knapp überlebt und liegt noch im Delirium.«

»Meinen Mordanschlag?«, erwidere ich empört. »Ich habe sie nicht gezwungen, sich durch das gesamte Angebot der *Bangkok Bar* zu saufen.«

»Aber du hast es auch nicht verhindert«, kommt es sauertöpfisch zurück. »Und du bist schließlich die Ältere.« Er klingt wirklich richtig sauer, ich kann keine Anzeichen erkennen, dass er nur einen Witz macht.

»Mein Gott, warum bist du denn so angefressen? Wir haben eben ein bisschen Spaß gehabt, so oft kommt das bei Merle nun wirklich nicht vor. Jedenfalls nicht mehr.«

»Stimmt ja«, lenkt Sebastian ein. »Ich bin nur genervt, weil ich heute mit den Jungs zum Fußball verabredet war. Stattdessen sitze ich hier mit zwei jammernden Kleinkindern, einer dahinsiechenden Frau und darf alle halbe Stunde den Eimer neben ihrem Bett ausleeren.« Auweia, Merle scheint's ja richtig übel zu gehen. »Ich kann mir für den Samstag echt was Schöneres vorstellen!«

»Du weißt doch, was du damals unterschrieben hast: In guten wie in schlechten Tagen.« Ich kichere.

»Haha, sehr witzig! Wenn du selbst Kinder hättest, wüsstest

du, wie sehr man sich auf ein paar freie Stunden unter Erwachsenen freuen kann und …« Er unterbricht sich, offenbar wird ihm erst in diesem Moment klar, was er da gerade gesagt hat. »Tut mir leid, das war jetzt dumm von mir«, kommt es prompt zerknirscht zurück.

»Kein Problem«, sage ich und meine es auch so. Seitdem ich mich damit abgefunden habe, dass es mit eigenen Kindern wohl nichts mehr werden wird, kann ich ganz gut damit leben. »Ich kann verstehen, dass du etwas gestresst bist«, füge ich hinzu. Wobei das wiederum nicht ganz stimmt. Leute mit Kindern tun immer so, als würden alle anderen sich im Vergleich zu ihnen den ganzen Tag nur an den Füßen spielen. Ich meine, wie schwer kann es sein, eine Drei- und eine Fünfjährige zu beaufsichtigen? Denen stellt man ein bisschen pädagogisch wertvolles Holzspielzeug hin und gut. Und wenn das nicht hilft, schiebt man halt eine pädagogisch nicht ganz so wertvolle DVD ein. Außerdem gibt's ja auch noch so was wie Babysitter. »Sagst du Merle, dass ich angerufen habe?«

»Mach ich. Falls sie jemals wieder zu Bewusstsein kommt.«

Als ich zwei Stunden später von meinem kleinen Shopping-Tripp – im Gepäck diverse Deko-Artikel, ein hübsches, kleines Lorbeerbäumchen, ein paar neue Schuhe und natürlich eine Packung Blasentee – zum Hotel zurückkehre, weiß der übereifrige Portier Luis im ersten Moment gar nicht, was er tun soll: Mir zuerst die Tür aufreißen oder mir die Sachen abnehmen. Etwas hilflos steht er vor mir und winkt hektisch nach einem Pagen.

»Eine Sekunde, Frau Christiansen«, sagt er, »das haben wir gleich.« Am Donnerstag habe ich mich bereits einen kurzen Moment mit ihm unterhalten und dabei erfahren, dass er schon seit dreißig Jahren als Doorman des Royal Fürstenbergers arbeitet. Trotz meines Praktikums, das ja auch schon viele Jahre zurückliegt, konnte ich mich an den Mann in der eleganten Uniform, der quasi die erste Visitenkarte unseres Hauses ist, gar nicht mehr erinnern. Was für ein Job! Tagein, tagaus bei Schnee, Hagel oder Sturm vor dem Eingang stehen, die Gäste freundlich begrüßen, ihnen die Tür aufhalten und sich um ihr Gepäck kümmern ... wahrlich keine leichte Aufgabe. Aber dafür gibt's in dieser Position jede Menge Trinkgelder, weshalb die Fluktuation bei den Portiers etwa gegen null geht. Meist wird so eine Stelle von Generation zu Generation weitervererbt. Auch Luis stammt aus einer regelrechten Doorman-Familie, in der schon Vater, Großvater und Urgroßvater in ihrer schicken Uniform Wind und Wetter getrotzt haben.

»Machen Sie sich keine Umstände, Luis«, erwidere ich lächelnd. »Halten Sie mir einfach die Tür auf, ich schaffe meine Sachen schon selbst nach oben.«

»Aber«, will er mir widersprechen, »der Page kann ...«

»Der kümmert sich lieber um die Gäste.« Ich deute mit dem Kopf in Richtung Auffahrt, auf der gerade eine große, schwarze Limousine herangerollt kommt. »Ich schaffe das wirklich allein.«

»Wie Sie wünschen.« Luis öffnet mir die Tür, ich schleppe mich mitsamt meinen Einkäufen in die Halle.

Hier herrscht hektische Betriebsamkeit, die Lobby und das daneben liegende Café sind brechend voll – Kaffeegäste, die ihren samstäglichen Einkauf bei uns im Hotel ausklingen lassen. Ich registriere es wohlwollend; solche Laufkundschaft bringt gutes Geld, ohne dabei lästig zu werden. Sie essen ein Stück Kuchen, trinken Tee, Kaffee oder einen Sekt, dann verschwinden sie wieder nach Hause und räumen das Feld für den Abend. In München war das nicht anders, nur, dass wir dort am Wochenende einen Klavierspieler in der Halle sitzen hatten, der die Gäste mit beliebten Melodien in die richtige Wochenendstimmung schaukelte. Hier in Hamburg steht der Flügel hingegen vollkommen einsam und verlassen – ich notiere im Geiste, das zu ändern. Vor allem, als ich bemerke, dass vom Empfang her ein ziemlicher Tumult zu hören ist, weil sich dort offenbar gerade ein Gast beschwert. Ein wenig Chopin in der Luft, und es würde längst nicht so auffallen.

Als ich auf Höhe des Empfangs bin, erkenne ich die Ursache des Lärms: Harry Winter, beliebter, wenn auch schon etwas angeknitterter Vorabendserien-Darsteller, steht mit hochrotem Kopf an der Rezeption und brüllt die brünette Dame hinter dem Counter an. Bisher kenne ich Harry Winter nur aus dem Fernsehen, zum Beispiel als gemütlichen Landarzt, verständnisvollen Pfarrer oder fairen Schuldirektor. Die Art und Weise, wie er hier gerade das Hotelpersonal zur Minna macht, hat damit allerdings nicht sonderlich viel zu tun.

Peer Steinfeld hat mich bereits darüber informiert, dass der Schauspieler seit drei Jahren seinen festen Wohnsitz im Hotel hat und nicht immer ganz einfach zu handhaben ist – offenbar kann ich mir noch vor meinem offiziellen Antritt nun ein Bild davon machen.

»Das ist mir scheißegal!«, schreit Harry Winter die Rezeptionistin an. »Ich will ihn auf der Stelle sprechen!«

»Es tut mir wirklich leid«, erwidert sie ruhig und freundlich, wie wir alle es gelernt haben. Egal, wie sehr der Gast tobt und schreit, immer schön die Haltung wahren! »Aber Herr Steinfeld ist heute nicht im Hause, und Herr Trautwein wird erst in einer halben Stunden wieder zurück sein.«

»Dann rufen Sie ihn an und sagen ihm, dass er sofort seinen Hintern hierherschwingen soll. Ich bin schließlich Stammgast!«

»Natürlich, Herr Winter, ich werde es versuchen.« Zwar klingt die Rezeptionistin noch immer gleichbleibend freundlich, aber an dem leichten Vibrieren in ihrer Stimme kann ich erahnen, dass es in ihrem Innern gerade vollkommen anders aussieht. Ihre Hände zittern leicht, auf ihrer Stirn hat sich zwischen den Augen eine steile Falte gebildet.

»Und zwar heute noch«, plärrt der Schauspieler. Ich überlege, ob ich dazwischengehen soll. Genau genommen fange ich erst am Montag offiziell an – aber andererseits scheinen weder Steinfeld noch Trautwein zugegen zu sein. Soll ich? Oder lieber nicht? Wahrscheinlich bekommt die Empfangsdame die Situation auch ohne mich in den Griff. Außerdem bin ich momentan ja mehr privat hier.

»Er meldet sich nicht«, teilt die Frau dem Schauspieler mit und legt den Hörer wieder auf. »Ich kann Ihnen wirklich nur ...«

»Jetzt hören Sie mir mal zu!«, poltert Harry Winter in einer Lautstärke los, die die anderen Gäste in der Lobby zum Zusammenzucken bringt.

Okay. Also doch einmischen.

»Dürfte ich fragen, was hier gerade das Problem ist?« Ich bleibe direkt neben dem zeternden Schauspieler stehen und stelle meine Einkäufe ab. Überrascht dreht er sich zu mir um und mustert mich. Auch die brünette Frau hinter der Rezeption sieht mich verwundert an, offenbar erkennt sie mich nicht. Was kein Wunder ist, zum einen habe ich sie gestern hier noch nicht gesehen, zum anderen wirke ich mit offenen Haaren und in normaler Straßenkleidung vollkommen anders als in meiner »Dienstmontur«.

»Und Sie sind?«, fragt Harry Winter, wobei er seinen Blick ungeniert von Kopf bis Fuß über meinen Körper wandern lässt.

Ich schenke ihm mein professionellstes Hotel-Lächeln und

strecke ihm die rechte Hand entgegen. »Svenja Christiansen«, erkläre ich. Die Rezeptionistin schnappt erschrocken nach Luft und läuft prompt rot an. Mit einem freundlichen Nicken in ihre Richtung deute ich an, dass sie dazu keinen Grund hat.

»Und?«, blökt Harry Winter unbeeindruckt zurück.

»Ich bin die neue Direktorin dieses Hauses.«

»Ach?« Er glotzt blöde. »Der neue Steinfeld?«

Ich nicke. »So ist es. Nur heiße ich Christiansen. Und ich bin kein der, sondern eine die.« Die Empfangsdame unterdrückt ein Kichern, auch Harry Winter grinst nun besänftigt.

»Ist ja nicht zu übersehen«, stellt er mit einem anzüglichen Blick fest, den ich geflissentlich ignoriere.

»Können Sie mir denn nun erklären, was das Problem ist?«, kehre ich zum Ursprung unseres Gesprächs zurück. »Vielleicht kann ich Ihnen ja helfen.«

»Das hoffe ich doch«, meint Winter wieder eine Spur patziger. »Die da«, damit meint er die Rezeptionistin, »kann es jedenfalls nicht.« Auch das übergehe ich, immer schön auf der Sachebene bleiben.

»Nun?«, fordere ich ihn erneut auf.

»Irgendwer aus diesem Mistladen ist unerlaubt mit meinem Auto gefahren. Ich wollte gerade übers Wochenende weg und habe den Wagen aus der Garage holen lassen. Und als ich einsteige, merke ich, dass ein anderer damit gefahren sein muss.«

»Warum denken Sie das?«

»Weil der Sitz verstellt war.«

»Nun ja«, erwidere ich freundlich lächelnd, »vermutlich hat derjenige, der ihn für Sie geholt hat, den Sitz verstellt.«

»Hat er nicht«, kontert er unfreundlich, »ich hab sofort gefragt.«

»Dann vielleicht schon derjenige, der ihn vorher in der Garage geparkt hat.« Herrgott, ein verstellter Sitz ist doch kein

Grund, hier so einen Aufstand zu machen! Die Frau hinter der Rezeption beobachtet interessiert, wie ich die Situation meistere, und plötzlich komme ich ein wenig ins Schwitzen. *Meine erste Bewährungsprobe*, denke ich. *Und das auch noch vor Zeugen.*

»Sicher, das wäre möglich«, lenkt Harry Winter zu meiner Erleichterung ein, und ich atme innerlich auf. Allerdings nur für den Bruchteil einer Sekunde, denn sofort fügt der Schauspieler hinzu: »Das erklärt aber noch nicht die hundertdreißig Kilometer, die der Tachometer seit meiner letzten Fahrt mehr drauf hat. So weit ist es ja nun auch wieder nicht bis zur Garage, nicht wahr?«

»Hundertdreißig Kilometer?«

»Ja, ich führe ein akribisches Fahrtenbuch.«

Hm, das ist wirklich komisch. Und ich muss zugeben, dass es nicht das erste Mal in der Geschichte der Hotellerie wäre, dass ein Page, der Wagenmeister oder sonst ein Angestellter mit dem teuren Gefährt eines Gastes eine kleine Spritztour gemacht hat. Aber natürlich werde ich den Teufel tun, so etwas auch nur anzudeuten.

»Sind Sie ganz sicher, dass Sie sich da nicht irren?«, hake ich nach. Er schüttelt entschlossen den Kopf.

»Ein Irrtum ist ausgeschlossen! Und außerdem«, jetzt beugt er sich zu mir herunter, bis sein Gesicht ganz dicht vor meinem ist, »riecht es in meinem Wagen ganz komisch.«

»Es riecht komisch? Wie denn?«

»Wie frisch gereinigt. Aber auch irgendwie säuerlich.«

Ja was denn nun, möchte ich ihm am liebsten vor den Latz ballern, *sauber und säuerlich? Passt wohl kaum zusammen.* Vielleicht will Harry Winter hier gerade nur die männliche Diva geben? »Wissen Sie was?«, meine ich resolut. »Das Beste wird sein, wir gehen einfach mal gemeinsam zu Ihrem Auto und sehen es uns an.« Hauptsache, ich habe den Störenfried erst einmal raus aus der Lobby, wo er mit seinem sonoren Schauspieler-Organ sämtliche Gäste auf sich aufmerksam macht.

»In Ordnung«, erklärt Harry Winter sich einverstanden. Ich wende mich an die Rezeptionistin und werfe einen kurzen Blick auf ihr Namensschild.

»Frau Kruse, würden Sie bitte meine Einkäufe in mein Appartement bringen lassen?«

»Selbstverständlich, Frau Christiansen«, erwidert sie erleichtert.

»Gut, ich begleite Herrn Winter zu seinem Wagen.« Ich lächle ihr zu und sehe noch, wie ihre Lippen ein stummes »*Danke!*« formen, dann drehe ich mich um und folge dem Schauspieler.

Draußen angelangt, biegen wir rechts auf den Besucherparkplatz, auf dem Harry Winter den Wagen vorerst abgestellt hat. »Dort drüben«, sagt er und deutet auf ein Auto links neben der Ausfahrt. »Der Silbergraue ist es.«

Ich bleibe abrupt stehen. Harry Winter zeigt auf einen nigelnagelneuen Mercedes CLS 500.

Saschas Wagen!

»Was ist denn?«, will Harry Winter wissen, weil mir offenbar ein erschrockener Laut entfahren ist.

»Äh, nichts«, erwidere ich eilig. »So ein Auto sieht man eben nicht alle Tage.« Jetzt grinst Harry Winter vor Besitzerstolz, da habe ich wohl genau das Richtige gesagt.

»So ist es«, bestätigt er strahlend – aber im nächsten Moment verfinstert sich seine Miene wieder. »Deshalb ist es ja auch eine absolute Unverfrorenheit, dass ihn sich jemand einfach so ausgeliehen hat.«

»Das werden wir klären«, versichere ich Harry Winter erneut. Nach dem ersten Schrecken bin ich sicher, dass die Sache mit dem Auto ein Zufall sein muss. Klar gibt es nicht viele Leute, die so eine dicke Ludenschleuder fahren – aber eben doch mehr als einen. Sascha hat schlicht und ergreifend das gleiche Auto! »Schauen wir uns den Wagen also an«, fordere ich Herrn Winter auf. Er betätigt die Fernbedienung, woraufhin die Rücklichter aufblinken.

»Nur zu«, fordert er mich auf. Ich öffne die Fahrertür – und weiche augenblicklich zurück, weil mir ein unangenehmer Geruch in die Nase steigt. Oh je, es ist nicht zu verleugnen, in dem Wagen riecht es wirklich komisch.

»Na?«, will Harry Winter wissen, der grinsend neben mir steht und meine angewiderte Reaktion garantiert mitbekommen hat. »Da möchte man doch gleich ein Näschen mehr nehmen, oder?« Schnell schließe ich die Tür wieder, noch mehr davon und ich kotze auf der Stelle neben das Auto.

»Hm, tja«, meine ich. »Sie haben recht, da wird es mit einem neuen Duftbäumchen auf Kosten des Hotels wohl nicht getan sein.« Ich schenke ihm ein hoffentlich nicht zu hilflos wirkendes Lächeln. Immerhin erwidert der Schauspieler es.

In meinem Kopf arbeitet es fieberhaft, denn mir ist klar, dass kein Zweifel besteht: Harry Winters Mercedes ist tatsächlich genau dasselbe Fahrzeug, mit dem Sascha Merle und mich gestern Nacht nach Hause gefahren hat. Bleibt die Frage: Wie kam er an das Auto? Und außerdem: Was mache ich jetzt mit Harry Winter? Ich muss zugeben, dass ich seine Aufregung mehr als verstehen kann. Niemand wäre scharf darauf, mit einem geruchskontaminierten Luxusschlitten durch die Gegend zu gondeln.

»Auch, wenn ich im Moment noch keine logische Erklärung für all das habe«, beginne ich zögernd, »so kann ich Ihnen garantieren, dass ich alles für eine lückenlose Aufklärung tun werde.« Klingt schon mal gut, lückenlose Aufklärung. Damit zeige ich dem Gast, dass mir die Angelegenheit sehr ernst ist. Und tatsächlich nickt Harry Winter nun zufrieden und zustimmend. Ich bin also auf dem richtigen Weg. »Sie werden verstehen, dass ich in meiner Position als neue Direktorin noch nichts über die Abläufe hier im Hause weiß, aber ich kann Ihnen versichern, dass ich mich als Erstes darum kümmern werde, herauszufinden, welche Angestellten für die Autos der Hotelgäste zuständig sind.«

»Gut«, erwidert Winter.

»Bis dahin kann ich Ihnen nur anbieten, den Wagen noch einmal gründlichst reinigen zu lassen.« Der Schauspieler nickt, scheint aber noch auf weitere Angebote zu warten. »Und selbstverständlich stellen wir Ihnen auf Kosten des Hotels ein Ersatzfahrzeug zur Verfügung.« Wieder ein Nicken – dicht gefolgt von einem abwartenden Blick. Was denn noch? »In der gleichen Klasse wie Ihr jetziges Fahrzeug«, füge ich hinzu. Er nickt noch einmal, scheint aber immer noch nicht zufrieden. Herrje, was soll ich denn noch alles anbieten? Zwanzig kostenlose Puffbesuche, oder was? Dass ich mich noch vor meinem offiziellen Antritt mit so etwas hier rumschlagen muss! Wäre ich doch um Himmels willen einfach an der Rezeption vorbeigegangen, ohne mich um Harry Winter zu kümmern … Andererseits, fällt mir dabei ein, hatte ich vielleicht Glück im Unglück. Denn wenn Steinfeld oder Trautwein die Sache in die Hand genommen hätten, wäre eventuell am Ende herausgekommen, dass ausgerechnet die Schwester der neuen Direktorin … nicht auszudenken!

Herr Winter räuspert sich und holt mich in die Gegenwart zurück. Er scheint noch immer darauf zu warten, dass ich ihm weitere Goodies anbiete. So sind sie, die Gäste – sobald irgendetwas nicht stimmt, erwarten sie wer weiß noch was. Und das Problem ist, dass ich nicht die geringste Ahnung habe, was Harry Winter unter »weiß noch was« vorschwebt, und ich jetzt nur im Trüben fischen kann. Also gehe ich in die direkte Offensive.

»Was kann ich noch tun, um mich bei Ihnen für diesen kleinen Zwischenfall zu entschuldigen?« Harry Winter überlegt einen Moment, dann tritt ein breites Grinsen auf sein Gesicht.

»Ach, wissen Sie«, beginnt er, »mein Leben im Hotel ist ja oft sehr einsam.«

Ich ahnte es – der Puffbesuch!

»Und da dachte ich mir, dass es doch schön wäre, mal einen netten Abend in angenehmer Gesellschaft zu verbringen.«

»Aha«, meine ich. Dann soll er mir halt die Rufnummer von Monique, oder wie auch immer seine bevorzugte Dame heißt, geben. Spiele ich für ihn eben auch noch den Escort-Service und bestelle die Tante ins Hotel. Ist zwar offiziell verboten, aber Monique wäre nicht die erste Amüsierdame, die einem Hotelgast die Zeit vertreibt.

»Ich würde mich daher sehr freuen«, fährt der Schauspieler fort, »mit Ihnen nächste Woche einmal essen zu gehen.«

Mit … *mir*? Ich glaube, ich habe mich verhört! Nö, ich bin nicht zu mieten, kommt gar nicht in die Tüte!

Mein Blick fällt wieder auf das Auto. Und was, wenn der Geruch überhaupt nicht mehr zu entfernen ist? Wenn es am Ende nur noch neue Sitze tun, wenn sich der Geruch nicht schon für immer in die Auslegeware gefressen hat?

»Sicher«, lächle ich Harry Winter gequält an. »Das wäre mir eine Freude. Wann würde es Ihnen denn passen?«

5. Kapitel

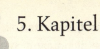

britta.kruse@fuerstenberger-hamburg.de
An: Alle Abteilungsleiter
Betreff: Idee für Empfang Svenja Christiansen
Datum: 01.10.2006, 10.46 Uhr

Liebe Kollegen,
heute Nachmittag findet ja die offizielle Begrüßungsrunde statt, und ich habe mich gerade gefragt, ob es nicht nett wäre, wenn wir ein bisschen Geld sammeln und Frau Christiansen im Namen aller Abteilungen einen Blumenstrauß überreichen? Ich habe sie gestern übrigens schon kurz kennengelernt und fand sie wirklich sehr sympathisch (sie hat mir aus der Klemme geholfen, unser Schauspieler ist mal wieder durchgedreht). Also, was haltet ihr davon? Wer was dazu geben will, kommt einfach bis 14.00 Uhr am Empfang vorbei, ich kümmere mich dann um die Blumen.
Britta Kruse
Empfangschefin

maja.friedrichs@fuerstenberger-hamburg.de
An: Britta Kruse
Betreff: Re: Idee für Empfang Svenja Christiansen
Datum: 01.10.2006, 11.03 Uhr

Ich hab ihr doch schon einen Strauß in die Wohnung stellen lassen, wozu jetzt noch einmal? Kann mich nicht erinnern, dass mich schon mal einer mit Blumen begrüßt hätte! Wüsste auch nicht, was das soll, hier geht's um Leistung und nicht darum, sich einzuschleimen. Übrigens: Du hast dem Gast auf Zimmer 267 Allergikerbettwäsche versprochen. Wo soll ich die hernehmen, alle Garnituren sind bereits im Einsatz! Kümmer dich gefälligst selbst darum oder frag mich vorher, wenn du so etwas zusagst, ich bin hier nicht für alles zuständig.

Maja Friedrichs
Leiterin Housekeeping

maja.friedrichs@fuerstenberger-hamburg.de

An:	Lutz Strömel
Betreff:	Wo steckst du?
Datum:	01.10.2006, 11.05 Uhr

Hallo, Lutz,
jetzt hab ich dir schon dreimal auf den Anrufbeantworter gesprochen, aber du meldest dich nicht. Ist das Ding kaputt? Ich wollte wissen, ob wir heute Abend ins Kino oder was essen gehen, ich denke, ich kann gegen 19.00 Uhr Schluss machen. Na ja, wir sehen uns ja eh nachher bei dem Empfang für die Christiansen.
Bis dann,

Maja Friedrichs
Leiterin Housekeeping

lutz.stroemel@fuerstenberger-hamburg.de

An:	Maja Friedrichs
Betreff:	Out of Office
Datum:	01.10.2006, 11.06 Uhr

Ich bin vorübergehend nicht erreichbar, Ihre Mail wird nach Rückkehr beantwortet. Sollten Sie in der Zwischenzeit Hilfe benötigen, wenden Sie sich bitte an unseren Empfang, +49 40 3890 0.

I am currently not at my desk, but I will reply to you on my return. In the meantime, if you need some assistance, please call our reception desk at +49 40 3890 0.

Lutz Strömel
Revenue-Manager

lutz.stroemel@fuerstenberger-hamburg.de

An: Britta Kruse
Betreff: Re: Idee für Empfang Svenja Christiansen
Datum: 01.10.2006, 11.07 Uhr

Finde ich gut, machen wir! Kannst du für mich zehn Euro auslegen? Bin hier gerade im Stress und muss gleich noch in der Stadt ein paar Sachen besorgen.

Lutz Strömel
Revenue-Manager

britta.kruse@fuerstenberger-hamburg.de

An: Lutz Strömel
Betreff: Re: Re: Idee für Empfang Svenja Christiansen
Datum: 01.10.2006, 11.10 Uhr

Klar, kein Problem. Sag mal, könntest du wohl bei Karstadt Allergikerbettwäsche kaufen? Hab ich einem Gast versprochen, und unser Fräulein Hausdame stellt sich mal wieder quer.

Britta Kruse
Empfangschefin

lutz.stroemel@fuerstenberger-hamburg.de

An: Britta Kruse

Betreff: Re: Re: Re: Idee für Empfang Svenja
Christiansen

Datum: 01.10.2006, 11.15 Uhr

Das erledige ich für dich. Kannst du dafür Maja zwischen 16.30
und 17.00 Uhr mal ablenken? Würde nämlich auch gern zum
Empfang kommen, hab aber keine Lust auf Diskussionen …
Lutz Strömel
Revenue-Manager

britta.kruse@fuerstenberger-hamburg.de

An: Lutz Strömel

Betreff: Re: Re: Re: Re: Idee für Empfang Svenja
Christiansen

Datum: 01.10.2006, 11.18 Uhr

Kein Problem, ich ruf dich an, sobald sie weg ist.
Britta Kruse
Empfangschefin

georg.trautwein@fuerstenberger-hamburg.de

An: Alle Abteilungsleiter

Betreff: Re: Idee für Empfang Svenja Christiansen

Datum: 01.10.2006, 11.20 Uhr

Gute Idee, Frauen lieben ja so was … Bin also auch dabei
und finde, dass jeder mitmachen sollte. Betrachtet das als
Anweisung vom Vize-Chef.
Georg Trautwein
Stellvertretender Direktor & Verkaufsleiter

markus.giese@fuerstenberger-hamburg.de

An: Georg Trautwein
Betreff: Anweisung vom Vize
Datum: 01.10.2006, 11.23 Uhr

DU BIST ECHT EIN SPINNER!!!
Markus Giese
Technischer Leiter

»Das haben Sie wirklich klasse hingekriegt, danke Frau Christiansen!« Britta Kruse – sie ist, wie ich mittlerweile weiß, die Empfangschefin des Fürstenbergers – prostet mir mit einem Glas Sekt zu. Erst hat sie mir nach meiner kleinen Antrittsrede – es waren zwar noch nicht alle da, aber in einem Hotelbetrieb ist das auch nur schwer zu realisieren – im Namen der gesamten Belegschaft einen riesigen Blumenstrauß überreicht, danach folgten ungefähr zwanzig Dankeschöns dafür, dass ich ihr Harry Winter vom Hals geschafft habe.

»Das war ja nun wirklich keine größere Sache«, gebe ich mich bescheiden – und denke genervt daran, dass ich versprochen habe, ihn am Freitag zum Dinner zu begleiten. Ausgerechnet Freitag, an keinem anderen Tag konnten wir einen gemeinsamen Termin finden! Carsten wird begeistert sein, wenn er in Hamburg landet und ich dann noch nicht einmal den Abend mit ihm verbringen kann. Ich muss ihn wirklich dringend an die Strippe bekommen, vielleicht hat er ja noch nicht gebucht und kann stattdessen einen Flug am Samstagmorgen nehmen. »Dafür müssen Sie sich wirklich nicht bedanken«, betone ich Britta Kruse gegenüber noch einmal.

»Doch, doch«, insistiert sie und senkt dann vertraulich die Stimme: »Sie haben ja keine Ahnung, wie anstrengend dieser

Kerl ist. In den drei Jahren, die er jetzt hier wohnt, hat er schon jedem von uns mit seinen Extrawünschen und Eskapaden das Leben zur Hölle gemacht. Aber er lässt halt jeden Monat gut achttausend Euro hier, was soll man machen?«

Ich habe durchaus eine Vorstellung davon, wie nervtötend Harry Winter wahrscheinlich ist. Zum einen, weil ich im Verlauf der Jahre schon jede Menge Gäste hatte, die sich aufführten wie Graf Koks höchstpersönlich. Zum anderen, weil sich gerade Schauspieler manchmal für etwas ganz Besonderes halten, nur, weil sie ihren dämlichen Schädel in eine Kamera halten und glauben, sie hätten allein dafür schon den Nobelpreis verdient. *Mein schöner Freitagabend!* Vielen Dank, Sascha.

Noch gestern Abend habe ich versucht, unseren Portier und Wagenmeister Luis zu erreichen und ihn zu fragen, ob er eine vollständige Liste aller Mitarbeiter hat. Aber er war schon nicht mehr da und hat erst heute Nachmittag wieder Dienst. Sobald er auftaucht, werde ich der Sache nachgehen.

»Auf jeden Fall wünsche ich Ihnen hier im Hotel einen schönen Start«, sagt Britta Kruse und lächelt mich an. »Wenn ich Ihnen irgendwie behilflich sein kann, sagen Sie es bitte.«

»Das mache ich.« Wir nicken uns noch einmal freundlich zu, dann wandert die Empfangschefin rüber zu dem kleinen Buffet, das im Weißen Saal aufgebaut wurde. Langsam, aber sicher erinnern sich nun auch die anderen Mitarbeiter daran, dass sie nicht nur hier sind, um »die Neue« zu begucken, sondern auch, um ihr mal das Händchen zu schütteln. Hoffentlich dauert es nicht zu lange. Ist mir irgendwie unangenehm, einerseits die Hauptperson zu sein, andererseits so gut wie keinen zu kennen. Ist ein bisschen wie die eigene Geburtstagsparty, für die man aber in Ermangelung von Freunden die Gäste von einer Castingagentur kommen lassen muss. Oder, wie Merle sagte, der erste Schultag in einer neuen Klasse. Auch dabei weiß man nicht, mit wem man sich später gut verstehen wird und mit wem nicht.

»Sie sind also unsere neue Chefin«, werde ich von einer Frau mit langen roten Haaren angesprochen. Sie streckt mir ihre Hand entgegen und mustert mich dabei abschätzig. »Maja Friedrichs«, stellt sie sich vor. »Ich bin die Hausdame des Hotels.« Noch immer dieser abschätzige Blick – mein Gefühl sagt mir, dass diese Frau vermutlich zu den Leuten gehören wird, mit denen ich mich nicht so gut verstehen werde. Trotzdem lache ich sie freundlich an.

»Freut mich, Frau Friedrichs.«

Sie verzieht keine Miene, nicht einmal der Hauch eines Lächelns. So ein distanzierter Eiszapfen! Wobei ich schon häufig die Erfahrung gemacht habe, dass gerade Hausdamen ein ganz besonderes Kaliber sind. Keine Ahnung, woran das liegt, aber in dieser Position trifft man zu achtzig Prozent auf echte Drachen. Vielleicht, weil sie es nicht leicht haben, ein Team von ständig wechselnden Zimmermädchen in den Griff zu bekommen. Von den sprachlichen Verständigungsschwierigkeiten ganz zu schweigen, deutsche Zimmermädchen sind mittlerweile eher die Seltenheit.

»Jedenfalls würde ich gern mit Ihnen über die momentane Zusammenarbeit zwischen Housekeeping und Empfang sprechen«, meint Maja Friedrichs jetzt, »da läuft nämlich einiges schief. Frau Kruse …«

»Aber, aber, Frau Friedrichs«, unterbreche ich sie. »Wir sind doch heute hier, um uns erst einmal in entspannter Atmosphäre kennenzulernen, da wollen wir nicht gleich Probleme wälzen, oder? Und morgen früh um neun haben wir ja unsere Abteilungsleiterrunde, da können Sie alles loswerden.« Kommt überhaupt nicht in Frage, dass ich mich von der Hausdame gleich in irgendein Lager verhaften lasse, so blöde bin ich nicht.

»Wie Sie meinen«, erwidert Frau Friedrichs leicht sauertöpfisch. »Aber ich kann Ihnen nur sagen …«

»Maja?« Diesmal ist es Britta Kruse, die die Hausdame unterbricht.

»Was denn?« Sie blitzt die Empfangschefin böse an. Die beiden scheinen sich nicht sonderlich leiden zu können. Das kann ja was werden! Gerade Empfang und Housekeeping müssen eigentlich gut zusammenarbeiten, damit es kein Kuddelmuddel bei der Zimmerverteilung gibt. Wenn es zwischen diesen zwei Bereichen nicht richtig läuft, kann es schon mal vorkommen, dass ein neuer Gast ein Zimmer bekommt, das noch nicht gereinigt ist, oder dass Gäste als abgereist vermerkt werden, die aber noch da sind. Ein heilloses Chaos eben – und gerade bei einem Hotel in der Größe des Fürstenbergers ist es immens wichtig, dass die eine Hand weiß, was sie andere tut.

»Ich hab gerade mit Lutz gesprochen«, fährt Britta Kruse fort. »Er war so nett, für uns die Allergikerbettwäsche zu besorgen. Er hat sie in seinem Büro, du kannst sie von einem Zimmermädchen abholen lassen.«

»Oh.« Ein Hauch von Rot tritt auf Maja Friedrichs' Gesicht, was sie wie ein junges Mädchen erscheinen lässt. »Das mach ich kurz selbst, ich wollte Lutz sowieso noch etwas fragen.« Spricht's – und lässt uns ohne ein weiteres Wort stehen. Britta Kruse grinst.

»Das war ja ein schneller Abgang«, stelle ich fest. Frau Kruse nickt und beugt sich etwas näher zu mir.

»Na ja«, sagt sie leise, »Sie werden das vermutlich sowieso schnell mitbekommen. Frau Friedrichs hat eine, hm, gewisse Schwäche für unseren Revenue-Manager.«

»Aha.« Eigentlich sollte mich dieser Klatsch nicht interessieren, aber natürlich finde ich ihn höchst spannend. Jedenfalls weiß ich jetzt schon mal, wie man die Hausdame gebändigt bekommt – mit Lutz Strömel! Ich notiere mir diese Tatsache im Geiste und wende mich dann wieder den Heerscharen von Mitarbeitern zu, die noch auf ihre Audienz warten. In der Zwischenzeit verschwindet Britta Kruse in einer Ecke und ruft jemanden über ihr Haustelefon an.

Fünf Minuten und etwa hundertzwanzig Hände, die ich geschüttelt habe, später, steht der Grund für Maja Friedrichs' Aufregung vor mir.

»Hallo, Frau Christiansen. Ich bin Lutz Strömel, Revenue-Manager.« Ich schüttle auch seine Hand und mustere ihn dabei so unauffällig wie möglich. Sieht nicht schlecht aus, aber auch nicht gerade sensationell: ziemlich groß, bestimmt an die eins neunzig, Ende dreißig und schwarze Haare. Da sein Gesicht eher unauffälliges Mittelmaß ist, fallen seine stahlblauen Augen umso mehr auf; ich kann mir schon vorstellen, dass man sich in ihn verguckt.

»Freut mich«, sage ich wieder brav mein Sprüchlein auf. »Sie sind also für die Reservierungen zuständig?« Er nickt und strahlt mich dabei regelrecht an.

»So ist es«, bestätigt er. Dann senkt er vertraulich die Stimme. »Ich find's übrigens gut, dass wir jetzt eine Frau als Chefin haben.«

»Wieso?«, frage ich ganz direkt. Diese Frage bringt ihn unversehens aus der Fassung, vermutlich war das nur eine Floskel, die er so dahingesagt hat.

»Weil, weil«, stottert er verlegen. Doch im nächsten Moment hat er sich schon wieder gefangen. »Weil eine Frau eben etwas Seele in diesen Laden hier bringt. Mehr Wärme, mehr Weiblichkeit, meine ich.«

»*Seele* und *Wärme*, so, so.« Ich kann mir ein Grinsen nicht verkneifen, aber ich nehme Strömel seine etwas platte Bemerkung nicht übel. Immerhin bemüht er sich um einen guten Eindruck bei mir, mehr kann ich für den Anfang nicht erwarten. Wir plaudern noch fünf Minuten über dies und das, dann schaut er auf seine Uhr und verabschiedet sich mit bedauernder Geste, weil er wieder in sein Büro muss.

Kaum hat er den Weißen Saal verlassen, da kehrt eine – etwas aufgeregt wirkende – Maja Friedrichs zurück und stürzt sofort auf Britta Kruse zu. Ich gebe mir Mühe, zu verstehen, was sie sagt.

»Lutz war nicht in seinem Büro«, teilt sie Britta Kruse mit. »Alles abgeschlossen.« Die Empfangschefin zuckt bedauernd mit den Schultern.

»Irgendwie hast du gerade Pech gehabt. In der Zeit, in der du zu ihm unterwegs warst, war er hier unten.«

Maja guckt Britta böse an und verlässt den Saal wieder, Britta sieht ihr grinsend nach. Diese zwei werde ich im Auge behalten müssen, die scheinen ja echt ein Ding miteinander am Laufen zu haben.

6. Kapitel

Um zehn nach sechs bin ich froh, meinen ersten offiziellen Auftritt hinter mir zu haben und für heute Feierabend machen zu können. Ich will einfach nur noch in meine Wohnung, die Füße hochlegen, eine Kleinigkeit essen und dann den *Tatort* gucken. Aber vorher suche ich noch einmal Luis, den Wagenmeister, auf, der leider nicht zu meiner Antrittsrunde im Weißen Saal erschienen ist. Mittlerweile müsste er wieder im Dienst sein und draußen vor der Tür die Gäste in Empfang nehmen.

»Guten Abend, Frau Christiansen«, begrüßt er mich höflich und tippt sich dabei sogar an die Mütze seiner Uniform.

»N'Abend Luis. Sie waren ja gar nicht bei dem Empfang!«

»Ging doch nicht«, stellt er leicht empört fest. »Ich kann ja nicht drinnen Sekt trinken, während die Gäste hier draußen ihre Koffer selbst schleppen müssen.« Ich muss lachen, Luis scheint wirklich noch vom alten Schlag zu sein, das Wohl der Gäste wird selbstverständlich über die privaten Interessen gestellt.

»Sagen Sie, Luis«, komme ich unmittelbar zu meinem eigentlichen Anliegen. »Haben Sie eigentlich eine vollständige Liste der Pagen und Aushilfen, die die Autos parken?«

Er sieht mich verwundert an. »Die hab ich alle hier«, stellt er fest und legt einen Finger an seine Stirn. Wirklich, alte Schule. »Aber beim Personalleiter müsste sie auch schriftlich vorliegen, mit vollständigen Namen und Adressen. Ich selbst kenne die meisten ja nur mit Vornamen, außerdem wechseln die Aushilfen so häufig …« Er seufzt. »Na, ich bin ja auch nicht mehr der Jüngste.«

»Das haben aber jetzt Sie gesagt«, meine ich aufmunternd. Ich überlege kurz, ob ich ihn einfach mal fragen soll, ob er einen Sascha kennt – verwerfe den Gedanken aber gleich wieder. Lieber will ich zuerst herausfinden, was es mit diesem ominösen Russen auf sich hat, bevor ich das mit einem anderen bespreche. Schließlich ist Luis – auch wenn er einen sehr netten Eindruck macht – für mich ein Fremder. Ich kann noch nicht beurteilen, ob er in die Kategorie »vertrauensvoll« fällt oder nicht. Also nicke ich ihm noch einmal dankend zu und verabschiede mich: »Dann werde ich mal den Personalchef fragen.«

Alexej ... Alexej ... Alexej ... Eine halbe Stunde später sitze ich in meiner Wohnung auf dem Sofa und studiere die Liste unserer Angestellten. Zwar war Jürgen Schmidt, der Personalleiter, nicht zu sprechen, was an einem Sonntag ja nicht ungewöhnlich ist – aber meine persönliche Assistentin Sabrina Hoppe war noch da, weil sie extra für den Empfang gekommen ist. Sie konnte mir eine Kopie der Listen geben und wollte natürlich auch gleich wissen, was ich damit will. »Mir einen Überblick verschaffen«, war meine Antwort. Persönliche Assistentin hin, persönliche Assistentin her – auch bei ihr muss ich erst einmal abwarten, wie sehr ich sie ins Vertrauen ziehen kann.

Ich lasse meinen Blick über die zahlreichen Namen gleiten. Nun wird sich also zeigen, ob mein nächtlicher Retter tatsächlich auf der Payroll des Royal Fürstenbergers steht.

Ich suche und suche, kann seinen Namen aber nirgends entdecken. Langsam wird mir mulmig zumute. Wenn er nicht hier arbeitet, würde das bedeuten, dass sich ein Außenstehender ohne Probleme Zugang zum Hotel und vor allem zu den sicher verwahrten Autoschlüsseln verschaffen kann – kein schöner Gedanke. Gut, wenn hier ein Angestellter mit den Autos der Gäste durch die Gegend gondelte, wäre das auch nicht viel schöner, aber immerhin könnte ich dieses Problem dann schnell aus der Welt schaffen. Ich denke fieberhaft nach und suche nach einem Anhaltspunkt. Irgendetwas, was Sascha alias Alexej alias »Ich bin ein großer Rockstar« mir sonst noch erzählt hat. Wie hieß noch seine komische Band? Darüber könnte ich ihn vielleicht finden. Aber es will mir einfach nicht mehr einfallen, in meinem Kopf ist nur ein großes, schwarzes Loch. Und auch sonst kann ich mich an keine weiteren Anhaltspunke erinnern, zumal wir ja auch gar nicht so lange miteinander geredet haben. Zuerst hat er stundenlang mit Merle gesungen, und dann waren wir voll und ganz damit beschäftigt, meine besoffene Schwester heil nach Hause zu transportieren.

Vorerst gebe ich es auf, ohne einen weiteren Anhaltspunkt kann ich nichts machen. Ich nehme mir allerdings vor, Luis mal etwas genauer auf den Zahn zu fühlen, wenn ich ihn besser kennengelernt habe. Schließlich habe ich nicht vor, Ausflugsfahrten mit den Autos unserer Gäste einfach so hinzunehmen. Gerade bei solchen Dingen merken die Mitarbeiter schnell, ob man als Führungskraft die Sachen schleifen lässt oder beharrlich nachhakt. Außerdem muss ich zugeben, dass es mich irgendwie freuen würde, diesen komischen Vogel Sascha noch einmal wiederzusehen. Auch, wenn die Sache an sich mehr als unerfreulich ist.

Wer weiß, überlege ich seufzend: Vielleicht treffe ich Sascha irgendwann noch einmal in der *Bangkok Bar*. Oder er taucht hier im Hotel auf. Na ja, unterm Strich auch völlig egal, ich sollte mir keine weiteren Gedanken über ihn machen. Am Freitag gehe ich mit Harry Winter essen und gut. Und dann kommt ja auch endlich Carsten nach Hamburg, den ich wirk-

lich ganz schön vermisse. Früher hat es mir kaum etwas ausgemacht, allein in einem fremden Hotel zu sein, da hab ich es
sogar genossen. Aber ich werde halt auch älter und sehne mich
nach einer gewissen Geborgenheit.

Ich nehme das Telefon und versuche, Carsten zu erreichen.
Nach dem dritten Klingeln geht er dran, klingt aber sehr gehetzt. »Lüders?«

»Hallo, Schatz, ich bin's.«

»Hallo, meine Süße! Sag mal, kann ich dich später anrufen?
Ich muss hier noch was erledigen.«

»Ich bin ziemlich kaputt«, erkläre ich. »Weiß nicht genau,
wie lange ich mich noch wach halten kann, wahrscheinlich
schlafe ich beim *Tatort* schon ein.«

»Erreiche ich dich morgen?«

»Keine Ahnung, wie meine Termine in den nächsten Tagen
sind, ich muss mich erst einmal einfinden.«

»Ich probier es einfach. Wenn es dann gerade nicht passt,
melde ich mich wieder.«

»Alles klar«, antworte ich.

»Dann schlaf schön, meine Süße!«

»Du auch! Ich liebe dich!«

»Ich dich auch.« *Klick.* Schon hat er aufgelegt.

Ich rufe den Etagendienst an, bestelle mir ein Club-Sand-
wich und mümmele mich auf dem Sofa unter die Decke. Dazu
habe ich mir noch eine schön heiße Wärmflasche geholt, weil
das Ziepen im Bauch sich trotz des Blasentees noch immer
nicht wesentlich gebessert hat. Das kann ich nicht gebrauchen.
Morgen steht mir mein erster »richtiger« Arbeitstag bevor.
Und der beginnt gleich um 9.00 Uhr mit der Abteilungsleiter-
konferenz.

7. Kapitel

georg.trautwein@fuerstenberger-hamburg.de
An: Markus Giese
Betreff: Abteilungsleiterrunde
Datum: 02.10.2006, 8.50 Uhr

Na, auch schon gespannt auf die erste Runde mit der Neuen? Wetten, sie kommt schneller auf den Punkt als der senile alte Sack Steinfeld? 20 Minuten max. – länger wird's nicht dauern bei der.
Georg Trautwein
Stellvertretender Direktor & Verkaufsleiter

markus.giese@fuerstenberger-hamburg.de
An: Georg Trautwein
Betreff: Re: Abteilungsleiterrunde
Datum: 02.10.2006, 8.52 Uhr

Hoffentlich hast du recht. Habe heute sowieso wenig Zeit, muss noch die komplette Technik für eine Konferenz ab 15.00 Uhr ans Laufen kriegen. Interessanter finde ich allerdings, ob Maja weiter auf Zickenalarm aus ist. Werde sie gleich genau beobachten.
Markus Giese
Technischer Leiter

»Guten Morgen. Ich freue mich, dass Sie alle zu unserem ersten gemeinsamen Abteilungsleitermeeting gekommen sind.« Ich lächle in die Runde, bestehend aus neun Augenpaaren, die mich gespannt anblicken. Ob mein neues Team merkt, dass ich ein bisschen aufgeregt bin? Klar, in München habe ich diese obligatorische Runde auch immer geleitet, wenn der Chef verhindert war. Aber heute ist es eindeutig anders, und ich merke, dass mein Puls sich ziemlich beschleunigt hat. Ich beschließe, dem Rat meines Mentors Dr. Hubert Wiedemeyer zu folgen: *Knüpfen Sie erst einmal an alte Rituale an, ändern können Sie die später immer noch, wenn Sie nicht mehr »die Neue« sind.*

»Herr Trautwein, hat sich für diese Runde eine bestimmte Reihenfolge eingebürgert? Dann würde ich sie nämlich gerne beibehalten.« Trautwein strahlt mich an, es scheint ihm zu gefallen, hier quasi als Klassensprecher aufzutreten.

»Ja, also, wir berichten immer reihum unsere wichtigsten Punkte und versuchen dabei, insgesamt unter zwanzig Minuten zu bleiben. Als Erstes ist Steinfeld – also jetzt Sie – dran. Dann ich als Ihr Stellvertreter, Frau Kruse, die Empfangschefin, Etienne Boulanger, der Leiter Food and Beverages, Lutz Strömel, Reservierungsleiter ...«

»Revenue-Manager!«, wird er von Strömel energisch unterbrochen.

»Äh, richtig, Revenue-Manager, 'tschuldigung, kann ich mir irgendwie nicht merken«, stottert Trautwein unsicher und fährt fort: »Maja Friedrichs, Hausdame, Simone Kern, Bankettchefin, dann Markus Giese, unser technischer Leiter, Anja Burmester, die Finanzchefin und schließlich Jürgen Schmidt, der Personalleiter.«

Puh! Eine Weile werde ich wohl noch brauchen, um mir das alles zu merken.

Trautwein deutet meinen Blick ganz richtig: »Ganz schön viele neue Namen, aber wir bleiben jetzt einfach mal in der Reihenfolge, dann haben Sie's bald drauf.«

»Danke, das ist eine gute Idee. In München haben wir es fast genauso gemacht … mit zwanzig Minuten sind wir allerdings nie hingekommen.« Einhelliges Grinsen in der Runde. Ich sehe, wie Etienne Boulanger Lutz Strömel irgendetwas zuflüstert. Dann bemerkt er meinen Blick und wird tatsächlich ein bisschen rot.

»Oh, wir haben hier auch meist einen klitzekleinen Moment länger gebraucht«, gibt Trautwein zu. Allgemeines Gelächter, das Eis scheint gebrochen.

»Okay, dann sollten wir mal loslegen«, übernehme ich die Führung der Runde wieder. »Ich habe heute natürlich noch nicht viel zu sagen. Nur eine Sache: Ich freue mich sehr auf die Zusammenarbeit mit Ihnen. Ein Hotel ist ja bekanntlich keine Schuhfabrik und Nine-to-five-Jobs haben wir hier nicht zu vergeben. Wir arbeiten also nicht nur zusammen, ein Stück weit sind wir auch eine Wohngemeinschaft. Und wie es in jeder WG mal Knatsch gibt, so wird das auch in unserem Hotel nicht anders sein. Wenn es so weit ist – bitte sprechen Sie mich an. Es liegt mir wirklich viel daran, die Dinge im persönlichen Gespräch zu klären.« Einhelliges Nicken, nur Maja Friedrichs sieht aus, als hätte ich gerade die verbindliche Siebzig-Stunden-Woche für alle eingeführt. »So, Herr Trautwein, dann machen Sie mal weiter.«

»Ja, also, ich hab eigentlich nichts Aktuelles. Versuche allerdings weiterhin, einen ganz dicken Fisch an die Angel zu bekommen …« Trautwein macht eine kleine Kunstpause. »Die Nacht der Rosen!«

Ich bin beeindruckt. Die »Nacht der Rosen« ist *das* Charity-Ereignis des Jahres, nicht nur in Hamburg, sondern deutschlandweit. Mehr Promis auf einem Haufen trifft man sonst nur bei der Bambi-Verleihung, der Goldenen Kamera oder beim Bundespresseball. So viel Chuzpe, sich an dieses Event zu wagen, hätte ich Trautwein gar nicht zugetraut.

»Na, wenn du das schaffst, fress ich 'nen Besen«, kommentiert Lutz Strömel. Mir missfällt der leicht höhnische Unterton. Wie destruktiv! Aber Trautwein ignoriert ihn und erklärt mir stattdessen seinen Plan.

»Also, bisher ist die ›Nacht der Rosen‹ ja jedes Jahr im Ozeanic. Aber ich grabe schon seit einem Jahr auf verschiedenen Ebenen an der Agentur des Veranstalters rum, sich das doch mal zu überlegen. Und ich glaube, langsam habe ich die so weit. Heute Nachmittag telefonieren wir und verabreden uns für nächste Woche. Es wäre mir sehr wichtig, Sie, Frau Christiansen, und dich, Simone, dabeizuhaben. Wenn das klappt …« Er lässt offen, was dann wäre, aber man kann deutlich sehen, dass damit für ihn ein Lebenstraum in Erfüllung ginge. Ich liebe engagierte Mitarbeiter!

»Gut«, stelle ich zufrieden fest und wende mich dann an meine Assistentin Sabrina Hoppe. »Frau Hoppe, kümmern Sie sich mit Herrn Trautwein um einen Termin und geben mir Bescheid?«

»Mach ich, Chef«, erwidert sie vorwitzig und notiert sich etwas auf ihrem Block.

»Frau Kruse«, wende ich mich dann an die Empfangschefin, »was gibt's in Ihrem Bereich?« Wenigstens ein Name, den ich mir mittlerweile gemerkt habe.

»So weit eigentlich alles ruhig. Durch den Feiertag morgen haben wir noch relativ viele Bleiber vom Wochenende, Geschäftsleute kommen dafür heute weniger als sonst. Dürfte also fürs Housekeeping kein Problem sein.« Dabei wirft sie Maja Friedrichs einen süffisanten Blick zu, den die Hausdame ebenso erwidert.

Etienne Boulanger, der als *Food-and-Beverages*-Manager die gesamte Hotelgastronomie leitet, streicht sich durch seine längeren braunen Haare. »*Alors*, durch die vielen Feiertagsgäste rechnen wir heute Abend mit einem guten Geschäft. Ich habe bei unserer Konditorei mehr Kuchen bestellt, denn ich denke, wir werden viele Shopping-Gäste am Nachmittag haben. Auf der Dispo steht eine größere Konferenz heute Nachmittag, die Wirtschaftsprüfer. Simone, das übliche Konferenz-Gedeck mit Getränken und Gebäck, oder sind bei dir noch Sonderwünsche eingegangen?«

Simone Kern, eine recht attraktive Endzwanzigerin, wendet sich Boulanger zu. »Nein, das passt schon so. Ich habe gerade noch mal mit dem Kunden telefoniert. Bleibt alles wie besprochen. Aber bitte stell einen Kellner nur für den Konferenzraum ab, ich möchte, dass die sich betüdelt fühlen. Ist unsere erste Veranstaltung für die, ich habe das Gefühl, da ist noch mehr zu holen.«

Boulanger notiert sich etwas. »Gut, mehr habe ich nicht.«

»Lutz Strömel, Revenue-Manager«, stellt sich Strömel mir noch mal vor. »Im Reservierungsbereich fängt ganz deutlich das Weihnachtsgeschäft an. Umso ärgerlicher, dass wir schon wieder ein Computerproblem haben. Wir können seit Freitagnachmittag nicht mehr auf die verschiedenen Pakete zugreifen, die Trautwein so liebevoll geschnürt hat. Das Programm haut immer wieder alles in seine Einzelbestandteile auseinander und gibt mir keine Komplett-, sondern nur noch Einzelpreise. Markus, wann habt ihr das im Griff? Meine Mädels drehen langsam durch, wenn das so weitergeht.«

Markus Giese, ein vollschlanker Brillenträger mit Stoppelfrisur, zuckt leidenschaftslos mit den Schultern. »Ich habe Freitag alles durchgecheckt und konnte nichts finden. Ich glaube, das ist wieder ein *Lightware*-Problem, die schicken heute Nachmittag jemanden vom Support. Bis dahin müsst ihr noch durchhalten. Macht mir eine Excel-Liste mit allen

Buchungswünschen, ich gebe sie dann ins Programm ein, wenn es wieder läuft. Mehr kann ich momentan nicht tun.«

Strömel stöhnt dramatisch. »Langsam habe ich die – Verzeihung – Schnauze voll von *Lightware*. Warum nehmen wir nicht *Fidelio* als Reservierungssystem, wie alle anderen Hotels auch?«

Markus Giese hebt beschwichtigend die Hände: »Lutz, das haben wir jetzt schon öfter diskutiert. Für die anderen ist das völlig uninteressant, lass uns das nachher mal bilateral besprechen. Frau Christiansen, wollen Sie teilnehmen? Mich würden Ihre Erfahrungen aus München interessieren.«

»Gerne, vereinbaren Sie einen Termin mit Frau Hoppe? Ich habe noch keinen Überblick über meinen Kalender.«

Die Runde plätschert weiter vor sich hin. Alle scheinen guter Dinge zu sein. Nur Maja Friedrichs regt sich über die Anforderung von neuer Allergikerbettwäsche so sehr auf, dass ich mir nicht verkneifen kann, auf ihr theatralisches *Bin ich denn hier für alles zuständig?* mit »Für alles nicht, für die Bettwäsche schon« zu antworten. Meine Hausdame werde ich wohl noch öfter einnorden müssen, scheint ein schwerer Fall zu sein.

Ich schaue auf die Uhr, genau einundzwanzig Minuten nach neun.

»So, meine Herrschaften: Das erste gemeinsame Ziel haben wir schon erreicht – eine kurze, knackige Abteilungsleiterrunde. Ich wünsche Ihnen einen erfolgreichen Tag!«

maja.friedrichs@fuerstenberger-hamburg.de

An: Lutz Strömel

Betreff: (kein Betreff)

Datum: 02.10.2006, 09.31 Uhr

Also, die Neue ist ja wohl eine richtig dumme Kuh! Und wieso hast du eigentlich nichts zum Thema Allergikerbettwäsche gesagt? Hättest mir ja ruhig mal den Rücken stärken können. Stattdessen sitzt du da und siehst der blöden Zicke beim selbstgefälligen Grinsen zu.

Maja Friedrichs
Leiterin Housekeeping

lutz.stroemel@fuerstenberger-hamburg.de

An: Maja Friedrichs
Betreff: Out of Office
Datum: 02.10.2006, 09.32 Uhr

Ich bin vorübergehend nicht erreichbar, Ihre Mail wird nach Rückkehr beantwortet. Sollten Sie in der Zwischenzeit Hilfe benötigen, wenden Sie sich bitte an unseren Empfang, +49 40 3890 0.
I am currently not at my desk, but I will reply to you on my return. In the meantime, if you need some assistance, please call our reception desk at +49 40 3890 0.

Lutz Strömel
Revenue-Manager

Ich weiß, es klingt dekadent, aber meine neue Assistentin kocht wirklich einen ganz ausgezeichneten Kaffee. Abgesehen davon könnte der auch grottenschlecht schmecken – allein die Tatsache, dass sich jemand Gedanken darüber macht, ob ich eine Tasse trinken möchte, finde ich großartig. Jetzt stellt mir Sabrina sogar noch einen Teller mit Gebäck auf meinen Schreibtisch. Der allerdings erinnert mich an etwas anderes.

»Frau Hoppe«, frage ich sie, »Herr Boulanger erzählte etwas

von einem Wirtschaftsprüfer-Meeting heute Nachmittag. Wissen Sie, welche Gesellschaft genau hier tagt?«

»Moment, ich schaue es rasch nach.« Dienstbeflissen eilt Sabrina Hoppe zu ihrem eigenen Schreibtisch im Vorzimmer und tippt etwas auf ihrem Computer ein.

»Ja«, ruft sie mir zu, »das ist das Herbsttreffen von Water-PriceCopper.«

Na, was für ein glücklicher Zufall! Dann will ich die Herren mal persönlich begrüßen gehen, vielleicht finde ich dabei etwas über Carstens Bewerbung heraus.

»Um 15.00 Uhr ist das?«, will ich wissen.

»Genau«, antwortet meine Assistentin. Prima, dann kann ich bis dahin noch ein paar Unterlagen durcharbeiten und mir weiter einen Überblick verschaffen. Und noch ungefähr zwanzigmal zur Toilette laufen, meine Blase hat sich immer noch nicht beruhigt. Vielleicht sollte ich den Kaffee stehen lassen und mir stattdessen von Sabrina lieber einen Tee kochen lassen … Allerdings: *Heumanns Blasentee?* Nein, den mache ich mir lieber selbst.

Die ersten Teilnehmer der Konferenz haben schon Platz genommen, aber noch steht der Mensch, den ich für den Seniorpartner und somit richtigen Ansprechpartner für meine kleine Recherche halte, alleine am Fenster und rührt gedankenverloren in seiner Tasse Kaffee. Extrem hanseatisch sieht er aus, dunkelblauer Blazer mit Goldknöpfen.

»Guten Tag«, spreche ich ihn an, und er dreht sich zu mir um.

»Guten Tag«, erwidert er und zieht dabei fragend die Augenbrauen hoch.

»Mein Name ist Svenja Christiansen«, stelle ich mich vor. »Ich bin die neue Direktorin des Royal Fürstenbergers und freue mich, Sie und Ihre Kollegen heute hier begrüßen zu dürfen. Wie mir meine Bankettleiterin erzählt hat, tagen Sie das erste Mal in unserem Haus.«

Goldknopf hört auf zu rühren und blickt mich interessiert an. »Ihre Bankettchefin hat recht, sonst haben wir uns immer im Madison getroffen, aber wir wollten einmal etwas anderes ausprobieren, und Sie haben ja ein sehr schönes Ambiente.« Dann beäugt er mich noch genauer. »Ist ja interessant, dass so eine junge Dame wie Sie diesen alten Kasten übernommen hat. Aber wie sage ich immer: Es geht nichts über frischen Wind.« Ein Charmeur der alten Schule – ist normalerweise nicht mein Fall, aber ich habe ein klares Ziel vor Augen.

»Vielen Dank für die Blumen«, erwidere ich artig. »Vorher war ich im Fürstenberger in München, ein eher modernes Haus.«

»Ja, das kenne ich. Wir haben auch eine Niederlassung in München, wenn ich dort bin, habe ich schon öfter im Fürstenberger übernachtet.« So, da kann ich doch gleich mal einhaken.

»Ja, von Ihrer Münchner Niederlassung habe ich schon gehört. Mein Lebensgefährte ist auch Wirtschaftsprüfer in München, offen gestanden, hat er sich gerade hier in Hamburg bei Ihnen beworben.« Hoffentlich war das jetzt nicht zu platt! Ich warte gespannt auf Goldknopfs Reaktion.

»Tatsächlich? Wie heißt er denn? Ich habe mir gerade die aktuellen Bewerbungseingänge auf den Schreibtisch legen lassen.«

Bingo! Das läuft ja wie geschmiert! »Carsten Lüders, er arbeitet zurzeit bei Henke und Partner, will sich aber wegen meiner neuen Position nach Hamburg verändern.«

»Hm, Carsten Lüders? Komisch, der Name sagt mir nichts. Sind Sie sicher, dass er sich bei uns beworben hat?«

»Ja, ganz sicher.« Jetzt muss ich aufs Ganze gehen, auch wenn das ein wenig peinlich ist. »Meinen Sie, dass Ihr Sekretariat ihn schon aussortiert hat?«

»Nein, nein, bestimmt nicht, es bewerben sich gar nicht so viele Wirtschaftsprüfer. Das ist eine rare Spezies, da gucke ich mir alle Kandidaten persönlich an. Fragen Sie Ihren Partner. doch bitte noch einmal, wann er seine Unterlagen geschickt hat. Und melden Sie sich gern bei mir persönlich, wenn ich helfen kann. Mein Name ist Joachim Brandner.« Er fummelt aus der Innentasche seines Jacketts eine Visitenkarte hervor und reicht sie mir.

»Ja, danke, das werde ich machen.« Mit diesen Worten nehme ich die Karte entgegen und verabschiede mich dann. Ich will möglichst schnell in mein Büro und Carsten anrufen – wie können seine Unterlagen nur verschwunden sein? Gut, dass ich Brandner angesprochen habe, sonst hätten wir am Ende gar nicht mitbekommen, dass er Carstens Bewerbung nie erhalten hat.

Diesmal erwische ich meinen Liebsten schon beim ersten Klingeln.

»Na, mein Hase, was gibt's?«, flötet er fröhlich ins Telefon. Aufgeregt erzähle ich ihm, dass ich gerade mit einem der Obermuftis von WaterPriceCopper gesprochen habe, weil die bei uns im Hotel eine Tagung haben.

»Das ist ja mal wieder typisch für dich«, sagt Carsten lachend.

»Was meinst du?«

»Na, dass du da gleich hindüst und den Typen ansprichst. Eben zielstrebig und ohne Kompromisse ... typisch Svenja.«

»Stimmt«, gebe ich ihm recht, »aber die Chance musste ich doch nutzen. Allerdings«, fahre ich fort, »habe ich bei dem

Gespräch erfahren, dass deine Bewerbung gar nicht bei WaterPriceCopper angekommen ist.«

»Nein?«, wundert sich Carsten. »Aber ich hab sie doch abgeschickt. Da sieht man mal, was die Post so alles verschlampt! Unter diesen Umständen ist es natürlich gut, dass du nachgehakt hast.«

»Am besten, du schickst mir gleich noch einmal per Express deine Unterlagen zu, dann kann ich sie persönlich bei Brandner vorbeibringen«, schlage ich vor.

»Ach nee, lieber nicht«, meint Carsten. »Ich finde, das sieht blöd aus. So, als könnte ich das nicht alleine auf die Reihe kriegen. Außerdem muss ich die Bewerbungsfotos beim Fotografen noch mal nachbestellen. Ich kümmere mich in den nächsten Tagen darum, versprochen! Da wird schon was klappen – ob nun bei WaterPriceCopper oder woanders.«

Ich staune etwas über Carstens Lässigkeit. Der ist doch sonst nicht so entspannt, wenn es um seine Karriere geht! Aber egal, ist eigentlich eine ganz gute Einstellung. Sollte ich mir vielleicht auch zulegen. Irgendwann demnächst mal. Wenn ich mich eingearbeitet habe. Bei diesem Gedanken rufe ich meinen neuen Outlook-Kalender auf, den Sabrina Hoppe schon mit erstaunlich vielen Terminen gefüllt hat, und mache mich an meine Hausaufgaben.

8. Kapitel

Frau Christiansen bitte!« Die Sprechstundenhilfe steht in der Tür zum Wartezimmer und lächelt mich auffordernd an. »Kommen Sie bitte mit?« Ich folge ihr, sie bringt mich zu einer Tür mit der Aufschrift *Behandlung 1* und öffnet sie. »Wenn Sie dort«, sie zeigt auf den Sessel, der vor einem großen Schreibtisch mit Computer und diversen Unterlagen steht, »bitte Platz nehmen würden? Der Herr Doktor kommt gleich.«

Nachdem ich mich den Rest der Woche immer wieder mit meiner Blase herumgequält habe, bin ich Merles Rat gefolgt und habe mir einen Arzttermin besorgt. Noch ein Wochenende mit Blasentee und ständigen Toilettenbesuchen will ich mir nicht antun. Nachdem Carsten es doch nicht schafft, heute von München nach Hamburg zu kommen, will ich mindestens am Samstag arbeiten, um möglichst schnell ein Gefühl für mein neues Hotel zu bekommen. Eine gute Gelegenheit, gleich mal engagiert Präsenz zu zeigen.

Praktischerweise hatte mein Frauenarzt aus alten Hamburger Zeiten auch am Freitagnachmittag Sprechstunde, ich hasse es nämlich, neue Ärzte auszuprobieren.

Und so sitze ich hier und warte auf den »Herrn Doktor«. Hoffentlich hat der ein paar Wundertabletten für mich, die mich auf der Stelle heilen, denn ich spüre, dass ich schon wieder aufs Klo gehen könnte, obwohl ich eben erst eine Urinprobe zur Untersuchung abgegeben habe.

Zwei Minuten später steht mein Frauenarzt, Dr. Friedhelm Kleinschmidt, in der Tür. Er kommt direkt auf mich zu, blickt mich freundlich an und schüttelt meine Hand.

»Dr. Kleinschmidt«, stellt er sich vor. Natürlich erkennt er mich nicht, ich war das letzte Mal vor fünfzehn Jahren hier. Aber auch er hat sich deutlich verändert: Vom schmucken Endvierziger zum verknitterten Ü-Sechziger. Tja, der Zahn der Zeit, was soll man tun? Dr. Kleinschmidt nimmt an seinem Schreibtisch gegenüber von mir Platz und studiert meine Krankenakte.

»Sie sind wegen einer Blasenentzündung hier, sagt meine Sprechstundenhilfe?«

»Ja«, bestätige ich, »ich muss mir da irgendwas eingefangen haben.«

»Hm«, meint Dr. Kleinschmidt und wirft einen Blick auf seinen Computermonitor. »Im Urin konnten wir nichts von einer Entzündung feststellen. Sehen wir am besten mal nach.« Er zeigt auf den Paravent, hinter dem ich mich freimachen und anschließend auf den Untersuchungsstuhl klettern soll. Ich seufze, hatte eigentlich gehofft, dass ich nicht noch groß untersucht werden muss, sondern einfach ein Rezept bekomme und gut.

Dr. Kleinschmidt beginnt mit der Untersuchung, drückt hier und da (»Tut das weh?«) und macht zwischendurch ein ernstes Gesicht. Jetzt weiß ich auch wieder, warum ich so ungern zum Arzt gehe – es könnte schließlich immer sein, dass was gefunden wird!

»Ist es was Schlimmes?«, will ich etwas nervös wissen, nachdem Dr. Kleinschmidt diverse »Hms« und »Ahas« von sich gegeben hat.

»Ich mache einen Ultraschall«, sagt er und greift nach einer Art Plastikstab.

»Ultraschall? Ist das denn nötig?«

Dr. Kleinschmidt übergeht meine Frage und konzentriert sich voll und ganz auf den kleinen Monitor, der neben dem

Untersuchungsstuhl angebracht ist. Nachdenklich legt er seine Stirn in Falten, zwei- oder dreimal klickt er auf die Tastatur des Computers, und es macht *piiep* – dann lächelt Dr. Kleinschmidt zufrieden.

»Frau Christiansen, Sie haben eindeutig keine Blasenentzündung«, teilt er mir mit. Das ist zwar einerseits schön, erklärt aber nicht, weshalb ich ständig zur Toilette muss. »Aber den Grund für Ihren Harndrang kann ich Ihnen gleich schwarz auf weiß zeigen.«

»Wie bitte? Ich verstehe nicht ganz …«

»Sie sind schwanger, Frau Christiansen!« Herr Dr. Kleinschmidt setzt ein derart euphorisches Gesicht auf, als hätte er es in seiner Praxis noch nie erlebt, dass jemand über diese Neuigkeit nicht begeistert ist.

»Schwanger?«, bricht es aus mir heraus. »Aber das ist völlig unmöglich!«

»Wieso? Haben Sie keinen Geschlechtsverkehr?« Täusche ich mich, oder grinst Kleinschmidt etwa?

»Nein, also, doch, natürlich …«, antworte ich etwas konfus. »Aber es ist einfach total unmöglich, dass ich schwanger bin.«

»Aber ich sehe es hier ganz deutlich«, widerspricht er mir. »Glauben Sie mir, das kann durchaus passieren, selbst wenn man verhütet oder der Zyklus …«

»Es *kann* einfach nicht sein«, unterbreche ich ihn nun nahezu hysterisch, bevor er mir weiter auseinandersetzt, wie das eigentlich funktioniert, die Sache mit den Blumen und den Bienen. »Verstehen Sie doch, das ist rein *medizinisch* überhaupt nicht möglich. Wir haben vier Jahre lang alles, wirklich alles versucht, um ein Kind zu bekommen, und …«

»Ja, dann ist doch alles bestens«, fällt er mir lächelnd ins Wort. »Manchmal dauert es halt etwas länger und klappt erst dann, wenn man schon nicht mehr daran glaubt.« Sein Lächeln wird nun beinahe väterlich. »Alles psychisch, wenn Sie mich fragen, viele Paare setzen sich viel zu sehr unter Druck und dann ...«

»Nein, Sie verstehen mich einfach nicht!«, brülle ich ihn an. »Es ging bei uns nicht, da war einfach nichts zu machen! Allein zwei Jahre lang waren wir Dauergast in Münchens erfolgreichster Kinderwunschpraxis – am Ende sagte man uns, wir sollten uns mit dem Gedanken abfinden, keine eigenen Kinder haben zu können. Keine eigenen Kinder. Nie und unter keinen Umständen, das hat man uns gesagt!« Mit einem Mal breche ich in Tränen aus. Das Gefühl, das mich jetzt gerade überrollt, ist kaum zu beschreiben. Es liegt irgendwo zwischen Wahnsinn und Verzweiflung. Außerdem bekomme ich Ohrensausen. Auch das noch!

Kleinschmidt legt seine Hand auf meine Schulter. »Aber Frau Christiansen«, will er mich beruhigen. »Das ist doch kein Grund zum Weinen. Wir Ärzte sind halt auch nur Menschen. Und eine Diagnose kann sich auch einmal als falsch herausstellen. Freuen Sie sich einfach!

»Aber ich hatte doch jetzt ganz andere Pläne«, bringe ich schluchzend hervor. »Ich meine, ich habe mittlerweile alles auf ein Leben ohne Kinder ausgerichtet. Mein Mann und ich, wir haben mit dem Thema abgeschlossen. Also, verstehen Sie mich nicht falsch, aber als die Ärzte sagten, es würde sowieso nicht klappen, da habe ich begonnen, viele Dinge zu ändern. Habe an meiner Karriere gearbeitet, und das sehr erfolgreich, und ... und ... und jetzt ernte ich quasi zum ersten Mal die Früchte meiner Arbeit, und da ...«

»Nun beruhigen Sie sich erst einmal«, unterbricht Kleinschmidt mein hektisches Gestammel und reicht mir ein Kleenex, das er aus einem vielleicht doch eher für Freudentränen bereitstehenden Karton zieht. »Ich verstehe ja, dass Sie diese Nachricht völlig überrascht und Sie das erst mal verdauen müssen. Aber Sie haben noch viel Zeit, sich an den Gedanken zu gewöhnen. Nicht umsonst dauert eine Schwangerschaft neun Monate. Und was Ihre Pläne angeht – meine Großmutter pflegte immer zu sagen: Der Mensch denkt, Gott lenkt.«

»Gott?« Wo bin ich denn hier gelandet?

»Also«, fährt er ungerührt fort, »wenn Sie grundsätzlich Kinder wollten, dann gehen Sie gleich nach Hause, reden in aller Ruhe mit Ihrem Partner, und der Rest wird sich finden. Vorher geben Sie bitte noch im Labor Blut ab und machen einen Termin in vier Wochen aus. Da bekommen Sie dann auch Ihren Mutterpass.«

Na, der Mann hat Nerven. Einen ungünstigeren Zeitpunkt, um schwanger zu werden, hätte ich mir nicht aussuchen können. Oder Gott. Oder wer auch immer. *Der Mensch denkt, Gott lenkt.* Also wirklich!

Andererseits: Ohne dass ich es verhindern kann, macht sich in einem anderen Winkel meines Herzens neben dem Schock auf einmal auch noch ein ganz anderes Gefühl breit. Nur welches das ist, kann ich noch nicht so genau benennen. Freude vielleicht? Ja, auch. Aber anders als in den ganzen Filmen und Romanen, in denen die Heldin mitgeteilt bekommt, dass sie schwanger ist, überkommt mich nicht der Wunsch, mir sofort eine Hand auf den Bauch zu legen und zu strahlen wie ein Honigkuchenpferd. Nein, es ist eher eine vorsichtige Sorte Freude, sehr … zaghaft.

Bin ich tatsächlich schwanger? Ganz sicher? So richtig? Also so, dass am Ende ein Baby dabei herauskommt? Ich frage Kleinschmidt noch mal. Vielleicht hat er sich verguckt.

»Wissen Sie, ich habe doch gar nichts gemerkt – ich meine,

ich fühle mich nicht im Geringsten anders. Also, bis auf meine Blasenschwäche.«

»Das wundert mich nicht«, meint der Arzt. »Denn wenn Sie sowieso immer einen unregelmäßigen Zyklus hatten und noch dazu bei Ihrer Vorgeschichte, dann gab's ja auch keinen Grund, auf eine Schwangerschaft zu tippen. Aber schwanger sind Sie zweifelsohne. Gucken Sie mal.« Dr. Kleinschmidt dreht den Bildschirm in meine Richtung. »Hier können Sie es ganz deutlich sehen.« Ich starre auf den Monitor – und erkenne nur ein Mischmasch aus verschiedenen Grautönen.

»Ich sehe … nichts!«

»Doch, schauen Sie hier«, der Arzt bewegt die Maus, die neben dem Bildschirm liegt. Auf dem Monitor erscheint ein Pfeil, der auf ein kleines Knäuel deutet. »Da ist Ihre kleine Sternschnuppe.«

»Sternschnuppe?«

Dr. Kleinschmidt lächelt mich fröhlich an und nickt.

»Meine Frau hat das immer so genannt, weil so ein Baby wie ein kleiner, leuchtender Stern ist.« Dann grinst er stolz. »Wir haben fünf Kinder!«

»Aha«, erwidere ich matt und habe das Gefühl, gleich ohnmächtig zu werden. Schwanger, das gibt's doch gar nicht!

»So, jetzt schaue ich mal, ob ich Ihnen schon ein schönes Foto von Ihrer Sternschnuppe mitgeben kann.« Er schallt weiter. »Moment mal«, sagt er dann und fuhrwerkt mit dem Ultraschalldings hektisch herum. »Na, so was!«, ruft er dann aus.

»Doch nicht schwanger?«, frage ich und überlege, ob ich darüber eher traurig oder eher froh wäre.

»Nein«, meint er. »Aber es sind sogar zwei.«

»Wie, zwei?«

»Ich meine, Sie haben *zwei* kleine Sternschnuppen. Ich kann sogar schon die Herzchen schlagen sehen, von der Größe her sind Sie wahrscheinlich in der achten Woche.«

»Äh, was meinen Sie? Ich glaube, ich hab das gerade nicht richtig verstanden.«

»Sie erwarten Zwillinge! Toll!«

Toll? Ich werde *doch* gleich ohnmächtig.

»Ja«, fährt er fort, »das ist in Ihrem Alter gar nicht so ungewöhnlich, da haben Frauen häufig Mehrlingsschwangerschaften.«

»Hören Sie bloß auf«, rufe ich. »Am Ende finden Sie noch ein Drittes!«

Dr. Kleinschmidt lacht auf. »Nein, ich denke nicht, dass sich da noch eins versteckt. Ich kann nur zwei kleine Sterne sehen.« Dann blickt er ziemlich auffällig auf seine Uhr und räuspert sich. »Also, Frau Christiansen, das wird schon werden – wir sehen uns in vier Wochen.« Eine Minute später hat er mich hinauskomplimentiert.

Langsam fällt mir wieder ein, dass ich Kleinschmidt schon früher für einen unsensiblen Idioten gehalten habe.

»Mensch, Svenja! Das ist ja super! Endlich wird euer Traum wahr! Du hast mir all die Jahre so leid getan, und ich fühlte mich immer ganz schlecht, weil es bei Sebastian und mir so leicht geklappt hat! Und dann gleich Zwillinge!« Merle ist völlig aus dem Häuschen. Wenigstens einer, der hier mit einer ganz authentischen Reaktion aufwarten kann. Dann bemerkt sie meinen Blick. »Oder freust du dich etwa gar nicht?«

»Doch«, meine ich. »Also, ich glaub schon … irgendwie jedenfalls.«

»*Doch, also, ich glaub schon, irgendwie jedenfalls?*«, echot Merle. »Aber ihr wolltet doch immer Kinder! Du *musst* dich freuen! Was ist denn bloß mit dir los?«

Ich breche in Tränen aus. »Was mit mir los ist? Kannst du das nicht verstehen? So lange haben wir alles versucht. Aber schließlich kam der Punkt, da habe ich Abschied genommen von diesem Traum und mich nicht nur damit arrangiert, sondern beschlossen, das Beste daraus zu machen. Meine Arbeit war mir immer wichtig, aber ab dem Punkt war für mich klar, dass ich nun mehr erreichen wollte, als irgendwo in Teilzeit an der Rezeption zu stehen und niemals richtig voranzukommen. Versteh mich nicht falsch, für eine eigene Familie hätte ich das gemacht. Gerne sogar, weil ich ja gewusst hätte, dass ich mich für etwas Wichtigeres entschieden hätte als die Arbeit. Aber dann ist alles anders gekommen, und ich habe jetzt die Chance, die ich mir gewünscht habe. Das Hotel, von dem ich immer geträumt habe, seit meinem ersten Praktikum dort. Ich habe so hart dafür gearbeitet – endlich ist mein Plan aufgegangen! Und jetzt … jetzt weiß ich zum ersten Mal in meinem Leben überhaupt nicht mehr, was ich machen soll. Zum ersten Mal habe ich absolut keinen Plan.« Wie ein Schwall bricht es aus mir heraus, all die Gedanken, all die wirren Gefühle, die in meinem Kopf und meinem Bauch drunter und drüber gehen. Ich schniefe laut.

Merle gibt mir ein Taschentuch, dann streicht sie mir sanft über den Kopf. »Aber Svenja, Süße. Du musst doch jetzt gar nichts entscheiden. Kannst du doch auch gar nicht. Du musst erst mal mit Carsten sprechen. Ich bin mir sicher, ihr findet eine Lösung, mit der ihr alle gut leben könnt. Vielleicht tritt er erst mal beruflich kürzer, oder du kannst nach einer Pause wieder ins Hotel und dort etwas anderes Spannendes machen. Wer weiß, das wird sich schon finden. Und außerdem bekommst du doch sogar Elterngeld, im ersten Jahr wird euch also sehr geholfen. Ich kann dir nur eins sagen – Kinder sind zwar anstrengend, aber sie sind auch toll.«

»Natürlich sind Kinder toll«, schluchze ich. »Das sehe ich ja bei deinen beiden Mädchen. Aber … ich weiß nicht, ich glaube, ich bin im Moment einfach komplett überfordert.«

»Das denke ich auch«, stimmt Merle mir zu. »Und deshalb solltest du dich erst einmal beruhigen. Das Beste wird sein, du rufst gleich im Hotel an und sagst Bescheid, dass du morgen doch nicht kommst. Und dann musst du als Nächstes mit Carsten telefonieren, vielleicht kriegt er ja doch noch kurzfristig einen Flug nach Hamburg.«

»Ich kann ihm das doch nicht am Telefon sagen«, widerspreche ich. »Carsten fällt vor Schreck tot um!«

»Dann sagst du es ihm eben erst, wenn er hier ist.«

»Und wie soll ich ihm erklären, dass er ganz dringend hier hoch fliegen soll? Der macht sich doch die größten Sorgen.«

Merle überlegt einen Moment. »Dann fliegst du eben nach München. In einer der letzten Maschinen bekommt man kurzfristig immer noch einen Platz. Ich bring dich auch gern zum Flughafen.«

9. Kapitel

Um 22.00 Uhr lande ich am Franz-Joseph-Strauß-Flughafen in München. In dem Moment, als der Flieger aufsetzt, fühle ich mich mit einem Schlag seltsam erleichtert. Bald bin ich zu Hause, kann meinen Liebsten in den Arm nehmen und ihm alles erzählen. Und dann können wir gemeinsam überlegen, wie es jetzt weitergehen soll. Bevor ich zum Flughafen gehetzt bin, habe ich noch Britta Kruse angerufen und sie gebeten, mein »Date« mit Harry Winter zu übernehmen. Den Schauspieler hätte ich in der Hektik fast vergessen. Wäre wahrscheinlich nicht so gut, wenn ich ihn, nachdem ich die Sache mit dem Auto leider nicht klären konnte, dann auch noch versetzt hätte. Ich hoffe nur, er freut sich auch über die Begleitung von Frau Kruse. Und dass es für meine arme Empfangschefin ein nicht allzu grausamer Abend wird. Aber andererseits: Ich habe ihr geholfen, jetzt hilft sie mir. Und außerdem habe ich gerade ganz andere Probleme!

Während ich im Taxi sitze, grüble ich zum etwa tausendsten Mal darüber nach, wie das nur passieren konnte. Na ja, das *Wie* ist ja eigentlich klar, aber ich frage mich, warum ich nichts gemerkt habe. Ich bin schließlich fast im dritten Monat und habe nicht das Geringste mitbekommen. Aber natürlich war ich in den letzten Wochen so im Stress, dass ich es wahrscheinlich nicht mal gemerkt hätte, wenn der Papst zum evangelischen Glauben übergetreten wäre.

Ich frage mich, wie Carsten wohl darauf reagieren wird. Sicher, ihm wäre es bestimmt sehr recht, wenn ich bei ihm in München bliebe und die Mutter seiner Kinder werde. Aber was ist dann mit meinen Wünschen? Ich habe so lange und hart gearbeitet, um die Stelle in Hamburg zu bekommen – die kann ich doch jetzt nicht einfach sausen lassen. Aber Carsten als Hausmann? Kann ich mir kaum vorstellen.

Ich versuche, das Gedankenkarussell in meinem Kopf zu stoppen. Carsten wird mit seiner ruhigen, besonnenen Art schon das Richtige einfallen.

Als ich um kurz nach elf unsere Wohnung in der Fallmerayerstraße erreiche, brennt nirgends Licht. Das heißt, Carsten ist nicht zu Hause oder schon im Bett. Wobei ich auf Ersteres tippe. Carsten ist nämlich eine ziemliche Nachteule und findet so gut wie nie vor zwei Uhr morgens in die Federn. Ich hatte überlegt, ihn von unterwegs noch anzurufen und zu bitten, so früh wie möglich zu Hause zu sein – aber dann hätte er sich Sorgen gemacht, weil ich so plötzlich nach München komme. Ich schließe die Wohnungstür auf und halte kurz inne: War da nicht gerade ein komisches Geräusch? Ich lausche. Nein, das habe ich mir wohl eingebildet. Ich schalte das Licht an, müde und kaputt vom heutigen Tag schleppe ich dann meine kleine Reisetasche ins Wohnzimmer und lasse mich auf das Sofa plumpsen. Ich schließe die Augen und lehne mich zurück. Endlich zu Hause … ein gutes Gefühl! Der Stress der vergangenen Tage fällt von mir ab, und ich genieße es, wieder in meiner vertrauten Umgebung zu sein. Sicher, im Hotel habe ich auch eine eigene Wohnung – aber das ist eben nicht das Gleiche wie der Ort, an dem ich mit Carsten zu Hause bin. Einen Moment bleibe ich liegen, dann stehe ich auf, gehe zur Anlage hinüber und stelle den CD-Player an. Eine Sekunde später erklingt ein Song von Peter Cetera, dem unvergessenen Chicago-Sänger.

Tonight it's very clear
As we're both lying here

There's so many things I want to say
I will always love you
I would never leave you alone
Wie süß – *Glory of Love!* Carsten hat in meiner Abwesenheit »unser« Lied gehört. Zu dem Song haben wir vor hundert Jahren nämlich das erste Mal geknutscht. Er hat mich also genauso vermisst wie ich ihn, wenn er sich sogar abends allein unseren Schmusesong angehört hat! Ich werfe einen Blick auf die Uhr, 23.15 Uhr. Für richtig laute Musik ist es wohl zu spät … aber ein bisschen kann ich ja noch aufdrehen. Aus vollem Herzen, wenn auch ziemlich schief, singe ich den Refrain in unserer eigenen eingedeutschten Version mit und tanze dazu durchs Wohnzimmer:

Ich bin dein Mann
Kämpfe um deine Ehre
Ich will dein Held sein
Der, von dem du träumst.
Wir sind für immer
Ewig zusammen, denn nichts
Kann die Liieehiiebe jemals zerstörn!

Ich habe die Zeile gerade zu Ende gesungen, da fliegt mit einem lauten Krachen die Tür zum Schlafzimmer auf. Vor Schreck stoße ich einen kleinen Schrei aus und fahre herum. Vor mir steht – Carsten! Nur mit Boxershorts bekleidet und zitternd einen Tennisschläger in der Hand. Er starrt mich entsetzt an. Ich starre zurück – und breche in Gelächter aus.

»Schatz!« Ich gehe auf ihn zu und gebe ihm einen Kuss. »Du bist ja doch schon da! Hast du etwa gedacht, ich wäre ein Einbrecher?«

»Ich … äh …« Er stottert und wischt sich den Angstschweiß von der Stirn. Ich nehme ihn in den Arm und streiche ihm durch seine kastanienbraunen, verschwitzten Haare. »Du glühst ja richtig, mein Schatz! Ich wollte dich wirklich nicht erschrecken, ich dachte, du bist noch gar nicht zu Hause.« Für den Moment sind die Gedanken an die Schwangerschaft vergessen, gerade bin ich einfach nur froh, bei Carsten zu sein und ihn in den Arm zu nehmen.

»Was …«, Carsten wirkt immer noch total irritiert, »was machst du denn hier? Ich dachte, du wolltest das Wochenende in Hamburg bleiben.«

Ich seufze. »Das ist eine lange Geschichte, erzähle ich dir gleich.« Ich drücke ihn noch einmal ganz fest und gebe ihm einen langen, zärtlichen Kuss. Carsten scheint sich langsam etwas zu beruhigen, jedenfalls rast sein Puls nicht mehr ganz so schnell. Er legt jetzt auch beide Arme um mich, ich kuschele mich an seine nackte Schulter und genieße das Gefühl seiner weichen, warmen Haut an meinem Gesicht. »Freust du dich denn, dass ich da bin?«

»Natürlich«, haucht Carsten und beginnt, mir am Ohrläppchen zu knabbern. Ich kichere, weil es kitzelt. »Hab dich ganz schön vermisst«, nuschelt er dabei.

»Ich dich auch«, sage ich und habe auf einmal ein ganz warmes Gefühl im Bauch, weil es so schön ist, endlich wieder zu Hause zu sein. Vielleicht sollte ich doch wieder ganz zurück nach München gehen?

»Was hältst du davon«, meint Carsten, »wenn ich mir schnell was anziehe und wir noch irgendwohin gehen?« Er mustert mich aufmunternd. Anstelle einer Antwort küsse ich ihn und sage dann: »Können wir machen. Hinterher.« Mit diesen Worten will ich Carsten schon ins Schlafzimmer schieben, als mein Blick an etwas Seltsamem hängen bleibt. Direkt vor mir, im halbdunklen Schlafzimmer, sehe ich etwas.

Einen Fuß.

Einen nackten Fuß.

Einen nackten Fuß mit lackierten Nägeln.

Und dieser Fuß guckt unter Carstens und meiner großen Bettdecke hervor. Ich schließe noch einmal die Augen, für den Fall, dass ich mich verguckt habe, und öffne sie dann wieder.

Nein. Nicht verguckt. Der Fuß ist noch immer da.

Energisch schiebe ich Carsten weg, der mich verdattert ansieht. Offenbar versteht er im ersten Moment nicht, was los ist. Als ich ins Schlafzimmer marschiere, scheint er zu begreifen.

»Äh, Svenja«, ruft er aus und hechtet mir nach. »Das ist … äh, das ist …«

Mit einem Ruck reiße ich die Bettdecke zurück.

Zum Vorschein kommt eine nackte Frau mit kurzen, schwarzen Haaren.

»Melanie«, antwortet die Frau und grinst mich angriffslustig an.

»Melanie?« Ich starre erst die Frau, dann Carsten ungläubig an. Das kann doch wohl nicht wahr sein, ich träume das alles nur!

Ich bin in Carstens und meiner Wohnung, das ist richtig. Der Fehler im Suchbild ist allerdings diese Frau, die hier nichts verloren hat! Warum ist sie trotzdem da? In meinem Bett? In *unserem* Bett!

»Carsten«, will ich wissen, »kannst du mir erklären, was hier eigentlich los ist?« Kann er offenbar nicht, er steht nur sprachlos vor mir und ist ansonsten zur Salzsäule erstarrt. »*Carsten!*« Jetzt packe ich ihn bei den Schultern. »Was soll das? Wer ist diese Frau?«

»Seine Sekretärin«, antwortet die Frau an seiner Stelle und wickelt nun betont langsam das Bettlaken um sich.

»Ach, und Sie haben hier gerade ein Diktat aufgenommen?«, schleudere ich ihr böse entgegen.

113

Sie grinst anzüglich. »Nun, das nicht gerade.«

Ich will mich auf dem Absatz umdrehen und davonlaufen, aber da erwacht Carsten aus seiner Schreckstarre und hält mich zurück, indem er eine Hand auf meine Schulter legt. »Svenja, bitte, ich möchte …« Er verstummt. Wie soll er das auch erklären, die Situation ist ja wohl mehr als eindeutig. Betrügt seine schwangere Freundin mit seiner Sekretärin, wie billig ist das denn? Na gut, dass ich schwanger bin, weiß er ja noch nicht. Aber trotzdem!

»Du Dreckskerl!«, flüstere ich nur noch matt und schiebe seine Hand weg. »Du mieses Stück Scheiße!«

»Svenja …«

»Wie lange geht das schon?« Carsten schweigt. »Wie lange das schon geht, will ich wissen!« Immer noch keine Antwort.

»Knapp drei Monate«, sagt die Frau im Bett.

»Drei Monate?« Ich gucke Carsten entsetzt an, er blickt betreten zu Boden.

»Ja«, sagt Melanie nun wieder. Mittlerweile ist sie in T-Shirt und Jeans geschlüpft, steht auf, tritt hinter Carsten und legt ihre Arme um ihn. »Und wir lieben uns.«

»Das wird ja immer doller!«, entfährt es mir. Ich kann nicht glauben, was ich hier sehe: Eine fremde Frau hat ihre Arme um meinen Freund geschlungen und erklärt mir, dass sie sich lieben. »Carsten«, fahre ich ihn an, »könntest du dazu wohl auch mal was sagen?«

»Ich, ähm«, stottert er. »Also, das ist alles nicht so einfach.«

Jetzt ist es an Melanie, ihn böse anzugucken. »Was soll das heißen, das ist nicht so einfach?«, kreischt sie beinahe. »Du wolltest es ihr doch sagen, wenn sie erst einmal in Hamburg ist. Also, Carsten, jetzt ist deine Chance.«

Ihre Worte treffen mich, als hätte sie mir einen Tritt in die Magengrube versetzt. Mit einem Schlag wird mir schwindelig, ich muss mich am Türrahmen festhalten. *Du wolltest es ihr doch sagen, wenn sie erst einmal in Hamburg ist.*

»Ist das wahr?« Ich versuche, Carsten direkt ins Gesicht zu schauen, aber er weicht meinem Blick aus. Mit einer Hand umfasse ich sein Kinn und zwinge ihn, mich anzusehen. »Ob das wahr ist, will ich wissen!«

»Irgendwie schon«, gibt er zu. »Ich … ich wollte es dir schon längst sagen, aber dann hab ich's irgendwie nicht geschafft. Und dann habe ich auch immer gehofft, dass du es vielleicht von selbst merkst.«

»*Bitte?* Dass ich von selbst merke, dass du mich seit einem Vierteljahr betrügst?« Das kann ja wohl nicht sein Ernst sein!

»Nein, ich dachte, irgendwann merkst du auch, dass wir eigentlich gar nicht zusammenpassen. Ich meine, wir haben doch völlig unterschiedliche Lebensziele, es wäre mit uns auf Dauer nie gutgegangen.«

»Auf Dauer?«, entfährt es mir. »Wir sind seit fast achtzehn Jahren zusammen – was, bitte schön, ist das denn für dich, wenn nicht etwas Dauerhaftes?«

»Ja«, gibt er zu, »ich hab immer gedacht, dass du die Frau meines Lebens bist. Aber jetzt ist es eben anders.«

Ich starre Carsten wortlos an, unfähig, dazu etwas zu sagen. Ich habe das Gefühl, jeden Moment umkippen zu müssen. Aber das scheint Carsten gar nicht zu merken, es sprudelt auf einmal nur so aus ihm heraus.

»Weißt du, ich habe in letzter Zeit viel über uns nachgedacht. Mir ist einfach klargeworden, dass ich ein anderes Leben möchte als du. Kinder, Familie, ein eigenes Haus hier in München – das ist mir wichtig. Und sei doch ehrlich, du wirst doch noch die nächsten dreißig Jahre in der Weltgeschichte rumgondeln. Ich finde es toll, dass du so Karriere machst, aber offen gestanden passt jemand wie Melanie wohl besser zu mir.«

Wie zur Bestätigung grinst die so Gepriesene jetzt von einem Ohr zum anderen. Wahrscheinlich sieht sie sich schon mit Carsten in einem Mittelreihenhaus in Oberhaching oder sonst einem grünen Vorort von München hocken, die wohlgeratene Brut auf den Knien, auf dem Tisch die Familienpackung Rama. Ob mir Carsten mal schnell den Tennisschläger leiht? Ich spüre auf einmal das ganz dringende Bedürfnis, dieser Kuh so richtig eins auf die Mappe zu dreschen.

Als ich meine Stimme endlich wieder gefunden habe, unterbreche ich Carstens Monolog. Er ist inzwischen irgendwo bei »mit der Zeit wirst du bestimmt merken, dass es so das Beste ist« angelangt.

»Dann hattest du gar nicht vor, dich in Hamburg zu bewerben, oder?«, frage ich, immer noch fassungslos. Carsten ringt nach Worten.

»Ich … äh, nein, eigentlich nicht.«

»Ist ja toll!«, stoße ich hervor. »Und ich mach mich noch bei dem Typen von WaterPriceCopper zum Deppen, von wegen ›Mein Lebensgefährte hat sich auch um die Stelle beworben‹. *Ha!*«

»Aber Svenja, das ist …«

Ich schneide ihm das Wort ab. »Dann freut es mich ja, dass du nun endlich eine Seelenverwandte gefunden hast, mit der du demnächst ins Spießerparadies einziehen kannst. Ich verstehe natürlich völlig, dass du dich neben deiner eigenen Tippse nun endlich mal so richtig als Held fühlen kannst. Was bist du doch für ein Würstchen!«

Carsten und Melanie schnappen gleichzeitig nach Luft. Sieht lustig aus, fast wie beim Synchronschwimmen, nur ohne Nasenklemme.

»Also, wirklich, Svenja«, setzt Carsten zu seiner eigenen Ehrenrettung an. Weiter lasse ich ihn allerdings nicht kommen, denn für Melanie habe ich noch einen kleinen Tipp.

»Und du«, spreche ich sie betont ruhig an, »du solltest dir darüber im Klaren sein, dass du mit einem Lügner zusammen bist.«

Dann gehe ich rüber zum CD-Player, nehme das Album von Peter Cetera heraus und stecke es in die Hülle. »Die nehme ich mit«, erkläre ich Carsten. »Du hast *Glory of Love* nicht verdient! Diese ganze Geschichte hier ist nämlich mehr als unrühmlich.« Dann schnappe ich mir meine Reisetasche, lasse die beiden stehen und gehe zur Wohnungstür. Bevor ich sie hinter mir zuziehe, drehe ich mich noch einmal zu Melanie und Carsten um.

»Meine restlichen Sachen lasse ich nächste Woche abholen. Pack sie bitte zusammen.« Carsten nickt gehorsam und sieht mich dabei an wie ein geprügelter Hund. Ich greife nach der Klinke und will sie schon hinter mir ins Schloss ziehen, aber dann halte ich mitten in der Bewegung inne. »Und ich muss noch einmal kurz auf die Toilette.«

Eine halbe Stunde später checke ich bei meinen erstaunten Ex-Kollegen im Royal Fürstenberger München ein; einen Flug oder Zug nach Hamburg gibt es um diese Zeit leider nicht mehr. Ich muss ziemlich grauenhaft aussehen, denn niemand traut sich, mich zu fragen, was ich eigentlich um diese nachtschlafende Zeit ohne Vorwarnung hier mache. Gut. Nach ausgeprägtem Smalltalk ist mir jetzt wirklich nicht. Mittlerweile kann ich die Augen vor lauter Müdigkeit kaum noch offen halten.

Völlig erledigt liege ich also im Bett – und kann doch nicht einschlafen. Die Gedanken fahren in meinem Kopf schneller als noch vor einer Stunde Karussell, ich kann sie einfach nicht stoppen. Wenn ich ehrlich bin, hatte ich zwar – bis auf die Sache mit der Toilette – einen starken Abgang bei Carsten, aber jetzt fühle ich mich so furchtbar, dass ich eigentlich nur noch weinen möchte.

Wie konnte das alles nur passieren? Wie konnte das gerade *mir* passieren? Jetzt fangen die Tränen wirklich an zu laufen, erst nur ein paar, schließlich schüttelt es mich richtig. Ich fühle mich unglaublich allein und verlassen. Was ich genau genommen leider auch bin. Verlassen und schwanger. Mit Zwillingen. Großartig.

Bei diesem Gedanken muss ich noch mehr weinen. Langsam wird mein Kopfkissen richtig nass. Ich winde mich aus dem Bett, um mir die Packung Kleenex zu holen, die im Badezimmer steht. Den Blick in den Spiegel hätte ich mir dabei besser gespart: Vor mir steht eine völlig aufgelöste Svenja, keine Spur mehr von der selbstbewussten Frau, die gerade noch ihren neuen Ex-Freund zur Schnecke gemacht hat.

»Mensch, jetzt reiß dich mal ein bisschen zusammen«, schimpfe ich mich an, »die Heulerei bringt dich überhaupt nicht weiter. Überleg lieber mal, was du nun tun willst.«

Ich weiß es nicht, jammert mein geknicktes Ich, *keine Ahnung.*

»Dann horch mal in dich hinein, du Häuflein Elend. Willst du immer noch Kinder?«

Ja, eigentlich schon.

»Und willst du auch diese Kinder?«

»Ja, aber die Umstände habe ich mir immer völlig anders vorgestellt.«

»Okay, Carsten ist ein Totalausfall. So viel steht fest. Denkst du, du kriegst es auch ohne ihn hin?«

Mein Ich schweigt.

»Hallo?«, blaffe ich es an. »Ich rede mit dir!«

Wahrscheinlich schon, kommt es ziemlich kleinlaut.

»Gut, so gefällst du mir schon besser. Dann machen wir doch jetzt mal einen Plan. Das hilft immer.« Genau! Aufgeben ist nämlich nicht vorgesehen, das kommt gar nicht in Frage.

Statt zurück ins Bett zu gehen, setze ich mich also an den Schreibtisch, schalte die Lampe ein und fische mir Papier und Stift aus der Schublade.

6. Oktober 2006
To-Do-Liste Svenja, Projekt »Zwillinge«

- *Einarbeitung Svenja im Fürstenberger*
- *Recherche Kinderbetreuungsmöglichkeiten (Kita? Tagesmutter?)*
- *Gespräch mit Generaldirektion*
- *Klärung Finanzielles (Elterngeld? Kindergeld?)*
- *Schwangerschaftsvertretung suchen und einarbeiten*
- *Kinder bekommen und so kurz wie möglich pausieren*
- *Rückkehr aus Elternzeit*
- *Deutschlands erfolgreichste Hoteldirektorin werden*
- *Kinder machen wegen Hochbegabung mit 16 Abitur, schließen mit 21 ihr Studium ab, werden beruflich sehr erfolgreich und versorgen ihre Mutter, die ein kleines Künstleratelier in Frankreich eröffnet* ☺

Zufrieden gucke ich meine Liste an und schmunzle über den letzten Punkt, den ich aus Spaß noch notiert habe. Das liest sich doch schon ganz gut – ich fühle mich gleich viel besser. Ich weiß zwar nicht, warum, aber irgendwie haben Listen schon immer etwas Beruhigendes für mich gehabt. Die kann ich dann schön der Reihe nach abarbeiten und bin am Ende da, wo ich hinwollte. So einfach ist das.

Und so wird es auch diesmal funktionieren.

Bestimmt.

Ich gehe zurück ins Bett und hoffe, dass ich jetzt schlafen kann, damit ich morgen nicht vollkommen gerädert bin. Aber noch immer will es mir nicht gelingen, ständig wieder schiebt sich das Bild von Melanie und Carsten vor mein inneres Auge. Melanie, die Schlampe. Und Carsten, das Arschloch. Als hätten ihm die Ohren geklingelt, piept in diesem Moment mein Handy, und ich habe eine SMS von ihm bekommen.

Meine Süße! Es tut mir unsagbar leid, dass es so laufen musste. Können wir morgen nicht noch einmal in Ruhe reden? Dein Carschtie

Ich studiere die Nachricht – dann lösche ich sie mit einem energischen Knopfdruck. Und nicht nur sie. Eine Sekunde später habe ich auch Carstens Daten aus meinem Adressbuch eliminiert. Nein, mein Lieber, es hat sich ausgesüßt. Und ausgecarschtiet!

10. Kapitel

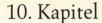

Die nächsten vier Wochen vergehen wie im Flug. Es mag daran liegen, dass ich mich buchstäblich in die Arbeit stürze und versuche, nicht allzu viel nachzudenken. Wie eine Wilde rotiere ich, um ja nicht ins Grübeln zu geraten: Ich habe einen Klavierspieler für die Lobby engagiert, worüber die Lokalpresse sogar berichtet hat, weil sich unser Eingangsbereich so im Handumdrehen zu einem offenbar sehr beliebten Café entwickelte. Jedenfalls ist sie nachmittags jetzt noch besser besucht als bisher. Dann habe ich neue Uniformen fürs Housekeeping in Auftrag gegeben, was natürlich nicht ganz einfach war, weil ich mich dafür mit Maja Friedrichs absprechen musste. Und die hatte natürlich ganz andere Vorstellungen davon, wie die aussehen sollen, als ich. Am Ende haben wir dann aber doch einen ziemlich guten Kompromiss gefunden, mit dem ich auch leben kann. Zusammen mit unserem Küchenchef habe ich Menüpläne für die kommende Saison erstellt, lange im Voraus Weihnachtsgrüße an unsere Stammgäste handschriftlich verfasst (eine Verzweiflungstat, ich weiß) und so weiter und so fort. Von morgens früh bis spätabends war ich in Aktion, so dass ich nach der Arbeit immer hundemüde ins Bett fallen konnte, was mir mit Sicherheit die ein oder andere wach gelegene Nacht erspart hat.

In Sachen Auto habe ich leider trotz größter Bemühungen immer noch nichts herausfinden können, dieser Sascha, der sich unerlaubt Harry Winters Wagen ausgeliehen hat, ist einfach nicht zu ermitteln. Aber, und das tröstet mich, seitdem Britta Kruse ihn netterweise an meiner Stelle zum Essen eingeladen hat, scheint er mit der Welt wieder versöhnt zu sein.

Jedenfalls grüßt er immer freundlich, wenn er mir im Hotel über die Füße läuft.

Ich selbst habe es zwar so geschafft, mich von der Carsten-Problematik abzulenken – aber ein anderes Problem kann ich unmöglich ignorieren: Langsam, aber sicher sieht man bei mir schon ein deutliches Bäuchlein, und ich frage mich, wann mich die ersten Mitarbeiter oder Gäste darauf ansprechen werden. Dazu bin ich ständig hundemüde, darf aber keinen Kaffee mehr trinken und finde auch insgesamt, dass in den Schwangerschaftsratgebern, die ich mir mittlerweile zugelegt habe, doch ziemlich viel gelogen wird. Jedenfalls kann ich persönlich nicht sonderlich viel davon entdecken, dass ich gerade »besonders rosige Haut, die vor Glück nur so schimmert« habe. Im Gegenteil, die Hormonumstellung hat mir ein paar unschöne Pickel beschert. Ich fühle mich ganz und gar nicht rosig!

Heute Nachmittag um 15.00 Uhr habe ich meine erste richtige Vorsorgeuntersuchung bei Dr. Kleinschmidt, vielleicht hat er ja ein paar Tipps, die wenigstens gegen die permanenten Blähungen helfen. Obwohl ich meinen Frauenarzt ja für etwas unsensibel halte, habe ich beschlossen, für die Schwangerschaftsbetreuung zu ihm zu gehen. Immerhin war er es ja, der diese großartige Entdeckung überhaupt erst gemacht hat. Haha!

Merle hat mich gefragt, ob sie mitkommen soll, aber ich möchte lieber alleine hin, obwohl das Angebot natürlich sehr lieb war. Überhaupt scheint es immer mehr, als hätten Merle und ich die Rollen getauscht. Früher war ich die Große, die sich um die Kleine gekümmert hat, jetzt bin ich das Sorgenkind. Merle und Sebastian waren natürlich völlig entsetzt, als ich ihnen von Carsten und seiner Affäre erzählt habe, und boten mir gleich jede Unterstützung an. Von meinem Plan, sofort nach der Geburt weiterzuarbeiten, waren die beiden allerdings nicht wirklich überzeugt.

»Ich glaube, du stellst dir das zu einfach vor«, meinte Sebastian, und als ich Merle den Zettel zeigte, den ich noch nachts in München geschrieben hatte, ist sie fast vor Lachen zusammengebrochen. Meinte, dass das Leben mit zwei Kleinkindern sich nicht so strukturieren lässt wie die Personaleinsatzplanung im Fürstenberger. Wahrscheinlich hat sie recht … aber daran will ich jetzt lieber nicht denken.

Ich schaue auf die Uhr – kurz nach zwei. Noch ein Telefonat, danach besorge ich mir schnell etwas zu essen, und dann wird es auch schon Zeit für den Herrn Doktor.

Was man heute wohl auf dem Ultraschall sehen kann? Vielleicht bin ich auch auf mirakulöse Weise gar nicht mehr schwanger und habe mir all meine Gedanken umsonst gemacht. Nach dem Termin bin ich auf alle Fälle schlauer, und dann muss ich mir langsam auch Gedanken machen, wie ich das alles meinem Chef Dr. Hubert Wiedemeyer schonend beibringe. Der hat sich passenderweise für nächste Woche angekündigt, sein erster Besuch, seitdem ich das Hotel übernommen habe.

Nachdem ich telefoniert habe, will ich eigentlich den Rechner herunterfahren und das Büro verlassen – doch dann meldet mein Mailprogramm mir blinkend eine neue Nachricht. Von Carsten. Wird wahrscheinlich das gleiche Gejammer sein, das er mir seit vier Wochen so gut wie jeden Tag schickt. Wenn er mir nicht gerade die Mailbox volllabert oder mich auf dem Handy mit Kurznachrichten bombardiert.

Ich öffne die Mail. Auch diesmal hat sich mein Ex-Freund nichts sonderlich Neues einfallen lassen.

carsten.Lüders@hwp-muenchen.de

An: svenja.christiansen@fuerstenberger-hamburg.de
Betreff: Melde Dich doch mal!
Datum: 10.11.2007, 14.10 Uhr

Liebe Svenja,
nachdem du ja alle meine Nachrichten beharrlich ignorierst,
wollte ich dir nur noch einmal kurz schreiben, dass ich es
nicht gut finde, wenn wir nach all den Jahren so wortlos aus-
einandergehen. Bitte benimm dich endlich wie eine Erwachsene. Ich warte auf deinen Anruf!
LG, Carsten

Mit einem einzigen Klick lösche ich seine Mail, wie auch schon
die etwa zwanzig davor. Ich soll mich wie eine Erwachsene
benehmen? Am liebsten würde ich ihm zurückschreiben, dass
er, wenn ihm das alles doch ach so wichtig ist, ja mal seinen
Hintern in ein Flugzeug schwingen könnte, um persönlich
mit mir zu reden! Aber auf so eine Idee kommt er natürlich
nicht, lieber billige Worte statt Taten.

So oder so: Der Kerl ist und bleibt für mich gestorben. Hoffentlich wird er mit seiner Sekretärin so richtig unglücklich!

Als ich mein Büro verlasse, drücke ich beim Rausgehen meiner Assistentin noch eine Umlaufmappe in die Hand. »Ich
komme heute nicht mehr rein, Frau Hoppe«, teile ich ihr mit.
»Mein Handy habe ich die nächsten zwei Stunden auch aus,
danach können Sie mich wieder erreichen.«

»Alles klar, Chefin – aber ich glaube, heute ist es hier relativ
ruhig. Spannen Sie doch mal ein bisschen aus, Sie sehen echt
müde aus.«

»Danke, werde ich beherzigen. Also, bis morgen.«

sabrina.hoppe@fuerstenberger-hamburg.de

An:	Doreen Lehmann
Betreff:	Luft ist rein!
Datum:	10.11.2006 14:32 Uhr

So, die Alte ist weg, die sah heute vielleicht scheiße aus.
Eines steht fest: Arbeit macht nicht schön. In diesem Sinne:
Wollen wir gleich los? Petra vom Empfang übernimmt mein
Telefon. Freue mich schon total, war extra beim Geldauto-
maten.
Sabrina Hoppe
Assistentin der Direktion

doreen.lehmann@fuerstenberger-hamburg.de

An:	Sabrina Hoppe
Betreff:	Re: Die Luft ist rein!
Datum:	10.11.2006, 14:45 Uhr

Alles klar! Hier ist sowieso tote Hose, keine drei Omas zum
Kaffeetrinken, das schafft die Azubine auch allein.
Doreen Lehmann
Restaurantchefin »Etoile« Fürstenberger

Das Wartezimmer von Dr. Kleinschmidt ist zwar brechend
voll, trotzdem komme ich gleich dran. Angesichts all der
schwangeren Pärchen, die händchenhaltend um mich herum-
sitzen, ist mir das sehr recht. So viel Harmonie kann ich momentan nicht gut haben.

»Na, Frau Christiansen, wie geht es Ihnen denn? Haben Sie
den Schock etwas verkraftet?«, will Dr. Kleinschmidt gleich
wissen.

»Wie man's nimmt. Manchmal frage ich mich, ob ich überhaupt noch schwanger bin. Das kommt mir alles noch sehr unwirklich vor.«

»Gut, dann wollen wir nicht weiter spekulieren, sondern wir schauen einfach nach, wie es Ihren zwei Sternschnuppen geht.«

Ich muss zugeben, dass ich jetzt ziemlich aufgeregt bin und einen Moment lang doch bereue, Merle nicht mitgenommen zu haben. Wenn ich ehrlich bin, wäre ich doch sehr traurig, wenn Dr. Kleinschmidt die Kleinen nicht mehr sehen könnte.

»Ah, da sind die beiden schon«, teilt er mir zu meiner Erleichterung nach einem kurzen Blick auf den Ultraschall mit. »Schauen Sie«, er dreht den Bildschirm so, dass ich auch etwas sehen kann. Und tatsächlich, da schwimmen eindeutig zwei Gummibärchen herum! Mein Herz beginnt, schneller zu schlagen, und ich muss unwillkürlich lächeln.

»Beide schön gewachsen, das ist sehr gut. Manchmal entwickelt sich nämlich ein Zwilling gleich am Anfang nicht weiter, aber bei Ihren ist alles genau so, wie es sein soll. So, jetzt vermesse ich die beiden, und dann haben wir auch einen vorläufigen Entbindungstermin für Ihren Mutterpass.«

Konzentriert starrt Dr. Kleinschmidt auf den Bildschirm und setzt zwei weiße Kreuzchen an die Enden jedes der Bärchen.

»Einmal sechsundfünfzig Millimeter Scheitel-Steiß-Länge, das andere siebenundfünfzig Millimeter – also schon dreizehnte Woche der Schwangerschaft. Ihr Entbindungstermin wird also ungefähr der 20. Mai sein, bei Zwillingen meist zwei bis drei Wochen früher.«

In Gedanken rechne ich schnell durch: Heute ist der zehnte November – Dezember, Januar, Februar, März, April ... Also nur noch fünf Monate, dann muss es eine wie auch immer geartete superduper Lösung geben, sonst brauche ich Dr. Wiedemeyer nie wieder unter die Augen zu treten.

Kleinschmidt kritzelt etwas in ein hellblaues DIN-A5-Heftchen, das er mir dann feierlich überreicht: »Ihr Mutterpass, Frau Christiansen. Den sollten Sie jetzt immer dabeihaben, dort dokumentieren wir Ihren gesamten Schwangerschaftsverlauf sowie wichtige medizinische Daten wie Blutgruppe, Rhesusfaktor, Vorerkrankungen und so weiter. Außerdem habe ich Ihnen in die Lasche einen Ausdruck vom Ultraschallbild Ihrer Sternschnuppen gesteckt, damit Sie zu Hause auch etwas zum Zeigen haben.«

Bei seinen letzten Worten zucke ich zusammen. Noch vor einiger Zeit hätte ich sehr viel dafür gegeben, Carsten stolz ein solches Bild unter die Nase halten zu können. Und jetzt hocke ich auf einmal allein da. Allein – und schwanger mit Zwillingen. Ohne dass ich es verhindern kann, breche ich in Tränen aus.

»Frau Christiansen?« Dr. Keinschmidt mustert mich besorgt und reicht mir ein Kleenex. Darin hat er mittlerweile ja Übung bei mir. »Alles in Ordnung?«

»Nein«, schluchze ich und schnaube geräuschvoll in das Papiertaschentuch. »Nicht wirklich.«

»Kann ich Ihnen irgendwie helfen?«

Ich zucke mit den Schultern und bringe ein schiefes Lächeln zustande. Was sage ich denn jetzt? Ich kann ja schlecht vor meinem Arzt mein Innenleben ausbreiten. Andererseits – warum eigentlich nicht?

»Ich bin mit dem Vater der Kinder nicht mehr zusammen«, erkläre ich daher.

»Oh.« Eine Sorgenfalte bildet sich auf seiner Stirn, allerdings nur für den Bruchteil einer Sekunde. Dann setzt er wieder ein optimistisches Lächeln auf. »Aber das ist doch heutzutage kein Problem mehr, Frau Christiansen«, beteuert er. »Viele Frauen sind in so einer Situation.«

»Na ja«, erwidere ich. »Im Moment ist alles einfach etwas durcheinander.«

»Das glaube ich Ihnen.« Er tätschelt meine Hand. »Sie werden sehen: Wenn die Babys erst einmal auf der Welt sind, wird sich schon alles regeln.«

Ha, das sagt er so leicht! Im Moment kann ich mir das noch nicht vorstellen. Trotzdem versuche ich, meinen optimistischsten Gesichtsausdruck an den Tag zu legen, und verzichte darauf, ihn noch weiter vollzuheulen. Immerhin ist er mein Frauenarzt, nicht mein Seelenklempner.

Eine Viertelstunde später verlasse ich die Praxis. In meiner Tasche trage ich etwa eine Tonne Broschüren mit so ermunternden Titeln wie *Alleinerziehend – und glücklich damit!* oder *Mama schafft das ohne Papa.*

Na, dann.

Kann ja nix mehr schiefgehen.

Zurück in meinem Appartement beschließe ich, doch wieder ins Büro zu gehen. Eigentlich hatte ich Merle versprochen, nach dem Arzttermin vorbeizuschauen. Stattdessen schicke ich ihr nur eine kurze SMS, dass alles in Ordnung ist. Meine Stimmung ist immer noch nicht die beste und mit Arbeit kann ich mich nun mal sehr gut ablenken.

Interessanterweise scheint Sabrina Hoppe die Gelegenheit genutzt zu haben, sich für heute zu verabschieden. Ein Abschied ohne Abmeldung allerdings. In meinem Vorzimmer ist sie nicht, und es sieht auch nicht so aus, als sei sie nur kurz weg: Das Licht ist aus, ihr Computer ebenfalls. Wie heißt es so schön? Ist die Katze aus dem Haus, tanzen die Mäuse auf dem Tisch. Oder hauen eben einfach ab. Unglaublich – was fällt der ein! Nichts gegen einen frühen Feierabend, aber da möchte ich doch vorher gefragt werden. Einfach zu warten, bis ich weg bin und dann klammheimlich zu verschwinden, nee! Das macht die Gute sich zu einfach.

Ich werfe einen Blick auf den Zettel mit den Handynummern der wichtigsten Mitarbeiter, den Sabrina sorgsam an die Magnettafel neben ihrem Schreibtisch gepinnt hat. *Bingo* – es steht auch ihre eigene Nummer drauf. Eilig wähle ich die Nummer, das soll mir Fräulein Hoppe doch jetzt mal persönlich erklären.

Mist. Es klingelt länger, dann geht ihre Mailbox dran. Ich nehme mir also vor, es in einer halben Stunde noch einmal zu probieren. In der Zwischenzeit kann ich noch ein paar Vorgänge wegarbeiten – hatte mir ohnehin vorgenommen, mal den Ordner mit Beschwerdebriefen durchzugehen. Es kann nicht schaden zu wissen, ob es hier irgendwelche Punkte gibt, an denen es immer wieder hakt. Schließlich wird Wiedemeyer mir nächste Woche bestimmt auf den Zahn fühlen wollen. Und wenn ich schon mit meiner doch ziemlich überraschenden Neuigkeit ankomme, dann will ich wenigstens ansonsten bestens vorbereitet sein.

Der Ordner steht normalerweise in Sabrinas Regal, aber dort finde ich ihn nicht. Ich sehe mich auf ihrem Schreibtisch um – tatsächlich, dort liegt er. Als ich ihn hochnehme, fällt mein Blick auf ein Foto, das versteckt darunterlag. Interessiert nehme ich es in die Hand, denn es ist nicht irgendein Foto – es ist die Aufnahme eines Radargeräts, die man zugeschickt bekommt, wenn man wegen überhöhter Geschwindigkeit oder an einer roten Ampel geblitzt wurde.

Und sie zeigt ziemlich gut erkennbar einen alten Bekannten.

Sascha!

Das ist ja ein Ding!

Ich setze mich auf Sabrinas Stuhl und schaue mir das Bild

genauer an. Nicht nur Sascha ist darauf zu sehen, sondern auch meine liebreizende Assistentin Sabrina Hoppe, die auf dem Beifahrersitz hockt. Zwar kann ich ihr Gesicht nicht erkennen, das wurde vermutlich aus Datenschutzgründen gepixelt – aber ihre auffällige Aztekenkette verrät meine Assistentin. Dem Foto beigelegt ist ein Brief.

Sehr geehrte Damen und Herren,

den anliegenden Fotobeweis bekam ich in der vergangenen Woche gemeinsam mit einem Bußgeldbescheid der Freien und Hansestadt Hamburg, Behörde für Inneres, zugestellt. Wie unschwer zu erkennen ist, handelt es sich bei dem Fahrer jedoch nicht um mich selbst (ich bin 65 Jahre alt!), sondern um eine mir völlig unbekannte Person. Sie können sich also sicherlich vorstellen, wie groß meine Überraschung angesichts dieses Fotos war. Noch größer allerdings war meine Verärgerung, als ich anhand des Datums rekonstruieren konnte, dass diese Autofahrt stattgefunden haben muss, während ich mein Fahrzeug sicher in Ihrer Hotelgarage wähnte. Es ist doch wohl eine unglaubliche Frechheit, dass die Mitarbeiter Ihres Hauses offenbar die Gelegenheit nutzen, Damen mit Fahrzeugen Ihrer Gäste durch die Gegend zu kutschieren! Ich verlange unverzügliche Aufklärung der Angelegenheit sowie Beseitigung

aller Unannehmlichkeiten, die mir durch
diesen ungeheuerlichen Vorgang entstan-
den sind.

Hochachtungsvoll
Hans-Dieter Korthage

Ich bin wirklich platt und studiere noch den beiliegenden
Bußgeldbescheid: 51 km/h zu schnell – und das in einer geschlossenen Ortschaft! Macht vier Punkte in Flensburg, zwei
Monate Fahrverbot und eine Strafe von hundertfünfundsiebzig Euro zuzüglich Gebühren. Nicht schlecht – und mehr als
verständlich, dass Herr Korthage nicht vorhat, in diesem Fall
die Schuld auf sich zu nehmen.

So viel Unverfrorenheit hätte ich meiner kleinen Sabrina
Hoppe nun wirklich nicht zugetraut. Und Sascha scheint in
unserer Hotelgarage ein und aus zu gehen. Aber nachdem die
Liste unserer Angestellten und Aushilfen ja leider zu keinem
Ergebnis führt, weiß ich jetzt wenigstens, wie ich ihn finde. Na
warte!

Ich drücke die Wahlwiederholung meines Telefons. Nach
dem dritten Klingeln geht Sabrina endlich dran.

»Oh, Frau Christiansen, sind Sie doch noch ins Büro gekommen?« Bilde ich mir das ein – oder stottert die Hoppe
ganz schön?

»Ja, ich bin in der Tat im Büro. Und offen gestanden frage
ich mich gerade, wo Sie eigentlich stecken.« Im Hintergrund
höre ich Gelächter und laute Stimmen, Gläser klirren. »Sind
Sie in einer Bar?«

»Äh, nein, ich – ich musste nur dringend etwas besorgen.
Ich, also …«

Mein Gott, dieses Gestammel geht mir auf die Nerven! »Ich

mach's jetzt mal kurz, Frau Hoppe: Egal wo Sie stecken, Sie kommen sofort wieder ins Büro.«

»Ja, bin gleich wieder da«, kommt es ziemlich kleinlaut durch die Leitung. »Geben Sie mir zehn Minuten.«

Na also, geht doch.

Sabrina Hoppe braucht tatsächlich nur acht Minuten, dann steht sie mit hochrotem Kopf vor meinem Schreibtisch.

»Es tut mir so leid, Frau Christiansen, aber ich dachte, wo ich doch in letzter Zeit so viele Überstunden gemacht habe, da könnte ich mal ein bisschen früher gehen. Und weil hier gleich um die Ecke heute ein Outlet-Verkauf war und die schon um sechs zumachen, da wollte ich nur ...«

Ich setze meinen strengsten Vorgesetztenblick auf, den ich habe. »Frau Hoppe, Ihre Arbeitszeit geht bis 18.00 Uhr. Wenn Sie Überstunden abgleiten wollen, dann müssen Sie das vorher mit mir abstimmen – und keinesfalls geht das eigenmächtig, wenn ich nicht da und das Büro somit überhaupt nicht besetzt ist.«

»Ja, aber ich dachte, der Empfang könnte so lange ...«

»Der Empfang ist, wie der Name schon sagt, für den Empfang unserer Gäste zuständig«, unterbreche ich sie. Betreten schaut Sabrina Hoppe zu Boden.

»Gut, dann ist das wohl geklärt. Es ist allerdings nicht das Einzige, was wir beide besprechen müssen.«

Sabrina Hoppe guckt erstaunt. »Nämlich?«

»Auf der Suche nach dem Beschwerdeordner bin ich auf dieses interessante Bild gestoßen.« Ich halte ihr das Foto vor die Nase. Sie sackt in sich zusammen und flüstert ein kaum hörbares »Oh nein«.

»Oh doch. Ihnen ist hoffentlich klar, dass ich Sie dafür sofort abmahnen müsste.«

Sabrina nickt, und ich glaube, sie ist kurz davor, in Tränen auszubrechen. Ich schlage also einen etwas milderen Ton an.

»Ich finde, jeder bekommt eine zweite Chance. Die müssen Sie sich jetzt allerdings verdienen.«

»Verdienen?« Sie sieht mich etwas irritiert an. Um ihr auf die Sprünge zu helfen, wedele ich noch einmal mit dem Foto vor der Nase herum.

»Wer ist der junge Mann auf dem Fahrersitz«, will ich wissen. »Und wie lautet seine Telefonnummer?«

Als Sabrina gegangen ist, wähle ich sofort die Nummer, die sie mir fein säuberlich auf einen Zettel geschrieben hat.

»Ja?«, meldet sich eine vertraute Stimme.

»Hallo, Sascha, ich bin's, Svenja. Du weißt schon, aus der *Bangkok Bar*.«

»Oh, hallo!«, kommt es erfreut zurück.

»Ich glaube, wir müssen uns mal unterhalten.«

»Müssen wir?«

»Ja. Und zwar sofort.«

sabrina.hoppe@fuerstenberger-hamburg.de

An: Doreen Lehmann
Betreff: Scheiße!
Datum: 10.11.2006, 15:31 Uhr

So ein Mist! Die Christiansen hat das Foto gefunden, als Sascha und ich geblitzt worden sind. Hätte ich das doch sofort in den Müll geschmissen! Aber ich konnte ja nicht ahnen, dass die auf meinem Schreibtisch rumwühlt. Sie hat Sascha zu sich ins Büro bestellt, schätze, gleich fliegt alles auf. Was soll ich denn jetzt machen? Wenn die das

rauskriegt, die Sache mit dem Limousinen-Service und so,
oh Gott … Mir geht hier echt der Arsch auf Grundeis!
Sabrina Hoppe
Assistentin der Direktion

doreen.lehmann@fuerstenberger-hamburg.de
An: Sabrina Hoppe
Betreff: Re: Scheiße!
Datum: 10.11.2006, 16:10 Uhr

Ich hab dir gleich gesagt, dass du dich nicht auf diesen Russen einlassen sollst, der roch von Anfang an nach Ärger!
Aber du wolltest ja nicht auf mich hören, von wegen Helfer-
komplex! Jetzt kannst du nur hoffen, dass die Christiansen
dich nicht gleich rausschmeißt, ich drück dir die Daumen!
Hab übrigens noch ein tolles Teil für 20 Euro entdeckt, zeig
ich dir nachher mal.
Doreen Lehmann
Restaurantchefin »Etoile« Fürstenberger

sabrina.hoppe@fuerstenberger-hamburg.de
An: Doreen Lehmann
Betreff: Re: Re: Scheiße!
Datum: 10.11.2006   16:16 Uhr

Kannst du dir vorstellen, dass ich im Moment andere Sorgen habe, als mir das »tolle Teil« anzugucken, das du noch
entdeckt hast???
Sabrina Hoppe
Assistentin der Direktion

134

11. Kapitel

Hundertfünfundsiebzig Euro für ein paar Kilometerstunden zu viel? Deutschland ist Land voller Spießer!«

»Stundenkilometer« verbessere ich.

»Jaaa, Stuuundenkilometer! Ist trotzdem Spießer!« Sascha sitzt vor meinem Schreibtisch, die Beine lässig übereinandergeschlagen, und macht beinahe den Eindruck, als hätten wir uns hier zum netten Kaffeeklatsch getroffen. Aber nicht mit mir, die Sache ist ernst! Sabrina linst von ihrem Vorzimmer aus immer wieder zu uns rüber – möchte wetten, sie wäre jetzt sehr gern bei diesem Gespräch dabei. Aber zuerst will ich mit Sascha allein klären, was hier überhaupt los ist.

»Herr Antonow«, beginne ich, denn mittlerweile kenne ich auch seinen Nachnamen. Sofort fällt er mir ins Wort.

»Aber bitte, sag doch Sascha. Wir haben doch schon so viel zusammen durchgemacht! *Druzjá poznajútsja v bedé*. Freunde erkennt man im Unglück.«

Dieser dämliche Abend in der Karaoke-Bar! Natürlich ist es nicht ganz einfach, einem Mann gegenüber, der einen bereits mitsamt der kotzenden Schwester nach Hause gefahren hat, die autoritäre Hotelchefin raushängen zu lassen.

»Ja«, nehme ich sein Sprichwort auf, »und ein Unglück wird nun wohl auch über dich und Sabrina Hoppe hereinbrechen.«

Er lehnt sich noch weiter zurück und verschränkt nun die Arme. »Wegen diese Kleinigkeit? Pah!«

Ich beuge mich über meinen Schreibtisch zu ihm hinüber und gebe mir Mühe, ein möglichst finsteres Gesicht zu machen. »Wiederholtes unerlaubtes Entwenden eines Fahr-

135

zeugs – und dann auch noch damit wie ein Geisteskranker durch die Stadt rasen! Das nennst du also *Kleinigkeit?*«

Sascha zuckt unbeeindruckt mit den Schultern. »Was willst du machen? Mich verhaften?« Sein arrogantes Lächeln bringt mich derart auf die Palme, dass ich versucht bin, ihm eine zu scheuern. Wie kann der da nur so ruhig sitzen, als wäre nichts? Aber das wollen wir doch mal sehen.

»Na gut, Herr An... äh, Sascha. Dann machen wir das jetzt mal so: Ich teile der Behörde deinen Namen und deine Daten mit, damit sie auch wissen, wem sie das Fahrverbot aufdrücken können. Du zahlst die gut zweihundert Euro für Bußgeldbescheid und Gebühren, das Hotel schreibt Herrn Korthage einen Entschuldigungsbrief und lädt ihn mit seiner Frau für ein Wochenende ein – macht für dich noch einmal einen Sonderpreis von zweihundert Euro –, und dann werde ich, auch Sabrina Hoppe zuliebe, die ganze Sache vergessen. Wie ihr beiden das finanziell aufteilen wollt, könnt ihr unter euch ausmachen.«

Tatsächlich verschwindet Saschas selbstbewusstes Lächeln mit einem Schlag. »Behörde?«, fragt er und rollt dabei aufgeregt das *r*.

»Natürlich«, erwidere ich, »Herr Korthage kann schlecht die Punkte in Flensburg und das Fahrverbot übernehmen, wenn er gar nicht hinterm Steuer saß.«

»Hm, Fahrverbot ... für zwei Monate.« Als ich sehe, dass es hinter Saschas Stirn fieberhaft zu arbeiten scheint, setze ich noch ein freundliches »Das ist ja nicht sonderlich lang« hinterher.

»Könnten wir nicht sagen, dass Hotel den Fahrer auch nicht kann identifizieren?«

Ich horche auf. Versucht da einer, mit mir einen Kuhhandel zu machen? »Warum sollten wir?«

Sascha zögert einen Augenblick.

»Weil … im Moment, das … na ja, habe ich nicht Führerschein.«

Zuerst will ich ihn schon wieder verbessern und ihm sagen, dass es »habe ich keinen Führerschein« heißt – aber dann wird mir erst bewusst, was er gesagt hat.

»Wie bitte? Was soll das heißen, du hast keinen Führerschein? Aber du bist doch gefahren!«

Sascha macht den unbeholfenen Versuch, mich anzulächeln. »*Zhizn prozhit – ne pole perejti*«, erklärt er.

»Was soll das schon wieder heißen?« Wieso redet dieser Kerl ständig in unverständlichen Sprichwörtern?

»Das Leben ist nicht, wie über ein Feld zu gehen«, übersetzt er.

»Aha. Und das bedeutet?«

Er zuckt mit den Schultern. »Ich hatte Pech in letzter Zeit. Ist nicht so gut gelaufen.«

»Sieht nicht so aus, als würde sich das gerade ändern«, stelle ich mit kalter Stimme fest, auch wenn ich zu meiner eigenen Überraschung merke, dass ich nicht halb so wütend bin, wie ich mich hier gerade gebe. »Also, ich warte immer noch auf eine Erklärung!«

»Gut.« Er scheint nach den passenden Worten zu suchen. »Aber bevor ich erkläre, muss ich Versprechen haben.«

»Ich denke nicht, dass du in der Position bist, ein Versprechen von mir einzufordern.«

»Doch«, erwidert er stoisch.

»Und das wäre?«

»Sabrina trifft nicht Schuld. Sie nur hat geholfen alte Freund.«

»Aha.«

»Ist Frage der Ähre, verstehst du?«

137

»Ehre?« Langsam begreife ich hier gar nichts mehr. »Also, wie kommt denn das nun alles zustande?« Mittlerweile komme ich mir hier vor wie Mutti, die ihren ungezogenen Bengel dazu bringen will, sich ihr anzuvertrauen.

Und das tut er dann schließlich auch.

Der ungezogene Bengel erzählt mir eine nahezu unglaubliche Geschichte ...

»Lass mich das noch einmal zusammenfassen.« Zehn Minuten später bin ich – geschockt. Ja, das trifft es wohl am ehesten. »Du und Sabrina, ihr habt also gemeinsam eine Art Limousinen-Service hochgezogen?«

»Genau.«

»Und dafür habt ihr die Wagen des Hotels geklaut?«

»Geliehen.«

»Und wenn die Hotel-Limos gerade alle weg waren, habt ihr auf die Fahrzeuge der Gäste zurückgegriffen?«

Sascha nickt.

»Und dabei habt ihr euch überhaupt nichts gedacht?«

»Na ja«, meint Sascha. »Wenn Autos in der Garage, werden sie nicht gebraucht. Sabrina wusste, welche Gäste bleiben länger und lassen Wagen einfach stehen.«

»Und euch ist nicht in den Sinn gekommen, dass das nicht in Ordnung ist? Dass man nicht einfach das Eigentum eines andern nehmen darf?«

»Ist angewandter Kommunismus«, erwidert der Russe.

»Wir sind ein Luxushotel, da gibt es keinen Kommunismus!« Meine Stimme ist jetzt ziemlich laut. Aus den Augenwinkeln sehe ich, wie Sabrina Hoppe im Vorzimmer zusammenzuckt. Ich versuche, wieder etwas ruhiger zu klingen. »Außerdem hat man ja gesehen, wohin deine Art von Kommunismus führt.«

138

»Ich habe gebraucht Geld und nicht gefunden Job«, entschuldigt sich Sascha. »Ich dachte nicht, dass so schlimm.«

Gegen den ebenso zerknirschten wie treuherzigen Blick, den er mir zuwirft, fühle ich mich unangenehm machtlos. Dann fällt mir wieder ein, was er mir in der *Bangkok Bar* erzählt hat.

»Was ist denn mit deiner Band?«, will ich wissen. »Ich denke, ihr seid so erfolgreich?«

Sascha seufzt. »Ja, wir stehen kurz vor Durchbruch. Nächste Woche wollten wir in Studio Platte aufnehmen. Aber ohne Geld ...« Er lässt den Satz unvollendet in der Luft hängen. Verstehe, also große Worte und nix dahinter.

»Okay«, meine ich, »du wolltest also Geld verdienen. Und was ist das mit dem Führerschein?«

»Deshalb hab verloren letzten Job. Ich war Taxifahrer und bin zu schnell. Drei Monate Verbot, da haben sie mich rausgeschmissen.«

»Wie passend, dass du dann gleich einen kleinen Limousinen-Service aufgezogen hast ...«

»Not macht erfinderisch.«

»Du hast wohl zu allem ein Sprichwort parat!« Ich seufze. »Unter normalen Umständen würde ich den ganzen Vorgang jetzt an die Bußgeldstelle schicken. Aber weil du keinen Führerschein hast, würde sich dann mit Sicherheit bald die Staatsanwaltschaft bei dir melden.«

Sascha guckt jetzt doch sehr schuldbewusst und unglücklich.

»Gibt es gar kein andere Möglichkeit? Staatsanwaltschaft klingt sähr schlecht.«

Ich lasse ihn noch ein bisschen schmoren und mache eine kleine Kunstpause, bevor ich antworte.

»Na gut, Gnade vor Recht. Ich bin bereit, den Vorfall zu vergessen, denn es ist ja bisher glücklicherweise niemand ernsthaft zu Schaden gekommen. Von mir aus sagen wir, wir können den Fahrer leider nicht ermitteln, dann entfällt gleichzeitig das Bußgeld. Aber Herrn Korthage müssen wir trotzdem für ein Wochenende ins Hotel einladen.«

»Gut«, erklärt sich Sascha einverstanden, »das übernehme ich.«

»Und wenn ich dich noch einmal in einem unserer Autos erwische, dann gibt's eine Anzeige mit allem Drum und Dran.« Ich erhebe meine Stimme, so dass auch Sabrina mich draußen hören kann. »Für Frau Hoppe wird das dann ebenfalls Konsequenzen haben.« Sabrina Hoppe zuckt ein weiteres Mal merklich zusammen.

»Nix gut«, erwidert Sascha daraufhin.

»Wie, nix gut? Was soll das heißen?«

»Wie soll ich Geld verdienen, wenn ich nicht mehr die Autos haben kann?«

Habe ich mich da gerade verhört? »Das kann doch wohl nicht mein Problem sein!« Dieser Kerl ist wirklich so was von frech und anmaßend, dass einem glatt die Worte fehlen. Eben noch ein Häufchen Elend, und jetzt das!

Sascha beugt sich über meinen Schreibtisch, bis sein Gesicht ganz nah vor meinem ist. »Erinnerst du dich an Abend in Bar? Du gesagt, du schuldest mir.«

»Meine Schuld ist wohl mehr als bereinigt, wenn ich in dieser Angelegenheit nichts unternehme.«

»Gut«, er steht auf und beginnt, seine Jacke anzuziehen. »Gehe ich wieder zurück auf Straße.«

»Bitte nicht so theatralisch«, sage ich etwas unwirsch und versuche, das schlechte Gewissen, das sich gerade unpassenderweise in mir bemerkbar macht, zu unterdrücken. Mein Gott, jetzt fühle ich mich wie ein Unmensch. Ich bin zwar normalerweise nicht so ein Weichei, aber offenbar machen mir die Hormone zu schaffen, Saschas Auftritt nimmt mich regelrecht mit.

»Warte einen Moment«, sage ich schließlich und kann selbst kaum fassen, was ich hier gerade tue. Sascha, der schon die Klinke meiner Bürotür in der Hand hatte, hält in seiner Bewegung inne. Ich greife zum Telefonhörer und wähle eine Nummer. Nach dem zweiten Klingeln wird abgenommen.

»Ja, Christiansen hier … Frau Friedrichs, Sie sagten doch, dass Sie im Housekeeping noch einen neuen Mitarbeiter gebrauchen? … Ja? … Gut, dann schicke ich Ihnen gleich einen jungen Mann vorbei … Danke!«

Ich lege auf. Sascha starrt mich entsetzt an.

»Housekeeping?«, fragt er, als hätte er nicht genau gehört, was ich gesagt habe. Ich nicke.

»Ja, wir können in diesem Bereich noch jemanden gebrauchen.«

»Ich soll machen Betten?«

»Betten machen«, korrigiere ich und lächle. »Ja, genau das sollst du.«

Er zieht ein angewidertes Gesicht. »Russische Männer machen keine Betten! Das ist Frauenarbeit!« Ich stehe auf und schiebe ihn sanft, aber bestimmt aus meinem Büro. »Wir sind nicht in Russland. Und außerdem ist es Arbeit. Das wolltest du doch.«

»Aber …«

»Aber das Einzige, was du jetzt noch sagen musst«, schneide ich ihm das Wort ab, »ist ›Vielen Dank!‹.«

Sascha verlässt, ein paar russische Flüche murmelnd, mein Büro. Sobald er weg ist, wende ich mich Sabrina Hoppe zu.

»So, Frau Hoppe, jetzt können Sie in mein Büro kommen. Ich glaube, wir sollten mal ein kleines Gespräch führen.«

Mit gebücktem Haupt schleicht Sabrina zu meinem Schreibtisch und nimmt Platz.

»Und er hat mit den Autos einen Limousinen-Service aufgezogen?« Merle, die mich heute Abend in meiner Wohnung besucht und mit mir zusammen kocht, ist nahezu fassungslos, nachdem ich ihr die Geschichte mit Sascha erzählt habe.

»Ja. Kaum zu glauben, oder?«

»Ein Teufelskerl!«, ruft Merle.

»Ach, du findest das auch noch toll?«

»Ja sicher«, bestätigt Merle und nippt an ihren Glas Rotwein, »das hat so was … so was Verwegenes.«

»Das hat vor allem was Illegales«, verbessere ich sie.

»Sei doch nicht so langweilig«, erwidert sie prompt.

»Langweilig?« Ich verschlucke mich an meiner Apfelsaftschorle. Mir wäre zwar auch eher nach einem Glas Rotwein mit einer leckeren Zigarette – aber nun ja … »Wenn das auffliegt, bin ich in null Komma nichts meine Führungsposition los, bevor ich sie überhaupt richtig angefangen habe!«

»Na ja«, meint Merle skeptisch, »ich will dir da nicht zu nahe treten – aber die Sache mit den Autos ist in Hinblick auf deinen Job momentan nicht das allergrößte Problem.«

Ich seufze. »Da hast du allerdings recht«, gebe ich zu. »Ich habe auch schon total Bammel vor dem Gespräch mit Wiedemeyer.«

»Nächste Woche, oder?«, fragt Merle nach. Ich nicke.

»Da werde ich ihm dann reinen Wein einschenken müssen. So langsam kann man ja schon fast etwas sehen, viel länger werde ich es nicht verheimlichen können.« Ich streiche mir über den Bauch, der tatsächlich schon wesentlich dicker ist als sonst. Zwillinge kann man schlecht leugnen. »Hoffe nur, er flippt nicht gleich aus.«

»Na, nun mach dir mal nicht zu viele pessimistische Gedanken. Du bist schließlich nicht die erste Frau, die schwanger ist und es irgendwann dem Chef sagen muss. Das passiert doch täglich.«

»Schon. Aber in meiner Position, noch dazu, wo ich sie gerade erst übernommen habe, passiert es eben nicht täglich.«

»Wie ich dich kenne, wirst du bis nächste Woche einen derart ausgefeilten Notfallplan haben, dass Wiedemeyer sich überhaupt keine Gedanken mehr machen muss. Du solltest dich also lieber auf deine Babys freuen und die Zeit so gut es geht genießen! Glaub mir, der eigentliche Stress geht sowieso erst *nach* der Geburt los.«

Damit gibt Merle mir das passende Stichwort, denn tatsächlich habe ich mir schon etwas überlegt.

»Weißt du«, beginne ich, »genau deswegen wollte ich dich etwas fragen. Nachdem ich jetzt weiß, dass mit der Schwangerschaft alles in Ordnung ist und ich … also, da habe ich mir nämlich gedacht, dass ich tatsächlich nicht länger als drei Monate pausieren muss, wenn ich eine Art Rundum-Betreuung für die Kinder hätte.«

»Und?«

»Na ja, da habe ich mir überlegt … also, du zum Beispiel, du gehst ja im Moment nicht arbeiten, und vormittags sind Lea und Finja doch im Kindergarten. Da könnten wir doch …«

Merle guckt mich mit großen Augen an. »*Ich?*«

»Ja, ich hatte mir überlegt …«

Merle unterbricht mich: »Also, wenn du mich als Babysitter anheuern willst – das vergiss mal lieber gleich! Ich bin froh, dass meine Mädchen aus dem Gröbsten raus sind. Nie wieder will ich vollgeschissene Windeln wechseln! Nee, nee, da müssen wir schon eine andere Lösung finden.«

Hat sie gerade *wir* gesagt? Haha! Einen Moment lang sitzen wir beide schweigend da und hängen unseren Gedanken nach.

»Was ist denn eigentlich mit Carsten?«, wirft Merle irgendwann ein.

»Was soll mit dem sein?« Ich verstehe sie nicht ganz.

»Immerhin ist er der Vater. Vielleicht würde er doch … ich meine, wenn er es wüsste …«

»Vergiss es«, unterbreche ich sie. »Mit diesem Riesenarschloch will ich nichts mehr zu tun haben. Selbst wenn ich Sechslinge erwarten würde!«

»Aber so richtig gut finde ich es nicht, dass du ihm nichts von den Kindern erzählst«, wirft sie ein.

»Das lass mal meine Sorge sein«, gifte ich zurück.

»Hat er sich denn noch einmal bei dir gemeldet?«, will sie wissen.

»Die eine oder andere weinerliche Mail hat er geschrieben.«

»Dann tut es ihm also leid?«

»Es ist mir völlig wurscht, ob ihm das leid tut oder nicht. Für mich ist die Sache erledigt.«

»Das verstehe ich ja«, lenkt Merle ein. »Aber trotzdem ist immer noch er der Vater. Und Fehler machen wir alle. Er hat doch auch eine Verantwortung für die Kinder, du musst ihm die Chance geben …«

»Ich muss gar nichts«, erwidere ich bockig.

»Und wen willst du bei der Geburt als Vater angeben?«, schneidet Merle ein Thema an, das mich auch schon beschäftigt hat.

»Ich habe beim Standesamt nachgefragt. Wenn die Vaterschaft nicht anerkannt ist, muss man gar keine Angaben machen. Und da Carsten nichts von der Schwangerschaft weiß, kann er auch schlecht seine Vaterschaft anerkennen. In die Geburtsurkunde werde dann nur ich als Mutter eingetragen. Das ist die sauberste Lösung, schließlich will ich Carsten auch nicht als Vater in unserem Leben haben.«

»Darüber solltest du meiner Meinung nach noch einmal nachdenken. Carsten und du, ihr seid eine Ewigkeit zusammen gewesen. Natürlich hat er sich benommen wie das letzte Schwein, aber du musst auch …«

»Ich habe keine Lust mehr, darüber zu reden«, schneide ich ihr das Wort ab. »Carsten hat mich verlassen, nicht ich ihn. Mehr ist dazu nicht zu sagen. Und nächste Woche rede ich erst einmal in Ruhe mit Wiedemeyer, dann sehe ich weiter.« Ich hole einmal tief Luft, um den Sturm, der gerade in mir losbrechen will, zu beruhigen, und setze dann mit so viel Überzeugung wie möglich hinterher: »Das findet sich schon alles.« Immerhin habe ich bisher in meinem Leben alles auf die Reihe gekriegt. Und ich habe auch diesmal nicht vor, den Kopf in den Sand zu stecken. Kommt überhaupt nicht in Frage!

12. Kapitel

svenja.christiansen@fuerstenberger-hamburg.de
An: Abteilungsleiterrunde
Betreff: Der Deutschland-Chef kommt
Datum: 15.11.2006, 15.41 Uhr

Ich möchte alle Abteilungsleiter noch einmal daran erinnern,
dass unser Deutschlanddirektor, Dr. Hubert Wiedemeyer,
morgen unser Haus besucht und um 9.00 Uhr an unserer
kleinen Runde teilnehmen wird. Ich bitte daher um pünkt-
liches Erscheinen und einen strukturierten Vortrag. Sollte es
in Ihren Bereichen kleinere Probleme geben, die nicht von
allgemeinem Interesse sind, bitte ich Sie, mich außerhalb
des Meetings darauf anzusprechen. Ich bin heute bis 21.00
Uhr im Hause, falls Sie noch Fragen haben.
Des Weiteren bitte ich Sie, alle Mitarbeiter für den morgigen
Tag zu sensibilisieren. Herr Dr. Wiedemeyer soll sich von der
optimalen Präsentation unseres Hauses überzeugen können.
Mit freundlichen Grüßen
Svenja Christiansen
Direktion Royal Fürstenberger Hamburg

maja.friedrichs@fuerstenberger-hamburg.de
An: Anja Burmester
Betreff: Wiedemeyer
Datum: 15.11.2006, 16.02 Uhr

Na, jetzt scheint unser Wunderkind ja Muffensausen zu
bekommen. Und wir sollen den Handstand in der Flasche

machen, damit sie glänzen kann. Kann sie aber vergessen, ich denke gar nicht dran, mein Team wild zu machen. Na ja, muss ich ja auch nicht, meine Mädels habe ich sowieso im Griff, die sind immer gut. Bis auf diesen Russen, den mir die Christiansen jetzt reingedrückt hat. Aber den schmeiße ich sowieso bald wieder raus. Gott, geht die neue Chefin mir auf die Nerven – wieso machen eigentlich immer die Falschen Karriere?

Maja Friedrichs
Leitung Housekeeping

anja.burmester@fuerstenberger-hamburg.de

An:	Maja Friedrichs
Betreff:	Re: Wiedemeyer
Datum:	15.11.2006, 16.10 Uhr

Ruhig bleiben – Chefs kommen und gehen. Ignorier sie doch einfach. Welcher Russe eigentlich? Hast du jetzt etwa einen Mann als Zimmermädchen? Du sagst doch immer, Männer können nicht putzen – und wenn ich mir meinen so angucke, recht hast du! ;-)
Apropos »Mann«, wie läuft's eigentlich mit Lutz? Du hast schon lange nichts mehr erzählt, seid ihr noch zusammen?
Bin neugierig, grußkussanja

Anja Burmester
Finanzen und Controlling

maja.friedrichs@fuerstenberger-hamburg.de

An:	Anja Burmester
Betreff:	Re: Re: Wiedemeyer
Datum:	15.11.2006, 16.22 Uhr

Tja, Lutz. Wenn ich das nur wüsste … Lass uns mal wieder
auf ein Glas Wein treffen, kompliziertes Thema.
LG, Maja
Maja Friedrichs
Leitung Housekeeping

Um kurz nach sieben bin ich mit meinem letzten Rundgang fertig. Offenbar hat meine kleine Mail gewirkt, das
Fürstenberger sieht noch besser aus als sonst, die Lobby
wirkt wie geleckt, überall auf den Tischen stehe frische Blumen.

Auf dem Weg zurück in mein Büro mache ich kurz bei
meinem Stellvertreter halt. »Guten Abend, noch fleißig?«

Trautwein sitzt mit für seine Verhältnisse sehr wuscheligen
Haaren vor dem PC und tippt hektisch an irgendwelchen Ta-
bellen. Er sieht auf und schiebt sich seine Gucci-Brille zurück
auf die Nase. »Ja, ich wollte für morgen noch einen aktuellen
Stand über unsere Verkaufaktivitäten machen. Dachte, das
kommt vielleicht gut an.«

»Das ist eine sehr gute Idee. Lassen Sie mich mal schauen.«
Ich ziehe mir einen Stuhl neben seinen Schreibtisch und setze
mich. Trautwein lässt mich auf seinen Monitor gucken und ist
sichtlich erfreut, dass ich mich so für seine Arbeit interes-
siere.

»Also, wir stehen wirklich gut da«, erklärt er. »Unsere Weih-
nachtssonderaktion ist schon komplett ausgebucht, dann haben wir noch zwei große Tagungen für das zweite Quartal 07
reinbekommen – irgendwelche Gynäkologen und der Deutsche Juristinnenbund.«

»Was macht die Ballsaison?«

»Läuft auch gut. Nur von meinem Liebling, der ›Nacht der
Rosen‹, habe ich noch nichts gehört. Die Agentur wollte sich

ja bei mir melden, hat sie aber nicht getan. Meine Anrufe wurden auch nicht beantwortet.« Er seufzt. »Das wird wohl nichts mehr, denn der findet immer im April statt und dafür ist es langsam zu spät. Na ja, aber ich bleibe dran. Vielleicht ist 2008 unser Jahr.«

Ich nicke. Und überlege einen Moment lang, ob ich ihm jetzt von der Schwangerschaft erzählen soll. Schließlich ist er mein Stellvertreter, und wenn Herr Wiedemeyer meinem Plan zustimmt, dann wird auf den armen Trautwein im nächsten Jahr ziemlich viel Arbeit zukommen. Andererseits sollte Herr Wiedemeyer der Erste sein, der es erfährt.

Eine Sache würde mich allerdings noch brennend interessieren.

»Sagen Sie mal, Herr Trautwein, was war eigentlich die längste Zeit, die Sie Herrn Steinfeld mal am Stück vertreten haben?«

»Wieso? Wollen Sie auf eine Weltreise gehen?«

Ich muss lachen. »Nein, nur rein interessehalber.«

»Hm, warten Sie mal. Vor zwei Jahren hatte Steinfeld eine komplizierte Knieoperation, da habe ich ihn insgesamt drei Monate vertreten. Er war allerdings jederzeit erreichbar. Ziemlich stressig, aber wir haben es hingekriegt.«

Drei Monate? *Halleluja!* Musik in meinen Ohren! Ich strahle Trautwein an und muss ihm spontan auf die Schulter klopfen. Er schaut mich an, als würde er als Nächstes einen sexuellen Übergriff erwarten. Nee, mein Lieber, keine Chance! Ich stehe auf und verabschiede mich mit einem fröhlichen: »Danke, Sie haben mir sehr geholfen.« Soll er doch denken, was er will.

Eine Sache muss ich noch erledigen, dann kann ich morgen erhobenen Hauptes zu Wiedemeyer gehen.

Was hatte Merle noch gesagt? *Unter Hamburg.de nach Kindertagesbetreuung suchen.* Nachdem ich mich durch diverse Unterseiten der offiziellen Hamburg-Homepage geklickt habe, auf denen in regelmäßigen Abständen immer wieder versichert wird, man sei nun in der schönsten Stadt der Welt gelandet, werde ich endlich fündig:

Förderung von Kindern in
Tageseinrichtungen und Tagespflege

Auf diesen Seiten informieren wir über Kindertagesstätten in Hamburg und das Kita-Gutschein-System. Mit dem **Kita-Informationssystem** finden Sie die geeignete Kindertagesstätte. **Antragsformulare, Elterninformationen, Fachinformationen** und Informationen zur **Kindertagespflege** runden das Angebot ab.

Aha. Das klingt zwar bürokratisch, aber auch vielversprechend. *Tageseinrichtungen* und *Tagespflege* ... Was da wohl der Unterschied ist? Und was ist eigentlich mit Menschen, die – so wie ich – abends arbeiten müssen? Beantragen die *Abendpflege?* Sehr verwirrend.

Die nächste Stunde verbringe ich damit, mich durch den Informationswust über Kinderkrippen, Tagesmütter und sonstige Betreuungsformen zu wühlen. Mir schwirrt der Kopf, aber es hilft nichts. Ich muss morgen den Eindruck vermitteln, als gebe es schon einen ausgeklügelten Plan. So gut kenne ich Wiedemeyer mittlerweile: Er liebt es, wenn alles läuft, und hasst es, wenn es das nicht tut. Wenn ich eine Chance haben will, das Fürstenberger zu behalten, muss Wiedemeyer gleich das Gefühl haben, ich hätte alles im Griff. Ob's nun stimmt – oder nicht.

Sechs Uhr. Mein Wecker klingelt hartnäckig und erinnert mich daran, dass ich heute erstens viel Zeit für mein Styling brauche und zweitens noch einen letzten Rundgang machen will, bevor Wiedemeyer eintrudelt. Ich ziehe mir also nicht einfach die Bettdecke über den Kopf, sondern stehe brav auf und stolpere Richtung Dusche. Ein kurzer Blick in den Badezimmerspiegel – ehrlich, Svenja, viel länger hättest du mit dem Gespräch auch nicht mehr warten können. Du hast schon ein unübersehbares Bäuchlein. Komisch, dass mich noch niemand darauf angesprochen hat, aber offensichtlich denken alle, ich sei einfach fett geworden. Außerdem bin ich tierisch blass um die Nase und habe zwei dicke Pickel im Gesicht – kurzum, ich war schon mal deutlich attraktiver.

Wiedemeyer als Haudegen der alten Schule ist leider der unausrottbaren Meinung, Frauen in der Hotellerie seien zur Schönheit geradezu verpflichtet: *Christiansen, immer dran denken: Hotel ist wie Hollywood!* – nicht von ungefähr einer von Wiedemeyers Lieblingssprüchen. Leider verdient man nicht so viel wie in der Traumfabrik.

Eine Stunde und drei Make-up-Schichten später verlasse ich zwar nicht als Miss Hamburg, aber doch halbwegs ansehnlich meine Wohnung. Ich bin nicht die Einzige, die heute früher unterwegs ist als sonst: An der Rezeption macht Britta Kruse gerade eine kleine Besprechung mit ihren beiden besten Mädels – offensichtlich hat sie den Dienstplan extra für heute umgestrickt. Als sie mich sieht, unterbricht sie die Besprechung kurz und kommt zu mir herüber.

»Guten Morgen, Frau Christiansen!«, begrüßt sie mich strahlend. »Und? Schon nervös?«

»Nein«, lüge ich. »Ich denke nicht, dass wir uns Sorgen machen müssen.«

»Glaube ich auch nicht«, stimmt sie mir zu. »Momentan

läuft ja alles rund. Bis auf ein, zwei Problemchen mit dem Housekeeping ...« Sie seufzt. »Aber das kriege ich schon in den Griff.«

»Na, aber sicher doch!«, bestätige ich sie. Ich will mich schon verabschieden, als mir an Frau Kruse etwas auffällt. Ihr Halstuch ist ein Stückchen verrutscht und gibt den Blick auf einen ziemlich großen, rotvioletten Fleck frei.

»Äh, Sie haben da was«, sage ich und deute mit dem Kinn auf ihren Hals. Sofort fasst sie erschrocken nach ihrem Tuch und rückt es wieder zurecht. Allerdings nicht, ohne puterrot anzulaufen.

»Oh, ist mir das peinlich!«, entschuldigt sie sich. Ich muss gegen meinen Willen grinsen.

»Das muss Ihnen doch nicht peinlich sein«, beruhige ich sie, füge dann aber ein »Solange es unter Ihrem Halstuch versteckt ist« hinzu.

»Ich habe mit Harry auch geschi...«, rutscht es Britta Kruse heraus, dann unterbricht sie sich erschrocken.

»Harry?«, frage ich verwundert nach. »Harry Winter, unser Schauspieler?«

Frau Kruse nickt peinlich berührt. »Aber bitte, Frau Christiansen, erzählen Sie das keinem!«, fleht sie nun beinahe.

»Natürlich nicht«, beruhige ich sie, woraufhin sie sich sofort entspannt.

»Wissen Sie, Ihnen kann ich es ja erzählen. Nachdem Sie uns ja sozusagen miteinander verkuppelt haben.« Sie kichert.

»Ich? Verkuppelt?«

»Na ja, als Sie das Abendessen mit Harry Winter absagen mussten und ich dann stattdessen ...«

»Da hat es dann zwischen Ihnen gefunkt?« Unglaublich! Weshalb verliebt sich so eine junge, hübsche Frau in einen derart alten Sack? Die passen doch gar nicht zusammen!

»Ich weiß, was Sie jetzt denken«, meint die Empfangschefin, als hätte sie meine Gedanken gelesen. »Und ich habe Harry bisher auch nur für einen nervenden, egozentrischen Selbstdarsteller gehalten. Aber hinter diese Fassade …« Sie seufzt und ein nahezu seliger Ausdruck tritt auf ihr Gesicht. »Hinter dieser Fassade ist er ein warmherziger und sensibler Mann. Wirklich.«

»Aha.« Mehr fällt mir dazu nicht ein.

»Natürlich ist mir klar, dass wir auf den ersten Blick vermutlich ein etwas seltsames Paar sind. Und deshalb soll es ja auch niemand wissen, das geht schließlich keinen was an. Jedenfalls nicht, bis sich die Sache etwas gefestigt hat.«

»Machen Sie sich mal keine Sorgen, was andere denken könnten«, ermutige ich sie. »Hauptsache ist doch, dass Sie glücklich sind.«

Jetzt strahlt Britta Kruse wieder. »Ja, das sind wir. Ich hätte mir das zwar nie träumen lassen, weil ich mir an meiner Seite immer einen anderen Mann vorgestellt hätte – aber ich bin sehr, sehr glücklich!« Sie wünscht mir noch viel Erfolg für den heutigen Tag, dann geht sie zurück zur Rezeption.

Gedankenverloren setze ich meinen Rundgang fort. Britta Kruse und Harry Winter – ist das zu fassen? In der Tat ein mehr als seltsames Paar! Kann mir überhaupt nicht vorstellen, wie die zwei zusammen aussehen. Andererseits – wenn ich an Carsten und mich denke, muss ich zugeben, dass wir zwar rein äußerlich gut zusammengepasst haben. Nur ist es dann leider an einem so unwesentlichen Detail wie seiner Sekretärin gescheitert. *Hätte ich vielleicht doch nicht das Essen mit Harry Winter sausen lassen sollen?*, frage ich mich amüsiert. Wer weiß: Vielleicht habe ich da meine große Chance vertan, und nun ist es Britta Kruse, die sie genutzt hat … Kichernd marschiere ich weiter durchs Hotel.

Im sogenannten Kaminzimmer ist noch ein Teil des Putztrupps damit beschäftigt, den Teppich vor der Feuerstelle gründlich zu reinigen. Ein richtiger Saujob, denn mit der Zeit bilden sich immer wieder neue Rußflecken, die nur durch echte Schwerstarbeit zu entfernen sind. Ich will schon weitergehen, als ich bei näherem Hinsehen feststelle, dass es sich bei dem Putzmann um Sascha handelt. Geradezu hingebungsvoll widmet er sich einem Fleck.

»Guten Morgen, Sascha!«, begrüße ich ihn freundlich. »Schon fleißig?« Offensichtlich hat er mich nicht hereinkommen hören, denn er fährt erschrocken herum.

»*O bozhe moi!* Ich dachte, du wärst diese furchtbare Weib!«

Furchtbares Weib? »Welches furchtbare Weib?«

»Na, diese rothaarige Hexe! Ich schwöre, die will mich machen fertig.«

»Fertig machen«, stelle ich seinen Satz in die richtige Reihenfolge.

»Ja, richtig, machen fertig!«, wiederholt er schon wieder falsch. Dann bekommt seine Stimme einen pathetischen Klang. »Aber sie kennt nicht Alexej Antonow – ich werde nicht kapitulieren! Schon gar nicht vor eine Frau. *Niemals.*«

Ich kann mir nur mühsam ein Grinsen verkneifen, schließlich will ich nicht Saschas empfindliche Seele beleidigen. Stattdessen gebe ich mich mitfühlend: »Maja Friedrichs? Ja, die kann ganz schön streng sein.«

»Streng? Die Frau ist Sadistin. Als Nächstes wird sie mit Zahnbürste lassen putzen die Latrinen. Aber ich werde siegen!«

Genau, Genosse, nicht klein beigeben! Ich nehme mir vor, Sascha bei guter Führung in den Pagen- und Fahrdienst zu lassen. Darum hatte er mich schon mehrfach gebeten, aber ohne Führerschein ist da wohl schlecht was zu machen. Sollte er den Lappen jemals wiedersehen, kann ich ja mal darüber nachdenken. Bei guter Führung, wie gesagt.

Im Büro hat Sabrina schon alles für die Abteilungsleiterrunde hergerichtet. Zur Feier des Tages hat sie sogar die guten Delacre-Kekse aus dem Schrank geholt und frische Blumen für die Vase besorgt. »Das sieht sehr schön aus, Frau Hoppe«, lobe ich.

Sie strahlt mich an wie ein kleines Schulmädchen: »Danke, ich will doch, dass wir heute einen guten Eindruck machen!«

Herzig, sie ist schon eine Süße. Hoffe nur, dass sie ihren Hang zu russischen Verkehrsrowdys irgendwann ablegen kann ... Wobei mich auch mal interessieren würde, wie der Stand der Dinge zwischen den beiden eigentlich ist. Obwohl Sascha jetzt im Fürstenberger arbeitet, habe ich die zwei bisher noch nie zusammen gesehen. Neugierig, wie ich bin, würde ich am liebsten mal nachfragen – aber das geht mich natürlich nichts an. Außerdem habe ich mit Britta Kruse und Harry Winter ja heute schon eine amüsante Geschichte gehört. Die muss man sich einteilen!

»Rufen Sie bitte Luis an«, sage ich zu Sabrina, »und bitten Sie ihn, dass er uns informiert, sobald Wiedemeyer aufkreuzt.«

»Habe ich schon gemacht. Er ruft uns sofort an.« Mensch, und mitdenken tut die Hoppe auch auf einmal, hat das kleine Donnerwetter neulich doch richtig geholfen.

Keine zehn Minuten später klingelt es, und Luis kündigt den hohen Besuch an. In meinem Bauch beginnt es zu grummeln: *It's showtime!*

»Frau Christiansen, gut sehen Sie aus! Das Direktorendasein bekommt Ihnen offensichtlich!« Dr. Hubert Wiedemeyer schüttelt überschwenglich meine Hand. Er ist – wie immer – eine imposante Erscheinung. In meinem Trainee-Jahrgang nannten wir ihn Häuptling Silberlocke, und diesen Namen trägt er noch immer zu Recht. Er ist fast zwei Meter groß und hat dichtes, grausilbermeliertes Haar, dazu gewandet wie weiland Gerhard Schröder im Brioni-Anzug: eindeutig *Hollywood* und Hoteldirektor in einer Person. Seit acht Jahren ist er mein Mentor, unter seinen väterlich-strengen Fittichen habe ich bei Fürstenberger Karriere gemacht. Zu mir war er zwar immer sehr nett – aber ich habe auch andere Seiten an ihm kennengelernt. Kollegen, mit deren Arbeit er nicht zufrieden war, hat er mehr als einmal vor versammelter Mannschaft in der Luft zerrissen.

Als ich darüber nachdenke, bekomme ich auf einmal Angst vor dem Gespräch. Wiedemeyer hat mir wirklich viel ermöglicht – hoffentlich enttäusche ich ihn nicht. Er hat zwar selbst drei Kinder, und bei Karrieremännern im Hotel ist das auch keine Seltenheit, aber mir ist keine einzige Kollegin bekannt, die in leitender Position Familie hätte. Traue ich mir vielleicht doch zu viel zu?

Schnell schiebe ich diese Gedanken beiseite – ohne zu wissen, was Silberlocke sagt, ist das so wie reine Kaffeesatzleserei. Jetzt muss erst mal das Meeting gut laufen, dann wird das Gespräch mit ihm auch klappen. Ich bete nur, dass sich wirklich alle gut vorbereitet haben und Friedrichs und Kruse heute mal auf ihr übliches Gezicke verzichten. Na gut, Britta Kruse schwebt ja gerade in anderen Sphären, da wird sie Besseres zu tun haben, als sich mit der Hausdame zu schlagen.

Meine Befürchtungen sind – zumindest, was die Runde anbelangt – völlig überflüssig. Alle erscheinen pünktlich und gut vorbereitet, das Team wirkt harmonisch, fast wie eine große, glückliche Familie. Wiedemeyer nickt wohlwollend über alles, was vorgetragen wurde, und entlässt die Runde schließlich mit einem sonoren: »Ich sehe, meine Herrschaften, Sie bilden ja nach sechs Wochen schon eine eingeschworene Gemeinschaft mit Frau Christiansen.«

Als wir alleine sind, bedanke ich mich artig für das nette Kompliment.

»Aber wieso bedanken Sie sich? Das war kein Kompliment, sondern eine Beobachtung. Ich bin jetzt fast dreißig Jahre im Geschäft, und ich behaupte von mir, dass ich keine zwanzig Minuten brauche, um zu erkennen, ob ein Haus gut geführt ist oder nicht. Und dieses Haus ist hervorragend geführt, das merke ich doch gleich. Sie haben die kurze Zeit, die Sie hier sind, offensichtlich optimal genutzt. Glückwunsch und weiter so!« Okay, er ist gut gelaunt, jetzt muss ich raus mit der Neuigkeit.

»Freut mich, dass Sie das so sehen. Mir macht die neue Aufgabe auch riesigen Spaß. Es gibt da allerdings ein Problem.«

»Hm, meinen Sie Trautwein?«, fragt er und redet dann, ohne mich zu Wort kommen zu lassen, weiter. »Sicher, er ist nicht die hellste Kerze auf der Torte, das hat auch Steinfeld immer wieder moniert. Aber so gut vorbereitet wie heute habe ich den noch nie erlebt, Sie scheinen das Beste aus ihm herauszuholen.«

»Nein, mit Herrn Trautwein ist alles in bester Ordnung.« Ich zögere einen Moment. Los Svenja, raus damit!

»Es ist etwas Persönliches: Ich bin schwanger.«

Für einen Moment mache ich mir Sorgen, Wiedemeyer könnte ohnmächtig werden oder an seinem Keks ersticken. Er ringt jedenfalls sichtbar um seine Fassung und holte ein paarmal räuspernd Luft. Dann starrt er mich an, als hätte ich ihm soeben offenbart, dass ich am neuen Raumfahrtprogramm der NASA teilnehmen möchte.

»Schwanger?«, wiederholt er fassungslos.

Ich nicke und ziehe vorsichtshalber schon einmal etwas den Kopf ein. Wiedemeyer wirkt so verdattert, dass ich für den Bruchteil einer Sekunde hoffe, dass er viel zu überrascht ist, um sich aufzuregen.

Aber da habe ich mich leider vertan.

»*SCHWANGER?*«, ruft er so laut, dass ich fürchte, man könnte es im gesamten Hotel hören. »Aber das geht doch nicht! Nicht in Ihrer Position, nicht als Direktorin!« Seine Halsschlagader tritt deutlich hervor, ich habe Sorge, dass er mir hier gleich vom Stuhl fällt, wenn er sich nicht abregt.

»Herr Dr. Wiedemeyer«, versuche ich ihn zu beruhigen, werde aber von ihm unterbrochen.

»Frau Christiansen, ich bin *entsetzt!*« Mittlerweile ist er von seinem Stuhl aufgesprungen und wandert unruhig durchs Zimmer. »Ich habe Sie damals gefragt, Frau Christiansen!«, fährt er mich an. Dann bleibt er direkt vor mir stehen und mustert mich. »Erinnern Sie sich? Ich habe gefragt: ›Und wie sieht es bei Ihnen mit der Kinderplanung aus?‹ Und was haben Sie da gesagt, Frau Christiansen?«

»Dass wir keine Kinder wollen«, nuschle ich.

»Genau!«, ruft er aufgebracht. »Genau *das* haben Sie gesagt! Sonst hätte ich Sie für diese Position doch überhaupt nicht in Erwägung gezogen.«

»Aber Sie wissen doch, dass …«, mache ich einen hilflosen Versuch, die Lage zu entschärfen. Nur: Was genau soll er eigentlich wissen? Dass sich Dinge ändern können? Und dass man andere nicht einfach ändern kann? Vielleicht sollte ich das möglichst schnell zu meiner Verteidigung vorbringen? Zwecklos, wie eine große Dampfwalze bügelt er über mich hinweg.

»Natürlich weiß ich«, ruft er jetzt aus, »dass ich so eine Frage genau genommen gar nicht hätte stellen dürfen. Weil irgendwelche weichgespülten Arbeitsrechtler der Meinung sind, dass man so etwas nicht fragen darf, von wegen Diskriminierung und so!« Er lässt sich wieder auf seinen Stuhl fallen. »Aber von Ihnen, Frau Christiansen«, fährt er dann fort, »hätte ich das nicht gedacht. Ich dachte, Sie und ich, wir wären aus dem gleichen Holz geschnitzt!« Er holt tief Luft, und ich nutze die kleine Pause, um jetzt doch noch etwas zu sagen.

»Ich weiß, Herr Dr. Wiedemeyer«, versuche ich, einen versöhnlichen Tonfall anzuschlagen. »Und Sie können mir glauben, dass diese Schwangerschaft alles andere als geplant war. Genau genommen haben mir verschiedene Ärzte versichert, dass ich überhaupt keine Kinder bekommen kann.« Ich warte einen kurzen Moment, ob er etwas entgegnen will. Als er schweigt, rede ich weiter. »Sie können sich gar nicht vorstellen, wie unangenehm mir das ist. Und ich will Sie ganz sicher nicht enttäuschen.«

»Gut.« Wiedemeyer atmet tief ein. »Und was haben Sie jetzt vor?« Er mustert mich streng, so ganz scheine ich ihn noch immer nicht beruhigt zu haben. »Ich nehme an, Sie wollen die Leitung des Hotels hiermit wieder abtreten?«

Ich schüttle den Kopf.

»Das hatte ich eigentlich nicht vor.«

Wiedemeyer zieht erstaunt die Augenbrauen hoch.

»Na ja«, fahre ich fort, »in heutigen Zeiten ist es für Frauen durchaus möglich, Beruf und Kinder miteinander zu verbinden.«

»Ja, ja«, lacht mein Chef sarkastisch auf. »So etwas erzählt mir meine Frau auch immer, wenn sie mir vorwirft, dass sie für die Familie auf ihren Beruf verzichtet hat. Aber es tut mir leid, Frau Christiansen, ich bin da grundsätzlich anderer

Meinung. Erst recht, wenn es um unsere Branche geht – das lässt sich mit unseren Arbeitszeiten schlicht nicht vereinbaren.«

Ich wusste ja, dass Wiedemeyer ein erzkonservativer Knochen ist – aber für so konservativ hätte ich ihn dann doch nicht gehalten. Trotzdem bin ich nicht bereit, meine Felle so einfach davonschwimmen zu lassen.

»Also«, entgegne ich so selbstbewusst wie möglich, »ich würde Ihnen gern beweisen, dass es eben doch geht.«

»Und wie, wenn ich fragen darf?«

»Ich habe mir schon eine Lösung überlegt, wie ich das Problem in den Griff bekomme.«

»Da bin ich ja mal sehr gespannt! Ich meine, Sie sitzen hier vor mir und erklären, dass Sie ein Kind erwarten – da müssen Sie schon einen wirklich sehr ausgeklügelten Plan haben, wie Sie das mit einer so anspruchsvollen Tätigkeit wie Direktion eines Hotels vereinbaren wollen.«

»Zwei«, verbessere ich ihn.

»Aha, Sie haben gleich zwei Pläne?« Wiedemeyer hebt eine Augenbraue. Offensichtlich steige ich gerade wieder etwas in seiner Gunst. Er lehnt sich erwartungsvoll zurück und angelt sich einen Keks von dem kleinen Porzellanteller. »Das ist immerhin ganz beruhigend.«

»Nein«, antworte ich, »ich habe nur einen Plan ... aber ich erwarte nicht ein Kind, sondern zwei. Zwillinge.«

Und nun verschluckt sich Wiedemeyer doch noch an seinem Keks.

13. Kapitel

sabrina.hoppe@fuerstenberger-hamburg.de

An: Anja Burmester, Britta Kruse, Maja Friedrichs, Lutz Strömel, Simone Kern, Markus Giese, Jürgen Schmidt, Etienne Boulanger, Corado Vincento, Volker Dittmer, Doreen Lehmann, Georg Trautwein
Betreff: Schwanger!!!
Datum: 17.11.2006, 9.51 Uhr

Leute, Leute, ich glaub, ich fall vom Stuhl! Die Christiansen ist schwanger, mit Zwillingen??? Ich fass es nicht!!! Dabei hab ich gerade angefangen, sie richtig nett zu finden. Was meint ihr, packt sie das? Ich meine, sie hat ja einen ganz optimistischen Eindruck gemacht, aber ob das mit Kindern so einfach wird, wie sie sich das vorstellt? Wie seht ihr die Sache? Oder ob Wiedemeyer sie doch gleich rausschmeißt und jemand anders den Job bekommt?
Sollen wir mal eine kleine Wette laufen lassen? Dann fang ich mal an: Zehn Euro, dass die Christiansen es packt.
Liebe Grüße,
Sabrina
Sabrina Hoppe
Assistentin der Direktorin

maja.friedrichs@fuerstenberger-hamburg.de

An: Sabrina Hoppe
Betreff: Re: Schwanger!!!
Datum: 17.11.2006, 9.59 Uhr

Nie im Leben, die trifft doch jetzt schon Entscheidungen, die total daneben sind ... Wenn ich nur an diesen Sascha denke! Wenn das mal nicht der Kindsvater ist, warum hätte sie ihm sonst einen Job besorgen sollen?

Also, zehn Euro, dass wir sie spätestens in einem Jahr los sind.

Maja Friedrichs
Leitung Housekeeping

sabrina.hoppe@fuerstenberger-hamburg.de
An: Maja Friedrichs
Betreff: Re: Re: Schwanger!!!
Datum: 17.11.2006, 10.03 Uhr

Sascha ist GARANTIERT NICHT der Vater, erzähl so was bloß nicht rum! Außerdem ist Svenja Christiansen nun mal die Chefin, und wenn sie jemanden fürs Housekeeping einstellt, wird das schon seine Gründe haben.

Sabrina Hoppe
Assistentin der Direktorin

maja.friedrichs@fuerstenberger-hamburg.de
An: Sabrina Hoppe
Betreff: Re: Re: Re: Schwanger!!!
Datum: 17.11.2006, 10.15 Uhr

Aha? Woher weißt du das denn so genau, wer der Vater ist? Ich glaube schon, dass sie was mit diesem Sascha hat. Fürs Housekeeping ist der jedenfalls nicht zu gebrauchen. Erst heute früh hab ich ihn erwischt, wie er in der Alster-Suite ein Nickerchen machte, statt sie zu reinigen. Aber ich hab ihn im Auge, wenn der so weitermacht, fliegt der hier sowieso bald raus.

Maja Friedrichs
Leitung Housekeeping

sabrina.hoppe@fuerstenberger-hamburg.de

An:	Doreen Lehmann
Betreff:	Maja
Datum:	17.11.2006, 10.18 Uhr

Oh Mann, Maja ist echt eine blöde Kuh! Die stänkert total gegen die Christiansen und setzt jetzt auch noch das Gerücht in die Welt, dass Sascha der mögliche Vater der Kinder ist. Aber das weiß ich ja nun mal besser ☺ Was soll ich machen, die Friedrichs mal richtig auf den Pott setzen?
Sabrina Hoppe
Assistentin der Direktorin

doreen.lehmann@fuerstenberger-hamburg.de

An:	Sabrina Hoppe
Betreff:	Re: Maja
Datum:	17.11.2006, 10.23 Uhr

Nee, lass die doch labern und glauben, was sie will. Übrigens: Bei der Wette mache ich mit! Glaube allerdings nicht, dass sie das mit zwei Kindern hinbekommt, von daher 10 Euro dagegen. Nimm's nicht persönlich, aber Frauen in unserer Branche haben mit Kindern echt keine Chance.
Doreen Lehmann
Restaurant-Chefin

maja.friedrichs@fuerstenberger-hamburg.de

An:	Anja Burmester

Betreff: Christiansen
Datum: 17.11.2006, 10.34 Uhr

Ist echt ein Ding mit der Christiansen, oder? Ich hab den Eindruck, die hat was mit meinem neuen Mitarbeiter. Sascha, der Russe, von dem ich dir erzählt hab. Sabrina hat jedenfalls ganz komisch reagiert, als ich ihr meine Vermutung gemailt habe.
Maja Friedrichs
Leitung Housekeeping

anja.burmester@fuerstenberger-hamburg.de

An: Maja Friedrichs
Betreff: Re: Christiansen
Datum: 17.11.2006, 11.00 Uhr

Klingt ja spannend! Halt mich auf alle Fälle auf dem Laufenden, hier zwischen meinen verstaubten Akten krieg ich ja fast nie mit, was los ist.
Was Sabrinas Wette betrifft: Ich setze auch zehn Euro, dass die Christiansen bald weg ist. Mail ich ihr gleich mal!
Anja Burmester
Finanzen/Controlling

markus.giese@fuerstenberger-hamburg.de

An: Georg Trautwein
Betreff: Chefsache
Datum: 17.11.2006, 11.21 Uhr

Na, mein Lieber, wenn das mal nicht deine Chance ist! Wer weiß, wenn die Christiansen bald geht, fragen sie dann vielleicht dich, ob du den Laden übernehmen willst. Was tippst du denn? Zehn Euro für oder gegen die neue Chefin? Ich glaub ja nicht, dass die durchhält. Und wer ist eigentlich der Vater, hat die Christiansen überhaupt einen Kerl?

Markus Giese
Technischer Leiter

georg.trautwein@fuerstenberger-hamburg.de

An: Markus Giese
Betreff: Re: Chefsache
Datum: 17.11.2006, 11.40 Uhr

Doch, die Christiansen hat 'nen Kerl, irgendwo in München. Hat sie mir mal erzählt, der sucht wohl auch einen Job in Hamburg. Wer weiß, vielleicht ist das ja so ein Progressiver, der jetzt Elternzeit einreicht und sich um die Kinder kümmert, während sie weiter Karriere macht. Fänd ich nicht schlecht, die Zeit, als ich für Steinfeld voll einspringen musste, war echt stressig. Und davon abgesehen: Die Christiansen ist echt klasse, wäre schade, wenn die ginge. Also zehn Euro darauf, dass sie bleibt.

Georg Trautwein
Stellvertretender Direktor & Verkaufsleiter

sabrina.hoppe@fuerstenberger-hamburg.de

An: Anja Burmester, Britta Kruse, Maja Friedrichs, Lutz Strömel, Simone Kern, Markus Giese, Jürgen Schmidt, Etienne Boulanger, Corado Vincento, Volker Dittmer, Doreen Lehmann, Georg Trautwein
Betreff: Das amtliche Ergebnis
Datum: 17.11.2006, 12.30 Uhr

Okay, Leute, alle haben abgestimmt. Die Wette lautet: Schafft die Christiansen es nach der Geburt, noch länger als ein Jahr die Chefin vom Fürstenberger zu bleiben? Jeder hat zehn Euro gesetzt.

Ja: Sabrina Hoppe, Georg Trautwein, Britta Kruse, Lutz Strömel, Jürgen Schmidt,
Nein: Maja Friedrichs, Simone Kern, Markus Giese, Anja Burmester, Etienne Boulanger, Corado Vincento, Doreen Lehmann

120 Euro sind also im Topf. Vielleicht wollt ihr die Mitarbeiter aus eurer Abteilung fragen, ob sie auch mitmachen? Der Gewinner wird dann innerhalb der Gruppe, die recht hatte, ausgelost. Einverstanden?
Sabrina Hoppe
Assistentin der Direktorin

georg.trautwein@fuerstenberger-hamburg.de
An: Sabrina Hoppe
Betreff: Palastrevolte
Datum: 17.11.2007, 12.00 Uhr

Hör mal, Mädchen, ich finde, das sollte unter uns bleiben. Wenn wir jetzt alle Angestellten auffordern, ihren Tipp abzugeben, fliegt das am Ende noch auf. Und ganz abgesehen davon ist es nicht okay, wenn das hinter dem Rücken der Christiansen so groß aufgezogen wird.
Georg Trautwein
Stellvertretender Direktor & Verkaufsleiter

maja.friedrichs@fuerstenberger-hamburg.de

An: Lutz Strömel
Betreff: Wetteinsatz
Datum: 17.11.2006, 12.02 Uhr

Wie ich sehe, sind wir – was die Christiansen betrifft – unterschiedlicher Meinung. Na gut, wie wär's dann mit einer Privatwette zwischen uns beiden? Und der Verlierer lädt den Gewinner richtig schick zum Essen ein. Dann könnten wir auch endlich mal wieder einen Abend miteinander verbringen. Was meinst du?
LG *Maja Friedrichs*
Leitung Housekeeping

lutz.stroemel@fuerstenberger-hamburg.de

An: Maja Friedrichs
Betreff: Out of Office
Datum: 17.11.2006, 12.03 Uhr

Ich bin vorübergehend nicht erreichbar, Ihre Mail wird nach Rückkehr beantwortet. Sollten Sie in der Zwischenzeit Hilfe benötigen, wenden Sie sich bitte an unseren Empfang, +49 40 3890 0.
I am currently not at my desk, but I will reply to you on my return. In the meantime, if you need some assistance, please call our reception desk at +49 40 3890 0.
Lutz Strömel
Revenue-Manager

14. Kapitel

Ob nun wirklich alle hinter meinem Rücken reden? Oder bilde ich mir das nur ein? Ich weiß es nicht.

Nachdem ich heute in der Morgenbesprechung die Bombe habe platzen lassen, habe ich das Gefühl, dass überall getuschelt und gelacht wird. Und wenn ich mal einen Raum betrete, werden sämtliche Gespräche sofort eingestellt. Aber es war ja auch klar, dass es so kommen würde. Wäre ich nicht zufälligerweise selbst diejenige, die hier gerade mit Zwillingen schwanger ist, würde ich mir auch mit großer Freude das Maul zerreißen. Bloß gut, dass mich bisher noch niemand nach dem Kindsvater gefragt hat, obwohl ich wetten möchte, dass das bereits bei allen Thema ist. Georg Trautwein weiß ja, dass ich einen Freund in München habe (ha ha!), in diesem Glauben will ich dann erst einmal alle lassen. Geht schließlich keinen was an, dass mein Kerl – oder besser gesagt: Ex-Kerl – seine Sekretärin vögelt.

Aber immerhin eine scheint sich über diese überraschende Entwicklung zu freuen: Britta Kruse, die Empfangschefin. Als ich ihr auf dem Weg in meine Wohnung auf dem Flur begegne (ich will mich nur mal unauffällig zwanzig Minuten hinlegen, diese bleierne Müdigkeit hat mich schon wieder am Wickel), wirft sie mir ihr strahlendstes Lächeln zu. »Frau Christiansen«, meint sie, »das waren ja wirklich aufregende Neuigkeiten heute früh. Ich freu mich ja so für Sie!« Dann macht sie eine kleine Pause. »Sie hätten mir das doch ruhig erzählen können, ich hätte es auch für mich behalten. Sie wissen schon …« Mit diesen Worten greift sie einmal kurz nach ihrem Halstuch und grinst mich dann an.

»Ich hatte es auch kurz überlegt«, schwindle ich ein wenig. Vertrauen gegen Vertrauen und so. »Aber dann dachte ich, dass ich es lieber zuerst mit Dr. Wiedemeyer bespreche.«

»Sicher, das verstehe ich«, erwidert sie. »Und? Wie hat der Oberboss es aufgenommen?«

»Prima. Er ist zuversichtlich, dass ich den Job auch mit Kindern schaffe.« Meine zweite Lüge innerhalb von dreißig Sekunden. In Wahrheit endete unser Gespräch nämlich nicht ganz so verständnisvoll. Mehr so: *Okay, Frau Christiansen, ich gebe Ihnen diese eine Chance. Aber wenn Sie es versauen, sind Sie schneller weg vom Fenster, als Sie auch nur* Piep *sagen können. Ich habe Sie genau im Auge!* Der Mann kann einem wirklich Mut machen!

»Haben Sie«, jetzt senkt Frau Kruse vertraulich die Stimme, »es denn schon lange geplant?« Ich kann mir ein Kichern nicht verkneifen, von geplant kann hier wirklich keine Rede sein.

»Nun ja«, erwidere ich ausweichend, »sagen wir mal so: Ich habe schon seit ein paar Jahren einen Kinderwunsch.« Britta Kruse nickt wissen und seufzt dann tief.

»Das verstehe ich. Mein Ex-Mann und ich wollten auch Kinder, aber leider … in unserem Job ist es ja auch nicht ganz einfach, die Sache mit Beruf und Privatleben. Und mit Harry … na, so lange kenne ich ihn nun wirklich noch nicht, dass ich mir darüber Gedanken machen müsste.« *Und er ist ja auch vielleicht schon ein ganz kleines bisschen zu alt, um noch Nachwuchs in die Welt zu setzen,* denke ich. Aber das ist schließlich nicht mein Bier.

»Jedenfalls finde ich es echt mutig, dass Sie sich das in Ihrer Position zutrauen!«, fügt Britta Kruse noch hinzu. »Was macht denn Ihr Partner beruflich?«

»Der, äh, ist in München«, erwidere ich, wobei das genau genommen natürlich kein Beruf ist.

»Ach so«, erwidert Britta Kruse. »Hat er denn vor, nach Hamburg zu wechseln?«

»Das müssen wir noch sehen.«

»Aha.« Jetzt scheint Frau Kruse endlich zu merken, dass sie gerade nicht auf meinem Lieblingsthema herumreitet, und stellt das Kreuzverhör ein. Stattdessen wirft sie mir ein optimistisches Lächeln zu: »Ich bin mir jedenfalls ganz sicher, dass Sie das gut schaffen werden. Sie haben einfach so viel Power, so viel Kraft!«

Ihr Wort in Gottes Ohr. Als ich gerade etwas Belangloses erwidern will, klingelt Britta Kruses hausinternes Mobilteil.

»Empfang, Kruse?«, meldet sie sich routiniert. Sie lauscht ein paar Sekunden, dann wirkt sie mit einem Mal etwas angespannt. »Da musst du dich verguckt haben, das kann überhaupt nicht sein«, sagt sie ins Telefon. »Das Zimmer habe ich garantiert nicht belegt, da bin ich mir hundertprozentig sicher … nein, ich habe da nichts durcheinanderbekommen …« Wieder hört sie zu, dann beendet sie mit einem »Ich komme sofort« das Gespräch.

»Probleme?«, will ich wissen.

»Ach, nichts Besonderes, das kriege ich schon hin.«

»Würde mich aber trotzdem interessieren«, insistiere ich. Noch bin ich ja nicht im Mutterschutz, da will ich schon noch informiert werden.

»Das war Maja Friedrichs«, erklärt Frau Kruse. Oh je, unsere Freundin vom Housekeeping – da vermute ich natürlich sofort Ärger.

»Und?«

»Sie meint, im dritten Stock wäre das Eckzimmer belegt. Aber das kann nicht sein, das Zimmer vergeben wir im Moment nicht, weil es dringend renoviert werden muss.«

»Und warum glaubt Frau Friedrichs, dass es belegt ist?«

170

»Weil sie gerade gesehen hat, wie ein älterer Herr hinein-
gegangen ist.«

Als wir das Eckzimmer im dritten Stock erreichen, steht bereits eine fuchsteufelswilde Maja Friedrichs vor der Tür und
bollert dagegen. »Machen Sie sofort diese Tür auf!«, brüllt
sie.

»Aber bitte, Frau Friedrichs«, gehe ich dazwischen. »Schrei-
en Sie hier nicht so rum, wir sind ein Luxushotel.«

Sofort wirft mir Frau Friedrichs einen bösen Blick zu. »Ja,
ein Luxushotel, in dem irgendwelche Leute ein und aus
gehen!« Dann bedenkt sie Britta Kruse mit einem zickigen
Blick. »Jedenfalls, wenn der Empfang nicht doch aus Versehen
einen Gast in diesem baufälligen Zimmer untergebracht hat.
Das wäre dann natürlich mehr als peinlich.«

»In diesem Fall wäre es auch peinlich, wenn unsere Hausdame sich wie der Sturmtrupp eines mobilen Einsatzkomman-
dos aufführt«, fahre ich sie etwas lauter an, als ich vorhatte.
Dann schiebe ich sie zur Seite und klopfe nun selbst an die
Tür. Nichts regt sich. »Niemand da.«

»Doch«, beharrt Maja Friedrichs, »ich habe den Mann mit
eigenen Augen in das Zimmer gehen sehen.«

»Gut, dann geben Sie mir Ihre Generalschlüsselkarte«, fordere ich die Hausdame auf. Sie lacht.

»Als hätte ich das nicht schon versucht! Jemand hat von
innen den Riegel vorgelegt, die Tür lässt sich nicht öffnen.«

Trotz dieser Behauptung strecke ich ihr noch immer abwartend meine Hand entgegen. Das will ich lieber selbst überprüfen. Mit sauertöpfischer *Wenn-Sie-meinen*-Miene reicht sie
mir die Karte. Ich stecke sie in den Leseschlitz, drücke die
Klinke – nichts. Die Tür lässt sich tatsächlich nicht öffnen, ist
von innen verschlossen.

»Sehen Sie?« Maja mustert mich triumphierend.

»Ja«, erwidere ich, »das sehe ich. Wenn die Tür sich nicht öffnen lässt, müssen wir eben einen Schlüsseldienst oder so beauftragen.«

»Wir haben da einen, mit dem wir immer zusammenarbeiten«, wirft Britta Kruse ein. »Soll ich den anrufen?«

»Gern«, antworte ich, »aber überprüfen Sie bitte vorher trotzdem noch einmal, dass Sie das Zimmer nicht vergeben haben. Ich möchte hier nur ungern eine Tür aufbrechen, hinter der ein ahnungsloser, zahlender Gast sich lediglich zur Ruhe gelegt hat.«

»Mach ich«, antwortet Britta.

»So«, wende ich mich wieder an die Hausdame. »Jetzt werden wir ja bald sehen, ob sich in dem Zimmer ein geheimnisvoller Herr versteckt.«

Maja verschränkt bockig ihre Arme vor der Brust. »Ja, das werden wir.«

Ich gebe mir Mühe, sie so freundlich wie möglich anzulächeln. Solche Leute bekommt man am besten gebändigt, wenn man sich von ihnen nicht provozieren lässt. »Rufen Sie mich dann an, sobald es etwas Neues gibt?«

»Kann ich gern tun«, erwidert die Hausdame. »Allerdings …« Sie lässt den Satz in der Luft hängen.

»Allerdings was?«

»Na ja, ich dachte nur, Sie sollten sich in Ihrem Zustand nicht aufregen.«

»Machen Sie sich um meinen Zustand keine Sorgen«, schnappe ich nun doch zurück. Was für eine Frechheit. »Ich bin schließlich nur schwanger, nicht krank!«

Krank nicht, aber dafür hundemüde. Zurück in meinem Büro, muss ich mich erst einmal einen Moment hinsetzen. Zum

Schlafen bin ich ja nun doch nicht gekommen, also werde ich mich hier kurz etwas ausruhen, bevor um 15.00 Uhr meine Besprechung mit einer Reinigungsfirma ansteht, die uns ein Komplettangebot fürs Hotel machen will. Ich gehe noch die restliche Post durch, die Sabrina mir hingelegt hat, dann checke ich meine E-Mails. Viel Interessantes ist nicht dabei – bis ich mal wieder über eine Nachricht meines Ex stolpere.

carsten.Lüders@hwp-muenchen.de

An: svenja.christiansen@fuerstenberger-hamburg.de

Betreff: Lebst du noch?

Datum: 17.11.2007, 14.16 Uhr

Liebe Svenja,

ja, ich bin ein Arschloch. Ja, du bist sauer auf mich. Und ja: dazu hast du allen Grund. Aber ich finde, du könntest wenigstens eine einzige meiner Mails beantworten oder meine Anrufe nicht gleich wegdrücken. Seit Wochen versuche ich, ein klärendes Gespräch mit dir zu führen – ich finde, das wäre für uns beide gut. Der Abend in München, das kann's ja wohl nicht gewesen sein nach all den gemeinsamen Jahren. Ich habe einen schrecklichen Fehler gemacht, das ist mir nun auch klar. Aber mit Melanie ist es vorbei, das verspreche ich hoch und heilig. Gibt es denn gar keine Möglichkeit, dass wir es noch einmal versuchen? Ich liebe dich doch!

Carsten

Ich betrachte die Mail einen Augenblick lang. Und dann frage ich mich, warum ich tatsächlich achtzehn Jahre meines Lebens mit einem ganz offensichtlichen Idioten verbracht habe. Denkt Carsten allen Ernstes, es ist so einfach? *Huch, ja, Mensch, mit*

173

der Melanie, das war ein Irrtum, jetzt will ich doch lieber zurück zu dir. Er muss wirklich glauben, ich habe nicht alle Tassen im Schrank! Noch dazu per E-Mail, das ist ja wohl das Stilloseste, was es überhaupt gibt. Wenn schon, dann hätte ich hier wirklich längst einen großen Auftritt erwartet: Dass Carsten nach Hamburg eilt und vor mir mit einem Riesenstrauß Baccara-Rosen weinend auf die Knie sinkt. Mindestens!

Aber selbst dann, das merke ich in diesem Moment ganz deutlich, hätte ich ihm nicht verzeihen können. Ein Seitensprung? Okay, damit hätte ich noch einigermaßen leben können. Aber Carsten ist eindeutig zu weit gegangen, seine Worte in München klingen mir noch deutlich im Ohr – unsere Lebenspläne würden nicht zusammenpassen. Als ob ich mir nicht auch eine Familie mit ihm gewünscht hätte! Und dann lässt er mich für so eine blöde Kuh sitzen. Ich lache bitter auf. Welch Ironie des Schicksals – ausgerechnet in dem Moment, in dem ich schwanger werde, trennt sich Carsten mit der Begründung, ich sei zu sehr Karrierefrau.

Bei dem Gedanken an meine Babys geht es mir allerdings gleich besser, und ich muss mir lächelnd über den Bauch streicheln. Wir drei, wir werden das schon packen. Auch ohne Vater. Bevor ich aus der Not heraus so einen wie Carsten nehme, ist es im Zweifel besser, ganz auf männlichen Beistand zu verzichten.

Ich leite die Mail an Merle weiter und kommentiere sie noch mit einem *Guck mal, kaum ist Melanie weg, wird er reuig. Aber nicht mit mir!*. Carsten schreibe ich auch auf diese Jammernachricht nicht zurück; keine Antwort ist auch eine Antwort. Und wenn er noch einmal mailt, lasse ich seine Adresse einfach blockieren, dann kann er sich im Spam-Filter vergnügen. Mit einem Mal bin ich in einer regelrechten Aufbruchsstimmung und fühle mich richtig gut. Svenja Christiansen, du wirst der Welt schon zeigen, was in dir steckt und dass du sehr wohl Kinder und Karriere unter einen Hut bringen kannst.

Mein Telefon klingelt, ich gehe ran. »Christiansen?«, melde ich mich.

»Friedrichs hier. Würden Sie noch einmal hochkommen? Hier gibt es tatsächlich ein Problem.«

Als sich die Fahrstuhltüren öffnen, höre ich Maja Friedrichs schon aus der Ferne zetern. »Wer sind Sie?«, kreischt sie. »Sagen Sie mir sofort Ihren Namen!« Schnell eile ich den Gang hinunter zum Eckzimmer. Ich stoße die Tür, die nur angelehnt ist, auf – und bin mehr als überrascht. »Was ist hier los?«, entfährt es mir.

Auf dem Sofa sitzt ein älterer Herr, den ich auf etwa Mitte sechzig schätze. Er sieht zwar freundlich aus, wirkt in seinem abgestoßenen Wintermantel und den dreckigen Schuhen aber etwas heruntergekommen. Zu seinen Füßen sitzen zwei Hunde und wedeln mit dem Schwanz, ein Dackel und ein Mischling, den ich irgendwo zwischen Yorkshire-Terrier und Pudel einsortieren würde.

»Wer ist das?«, will ich von der Hausdame wissen, die etwas ratlos neben mir steht.

»Ich weiß es nicht«, erklärt Maja zornig, »er hat bisher noch keinen Ton gesagt.«

Der Mann vom Schlüsseldienst macht ebenfalls einen überforderten Eindruck. »Hab nur die Tür geöffnet«, meint er entschuldigend, »ich hab den Typen auch noch nie gesehen.«

»Danke, Sie können jetzt gehen«, teile ich dem Schlosser mit, der sich auch sofort davonmacht.

»Können Sie mir sagen, wer Sie sind?«, versuche ich es nun auch einmal. »Sprechen Sie kein Deutsch? Aus welchem Land kommen Sie?« Zwecklos, ich bringe nicht ein Wort aus ihm heraus. Fragend blicke ich Maja Friedrichs an. »Was nun?«

Die Hausdame zuckt mit den Schultern. »Wenn Sie mich fragen, ist das irgendein Penner, der sich hier eingeschlichen hat. Kommt manchmal vor, zwar nur selten, aber hin und wieder doch. Vor allem im Winter, wenn es denen draußen zu kalt wird.« Sie rümpft angewidert die Nase. »Und wie diese Hunde stinken! Mir wird ganz schlecht!«

Während wir beide noch etwas ratlos vor dem scheinbar stummen Mann stehen, erklingt draußen vom Flur ein fröhliches Pfeifen. Es kommt näher, fünf Sekunden später geht die Tür auf, und jemand sagt: »Habe ich geholt Essen, Onkel Heinz ...« Die Stimme verstummt, Maja Friedrichs und ich fahren zeitgleich herum. Vor uns steht –

Sascha. Einen großen Korb mit Lebensmitteln im Arm.

»Aber das Zimmer steht leer, wen stört, wenn meine Freund Heinz hier lebt?«

Ich hätte es nicht für möglich gehalten, dass Sascha noch etwas Dreisteres einfallen könnte als die Auto-Geschichte. Ich habe mich geirrt.

»Du bist wohl von allen guten Geistern verlassen!«, fahre ich ihn an und versuche, möglichst furchteinflößend zu wirken ... vergeblich. Wie auch beim letzten Mal sitzt er vor meinem Schreibtisch und macht einen recht unbekümmerten Eindruck. »Wir sind ein Hotel, keine Notunterkunft für gestrandete Männer!«

»Moment!«, wirft Sascha nun energisch ein. »Ist nicht gestrandet, Heinz!« Ich seufze tief.

»Der Mann ist ein Penner!«, mischt sich nun auch Maja Friedrichs mit ein, die das Gespräch bis hierhin eisig schweigend verfolgt hat.

»*Ha!*«, ruft Sascha. »So denkt ihr, Mensch ist gleich Penner, wenn er auf der Straße lebt.«

Nun ja, genau genommen ist das die richtige Definition des Wortes Penner, oder? »Wie auch immer«, seufze ich entnervt. Ich werde mich mit Sascha nicht wieder auf eine Kommunismus-Diskussion und das Unrecht zwischen Armen und Reichen einlassen. »Jedenfalls kann er hier nicht wohnen.«

So leicht gibt Sascha nicht auf. »Warum nicht? Wenn das Zimmer ist nicht vermietet, wen stört mein guter Freund Heinz?«

Herrje, es ist zum Aus-der-Haut-Fahren.

»Mich!«, schreit Maja Friedrichs plötzlich. »Er stört *mich*, klar? Ich versuche, dieses Haus zum bestgepflegten Hotel in Hamburg zu machen – da hat ein Penner nun wirklich nichts zu suchen. Aber vielleicht ist das in Russland anders, vielleicht nimmt man es da mit der Sauberkeit auch nicht so genau!« Maja ist auf einmal puterrot im Gesicht und sieht so aus, als würde sie Sascha gleich an die Gurgel gehen. Hoppla, hier regt sich jemand doch wohl nicht nur über den alten Stadtstreicher auf.

»Frau Friedrichs«, schlage ich einen besonders gütigen Ton an, »Sie haben inhaltlich ja recht, aber wir sollten trotzdem sachlich bleiben. Zetern bringt uns jetzt nicht weiter.«

»*Zetern?* Ich zetere nicht, ich rege mich nur darüber auf, mit welcher Unverfrorenheit Ihr Herr Antonow hier vorgeht.«

»Also, erstens ist er nicht mein Herr Antonow, und zweitens sagte ich schon – inhaltlich bin ich mit Ihnen einer Meinung. Also, Sascha, wenn hier jeder seine Freunde unterbringt, wo kommen wir da hin?«, versuche ich, es anders zu erklären.

»Also soll ich Heinz wieder auf Straße schicken?«

Mir egal, wo du ihn hinschickst, würde ich am liebsten antworten. Aber die Art und Weise, wie Sascha mich jetzt mit großen, bittenden Augen anblickt, macht es mir gar nicht so leicht. Außerdem nervt es mich, dass Maja Friedrichs hier wie der lebende Vorwurf sitzt und mir deutlich zu verstehen gibt, dass sie die Situation viel schneller in den Griff kriegen würde.

»Wo war er denn bis jetzt?«, will ich von Sascha wissen. »Ich meine, irgendwo hat er doch bisher auch gelebt.«

Sascha nickt. »In der Laube von Schrebergarten«, erklärt er. »Ist nicht einfach, mit Haustieren Wohnung zu finden, er sucht schon lange. Im Sommer ist kein Problem mit dem Schrebergarten. Aber jetzt im Winter ...« Wieder ein großer Dackelblick.

»Wir sind nicht die Caritas«, gebe ich mich trotzdem hart. Dann habe ich eine grandiose Idee. Wenn die Friedrichs schon immer so tut, als könne sie alles besser, dann kann sie es jetzt mal beweisen.

»Frau Friedrichs, Sie kennen das Hotel doch wie Ihre Westentasche. Haben wir noch irgendeine Möglichkeit, diesen Heinz für eine Zeitlang unauffällig unterzubringen?« Schwupp, schon liegt der schwarze Peter bei ihr. Sie starrt mich entgeistert an.

»Ist das Ihr Ernst?«

»Nun, ich bin wie Sie einer Meinung, dass wir natürlich unmöglich eines unserer Zimmer mit Herrn ... Herrn Heinz blockieren können. Aber vielleicht haben Sie ja eine konstruktive Idee, mit der Sie sich hier einbringen wollen.«

Maja verzieht das Gesicht, als habe sie auf ein Stück Zitrone gebissen. Aber offensichtlich will sie sich keine Blöße geben – sie scheint jetzt tatsächlich über eine Lösung nachzudenken.

»Na ja«, beginnt sie schließlich, »im Keller gibt es noch das alte Fahrerzimmer. Früher, also ich meine, vor meiner Zeit, war das der Pausenraum für den Chauffeur, den das Hotel damals noch hatte. Wenn ich mich richtig erinnere, müssten da ein Bett und ein Tisch drin stehen. Und es hat einen«, sie rümpft demonstrativ die Nase, »separaten Eingang, so dass er nicht durch einen der Hotelflure gehen muss.«

Na also, geht doch!

»Ausgezeichnet!«, lobe ich die Friedrichs. »Das scheint doch der Raum zu sein, nach dem wir suchen.«

»Allerdings nutzen wir das Zimmer heute als Lagerraum. Herr Antonow müsste da etwas umräumen, bevor sein *Freund*« – bei diesem Wort zieht Maja Friedrichs eine Augenbraue hoch – »da einziehen kann.«

»Das macht er bestimmt sehr gerne. Und wenn das geschehen ist, dann kann Heinz hier vorübergehend bleiben. Mit der Betonung auf *vorübergehend!*«

»Danke, Svenja!« Sascha springt auf, kommt zu mir herum und reißt mich in seine Arme. Ich bin davon so überrascht, dass ich laut nach Luft schnappe. »Du hast gutes Herz!«, ruft er aus und drückt mich ganz fest. »Ich habe gleich gewusst, als ich dich zum ersten Mal gesehen!«

»Gesehen habe.« Ich mache mich mühsam aus seiner Umklammerung frei. Er hat mich derart gedrückt, dass ich fast keine Luft mehr gekriegt hätte. »Allerdings habe ich noch eine Bedingung.«

»Bedingung?«

»Ja. Zuerst einmal muss er ein paar anständige Klamotten bekommen. So kann er nicht herumlaufen.«

»Keine Problem«, meint Sascha. »Frage ich Luis.«

Luis steckt also auch mit denen unter einer Decke? Was geht hier hinter meinem Rücken eigentlich noch so alles vor sich? Den werde ich mir mal als Nächsten schnappen!

»Gut«, meine ich. »Und dann habe ich noch eine Bedingung: keine Hunde.«

Sascha starrt mich irritiert an. »Keine Hunde?«

Ich nicke. »In einem Hotel haben Haustiere nichts zu suchen, das würde zu viele Gäste stören.«

»Aber wo sollen die Hunde denn hin?«

Ich zucke mit den Schultern. »Ich weiß es nicht«, erkläre ich lapidar. »Da müsst ihr euch eben was einfallen lassen. Wo wohnst du denn zum Beispiel? Für den Übergang könntest du sie doch nehmen?«

Sascha starrt mich entsetzt an. »Ich?« Er verzieht angewidert das Gesicht, bevor er theatralisch ausruft: »Aber ich *hasse* Hunde!«

15. Kapitel

Zwei Monate später hat Heinz zwar immer noch keine neue Bleibe und kampiert weiterhin im Fahrerzimmer, während Sascha mit finsterer Miene die Hunde bei sich aufgenommen hat – aber ich habe immerhin mein erstes Weihnachten ohne Carsten halbwegs gut überstanden. Die ein oder andere Träne habe ich zwar heimlich verdrückt, denn verlassen und schwanger unter dem Christbaum der kleinen Schwester zu sitzen, ist nicht gerade der Stoff, aus dem meine Träume bisher waren. Aber im Großen und Ganzen war es sehr schön und harmonisch. Jedenfalls, wenn ich Zeit hatte, darüber nachzudenken. Das Gute am Hotelgewerbe ist nämlich, dass man über die Feiertage vor lauter Arbeit kaum dazu kommt, sentimental zu werden.

Nach Neujahr steht dann schon meine nächste große Ultraschalluntersuchung an. Am Nachmittag davor versucht Merle mich davon zu überzeugen, dass sie mich dabei begleiten darf.

»Also, ich finde, diesmal könntest du mich ruhig mal mitnehmen. Andere Schwestern würden sich über so viel Anteilnahme freuen.« Merle schiebt ihre Unterlippe vor und schmollt. Jetzt sieht sie ungefähr so aus wie ihre dreijährige Tochter Finja, der man den Süßigkeitenschrank direkt vor der Nase abgeschlossen hat. Mit dem Unterschied, dass eine beleidigte Finja sehr süß ist, eine beleidigte Merle hingegen sehr lästig.

»Was willst du denn da? Du weißt doch, wie ein Ultraschall funktioniert, du bist doch ein alter Schwangerschaftsprofi.«

»Aber ich hatte nie eine Überweisung zum Spezialisten. Ich

musste mich immer mit den schlechten Bildern des Uraltgeräts meines Frauenarztes begnügen. Mit Ende zwanzig ist man eben noch keine Risikoschwangere.«

Schön, dass mich die blöde Kuh gleich mal an mein biblisches Alter erinnert. Aber leider hat sie recht: Mit meinen sechsunddreißig Jahren gelte ich eindeutig als Spätgebärende. Und obwohl man sich im Jahre 2007 nach Christus als Schwangere ab fünfunddreißig altersmäßig in bester Gesellschaft befindet, wird man behandelt, als ob es fast an ein Wunder grenzt, wenn man heil die Tür zum Kreißsaal erreicht. Erwartet man dann noch Zwillinge, mutiert man zu einem einzigen riesigen Gesamtrisiko. Hat allerdings den Vorteil, dass die Krankenkasse allen möglichen Schnickschnack übernimmt, den die »Normalschwangere« aus eigener Tasche zahlen muss. So zum Beispiel auch den Termin beim Ultraschallpapst im Pränatalzentrum, auf den meine Schwester nun so scharf ist. *Feinscreening* heißt das Zauberwort, und angeblich kann einem der Papst das Baby sogar schon als 3-D-Bild zeigen.

»Och *bötte* – ich bin so neugierig. Was hast du denn dagegen?«

Berechtigte Frage – was habe ich eigentlich dagegen? Es klingt wahrscheinlich gaga, aber mit Merle im Schlepp würde ich mich bemitleidenswert fühlen.

»Weißt du, du denkst bestimmt, ich hab sie nicht mehr alle«; versuche ich, ihr zu erklären. »Aber wenn ich da mit dir aufkreuze, dann fühle ich mich erst recht so richtig allein.«

»Hä? Mit mir fühlst du dich allein? Ist ja nicht gerade ein Kompliment für mich.« Jetzt schaut Merle beleidigt. Und recht hat sie. Wie soll ich ihr das bloß verständlich machen?

»Nein, so meine ich das doch gar nicht. Aber alle anderen Schwangeren sitzen da mit ihrem Mann oder Freund rum – oder auch mal allein, weil der Liebste keine Zeit hat. Wenn ich aber dich mitbringe, dann ist das für mich, als hätte ich ein Schild um den Hals, auf dem steht: *Hey, ich muss das hier alleine packen, aber als Verstärkung habe ich meine Schwester mitgebracht.*«

Merle schaut mich erschrocken an und greift nach meiner Hand. »Aber Süße, ich will doch nicht aus Mitleid mitkommen – sondern weil es mich wirklich interessiert. Mensch, da geht es um meine Nichten oder Neffen, auf die ich mich schon so freue. Das ist ein völlig eigennütziger Wunsch, ehrlich!«

Ich muss lächeln. Natürlich hat Merle recht. Ich weiß auch nicht, warum ich so seltsame Anwandlungen habe. Wahrscheinlich sind es die Hormone: Je runder mein Bauch wird, desto empfindlicher werde ich. Und jetzt, im sechsten Monat, bin ich tatsächlich schon ganz schön rund. Sascha meinte neulich, als ich ihn mal wieder in den Senkel stellen musste, weil er in Sachen Pünktlichkeit noch immer ein sehr kreatives Zeitempfinden an den Tag legt, ich solle mich nicht so aufregen, weil ich sonst bestimmt platzen würde.

»Na gut«, lenke ich schließlich ein, »komm halt mit.« Ich überlege kurz. »Dann kannst du mich morgen aber eigentlich auch gleich abholen, und ich spare mir das Taxi.« Auch so ein Punkt, um den ich mich dringend kümmern muss: Ich habe noch immer kein Auto. Und bald werde ich wohl einen Kombi brauchen, damit ich mich mit den Zwillingen überhaupt noch frei bewegen kann …

»Klasse! Mache ich!« Merle strahlt über das ganze Gesicht.

»Gut.« Ich mache Anstalten aufzustehen. »Dann werd ich mich mal wieder auf den Weg ins Hotel begeben, ich bin schon wieder so schlapp, dass ich nur noch ins Bett will.«

»Wie hält sich eigentlich Sascha?«, will Merle noch wissen.

»Geht so, wieso?«

»Och, hat mich nur interessiert, wie du mit ihm klarkommst. Ich meine, jetzt, wo er für dich arbeitet.«

Ich zucke mit den Schultern. »Hab mit ihm nicht sonderlich viel zu tun.« Dann muss ich grinsen. »Allerdings mischt er wohl gehörig das Housekeeping auf, meine Hausdame beschwert sich alle naselang über ihn.«

»Stell ich mir auch schwer vor, für so einen Kerl.«

»Was meinst du?«

»Na ja, das Zimmermädchen zu spielen.«

»Dafür, dass du von uns beiden immer die Verrücktere warst, hast du ganz schön tradierte Rollenbilder«, stelle ich tadelnd grinsend fest.

»Mag sein«, meint Merle. »Ich finde den Mann jedenfalls zu sexy zum Bettenmachen.«

»Na ja«, sage ich, »die meiste Zeit ist Sascha auch damit beschäftigt, die weibliche Belegschaft kirre zu machen. Allerdings macht er die Damen eher gut wahnsinnig, anstatt sich selbst wahnsinnig gut.« Wir lachen beide. »Aber es gibt immer noch mich, um ihn im Zaum zu halten.«

Pünktlich um halb drei sammelt mich Merle am nächsten Tag vorm Hotel ein. Zur Praxis sind es mit dem Auto zwar nur fünfzehn Minuten, aber ich bin doch schon ein bisschen aufgeregt und will auf keinen Fall zu spät kommen. Immerhin geht es bei dieser Untersuchung nicht in erster Linie ums »Babyfernsehen«, sondern darum festzustellen, ob alle Organe der Kinder in Ordnung sind. Deswegen trägt das Ganze auch den unglaublich positiven Namen *Fehlbildungsultraschall*.

Das Wartezimmer der Praxis kann locker mit der Lobby eines Designhotels mithalten. Parkettboden, dezente Erdfarben, ausgewählte Blumengestecke – ich vergesse fast, warum wir gekommen sind, und überlege einen Moment lang, ob man das Fürstenberger auch ein wenig umstylen sollte. Im Vergleich zu diesen Räumlichkeiten kommen wir doch relativ gediegen daher.

»Frau Christiansen?«, unterbricht die Sprechstundenhilfe meine Gedanken. »Gehen Sie bitte schon ins erste Behandlungszimmer.« Merle springt gleich auf – bei mir dauert es schon etwas länger. Unglaublich, wie werde ich erst am Ende der Schwangerschaft aussehen?

Zwanzig Minuten später sind meine beiden Sternschnuppen von Kopf bis Fuß vermessen. Und es ist alles in bester Ordnung. »Hier sehen wir eines der beiden Köpfchen, völlig zeitgerecht entwickelt. Und hier ist auch das zweite. Gehirnstrukturen sind gut zu erkennen, alles so, wie es sein muss.« Dr. Hanson, der Ultraschallpapst, nickt zufrieden.

Obwohl ich nicht ernsthaft damit gerechnet habe, dass irgendetwas sein könnte, bin ich doch erleichtert. Mir fällt ein Stein vom Herzen. Merle sitzt auf dem Stuhl neben mir und verfolgt das Geschehen auf einem Flatscreen, der wohl eigens für die werdenden Väter an der gegenüberliegenden Wand installiert worden ist.

»Sagen Sie mal, Dr. Hanson«, will sie jetzt wissen, »ich habe gehört, dass diese neuen Ultraschallgeräte ein Baby auch dreidimensional darstellen können. Geht das mit Ihrem Gerät auch? Ich würde das so gerne mal sehen!«

»Ja, das kann dieses Gerät«, erklärt Dr. Hanson nicht ohne Stolz, »ich muss nur schauen, dass ich die Kinder in einer guten Position erwische. Nicht ganz einfach bei Zwillingen, aber ich will es mal versuchen.« Konzentriert fährt er mit dem Schallkopf über meinen Bauch, dann scheint er die richtige Lage entdeckt zu haben. »So, warten Sie, ich stell mal um. Der Computer muss jetzt ein wenig rechnen, geht gleich los.«

Eine Minute später taucht wie aus dichtem Nebel der Kopf

eines der Babys auf. *Wahnsinn!* Ich kann sein Gesichtchen plastisch vor mir sehen! Auch Merle ist ganz aufgeregt. »Das ist ja unglaublich! Das sieht ja schon aus wie ein richtiges Kind!«

Dr. Hanson lächelt. »Das *ist* ein richtiges Kind. Und schauen Sie mal, jetzt nuckelt es am Daumen.« Tatsächlich – am linken Bildrand erscheint eine kleine Hand, dann sieht man, wie das Baby anfängt, an einem der Finger zu saugen. Ich bin völlig aus dem Häuschen, ich glaube, so etwas Schönes habe ich noch nie gesehen. Eine warme Welle breitet sich in mir aus; vor lauter Freude fange ich sogar an zu kichern.

»So, mal sehen, ob wir auch den anderen kleinen Freund einfangen können … da, jetzt liegt er günstig.« Baby Nummer 2 ist jetzt ebenfalls auf dem Bildschirm zu erkennen, es sieht fast so aus, als würde es Grimassen schneiden. Und dann streckt es die Zunge heraus! Mir steigen ein paar Tränen hoch, das ist eindeutig zu viel für meinen Hormonstatus. Allerdings sieht auch Merle völlig ergriffen aus.

»Toll!«, flüstert sie, greift nach meiner Hand und drückt sie. »Ich bin echt froh, dass du mich doch noch mitgenommen hast.«

»Wollen Sie eigentlich wissen, ob es Jungen oder Mädchen werden?«, bringt Dr. Hanson wieder etwas Rationalität in diesen andächtigen Moment.

»Unbedingt!«, kommt es von Merle wie aus der Pistole geschossen.

Dr. Hanson guckt mich fragend an. »Ich meinte eigentlich eher Sie, Frau Christiansen.«

Für einen Augenblick überlege ich, ob es nicht schöner ist, sich bei der Geburt überraschen zu lassen. Bis zum letzten Moment fiebern, als wäre man ein Überraschungsei, bei dem man nie sagen kann, was sich hinter der Hülle aus Schokolade versteckt … Aber dann siegt doch meine Neugier. »Können Sie das denn schon so genau sehen?«, will ich wissen.

Dr. Hanson grinst, dann fährt er noch mal mit dem Schallkopf über meinen Bauch. »Also, hier sehen Sie ganz eindeutig einen jungen Mann.«

Hm, er hat recht. Auch für mich als Laien zeigt sich an meinem Baby ein verdächtiger Zipfel.

»Und hier«, macht Dr. Hanson weiter und sucht nach dem anderen Baby, »sehen Sie seine kleine Schwester. Glückwunsch, Frau Christiansen, Sie bekommen eindeutig ein Pärchen.«

»Das ist ja großartig!«, trötet Merle begeistert. »Ein Junge und ein Mädchen! Mensch, da hast du mit einem Abwasch ja schon alles erledigt!«

Ich lache. »Abwasch klingt jetzt etwas unpassend.« Aber ich bin auch ganz hingerissen. Nicht, dass ich irgendeine Präferenz hätte, was das Geschlecht betrifft – aber trotzdem gefällt mir ein gemischtes Doppel ziemlich gut.

»Soll ich Ihnen von den Aufnahmen eine DVD erstellen?«, will Dr. Hanson jetzt wissen.

»Eine DVD?«, frage ich etwas begriffsstutzig nach. »Geht denn das?«

»Ja, ich brenne Ihnen den Filmmitschnitt der Untersuchung«, meint er. »Dann können Sie sich die Bilder zu Hause so oft ansehen, wie Sie wollen, und auch dem Vater zeigen.«

Bei dem Wort *Vater* zerplatzt meine Euphorie wie eine Seifenblase.

»Jetzt mach doch nicht so ein Gesicht«, versucht Merle mich aufzuheitern, als wir wieder in ihrem Auto sitzen und sie mich zurück ins Hotel fährt.

»Tut mir leid, dass mich der Umstand, alleinerziehende

Mutter zu werden, nicht gerade fröhlich stimmt«, gebe ich miesepetrig zurück.

»Was heißt denn schon alleinerziehend?«, fragt Merle. »Du hast doch auch noch mich!«

»Wenn ich dich daran erinnern darf, wolltest du nach meiner zaghaften Nachfrage, ob du mir helfen kannst, sofort einen Exorzisten rufen!«

Merle lacht auf. »Jetzt übertreib es mal nicht«, rechtfertigt sie sich. »Ich habe nicht gesagt, dass ich dir nicht helfen werde. Nur als Fulltimejob kommt das für mich nicht in Frage, aber natürlich werde ich dich unterstützen, wenn ich kann.«

»Ach, das ist alles so ein riesengroßer Mist«, seufze ich frustriert. »Ich hatte mir das eben einfach mal total anders vorgestellt. Zuerst wollte ich mit Carsten Kinder – dann hat es nicht geklappt. Dann konzentrierte ich mich voll und ganz auf meine Karriere – und werde prompt schwanger, während Carsten mich mit seiner Sekretärin bescheißt. Echt, ich hätte nie gedacht, dass mein Leben mal so aus dem Ruder läuft, meine Pläne sind komplett über den Haufen geworfen!«

»Leben ist das, was passiert, während du gerade andere Pläne machst«, teilt Merle mir mit.

»Jetzt red du nicht auch in irgendwelchen blöden Sprichwörtern, das geht mir schon bei Sascha auf den Keks.«

»Das ist nicht irgendein blödes Sprichwort«, korrigiert Merle mich. »Das ist ein Zitat vom großen John Lennon. Und ich sag dir was: Er hat recht. Du solltest dich einfach mal locker machen und alles so nehmen, wie es kommt. Denn du kannst daran sowieso nichts ändern.«

»Das klingt ja so, als wäre man seinem Schicksal immer hilflos ausgeliefert«, widerspreche ich ihr. »Aber davon halte ich nichts! Ich habe schon immer mein Leben selbst in die Hand genommen und … und …« Ich weiß nicht weiter und schicke deswegen einfach ein letztes trotziges »*Und*« hinterher.

Merle lächelt mich von der Seite an. »Sag ich doch«, wiederholt sie. »Du solltest lernen, die Dinge einfach so zu nehmen, wie sie kommen.«

Eine Weile sagt keiner von uns beiden etwas. Ich beschränke mich darauf, mit düsterer Miene vor mich hin zu starren. Nach ein paar Minuten hole ich die DVD aus meiner Tasche und drehe sie in meinen Händen.

»Trotzdem«, erkläre ich dann. »Jetzt habe ich diesen blöden Film – und niemanden, dem ich ihn zeigen kann.« Ich halte die DVD Merle hin. »Nimm du das Ding, ich will es nicht haben!«

»Da übertreibst du auch schon wieder«, sagt Merle und schiebt meine Hand zurück. »Du kannst ihn mir zeigen und Sebastian und …«, sie kommt ins Stocken.

»Und Mama und Papa, wenn sie mal wieder zu Besuch sind«, sage ich mit so viel Ironie wie möglich in der Stimme.

»Du musst ihnen wirklich bald mal sagen, dass sie Großeltern werden. Lange halte ich das nicht mehr durch, ohne mich zu verplappern.«

»Auf das Gespräch habe ich momentan überhaupt keine Lust.«

»Aber warum denn nicht? Die freuen sich doch bestimmt!«

»Sicher. Vor allem, wenn ich ihnen erklären muss, dass der Kindsvater sich leider aus meinem Leben verabschiedet hat. Du weißt doch, dass Mama der größte Fan von Carsten ist! Ich habe keine Lust, mir anzuhören, dass sie ja *sooo enttäuscht* ist.«

»Hm. Kann ich verstehen. Aber irgendwann werden sie es ja doch erfahren. Spätestens, wenn die Kinder auf der Welt sind.«

»Dann ist es immer noch früh genug«, meine ich. »Zuerst will ich alles organisiert haben. Sonst versucht Mama doch sowieso, mir die ganze Zeit reinzuquatschen.« Unsere Mutter ist ein wenig ... *übergriffig* würde es wohl am besten beschreiben. Deshalb waren wir damals auch gar nicht so traurig, als unsere Eltern nach Teneriffa ausgewandert sind. Immerhin haben wir seitdem weitestgehend unsere Ruhe vor Mutters Ratschlägen. Ja, wir sind undankbare Töchter – aber so ist es nun mal.

Wieder in meinem Büro, lasse ich mich erschöpft auf meinen Stuhl plumpsen. Was für ein Tag! Aus meiner Tasche, die neben mir auf dem Fußboden steht, lugt die DVD hervor. Ich hole sie heraus, drehe sie ein paarmal hin und her – dann schiebe ich sie ins Laufwerk des Computers. Als Sekunden später die Bilder meiner Babys auftauchen, spüre ich sofort wieder dieses warme Gefühl in mir, das ich vorhin auch beim Arzt hatte. Lächelnd betrachte ich meine Zwillinge – irgendwie schon ein Wunder!

Und noch etwas anderes spüre ich auf einmal: Im wahrsten Sinne Schmetterlinge im Bauch! Ich lege sofort meine Hände auf die Stelle, an der ich etwas gespürt habe. Ist es denn möglich? Habe ich gerade zum ersten Mal meine Sternschnuppen richtig gespürt? Ich horche in mich hinein, hoffe, dass das Gefühl noch einmal wiederkommt. Und tatsächlich – wie ein zartes Flattern oder als ob ein kleiner Fisch in meinem Bauch hin und her schwimmt – so fühlt es sich an. Sensationell! Meine Babys! Ich bin auf einmal völlig aus dem Häuschen und merke, dass ich mich riesig freue.

Merle hat recht. Ich sollte nicht so viel meinen düsteren Gedanken nachhängen. Das Leben halt nehmen, wie es kommt. Aber ein bisschen gegenlenken kann ich natürlich. Und darum werde ich mich jetzt sofort und auf der Stelle intensiv kümmern: Wenn schon aus Plan A (Familie mit Kindern) und Plan B (Karriere ohne Kinder) nichts wird, muss ich mich nun eben auf Plan C (Karriere mit Kindern) konzentrieren. *Jawoll!* Es ist Zeit, das nächste Großprojekt in Angriff zu nehmen: Operation Kinderfrau. Wäre doch gelacht, wenn ich bis zum Sommer nicht die passende Lösung gebastelt bekomme.

Wiedemeyer gegenüber habe ich behauptet, schon so gut wie alles geregelt zu haben. Okay, das entspricht nicht so völlig der Wahrheit, denn über meine Kurzrecherche auf der Homepage des Jugendamtes bin ich noch nicht hinausgekommen. Aber so schwer kann das ja nicht sein, bis die Babys kommen, sind es immerhin noch drei Monate. Am liebsten wäre mir eine Nanny, die tagsüber ins Hotel kommt und bei Bedarf auch hier übernachten kann, vielleicht sogar mit uns wohnt. Schließlich werden die beiden Mäuse noch ziemlich klein sein, wenn ich wieder starte, da ist mir der Gedanke an eine Krippe irgendwie nicht geheuer. Vor meinem inneren Auge sehe ich eine gutmütige, ältere Dame, die die beiden auf dem Schoß wiegt, mit ihnen Plätzchen backt und zu Weihnachten Engel für den Christbaum bastelt, während ich das Fürstenberger zu neuen Höhenflügen führe. Tagsüber essen wir gemeinsam zu Mittag, und immer, wenn ich ein bisschen Zeit habe, sehe ich nach den Kleinen, und wir trinken einen Kakao zusammen …

Ich greife zum Hörer und habe kurz darauf die Anzeigenannahme des Hamburger Abendblatts an der Strippe. Und kaum habe ich 112,37 Euro hingeblättert, schon steht meine Anzeige in der nächsten Samstagsausgabe:

```
Zwillingspärchen sucht sympathische, fle-
xible Kinderfrau in Vollzeitstellung.
```

Wohnmöglichkeit vorhanden. Bewerbung
bitte mit Gehaltsvorstellung an sabrina.
hoppe@fuerstenberger-hamburg.de

Müsste doch mit dem Teufel zugehen, wenn sich so nicht eine
passende Kandidatin findet.

16. Kapitel

Es geht mit dem Teufel zu. Einen Monat und gefühlte fünfhundert Vorstellungsgespräche später bin ich vor lauter Verzweiflung kurz davor, die nächste nettaussehende Oma, die mir begegnet, einfach zu kidnappen und mit vorgehaltener Waffe zur Unterzeichnung eines Arbeitsvertrags zu zwingen.

Dreimal ist meine Anzeige schon erschienen, mehr als dreihundert Euro habe ich dafür verheizt, und das Ergebnis ist niederschmetternd. Um es auf den Punkt zu bringen: Es gibt offensichtlich zwei Sorten von Kindermädchen: Die guten – und die, die ich mir leisten kann. Wobei »leisten können« die Sache auch nicht ganz trifft: So, wie es im Moment aussieht, kann ich künftig die Hälfte meines Gehalts direkt an eine Kinderfrau weiterleiten, die ich nicht einmal in die Nähe meiner Zwillinge lassen möchte.

Ich sitze in Merles Küche und starre düster vor mich hin. Wenn das so weitergeht, muss ich Wiedemeyer leider demnächst gestehen, dass mein ausgefeilter Plan leider nur ein Hirngespinst war und er gut daran tut, meine Stelle ganz schnell neu auszuschreiben.

»Ach Svenja, jetzt guck doch nicht so trübe, es wird sich schon eine Lösung finden«, versucht Merle, mich aufzuheitern.

»Wo soll die denn auf einmal herkommen? Ich habe jetzt fast dreißig Gespräche geführt. Die einzigen beiden Frauen, denen ich guten Gewissens meine Kinder anvertraut hätte, waren so teuer, dass ich erst dachte, die würden noch in D-Mark-Beträgen rechnen. Und die anderen – auweia. Du hast doch ein paar erlebt, jetzt erzähl mir nicht, dir hätten sie gefallen.«

Merle muss grinsen. »Och, diejenige, die gleich fand, es sei bestimmt toll, in einem Haus mit einer richtigen Bar zu arbeiten, war doch ganz witzig. Gut, generell ist es natürlich üblich, nüchtern zu einem Vorstellungsgespräch zu erscheinen. Aber wir sollten nicht so spießig sein. Nicht schlecht fand ich aber auch die mit der Theorie, dass zu viel frische Luft schon wegen des ganzen Elektrosmogs in Hamburg für Kinder zu gefährlich und man wirklich sicher nur drinnen sei.«

Jetzt muss ich doch lachen. »Also, meine Favoritin war eher die Schamanin, die auspendeln wollte, ob es wirklich ein Junge und ein Mädchen werden und die in ihrem letzten Leben schon auf den Dalai Lama aufgepasst hat.«

»Stimmt, die war nicht schlecht«, pflichtet Merle mir bei, »allerdings auch relativ teuer.«

»Na ja, bei den Referenzen kein Wunder: Ich meine, hallo, der Dalai-Lama!« Wir prusten beide los.

»Aber was mache ich als Nächstes? Ich glaube, wieder inserieren hat keinen Sinn.«

»Hm, und wenn du doch mal über eine Krippe nachdenkst?«

»Habe ich schon. Aber alle, die in erreichbarer Nähe sind, nehmen entweder erst Kinder ab einem Jahr oder haben eine Warteliste bis zum Sankt-Nimmerleins-Tag. Mit Zwillingen ist man auch nicht gerade der Liebling der Kita-Leitungen, schließlich brauche ich gleich zwei freie Plätze. Außerdem machen fast alle Krippen, bei denen ich mich erkundigt habe, um 17 Uhr dicht – damit ist mir bei meinen Arbeitszeiten aber nicht geholfen. Und bei der Tagesmutterbörse waren sie ähnlich euphorisch – *Zwillinge, und dann noch so klein und für so viele Stunden, tut uns leid, das wird schwierig.* Nee«, ich schüttle den Kopf, »es sieht so richtig schlecht aus.«

Merle rührt mir noch einen garantiert koffeinfreien Caro-Kaffee an. »Vielleicht ist das auch einfach zu viel.«

»Wie meinst du das?«

»Na ja, vielleicht hast du dir zu viel vorgenommen. Ich meine, Zwillinge bringen auch schon Eltern an den Rand des Leistbaren, die zu zweit sind und von denen einer erst mal zu Hause bleiben kann. Aber du bist alleine für zwei Babys verantwortlich und willst gleich weiter Vollzeit arbeiten. Ich will nicht zu negativ klingen, aber das ist eine unglaubliche Aufgabe. Vielleicht solltest du dir wenigstens ein Jahr Auszeit nehmen.«

»Dass ich alleine bin, ist doch wohl nicht meine Schuld!«, wehre ich mich.

»Habe ich auch nicht behauptet. Ich stelle lediglich fest, dass es so ist.«

Ich merke, dass sie gerade meinen wunden Punkt mit Anlauf trifft und mir gewaltig der Kamm schwillt. »Hör mal, ich habe mir das früher auch ganz anders vorgestellt. Aber ich habe nun mal leider keinen Ernährer wie Sebastian, der regelmäßig jeden Monat die Kohle anschleppt. Da muss ich mich wohl selbst drum kümmern.«

»Hey, nun werd mal nicht zickig, ein offenes Wort wird hoffentlich erlaubt sein. Und was das Geld anbelangt – es gibt doch jetzt mindestens zwölf Monate Elterngeld. Da bekommst du als Gutverdienerin bestimmt den Höchstsatz, und der liegt offen gestanden deutlich über dem Gehalt, das ich zuletzt als Grafikerin in meiner Agentur bekommen habe.« Merle sieht mich unschlüssig an – und spuckt dann doch noch aus, was ihr gerade durch den Kopf geht: »Ich glaube, du willst dir nur nicht eingestehen, dass du nicht Superfrau bist und auch bei dir nicht immer alles nach Plan laufen kann.«

Ob ich mich besser fühle, wenn ich meinem Drang nachgebe

und Merle den Caro-Kaffee in den Ausschnitt gieße? Zum einen habe ich diesen lauen Getreidetrunk schon immer gehasst, zum anderen bin ich nicht nur sauer, sondern auch richtig gekränkt. Für wen hält sich die blöde Kuh eigentlich?

»Ist es dir schon in den Sinn gekommen, dass man in meiner Position nicht einfach mal ein Jahr verschwinden kann? Ich weiß selbst, dass es einfacher wäre, erst mal auszusetzen, aber du glaubst doch nicht allen Ernstes, dass die mir das Fürstenberger ein Jahr lang frei halten! Ich habe gerade erst angefangen und bin noch in der Einarbeitung – da liegt es für die Zentrale doch näher, die Position neu zu besetzen. Und zwar mit einem *Mann*, der garantiert nicht mit einer Babypause ausfällt. Hamburg ist ein Top-Haus, da wird es mit Sicherheit keine Notlösung geben. Den Mutterschutz müssen sie einhalten, aber nach der Elternzeit können sie mich im Prinzip hinstecken, wo sie wollen. Glaub mir, Wiedemeyer wartet sicher nur auf so eine Gelegenheit, mich loszuwerden.« Ich habe mich in Rage geredet. »Wenn ich nicht gleich wieder anfange, bekomme ich meinen Job nie wieder.«

Merle zuckt mit den Schultern. »Ja, und wenn schon? Sind dir deine Kinder nicht wichtiger als ein Direktorenposten? Dann machst du danach eben etwas anderes. Wird schon nicht die Handtuchausgabe werden.«

Wütend springe ich auf. »So siehst du das also? Ist doch wurscht, was Mutti macht? Ist doch egal, ob sie auch Ziele und Träume hatte? Und jede, die das anders möchte, ist die eiskalte Karrierezicke, die es gar nicht anders verdient, als mit der Nase auf die Probleme gestoßen zu werden?« Mittlerweile brülle ich Merle richtig an. »Dann danke ich dir mal für deine Offenheit, es war auch das letzte Mal, dass ich dich mit meinen läppischen Problemen behelligt habe. Du bist ja ohnehin mit der Aufzucht deiner Brut ausreichend ausgelastet.« Ich mache auf dem Absatz kehrt und wäre schon aus der Küche gestürmt – wenn ich dabei nicht Sebastian umgerannt hätte.

»Hoppla, was ist denn hier los?«, will er erstaunt wissen.

»Deine Frau findet, dass ich an meinen Problemen selbst schuld bin, wo ich doch so wunderbar zu Hause bleiben könnte, anstatt meine Kinder demnächst skrupellos auf dem Altar meiner Karriere zu opfern!«

»Bitte was?« Sebastian schaut verwirrt zwischen mir und Merle hin und her.

»Du hast aber vergessen zu erwähnen«, giftet Merle zurück, »dass du deine Schwester im Gegenzug für eine blöde Hausfrau hältst, die sich hier auf Kosten ihres Ehemannes den Lenz macht, weil Kindererziehung ja der laueste Job von allen ist!«

»Das habe ich nie gesagt!«, rufe ich empört.

»Aber du *denkst* es die ganze Zeit!«

»Sag mir bloß nicht, was ich denke! Du hast ja keine …«

»He, ihr beiden«, geht Sebastian dazwischen, »was ist denn auf einmal los mit euch?«

Ich versuche, mich zu beruhigen, und schlage einen etwas sachlicheren Ton an. »Ich habe versucht, Merle zu erklären, warum ich gleich nach dem Mutterschutz wieder anfangen muss zu arbeiten. Weil ich hart für diese Position gearbeitet habe und sie nicht einfach aufgeben will. Weil ich nämlich unverschämterweise beides will: Meinen Beruf *und* meine Kinder. Und das kann deine Frau offenbar nicht verstehen, sondern findet, es sei geradezu meine Pflicht, zu Hause zu bleiben.«

Merle atmet tief durch. »Das habe ich so nie gesagt. Ich wollte lediglich darauf hinweisen, dass du dich meiner Meinung nach hoffnungslos überfordern wirst, weil du gar nicht realistisch einschätzen kannst, was auf dich zukommt. Und: Ja, ich glaube tatsächlich, dass es besser ist, wenn die Mutter erst einmal zu Hause bleibt. Und ich habe schon seit langem das Gefühl, dass du mich für diese Entscheidung, die ich für unsere Familie damals bewusst getroffen habe, insgeheim für blöd hältst.«

»Und jetzt soll es mein Problem sein, dass du denkst ...«

»So, stopp mal an dieser Stelle!«, wird Sebastian ungewohnt energisch. Irritiert breche ich meine Tirade ab. Auch Merle sieht ihren Mann überrascht an. »Geht es jetzt darum, wer hier das bessere Modell hat? Das kann doch wohl nicht wahr sein. Ihr seid doch Schwestern – wenn *ihr* euch schon nicht auf etwas mehr Toleranz einigen könnt, dann sehe ich langsam echt schwarz für die Frauensolidarität. Ich halte mal zwei Sachen fest: Wir fahren hier ein eher traditionelles Modell, und dafür bin ich Merle dankbar und denke auch nicht, dass sie sich dafür kritisieren lassen muss ...«

»Aber das habe ich auch nie, und ...«, versuche ich dazwischenzureden.

»Halt, ich bin noch nicht fertig!«, würgt mich Sebastian gleich ab. »Aber du, Svenja, bist einfach ein ganz anderer Mensch mit anderen Schwerpunkten, nämlich eine sehr zielstrebige, ehrgeizige Frau, wofür ich dich auch immer bewundert habe. Ich glaube nicht, dass unser Modell das richtige für dich wäre und du damit auf Dauer glücklich sein könntest. Es kann jetzt also nicht darum gehen, wer hier recht hat oder ob es die perfekte Lösung gibt, die auf alle Mütter, Väter und Kinder passt. Du hast Sorgen, die wir auch sehr ernst nehmen, und die sollten wir mal lösen, anstatt uns hier gegenseitig rundzumachen. So, und jetzt will ich ein kaltes Bier!« Mit diesen Worten marschiert er zum Kühlschrank, nimmt ein Beck's heraus, öffnet es und setzt es fröhlich grinsend an.

Wow – so kenne ich meinen Schwager gar nicht! Und so

lange am Stück habe ich ihn auch nie reden hören, schließlich redet meistens Merle. Wir blicken beide betreten zu Boden und dann verstohlen zueinander. Merle räuspert sich als Erste.

»Es tut mir leid, Svenja. Ich wollte dich nicht kränken. Es ist nur so, dass ich mir neben dir manchmal wirklich etwas mickrig vorkomme und denke, du nimmst mich und das, was ich mache, nicht für voll.«

Ich gehe einen Schritt auf sie zu. »Mir tut's auch leid. Und mit der Aufzucht deiner Brut – das habe ich nicht so gemeint. Im Gegenteil, ich habe dich immer sehr um deine süßen Mäuse beneidet und finde, dass du eine ganz tolle Mutter bist. Es wächst mir nur gerade alles über den Kopf und wenn du dann auch noch anfängst, dann kann ich echt nicht mehr.«

Sebastian grinst. »Seht ihr, Mädels. *Love, Peace and Understanding!* Und jetzt mal zurück zum Thema. Wo wart ihr denn gerade, bevor ihr anfingt, euch die Köpfe einzuschlagen?«

»Kinderbetreuung!«, kommt es wie aus einem Mund. »Ich habe von meinen Misserfolgen bei der Kindermädchensuche berichtet«, fahre ich dann solo fort und bringe Sebastian auf den neusten Stand.

»Was ist denn mit einem Au-pair-Mädchen? Das könnte doch bei dir wohnen und ist bestimmt auch viel billiger als die Super-Nannys, die sich bisher vorgestellt haben.«

»Ich weiß nicht«, bin ich etwas zögerlich, »sind das nicht immer halbe Teenager, die schlecht Deutsch sprechen, noch nie in einer Großstadt waren, vor finsteren Typen beschützt werden müssen und die Kinder gerne vor den Fernseher setzen, wenn sie keinen Bock mehr haben, auf sie aufzupassen?«

»Glaube ich nicht«, widerspricht Merle. »Unsere Nachbarn haben auch immer wieder Au-pairs, und das scheint wirklich gut zu laufen. Wir borgen uns die Mädels ab und zu als Babysitter, und da waren schon ein paar sehr nette dabei.«

»Na gut, einen Versuch wäre es vielleicht wert. Kannst du deine Nachbarin fragen, wie sie ihre Au-pair-Mädchen rekrutiert? Vielleicht ist es wirklich eine gute Idee.«

Am nächsten Morgen stolpere ich im wahrsten Sinne des Wortes über Sascha, der quer vor meiner Bürotür liegt und dort in aller Seelenruhe ein Nickerchen zu machen scheint. Ich bücke mich zu ihm hinunter und rufe ihm ein lautes »Guten Morgen!« ins Ohr, woraufhin er erschrocken die Augen aufreißt.

»Oh«, sagt er, reibt sich mit beiden Händen durchs Gesicht und steht langsam, aber wackelig auf. »Bin wohl eingeschlafen.«

»Sieht so aus. Du kannst scheinbar überall schlafen.«

Er grinst mich schief an. »Hab heute schon um sechs angefangen, das ist mitten in der Nacht.« Ich schließe mein Büro auf und bedeute ihm, mir zu folgen. Er geht hinter mir her und lässt sich dann auf den Sessel vor meinem Schreibtisch plumpsen.

»Was gibt es denn?«, will ich wissen. Sascha beginnt zu strahlen und kramt etwas aus einer Hemdtasche hervor, das er mir mit einem »Tataaaa!« auf den Tisch legt. Seinen Führerschein.

»Und?«, gebe ich mich unbeeindruckt.

»Ich darf wieder fahren«, erklärt Sascha.

»Schön für dich.« Ich weiß zwar genau, worauf er hinauswill, schließlich hat er mich oft genug damit genervt, in den Pagen- und Fahrdienst wechseln zu können. Aber es macht mir Spaß, ihn etwas zappeln zu lassen.

»Ich dachte, ich könnte ...« Er zögert, hat offensichtlich Angst, mich durch die falsche Bemerkung zu verärgern.

»Ja?« Ich tue weiterhin so, als hätte ich keine Ahnung, was er von mir will.

»Im Housekeeping ist ganz, ganz schrecklich«, bricht es aus ihm heraus. Dann verkündet er mit theatralischer Geste: »Maja Friedrichs ist nicht nur wie Teufel, sie *ist* der Teufel!«

Ich muss mich wirklich zusammenreißen, um nicht loszuprusten. Sicher, die Friedrichs ist nicht der unkomplizierteste Zeitgenosse – aber sie gleich mit dem Teufel zu vergleichen, halte ich dann doch für etwas übertrieben. Vor allem, nachdem Sascha ihr das Leben ja nun wirklich nicht besonders leicht gemacht hat. Da sollte er lieber froh sein, dass ihn noch keiner aus der Hölle geschmissen hat.

»Und jetzt habe ich Führerschein zurück«, fährt Sascha fort, »da wollte ich fragen, ob ich nicht doch Page …«

»Und die Autos der Gäste parken?«, frage ich. Sascha nickt. Ich lasse mir ein paar Sekunden Zeit, dann lächle ich ihn freundlich an: »In Ordnung.«

»In Ordnung?« Sascha wirkt fassungslos, weil ich einfach so »ja« sage. Doch zum einen habe ich keine Lust mehr, mir die ständigen Beschwerden aus dem Housekeeping anzuhören – zum anderen hat einer der Pagen vor zwei Wochen gekündigt, und ich habe die Stelle, ohne es Sascha zu sagen, sowieso für ihn freigehalten.

»Ja«, erwidere ich noch einmal. »Du kannst da gleich anfangen. Am besten, du gehst zu Luis, der erklärt dir alles.«

Sascha springt auf und macht vor Freude einen Luftsprung. »Viele Dank!«, ruft er aus. Im nächsten Moment ist er schon auf mich zugestürzt und busselt mich ab. Ich kann mich kaum wehren, sein Überschwang ist nicht zu bremsen.

»He«, lache ich, »ist schon gut!« Aber ich bekomme noch ein paar dicke Schmatzer aufgedrückt.

»Was machst du Samstagabend?«, fragt er mich, nachdem er von mir abgelassen hat.

Ich überlege einen Moment. »Nichts«, sage ich dann, »da habe ich tatsächlich mal frei.«

»Gut«, stellt er fest, »dann lade ich zum Essen ein.«

»Zum Essen einladen? Warum das?«

»Als Dankeschön«, erklärt er. »Wegen Heinz und Arbeit für mich und so …«

»Das muss aber nicht sein«, winke ich ab.

»Doch!« Sascha setzt einen strengen Gesichtsausdruck auf. »Das muss sein!« Ich überlege kurz. Mit Sascha essen gehen? Immerhin bin ich die Direktorin, das kann ich eigentlich nicht machen. Andererseits ist Sascha ein ziemlicher Sonderfall. Und tatsächlich hätte ich große Lust, einen Abend mit ihm zu verbringen. Mit Sicherheit würde das ziemlich lustig werden – wenn wir nicht gerade wieder in der *Bangkok Bar* enden.

»Na gut«, nehme ich seine Einladung an, »wenn du darauf bestehst, gehe ich gern mir dir essen.«

»Super! Ich freue mich ganz sehr!« Dann verabschiedet Sascha sich, reißt mit Schwung meine Bürotür auf und eilt davon. Aus dem Augenwinkel sehe ich, dass meine Assistentin ihm genauso verdutzt nachsieht wie ich.

---

sabrina.hoppe@fuerstenberger-hamburg.de

An:	Doreen Lehmann
Betreff:	Sascha
Datum:	14.2.2007, 9.15 Uhr

Ich bin echt total sauer! Weißt du, was ich gerade mitbekommen habe? Sascha schmeißt sich voll an die Christiansen ran! War ja klar, erst macht er mit mir Schluss, weil er mich nicht mehr braucht, und jetzt sucht er sich die nächste

Blöde, die ihm weiterhelfen kann. Ich bin so was von sauer, das kann ich kaum in Worte fassen!
Sabrina Hoppe
Assistentin der Direktorin

doreen.lehmann@fuerstenberger-hamburg.de
An: Sabrina Hoppe
Betreff: Re: Sascha
Datum: 14.2.2007, 11.22 Uhr

Tut mir leid für dich! Aber – versteh mich bitte nicht falsch! – warst du denn mit Sascha überhaupt richtig zusammen? Ich meine, du hast mir erzählt, dass ihr euch trefft und ausgeht und die Sache mit den Autos, aber ich hab eigentlich nicht gedacht, dass ihr ein richtiges Paar seid.
Doreen Lehmann
Leiterin Restaurant

Mein Telefon klingelt. Die Nummer im Display zeigt Merles Anschluss. »Hallo, Süße!«, melde ich mich gut gelaunt, »was gibt's?«

»Ich habe gerade mit meiner Nachbarin gesprochen, und sie hat mir die Nummer ihrer Au-pair-Agentur gegeben. Sie hat schon fünf Mädchen von denen vermittelt bekommen, und es hat immer gut geklappt, ist also ganz seriös. Ruf doch da gleich mal an.«

»Mache ich«, verspreche ich und notiere mir die Nummer.

Zwei Minuten später habe ich die sympathisch klingende Frau Brandmann am Apparat. Geduldig hört sie sich an, wonach ich suche, dann erklärt sie mir, was ich von einem Au-pair erwarten kann und was ich beachten sollte.

»Für Ihre Familienkonstellation sollten wir auf alle Fälle

jemanden suchen, der schon etwas älter ist und viel Erfahrung mit Säuglingen hat. Normalerweise arbeitet ein Au-pair dreißig Stunden pro Woche, aber einige Mädchen sind bereit, für ein höheres Taschengeld auch ein paar Stunden dranzuhängen.«

»Meinen Sie, Sie finden so eine Kandidatin?«

»Wir sollten uns mit der Suche auf alle Fälle nicht mehr allzu viel Zeit lassen, denn bei Ihnen kommen einfach nicht alle Bewerberinnen in Frage. Außerdem braucht es zwischen zwei bis drei Monaten, bis das Mädchen ein Visum bekommt und einreisen darf.«

Das klingt nicht gerade ermutigend. Ich seufze.

Frau Brandmann errät offensichtlich meine Gedanken: »Nun machen Sie sich mal keine Sorgen, Frau Christiansen. Jetzt ist Februar, wenn die Babys Ende April kommen und Sie im Sommer wieder arbeiten wollen, reicht es, wenn wir bis Juni das passende Au-pair gefunden haben. Dann hat das Mädchen noch ausreichend Zeit, sich einzuarbeiten, bevor es bei Ihnen wieder losgeht. Wenn Sie mir Ihre E-Mail-Adresse geben, schicke ich Ihnen gleich den Familienfragebogen zu, den füllen Sie aus, und dann lege ich sofort los. Das wird schon klappen, ich bin da ganz optimistisch.«

Hoffentlich hat sie recht, wäre langsam wirklich mal an der Zeit für eine Erfolgsmeldung!

17. Kapitel

Pünktlich auf die Minute steht Sascha am nächsten Samstagabend vor meiner Wohnungstür, um mich für unsere Verabredung abzuholen. Und ich muss sagen: Gut sieht er aus! Nicht so viel Haargel wie damals in der *Bangkok Bar* und für seine Verhältnisse geradezu konservativ gewandet. *Eigentlich ist er ein ziemlich hübscher Bursche,* schießt es mir durch den Kopf. *Kein Wunder, dass Sabrina da auf dumme Gedanken gekommen ist.* Und gleichzeitig denke ich daran, dass ich in meiner weiten Tunika und in Schlabberhosen neben ihm vermutlich ganz grauenhaft aussehe.

»Wo gehen wir hin?«, will ich von Sascha wissen. Aber der grinst nur und tut sehr geheimnisvoll.

»Wird nicht verraten. Lass dich überraschen.«

»Das ist nicht gerade meine Stärke«, sage ich.

»Eben.« Er grinst mich an.

Ich füge mich in mein Schicksal, und wir machen uns auf den Weg nach wohin auch immer. Wir nehmen den Hinterausgang, denn ich halte es für keine gute Idee, mit Sascha zusammen durch die Lobby zu promenieren, will schließlich nicht für unnötiges Getratsche sorgen.

Auf dem Hinterhof angelangt, hält Sascha mir die Tür eines klapprigen, dunkelgrünen Twingos auf.

»Deiner?«, will ich wissen, als ich mich ächzend auf dem Beifahrersitz niederlasse.

»Nein«, er steigt ein und lässt den Motor an. »Habe ich geliehen von Freund. Ich hätte gern ein, wie heißt das, reprätives ...«

»Repräsentatives«, korrigiere ich ihn lächelnd.

»… genau, repräsentatives Auto genommen, aber dafür hätte in Hotelgarage bedienen müssen.« Er wirft mir einen schelmischen Blick zu. »Und das magst du nicht gern.«

»Davon kannst du ausgehen«, gebe ich ihm lachend recht. »Und jetzt raus mit der Sprache: Wohin führst du mich aus?«

»*Vsemú svojó vrémja* – sei nicht so neugierig, alles zu seiner Zeit!«

Als wir zwanzig Minuten später in die Schanzenstraße einbiegen, bin ich tatsächlich überrascht. Sascha parkt das Auto direkt unter der Sternbrücke, öffnet mir galant die Tür und führt mich dann – in eine Döner-Bude!

»Hier?«, will ich überrascht wissen, als Sascha tatsächlich Anstalten macht, die Tür des türkischen Imbisses zu öffnen.

»Ja«, stellt er fest, »hier gibt besten Döner Kebab von Stadt. Oder, wenn du kein Fleisch magst, machen sie tollen Falafel.«

Vor lauter Schreck muss ich losprusten, dabei weiß ich gar nicht, ob ich die ganze Sache hier sonderlich lustig finde. Ich hab ja schon viel erlebt – aber das hier ist absolut neu.

»Komm schon«, fordert Sascha mich auf und schiebt mich mit diesen Worten durch die Tür. »Sei nicht versnobt, ist wirklich nett!«

Kaum haben wir den Laden betreten, da stürzt schon ein junger Mann auf uns zu. »Sascha«, begrüßt er ihn und reißt ihn begeistert in seine Arme. Ein seltsamer Anblick für mich. Die Männer aus meinem Bekanntenkreis reichen sich immer nur steif die Hand und kämen nie auf die Idee, sich in der Öffentlichkeit um den Hals zu fallen und sich herzhaft auf den Rücken zu klopfen.

»Svenja, das ist Mehmet«, stellt Sascha mir den jungen Mann vor.

»Freut mich.« Ich strecke ihm schnell meine Hand hin, bevor er noch in Versuchung geraten kann, mich ebenfalls an sich zu reißen.

»Mehmet«, erklärt Sascha mir, »ist Bassist in meine Band.«

»Aha«, erwidere ich, weil mir dazu nichts anderes einfällt.

»Und Svenja«, erklärt Sascha nun wiederum seinem Freund, »ist Chefin in Hotel, wo ich arbeite.« Nun ist es an Mehmet, mit einem »Aha« zu antworten. Nach den Vorstellungsfloskeln bittet Mehmet uns, im »Restaurant« Platz zu nehmen, was wir auch bereitwillig tun.

Das »Restaurant« liegt eine halbe Treppe höher und ist mit altersschwachen Tischen und Plastikstühlen eingerichtet. Oben links in der Ecke läuft ein Fernseher, der allerdings auf lautlos gestellt ist, an der rechten Wand hängt ein riesiges, ausgeblichenes Foto von Istanbul. Ich lasse meinen Blick weiter durch den Raum schweifen. Alles wirkt sauber und ordentlich. Ich habe auch eigentlich nichts gegen Döner-Buden – nur an den Gedanken, in so etwas zum Essen eingeladen zu werden, muss ich mich eben noch gewöhnen.

»Wie läuft es denn mit eurer Band?«, will ich wissen, nachdem Mehmet unsere Bestellung aufgenommen hat. Sascha zuckt mir den Schultern.

»Geht so«, erklärt er. »Wir haben CD aufgenommen und als Demo verschickt. Jetzt warten wir, dass wir Auftritte bekommen. Oder wir sogar Vertrag bei großem Label bekommen.«

»Hm«, erwidere ich, weil ich von dieser Materie so gar keine Ahnung habe. »Ist wohl nicht so einfach, oder?« Sascha macht mal wieder eine theatralische Handbewegung und verdreht die Augen gen Himmel.

»Nicht einfach ist untertrieben!«, ruft er aus. »Heute geht nicht mehr um Können.«

»Nein?«

»Nein«, wiederholt er und wirft mir dabei einen missmutigen Blick zu, als könne ich etwas dafür. »Alle wollen nur Plastik!«

»Plastik?« Ich verstehe nicht ganz, was er meint.

»Ja, Plastik! Siehst du«, er beugt sich über den Tisch zu mir hinüber und mustert mich so intensiv aus seinen grünen Augen, dass mir ganz schwindlig wird, »es geht nicht, ob Künstler wirklich kann. Es geht um Aussehen und wie gut du kannst jemanden vermarkten!« Mit diesen Worten lässt er seine Hand auf den Tisch niedersausen, so dass unsere Gläser, die Mehmet uns in der Zwischenzeit hingestellt hat, klirren und scheppern. »Sieh dir an, was läuft in Fernsehen. Diese ganze blöden Casting-Shows mit Idioten. Die können nix! Geht um Schein, nicht mehr um Sein!« Zum zweiten Mal lässt er seine Faust niedersausen.

»Hm«, mache ich zum zweiten Mal und verzichte darauf, ihm zu erläutern, dass es im Hotelgewerbe nicht viel anders ist. Da geht es auch oft nur um den Schein, den wir wahren müssen – und die Gäste haben keine Ahnung, was sich hinter den Kulissen so alles abspielt. Aber ich denke nicht, dass ich darüber mit Sascha eine Diskussion anfangen sollte. Ebenso wenig wie über Casting-Shows, die ich nämlich ehrlich gesagt ganz gern sehe, weil sie meiner Meinung nach doch einen ziemlich hohen Unterhaltungswert haben. »Ich drück euch jedenfalls die Daumen, dass es mit eurer Band klappt«, sage ich stattdessen.

»Ja, Glück!«, stellt er fest und guckt immer noch böse. »Weißt du«, sagt er dann. »Ich hab auch geschickt Demo an diese Casting-Show«, erklärt er dann. »An diese Thomas Fein.«

»Du meinst den Typen, der auch in der Jury sitzt?«

Sascha nickt. »Ist Produzent in München, habe ich gedacht, schicke ich auch ihm Demo. Und weiß du, was passiert?«

Ich schüttle den Kopf. Woher soll ich auch wissen, was passiert ist?

»Hat er zurückgeschickt Demo. Hat nicht mal angehört die CD.«

»Woher weißt du das?«

»Weil noch war versiegelt die Hülle.«

»Oh.« Das ist ja wirklich nicht nett, wenn die Leute sich die CD nicht einmal anhören. »Also, ich würde sie gern mal hören«, erkläre ich, um Sascha ein wenig aufzumuntern. Scheint zu klappen, er lächelt mich an.

»Danke.«

Einen Moment lang gucken Sascha und ich etwas unschlüssig durch die Gegend, als würde jeder überlegen, worüber man nun als Nächstes sprechen könnte. Glücklicherweise werden wir von Mehmet unterbrochen, der unser Essen bringt: Für mich einen Teller mit Geflügel-Döner, für Sascha einen mit Kalb.

»Guten Appetit«, sagt er und stellt uns die übervollen Teller hin. Es duftet wirklich ganz ausgezeichnet, schon beim Anblick läuft mir das Wasser im Mund zusammen. Ich nehme meine Gabel und probiere.

»Hm! Wirklich lecker!« Ich bin überrascht, wie gut es mir schmeckt.

Sascha strahlt mich an. »Hab ich doch gesagt, dass hier besten Döner von der Stadt gibt.« Wir machen uns über unser Essen her, wobei ich sogar ein kleines bisschen schneller fertig bin als Sascha.

»Ich mag Frauen, denen schmeckt«, stellt er zufrieden fest.

»Tatsächlich könnte ich gleich noch einen essen«, muss ich gestehen.

»Noch einen?« Ich nicke. Sascha ruft zu Mehmet hinüber: »Bringst du noch einen Geflügel-Döner?« Dann wendet er sich wieder an mich. »Du hast großen Hunger!«

»Na ja«, ich merke, wie ich etwas erröte, weil es ja nicht gerade damenhaft ist, zu fressen wie ein Scheunendrescher. »Ich muss ja im Moment auch für drei essen.« Dabei streiche ich mir entschuldigend über den Bauch.

»Kein Problem«, erwidert Sascha. »Ich freue mich, dass dir Laden gefällt. Ich hatte Sorge, du könntest dir sein zu fein für das hier.«

»Quatsch«, behaupte ich mit wegwerfender Geste. Obwohl ich natürlich im ersten Moment genau das gedacht habe. Aber jetzt finde ich es eigentlich ziemlich nett hier.

»Wie geht es denn mit Kindern?«, fragt Sascha, weil wir gerade beim Thema sind.

»Ganz gut«, antworte ich. »So langsam fühle ich mich wie eine schwangere Seekuh, aber es ist ja bald vorbei.«

»Und dann?« Sascha mustert mich mit unverhohlener Neugier. »Wie geht dann weiter?«

»Tja, so genau weiß ich das auch noch nicht«, muss ich zugeben. »Ich will auf jeden Fall nur so kurz wie möglich pausieren und suche schon seit einiger Zeit nach einer passenden Betreuung. Aber das ist nicht so einfach. Im Moment hoffe ich, dass ich vielleicht ein Au-pair-Mädchen finde.«

»Und wenn nicht?«

Ich seufze. »Dann weiß ich auch nicht mehr so recht.«

»Du könntest fragen Heinz«, schlägt Sascha vor.

»Heinz?« Ich glaube, ich hab was am Ohr!

»Ja«, wiederholt Sascha. »Heinz hat Zeit und ist lieb zu die Kinder.«

»Ich weiß nicht«, meine ich zögernd. »Ich glaube, der ist schon etwas alt zum Babysitten.«

»Ist nicht wichtig Alter von Mensch«, erklärt Sascha mir. »Ist wichtig Alter von Herz«, dabei legt er sich eine Hand aufs Herz.

»Wie dem auch sei«, übergehe ich seinen Vorschlag, »ich hoffe, schon bald ein Au-pair zu finden.«

»Und was ist mit Papa?«, will Sascha als Nächstes wissen. Offenbar hat er sich vorgenommen, mich heute mal so richtig schön auszufragen.

»Den gibt's nicht«, erwidere ich knapp.

Sascha lacht. »Aber jedes Kind hat Papa!«

»Meine nicht.«

»Aber …«

»Hör zu«, unterbreche ich ihn und merke, wie meine Stimme zittert, »ich möchte über ihn nicht reden. Meinst du, wir könnten vielleicht das Thema wechseln?«

»Natürlich.« Sascha grinst mich breit an. »Ich rede viel lieber über mich.« Ich weiß nicht, ob das ein Spaß sein soll oder nicht, aber ich bin trotzdem froh, dass Sascha im weiteren Verlauf des Abends nur noch über das vermeintlich harte Show-Geschäft spricht. Immerhin lenkt mich das ein bisschen von meinen eigenen Problemen ab und dem Gefühl, auf einer tickenden Zeitbombe zu sitzen.

doreen.lehmann@fuerstenberger-hamburg.de

An: Sabrina Hoppe
Betreff: Rendezvous
Datum: 19.2.2007, 12.13 Uhr

Interessiert dich bestimmt: Ich hab die beiden Samstagabend noch gesehen. Er hat die Christiansen um kurz nach zwölf abgesetzt und ist dann weitergefahren. Kannst also ganz ruhig bleiben, da läuft nichts.
Doreen Lehmann
Leiterin Restaurant

sabrina.hoppe@fuerstenberger-hamburg.de

An: Doreen Lehmann
Betreff: Re: Rendezvous
Datum: 19.2.2007, 13.06 Uhr

Danke für die Info! Aber die Chefin sitzt den ganzen Tag pfeifend in ihrem Büro, die gute Laune ist echt unerträglich. Na ja, warten wir ab, was passiert.
Sabrina Hoppe
Assistentin der Direktorin

18. Kapitel

Fand ich mich vor ein paar Wochen schon kugelig? Lachhaft, denn mittlerweile sehe ich nicht nur aus, als hätte ich einen Medizinball verschluckt – ich *bin* der Medizinball! Wenn ich durch die Lobby rolle, ernte ich ungläubiges Staunen von allen Gästen, die mich so sehen. Mein Team ist den Anblick mittlerweile gewohnt, aber für alle anderen Menschen muss es schon sehr seltsam aussehen, wenn zuerst ein gigantischer Bauch um die Ecke biegt und zehn Minuten später die dazugehörige Besitzerin.

Ich tröste mich mit dem Gedanken, dass es nur noch ein paar Wochen bis zur Geburt sind und ich danach binnen zwei Monaten wieder aussehen werde wie Heidi Klum auf der Victorias-Secret-Dessous-Parade. *Haha!* Vielleicht stelle ich mich doch eher auf den Anblick einer Mandarine ein, die Weihnachten hinter den Christbaum gerollt ist und erst entdeckt wird, wenn am 7. Januar der Baum rausfliegt …

Für meinen enormen Leibesumfang bin ich allerdings noch erstaunlich fit. Obwohl Ostern offiziell mein Mutterschutz begonnen hat, versuche ich noch so lange wie möglich zu arbeiten. Trautwein als Schwangerschaftsvertretung ist zwar motiviert bis in die Haarspitzen und übernimmt schon jetzt viele Direktionsaufgaben. Jeden zweiten Morgen leitet er die Abteilungsleiterrunde, damit ich etwas später anfangen kann. Einen Gutteil der Vorgesetzten-Mitarbeiter-Gespräche hat er mir auch schon abgenommen. Aber ich will sein Engagement nicht überstrapazieren, schließlich liegen noch drei lange Monate vor ihm, die er alleine bewältigen muss, wenn ich erst mal ganz ausfalle. Aber ich bin guter Dinge, dass er das packen wird. Wiedemeyers Einschätzung, dass Trautwein eher Kategorie trübe Tasse ist, kann ich Gott sei Dank nicht bestätigen. Wenn man ihn lässt, hat er ganz schön Biss – so baggert er zum Beispiel munter an der »Nacht der Rosen« weiter, obwohl es in diesem Jahr leider nicht geklappt hat. Ich hätte da vielleicht schon aufgegeben, aber das scheint für Trautwein nicht in Frage zu kommen. Außerdem ist er ein cleverer Verhandler bei unseren externen Partnern wie den Musicaltheatern oder Busunternehmern. Bei allen Veranstaltungspaketen, die Trautwein so schnürt, bleibt für das Fürstenberger immer eine schöne Summe hängen. Nur hängt er das nicht immer an die große Glocke, und ich habe das Gefühl, dass mein Vorgänger das immer mehr als sein eigenes Verdienst ausgegeben hat. Das muss ich bei Wiedemeyer unbedingt noch klarstellen.

Meine Panik der letzten Wochen hat sich etwas gelegt, mittlerweile läuft alles so, wie es soll. Und ich habe endlich genau die richtige Au-pair-Bewerberin am Wickel: Anna aus Georgien, fünfundzwanzig Jahre alt und gelernte Erzieherin. Am Telefon macht sie einen sehr netten Eindruck, sie spricht schon ganz gut Deutsch und wirkt sehr erwachsen. Jetzt muss sie nur noch ihr Visum bekommen, dann kann es losgehen. Ich hoffe, sie ist schon da, sobald die Babys kommen, dann hätten wir alle genügend Zeit, uns an einander zu gewöhnen.

Das Einzige, was ich effektiv nicht mehr geschafft habe, ist der Geburtsvorbereitungskurs. Liegt wahrscheinlich auch daran, dass ich darauf nicht die geringste Lust verspürte. Das wäre wieder einer der Momente gewesen, in denen ich mich alleine gefühlt hätte. Klar, es gibt auch Kurse nur für Frauen. Aber in meinen Kleinmädchen-Träumen sah ich mich früher immer mit dem perfekten Mann an meiner Seite so einen Kurs besuchen und uns gemeinsam dem Baby entgegenfiebern. Dann lieber gar kein Kurs als bei jedem Termin diesem Traum nachhängen!

Im Büro gehe ich kurz meine Mails durch, bevor ich für heute Schluss mache. Es ist zwar erst halb fünf, aber gleich habe ich meinen Termin im Krankenhaus, um mich für die Geburt anzumelden.

Vor dem Hotel sammelt mich Merle ein, die mich auch zur Geburt begleiten will. Mit quietschenden Reifen hält ihr Polo in der Parkbucht, unser Wagenmeister Luis springt gleich vor, um mir die Tür zu öffnen. Dann reicht er mir zum Einsteigen noch die Hand, was leider bitter nötig ist, weil ich meine Kugel allein kaum noch in normale Autos gewuchtet bekomme.

»Hallo, Schwesterherz!«, begrüßt Merle mich gut gelaunt. Seit unserem Krach läuft es wieder sehr harmonisch mit uns beiden. Offensichtlich war der Streit das reinigende Gewitter, das wir beide gebraucht haben. »Mal sehen, wie lange wir jetzt im Berufsverkehr von hier bis ins Krankenhaus brauchen. Dann haben wir einen guten Anhaltspunkt, wie früh wir losfahren sollten, wenn es losgeht.«

Ich nicke. Von hier bis zur Uniklinik ist es zwar nicht besonders weit, aber mit Wehen können wahrscheinlich auch zwanzig Minuten ziemlich lang sein.

»So, genau einundzwanzig Minuten bei Einhaltung aller Verkehrsregeln!« Merle parkt direkt vor der Frauenklinik und zieht den Zündschlüssel ab. »Dann bin ich ja mal gespannt! Vielleicht sollte ich mich gleich ein bisschen umgucken, damit ich im Ernstfall auch weiß, wo ich dich abliefern muss.«

»Ja, das ist eine gute Idee«, pflichte ich ihr bei, »ich bin bestimmt zu nervös, wenn es richtig losgeht.«

Vor dem Kreißsaalsekretariat wartet bereits ein hochschwangeres Pärchen; verglichen mit mir sieht die Frau allerdings aus wie eine Gazelle. Sie streichelt versonnen über ihren Bauch, dann nimmt sie die Hand ihres Partners und scheint ihm zu zeigen, wo das Baby sie gerade boxt. Ich muss mich wegdrehen. Verdammt, meistens fühle ich mich ganz gut, aber so etwas macht mir immer noch sehr zu schaffen. Ich muss plötzlich an Carsten denken und daran, dass ein Teil von mir doch irgendwie gehofft hat, er stünde plötzlich im Büßergewand in Hamburg auf der Matte. Sicher, ich habe auf keine seiner Mails geantwortet, aber er hat sich wirklich kein Bein ausgerissen, um mich zurückzugewinnen.

Merle kann bis heute nicht verstehen, warum ich ihm nicht noch einmal eine Chance gebe. »Ein Ausrutscher ist doch nicht das Ende der Welt«, stellt sie hin und wieder fest. »In einer so langen Beziehung kann das mal passieren.« Aber ich bin eben der Meinung, dass von einem *Ausrutscher* nicht die Rede sein kann, wenn man seiner Freundin vorlügt, man habe sich bereits in Hamburg beworben, während man seiner heimlichen Geliebten erzählt, dass man »die Frau, die sich immer noch an mich klammert, das musst du verstehen, was soll ich denn dagegen tun« bald verlässt.

Das Paar wird aufgerufen, Hand in Hand gehen sie in den Besprechungsraum. Ich schaue ihnen wehmütig hinterher. Merle scheint meine Gedanken zu erraten, jedenfalls legt sie jetzt ihre Hand auf meinen Bauch.

»Hallo, ihr beiden«, flüstert sie, »hier spricht Tante Merle. Wir werden bald viel Spaß miteinander haben und eure beiden Cousinen freuen sich auch schon sehr auf euch. Und wenn eure Mama euch später nicht in die Disko lassen will, verschafft euch Tante Merle auch gerne ein Alibi. Versprochen und großes Indianerehrenwort. *Hugh!*«

Ich muss lachen. Das kann ich mir schon sehr gut vorstellen – wahrscheinlich muss man Merle davon abhalten, gleich selbst mit auf die Rolle zu gehen!

Nach zwanzig Minuten sind wir endlich dran. Im Besprechungszimmer wartet eine freundlich aussehende Mittdreißigerin auf uns, die sich als Hebamme Barbara vorstellt. Sie liest sich interessiert meinen Mutterpass durch.

»Zwillinge, wie schön! Das ist auch für uns immer noch ein spannendes Ereignis. Zwar nicht mehr ganz so selten wie früher, aber trotzdem etwas Besonderes. Errechneter Geburtstermin ist der 20. Mai, also noch fünf Wochen. Ihr Frauenarzt hat Ihnen aber sicherlich gesagt, dass die meisten Zwillinge sich deutlich früher auf den Weg machen.«

Ich nicke. »Ja, er denkt, dass es wahrscheinlich Anfang Mai so weit sein wird.«

»Genau, die meisten Zwillinge kommen in der 37. bis 38. Schwangerschaftswoche zur Welt, also ungefähr drei Wochen vor Termin. Das macht aber nichts, für uns gelten sie dann nicht mehr als Frühgeburt, und meistens haben sie einen ähnlich guten Start wie Einlinge. Wie liegen Ihre Kinder denn jetzt?«

»Bei der letzten Vorsorgeuntersuchung hatten sie beide den Kopf unten. Wobei ich mir das persönlich ziemlich unbequem vorstelle.«

Barbara muss schmunzeln. »Ja, das denkt man immer, nicht wahr? Aber für die Kinder ist es offenbar die angenehmste Haltung, und nur mit dem Kopf nach unten können sie unproblematisch geboren werden. Bei Ihnen können wir es also ruhig mit einer ganz normalen Geburt versuchen. Wenn beide Kinder in Schädellage liegen, klappt es oft ohne Kaiserschnitt. Das erste Baby bahnt unter Wehen den Weg, das zweite rutscht einfach hinterher.«

Hinterherrutschen – das klingt ja relativ einfach. Vielleicht wird die Geburt doch nicht so schlimm, wie ich in ängstlichen Momenten befürchte? Merles Geburtsberichte jedenfalls klangen immer eher wie ein Massaker. Und das Buch, das sie mir zum Thema *Schwangerschaft und Geburt* geschenkt hat, in dem viele Fotos sind, war auch eher zum Fürchten als zum Freuen.

»So, dann habe ich jetzt einen Haufen Formulare für Sie. Da geht es beispielsweise um Narkoseformen unter der Geburt. Lesen Sie sich das bitte durch, und sagen Sie mir, was Sie nicht verstehen.«

Gemeinsam gehen wir die Blätter durch, geduldig erklärt die Hebamme mir alles, was ich noch wissen möchte.

Als mir eine halbe Stunde später auch bei scharfem Nachdenken keine Frage mehr einfällt, verabschieden wir uns. Glücklicherweise hat mich während unseres Aufenthalts kein einziger Mensch gefragt, ob denn der Papa mit zur Geburt kommt. Ich nehme an, dass ich hier im Krankenhaus nicht die Erste bin, die ohne Partner ist – und mit einem Mal komme ich mir doch nicht mehr ganz so verlassen vor.

Merle setzt mich wieder beim Hotel ab. Sascha hat gerade Dienst; als er uns sieht, stürzt er jedenfalls vom Eingang dermaßen dynamisch auf unser Auto zu, dass ich schon Angst habe, er könnte der Länge nach hinschlagen. Merle prustet vor Lachen.

»Das hast du mir ja gar nicht erzählt, dass Sascha mittlerweile der Hölle des Housekeepings entkommen ist. Und motiviert ist der – Wahnsinn! Hoffentlich reißt er beim Polo nicht gleich die Türe ab.«

Die Sorge ist nicht ganz unbegründet, tatsächlich öffnet Sascha die Tür auf meiner Seite so schwungvoll, dass das Scharnier deutlich hörbar knackt und der ganze Wagen wackelt.

»He!«, ruft Merle, »lass mein Auto heil!«

»Hallo, Merle!« Sascha schaut ins Auto. »Keine Sorge, Volkswagen ist vielleicht nicht schön, aber stabil. Will nur sichergehen, dass deine Schwester kommt aus Auto. Ist bestimmt nicht mehr so einfach.« Er grinst mich an.

Ja, Hauptsache, ihr habt alle euren Spaß.

Ohne einen Kommentar und möglichst huldvoll reiche ich Sascha die Hand. Er zieht mich nach oben, bis ich sicher auf meinen Füßen stehe. Puh, bald kann ich wirklich nur noch Bus fahren!

Merle winkt kurz, dann düst sie weiter zu einem Highlight namens Kindergartenübernachtung, wo sie als Unterstützung für die Erzieherinnen eingeplant ist, die in Leas Gruppe heute die lange Lese- und Räubernacht veranstalten. Bin mal gespannt, wann das auf mich zukommt.

Sascha eskortiert mich in Richtung Eingang. »Alles in Ordnung mit Kindern?«

»Ja, wieso?«

»Sabrina hat erzählt, dass du zu Krankenhaus gefahren bist.«

Aha, interessant. Meine Sekretärin plaudert also über meine privaten Termine. Da muss ich wohl mal mit ihr sprechen.

»Ach, im Krankenhaus habe ich mich nur zur Geburt angemeldet. Reine Routine, keine Sorge. Aber wieso warst du denn bei mir im Büro?«

»Och, ich war so früh schon da, ich dachte, wir könnten einen Kaffee trinken.«

»Einen Kaffee trinken?«

Er nickt.

»Äh, hör mal, Sascha, ich finde deine Gesellschaft wirklich nett und ... jetzt versteh mich bitte nicht falsch, aber es sieht ein bisschen seltsam aus, wenn die Direktorin anfängt, mit den Pagen Kaffee trinken zu gehen. Ich möchte nicht, dass bei den anderen Mitarbeitern ein falscher Eindruck entsteht.«

Sascha guckt enttäuscht. »Na gut, dann ich frage nicht mehr. Aber es war dienstlich, mein Wunsch.«

»Dienstlich? Wieso? Gibt es ein Problem? Dann besprich es doch bitte mit Luis, deinem direkten Vorgesetzten.«

»Nein, gar keine Probleme. Mit Luis und anderen Pagen alles in Ordnung. Vieeeel besser als mit Hexe Friedrichs, ehrlich!« Sascha macht eine sehr dramatische Handbewegung Richtung Himmel.

»Also, wenn es keine Probleme gibt, worum geht es dann?«

»Ich habe dir ein Demo mitgebracht. Du weißt schon, von unserer Band. Du hast gesagt, du willst hören.«

»Das ist ja nett«, erwidere ich. »Aber was ist daran dienstlich?«

»Ich dachte, du könntest mal hören, und wenn gefällt, vielleicht legst du gutes Wort bei Bankettmanagerin hin.«

»*Ein*«, sage ich. Ah, daher weht der Wind. »Ihr seid also auf der Suche nach Engagements?«

»Natürlich, hab ich doch erzählt. Und wenn hier sind so viele Bälle, da dachte ich …«

»Aber die Bands werden meistens vom Veranstalter gebucht, damit haben wir als Hotel gar nichts zu tun.«

»Weiß ich. Trotzdem ist bestimmt nicht schlecht, wenn Bankettmanagerin uns als gute Band empfiehlt.«

»Vorausgesetzt, ihr seid eine gute Band.«

Jetzt guckt Sascha schwer beleidigt. »Wir sind gut. Aber du musst mir gar nicht vertrauen, du musst einfach Demo anhören. Und deswegen wollte ich kurz bei dir sprechen, dir Demo geben und dazu erklären.«

Ich seufze. »Na gut, wann hast du denn heute Dienstschluss?«

»Oh, heute nur kurze Schicht. Bin um zehn Uhr fertig.«

»Da schlafe ich zwar eigentlich schon, aber dann komm kurz vorbei.«

Sascha strahlt mich an. »Ach, Chefin, du bist toll. Bis nachher!«

Zum Abendessen treffe ich mich mit Georg Trautwein. Das haben wir uns in den letzten Wochen gewissermaßen als ständiges dienstliches Date angewöhnt, um noch einmal die wichtigsten Dinge des Tages gemeinsam abzustimmen. Ich glaube, Trautwein ist zirka zehn Zentimeter gewachsen, seitdem ich ihn so eng in alle Entscheidungen mit einbeziehe. Aber das soll mir recht sein. Ich werde seinen Goodwill in Zukunft noch oft genug brauchen.

Wieder in der Wohnung angekommen, versuche ich, es mir auf dem Sofa gemütlich zu machen und ein bisschen fernzusehen, um die Zeit bis zehn Uhr totzuschlagen. Aber das gelingt mir nicht recht. Irgendwie bin ich ziemlich unruhig. Immer wieder muss ich aufstehen und umhergehen. Ich fühle mich regelrecht rastlos. Noch dazu bekomme ich ziemliche Rückenschmerzen. Ich gehe in die Küche und löse mir eine Magnesiumtablette auf. Magnesium soll ja gut bei Krämpfen sein, vielleicht hilft's jetzt auch.

Okay, es hilft nicht.

Ich habe keine Ahnung, ob ich sitzen, stehen oder liegen soll – in keiner Position scheint es mir sonderlich angenehm zu sein. Am besten ist es immer noch, wenn ich umherwandere. Als hätte jemand meine Gedanken gehört, klingelt auf einmal mein Telefon.

»Frau Christiansen«, erklingt die aufgeregte Stimme von

Britta Kruse. »Tut mir leid, wenn ich Sie zu Hause störe – aber Sie müssten doch noch einmal kommen. Es ist … einigermaßen dringend.«

»Was ist denn los?«

Britta Kruse zögert einen Moment, bis sie wieder spricht.

»Ich sage nur zwei Worte: der Russe.«

19. Kapitel

Jetzt habe ich langsam *wirklich* die Faxen dicke!«, schimpft Maja Friedrichs, als wir zusammen im Aufzug stehen. »Ich weiß ja nicht, was genau *Sie* an diesem Sascha finden. Aber *ich* war wirklich froh, dass er aus meinem Bereich verschwunden ist – und jetzt macht er schon wieder Ärger!«

»Beruhigen Sie sich bitte erst einmal«, versuche ich, die Furie wieder auf ein normales Level zu bringen.

»*Beruhigen?* Das sagen *Sie* so leicht!«

»Also«, fasse ich zusammen, »es hat also ein Gast bei der Rezeption angerufen und sich beschwert, dass einer unserer Mitarbeiter sein Zimmer blockiert.«

»Einer unserer Mitarbeiter? Wer sollte das wohl sein, wenn nicht Sascha? Wer von unseren Angestellten würde Ihnen denn da noch einfallen?«

»Gut«, meine ich, »gehen wir davon aus, dass es Sascha ist.«

»Und der Gast sprach nicht von *blockiert* – er sagte, er wäre *gefangen genommen* worden!«

Uups, das klingt wirklich nicht gut. Allerdings kann ich mir beim besten Willen nicht erklären, weshalb Sascha einen unserer Gäste auf seinem Zimmer festsetzen sollte. Ich hoffe mal, dass es sich um ein schlichtes Missverständnis handelt.

»Haben Sie denn schon ermittelt«, frage ich, nachdem wir den Fahrstuhl verlassen haben und den Gang entlangeilen, »um wen es sich bei dem Gast handelt?«

»Natürlich«, teilt Maja Friedrichs mir mit. »Ein gewisser Thomas Fein aus München.«

Ich bleibe abrupt stehen. »Thomas Fein?«

223

»Kennen Sie ihn?«

»Nein«, sage ich. »Aber ich habe den Namen schon einmal gehört.« Und mit einem Mal schwant mir wahrlich Böses ...

Noch bevor wir um die Ecke zu Zimmer 712 biegen, hören wir bereits lautes Gezeter. Eine Sekunde später stehen wir direkt vor der Tür.

»Verlassen Sie auf der Stelle mein Zimmer!«, brüllt eine Stimme. »Das ist Nötigung.«

»Nein«, kommt es energisch zurück. Kein Zweifel – das ist tatsächlich Sascha. »Ich nicht gehe, bevor du hast gehört meine Demonstration!«

»Nun, ich bin gespannt, wie Sie ihn hierfür ihn Schutz nehmen wollen«, meint unsere Hausdame. »Das klingt nicht gut.« Da hat sie recht.

»Verlassen Sie mein Zimmer!«

»Sehen Sie«, sagt Maja Friedrichs und wirft mir einen selbstgefälligen Blick zu. »Ich habe Ihnen von Anfang an gesagt: Der Russe macht nur Ärger.« Mir wird ganz heiß und kalt, tatsächlich weiß ich gerade nicht, wie ich die Situation entschärfen kann. Sascha muss irgendwie mitbekommen haben, dass Thomas Fein, dieser Musikproduzent, im Fürstenberger logiert – und offenbar hat er daraufhin beschlossen, seine Chance zu nutzen.

»Bitte!«, versucht Sascha es nun auf die flehende Art. »Dauert nur fünf Minuten.«

»*Raus hier!*«

Ich klopfe gegen die Tür, aber niemand scheint mich zu hören. Zumindest bekomme ich keine Reaktion, stattdessen geht das Gebrüll weiter.

»Ich gehe nicht!«

»Sofort!«

»Bitte, nur kurz hören!«

»Ich rufe die Polizei!«

Oh, bitte alles, nur das nicht! Jetzt bollere ich energisch gegen die Tür. »Sascha!«, schreie ich. »Ich bin's, Svenja! Komm sofort da raus!«

Für einen Moment ist es still, dann antwortet Sascha: »Nein, ich bleibe hier!«

»Sascha«, rufe ich wieder. »Wenn du nicht sofort öffnest, passiert was!«

»Hallo?«, höre ich nun die andere Männerstimme. »Helfen Sie mir, ich werde von einem Verrückten bedroht!«

Schnell stecke ich die Magnetkarte ins Schloss, aber natürlich hat Sascha von innen die Tür blockiert. »Lass mich sofort rein!«, kreische ich. Und: Ein Wunder geschieht – es macht *klick* und die Tür geht auf. Sofort stürme ich in das Zimmer, Maja hält sich – für sie ganz ungewohnt – dezent im Hintergrund.

Der Anblick, der sich uns bietet, wäre urkomisch, wenn die ganze Lage nicht so unangenehm wäre: Ein Mann um die fünfzig steht im Bademantel auf seinem Bett und hält schützend einen weißen Hotel-Pantoffel vor sich. Sascha zeigt mit grimmiger Miene auf den verängstigten Gast und wedelt mit einer CD in der Hand herum. »Er will nicht anhören meine Musik!«, stellt er vorwurfsvoll fest.

»Können Sie bitte dafür Sorge tragen, dass dieser Wahnsinnige mein Zimmer verlässt?«, wendet der Mann sich nun bittend an mich. In diesem Moment fängt Sascha ohne jede weitere Vorwarnung an zu singen. Maja Friedrichs und ich gucken uns hilflos an – und sind zum ersten Mal seit vielen Monaten mit einem Schlag ein Team.

Mit einer schnellen Bewegung haken wir uns links und rechts bei Sascha unter und zerren ihn aus der Tür. Er ist zu

225

überrascht, um sich zu wehren, damit hat er wohl nicht gerechnet. Trotzdem singt er noch immer, als wir ihn in den Flur
bugsiert haben. Thomas Fein springt in Windeseile von seinem Bett und wirft hinter uns die Tür ins Schloss. Eine Sekunde später hören wir ein Klicken; er hat gleich zweimal
zugesperrt.

Schwer atmend – solche körperlichen Anstrengungen sind
nichts mehr für mich – lehne ich mich gegen die Wand im
Flur und schließe für einen kurzen Moment die Augen. Als
ich sie wieder öffne, gucke ich Sascha, der mittlerweile verstummt ist, böse an. »Bist du eigentlich jetzt komplett durchgedreht?«, poltere ich los.

Er zuckt ungerührt mit den Schultern. »Habe nur gewollt
vorspielen Demo«, erklärt er. »Diese miese Produzent hat
überhaupt nicht angehört unsere Demo-CD, weißt du, hab ich
erzählt.«

Ich schüttle den Kopf, kann nicht fassen, dass Sascha gerade einen Gast dazu zwingen wollte, sich eine unerwünschte
Privatshow anzuhören. »Komm«, sage ich zu ihm. »Gehen
wir erst einmal in mein Büro.« Dann wende ich mich an die
Friedrichs. »Würden Sie Herrn Fein bitte sagen, wie unangenehm uns dieser Zwischenfall ist und dass wir selbstverständlich die Kosten für seinen gesamten Aufenthalt übernehmen?«

»Das mache ich gern.« Sie strahlt mich fast an, offenbar tut
es ihr richtig gut, dass ich ausnahmsweise mal auf ihrer Seite
stehe.

Zusammen mit Sascha begebe ich mich zu den Aufzügen.
»Das wirst du alles schön abarbeiten«, zische ich ihm zu. Er
verschränkt die Arme vor seiner Brust und tut beleidigt. Soll
er ruhig, dieser Auftritt eben war das Allerletzte.

Als wir nebeneinander im Aufzug stehen, bin ich immer noch außer mir. »Wie konntest du auf so eine schwachsinnige Idee kommen?«, fahre ich ihn an. »Damit ruinierst du den guten Ruf unseres Hauses. Ich müsste dich auf der Stelle rausschmeißen!«

»Hab ich gedacht, ist gute Chance«, erwidert Sascha immer noch etwas bockig. »Hab ich gedacht, ist Schicksal, wenn Thomas Fein besucht uns in Hotel.«

»Schicksal«, schnaufe ich. »Was für ein Quatsch! Ich kann nur sagen …« Weiter komme ich nicht, denn mit einem Schlag fährt ein stechender Schmerz durch meinen Unterleib. »*Omph!*«, entfährt es mir, und ich drohe in den Knien einzusacken.

»Svenja«, ruft Sascha erschrocken, als er mich auffängt. »Was ist los?«

»Dieser Schmerz«, stöhne ich auf. »Der bringt mich um.«

»Komm«, sagt Sascha und drückt im Fahrstuhl den Knopf für die Etage, in der meine Wohnung ist. »Bringe ich dich nach Hause.« Ich lächle ihn dankbar an. Vor dreißig Sekunden war ich zwar noch unheimlich sauer auf ihn – aber so schnell kann sich das Blatt wenden.

In meiner Wohnung angekommen, hievt Sascha mich aufs Sofa, und ich hoffe, dass die Schmerzen jetzt erträglicher werden. Aber stattdessen werden sie immer stärker. Nein, das kann doch nicht …

Andererseits: Was, wenn nicht?

»Ich glaube, ich habe Wehen«, teile ich Sascha mit. »Ruf Merle an.« Mit letzter Kraft suche ich in meinem Handy ihre Nummer aus und reiche Sascha das Telefon. Hektisch drückt er die Wahltaste. Er lässt ewig läuten, dann legt er auf.

»Geht sie nicht ran.«

»Scheiße – die Kindergartenübernachtung, die hatte ich ganz vergessen! Merle erreichen wir heute nicht«, fällt es mir wieder ein.

»Was machen, was machen?« Sascha läuft so hektisch durch die Wohnung, als wäre er es, der hier Wehen hat. Mir fällt ein, irgendwo gelesen zu haben, dass echte Geburtswehen in der Badewanne stärker werden, Vorwehen hingegen schwächer. Einen Versuch ist es wert.

»Ich muss in die Wanne«, fordere ich Sascha auf, »frag nicht warum – hilf mir einfach!« Er starrt mich kurz entsetzt an – dann stürzt er ins Bad, um Wasser einzulassen. Als er mich hinüberwuchtet und mir hilft, mich auszuziehen, frage ich mich für den Bruchteil einer Sekunde, ob es mir peinlich sein muss, vor ihm nackt zu sein. Aber die nächste Wehe lässt mich das vergessen. Ich habe gerade ganz andere Probleme als ein bisschen Prüderie.

Kaum sitze ich im warmen Wasser, treffen mich die Schmerzen mit solcher Wucht, dass mir fast die Luft wegbleibt. »Ahhh!«, schreie ich auf. Jetzt fühlt es sich echt nicht mehr an wie Regelschmerzen, es zerreißt mich förmlich. Das darf doch nicht wahr sein! Ausgerechnet heute!

»Hilf mir wieder raus«, flehe ich Sascha an. Er greift mir unter die Arme und zerrt mich wie einen gestrandeten Wal aus dem Wasser. Dabei kommt er kurz ins Schlittern, und ich fürchte schon, dass wir gleich gemeinsam zu Boden gehen. Ächzend lässt er mich auf den Rand der Wanne sinken und hilft mir, meinen Bademantel überzuziehen.

»Hat keinen Sinn«, jammere ich, »die Babys kommen! Wir müssen sofort in Krankenhaus.«

Er schiebt mich ins Wohnzimmer und drückt mich sanft auf die Couch. »Was willst du anziehen? Darf ich in Kleiderschrank gucken?«

Was für eine Frage! Der Mann hat mich schließlich gerade nackt in die Wanne und wieder raus gewuchtet. »Sicher«, bringe ich matt hervor. »Links unten ist ein Jogginganzug, in der Schublade daneben sind Unterwäsche und Socken.«

Zwei Minuten später steht Sascha mit den Sachen neben mir. »Gut, dann musst du hochheben die Arme!« Überraschend geschickt gelingt es Sascha, mir den Jogginganzug anzuziehen. Nachdem er es geschafft hat, guckt er mich fragend an. »Was mache ich jetzt?«

»Wir müssen meine Sachen mitnehmen«, keuche ich und deute auf die Tasche, die neben der Wohnungstür auf dem Boden steht. Gott sei Dank habe ich die Kliniktasche schon am Wochenende gepackt.

»Gut«, sagt er, »dann ich bringe dich jetzt in Klinik. Ich hole einen Wagen aus Garage.«

»Nein«, widerspreche ich heftig, »auf keinen Fall.« Die Vorstellung, möglicherweise einen Blasensprung in dem Fahrzeug eines unserer Gäste zu haben, finde ich selbst in meinem Zustand völlig indiskutabel.

»Dann ich rufe Krankenwagen.«

»Bloß nicht«, stöhne ich auf. Und wenn ich dabei draufgehe – ich lasse mich auf keinen Fall auf einer Trage vor den Augen der Gäste und Angestellten durch die Lobby rollen, um danach mit Blaulicht und Sirene abtransportiert zu werden. »Ich nehme ein Taxi.«

»Aber ich komme mit«, bestimmt Sascha streng, »kein Widerrede!«

Ich hätte sowieso nicht widersprochen. Ich bin verdammt froh, dass er da ist.

2. Teil

20. Kapitel

Hallo? Kann bitte jemand die Polizei verständigen? Und zwar möglichst schnell, denn ich wurde gekidnappt. Genauer gesagt: Mein Leben wurde gekidnappt. Eine genaue Täterbeschreibung kann ich liefern: Es handelt sich um einen Mann und eine Frau, beide zirka fünfzig Zentimeter groß und glatzköpfig. Genannt werden sie Ben und Greta – alias Murkel und Mausel. Sie halten mich unter menschenunwürdigen Bedingungen in einer Wohnung im Fürstenberger-Hotel Hamburg gefangen und foltern mich auf grausame Art und Weise: Schlafentzug, keine regelmäßigen Mahlzeiten, und ständig schreien sie mich an. Also, es geht um Leben und Tod – ich brauche Hilfe, sofort!

Aber die Hilfe kommt nicht von der Polizei, sondern in Form einer Haushälterin der Krankenkasse, die momentan noch jeden Tag nach mir und den Kindern schaut, Wäsche wäscht, ein bisschen aufräumt und dafür sorgt, dass ich zwischen Stillen von Baby 1 und Stillen von Baby 2 nicht selbst verhungere. Fand ich schon die Woche im Krankenhaus anstrengend, so muss ich jetzt erkennen, dass das noch goldene Zeiten waren – verglichen mit dem, was mich zu Hause erwartet hat. Nachts schlafe ich kaum, weil einer der beiden Zwerge immer wach ist und trinken will. Ich glaube, ich trage immer noch die Klamotten, die Sascha mir vor der Fahrt ins Krankenhaus rausgesucht hat. Mein Zeitgefühl ist vollends verlorengegangen. Dass ein neuer Tag begonnen hat, merke ich daran, dass Maria, besagte Haushaltshilfe, fröhlich pfeifend durch die Tür kommt. Sie bleibt genau vier Stunden, dann bin ich wieder allein.

Wie viele Tage bin ich jetzt schon zu Hause? Ich weiß es nicht genau … eine Woche, zehn Tage? Mit Grauen denke ich daran, dass Maria leider nicht ewig kommen wird und mein Au-pair Anna immer noch nicht da ist.

Dafür hat sich hoher Besuch angesagt, der die Lage vermutlich eher verschärfen als entspannen wird: Meine Eltern wollen übermorgen von Teneriffa nach Hamburg kommen, um sich ihre neugeborenen Enkel anzuschauen und mir »*ein bisschen unter die Arme zu greifen*«, wie es meine Mutter ausdrückte. Leider kenne ich meine Eltern gut genug, um zu wissen, dass dieses Hilfsangebot auch nach hinten losgehen kann. Insbesondere meine Mutter Gisela ist nämlich eher ein betreuungsintensiver Gast.

Nachdem ich ihr kurz vor der Geburt dann doch noch am Telefon erzählt habe, dass sie zweifache Oma wird, war meine Mutter erst komplett aus dem Häuschen – und zehn Sekunden später in Rage, weil ich ihr im gleichen Atemzug mitteilen musste, dass Carsten und ich nicht mehr zusammen sind. Anstatt mich ob dieser Tatsache mindestens eine Stunde lang zu bemitleiden – wie man das von seiner eigenen Mutter ja wohl erwarten kann –, folgte das große Gejammer darüber, dass sie überhaupt nicht verstünde, wie ich diesen »fabelhaften« Mann verlassen konnte. Dass der fabelhafte Mann mich betrogen hat und genau genommen er es war, der mich damit verlassen hat, wird von ihr geflissentlich ignoriert. Manchmal denke ich, meine Mutter könnte ein Foto von Carsten in den Nachrichten sehen, in denen er gerade als gefährlicher Massenmörder gesucht wird – Mama würde immer noch irgendetwas ausrufen wie: »Sieht er nicht mal wieder ganz fabelhaft aus?« Hin und wieder beschleicht mich das dumpfe Gefühl, Mama hätte an meiner Stelle lieber einen Jungen bekommen. Aber daran kann ich ja nun wirklich nichts mehr ändern.

Jetzt hat sich Maria die beiden Zwerge geschnappt, sie angezogen und will mit ihnen spazieren gehen. »Und Sie, Svenja, versuchen doch mal ein bisschen zu schlafen. Das Wetter ist wirklich schön, ich werde eine ganze Weile wegbleiben. Sie sehen völlig erschöpft aus, ab ins Bett!«

»Danke!«, flüstere ich ergeben.

»Wann kommt die Hebamme heute?«, will Maria noch wissen.

»Gar nicht, die ist erst morgen wieder da.« Der zweite Engel in meiner momentanen Hölle ist die Nachsorgehebamme Maike, die jeden zweiten Tag kommt. Sie guckt sich die Babys an, wiegt sie und kontrolliert meine Kaiserschnittnarbe. Außerdem hält sie mir Predigten wie ein amerikanischer Motivationstrainer, damit ich das Stillen nicht aufgebe. An den Tagen, an denen Maike nicht kommt, bin ich offen gestanden kurz davor. Denn Murkel und Mausel gleichzeitig trinken zu lassen, kriege ich irgendwie nicht hin – und wenn sie zeitversetzt trinken, habe ich das Gefühl, den ganzen Tag und vor allem die ganze Nacht mit nichts anderem beschäftigt zu sein, als den hungrigen Biestern meine Brust vor die Nase zu halten. Eine EU-Hochleistungskuh ist nichts im Vergleich zu mir, die stelle ich litermäßig momentan locker in den Schatten.

Wenigstens nehmen Ben und Greta ordentlich zu, ich glaube, sonst hätte ich schon hingeschmissen, allen Vorträgen von Maike über die Unersetzlichkeit von Muttermilch zum Trotz. Schon bei der Geburt waren sie für Zwillinge gar nicht so leicht, Ben wog zweitausendsechshundert und Greta zweitausendvierhundert Gramm – und jetzt sind sie beide schon über drei Kilo schwer! Erwähnte ich, dass man als Neumutter auf ganz seltsame Dinge stolz ist?

Kaum ist Maria mit den Kindern aus der Tür, lege ich mich

ins Bett. Dumm nur, dass ich trotz bleierner Müdigkeit nicht einschlafen kann. Zu viel geht mir durch den Kopf: Warum Anna ihr Visum immer noch nicht hat. Wie ich die nächste Woche überlebe, wenn Maria nicht mehr kommt. Und ob Merle mit ihrer Einschätzung, dass mein Plan, gleich wieder zu arbeiten, völlig unrealistisch sei, nicht verdammt recht hatte. Ich grüble darüber nach, wie es im Hotel weitergeht, wenn ich länger ausfalle als geplant. Einerseits hoffe ich nicht, dass es drunter und drüber geht – aber wenn alles wie am Schnürchen läuft, verliere ich damit ja quasi meine Daseinsberechtigung … Ich ziehe mir die Bettdecke über den Kopf, aber es hilft nichts. Ich kann nicht schlafen.

Genervt stehe ich wieder auf und beschließe, zu duschen. Das kann man alle fünf Tage eigentlich mal machen. Langsam werden meine normalerweise glatten blonden Haare schon zu Dreadlocks. Erstaunlich, wie schnell das geht. Ob bereits irgendwelche Tiere drin nisten? Auf alle Fälle werde ich mich besser fühlen, wenn ich mich von »das Grauen« in »die Svenja« verwandeln kann.

Nach dem Duschen habe ich wieder halbwegs gute Laune. Leider hält sie genau so lange an, bis ich versuche, zum ersten Mal seit der Geburt anstelle eines dehnungsfreundlichen Jogginganzugs eine Vor-Umstands-Hose anzuziehen. Es ist eine Jeans, die mir früher immer ein bisschen zu weit war. Und jetzt ist sie nicht nur einfach etwas knapp oder spannt über der Hüfte. Nein, ich bekomme sie erst gar nicht so weit hochgezogen, dass ich überhaupt ans Zumachen denken könnte! Die Hose klebt auf meinen Oberschenkeln fest und bewegt sich weder vor noch zurück. *Kreisch!* Das darf doch nicht wahr sein! Dass mein Bauch nicht eben flach ist, war mir klar. Aber offensichtlich ist meine gesamte Figur völlig entgleist. Warum hat mir das vorher niemand gesagt? Ich sehe aus wie das Michelin-Männchen!

Ich humple vom Kleiderschrank zum Bett und versuche, die Jeans im Sitzen auszuziehen. Mittlerweile bin ich schweißnass, auch ein schöner Nebeneffekt der Hormonumstellung. Ich ziehe und zerre an den Hosenbeinen, bis ich die Jeans endlich in den Händen halte. So, dann heißt es nun eben »Stunde der Wahrheit«. Irgendwo in diesem Zimmer muss eine Waage stehen, ich meine jedenfalls, schon einmal eine gesehen und sie dann ignoriert zu haben … Ich glaube, das war irgendwo hinter der Badezimmertür.

Ich ziehe die Waage hervor, zögere einen Augenblick – um mich dann doch tapfer der bitteren Erkenntnis zu stellen: Genau vierzehn Kilo mehr als vor der Schwangerschaft. Ich merke, dass mir Tränen über das Gesicht laufen. Und diesmal sind es nicht die Hormone, sondern echte Verzweiflung. Das darf doch nicht wahr sein! Werde ich mein Leben ab sofort im Jogginganzug verbringen müssen?

Das Telefon klingelt, Merle ist dran. »Gott, du klingst ja furchtbar!«, ruft sie aus, nachdem ich mich mit einem verheulten »Hallo?« gemeldet habe. »Ist etwas passiert?«

»Ja«, schluchze ich, »ich bin dick!«

»Bitte?«

»Ich wiege vierzehn Kilo mehr als vor der Schwangerschaft!«, trompete ich ins Telefon.

»Du Wahnsinnige! Hast du dich etwa auf eine Waage gestellt?«

»Ja, meine Jeans passte nicht und da dachte ich …«

»Bist du völlig irre?«, unterbricht mich Merle. »Natürlich passt du noch nicht in deine Klamotten, ich meine, noch vor drei Wochen hattest du einen Bauchumfang von ungefähr zwei Metern. Also, bei mir hat es ein gutes halbes Jahr gedauert, bis ich ansatzweise wieder meine alten Sachen anziehen konnte. Wahrscheinlich sogar länger.«

»Ehrlich?« Am Horizont taucht ein kleiner Hoffnungsschimmer auf, dass ich mein weiteres Leben vielleicht doch nicht als Seekuh werde fristen müssen.

»Ganz ehrlich«, beruhigt Merle mich, »mach dir keine Sorgen, das wird schon wieder. Was hältst du denn davon, wenn ich mal kurz vorbeischaue? Ich glaube, du kannst Ablenkung gebrauchen. Nicht, dass du noch eine Still-Psychose bekommst ...«

»Ach, das wäre schön. Komm doch so um zwei, dann geht Maria.«

»Gebongt. Um zwei bin ich da.« Meine kleine Schwester Merle, immer bester Dinge!

Als es um zwei Uhr klingelt, steht nicht nur Merle vor der Tür, sondern sie hat noch Sascha im Schlepp. Na, großartig! Nicht, dass ich besonders eitel wäre, aber nachdem ich gerade festgestellt habe, ein Walross zu sein, ein jogginghosentragendes noch dazu, lege ich wirklich keinen gesteigerten Wert auf Herrenbesuch. Aber Sascha scheint das geflissentlich zu ignorieren, jedenfalls fällt er mir gleich euphorisch um den Hals.

»Svenja, ich wollte dich schon viel eher besuchen, aber ich dachte, vielleicht du brauchst noch Ruhe. Dann habe ich gesehen Merle in Lobby und bin einfach mit. Hoffe ich, ist okay?«

Ich lächle gequält. »Na klar, kommt rein.« Erst als Sascha an mir vorbeigeht, sehe ich, dass er in der linken Hand einen bombastischen Blumenstrauß hält. »Wow, sind die für mich? Danke!«

Sascha guckt ganz verlegen. »Na, ich dachte, du warst so

tapfer im Krankenhaus, da hast du verdient einen ganz großen Strauß.«

»Ich suche mal eine Vase in der Küche.« Merle schnappt sich den Strauß und verschwindet. Sascha mustert mich, und ich merke, dass ich mich verdammt unwohl dabei fühle.

»Gut du siehst aus!«, verkündet er dann. Okay, nominiert für die Lüge des Jahrhunderts, aber wenigstens ist er charmant. »Wo sind Kinder?«

»Die schlafen ausnahmsweise mal, in ihren Körbchen im Schlafzimmer. Willst du sie sehen?«

»Natürlich! Babys sind toll!«

Wir schleichen auf Zehenspitzen zu den Weidenkörben, in denen die beiden liegen. Nahezu andächtig stehen wir davor und gucken den zwei Mäusen beim Schlafen zu. Greta nuckelt ziemlich geräuschvoll an ihrem Schnuller, während Ben alle paar Minuten herzhaft gähnt und sich die Augen reibt. Bilde ich mir das ein oder bekommt Sascha auf einmal einen ganz weichgespülten Blick? Er beugt sich über die beiden und streicht zärtlich über ihre Wangen.

»*Oi! Takie horoschenkie!*«, sagt er. Dann wendet er sich an mich. »So schöne Kinder!«, meint er flüsternd. »Ist sowieso die schönste Sache von der Welt.«

»Hm … ich bin mir nicht sicher. Komm gerne mal eine Nacht vorbei, dann änderst du deine Meinung bestimmt.« Immerhin etwas. Meine Figur mag sich verabschiedet haben, aber mein Galgenhumor ist mir geblieben.

»Quatsch! Ich weiß, wie viel Arbeit kleine Kinder. Ich bin Ältester von sechs, und die Jüngsten habe ich erzogen, weil Mama so viel arbeiten musste nach Tod von Papa. Bin ich Profi.«

»Verstehe«, erwidere ich mit dem gebührenden Respekt. Aber dann kann ich mir ein »Hast du sie denn auch gestillt?« doch nicht verkneifen.

Sascha übergeht meinen kleinen Scherz. »Also, Svenja, wenn du ganz schlapp und du brauchst Hilfe, dann rufst du mich an. Und ich komme sofort und bin Babysitter. Versprochen!«

»Danke, Sascha, das ist wirklich sehr nett. Ich komme bestimmt darauf zurück.«

Ist der noch ganz bei Trost? Eher fahre ich Ben und Greta höchstpersönlich bei der Babyklappe vorbei, als meine Kinder dem unzuverlässigsten Russen auszuliefern, den ich kenne.

»Svenja, Kind, du siehst ja *grauenhaft* aus!« Mit ausgebreiteten Armen rennt meine Mutter quer durch die Lobby auf mich zu und ist dabei so laut, dass die anwesenden Gäste erstaunt die Köpfe drehen. Das geht ja gut los!

»Hallo, Mama. Ich freue mich auch, dich zu sehen.«

»Kind, was ist denn mit deinen Haaren passiert?« Mit ungläubiger Miene streicht meine Mutter mir über den Kopf, als wäre ich fünf Jahre alt. Dann zieht sie ihre Hand angewidert zurück. »Und überhaupt, was hast du da eigentlich an?« Sie dreht sich zu meinem Vater um. »Also, die jungen Mütter heute – wir haben damals doch auch gleich wieder auf unser Äußeres geachtet, nicht wahr, Klaus?«

Erwürge ich sie jetzt gleich, oder warte ich, bis wir in der Wohnung sind? Immerhin sehe ich für meine derzeitigen Verhältnisse sensationell aus: Meine Haare sind in einen losen Knoten gedreht, ich habe mir eine neue Hose gekauft und trage einen Pullover, der nicht vollgesabbert ist.

»Na, jetzt bin ich ja da und kann mich um dich kümmern. Keine Angst, das kriegen wir ganz schnell wieder hin.« Wobei sie offen lässt, was genau sie hinkriegen will. Und ich frage vorsichtshalber auch nicht nach.

Ergeben schleppt mein Vater ihr den Koffer hinterher und

lässt sich auch nicht durch einen der Pagen beirren, der versucht, ihm das Gepäck abzunehmen. Ich atme einmal tief durch. Auch diese Woche wird schon irgendwie vorübergehen.

Ich habe meine Eltern in eines der Doppelzimmer schräg gegenüber von meinem Appartement einquartiert. Meine Wohnung hat zwar ein kleines Gästezimmer, in das Anna einziehen wird, sobald sie da ist – aber in meiner nervlichen Verfassung ist es bestimmt das Beste, wenn mindestens zwei Außentüren meine Mutter und mich trennen. Ich kann sonst für nichts garantieren.

Nachdem sich meine Eltern etwas – wie meine Mutter es nennt – *frisch gemacht* haben, wollen sie ihre Enkelkinder besichtigen. Was das betrifft, hat mich nun ein unerklärlicher Ehrgeiz gepackt. Meine beiden Zwerge sollen heute einen guten Eindruck machen. Deswegen habe ich die niedlichsten Outfits rausgesucht, die ich habe: den sauteuren Jacadi-Zwillingsdress, das Geschenk der Fürstenberger-Belegschaft. Greta hat also einen zartrosafarbenen Samtstrampler an, Ben den gleichen in hellblau. Vorne auf der Brust ziert beide Strampler ein Häschenpärchen, das ganz verschmitzt guckt. Süß! Greta habe ich außerdem ein rosa Haarband mit Schleife auf ihrer entzückenden Glatze drapiert. Perfekt. Dann lege ich beide Kinder in das Stillkissen auf meinem Sofa, das hat beinahe etwas von Präsentierteller. Hübsch angerichtet für die Großmama – es kann also losgehen!

Leider bekommt Ben die halb aufrechte Position im Stillkissen überhaupt nicht, denn in den Moment, in dem meine Eltern an der Tür klopfen, spuckt er sowohl sich als auch seine Schwester voll – und zwar von oben bis unten.

Ich merke, wie mir wieder der Schweiß ausbricht. Warum

muss das ausgerechnet jetzt passieren? Es klopft ein weiteres Mal, dann erklingt die Stimme meiner Mutter. »Svenja, machst du bitte auf? Wir sind schon so neugierig!«

»Moment!«, rufe ich, hetzte zur Küchenzeile, reiße etwas Krepppapier von der Rolle und versuche, das Malheur zu beseitigen. Was ziemlich zwecklos ist, wie ich feststellen muss. Stattdessen verteilen sich nun auch noch ein paar Papierfetzen über die Jacadi-Strampler.

»Svenja! Nun lass uns doch nicht hier draußen stehen!«

Ich öffne seufzend die Tür – und sofort hat sich meine Mutter an mir vorbeigedrängelt.

»Ja, da sind ja meine beiden süßen Mäuse. Och Gott, seid ihr niedlich!« Mit einer schnellen Bewegung reißt sie Ben an ihre Brust, der daraufhin sofort losquäkt. »Sag mal, Svenja«, kommt es vorwurfsvoll von meiner Mutter, »die sind beide ganz nass! Du musst ihnen sofort etwas anderes anziehen, die verkühlen sich doch sonst.«

»Ich weiß, Mama«, erwidere ich genervt, »Ben hat gerade gespuckt.« Einen kurzen Moment guckt Mama ihren Enkel entsetzt an, dann plaziert sie ihn schnell wieder auf dem Stillkissen und inspiziert misstrauisch den Ärmel ihrer Seidenbluse auf eventuelle Verunreinigungen.

»In der Wickelkommode neben meinem Bett sind frische Sachen«, erkläre ich meiner Mutter. »Vielleicht kannst du Ben schon mal umziehen, dann kümmere ich mich um Greta.«

Mama starrt Ben immer noch an, als handle es sich bei ihm um den Hauptdarsteller von *Swamp Thing – Das Ding aus dem Sumpf*. »Ach weißt du, jetzt habe ich mir gerade etwas Frisches angezogen, vielleicht machst du das doch besser selbst.« In der Tat sieht Mama wieder aus, als ob sie auf dem Weg ins Theater sei. Und es wäre ja zu schade, wenn Ben sie in diesem Aufzug einmal von oben bis unten vollspucken würde.

Während mein Vater der Norddeutsche ist, wie man ihn aus schlechten Vorabendserien kennt – also eher schweigsam und bedächtig –, kann meine Mutter auch nach zwanzig Jahren Hamburg und zehn Jahren Teneriffa die Düsseldorferin in sich nicht verleugnen. Immer einen Tick zu viel: ein bisschen zu blond, ein bisschen zu viel Gold und ein bisschen zu viel Make-up. Jedenfalls für meinen Waterkant-Geschmack – aber der ist natürlich nicht allgemeinverbindlich. Andere Menschen werden in meiner Mutter vermutlich eine sehr attraktive Anfangsechzigerin sehen.

Es ist auch nicht ihr Aussehen, sondern eher ihre Art, die mich kolossal nervt. Sie hat so gar nichts Mütterliches, hatte sie noch nie. Und nachdem ich mich noch im gigantischen Hormonrausch befinde, kommt es mir wohl gerade besonders schlimm vor.

Ich schnappe mir nacheinander die beiden Kinder und ziehe sie noch mal um. Die ganze Aktion dauert eine Dreiviertelstunde, weil Ben noch in die Windel gemacht hat und beim Wickeln in einem schönen bogenförmigen Strahl über die Windel hinweg auf meinen Pullover pinkelt, so dass ich mich auch noch einmal umziehen muss.

Schließlich stehen wir alle geschniegelt und gestriegelt für einen Alsterspaziergang vorm Hotel. *Halleluja!*

Die Sonne scheint, es ist relativ warm, und mein Vater fragt mich, ob er das Monstrum von Zwillingskinderwagen auch mal schieben darf. Meine Laune bessert sich etwas. Ist eigentlich doch ganz schön, meine Eltern mal wieder zu sehen.

Lange hält dieses Gefühl bedauerlicherweise nicht an, denn schon nach ein paar Minuten hat sich meine Mutter auf ihr Lieblingsthema verlegt: Carsten. Nachdem sie mich in den letzten Wochen schon am Telefon mit Fragen nach ihm genervt hatte, will sie mir jetzt offensichtlich vor Ort auf den Zahn fühlen.

»Sag mal, Carsten hat sich noch gar nicht gemeldet?«

»Nein.«

»Aber du hast ihm doch bestimmt schon ein Foto von den beiden Mäusen geschickt?«

»Nein.«

»Wie bitte? Aber das sind schließlich auch seine Kinder. Er muss doch wissen, wie niedlich die beiden sind! Oder meinst du, das interessiert ihn nicht?«

»Ich meine gar nichts.« Einmal tief durchatmen. Nun gibt es kein Zurück mehr. »Tatsache ist, dass Carsten gar nicht weiß, dass er Vater geworden ist, weil ich seit unserer letzten Begegnung keinerlei Kontakt mehr zu ihm habe.«

Meine Mutter bleibt vor Schreck stehen und starrt mich an. »Du hast es ihm gar nicht gesagt?«

»Nein.«

»Aber das kannst du doch nicht machen!«

»Wieso nicht? Du hast es vielleicht vergessen, aber das letzte Mal, als ich Carsten gesehen habe, vögelte er gerade seine Tippse.«

»Also bitte, Svenja, nicht diese Ausdrucksweise!«

»Das letzte Mal, als ich Carsten gesehen habe, hatte er gerade Geschlechtsverkehr mit seiner Sekretärin. So besser?«

»Aber ich dachte, jetzt, wo die Dinge so anders liegen, hättet ihr euch vielleicht wieder vertragen.« Täusche ich mich, oder fängst meine Mutter an zu weinen? »Ich dachte, du hättest ihm verzeihen können. Er ist doch immerhin der Vater deiner Kinder. Ich hatte es so gehofft.«

Tatsächlich, sie weint!

»Ach Mamilein. Ich habe das auch eine Zeitlang gehofft.

Aber Carsten hat sich nie mehr persönlich gemeldet. Er hat mir nur ein paar belanglose Mails geschrieben. Wenn es ihm wirklich wichtig gewesen wäre, hätte er sich in den Flieger gesetzt. Hamburg ist schließlich nicht Hongkong.«

»Aber wenn er das mit den Kindern gewusst hätte …«

»… und nur deswegen gekommen wäre«, unterbreche ich sie, »dann würde mir das auch nichts nützen. Ich brauche keinen Ernährer für meine Kinder, ich brauche einen Mann, dem ich vertrauen kann.«

Meine Mutter schluckt. Ich sehe, wie für sie eine Welt zusammenbricht, und das tut mir leid. Aber ändern kann ich es nicht.

»Die Kinder brauchen vielleicht keinen Ernährer«, setzt sie jetzt an, »aber doch sicher einen Vater, der sie liebt?«

Schlagartig krampft sich mein Magen zusammen. Damit hat meine Mutter wieder einmal zielgenau meine empfindlichste Stelle getroffen. Natürlich habe ich darüber auch schon nachgegrübelt. Ich selbst kann gut auf Carsten verzichten – aber wie wird es Ben und Greta damit gehen?

»Wie wird es für Ben und Greta sein, ohne ihren Papa aufzuwachsen?«, hakt meine Mutter prompt nach, als hätte sie meine Gedanken erraten.

»Wieso glaubst du, dass Carsten sie automatisch lieben würde?«, gehe ich bockig in die Offensive. »Mich wollte er ja schließlich auch nicht mehr, warum sollte er da auf die Kinder Wert legen?« Ich merke, wie ich etwas fahrig werde. Warum musste meine Mutter mich auch ausgerechnet auf meinen wunden Punkt ansprechen?

»Sie haben ein Recht darauf!«, reitet sie nun weiter darauf herum, weil sie anscheinend merkt, dass sie meine Achillesferse erwischt hat.

»Ja«, gebe ich ihr recht. »Und wenn sie alt genug sind, um mich danach zu fragen, werde ich ihnen auch sagen, wer ihr Vater ist, daraus werde ich kein Geheimnis machen.«

Mamas Tränen sind so schnell versiegt, wie sie gekommen sind.

»Alles andere wäre ja auch noch schöner!«, ruft sie entrüstet aus.

Wir schweigen einen Moment, weil ich nicht so recht weiß, was ich dazu noch sagen soll. »Es ist ja nicht so«, setze ich dann wieder an, »als hätte ich mir über dieses Problem nicht schon tausendmal den Kopf zermartert – aber im Moment ist es so, wie es ist, wirklich am besten. Vielleicht muss einfach nur noch etwas mehr Zeit vergehen ... ich kann es dir im Moment nicht sagen. Aber jetzt bin ich noch nicht so weit, um mit Carsten zu reden.«

»Es geht aber nicht nur um dich«, schlägt meine Mutter nun einen deutlich schärferen Ton an. »Es geht ...«

»Ich finde, das muss Svenja ganz allein entscheiden«, geht auf einmal mein Vater dazwischen, der bis dahin schweigend neben uns hergegangen ist. Ich blicke überrascht auf, es passiert selten, dass er sich einschaltet. »Schließlich trägt sie auch die Konsequenzen.«

»Aber Klaus, für die Kinder wäre eine heile Familie doch wohl das Wichtigste! Da kann Svenja nicht wie immer auf ihrem Dickkopf beharren.«

»Was heißt hier Dickkopf?«, entgegne ich erbost. »Der Mann hat mich eiskalt betrogen. Meinst du ernsthaft, ich möchte mein künftiges Leben auf derart wackligen Füßen aufbauen? Und selbst wenn ich wollen würde – ich könne es nicht. Carsten hat etwas in mir kaputt gemacht, dass sich nicht wieder kitten lässt.«

»Du bist immer so melodramatisch, Svenja«, lässt meine

Mutter nicht locker, »und ich meine, du solltest das Ganze noch mal überdenken.«

Offenbar ist nun mein Vater derjenige, der den dicken Hals bekommt. »Schluss jetzt, Gisela! Dieser Mann ist für mich völlig gestorben. Er hat sich benommen wie ein Schwein. Mehr gibt es dazu nicht zu sagen – und mehr *will* ich auch nicht hören!«

Heimlich drücke ich meinem Vater die Hand und flüstere: »Danke, Papa.« Dann übernehme ich den Kinderwagen und rolle ein Stück vorweg, denn mittlerweile bin ich diejenige, der die Tränen hochsteigen. Mist, mit diesem Thema kann ich nicht gut umgehen. Überhaupt nicht gut.

Die nächsten fünf Tage verbringen wir in scheinbarer Harmonie, aber ich merke meiner Mutter an, dass sie liebend gerne noch einmal über Carsten reden würde. Sie traut sich allerdings nicht, was wohl weniger an mir als vielmehr an meinem Vater liegt.

Als würden sie ein sehr, sehr frühes Talent zur Deeskalation unter Beweis stellen wollen, zeigen sich Greta und Ben von ihrer niedlichsten Seite und werden von meinem Vater auf ungefähr zehntausend Bildern verewigt. Auch meine Mutter schmilzt dahin und kommentiert einen kurzen Spuckanfall meines Sohnes sogar mit einem amüsierten »Hoppla!«. Ich muss gestehen, dass es wirklich schön ist, meine Eltern so als stolze Großeltern zu erleben. Außerdem genieße ich es, mich tagsüber von den anstrengenden Nächten zu erholen, während meine Mutter mit den Kleinen spazieren geht. So gesehen ist der Besuch meiner Eltern doch sehr nett, auch wenn eine gewisse unterschwellige Spannung bis zum Ende nicht mehr weicht.

Als sie in das Taxi zum Flughafen steigen, bin ich etwas

traurig, dass die beiden so weit weg wohnen und ich sie mit den Kindern nicht einfach mal schnell besuchen kann. Offensichtlich stimmen mich die Hormone deutlich milder als sonst, denn bisher fand ich die Entfernung Teneriffa–Hamburg perfekt.

21. Kapitel

**ABLAUFPLAN
ANKUNFT AU-PAIR / WIEDEREINSTIEG HOTEL**

15. Juni 2007:	Anna kommt aus Tiflis, Beginn der Eingewöhnungszeit
1.–15. Juli 2007:	Anna macht einen Intensivkurs Deutsch
Ab 15. Juli 2007:	Anna versorgt Kinder stundenweise allein
1. August 2007:	Meine Rückkehr in den Job, Teilzeit
Ab 1. September 2007:	Ich arbeite wieder Vollzeit

Zufrieden betrachte ich die Liste, die ich vor einigen Wochen gemacht habe, und stelle fest, dass doch alles gar nicht so schlimm ist: Die Zwillinge schlafen momentan nachts netterweise vier Stunden gleichzeitig. Außerdem kommt Merle regelmäßig zum Babysitten vorbei und verschafft mir so tagsüber ein wenig Freiraum. Kurzum: Ich finde mein Leben gerade zwar immer noch sehr anstrengend – es ist erstaunlich, mit wie wenig Schlaf man auskommen kann –, aber es gibt eindeutig Licht am Ende des Tunnels. Vor allem jetzt, wo Anna bald kommt. Bei unserem letzten Telefonat war ich wieder überrascht, wie gut sie schon Deutsch spricht, wahrscheinlich wird sie gar nicht den ganzen Intensivkurs brauchen. Ich werfe einen Blick auf die Uhr: Viertel vor acht, in genau fünfzehn Minuten soll ich sie noch einmal in Georgien anrufen, um die letzten Details zu besprechen – wann genau ihr Bus

genau ihr Bus nächste Woche ankommt, ob sie noch irgendetwas braucht und so weiter und so fort.

Während ich darauf warte, dass es 20.00 Uhr wird, wandere
ich gedankenverloren durch meine Wohnung, werfe zuerst
einen Blick in mein Schlafzimmer, wo meine beiden Babys
glücklicherweise selig vor sich hin dösen, und gucke dann
noch einmal verzückt in das Zimmer, das ich für Anna eingerichtet habe: Ein weißes Holzbett mit kleinem Himmel, dazu
hübsche Rosenbettwäsche, die Vorhänge an den Fenstern sind
aus dem identischen Stoff. An den Wänden hängen große
Blumenbilder, ein ausziehbares Korbsofa sorgt zusammen mit
einem Tisch und einem Regal aus hellem Holz für gemütliche
Wohnlichkeit. Die Schränke sind genau genommen Metallge-
stelle, die mit Baumwolle überzogen wurden – für junge Frau-
en der letzte Schrei, wie mir der Verkäufer versicherte.

»Uh, Mädchenkram«, hat Sascha kommentiert, als er mir
beim Aufbauen half.

»Sascha, das Zimmer ist für ein fünfundzwanzigjähriges
Mädchen«, habe ich erklärt und bin nicht weiter auf seinen
Kommentar eingegangen.

»Ich weiß nicht«, kam es daraufhin zurück, »ob Idee so gut
ist. Du kennst Anna nicht, willst ihr aber Kinder geben.« Er
schüttelte den Kopf. »Ich denke, du könntest wirklich Heinz
fragen, er hat doch viel Zeit und …«

»So«, habe ich ihn unterbrochen, ohne auf diesen ebenso
regelmäßig wiederkehrenden wie für mich sinnlosen Vorschlag einzugehen, »jetzt müssen wird nur noch den Kleiderschrank zusammenbauen, dann sind wir hier fertig!« Auf keinen Fall wollte ich mir die Laune durch Saschas Miesmacherei
verderben lassen. Und auf »noch keineren« Fall würde ich
meine Babys jemals einem Penner anvertrauen!

Tuuuut. Tuuuut. Tuuuut.

Um Viertel nach zehn versuche ich zum etwa zwanzigsten Mal, Anna zu erreichen. Nichts, sie geht nicht ran, und auch kein anderer nimmt den Anruf entgegen. Komisch, in den letzten Wochen war sie unter dieser Nummer doch immer zuverlässig zu erreichen. Ich checke per Notebook meine E-Mails in der Hoffnung, hier eine Nachricht von ihr zu finden, aber mein Account ist leer. Schnell schreibe ich ihr, dass wir uns bei unserer letzten Verabredung offenbar missverstanden haben, und bitte sie um einen neuen Telefontermin.

Kaum habe ich die Nachricht verschickt, wird schon wieder mein Typ verlangt: Greta weist mich lauthals schreiend darauf hin, dass es Zeit für ihren nächsten Snack ist. Ich laufe schnell ins Schlafzimmer, damit sie Ben nicht aufweckt – natürlich ohne jeden Erfolg. Kaum habe ich meine Kleine auf den Arm genommen, da fängt auch Ben an zu jammern.

»Sorry, mein Süßer«, vertröste ich ihn, während ich mich in den Sessel begebe und Greta in Startposition bringe, »diesmal war deine Schwester schneller, jetzt musst du warten, bis du dran bist.« Während ich mit dem einen Ohr Gretas zufriedenem Schmatzen, mit dem anderen Bens empörtem Heulen lausche, schließe ich die Augen und beginne zu träumen. Ja, alles wird gut, wenn Anna erst einmal da ist ... Dann werde ich die entspannteste *Working Mum* der nördlichen Hemisphäre sein, im Job brillieren und die Freizeit mit meinen Kindern genießen. Wobei, genau das mache ich auch jetzt schon. Das Stillen ist ja nicht nur anstrengend und zeitraubend – es ist auch wunderschön. Gerade jetzt, wenn Greta wie ein kleines Tierchen an meiner Brust herumschnuffelt und sich so anstrengt, dass sie ganz rote Bäckchen bekommt. Es ist ein Gefühl, das ich so noch nie erlebt habe – ganz innig und nah. Ich erinnere mich, dass ich Merles entsprechend begeisterte Schilderungen bei ihrem ersten Kind noch für verquaste Mutterromantik hielt. Jetzt weiß ich, dass sie recht hatte. Vermutlich werde ich mich nie wieder mit einem anderen Menschen so verbunden fühlen wie mit Greta und Ben beim Stillen; es ist, als ob wir eins wären.

Und das mit meiner ständigen Müdigkeit wird sich auch ändern. Wenn Anna da ist, werde ich mir einfach mittags mal ein kleines Nickerchen gönnen. Wozu habe ich die Wohnung direkt im Hotel?

Drei Tage später wuchte ich gerade die sperrige Doppelkinderkarre durch den Hinterausgang des Fürstenbergers, als Sascha mir zu Hilfe eilt. »Halt«, ruft er und bremst mich, »lass mich das machen.«

Dankbar lasse ich ihn den Wagen aus der Tür bugsieren. »Danke«, sage ich, sobald wir draußen sind.

»Kein Problem«, erwidert er und grinst mich an. »Wenigstens ein Wagen, an den ich noch randarf.«

Ich muss schmunzeln. Der erneute Verlust seines Führerscheins scheint Sascha tief zu treffen. Kaum hatte er den Lappen wieder, wurde er nämlich bei einer einzigen Tour durch Hamburg dreimal geblitzt – einmal an einer roten Ampel, zweimal wegen überhöhter Geschwindigkeit. Also: selbst schuld! Seinen Job in unserem Fahrdienst war er damit natürlich sofort wieder los; zum Glück konnte ich ihn stattdessen in der Küche unterbringen. Nichts Dolles, ich weiß. Aber besser als nichts.

»Gehst du spazieren?«, fragt Sascha.

»Ja«, bestätige ich das Offensichtliche, »Ben und Greta schlafen gerade so schön, das will ich ausnutzen.«

»Kann ich mitkommen?«, will Sascha wissen.

»Musst du denn nicht arbeiten?«, frage ich mit Blick auf seine Küchenschürze.

»Von drei bis fünf kann ich frei machen, da ist in Küche nicht viel los.«

»Na ja«, ich zögere kurz, weil ich mich insgeheim frage, wie es wohl aussieht, wenn die Direktorin mit einer beschürzten Küchenaushilfe um die Alster spaziert. Dann verwerfe ich den Gedanken sofort. Spätestens seit ich Zwillinge bekommen habe, sollte es mir relativ egal sein, was wer im Hotel über mich denkt. »Klar, ich freue mich über Gesellschaft.«

Eine Weile spazieren wir wortlos nebeneinanderher, nur hin und wieder wirft Sascha einen Blick in die Kinderkarre und macht Geräusche wie »Dutzi-Dutzi«. Scheint wohl ein weltweiter Code für Babys zu sein, universell verständlich sozusagen. Nur dass meine Babys gerade schlafen und rein gar nichts mitbekommen.

»Und wie läuft sonst?«, will Sascha schließlich wissen, als wir eine halbe Stunde später an der *Alsterperle* ankommen und eine Apfelsaftschorle trinken.

»Ganz gut«, erwidere ich.

»Was macht diese Anna? Weißt du nun schon genau, wann sie kommt.«

Tja, damit hat er auf Anhieb das Thema erwischt, das mir momentan ziemlich schwer im Magen liegt. »Das ist ein bisschen komisch«, erwidere ich. »In den letzten Tagen habe ich sie nicht mehr erreicht.«

»Nicht mehr erreicht?«, echot Sascha überrascht.

»Ich denke, da liegt ein Missverständnis vor«, wiegle ich sofort ab. »Wahrscheinlich telefonieren wir aneinander vorbei. Ich habe auch noch einmal bei der Au-pair-Agentur nachgefragt, die mir versichert hat, dass es da manchmal blöde Verständigungsprobleme gibt.« Die Tatsache, dass Anna und ich offenbar auch aneinander vorbeimailen beziehungsweise dass Anna meine Mails ignoriert, behalte ich für mich. Sascha war ja von Anfang an gegen die Au-pair-Lösung, und ich will ihm nur ungern einen Grund geben, mir nun wieder seinen Bedenkenkatalog aufzuzählen. Das mit Anna klappt schon, ich bin sicher. Warum sollte es auch nicht?

»Hast du denn«, schlägt Sascha vor, »schon einmal mit Botschaft gesprochen?«

Überrascht gucke ich ihn an. »Mit der Botschaft? Was soll denn das bringen?«

»Na ja«, fährt Sascha fort, »bei Botschaft bekommt Anna ihr Visum. Vielleicht weiß man dort, warum sie nicht ist zu erreichen.«

»Weiß nicht«, meine ich skeptisch, »die haben da doch sicher anderes zu tun.«

»Ha! Ich denke, die haben mit genau solchen Dingen andauernd zu tun.«

»Hm«, antworte ich nachdenklich. »Vielleicht kann ich ja mal anrufen.«

»Mach das.«

Wir gehen weiter spazieren, und ich genieße die warmen Sonnenstrahlen auf der Haut. Hin und wieder bleiben Leute stehen und gucken in meine Kinderkarre, wobei sie allesamt ganz verzückt wirken: Zwillinge sind halt immer ein Hingucker!

»Und?«, will ich nach einer Weile wissen. »Wie läuft es bei dir so?«

Sascha zuckt mit den Schultern. »Läuft wie immer«, erklärt er dann. »Warten wir noch immer auf Auftritte.«

»Hm«, meine ich, weil mir darauf nichts Schlaues einfällt.

»Aber wollte ich doch sowieso etwas fragen …«, setzt Sascha an.

»Nämlich?«

Er scheint nach Worten zu suchen, offenbar kommt nun ein Thema, das ihm nicht ganz angenehm ist. Ich bleibe stehen und sehe ihn abwartend an. »Geht es um deinen Job in der Küche?«, frage ich nach.

»Nein«, antwortet Sascha. »Geht um Wohnung.«

»Um welche Wohnung?«

»Na ja«, fährt Sascha fort, »wollte ich fragen, ob du vielleicht noch hast ein Zimmer im Hotel frei für mich.«

»Für dich? Im Hotel? Aber du hast doch eine Wohnung.«

»Ja«, er stockt, »schon ... also ... eigentlich nicht.«

»Eigentlich nicht?«

»Weißt du«, erklärt er mir dann. »Ich muss Ende von dem Monat ausziehen, weil Vermieter ist so ein Arschloch.«

»Wie bitte?«

»Ja!« Sascha guckt jetzt richtig böse. »Er hat mich rausgeworfen, weil ich die Hunde von Heinz habe mitgebracht.«

»Aber Heinz ist doch schon längst wieder im Schrebergarten, weil das Wetter wieder so gut ist«, wundere ich mich. »Er hat doch seine Hunde bestimmt mitgenommen, oder?«

»Na ja«, Sascha zuckt mit den Schultern, »vielleicht er hat mich auch gekündigt, weil ich habe Miete nicht mehr bezahlt.«

Ich sehe ihn verblüfft an. »Wie lange schon?«

»Nur ein bisschen ...«

»Und ein bisschen ist für dich ...?«

»Sechs Monate.«

In Saschas Welt, in der ein halbes Jahr noch entspannt unter »ein bisschen« abgebucht werden kann, möchte ich auch irgendwann einmal leben. Oder ... nein ... vielleicht doch lieber nicht. Ich seufze. »Aber du verdienst doch jetzt Geld!«

»Ist nicht genug!«, regt Sascha sich auf. »Ich brauche Geld für Musik und …«

»Sorry«, unterbreche ich ihn. »Ich tue wirklich, was ich kann. Aber es ist unmöglich, dich jetzt auch noch im Hotel unterzubringen.«

Sascha guckt enttäuscht, und es tut mir echt leid, ihm nicht helfen zu können. Aber ich habe für ihn schon zu viele Extrawürste gebraten – irgendwann macht das nach außen wirklich einen seltsamen Endruck. Und den kann ich momentan nun echt nicht brauchen.

»Macht nix«, lenkt Sascha ein. »Wollte ich nur fragen. Ich finde schon Lösung. Oder ich gehe zu Heinz in Schrebergarten.« Dann spazieren wir weiter an der Alster entlang, und Sascha gibt sich Mühe, so unbekümmert wie möglich zu wirken.

Er ist ein echtes Stehaufmännchen, beruhige ich mein schlechtes Gewissen. *Der kommt schon nicht unter die Räder, so einer schlägt sich immer durch.*

»Bitte, was?« Die Frau am anderen Ende der Leitung erzählt mir etwas, aber ich kann sie kaum noch hören, weil ich ein derartiges Rauschen in den Ohren habe.

Wie Sascha vorgeschlagen hat, habe ich bei der Botschaft angerufen und mich nach Anna erkundigt. Und bekomme gerade Unglaubliches zu hören. Sascha sitzt neben mir in meinem Wohnzimmer und bedeutet mir aufgeregt, das Telefon auf laut zu schalten. Ich drücke die entsprechende Taste. Und dann lauschen wir einträchtig dem, was man in der Botschaft in Tiflis zu berichten hat: »Es tut mir leid, Frau Christiansen«, wiederholt die Frau mit dem starken Akzent ein weiteres Mal. »Im Fall von Anna Illanadse können wir Ihnen nur mitteilen, dass sie kein Visum erhalten wird.«

»Aber das verstehe ich nicht«, erwidere ich aufgeregt.

»Ihre Deutschkenntnisse sind einfach zu schlecht.«

»Das kann nicht sein!«, widerspreche ich. »Ich habe mehrfach mit dem Mädchen telefoniert, es spricht fast fließend Deutsch!«

»Sie hat unseren Test aber nicht bestanden.«

»*Ha!*« Langsam werde ich sauer. »Was erwarten Sie denn von einem Au-pair-Mädchen? Dass es Goethes gesammelte Werke rezitieren kann – und Schillers noch dazu? Ich meine, Sinn und Zweck eines Auslandaufenthaltes ist es doch wohl, eine Sprache zu erlernen. Wenn man sie schon perfekt beherrscht, kann man ja auch gleich zu Hause bleiben!«

Mittlerweile brülle ich so, dass Ben und Greta aufwachen und prompt das Heulen anfangen. Mist, so kann ich mich nicht mehr konzentrieren und diese Behörden-Schlampe zur Schnecke machen. Gott sei Dank eilt Sascha mir zu Hilfe; jeder von uns nimmt ein Baby auf den Arm und wiegt es beruhigend.

»Ich kann Ihnen nur versichern, Frau Christiansen, dass das Mädchen so gut wie überhaupt kein Deutsch sprach. Und gewisse Grundkenntnisse sind nun einmal nötig, um ein Visum zu bekommen.«

Langsam wird mir schwarz vor Augen. Meine schönen Pläne, sie drohen mit einem lauten *Plopp* zu zerplatzen! Aber so leicht gebe ich mich nicht geschlagen – Anna, ich werde um dich kämpfen, ich hol dich da raus, jawohl!

»Entschuldigen Sie bitte«, versuche ich nun, es mit überlegener Gelassenheit auf den Punkt zu bringen. »Da ich immerhin die Au-pair-Mutter bin, ist es ja wohl an mir, zu beurteilen, ob das Mädchen für meine Bedürfnisse gut genug Deutsch spricht oder nicht. Und ich bin mit Annas Kenntnissen durchaus zufrieden.«

Ein langgezogener Seufzer erklingt vom anderen Ende der Leitung, darauf weiß sie offenbar nichts mehr zu erwidern. *Ha!*

»Frau Christiansen«, sagt die Frauenstimme nun. »Ich dürfte Ihnen das eigentlich gar nicht sagen. Aber ich tue es trotzdem, damit Sie mich endlich verstehen.«

»Bitte«, fordere ich sie betont freundlich heraus, »ich bin ganz Ohr.«

»Ist Ihnen schon einmal in den Sinn gekommen, dass die Person, mit der Sie telefoniert haben, gar nicht dieselbe ist, die sich bei uns in der Botschaft als Anna Illanadse vorgestellt hat?«

»Das ist ja nicht zu fassen!« Merle sieht in etwa so geschockt aus wie jemand, der bei Günther Jauch eine kindereinfache Millionenfrage verbockt, als ich ihr die Geschichte erzähle. »Diese Anna hat immer eine Freundin für sich telefonieren lassen – und in der Botschaft ist dann alles aufgeflogen?«

Ich nicke. »So sieht es aus.«

»Böse Welt«, kommentiert Merle.

»Vor allem«, rege ich mich weiter auf, »glaubt diese Anna denn, dass ich das nicht gemerkt hätte? Dass es mir nicht aufgefallen wäre, wenn hier jemand ankommt, der gar kein Deutsch spricht?«

Merle zuckt mit den Schultern. »Aber dann wäre sie schon einmal hier gewesen, und wahrscheinlich war das doch Sinn und Zweck des ganzen Täuschungsmanövers.«

»Hallo, meine zwei Hübschen!« Sebastian kommt gut gelaunt in die Küche, begrüßt Merle und mich mit Küsschen und setzt sich zu uns an den Tisch. »Was gibt's Neues?«, will er wissen. Und dann, mit einem Blick auf die zwei Babytrage-

258

taschen, die neben mir auf dem Boden stehen: »Wie geht's dem Nachwuchs?«

»Dem Nachwuchs geht's gut«, meine ich, »der pennt ausnahmsweise. Und ansonsten habe ich nur Katastrophen zu vermelden.« Mit wenigen Worten erzähle ich Sebastian, was passiert ist: »Kein Au-pair, keine Hoffnung, ich bald tot – noch Fragen?«

»Scheiße«, kommentiert er, »klingt ja alles gar nicht gut.«

»Das kannst du laut sagen.« Ich nehme mein Filofax aus der Handtasche, hole meinen Plan, den ich mir für die nächsten Monate gemacht habe, heraus und halte ihn Sebastian und Merle unter die Nase. »Den hier«, meine ich dann und beginne, das Stück Papier zu zerreißen, »kann ich jedenfalls getrost vergessen.«

»Ach, Schwesterchen«, versucht Merle, mich zu trösten, »es wird sich schon eine Lösung finden!« Sie lächelt mich schief an.

»Welche denn? Ich habe doch schon alles versucht, Kitas, Kindermädchen, jetzt das Au-pair ... Es ist zum Verzweifeln!« Ich schlage die Hände vors Gesicht. »Es bleibt mir nichts anderes übrig, als Wiedemeyer gegenüber zu kapitulieren. Wenn er nächste Woche kommt, werde ich ihm sagen, dass ich doch nicht im August wieder anfangen kann und dass er sich besser nach einer anderen Direktorin umsieht.«

»Jetzt sei doch nicht so voreilig«, geht Sebastian dazwischen. »Vielleicht findet sich ja doch noch eine andere Lösung!«

Merle schüttelt nachdenklich den Kopf. »So einfach ist das nicht, Schatz. Sie bräuchte jemanden, der komplett ungebunden und frei ist und sich voll und ganz nach ihr und ihren Bedürfnissen richten kann.« Plötzlich beginnt sie, wie ich finde vollkommen grundlos, zu strahlen. »Svenja wird nicht mit normalen *Nine-to-five*-Betreuungszeiten geholfen. Mal muss es am Wochenende sein, mal bis spät in die Nacht, mal auch tagsüber. Halt total flexibel.«

Als ob ich das nicht selbst genau wüsste! »Ich kann mich nur wiederholen«, gebe ich etwas genervt zurück, »genau dafür wollte ich das Au-pair-Mädchen haben! Diese Anna ist schließlich Erzieherin und hat schon Erfahrung mit Säuglingen. Das heißt, falls das nicht auch gelogen war.«

»Ja, aber verstehst du denn nicht?«, ruft Merle und ist auf einmal ganz aufgeregt.

»*Was* soll ich verstehen?«

»Es gibt den perfekten Kandidaten für die Lösung deines Problems: flexibel, ungebunden, rund um die Uhr verfügbar. Und eine Wohnung braucht er zufälligerweise auch noch!«

Langsam, aber sicher fällt bei mir der Groschen: »Du meinst … du meinst doch nicht etwa … *Sascha?*«

»Doch! Ich finde, er ist der ideale Kandidat. Und dass er Kinder mag, merkt man doch sofort.«

»Ich weiß nicht«, zweifle ich. »Sascha hat im Hotel schon den dritten Job innerhalb von neun Monaten. Das ist nicht gerade ein Beweis für Durchhaltevermögen.«

»Na komm, das Housekeeping war doch eine echte Feuerprobe, und trotzdem hat er es da ausgehalten, bis du ihm den Job im Fahrdienst gegeben hast. Und dass er den momentan nicht machen kann, liegt doch eher an seinem rasanten Fahrstil als an charakterlichen Mängeln.«

»Und für den Kinderwagen braucht er ja Gott sei Dank keinen Führerschein«, meldet sich Sebastian zu Wort. Merle und er lachen … und ich muss auch grinsen.

»Aber … aber das ist doch Wahnsinn«, bringe ich noch einmal vor. Ich kann mir einfach nicht vorstellen, wie das klappen soll.

»Ach, Schwesterherz«, Merle greift nach meiner Hand,

drückt sie fest und sieht mich dabei lächelnd an, »meinst du nicht, dass dein ganzes Leben gerade etwas wahnsinnig ist?«

»Aber du hast mir doch erzählt, dass du deine Geschwister mit großgezogen hast!«

»Das stimmt. Aber ich habe nicht gesagt, dass ich will Kinder zu meine Beruf zu machen. Ich bin Sänger, Künstler, verstehst du? Ich liebe Kinder und deine sind sehr süß, aber ich suche mir mehr Perspektive.«

»Ach wirklich? Deine momentane Perspektive kannst du auf dem Dienstplan der Küchenhilfen ablesen: Früh- oder Spätschicht!«

Sascha seufzt. »Warum bietest du meine Freund Heinz nicht Job an? Er würde sich so freu…«

»Das haben wir jetzt schon dreitausendmal durchgekaut«, schneide ich ihm das Wort ab. »Ich finde Heinz nett, aber zum einen kenne ich ihn kaum, zum anderen ist er auch schon etwas alt, um sich um zwei Säuglinge zu kümmern. Das ist ein anstrengender Job, der bis spät in die Nacht gehen kann. Du hingegen bist der ideale Kandidat: kinderlieb, flexibel, belastbar – und Ben und Greta lieben dich jetzt schon.«

Sascha guckt immer noch skeptisch.

»Du würdest besser verdienen und noch dazu bei mir wohnen«, versuche ich Sascha zu locken. »Kostenfrei!« Gleichzeitig winke ich dem Barchef Corado, damit er Sascha noch einen Drink bringt. Ein bisschen Alkohol hat schon viele überzeugen können. Zehn Sekunden später steht er mit dem mittlerweile dritten Tequila an unserem Tisch.

»Für Sie auch noch etwas, Frau Christiansen?«, will er wissen. Oh ja, mir wäre ungemein danach, es Sascha gleichzutun und mir auch ordentlich einen reinzuschütten. Aber natürlich lasse ich das. Zum einen, weil ich ja noch stille. Zum anderen, weil hier leider alle wissen, dass ich noch stille, und es möglicherweise befremdlich finden würden, wenn Muttern sich einen Tequila nach dem nächsten reinzimmert. Ich wünschte, ich könnte die ganze Angelegenheit mit Sascha woanders besprechen, aber er hat nur eine halbe Stunde Pause von seinem Küchendienst, und außerdem reicht das Babyfon gerade bis hierher, und dann ist Ende. »Wirklich«, wiederhole ich noch einmal, »du würdest viel besser verdienen als in der Küche.«

»Ich nicht käuflich«, schmettert Sascha mir nun mit seinem üblichen Pathos entgegen.

»Viel, *viel* besser als in der Küche«, locke ich weiter. »Und der Job ist doch viel netter als der im Housekeeping oder als Page.« Ich behaupte das einfach mal, obwohl ich nicht so genau weiß, ob ich das halten kann. Beim Housekeeping kann man wenigstens in Ruhe vor sich hin putzen, das sieht mit meinen beiden Sternschnuppen schon anders aus.

»Nicht käuflich«, wiederholt Sascha.

»Denk an meine schöne Wohnung im Hotel.«

»Du meinst Mädchenzimmer?«, kommt es empört. »Pöh, ich nicht schlafen mit rosa Blumentapete!« Er verschränkt abwehrend die Arme vor der Brust und sieht so aus, als hätte ich ihm eben eine Parkbank als komfortables Penthouse angepriesen.

»Das ist ja das geringste Problem«, erklärte ich, »das Zimmer haben wir ruck, zuck anders eingerichtet. Du hättest es da wirklich schön, das ist doch ein tolles Angebot!«

»Brauch ich nicht«, gibt er sich noch immer störrisch. »Ich kann gehen zu Heinz in Schrebergarten. Bis Winter habe ich andere Lösung.«

»Okay«, ich hole tief Luft und ziehe meinen allerletzten Joker. »Wenn du als meine Nanny arbeitest, dann …«

Sascha wirft mir einen betont desinteressierten Blick zu, als würde es überhaupt keine Rolle spielen, was nun als Nächstes kommen könnte.

»… dann sorge ich dafür, dass du und deine Band Auftritte bei Veranstaltungen hier im Haus bekommt.«

22. Kapitel

Wieso habe ich mir das eigentlich so einfach vorgestellt?

Kurz nachdem Sascha bei mir eingezogen ist, fällt mir ein Detail auf, das mir bisher entgangen ist: Neben dem praktischen Effekt, dass ich nun eine Rundumbetreuung für die Kinder gefunden habe, ist es nämlich leider auch so, dass ich nun mit einem Mann zusammenlebe. Und dann auch noch mit *diesem* Mann. Denn der hat einige gewöhnungsbedürftige Vorlieben, unter anderem ausgiebige Schaumbäder in den frühen Morgenstunden, bei denen er das gesamte Badezimmer unter Wasser setzt.

»Sascha!«, brülle ich, als ich ausgerechnet an dem Morgen, an dem ich meinen ersten offiziellen Arbeitstag nach der Babypause im Hotel habe, über die nassen Fliesen schlittere.

»Was ist?«, kommt es eine Minute später. Sascha steht im Türrahmen, hat Ben auf dem Arm und guckt mich fragend an.

»Kannst du nicht aufwischen, wenn du hier alles unter Wasser setzt?«, fahre ich ihn an.

Er zuckt nur mit den Schultern. »Bin ich Kindermädchen, nicht Putzfrau.«

»Sicher«, erwidere ich grollend, »aber es geht hier nicht um Putzen, sondern darum, dass du meine Wohnung nicht überflutest.«

»Sorry«, kommt es lapidar zurück.

Herrje, ich hätte mir wirklich vorher überlegen müssen, wie eine Wohngemeinschaft mit mir und Sascha aussehen würde. Seufzend werfe ich ein Handtuch über die Wassermengen. Es bleibt keine Zeit, hier einmal durchzufeudeln, ich muss mich für meinen ersten Tag im Job herrichten. Doch als ich die Tür des Aliberts öffne, erwartet mich der nächste Schock. Im linken Fach ist ein Großteil meiner Kosmetika verschwunden, die ich zugegebenermaßen in den letzten Monaten weder gebraucht noch vermisst habe. Stattdessen starre ich auf Rasiergel, einen Pinsel, einen Einwegrasierer und eine Zahnbürste. Wo ist meine Biotherme-Serie?

»*Sascha!*«

Eine Sekunde später taucht er erneut in der Tür auf. »Was ist jetzt wieder Problem?«

»Wo sind meine Kosmetika?« Ich deute vorwurfsvoll auf das Regal, wo nun Saschas Rasiersachen stehen.

»Habe ich geräumt weg.«

»Und wohin, wenn ich fragen darf?«

Er geht zu der Kommode neben dem Waschbecken, in dem die Handtücher liegen, und zieht die oberste Schublade auf. Da liegen sie, meine teuren Cremes und Tiegel, einfach neben die Handtücher gestopft. Wütend nehme ich sie heraus.

»Du kannst doch nicht einfach meine Sachen wegstellen.«

Er zuckt mit den Schultern. »Brauche ich auch ein bisschen Platz, wenn ich soll leben hier.«

»Ja, sicher. Aber du könntest mich wenigstens vorher fragen.« Noch immer wirkt er unbeeindruckt.

»Verstehe ich sowieso nicht, warum braucht ihr Frauen so viele verschiedene Sachen. Hab ich nur Rasierer und Zahnbürste.«

»Wir brauchen das«, erkläre ich, »weil Männer wie du denken, dass Frauen wie ich immer so aussehen, wie wir aussehen, wenn wir perfekt gestylt sind.«

»Aber das ist Unsinn«, widerspricht Sascha. »Du siehst gut aus, auch ohne das alles. Und mit kleiner Creme, die du da

265

hast«, er zeigt auf einen der Tiegel, den ich jetzt auf die Kommode gestellt habe, »kann man sowieso nicht ändern viel. Habe ich die Probe versucht, ist gar nichts passiert.«

Entsetzt gucke ich auf meine zweihundert Euro teure Kaviar-Essenz. »Du hast dich mit meinem sündhaft teuren Augengel ... *eingecremt?*«, entfährt es mir entsetzt. »Das war keine Probe!« Hektisch greife ich nach dem Tiegel und schraube ihn auf – er ist leer! »Bist du *wahnsinnig?*«

»Siehst du? Jetzt siehst du böse aus und nicht mehr hübsch. Und alles wegen Creme, die gekostet hat so viel und die nichts taugt.«

Ich glaube, ich verliere den Verstand, das darf doch wohl nicht wahr sein!

»Bitte gehe jetzt«, sage ich ermattet. Mit Sascha kann man offenbar nicht normal reden. Und was die Überflutungen im Bad betrifft, werde ich das später noch einmal mit ihm ausdiskutieren. Er ist zwar, da hat er recht, nicht meine Putzfrau – aber ich bin auch nicht seine!

Eine Viertelstunde später komme ich in die Küche, in der Sascha Greta gerade ein Fläschchen mit abgepumpter Milch gibt. Meine Kleine saugt begeistert, während Ben selig im Maxi-Cosi döst, der auf dem Küchentisch steht. Ein recht heimeliger Anblick, der mich sofort wieder versöhnt. Ich schnappe mir die Kaffeekanne, schütte mir einen großen Becher ein und stelle die Tasse auf den Tisch. Jetzt noch etwas Leckeres zum Frühstück, dann kann der Tag beginnen.

Doch als ich die Kühlschranktür öffne, werde ich enttäuscht: gähnende Leere! Bis auf fünf Packungen Schokopudding ... und eine Wodkaflasche.

»Wir haben ja gar nichts mehr zum Essen da!«, entfährt es mir. »Ich hatte dich doch gebeten, etwas einzukaufen.«

»Habe ich eingekauft«, kommt es zurück.

»Das nennst du eingekauft?« Ich starre ihn entsetzt an.

»Ja«, lautet seine knappe Antwort. »Ist alles, was ich brauche.«

»Alles, was du brauchst, sind ein paar Schokoladenpuddings und Wodka?«

Er nickt. »Jap.«

»Und was ist mit mir?«

»Ich habe gedacht, du isst in Hotel. Und Babys brauchen doch nur Milch.«

Entnervt werfe ich die Kühlschranktür wieder zu. »Vielen Dank«, sage ich schnippisch. »Dann geh ich mal mit knurrendem Magen ins Büro.« Mit diesen Worten rausche ich aus der Küche. Nicht nur, dass ich ein komplettes Hotel dirigieren muss – offenbar muss ich Sascha nun auch noch die einfachsten Dinge des Lebens aufschreiben, damit ich in Zukunft nicht verhungere!

»Kein Problem«, ruft Sascha mir nach. Und ich meine, ihn kichern zu hören.

Na warte!

»Wir begrüßen Sie ganz herzlich zurück in unserer Runde, Frau Christiansen!« Georg Trautwein lächelt mich an und prostet mir mit seinem Glas Sekt zu. Es ist zwar erst neun Uhr morgens, aber offenbar haben die Abteilungsleiter entschieden, mich zu meinem ersten Arbeitstag nach dem Mutterschutz gebührend zu empfangen. Mir soll es recht sein, ich war jetzt so lange brav, da darf ich auch mal eine Ausnahme machen.

»Ich danke Ihnen allen«, sage ich und nehme einen großen Schluck. Maja Friedrichs guckt pikiert, war ja irgendwie klar, dass sie mir diesen kleinen Spaß ganz und gar nicht gönnt.

»Sekt regt die Milchbildung an«, erkläre ich automatisch und ärgere mich im gleichen Moment schon über mich selbst. Warum habe ich mich überhaupt entschuldigt? Müssen Mütter immer wie Mutter Teresa höchstpersönlich sein? Natürlich sollte man sich während Schwangerschaft und Stillzeit nicht in regelmäßigen Abständen unter den Tisch saufen, aber man kann es auch übertreiben. »Also«, nehme ich den Faden wieder auf, »Sie wissen ja bereits, dass ich in den nächsten vier Wochen zunächst nur halbtags arbeiten werde.« Alle Anwesenden nicken. »Wobei halbtags in unserem Job natürlich acht Stunden bedeutet.« Jetzt lachen alle. »Ab September ist dann alles wieder wie gehabt.«

»Das freut mich sehr«, stellt Georg Trautwein grinsend mit einem gespielten Seufzer fest.

»Und uns erst!«, rufen die restlichen Abteilungsleiter wie aus einem Mund und brechen in Gelächter aus. Alle, bis auf Maja Friedrichs natürlich.

Ich lache mit, räuspere mich dann und sage den Satz, auf den ich mich seit Wochen insgeheim gefreut habe: »Lassen Sie uns den Tagesablauf besprechen – schließlich haben wir ein First-Class-Hotel zu führen.«

Es fühlt sich wunderbar an!

Nachdem ich mir in den nächsten zwanzig Minuten einen Überblick über die Lage verschafft habe, bin ich sehr zufrieden. Bis auf ein paar Kleinigkeiten ist nichts passiert, was dem Ruf des Fürstenbergers nachhaltig schaden könnte. Einerseits freut mich das, andererseits gibt es mir schon einen kleinen Stich, dass meine dreimonatige Abwesenheit ohne wesentliche Auswirkungen geblieben zu sein scheint. Aber so richtig hatte ich ja auch noch gar nicht angefangen, erst jetzt werde ich dazu kommen, den Laden genau so zu führen, wie es mir vorschwebt. Voller Tatendrang setze ich mich an meinen Schreibtisch. Und wie auf ein Kommando klingelt das Telefon. So zufrieden und erwartungsvoll, wie ich mich gerade fühle, kann es nur Hollywood sein, die anfragen wollen, ob man die Oscarverleihung nicht spontan in unser Haus verlegen kann.

»Frau Christiansen?« Sabrina Hoppe flötet in mein Telefon. »Sascha ist in der Leitung und möchte Sie sprechen.«

Nun ja. Nicht ganz Hollywood.

»Stellen Sie bitte durch.«

»Natürlich.« Ich weiß noch immer nicht genau, wie Sabrina zu Sascha steht, sie gibt sich jede erdenkliche Mühe, es sich nicht anmerken zu lassen. Als ich ihr erzählt habe, dass Sascha in Zukunft als Kindermädchen bei mir arbeitet, hat sie das nur nickend zur Kenntnis genommen. Aber irgendwie habe ich den Eindruck, dass hinter ihrer hübschen Stirn ganz andere Dinge vor sich gehen.

»Hallo«, meldet Sascha sich, sobald er in der Leitung ist. »Muss ich jetzt schon stören dich, tut mir leid.«

»Was gibt's denn?«

»Ich finde keine abgepumpte Milch mehr, Kühlschrank ist leer«, erklärt er.

»Dann guck im Eisschrank nach, ich habe noch welche eingefroren, die du auftauen kannst.« Am anderen Ende der Leitung erklingt ein russischer Fluch, den ich nicht verstehe. »Was ist?«

»Greta hat mir auf neuen Pullover gekotzt!«

»So ist es eben mit Babys.«

»Wann kommst du wieder?«

Ich werfe einen Blick auf meine Uhr. »Um zwei.«

»Gut. Du musst mich erlösen.«

»So ganz kann ich dich dann noch nicht erlösen«, muss ich

ihn enttäuschen. »Um drei ist Babyschwimmen, da kann ich nicht allein mit zwei Säuglingen hingehen.«

»*Tschjort!* Warum habe ich nur diesen Job angenommen?«

»Denk an deine Karriere«, trällere ich ihm entgegen, »die großen Auftritte im Ballsaal!«

»Wann wir sprechen darüber?«

»Bald, Sascha, bald!«, beruhige ich ihn. Wenn für ihn »ein bisschen« durchaus mal ein halbes Jahr bedeuten kann, habe ich mir mit »bald« eine schöne Schonfrist erkauft.

sabrina.hoppe@fuerstenberger-hamburg.de

An:	Doreen Lehmann
Betreff:	Treffen
Datum:	01.08.2007, 10.05 Uhr

Hi Doreen,
ach, ich bin irgendwie total frustriert. Ich meine, klar, ich hab schon verstanden, dass aus Sascha und mir wohl nix wird. Aber muss er jetzt bei der Christiansen das Kindermädchen spielen? Das ist doch total ... scheiße! Hast du Bock, nachher was trinken zu gehen? Hätte Lust, mich mal auszuheulen.

Sabrina Hoppe
Assistentin der Direktorin

doreen.lehmann@fuerstenberger-hamburg.de

An:	Sabrina Hoppe
Betreff:	Re: Treffen
Datum:	01.08.2007, 11.06 Uhr

Mensch, würde ich total gerne, aber ich bin schon verabredet. Sag's keinem, aber ich treffe mich mit Lutz Strömel!!!

Doreen Lehmann
Restaurant-Chefin

maja.friedrichs@fuerstenberger-hamburg.de

An: AL-Runde
Betreff: Antrittsbesuch
Datum: 01.08.2007, 11.15 Uhr

Ich wollte nur mal sagen, dass ihr alle ziemliche Schleimschei-
ßer seid! »Ach, Frau Christiansen, was sind wir doch froh,
dass Sie wieder da sind! Ohne Sie ging hier gaaaaar nichts!«
Dabei wisst Ihr doch genau, dass es ohne sie auch prima geklappt hat, was soll dieses Rumgelaber? Echt, erbärmlich!
Vergesst nicht unsere Wette: Spätestens nächsten Mai ist
die weg vom Fenster, da bin ich mir ganz sicher!
Maja Friedrichs
Leitung Housekeeping

lutz.stroemel@fuerstenberger-hamburg.de

An: Maja Friedrichs
Betreff: Out of Office
Datum: 01.08.2006, 11.16 Uhr

Ich bin vorübergehend nicht erreichbar, Ihre Mail wird nach
Rückkehr beantwortet. Sollten Sie in der Zwischenzeit Hilfe
benötigen, wenden Sie sich bitte an unseren Empfang, +49
40 3890 0.
I am currently not at my desk, but I will reply to you on my
return. In the meantime, if you need some assistance, please
call our reception desk at +49 40 3890 0.
Lutz Strömel
Revenue-Manager

georg.trautwein@fuerstenberger-hamburg.de

An: AL-Runde
Betreff: Re: Antrittsbesuch
Datum: 01.08.2007, 11.33 Uhr

Liebe Leute, ich muss hier mal gerade eine Lanze für unsere Chefin brechen. Okay, wir haben es ganz gut hinbekommen. Aber perfekt ist es auch nicht gelaufen. Ich erinnere da nur mal an den doppelt belegten Weißen Saal vor drei Wochen! Wenn das Ehepaar Siems (und ich meine: Dieser Roland ist ein Mega-Bestsellerautor!!!) nicht so nett gewesen wären, ihre Hochzeitsfeier spontan in den Blauen Saal zu verlegen, hätten wir da echt ein Problem gekriegt, weil man ja wohl schlecht den Jahrestag des Hamburger Journalistenclubs und eine Hochzeit im gleichen Raum stattfinden lassen kann. Und mir fallen noch ein, zwei andere Ausrutscher ein, die mit der Christiansen sicher nicht passiert wären. Also, seid froh, dass wir keinen Ärger bekommen haben!
Georg Trautwein
Stellvertretender Direktor & Verkaufsleiter

maja.friedrichs@fuerstenberger-hamburg.de

An: Georg Trautwein
Betreff: Re: Re: Antrittsbesuch
Datum: 01.08.2007, 11.56 Uhr

Georg,
wer hat das mit dem Saal denn verbaselt und seinem Kumpel vom Journalistenclub eine Zusage erteilt, ohne sich vorher mal mit dem Bankett abzusprechen, ob der Saal an diesem Abend überhaupt noch frei ist?

Maja Friedrichs
Leitung Housekeeping

georg.trautwein@@fuerstenberger-hamburg.de
An: Maja Friedrichs
Betreff: Re: Re: Re: Antrittsbesuch
Datum: 01.08.2007, 12.23 Uhr

Ich weiß ja, dass du mich für einen Idioten hältst. Aber ich
hatte mit Simone Kern gesprochen, uns sind da leider die
Daten durcheinandergeraten. So etwas passiert.
Aber eben darum kannst du doch froh sein, dass Svenja
Christiansen Direktorin ist und nicht ich.
Georg Trautwein
Stellvertretender Direktor & Verkaufsleiter

maja.friedrichs@fuerstenberger-hamburg.de
An: Georg Trautwein
Betreff: Re: Re: Re: Re: Antrittsbesuch
Datum: 01.08.2007, 12.35 Uhr

Darüber bin ich in der Tat sehr froh.
Maja Friedrichs
Leitung Housekeeping

Zwei Stunden lang genieße ich es, einfach wieder vor mich
hin arbeiten zu können. Ohne jede Störung, ohne Kindergeschrei, ohne irgendetwas, das mich ablenkt, gehe ich die Unterlagen durch, die Sabrina mir auf den Schreibtisch gelegt
hat. Doch dann, gegen Mittag, werde ich unkonzentriert. Meine Gedanken wandern zu Greta und Ben. Geht es ihnen auch
gut?

Sicher geht es ihnen gut, beruhige ich mich sofort. *Wenn nicht, hätte Sascha schon längst angerufen.*

Oder?

Vielleicht doch nicht?

Ich wähle die Nummer meiner Wohnung, nur um mal vorsichtshalber nachzuhorchen, ob alles in Ordnung ist. Es klingelt.

Klingelt einmal.

Zweimal. Dreimal. Viermal.

Komisch, wieso geht Sascha nicht dran? Und normalerweise wäre jetzt doch schon der Anrufbeantworter angesprungen.

Vermutlich ist Sascha mit den Kindern spazieren, fällt mir sofort die nächste logische Erklärung ein. Erleichtert wähle ich die Nummer seines Handys … und erreiche nur die Mobilbox. Was fällt dem Kerl ein, einfach sein Handy auszuschalten, er muss doch für mich erreichbar sein!

Ich denke kurz darüber nach, ob ich einfach mal in die Wohnung gehen sollte, verwerfe den Gedanken aber. Wofür habe ich denn ein Kindermädchen? Eben dafür, dass ich mich in Ruhe auf meinen Job konzentrieren kann. Ich sollte wirklich mal aufhören, so ein Kontrollfreak zu sein, immerhin ist Sascha ein erwachsener Mann, der ja wohl mit zwei Babys fertig wird.

Zehn Minuten lang versuche ich es abwechselnd bei mir zu Hause und auf Saschas Handy, nirgends ist jemand zu erreichen.

»Beruhige dich«, sage ich zu mir selbst. »Es ist sicher alles in bester Ordnung. Was soll schon groß passieren?« Ich wende mich wieder der Akte mit den Einnahmen und Ausgaben des letzten Monats zu, die vor mir auf dem Schreibtisch liegt. Aber ich schaffe es nicht wirklich, mich auf die Zahlen zu konzentrieren, ganze fünf Minuten starre ich darauf, ohne auch

274

nur irgendetwas zu kapieren. Entnervt greife ich zum Hörer und versuche es noch einmal in der Wohnung und auf Saschas Handy. Nichts. Keiner meldet sich. Dabei ist das Telefonklingeln in meiner Wohnung so laut, dass man damit vermutlich Tote aus ihrem ewigen Schlaf wecken könnte.

Soll ich doch mal nachsehen gehen? *Quatsch*, rufe ich mich selbst zur Ordnung, *jetzt werd bloß nicht zur hysterischen Mutti!* Aber es nützt nichts, vor meinem inneren Auge laufen plötzlich die schlimmsten Horrorfilme ab: Sascha, der nach einem plötzlichen Herzinfarkt am Boden liegt, während Ben und Greta hilflos allein in der Wohnung sind.

Oder geht es einem meiner Kinder nicht gut, und Sascha wird gerade mit ihnen per Blaulicht ins Krankenhaus transportiert?

Was, wenn er sie badet und dabei nicht richtig aufpasst? Dabei kann so schnell etwas passieren, die Kleinen muss man jede Sekunde im Auge behalten!

O Gott, meine Babys!

Mein Puls rast auf einmal, in meinem Kopf machen sich immer mehr Schreckensszenarien breit. Wie konnte ich diesem Russen, diesem Möchtegern-Star meine beiden Kinder anvertrauen? Ich bin eine schlechte Mutter, ja, genau so sieht es aus. Auf dem Altar meiner Karriere habe ich meine Babys geopfert, habe mich nicht um sie gekümmert, und jetzt ist womöglich etwas Schlimmes …

Schon sitze ich nicht mehr in meinem Büro, sondern hetze durch den Flur Richtung Fahrstuhl, um in meine Wohnung zu laufen. *Ben, Greta, ich komme, Mami ist gleich da!* Mein Atem geht gehetzt, der Schweiß tritt mir auf die Stirn, während ich durch die Gänge sprinte. *Mami kommt ja schon, haltet durch, ich werde euch retten …*

»Ah!«

Ich taumle, stolpere über meine Füße und falle beinahe hin, als ich hinter einer Ecke unverhofft direkt in Herrn Dr. Wiedemeyer renne. Bei unserem Aufprall schreie ich erschreckt auf, ich muss in diesem Moment mehr als panisch aussehen.

»Hallo, Frau Christiansen«, begrüßt er mich irritiert, während er sich das Revers seines Anzugs abklopft. Ein leichter dunkler Fleck ist zu erkennen, wo ich ihn mit meiner Stirn touchiert habe, offenbar von meinem Angstschweiß.

»Äh«, stottere ich und spüre, wie mir jetzt auch noch schwindelig wird.

»Warum rasen Sie denn hier so durch die Gänge?«, will er in leicht tadelndem Tonfall wissen. »Das wirkt nicht gerade sehr damenhaft.« Dann lacht er kurz auf. »Es sei denn, es brennt irgendwo, dann laufen Sie bitte weiter.«

»Ja«, stoße ich – immer noch verwirrt – hervor. »Ich meine, nein«, korrigiere ich mich sofort. »Es brennt nicht, es ist nur …« *Ich muss sofort zu meinen Babys*, möchte ich ihn am liebsten anbrüllen, kann diesen Impuls aber gerade noch unterdrücken. Erst jetzt bemerke ich die blonde Dame mittleren Alters, die hinter ihm steht und die Szene fragend beobachtet.

»Meine Frau kennen Sie ja bereits«, meint Wiedemeyer, der meinen Blick offenbar richtig gedeutet hat. Kenne ich? Kann mich nicht daran erinnern, aber im Moment bin ich auch etwas konfus.

»Äh, ja, natürlich, äh, Frau Wiedemeyer, wie schön, Sie wiederzusehen.« Ich schüttle ihre Hand und bemerke, dass sie zusammenzuckt. Verständlich, denn meine Pfote ist vor Aufregung und Sorge um die Kinder schweißnass.

»Wir besuchen Freunde in Hamburg«, erklärt Dr. Wiedemeyer nun, »und gucken uns noch ein Musical an. *Dirty Dancing* – haben Sie das schon gesehen?«

»Was?« Mein Blick schießt hektisch zwischen den beiden hin und her, mein Puls rast, am liebsten würde ich brüllen: *Lasst mich durch, ich muss zu meinen KINDERN und sie vor dem VERRÜCKTEN RUSSEN retten!!!!!!*

»Frau Christiansen, geht es Ihnen nicht gut?«, erkundigt Wiedemeyer sich nun. Ich weiß nicht, ob er wirklich um meinen Gesundheitszustand besorgt ist – oder er sich fragt, ob sein Hotel in den Händen einer Verrückten liegt.

Und, ganz ehrlich: So sicher bin ich mir da gerade auch nicht.

»Wie? Äh, doch, doch, ich wollte nur, ich war nur, ich, äh …«

»Na ja«, fährt Wiedemeyer fort, »wir wollten Sie eigentlich nur kurz in Ihrem Büro besuchen und Ihnen viel Glück für den Neuanfang wünschen.« Er senkt seine Stimme. »Wir wissen ja, dass nun eine harte Bewährungsprobe auf Sie wartet, nicht wahr?«

»Ah, ja, in mein Büro«, stottere ich. Alles, nur das nicht! *ICH KANN JETZT NICHT, ICH MUSS ZU MEINEN BABYS!!!* »Ja, sicher, ich …«

»Dann können wir ja …«, setzt Wiedemeyer an.

»Ich muss nur kurz«, unterbreche ich ihn, »… wohin.«

»Wohin?«

»Probleme im Housekeeping«, bringe ich nun so entschlossen wie möglich heraus. »Absolute Chefsache. Da muss ich mich kurz kümmern – das kennen Sie doch, Herr Dr. Wiedemeyer!«

»Verstehe«, erwidert Wiedemeyer, beäugt mich dabei aber immer noch einigermaßen misstrauisch.

»Ja, ich, also … das dauert nur fünf Minuten.«

»Na gut«, kommt es gedehnt zurück. »Dann werden meine Frau und ich in der Bar auf Sie warten, bis Sie das Problem gelöst haben.«

»Super«, sage ich schnell und stürze mit diesen Worten auch schon davon. Für mehr Höflichkeitsfloskeln habe ich leider keine Zeit.

»*GretaBenSaschaIchbinjadaWoseidihr?!*« Ich fliege durch die Tür meiner Wohnung und stürze sofort in mein Schlafzimmer. Mist! Die Babybetten sind leer, keine Spur von meinen Mäusen. Ein Heulen entringt sich meiner Kehle. »Wo seid Ihr, meine Babys?«

Mein Auftritt wird mit plötzlich einsetzendem, ohrenbetäubendem Weinen beantwortet.

»Was soll das?« Sascha kommt total verpennt aus seinem Zimmer, im Arm eine heulende Greta und einen jammernden Ben. Kurz bin ich von seinem Anblick etwas irritiert, denn er trägt nichts außer engen Boxershorts, und sein muskulöser, halbnackter Körper bringt mich für den Bruchteil einer Sekunde aus dem Konzept. Im nächsten Augenblick habe ich mich aber wieder gefasst und entreiße ihm die Babys.

»Greta, Ben!« Ich drücke beiden einen euphorischen Schmatzer auf. »Ich habe mir ja so große Sorgen gemacht! Gott sei Dank lebt ihr.« Dann werfe ich Sascha einen bösen Blick zu, der vor mir steht und sich am Kopf kratzt. »Was hast du dir dabei gedacht?«

»Was wobei gedacht?«

»Ich hab versucht anzurufen, niemand ist ans Telefon gegangen.«

»Wir haben geschlafen.« Sascha deutet auf das Bett in seinem Zimmer, direkt daneben auf dem Boden hat er ein gemütliches Lager mit den Kissen vom Sofa und dem Bettzeug der Babys gebaut. »Ich habe Telefon rausgezogen, damit Kinder nicht geweckt werden.«

»Oh.«

»Ja, oh.« Mit diesen Worten nimmt er mir Ben aus dem Arm, der immer noch zum Herzerweichen heult, während Greta sich schon wieder beruhigt hat. »Komm her, mein Kleiner«, flötet er meinem Sohn ins Ohr. »Mami ist verrückt. Aber das macht nichts, ihr habt Onkel Sascha.« Wie von Zauberhand hört nun auch Ben mit dem Weinen auf.

Ich stehe etwas fassungslos da und beobachte die Szene.

»Tut mir leid«, meine ich kleinlaut und gebe Sascha Greta wieder auf den Arm. »Ich war nur … etwas in Sorge.«

»Tu mir Gefallen«, sagt Sascha, während er Greta und Ben wieder auf ihr gemütliches Lager bettet. »Wenn du arbeitest, dann arbeite. Und wenn du Mutter bist, dann sei Mutter.«

»Wieder ein russisches Sprichwort?«, will ich wissen.

Sascha schüttelt den Kopf. »Nein. Ist wichtige Erkenntnis über Leben von mir.«

Ich denke einen Moment lang nach, dann muss ich lächeln. »Gefällt mir«, gebe ich zu. »Dann … dann gehe ich jetzt mal wieder arbeiten. Und um zwei komme ich als Mutter zurück, und wir fahren zum Babyschwimmen.«

»Lass dir Zeit«, meint Sascha und gähnt. »Wir machen wieder ein Nickerchen.« Mit diesen Worten geht er zurück in sein »Mädchen«-Zimmer, das wir immer noch nicht umgeräumt haben. Mir bleibt nur noch ein letzter Blick auf seinen knackigen Hintern, der in den enganliegenden Shorts wirklich ganz hervorragend zur Geltung kommt. Irritiert schüttle ich den Kopf. Was gibt es denn da zu gaffen? Das ist schließlich kein Mann, sondern Sascha. Dem guckt man nicht hinterher.

»Na, alles geklärt?«, will Herr Dr. Wiedemeyer wissen, als ich mich fünf Minuten später in der Bar der Lobby zu ihm und seiner Frau setze.

»Ja, ja«, meine ich mit einer wegwerfenden Geste. »Aber Sie

wissen doch, wie das ist – keine große Sache, wenn man sich selbst sofort drum kümmert.«

»Bestens«, er lehnt sich zufrieden in seinem Sessel zurück und winkt eine der Bedienungen, die sofort herbeigeeilt kommt. »Zwei Kaffee bitte«, bellt er ihr zu, dann sieht er mich an.

»Und ein Mineralwasser«, sage ich schnell. Die Bedienung entfernt sich im Turboschritt, um unsere Wünsche zu erfüllen.

»Wasser«, kommentiert Wiedemeyer meine Bestellung lachend. »Jetzt kommen erst einmal die mageren Zeiten, nicht wahr?«

»Magere Zeiten?« Ich verstehe ihn nicht ganz.

»Na ja«, er lacht, »dauert eben, bis die Schwangerschaftspfunde wieder runter sind.« Wieder lacht er, diesmal richtig dröhnend, und haut seiner Frau auf den Oberschenkel. »Oder, Goldstück?«

Goldstück guckt pikiert und murmelt: »Also, Hubert, wirklich!«

Ich fühle mich mit einem Schlag wie ein Ölfass, weil Wiedemeyer mich natürlich wieder daran erinnert, dass eine Schwangerschaft nicht ganz ohne Spuren an einem vorübergeht. Jedenfalls nicht an jemandem wie mir – und schon gar nicht, wenn man Zwillinge ausgetragen hat. Verlegen ziehe ich meinen Rock ein Stück weiter über die Knie und nuschle: »Ach, das wird schon.«

»Sicher wird das«, werde ich prompt von ihm beruhigt. »So wie alles andere auch. Wie läuft es denn?«

»Viel kann ich da natürlich noch nicht sagen, heute ist ja mein erster Tag, den ich wieder richtig arbeite.«

»Aber eine Kinderbetreuung haben Sie gefunden?«

»Ja.« Ich bin sehr erleichtert, an dieser Stelle nicht lügen zu müssen. »Ein junger Mann, der sich ganz flexibel nach mir richten kann.«

»Ein junger Mann?« Wiedemeyer zieht fragend die Augenbrauen in die Höhe.

»Ja«, bestätige ich.

»Sie müssen verzeihen, Frau Christiansen«, erklärt Wiedemeyer, »ich bin ein Haudegen vom alten Schlag. Zu meiner Zeit hätte es so etwas nicht gegeben, da haben die Frauen sich um die Kinder gekümmert ...« Ich kann seiner Frau ansehen, dass sie gerade in diesem Augenblick darüber sinniert, dass es ihr nichts ausgemacht hätte, wenn es damals schon anders gewesen wäre. »Aber ... na«, unterbricht er sich, »Sie wissen ja, dass ich große Stücke auf Sie halte. Warum dann also nicht auch eine männliche Kinderfrau?«

»Ich denke, ich habe eine gute Wahl getroffen«, teile ich ihm selbstbewusst mit.

»Und das ist es, was zählt«, gibt er mir recht. Während wir so dasitzen und miteinander Plattitüden austauschen, spüre ich auf einmal ein unangenehmes Ziehen in den Brüsten. Als ich mich noch frage, was das sein kann, fällt es mir auf: Babygeschrei in der Lobby, es ist ganz eindeutig. Irritiert sehe ich mich um, wobei ich versuche, den Eindruck zu erwecken, als würde ich Wiedemeyer noch immer ganz gespannt lauschen. Tatsächlich, direkt neben dem Empfang steht ein mir unbekannter Kinderwagen, aus dem das Geschrei kommt. Und mein Körper reagiert, das Ziehen wird immer stärker. *Aua!*

»Äh, Frau Christiansen?«

»Bitte?« Mist, jetzt habe ich nicht mitbekommen, was Wiedemeyer gesagt hat. Egal, Pokerface aufsetzen und durch. »Was meinten Sie?«

»Sie ... äh«, er deutet mit seinem Kinn in meine Richtung, »Sie haben da so komische Flecken ... auf Ihrer Bluse.«

»Flecken?« Ich sehe an mir hinunter. »Ach du Scheiße!«, entfährt es mir, als ich das Malheur entdecke. Aus meinen Brüsten ist so viel Milch ausgetreten, dass sie die Stilleinlagen geflutet hat und nun sogar meine Bluse durchnässt ist. »Tut mir leid!« In Panik springe ich auf. »Ich bin gleich wieder da!«

Hektisch laufe ich in einen der Waschräume. Ich versuche, die Flecken mit Wasser und einem der weißen Handtücher, die hier für die Gäste liegen, zu beseitigen, mache aber alles nur noch schlimmer. »Scheiße!«, fluche ich vor mich hin. »Scheiße, scheiße, scheiße!«

»Hier, nehmen Sie die.« Plötzlich taucht Britta Kruse hinter mir auf und hält mir eine weiße Bluse hin. »Ich hab immer eine als Ersatz hinter der Rezeption. Man weiß schließlich nie.« Dankbar lächle ich sie an und nehme die Bluse entgegen.

»Danke«, erwidere ich, »woher wussten Sie …?«

»Ich hab von der Rezeption aus gesehen, wie Sie aufgesprungen sind, und dann eine der Kellnerinnen gefragt, was los ist.« Wie peinlich, die haben das alle mitbekommen! »Jedenfalls dachte ich, Sie könnten etwas Rettung vertragen.«

Ich streife die alte Bluse ab, ziehe die neue an und knöpfe sie zu.

»Da haben Sie richtig gedacht«, erwidere ich. »Sie sind genau im richtigen Moment gekommen!«

»Also, noch viel Glück mit dem Obermufti!«, wünscht Britta Kruse mir, bevor sie aus dem Waschraum entschwindet.

»Danke!«

Als ich zu der Sitzgruppe zurückkehre, wirft Wiedemeyer mir einen seltsamen Blick zu. Irgendwo zwischen Mitleid und … ich befürchte, Missbilligung trifft es am ehesten. Dass ich aber ausgerechnet an meinem ersten Tag eine derart peinliche Vorstellung abliefern muss!

»Und, wieder alles in Ordnung?«, fragt er. Ich nicke.

»Ja.« Dann lache ich ein bisschen. »Das sind halt die Unwägbarkeiten, denen man als Mutter so begegnet.«

Wiedemeyer lacht auch, aber es klingt nicht ganz echt. »Sicher, sicher, Frau Christiansen!« Wieder ein Lacher. Dann beugt er sich zu mir vor. »Solange Ihnen so etwas nicht in Gegenwart unserer Gäste passiert – kein Problem.« Zwar guckt er mich an, als könne er kein Wässerchen trüben. Aber ich weiß es besser: Das war eine Drohung.

Aber der kann mich mal.

So schnell wird der mich nicht los.

Ich funkle ihn kampfeslustig an. »Machen Sie sich keine Sorgen, unsere Gäste sind bei mir in den besten Händen. Erst recht, seitdem ich über einen frisch erwachten Mutterinstinkt verfüge.«

»Wie schön«, heuchelt Wiedemeyer Zustimmung. »Denn Sie sollten immer daran denken: Auch wenn Sie jetzt Kinder haben – das Hotel muss für Sie immer an erster Stelle stehen.«

Ich bin versucht, die Hacken zusammenzuschlagen und ein »Jawoll, Herr Kapitän« zu brüllen, lasse es aber bleiben – ich will ihn nicht provozieren. In diesem Moment klingelt mein Telefon.

»Christiansen?«, melde ich mich. Sofort höre ich ohrenbetäubendes Kindergeschrei. Hoffentlich hört Wiedemeyer das nicht auch!

»Sascha hier! Wo bleibst du denn?«

»Wie? Wo soll ich denn bleiben?«

»Es ist zwei Uhr, wir wollten zum Babyschwimmen.«

»Ach so, ja, richtig.« Wiedemeyer mustert mich immer

noch interessiert. »Ja, ich schicke sofort unseren Haustechniker«, fabuliere ich ins Telefon. »Der wird das mit der Lautstärke regeln. Und ich selbst komme so schnell wie möglich nach.«

»Was redest du da?«, kommt es unwirsch zurück. »Gehen wir jetzt zum Schwimmen oder nicht?«

»Aber sicher doch«, flöte ich ins Telefon. »Ich komme in ein paar Minuten.« Dann lege ich auf.

Wiedemeyers Gesicht ist eine einzige Frage: »Was war da los?«

»Im Konferenzraum«, fange ich an, rumzuspinnen, »da beginnt gleich ein Vortrag über, äh, Kaiserschnitt-Geburten als, äh … geplante Eingriffe.«

»Geplante Eingriffe?«

»Ja«, sofort werde ich etwas ruhiger, weil Wiedemeyer offenbar auf diese Ablenkungsmanöver eingeht. Und über »geplante Eingriffe« kann ich viel erzählen, da habe ich neulich erst einen Artikel gelesen, der dieses Thema behandelte. »Also, die meisten Operationen erfolgen ja nicht spontan, wie nach einem Unfall oder so …«

»Lassen Sie gut sein«, werde ich von meinem Chef unterbrochen. »So genau wollte ich es gar nicht wissen.«

Erleichterung macht sich breit. »Jedenfalls gibt's mit der Tonanlage im Konfi wohl ein Problem, worum sich gleich die Technik kümmert. Und ich wollte mit den Herren noch einmal sprechen, weil sie wohl in nächster Zeit einige größere Kongresse planen – und die werde ich natürlich für unser Haus akquirieren.«

Sofort strahlt Wiedemeyer übers ganze Gesicht. »Das hört sich doch mal gut an!«

»Ja, das sehe ich auch so. Und darum«, ich erhebe mich, »will ich mal zusehen, dass ich schnell in den Konferenzsaal komme.«

»Viel Glück!«, ruft Herr Wiedemeyer mir hinterher. Ich eile Richtung Konferenzsäle und biege im letzten Moment rechts zu den Aufzügen ab. Noch einmal zurück um die Ecke luschern – Wiedemeyer hat nichts bemerkt und unterhält sich angeregt mit seiner Frau. Dann auf zum Babyschwimmen!

23. Kapitel

Im Babyschwimmbecken des Holthusenbades sind es ungefähr 36 Grad – sowohl im Wasser als auch in der Luft. Puh! Meine Haare sind schon klatschnass, obwohl ich noch gar nicht untergetaucht bin. Außer mir und Greta sind noch sechs Mütter mit ihren Babys da, und ich stelle erleichtert fest, dass ich nicht die Einzige bin, die von einer Bikinifigur noch meilenweit entfernt ist. Jetzt kommt auch die Schwimmlehrerin, die diesen Kurs leitet – es kann also losgehen.

Wo bleibt eigentlich Sascha? So lange kann es doch nicht dauern, sich selbst und Ben umzuziehen, zumal man Ben nur schnell in seine Schwimmwindel stecken muss.

Ich schaue mich in der Schwimmhalle um und entdecke die beiden schließlich auf der anderen Seite des Bades. *Ist der zu blöd, das Babybecken zu finden?* Ich will schon quer durch die Halle rufen, da sehe ich, dass es einen handfesten Grund für Saschas Orientierungslosigkeit gibt: Er ist schätzungsweise eins fünfundsiebzig groß, hat lange, rote Locken und bedeckt seine Kurven mit einem sehr knappen Bikini. Das gibt's doch wohl nicht! Kann man Sascha eigentlich keine Sekunde alleine lassen? Während wir hier mit dem Schwimmkurs anfangen wollen, flirtet der sich in aller Gemütsruhe durch das ganze Schwimmbad und hat dabei auch noch Ben auf dem Arm. Gerade streckt das rothaarige Gift seine Hand aus und streichelt meinem Sohn über das nicht vorhandene Haupthaar. Ben gluckst und strahlt. Das ist eindeutig zu viel! Ich werde nicht dulden, dass mein Murkel schon jetzt auf neunzehnjährige Strandschönheiten geprägt wird!

Mit einem knappen »Komme gleich wieder« wuchte ich mich und Greta aus dem Wasser und marschiere auf Sascha und Miss Holthusenbad zu.

»Ach, du kommst öfter hierher? Ich auch schwimme sääähr gern. Da könnten wir …«

»Darf ich kurz stören?«, unterbreche ich Saschas Gesäusel. »Der Kurs fängt gleich an, und wir wollen doch nicht gleich die erste Stunde verpassen, oder?«

»Äh, klar, ich komme sofort. Ich habe nicht gleich Weg gefunden und dachte, ich frag jemanden.«

»Und, konnten Sie meinem *Kindermädchen* weiterhelfen?«, ätze ich Saschas Objekt der Begierde an. Der Bikini mustert mich mit großen Augen.

»Was?«

»Na, mit dem Weg zum Babyschwimmen. Das ist übrigens drei Meter rechts von hier. Aber danke für Ihre freundliche Hilfe. Komm jetzt, Sascha.« Und mit diesen Worten zerre ich ihn regelrecht hinter mir her. Ben heult empört auf – und seinem Gesichtsausdruck nach zu urteilen würde Sascha es ihm gerne gleichtun.

»Spinnst du? Was soll das? Ich habe mich nur unterhalten. Warum machst du hier so Aufstand?« Noch im Wasser mosert Sascha vor sich hin.

»Damit mal eins klar ist: Dienst ist Dienst! Ich bezahle dich schließlich nicht dafür, dass du hier irgendwelche Teenager angräbst.«

»Jetzt krieg dich ein. Ich habe niemanden angegraben, ich habe unterhalten. Sie fand Ben süß, ich habe mit ihm angegeben. Na und? Außerdem will ich von dir nicht schlechter behandelt werden als andere Mitarbeiter in Hotel, die kritisierst du auch nicht vor andere Leuten.« *Rums.* Das sitzt, denn damit hat er eindeutig recht. Einen anderen Mitarbeiter hätte ich in dieser Situation besser behandelt.

»Tut mir leid«, murmle ich.

»Hallo, ihr beiden«, mischt sich die Schwimmlehrerin ein. »Wollt ihr jetzt mitmachen oder euch unterhalten? Dann geht bitte raus, das stört sonst ziemlich.« Großartig, ein toller Start in den Kurs.

Aber es wird dann doch noch sehr lustig. Kristina, die Schwimmlehrerin, hat Bälle und Schwimmreifen mitgebracht. Einmal in die Reifen gesetzt, fangen die Babys an, nach den Bällen zu paddeln. Greta und Ben haben den Spaß ihres Lebens, sie glucksen und jauchzen, wenn sie versuchen, nach den Bällen zu greifen. Sascha ist voll bei der Sache, er tobt mit Ben durchs Becken und ist kaum zu bremsen – es macht richtig Spaß, den beiden zuzusehen. Außerdem hat Sascha als Mann bei dieser Veranstaltung Sensationswert: die anderen Mütter starren fasziniert zu ihm herüber, nicken ihm anerkennend zu. Da wir die Vorstellungsrunde verpasst haben, halten ihn nun anscheinend alle für den engagierten Vater. Toll, endlich mal ein Papa, der sich richtig kümmert!

Ich muss zugeben, dass Sascha nicht nur sehr engagiert aussieht, sondern auch sehr knackig. In Boxershorts fand ich ihn ja schon appetitlich, aber die Badehose steht ihm fast noch besser. Ich sach mal: Waschbrett.

»Das finde ich echt schön, dass sich dein Mann frei genommen hat«, flüstert mir eine Mitmutter zu, »meiner hat leider nie Zeit.«

Ich überlege kurz, ob ich das Missverständnis aufkläre, lasse es dann aber bleiben. Die wahre Geschichte ist zu kompliziert, und nach unserem kleinen Streit eben gönne ich Sascha seinen Auftritt.

Nach einer Stunde trotten wir alle müde, aber zufrieden in die Umkleide. Greta ist von der ungewohnten Anstrengung so erschöpft, dass sie sofort einschläft, als ich sie angezogen in die Babytragetasche lege. Auch nicht schlecht – kann ich mich wenigstens in Ruhe föhnen und anziehen.

Vor dem einzigen Föhn hat sich eine kleine Warteschlange gebildet. Die beiden Frauen vor mir unterhalten sich angeregt über ihr Neumutter-Dasein, interessiert stelle ich mich gleich mal daneben. Bisher habe ich gar keinen Kontakt zu anderen Müttern und freue mich auf ein bisschen Interessenaustausch.

»Sag mal, ich dachte, Anja wollte diesen Kurs auch mitmachen. Wo hat sie denn heute gesteckt?«, will die eine von der anderen wissen.

»Tja, das wird wohl nichts werden. Stell dir vor, sie fängt jetzt doch schon wieder an zu arbeiten und macht deswegen gerade die Eingewöhnung in die Krippe.«

»Was? Jetzt gibt sie Lukas schon in fremde Hände? Der ist doch noch kein Jahr alt!«

»Ja, ich verstehe sie da auch nicht. Ich finde, dann braucht man keine Kinder zu bekommen, wenn man sich doch nicht um sie kümmern will.«

Uups. Schlagartig fühle ich mich schlecht. Rabenmutterig. Und gleichzeitig bin ich wütend. Nicht so sehr auf die beiden. Wir sind ein freies Land, kann ja jeder denken, was er will. Aber auf mich selbst bin ich wütend. Weil ich mir den Schuh gleich anziehe, anstatt zu meiner Entscheidung zu stehen.

Und weil ich tief in mir tatsächlich die Angst spüre, keine gute Mutter zu sein.

»He, was ist los mit dir? Schlechte Laune?«, wundert sich Sascha. Klar. Eben noch bin ich pfeifend in der Umkleide verschwunden, jetzt tauche ich mit hängenden Schultern wieder auf.

»Ach, ich habe mich über mich selbst geärgert. Geht schon wieder vorbei.«

»Über was denn? Erzähl mir!«

»Ne, verstehst du sowieso nicht.«

»Svenja – hältst du die arme Russe bitte nicht für blöd. Und jetzt raus damit!«, befiehlt Sascha in strengem Ton.

Während wir die Alster entlang nach Hause laufen, erzähle ich ihm also von der Unterhaltung und von meinen Selbstzweifeln. Als ich fertig bin, linse ich unsicher zu ihm rüber. Erst Kinderfrau und jetzt auch noch Kummerkasten – ist vielleicht ein bisschen viel auf einmal.

Sascha schüttelt den Kopf. »Rabenmutter? Das Wort habe ich nie gehört. Was heißt das?«

»Na, das ist eine Mutter, die ihre Kinder schlecht behandelt. Wie die Rabenfrau, die ihre frisch geschlüpften Küken gleich aus dem Nest schmeißt.«

»Aha, seltsamer Begriff. Gibt's auf Russisch gar nicht. Ich finde, du machst toll mit deinen Kindern. Du liebst sie, du kümmerst dich. Und dass du mit Papa nicht zusammen bist, ist nicht deine Schuld. Das passiert auch anderen. Du hast das Beste aus der Situation gemacht. Mach dir keine Sorgen.«

»Ja, aber verstehst du mein Problem?«

»Nein. Weißt du, was ich glaube, was dein Problem? Das ist nicht, dass du Mutter bist. Nein, das Problem ist, dass du so deutsch bist.«

Das verstehe ich nun wieder nicht und schaue entsprechend ratlos.

»Na«, fährt Sascha fort, als ich ihm einen fragenden Blick zuwerfe, »ich wohne schon sehr lange hier, aber eines werde ich nie verstehen: Deutsche sehen immer Problem. Immer.

Und überall. Selbst wenn alles läuft gut. Sieh dich an: Du hast eine gute Arbeit und verdienst gutes Geld. Die Babys sind gesund – und du hast tollsten Babysitter der Welt. Wärst du Russin, du wärst glücklich. Als Deutsche – nein. Da musst du so lange suchen, bis endlich anderes Problem auftaucht, über das du dir Sorgen machen kannst. Ihr Deutschen könnt nicht ohne Sorgen leben. Da fehlt euch etwas. Seltsames Volk. *Rabenmutter*. So eine große Scheiß!«

Am Hotel angekommen, bitte ich Sascha, mit den Kleinen schon mal durch den Hintereingang in die Wohnung zu rollern. Nicht, dass wir schon wieder über Wiedemeyer stolpern. Zwar habe ich offiziell schon frei, aber irgendetwas sagt mir, dass mich mein Chef mit Argusaugen beobachtet und nur darauf wartet, dass er mir mangelndes Engagement vorwerfen kann. Schnell ziehe ich mir also wieder meinen Blazer über und sehe gleich mehr nach Business als nach Babyschwimmen aus.

Von Wiedemeyer ist in der Lobby weit und breit keine Spur. Allerdings wartet in der ersten Sitzgruppe eine weitaus unangenehmere Überraschung auf mich.

Carsten!

Als ich ihn sehe, fängt mein Herz vor Schreck an zu rasen, und für einen Moment hoffe ich, dass er mich noch nicht bemerkt hat und ich einfach verschwinden kann. Aber keine Chance: Er steht schon auf und kommt auf mich zu. Ich fühle mich wie gelähmt, das Bild vom Kaninchen und der Schlange trifft es ausgezeichnet. Ob ich eine Ohnmacht simulieren soll?

»Svenja, grüß dich, wie geht es dir?«, floskelt Carsten höflich.

Nein, zu Smalltalk lasse ich mich erst gar nicht hinreißen. »Hallo Carsten, was willst du hier?«

»Ich wollte dich einfach mal wiedersehen.«

»Das kannst du deiner Großmutter erzählen«, sage ich und setze in Gedanken ein A*ber die würde es vermutlich auch nicht glauben* hinzu. »Also, was willst du wirklich?«

»Ich hatte ein langes Telefonat mit deiner Mutter. Sie hat mir alles erzählt. Ich möchte gerne meine Kinder sehen.«

Meine Mutter hat mit ihm telefoniert und ihm alles erzählt? Ich fasse es nicht! Und was heißt hier eigentlich *meine Kinder*?

»Was meinst du mit *meine Kinder*?«

»Ben und Greta. Ich möchte sie gerne sehen.«

»Was fällt dir ein? Nur weil ich vor einem Jahr noch dumm genug war, auf dich hereinzufallen, heißt das noch lange nicht, dass du jetzt ein echter Vater bist. Du bist maximal ein *Erzeuger*, und wenn du denkst, du kannst hier aufkreuzen und irgendwelche Forderungen stellen, dann hast du dich gewaltig getäuscht. Geh jetzt, und zwar sofort!«

»Svenja, ich …«

»Ich will dich nicht sehen«, herrsche ich ihn an und merke, wie meine Stimme sehr schrill wird.

»So leicht wirst du mich nicht los. Ich will wenigstens in Ruhe mit dir reden«, schaltet Carsten auf stur. Die ersten Gäste und das Team vom Empfang schauen neugierig zu uns herüber. So kommen wir nicht weiter.

»Gut, wenn ich dich nicht anders loswerde: Um die Ecke vom Hotel ist ein kleiner Coffee-Shop. Da können wir uns in einer Viertelstunde treffen.«

Bevor Carsten dazu noch etwas sagen kann, drehe ich auf dem Absatz um und verschwinde in Richtung Wohnung. Ich muss die nächsten fünfzehn Minuten nutzen, um mich etwas zu beruhigen, sonst stehe ich dieses Gespräch nicht durch.

»Ist was passiert?«, wundert sich Sascha, als ich durch die Tür gestürmt komme, als wäre der Teufel persönlich hinter mir her. »Du siehst aus, als hättest du einen Geist gesehen.«

»Fast richtig«, erwidere ich knapp, »Carsten ist da.«

»Carsten?«, fragt Sascha verständnislos. Der Name ist ihm natürlich nicht geläufig, weil ich ihn in den vergangenen Monaten mehr oder weniger totgeschwiegen habe. Tja, hat nichts genützt, wie ich soeben selbst bezeugen konnte, hüpft er quicklebendig durch die Lobby.

»Carsten Lüders«, erkläre ich daher. »Mein Ex und der Vater von Greta und Ben.«

»Ach so«, Sascha grinst mich fröhlich an. »Du meinst, den Papa, den es nicht gibt.« Jetzt lacht er auch noch leise vor sich hin.

»Das ist überhaupt nicht komisch«, fahre ich ihn aufgebracht an. »Für mich gibt es Carsten tatsächlich nicht mehr, aber leider steht er gerade draußen vor der Tür und will die Zwillinge sehen, weil ihm meine Mutter von den Kindern erzählt hat.«

»Tja, dann zeig sie ihm doch.« Für Sascha scheint das ja alles ziemlich einfach zu sein.

»Ich denke gar nicht daran. Carsten hat mich mies betrogen.« Ich gebe ihm einen kurzen Überblick der Ereignisse.

»Ja. Aber er ist trotzdem noch der Vater, Schwein oder nicht«, meint Sascha.

»Du weißt doch gar nicht, wovon du redest. Das sind *meine* Kinder. Ich allein trage für sie die Verantwortung. Wo war Carsten denn das ganze letzte Jahr? Ein paar lauwarme Mails hat er geschrieben, mehr nicht. Wenn er denkt, er könnte jetzt einfach hier aufkreuzen und tun, als sei nichts gewesen, täuscht er sich.«

»Ich sage doch auch gar nicht, dass du ihm jetzt verzeihen

sollst. Ich sage nur: Zeig ihm kurz die Kinder. Dann schmeiß
ihn meinetwegen wieder raus. Er wird schon nicht versuchen,
die Babys zu klauen. Ich passe auf, versprochen!« Er klopft
mir beruhigend auf die Schulter.

»Ich weiß nicht.« Richtig überzeugt hat Sascha mich nicht.
»Was habe ich davon, jetzt nachzugeben?«

»Man weiß nie, was kommt. Stell dir vor, in – sagen wir
zwanzig Jahren – steht Greta vor dir und fragt: *Mamutschka,
warum durfte Papa uns nie sehen?* Was willst du ihr sagen?«

Ich merke, wie mir ganz mulmig wird. Was soll so eine blöde
Frage, die noch dazu vollkommen aus der Luft gegriffen ist?
In zwanzig Jahren ist Greta eine gefeierte Pianistin, Ben hat
seinen Durchbruch als jüngster Wissenschaftler, der je den
Nobelpreis erhalten hat – da haben sie mit Sicherheit ganz
andere Interessen, als ausgerechnet wissen zu wollen, wer ihr
unnützer Vater ist.

»Also«, unterbricht Sascha mich in meinen Phantasien,
»was wirst du ihr sagen?«

»Ich werde es ihr dann schon erklären«, fertige ich ihn ab.
»Falls sie jemals fragt.«

»Svenja, sei großzügig. Der Kerl ist Schwein, richtig. Aber
gib ihm jetzt keine Gelegenheit, ins Recht zu kommen.«

»Bitte?«

»Ich meine, gerade weil er ein Schwein ist: Gib ihm jetzt
keine Gelegenheit, der arme Verlassene zu sein. Zeig ihm Kinder, dann kann er sich nicht mehr beschweren.«

Ich denke einen Moment nach. Vielleicht hat Sascha recht,
aber allein der Gedanke, dass Carsten meine Kinder anfasst,
ist unerträglich für mich. Ich atme tief durch.

»Aber ich will ihn auf keinen Fall hier in der Wohnung
haben.«

»Ist er denn schon wieder gegangen?«

»Nein. Ich treffe ihn in zehn Minuten in der Coffee-Bar um die Ecke.«

»Folgender Vorschlag: Ich komme da in zwanzig Minuten mit den Kindern hin. Dann könnt ihr reden, er sieht Kinder – und mehr kann er nicht verlangen, und du bist ihn schnell wieder los. Wie klingt das?«

»Hm. Aber wenn ich sage, dass du gehen sollst, dann packst du die Kinder wieder ein und ziehst ab. Egal, was Carsten sagt. Klar?«

»Glasklar, Chefin.«

Carsten sitzt schon im Cafe und rührt in etwas, das wie ein Latte macchiato aussieht. Als ich hereinkomme, springt er auf. »Schön, dass du gekommen bist. Was möchtest du trinken?«

»Nichts, danke.« Nee, mein Lieber, Kaffeeplausch is nich.

Carsten setzt sich wieder. Bevor er noch etwas sagen kann, beginne ich zu sprechen. »Wenn es nach mir ginge, würden wir hier nicht sitzen. Du hast mich so verletzt wie noch nie ein Mensch in meinem Leben, und es gibt für mich auch keinerlei Gesprächsbedarf mehr. Wenn dir wirklich etwas an mir gelegen hätte, dann hättest du mir nicht einfach ein paar elegische Mails geschickt, sondern wärst schon früher nach Hamburg gekommen. Aber wie gesagt, darüber will ich auch nicht weiter sprechen. Das ist für mich abgehakt. Was die Kinder anbelangt: Du bist ihr Erzeuger, na gut. Aber wenn du denkst, du hättest jetzt einen Hebel gefunden, dich in mein Leben einzumischen, dann hast du dich geschnitten. Ich will, dass du wieder gehst. Denn als Vater im eigentlichen Sinne kann man dich wohl kaum bezeichnen.«

Puh. Das tat eigentlich ganz gut.

Carsten schaut mich geschockt an. »Was heißt hier, als Vater kann man mich kaum bezeichnen? Das sind immerhin auch meine Kinder. Und ich hatte bisher doch gar keine Chance, mich als Vater zu zeigen.«

»Woran das wohl liegt? Aber ich will es jetzt mal abkürzen: Du kannst die Kinder sehen, sie werden gleich hierhergebracht. Nicht, dass es nachher noch heißt, ich hätte dir Ben und Greta vorenthalten.«

Carsten greift nach meiner Hand, ich zucke sofort zurück. »Svenja, ich weiß, dass ich totale Scheiße gebaut habe. Und ich verstehe auch, dass du mit mir nichts mehr zu tun haben willst. Aber gemeinsame Kinder – das war doch immer unser großer Traum!«

Ich lache bitter auf. »Stimmt, nur hast du dich leider aus unserem Traum verabschiedet, ohne mir rechtzeitig Bescheid zu sagen. Ich kann nicht einfach so tun, als wäre nichts passiert.«

»Das meine ich damit doch gar nicht. Ich will nur sagen, dass auch ich immer sehr gerne Kinder wollte. Versteh doch, dass es mir wichtig ist, Kontakt zu den beiden zu haben.«

Ich starre ihn an und sage nichts mehr. In mir toben die widersprüchlichsten Gefühle. Einerseits würde ich Carsten liebend gerne einfach hier sitzen lassen, andererseits muss ich an Saschas Worte denken – was werden Ben und Greta in zwanzig Jahren denken?

Ich räuspere mich.

»Gut. Ich biete dir Folgendes an: Falls du dich wirklich für die Kinder interessierst, kannst du sie ab und zu besuchen. Aber ich warne dich: Wenn das hier nur hohles Gewäsch war und ich auch nur im Leisesten das Gefühl habe, du könntest meine Kinder irgendwie enttäuschen, dann siehst du sie nie wieder.« Ich sehe ihn herausfordernd an. Er hält dem Blick nicht lange stand.

»Danke«, sagt er betreten in Richtung Boden. »Ich weiß, dass das sehr schwer für dich ist.«

Bevor Carsten noch tiefsinnig werden kann, rollert endlich Sascha mit unserem Zwillingsbomber vor das Café und klopft ans Fenster. Carsten schaut mich überrascht an.

»Wer ist das? Dein neuer Freund?«

»Sagen wir mal: Jemand, der sehr wichtig für mich ist.«

Das konnte ich mir einfach nicht verkneifen.

24. Kapitel

Zurück in der Wohnung ist Sascha ungewohnt still. »Hast du was?«, will ich von ihm wissen.

»Nein. Ich denke nach.«

»Worüber?«

»Über Carsten und dich.«

Aha. Worauf will er denn jetzt schon wieder hinaus?

»Als ich euch da habe gesehen, in Café, habe ich gedacht: Vielleicht will er doch wieder zurück. Und vielleicht willst du ihn auch wieder.«

»Glaubst du das wirklich?«, frage ich entsetzt. Das ist nun wirklich das Letzte, was ich mir wünsche, wie kommt Sascha bloß auf so eine Idee? Er zuckt mit den Schultern.

»Wäre praktisch«, meint er. »Mama und Papa und die Babys, eine richtige kleine Familie …«

»Sascha!«, unterbreche ich ihn und muss beinahe lachen. »Das klingt ja fast so, als wärst du eifersüchtig.«

Er guckt mich groß an. »Eifersüchtig? Ich?« Dann schüttelt er den Kopf. »Ich bin nix eifersüchtig! Will nur wissen, was jetzt passiert mit dir und Babys. Und was passiert mit mir?«

»Gar nichts passiert«, antworte ich, setze mich zu ihm aufs Sofa und nehme ihm Greta ab, die angefangen hat, an seinem Hemdkragen zu nuckeln. »Und falls ich dich daran erinnern darf: Es war deine Idee, Carsten nicht gleich hochkant rauszuwerfen.«

»Ich weiß. Aber als ich euch sah, dachte ich, dass vielleicht Einfachste wäre. Ich hatte Gefühl, dass Carsten nicht nur da ist wegen Babys. Sondern wegen dir.«

»Selbst wenn.« Gedankenverloren streichle ich meiner

Tochter über den Kopf. »Selbst wenn er nicht nur wegen der Kinder gekommen ist: Carsten und ich – das ist vorbei. Auch wenn er der Vater von Greta und Ben ist.«

»Aber er wird nicht so leicht klein beigeben«, meint Sascha.

»Du kennst ihn doch gar nicht.«

»Ich kenne Männer, das reicht.«

Jetzt muss ich tatsächlich lachen.

»Das glaube ich nicht«, stelle ich fest. »Ich habe ihm mehr als deutlich gemacht, dass es für uns keine Zukunft gibt. Sicher kann er die Kinder sehen, aber mehr auch nicht.«

»Na gut.« Sascha steht auf, nimmt mir Greta wieder ab und klopft ihr so lange auf den Rücken, bis sie ein lautes Bäuerchen macht. »Dann gehe ich mit Kindern noch einmal spazieren, bis wir machen Abendbrot.«

»In Ordnung. Ich werde noch eine schnelle Runde durchs Hotel drehen.« Aber zuerst, denke ich, werde ich etwas anderes tun, sobald Sascha unterwegs ist.

Das Gespräch wird nach dem vierten Klingeln angenommen. »Christiansen?«

»Hier ist Svenja.«

»Oh, hallo, meine Kleine«, meldet meine Mutter sich erfreut.

»Jetzt hör mir mal zu«, komme ich direkt zur Sache. »Ich weiß, du bist meine Mutter, und du liebst mich. Auch wenn du manchmal eine seltsame Art hast, mir das zu zeigen. Aber …«, ich hole tief Luft, um den folgenden Worten einen möglichst energischen Unterton zu verleihen, »… wenn du es noch ein einziges Mal wagst, dich so in mein Leben einzumischen, dann …«

»Was, dann?«, kommt es zickig vom anderen Ende der Leitung.

»Dann kriegst du mächtig Ärger mit mir!«

»Na, hör mal«, ruft meine Mutter empört, »wie redest du denn mit mir?«

»So, wie du es anscheinend am besten verstehst.«

»Ich bin immer noch deine Mutter!«

»Und ich bin immer noch eine erwachsene Frau, die ihre eigenen Entscheidungen trifft. Wie kommst du dazu, Carsten anzurufen?«

»Er ist der Vater deiner Kinder.«

»Biologisch gesehen«, werfe ich ein.

»Trotzdem!«, schnappt meine Mutter zurück. »Du machst es dir sehr einfach, finde ich. Dabei hast du jetzt eine Verantwortung als Mutter, da muss man sich auch mal zusammen-reißen.«

»Zusammenreißen?« Mir schwillt der Kamm. »Du meinst also, ich muss mich *zusammenreißen* und mit dem Mann, der mich nach Strich und Faden belogen und betrogen hat, auf heile Familie machen?«

»Vielleicht renkt sich ja auch alles wieder ein.«

»Ich sage das jetzt zum letzten Mal«, knurre ich ins Telefon. »Du bist meine Mutter – also steh endlich auch auf meiner Seite! Wenn du das nicht kannst oder willst, verzichte ich lieber auf dich.« Mit diesen Worte knalle ich den Telefonhörer auf.

Wow! So energisch bin ich meiner Mutter gegenüber noch nie aufgetreten. Aber es fühlt sich gut an, ihr mal so richtig die Meinung gesagt zu haben.

Bei einem kleinen Rundgang durchs Hotel stelle ich zu meiner großen Zufriedenheit fest, dass alles wie am Schnürchen läuft. Wir sind fast komplett ausgebucht, auch die Reservierungen für die nächsten Wochen sehen gut aus, und es gibt kaum Beschwerden seitens der Gäste. So liebe ich es! Aber ich bin natürlich schon zu lange im Geschäft, um nicht zu wissen, dass sich diese Situation im Bruchteil von Sekunden ändern kann – plötzlich stornieren zwanzig Gäste ihr Zimmer, eine Beschwerde jagt die nächste, Housekeeping, Etagendienst oder irgendeine andere Abteilung streiken, weil ihnen dieses oder jenes nicht passt. Daher lautet das oberste Gebot: Holzauge, sei wachsam!

»Frau Christiansen?« Von der Rezeption aus ruft Britta Kruse nach mir und winkt mich zu ihr herüber.

»Ja?«

Sie geht mit mir ein Stückchen zur Seite, damit wir nicht direkt am Tresen stehen, an dem sowohl die anderen Rezeptionisten als auch die Gäste uns hören können. »Hat Herr Lüders Sie gefunden?«

Sofort erstarre ich zur Salzsäule. Hoffentlich hat Carsten sich an der Rezeption nicht über seine Freundin, die ihm die Kinder vorenthält, ausgelassen!

»Herr Lüders?«, frage ich nach.

»Ja, er war vorhin hier und wollte Sie dringend sprechen. Aber ich konnte Sie nicht über Ihr Telefon erreichen.«

Natürlich nicht, zum Babyschwimmen habe ich es ja auch nicht mitgenommen.

»Er wollte dann in der Lobby auf Sie warten.«

»Ja, er hat mich gefunden«, erwidere ich und gebe mir Mühe, möglichst gleichgültig zu wirken. Aber Britta Kruse bleibt weiter bei dem Thema. »Es geht mich ja nichts an, aber er ist der Vater Ihrer Kinder, oder?«

Mit einem Schlag wird mir heiß und kalt. »Wie kommen Sie darauf?«

»Na ja«, erwidert sie unsicher, »er hat da so ein paar … Andeutungen gemacht.«

»Hat er das?« Sie nickt. Ich seufze innerlich und beschließe, den offenen Weg zu wählen. »Genau genommen ist er das auch.«

»Oh.«

»Ich möchte Sie aber bitten, es für sich zu behalten. Die Beziehung zu meinem Ex war etwas … schwierig, daher haben wir uns getrennt.«

»Sicher keine einfache Situation für Sie«, sagt die Kruse und klingt so, als würde es ihr tatsächlich leidtun.

»Nein, das ist es wirklich nicht.« Dann lächle ich sie optimistisch an. »Aber ich denke, gemeinsam mit einem so tollen Team wie hier im Hotel, klappt das schon alles.« Britta Kruse lächelt auch verlegen und wird etwas rot.

»Aber vielleicht«, setzt sie an, unterbricht sich dann jedoch wieder.

»Ja?«

»Nein, schon gut.«

»Sagen Sie doch, was Ihnen auf dem Herzen liegt«, fordere ich sie auf.

»Na ja«, beginnt sie zögerlich. »Also, es ist so, dass …« Wieder stockt sie.

»Ja?«

»Also, äh, Sie wissen ja, dass es im Hotel wie in einer Wohngemeinschaft ist. Haben Sie selbst am Anfang gesagt.«

»Richtig«, erwidere ich und frage mich, worauf sie eigentlich hinauswill.

»Ja, und in jeder Wohngemeinschaft wird natürlich auch viel geredet.«

»Viel geredet?«

»Über die anderen Bewohner und so.« Sie zuckt mit den Schultern. »Wer was macht, wer mit Putzen dran ist und so.«

»Mit Putzen?« Langsam verstehe ich wirklich kein Wort mehr, Britta Kruse spricht in absoluten Rätseln.

»Im übertragenen Sinne ist das bei uns eben auch so, meine ich.«

»Sie meinen, jemand hätte putzen sollen, hat es aber nicht getan?«, mache ich einen hilflosen Versuch, herauszufinden, was sie bloß meint.

Britta Kruse kichert. »Nein, das nicht. Das war ja nur ein Beispiel dafür, worüber in einer Wohngemeinschaft so geredet wird.«

»Aha. Und worüber wird noch so geredet?«

»Na ja«, jetzt wirkt sie wieder ganz peinlich berührt, »zum Beispiel darüber, wer mit wem was hat und so …«

Jetzt wird's langsam interessant. »Sie meinen zum Beispiel Maja Friedrichs und Lutz Strömel?«

Britta Kruse nickt. »Aber das ist längst vorbei, Lutz trifft sich jetzt mit Doreen.« In dem Moment, als sie es ausgesprochen hat, schlägt sie sich erschrocken mit einer Hand vor den Mund. »Das tut mir leid«, sagt sie, »Sie müssen mich für eine schreckliche Tratschtante halten.«

»Aber überhaupt nicht«, beruhige ich sie. Dann senke ich vertraulich die Stimme. »Außerdem will ich doch auch wissen, was in meiner Wohngemeinschaft gerade so los ist.« Ich zwinkere ihr verschwörerisch zu. »Damit ich auch verstehe, warum es hier und da mal Knatsch gibt.«

»Stimmt«, meint Britta Kruse, »Sie sollten das schon alles wissen. Und deshalb wollte ich Ihnen auch sagen, dass in der WG momentan ziemlich wild … spekuliert wird.«

»Spekuliert?«

»Ja. Darüber, wer eigentlich der Vater Ihrer Kinder ist. Und ob Sie was mit Sascha haben. Oder doch eher mit Wiedemeyer.«

Ich starre sie entsetzt an. Sascha? *Wiedemeyer?* Ein oder zwei Schrecksekunden lang bin ich wie vom Donner gerührt, dann breche ich in lautes Gelächter aus.

»Hätte ich das jetzt nicht sagen sollen?«, erkundigt die Kruse sich unsicher.

»Doch, natürlich!« Ich pruste immer noch, gebe mir aber Mühe, meine Lachattacke in den Griff zu bekommen, weil schon einige Gäste zu mir rübergucken. »Aber die Vorstellung ist einfach zu absurd! *Wiedemeyer!*«

Britta Kruse nickt und lächelt nun auch. »Ja, da haben Sie recht, das glaubt auch keiner von uns so richtig, dafür sind Sie nicht der Typ.«

»Ich meine, das hab ich nun echt nicht nötig, mich auf so einen alten Knacker einzulassen«, stelle ich energisch fest. »Ich hab doch keinen Vaterkomplex!« Ich habe den Satz noch nicht ganz ausgesprochen, da fällt mir mit Schrecken ein, dass Britta Kruse ja mittlerweile mit Harry Winter liiert ist. Und der ist noch älter als Wiedemeyer. »Ich, äh«, füge ich schnell hinzu, »ich meine natürlich nicht, dass das Alter eine Rolle spielt, das ist ja von Fall zu Fall …«

»Schon gut«, unterbricht Britta mich grinsend. »Ist mir auch klar, dass Harry Winter mein Vater sein könnte. Aber ich bin gern mit ihm zusammen.«

»Das ist doch die Hauptsache!«, bestärke ich sie.

»Na ja«, kommt Britta Kruse dann auf unser eigentliches Thema zurück. »Die meisten glauben auch eher, dass es Sascha und nicht Dr. Wiedemeyer ist.«

»Also wirklich«, rufe ich. »Sascha! Das ist ja fast noch absurder als Dr. Wiedemeyer!«

Im gleichen Moment, in dem ich das sage, frage ich mich allerdings, warum ich darauf so heftig reagiere. Aber die Vorstellung, dass jemand denken könnte, eine Frau wie ich könnte mit einem Mann wie Sascha … Okay, das ist ein kleines bisschen standesdünkelich, ich gebe es zu.

»Das wiederum sehen hier einige anders«, erwidert Britta Kruse.

»Wirklich?«

Sie nickt bekräftigend. Gut, ganz so abwegig ist es eigentlich auch nicht. Denn attraktiv ist Sascha ohne Zweifel – und noch dazu ein sehr netter Kerl.

Jetzt senkt Britta Kruse noch mal geheimnisvoll die Stimme: »Hier laufen sogar ein paar Wetten. Unter anderem, ob Sie demnächst ganz offiziell als Paar mit ihm auftreten.«

Ich komme aus dem Staunen nicht mehr heraus. Bin ich denn im Kindergarten? Oder in einem Wettbüro? »Und auf was wird sonst noch so gewettet?«, will ich wissen.

»Ähmm …«, sie zögert, spricht dann aber weiter. »Ehrlich gesagt, zum Beispiel, ob Sie es hier weiterhin als Direktorin wuppen, oder ob Sie bald aufgeben.«

»Das ist ja herzallerliebst!«

»Ich habe natürlich für Sie gestimmt«, beeilt Britta Kruse sich zu versichern.

»Und wie ist die Quote sonst?«

»Tja, äh …« Sie stockt.

»Nun sagen Sie schon!« Wenn, dann will ich es jetzt auch genau wissen.

»Also, im Moment schwankt sie noch stark, weil immer mehr Mitarbeiter einsteigen.«

»Wie sieht die Quote aus?«

»Bisher etwas 80 zu 20.«

»Für mich?«

»Gegen Sie.«

svenja.christiansen@fuerstenberger-hamburg.de

An: AL-Runde
Betreff: Ich wette mit!
Datum: 01.08.2007, 17.32 Uhr

Liebe Mitarbeiter,

vor kurzem sind mir einige interessante Dinge zu Ohren gekommen (wie und von wem, soll hier keine Rolle spielen), die mich doch sehr erheitert haben. Daher möchte ich in dieser Mail dazu Stellung nehmen, damit sich alle wieder auf ihre Arbeit konzentrieren können und ihre Zeit nicht mit unnötigen Spekulationen vertrödeln müssen.

Ad 1) Wer der Vater meiner Kinder ist, ist eine reine Privatsache. Er steht allerdings in KEINER Verbindung zur Fürstenberger-Gruppe.

Ad 2) Sowohl zu Herrn Dr. Wiedemeyer als auch zu Herrn Antonow unterhalte ich eine rein berufliche Beziehung.

Ad 3) Ich wette mit – und setze zehn Euro gegen jeden, der gegen mich setzt! Soweit ich informiert bin, läuft die Wette bis zum ersten Geburtstag meiner Kinder. Also: Ich bin gespannt auf den 13. April 2008!

Bei weiteren Fragen oder Anregungen kommen Sie gern in meinem Büro vorbei.

Svenja Christiansen
Direktorin

25. Kapitel

W as ist eigentlich mit Auftritten?«, fragt Sascha mich eines Morgens ganz unvermittelt, als ich mich gerade von ihm und den Kindern zur Arbeit verabschieden will.

»Wieso?«, frage ich ausweichend.

»Du hast gesagt, du verschaffst mir und Band Auftritte. Jetzt ist fast Oktober und noch nichts passiert.« Er guckt mich leicht vorwurfsvoll an, während er Ben auf seinem Arm wiegt und Greta zurück in den Laufstall legt.

»Ich bin da dran«, versichere ich ihm, »aber es geht halt nicht so schnell, so etwas muss sorgfältig geplant werden.« Eine Notlüge, für die ich mich auch sehr schäme. Denn die Wahrheit ist, dass unsere Bankettchefin Simone Kern Saschas Band *Total Spirits* für einen »musikalischen Totalausfall« hält. So hat sie es jedenfalls bezeichnet, als ich ihr vor ein paar Wochen Saschas Demo-CD vorgespielt habe. Tatsächlich ist die Aufnahme, die Sascha und seine Jungs zu Bewerbungszwecken haben anfertigen lassen, mehr als grottig. Irgendwie sehr seltsame Musik, die an Wurzelbehandlung und Schlagbohrmaschine erinnert. Kein Wunder, dass die meisten Produzenten sie dankend zurückgeschickt haben.

»Live sind die bestimmt viel besser«, habe ich versucht, Simone Kern zu überzeugen.

»Das kann man nur hoffen, schlechter ist auch kaum möglich.«

»Können sie denn nicht mal vorspielen?«

»Nicht nötig. Ich habe lange genug Erfahrung, um beurteilen zu können, was etwas taugt und was nicht. Und das hier taugt nicht. Diese komische Rockmusik passt auch ganz einfach nicht zu Saschas Stimme, dafür ist sie viel zu … tragend. Klingt wie Peter Hofmann als Alice Cooper.«

Hätte ich das Sascha etwa erzählen sollen? Dass unsere Bankettchefin seine Band nicht buchen will, weil sie sie für zu schlecht hält? Das habe ich nicht übers Herz gebracht!

»Kann nicht verstehen, warum das dauert so lang«, meint Sascha jetzt. »Hast du wirklich schon mit Simone Kern gesprochen?«

»Natürlich«, erwidere ich einigermaßen empört. »Ich lüge dich doch nicht an!«

»Ich weiß nicht«, Sascha zuckt mit den Schultern, »vielleicht ich rede besser selbst mal mit Chefin von Bankett.«

»Das lässt du schön bleiben«, fahre ich ihn an. Einerseits ärgert es mich, dass er mir quasi unterstellt, ich würde mich nicht für ihn einsetzen – andererseits will ich in jedem Fall verhindern, dass Sascha mit Simone Kern spricht und sie vielleicht nicht unbedingt die nettesten Worte findet, um ihm zu sagen, was sie von seiner Band hält.

»Wieso?«, kläfft Sascha zurück. »Ich bin erwachsene Mann, ich kann machen, was ich will.« Ben fängt an zu krähen, offenbar gefällt ihm diese kleine Auseinandersetzung überhaupt nicht. Ich nehme ihn auf den Arm und lege ihn, als er sich beruhigt hat, zu Greta in den Laufstall. Dann wende ich mich wieder Sascha zu und stelle leise, aber bestimmt fest: »Du bist immer noch mein Angestellter.«

»Was hat eines mit anderem zu tun?«

Mist, da hat er natürlich recht. Ich werfe einen raschen Blick auf meine Uhr, ein bisschen Zeit habe ich noch, bevor ich im Büro sein muss. Ich atme tief durch – okay, dann spielen wir jetzt Moment der Wahrheit.

»Sascha«, beginne ich und gebe mir Mühe, besonders einfühlsam zu klingen. »Ich wollte dir das eigentlich erst etwas später sagen, wenn sich bis dahin wirklich nichts mehr ergibt, aber Simone Kern … na ja, sie findet das Demo deiner Band ziemlich schlecht.«

»Schlecht?«, fragt Sascha erstaunt nach und fixiert mich mit seinen grünen Augen. Ich nicke.

»Tut mir leid, es gefällt ihr einfach nicht.«

»Was für Frechheit!«, ruft er empört. »Ist Bankettchefin und hat nicht Ahnung von Musik!« Er streicht sich angespannt mit einer Hand durch seine schwarzen Haare, seine Augen scheinen jetzt nahezu zu sprühen.

»Also, weißt du, Sascha«, setze ich vorsichtig an. »So richtig toll fand ich deine Demo-CD auch nicht.« Jetzt ist es raus. Oje, gleich erschlägt er mich bestimmt.

»Was?«, schnaubt er. »Du hast gesagt, du findest gut!«

»Ja, äh, das … da habe ich ein bisschen geschwindelt, weil ich dich nicht verletzen wollte«, gebe ich kleinlaut zu.

»Aha.« Auf einmal wird Sascha ganz ruhig, was ich fast noch beängstigender finde, als wenn er toben würde. »Dann hast du doch gelogen«, stellt er fest.

»Nein«, meine ich, »also, ja, irgendwie, vielleicht ein bisschen. Aber …«

»Wann du mir wolltest sagen, dass Frau Kern will Band nicht buchen? In zwei Jahre?«

»Natürlich nicht«, verteidige ich mich. »Ich dachte nur …«

»Du dachtest gar nix«, fährt er mir über den Mund. »Du magst Musik ja auch nicht.« Jetzt wirkt er ziemlich beleidigt. Und enttäuscht. Und verletzt. Was ich auch verstehen kann. Warum habe ich ihm bloß angeboten, ihm dabei zu helfen, ein Engagement für seine Band zu bekommen? Hätte ich das mal gelassen, dann wäre ich nicht in dieser unangenehmen Situation. Andererseits hätte ich dann jetzt kein Kindermädchen, das wäre wohl noch etwas unangenehmer. Herrje, ich konnte doch nicht ahnen, dass Saschas eigene Musik im Vergleich zu dem, was er in der Karaoke-Bar gesungen hat, so drastisch abfällt und ein schauderhafter Gröl-Rock ist!

In diesem Moment fällt mir etwas ein. Eine Idee, auf die ich schon früher hätte kommen sollen!

»Weißt du, Sascha«, beginne ich vorsichtig. »Ich denke, es liegt nicht an euch, dass das Demo so«, ich unterbreche mich, weil mir beinahe das Wort »schlecht« rausgerutscht wäre, »also, dass eure Demo-CD nicht so richtig überzeugend ist.«

»Was meinst du?« Sascha zieht misstrauisch die Augenbrauen zusammen.

»Also, was ich damit sagen möchte, ist, dass … dass der Grund dafür nicht ist, dass du oder deine Band es nicht könnt.« Ich habe das Gefühl, wie auf Eiern zu laufen, bloß nicht die falschen Wörter wählen!

»Aha«, erwidert mein Russe, »was sonst?«

»Ich glaube, dass ihr einfach nicht die richtige Musik macht.«

»Nicht die richtige Musik?«, echot er. »Aber wir machen richtige Musik.«

»Wie soll ich das erklären?«, fahre ich fort, setze mich aufs Sofa und bedeute Sascha, auf dem Sessel gegenüber Platz zu nehmen, was er auch tut. »Meiner Meinung nach ist die Stilrichtung, die ihr euch ausgesucht habt, für deine Stimme nicht passend.« Jetzt sagt er gar nichts mehr, so dass ich weiterrede. »Mit deiner Band machst du halt nicht das, was du gut kannst, sondern etwas, was du … äh … nicht so gut kannst.«

Jetzt springt er wieder vom Sessel auf und wandert aufgeregt durchs Wohnzimmer. »Du sagst, ich kann nicht gut singen Rock?«

»Nicht so gut wie deine Elvis-Nummern.«

»Ha!«, entfährt es Sascha. »Aber da siehst du Unterschied

zwischen dir und mir! Ich mache lieber Sachen, die ich – wie
sagst du? – nicht gut kann. Aber dafür ich liebe diese Musik,
das ist für mich Leben!«

»Aber dein Leben ist auch die Band«, entgegne ich jetzt
einigermaßen energisch. »Und für diese Band willst du Auftritte. So leid es mir tut: Mit dem, was ihr da im Moment
macht, wird das nichts. Die Songs passen nicht zu deiner Stimme, das ist meine Meinung!« Mittlerweile bin ich auch aufgesprungen. »Das hat einfach etwas mit Professionalität zu tun
und mit einer realistischen Selbsteinschätzung.«

»Professiotät?« Sascha kommt auf mich zu und bleibt direkt
vor mir wütend stehen. Aber ich halte seinem Blick stand, immerhin habe ich mich so weit vorgewagt, da will ich jetzt nicht
einknicken.

»Ja«, sage ich, »so sehe ich das.« Dann werfe ich wieder
einen Blick auf meine Uhr, es wird wirklich höchste Zeit,
dass ich ins Büro komme. »Und jetzt muss ich los, sonst
komme ich zu spät. Das hat auch etwas mit Professionalität zu tun.« Ich drehe mich um, schnappe mir meine Tasche,
die auf der Kommode liegt, und marschiere zur Wohnungstür.

Als ich schon halb draußen bin, ruft Sascha mir noch etwas
nach: »Weißt du was?« Ich drehe mich noch einmal zu ihm
um. »Du bist einfach richtig blödes Kuh.«

Was für ein heiterer Start in einen neuen Tag!

Zwei Wochen nach unserem Streit wirkt Sascha immer noch
beleidigt. Wir haben das Thema zwar nicht mehr angesprochen, aber er lässt mich deutlich spüren, dass er immer noch
sauer auf mich ist. Bitte, soll er. Ich bin ja nicht im Kindergarten, und ein erwachsener Mann muss eben auch mit einer
deutlichen Ansprache umgehen können. Allerdings habe ich

den Verdacht, dass die russische Mentalität so etwas nicht wirklich gut verträgt, wahrscheinlich war's zu deutsch-direkt.

»Hör zu«, beginne ich ein Gespräch, als Sascha mir eines Morgens wieder mit verschlossener Miene am Küchentisch gegenübersitzt und lustlos in einem Schokopudding rührt. »Es tut mit leid, wenn ich dich neulich bei unserem Gespräch verletzt haben sollte.« Er sieht auf, aber sein Gesichtsausdruck hat sich nicht verändert. »Vielleicht habe ich da auch nicht die richtigen Worte gefunden. Alles, was ich sagen wollte, war, dass ihr meiner Meinung nach wesentlich erfolgreicher sein könntet.«

»So hat aber nicht geklungen.«

Hurra, er spricht!

»Du hast gesagt, dass ich nicht mache gute Musik.«

»Nein, das habe ich nicht gesagt«, widerspreche ich ihm. »Ich habe gesagt, dass die Musik, die du mit *Total Spirits* machst, meiner Meinung nach nicht die richtige für dich ist.«

Sascha rührt nachdenklich in seinem Pudding, sagt aber nichts.

»Ich wollte dir damit nur helfen, nichts weiter.«

»Hm«, er nickt, und ich habe den Eindruck, dass er nicht mehr ganz so störrisch wirkt.

»Also?«, will ich daher wissen. »Vertragen wir uns wieder?«

»Wieso vertragen?«, will er überrascht wissen. »Ich nicht bin böse auf dich.«

Ich seufze. Diesen Mann soll mal irgendwer verstehen! »Gut«, erwidere ich, um nicht die nächste Diskussion anzuzetteln. »Dann gehe ich jetzt zur Arbeit und komme heute Nachmittag wieder.«

»Alles klar.« Sascha steht auf und begleitet mich zur Tür.

»Heute Abend habe ich frei, richtig? Du weißt, ich will gehen zur Bandprobe.«

»Sicher«, antworte ich, »habe ich nicht vergessen.«

»Guten Morgen!« Wie jeden Tag treffe ich mich um Punkt neun Uhr mit den Abteilungsleitern zur Ablaufbesprechung. Mittlerweile hat sich alles wieder gut eingegrooved, ich bin ganz überrascht, wie rund es läuft. Vor allem seit meiner Mail, die ich an alle Mitglieder dieser exquisiten Runde geschickt habe. Das hat mir offenbar Respekt eingebracht, einige der Mitarbeiter sind auf mich zugekommen und haben mir zu so viel Chuzpe gratuliert. Georg Trautwein schlug sogar vor, eine große Tafel im Konferenzraum anzubringen, wo wir die Wettquoten festhalten können – aber das wäre mir dann doch zu weit gegangen, schließlich gebe ich mir Mühe, die ganze Angelegenheit so souverän wie möglich unter »kleiner Spaß der Mitarbeiter« abzuhaken – da muss ich nicht noch täglich vor Augen gehalten bekommen, dass achtzig Prozent gegen mich sind. Außerdem hätte sich Dr. Wiedemeyer, der angekündigt hat, in Zukunft öfter im Hamburger Haus vorbeizuschauen, vermutlich etwas gewundert, wenn wir hier ein hoteleigenes Wettbüro hochziehen.

Wie immer gehen wir die wichtigsten Punkte des Tages durch, im Wesentlichen steht nichts Großes außer einem VIP-Besuch an.

»Der Botschafter aus Esachstan«, teilt Lutz Strömel uns wichtig mit. »Er kommt mit einem Gefolge von vierzehn Leuten und hat die oberste Etage allein für sich gebucht.«

»Was ist mit Sonderwünschen?«, frage ich.

»Ist alles schon erledigt«, teilt Maja Friedrichs mit ihrer typisch selbstgerechten Art mit. »Weiße Orchideen im Schlafzimmer des Botschafters, seine Frau liebt diese Blumen«, erklärt sie. »Dann haben wir noch DVDs auf Esachisch besorgt, außerdem haben seine Mitarbeiter alle einen Computer mit Internetanschluss und Drucker zu Verfügung gestellt bekommen.«

»Die sind auch alle schon aufgestellt und in Betrieb«, fügt Markus Giese als technischer Leiter hinzu.

»Wir haben im hinteren Teil des Restaurants einen Bereich abgetrennt«, ist es dann an Doreen Lehmann, zu berichten. »Außerdem hat unser Koch ein paar esachische Spezialitäten vorbereitet.«

»Super Idee!«, meint Lutz Strömel anerkennend. Die zwei lächeln sich selbstvergessen an, es ist eindeutig, dass hier etwas läuft.

»Findest du?«, kommt es prompt spitz von Maja. »Ich denke, dass hätte Doreen mit Frau Christiansen absprechen müssen, vielleicht will der Botschafter ja mal was anderes essen als zu Hause.« Sie wirft mir einen auffordernden Blick zu, offenbar soll ich dazu etwas sagen. Dabei ist doch ganz eindeutig, dass es hier gar nicht um die Sache an sich, sondern um einen kleinen Zickenkrieg geht. Am besten wäre es, Maja und Doreen würden kurz raus auf den Flur gehen, sich gegenseitig eins auf die Nase geben und gut … Aber ich habe den Eindruck, dass ich diesen Vorschlag als Chefin schlecht machen kann. Könnte irgendwie *political incorrect* wirken.

»Ich denke, dass jeder Abteilungsleiter so weit wie nur irgend möglich eigene Entscheidungen treffen sollte«, erkläre ich daher. »Dafür sind Sie ja schließlich alle in Führungspositionen.«

Doreen lächelt mich freundlich an, Maja Friedrichs tötet mich mit Blicken. Ich war ja noch nie ihre beste Freundin, aber gerade habe ich das Gefühl, als würde sie mir nun endgültig den Krieg erklären. Tatsächlich holt sie aus und schießt noch einmal gegen mich.

»So sehen Sie das«, stellt sie fest, »aber Herr Steinfeld, der dieses Haus immerhin viele Jahre sehr, sehr erfolgreich geführt hat, legte großen Wert darauf, wichtige Entscheidungen selbst zu treffen.«

»Nun ja, Frau Friedrichs …« Er nützt nichts, ich muss sie mal kurz etwas einnorden. »Erstens ist es wohl eine Interpretationsfrage, wie wichtig man die Wahl des Menüs für den Botschafter nimmt. Zweitens bin ich durchaus der Ansicht, dass meine Mitarbeiter selbst wichtige Entscheidungen treffen können, denn schließlich verfügen die meisten von Ihnen ja über jahrelange Erfahrung. Und drittens«, ich durchbohre sie regelrecht mit meinen Blicken, »bin ich *nicht* Herr Steinfeld. Ist das angekommen?« Meine Stimme ist nicht lauter geworden, aber so kalt und schneidend, dass ich das Gefühl habe, als wäre die Temperatur im Konferenzraum spontan ein paar Grad gesunken. Himmel, ich lasse ja nicht gern die Chefin raushängen … aber hin und wieder muss es wohl sein.

»Sehr wohl«, erwidert Maja Friedrichs nun, allerdings in einem Tonfall, der keinen Zweifel daran lässt, dass überhaupt nichts *sehr wohl* ist.

»Gut«, sage ich. »Dann können wir ja fortfahren. Gibt's sonst noch was in Sachen esachischer Botschafter?«

»Die Herrschaften haben im Anschluss an das Abendessen ab 22.00 Uhr den kleinen Festsaal gebucht«, erklärt unsere Bankettchefin Simone Kern. »Dort geben sie eine kleine Party anlässlich des Geburtstages der Frau des Botschafters. Wir rechnen mit fünfzig Gästen, keine allzu große Feier. Bisschen trinken und tanzen, wir haben eine Jazz-Combo gebucht. Ich denke, Sie sollten daran auch teilnehmen, Frau Christiansen, der Botschafter legt immer großen Wert auf die Anwesenheit des Direktors.«

»Ja«, sage ich, »ich habe es vorhin schon in meinem Terminkalender gesehen. Sowohl zum Essen als auch zu der Feier werde ich selbstverständlich gehen.« Ich blicke in die Runde. »Sonst noch irgendetwas?« Alle schütteln die Köpfe. »Tja, dann starten wir mal in den neuen Tag!«

»Ach so«, fällt es Georg Trautwein noch ein, bevor er durch die Tür ist. »Wiedemeyer kommt heute Nachmittag mal wieder vorbei und wird auch an dem Dinner des Botschafters teilnehmen.« Na, großartig! Bei dem stehe ich eindeutig unter Dauerbeobachtung. Aber wenn der denkt, dass ich irgendwann schon aus lauter Angst vor ihm Fehler machen werde, dann hat er sich gründlich verrechnet. So ein zartes Pflänzchen bin ich nicht – dann schon eher Unkraut.

Apropos: Bevor das andere Unkraut an mir vorbei aus dem Raum steuern kann, tippe ich ihm kurz auf die Schulter. »Frau Friedrichs, bleiben Sie bitte noch einen Moment da? Ich möchte noch etwas mit Ihnen besprechen.« Es ist Zeit für ein Vieraugengespräch.

Ich biete ihr den Stuhl vor meinem Schreibtisch an, dann setze ich mich selbst. Freundlich lächle ich sie an, aber die Friedrichs scheint zu ahnen, was jetzt kommt, denn sie starrt böse zurück.

»Frau Friedrichs, ich gewinne langsam den Eindruck, dass Sie ein Problem mit Frauen in Führungspositionen haben.«

»Bitte? Wie kommen Sie denn auf diese Idee?«

»Ganz einfach – Sie benehmen sich so. Beispielsweise heute: Wenn eine Abteilungsleiterin wie Frau Lehmann in unserer kleinen Runde eine Entscheidung vorstellt, erstaunt es mich schon, dass Sie die Kollegin sofort coram publico auf eine sehr destruktive Art und Weise kritisieren. So habe ich Sie im Hinblick auf unsere männlichen Abteilungsleiter noch nie erlebt. Oder können Sie sich erinnern, beispielsweise unseren Herrn

Strömel hier schon einmal angegriffen zu haben?« Hehe, ein gemeines Beispiel, aber das konnte ich mir einfach nicht verkneifen.

Maja Friedrichs sieht jetzt etwas blass aus. Sie räuspert sich und will anscheinend etwas sagen, lässt es dann aber. Also fahre ich ungerührt fort: »Und dann kann ich mich auch des Eindrucks nicht erwehren, dass Sie meine Anweisungen nur widerwillig umsetzen – mal ganz abgesehen von den völlig sinnlosen Vergleichen mit der Amtsführung meines Vorgängers. Mit Frau Kruse liegen Sie auch häufig im Clinch. Also, Frau Friedrichs, da drängt sich der Verdacht doch förmlich auf, dass Sie die Zusammenarbeit mit anderen Frauen nicht gerade schätzen. Woran liegt's?«

Maja Friedrichs schnappt nach Luft. »Das stimmt gar nicht, Sie täuschen sich. Im Gegenteil – ständig soll ich die Fehler der Kollegen ausbügeln! *Meine* Leistung nimmt dagegen keiner wahr – auch Sie nicht.«

Oh, oh, da ist aber jemand böse frustriert. »Moment, Moment. Ich habe Ihnen jetzt drei konkrete Situationen genannt, in denen Sie mir durch unkollegiales oder destruktives Verhalten aufgefallen sind. Ein allgemeines Lamento, dass hier niemand Ihre Arbeit schätzt, kann ich da nicht gelten lassen. Ich möchte, dass Sie über die von mir genannten Punkte gründlich nachdenken. Wenn Sie Ihrerseits ein konkretes Problem benennen können, über das Sie mit mir reden wollen, können wir uns gerne jederzeit zusammensetzen – aber nicht auf dieser Basis von ›niemand mag mich‹. Haben wir uns in diesem Punkt verstanden?«

Maja Friedrichs kneift die Lippen zu einem schmalen Strich zusammen, dann presst sie schließlich ein »Klar« hervor.

»Gut, das wäre dann von meiner Seite erst einmal alles.«

»Jaaa, da ist ja die Mama!« Sascha kommt strahlend auf mich zu, Ben und Greta auf dem Arm, als ich um kurz nach sechs die Tür zu unserer Wohnung aufschließe. Greta gluckst vor Lachen und streckt mir ihre Ärmchen entgegen. Obwohl ich mich den ganzen Tag immer wieder über Maja Friedrichs aufgeregt habe, schmilzt mein Ärger bei diesem Anblick dahin wie Butter in der Sonne. Was sind schon solche Probleme im Vergleich zu blauen Kinderaugen, die dich ansehen, als wärst du das Wichtigste auf der Welt?

»Hallo, meine Süße!«, rufe ich aus und nehme meine Tochter auf den Arm. Nachdem ich ihr einen dicken Schmatzer auf die Wange gegeben habe, wende ich mich an Sascha.

»Irgendwas Wichtiges passiert?«

Sascha grinst. »Du klingst wie Chef, der eröffnen will Konferenz.«

Ich grinse zurück. »Ich *bin* Chef.«

»Nein«, sagt Sascha.

»Nein?«

»Nein, es ist nichts Wichtiges passiert.«

»Gut.« Ich lasse mich seufzend mit Greta aufs Sofa sinken. »Wenigstens hier läuft alles so, wie es soll.«

»Wieso?«, will Sascha sofort wissen. »Was ist denn los?«

Ich erzähle ihm von dem Ärger mit Maja und dass Wiedemeyer heute schon wieder als Überraschungsgast im Hotel auftauchen will. »Ich habe das Gefühl, der will mich überwachen und wartet nur auf Fehler von mir. Fühlt sich überhaupt nicht gut an!«

»Macht doch nix«, stellt Sascha in seiner typisch unbekümmerten Art fest.

»Natürlich macht das was! Er vertraut mir offenbar nicht. Oder, anders gesagt: Er traut einer Frau mit Kindern nicht zu, dass sie den Job schaffen kann, und will mich am liebsten wieder loswerden.«

»Dann mach einfach keinen Fehler«, teilt Sascha lapidar mit.

»Ha! Als wäre das so einfach, keine Fehler zu machen!«

Sascha zuckt mit den Schultern. »Nein«, sagt er dann. »Aber wenn es wäre einfach, dann jeder könnte machen deinen Job.«

Ich gucke ihn überrascht an, was meint er denn damit?

»Ist das ein Sprichwort?«

»Kein Sprichwort«, erwidert er, »ist Wahrheit.«

Ich seufze laut, stehe auf, setze Greta in den Laufstall und gehe rüber ins Bad.

»Wie dem auch sei, ich muss mich jetzt duschen und dann fertig machen.«

»Fertig machen?«

»Ich muss zu einem Empfang.«

»Aber du hast gesagt, du bleibst heute Abend zu Hause und ich kann frei nehmen.« Mist, ja, da hatte ich tatsächlich gesagt. Aber da wusste ich auch noch nicht, dass ich zu einer esachstanischen Feier muss.

»Tut mir leid«, antworte ich. »Ein wichtiger Gast ist da, der mich zum Abendessen erwartet.« Allein die Aussicht darauf hebt meine Stimmung nicht gerade.

»Aber ich bin verabredet mit Jungs, wir wollen probieren ein paar neue Stücke.«

»Ich kann das wirklich nicht verschieben.« Ich sehe ihn bittend an. »Kannst du nicht absagen?«

»Was ist mit Merle«, schlägt Sascha vor. »Vielleicht hat sie Zeit?«

»Das kannst du völlig vergessen. Ihre Töchter haben momentan Scharlach oder eine Mandelentzündung oder irgendetwas in der Richtung. Jedenfalls hat Merle gestern noch darüber gestöhnt, wie gestresst sie momentan ist. Aber wir können sie ja mal fragen.« Während ich unter die Dusche springe, ruft Sascha meine Schwester an – und zu meinem großen Erstaunen hat sie offenbar zugesagt, denn als ich fertig angezogen und geföhnt aus dem Bad komme, ist Sascha ebenfalls dabei, sich umzuziehen.

»Merle kommt also?«, will ich wissen.

»Für Babys ist gesorgt.«

26. Kapitel

Um zehn nach sieben komme ich runter in die Halle. Noch zwanzig Minuten, dann treffe ich die Esachen im Restaurant. Momentan ist in der Lobby nicht viel los, die meisten Gäste machen sich jetzt gerade für den bevorstehenden Abend zurecht. Ich gehe zur Rezeption und sage Britta Kruse hallo.

»Schon ein Botschafter in Sicht?«, frage ich. Sie schüttelt den Kopf. »Die sind noch auf ihren Zimmern. Aber dafür«, sie deutet rüber Richtung Lobby-Bar, »haben wir einen anderen Gast.« Ich folge ihrem Blick – und entdecke Dr. Wiedemeyer. Gut, dass ich schon wusste, dass er kommt, so kann ich ihn jetzt ganz souverän begrüßen. Ich gehe auf ihn zu und schenke ihm mein selbstbewusstestes Lächeln.

»Guten Abend, Herr Dr. Wiedemeyer! Schön, Sie zu sehen!« Ich strecke ihm die Hand entgegen, er steht – ganz Gentleman – auf und schüttelt sie.

»Ja, ich dachte, ich schau mal wieder spontan vorbei«, erklärt er seinen Überraschungsbesuch.

»Ich freue mich immer, wenn Sie unser Gast sind.« Vorsicht, Schleimspur! Aber wie sagt Wiedemeyer immer so schön? *Hotelgewerbe ist wie Hollywood!* Tja also: *It's Showtime!*

»Wie ich höre, ist der esachische Botschafter heute zu Gast.«

Ich nicke. »Ja, wir haben dafür Sorge getragen, dass ihm alle Wünsche erfüllt werden.«

»Gut«, lobt Wiedemeyer, »er ist einer unserer besten Kunden, da muss wirklich alles stimmen.«

»Machen Sie sich keine Sorgen.«

Ein kurzer, intensiver Blick von Wiedemeyer direkt in meine Augen. »Ich mache mir keine Sorgen.«

Aber ich, huuuuuuu!

»Ich werde Sie übrigens zum Dinner begleiten, als Ihr Tischherr.«

»Das wäre mir eine Ehre.« Auch das noch, als mein Tischherr! Wahrscheinlich lasse ich vor lauter Nervosität meine Gabel fallen oder richte noch Schlimmeres an.

»Dann sehen wir uns«, er guckt auf seine Uhr, »in zehn Minuten im Restaurant.«

»In zehn Minuten!«, bestätige ich und bin froh, dass ich von ihm wegkomme. Keine Sekunde später klingelt mein Haustelefon. »Christiansen?«

»Maja Friedrichs hier.«

Argh, was will die jetzt auch noch von mir? »Ja, bitte?«, frage ich und gebe mir Mühe, nicht allzu unfreundlich zu klingen.

»Wir haben ein kleines Mädels-Problem.« Ich stöhne auf. *Mädels-Problem* bedeutet Prostituierte. Entweder sie lungern in der Bar herum und halten Ausschau nach Kundschaft, oder ein Gast bringt sich ein Mädchen mit ins Hotel. Natürlich passiert so etwas überall, das kann man überhaupt nicht verhindern. Aber es ist lästig, vor allem, wenn die Damen so aufgedonnert und laut sind, dass sie den anderen Gästen unangenehm auffallen. Oder wenn sie die Gäste beklauen. Oder sich morgens weigern, das Zimmer zu verlassen, ehe sie auf Kosten des Hauses ein Frühstück serviert bekommen. Nein, Mädels-Probleme hat niemand gern. Erst recht nicht, wenn, wie jetzt gerade, der Deutschland-Chef im Hause weilt und nur darauf wartet, dass ich einen Fehler mache.

»In welchem Zimmer ist sie?«, will ich wissen.

»In keinem«, kommt zur Antwort.

»Aber wo ist denn das Problem?« Keine Nutte auf einem der Zimmer, also alles in Ordnung.

»Sie ist in der Bar vorm Restaurant«, erwidert Maja Friedrichs nun. »Zwei meiner Mädchen waren gerade da und haben die Toiletten gereinigt, danach haben sie mich sofort angerufen.«

»Sind Sie sicher, dass es eine Prostituierte ist?«

»Daran besteht wohl kein Zweifel, wie meine Mitarbeiterinnen sie mir beschrieben haben. Eine von der ganz auffälligen Sorte.« Ich bedanke mich und lege auf. So ein Mist! Ausgerechnet in der Bar vorm Restaurant macht sich in diesem Moment eine Prostituierte breit! Und in gut fünf Minuten werden sowohl Wiedemeyer als auch die esachische Delegation da durchgehen! Ich muss also unbedingt etwas unternehmen.

Kurzentschlossen begebe ich mich in die Bar, um nach dem Rechten zu sehen. Und erkenne sie sofort. In diesem Fall hat Maja Friedrichs tatsächlich mal recht, es ist nicht zu verkennen, dass an der Bar eine Professionelle sitzt: Der kurze weiße Lackmini bedeckt gerade mal so eben die Pobacken, die Füße der Frau stecken in ebenfalls weißen, sehr hochhackigen Stiefeletten. Die blonden langen Haare sind zu einer wilden Mähne toupiert, ihr recht beeindruckender Vorbau sprengt fast die Nähte eines Oberteils in Leopardenprint. Ein breiter Nietengürtel rundet das scheußliche Outfit noch ab, dazu hat sie meterlange, rechteckig gefeilte Fingernägel mit kleinen Strasssteinchen darauf. In ihrem Gesicht wetteifern schriller Lidschatten und eine Überdosis Glitzerpuder um die Aufmerksamkeit des Betrachters. Sie nippt an einem Glas Champagner und scheint mit sich und der Welt ganz zufrieden zu sein. Corado, unser Barchef, steht nur grinsend hinterm Tresen und beobachtet sie verstohlen. Muss ich also selbst dafür sorgen, dass die Dame verschwindet. Und dass sie verschwinden muss, bevor Wiedemeyer oder jemand anders sie entdeckt – das ist so klar wie Kloßbrühe. Zum ersten Mal bin ich Maja Friedrichs richtig dankbar. Gott sei Dank hat sie mich angerufen!

»Guten Abend«, begrüße ich die Megablondine. Sie guckt mich nur kurz an, lächelt dann und nickt mir zu. »Ich bin Svenja Christiansen, die Hoteldirektorin.«

»Das freut mich«, kommt es mit starkem Akzent zurück.

»Es tut mir leid, aber ich möchte Sie bitten, Ihr Getränk zu leeren und unsere Bar dann zu verlassen.«

Jetzt guckt sie mich verständnislos an. »Was bitte?«

»Natürlich geht der Champagner auf Kosten des Hauses«, biete ich an, »aber ich muss Sie wirklich bitten, jetzt zu gehen.« *Herrje, nun pack schon deine Sachen!*, würde ich am liebsten schreien. Aber natürlich geht das in einem Hotel wie diesem hier nicht. Und handgreiflich darf ich höchstens werden, wenn sie mich angreift.

»Ich möööchte aber hierbleiben«, erwidert die Frau nun recht selbstbewusst. Normalerweise sind Prostituierte nicht so hartnäckig, da genügt schon ein kleiner Wink. Schließlich wollen sie keinen Ärger. Aber ausgerechnet heute muss ich an eine geraten, die offenbar jede Menge Sitzfleisch und Nerven hat.

»Das geht aber nicht«, werde ich nun etwas energischer. Dabei gucke ich nervös auf meine Uhr. In drei Minuten ist es halb acht, hoffentlich lassen Wiedemeyer und der Botschafter sich Zeit! »Sie werden verstehen, dass ein Hotel wie das unsere Damen wie Sie nicht als Gäste dulden kann.« Einen Moment lang guckt sie irritiert. Aber dann steht sie endlich auf. Allerdings nicht, um zu gehen – sondern um mich anzuschreien.

»Damen wie … wie … mich?« Ein Schwall ausländischer

Schimpfwörter regnet auf mich herab. Das habe ich ja wirklich noch nie erlebt, dass eine Professionelle sich derart aufregt, wenn man sie freundlich bittet zu gehen.

»Bitte, beruhigen Sie sich doch«, versuche ich, ihr Einhalt zu gebieten. Barchef Corado sieht so aus, als müsse er sich den Bauch vor lauter Lachen halten. Kein Wunder bei der Show, den die Dame im Leopardenprint hier hinlegt. Nur auf die Idee, mir zu helfen, kommt Corado offenbar nicht. Mit dem werde ich noch ein ernstes Wörtchen reden, sobald das hier geregelt ist. Falls ich das jemals geregelt bekomme, denn die Frau hört gar nicht mehr auf, mich zu beschimpfen.

»Was ist hier los?« Ich fahre herum – direkt vor mir steht Wiedemeyer und sieht schockiert aus. Neben ihm ein älterer Herr, der ebenfalls ziemlich irritiert guckt. Na, wunderbar, das wird der esachische Botschafter sein. Und dabei hatte ich doch verhindern wollen, dass die beiden Herren in diese aufgedonnerte Bordsteinschwalbe laufen.

»Herr Dr. Wiedemeyer«, setze ich zu einer etwas lauteren Erklärung an, weil das hysterische Gekreische der Frau immer noch alles übertönt. Aber weiter komme ich nicht, denn plötzlich wandelt sich zu meinem großen Entsetzen das Szenario ins komplette Gegenteil: Pretty Woman für Arme bricht mit einem Mal in ein herzergreifendes Schluchzen aus – und wirft sich dem Diplomaten an die Brust! Dieser streichelt ihr beruhigend über den Kopf und wirft mir finstere Blicke zu.

»Darf ich vorstellen?«, versucht Dr. Wiedemeyer, die Situation irgendwie zu retten. »Vitali Gregorius, der esachstanische Botschafter. Und das hier«, er deutet auf das weinende Bündel in seinen Armen, »ist seine Frau Elena.«

Das gemeinsame Essen verläuft, wie zu erwarten, ein kleines bisschen steif und kühl. Hier und da mache ich eine lobende

Bemerkung über das esachische Essen, das wirklich mehr als außergewöhnlich ist. Dann plaudere ich übers Wetter. Und zwischendurch überlege ich, wie ich mich am elegantesten in Luft auflösen könnte. Noch nie im Leben habe ich einen Menschen derart beleidigt – und die Blicke, die mir die Botschaftergattin beim Essen immer wieder zuwirft, lassen darauf schließen, dass sie im Gegenzug auch noch nie so sehr beleidigt worden ist. Ich würde ja gern eine flapsige Bemerkung zum Thema »Andere Länder, andere Modevorstellungen« machen, aber ich lasse es lieber. Auch davon, der Frau anzubieten, morgen mit ihr eine Shoppingtour durch Hamburg zu machen, habe ich schnell wieder Abstand genommen.

Ich muss einfach nur dieses Essen und die anschließende Party hinter mich bringen – Wiedemeyer hat darauf bestanden, dass ich anwesend bin, nach dem Motto »Größe zeigen« – dann will ich schnell in meine Wohnung und noch ein bisschen mit meinen Babys kuscheln. Traurig denke ich daran, dass sie aber wahrscheinlich schon schlafen werden, wenn ich nach Hause komme und ich sie nicht aus purem Egoismus wecken darf.

Einen kurzen Moment lang merke ich, wie mir die Tränen in die Augen schießen. Das ist alles so schrecklich hier, ich will zu meinen Babys! Warum muss ich denn unbedingt Karriere machen und mir diesen Mist hier geben? Viel lieber wäre ich einfach nur für meine Kinder da! Na gut, wer dann für unseren Unterhalt sorgt, diese Frage müsste ich an anderer Stelle klären … aber gerade in diesem Moment bin ich einfach mal unglaublich selbstmitleidig.

Und außerdem nehme ich mir fest vor, Maja Friedrichs, diese Schlange, bei der nächsten Gelegenheit zu erwürgen. Denn dass ihr Anruf Absicht war, das steht für mich zweifelsfrei fest. Schließlich hat sie den esachischen Botschafter schon oft zu Gast gehabt und weiß genau, wie unmöglich seine Frau aussieht. Was für eine fiese Falle! Und ganz offensichtlich eine gezielte Retourkutsche für die Gardinenpredigt, die ich ihr neulich gehalten habe. Aber die soll nicht glauben, dass sie mit so einer Aktion durchkommt. Ab jetzt werde ich ihr noch genauer auf die Finger schauen.

Auch Corado muss eigentlich gewusst haben, was los ist. Aber als ich ihn in einem unbeobachteten Moment zur Rede gestellt habe, hat er alles abgestritten. Meinte, es kämen jeden Tag so viele Gäste in seine Bar, da könne er sich unmöglich jedes Gesicht merken. Wer's glaubt. So ein buntes Gesicht wie das von Elena Gregorius würde sich mit Sicherheit jeder merken. Aber es bringt ja nichts, darüber noch weiter zu lamentieren. Ich hab's versaut, habe einen Riesenbock geschossen und muss nun zusehen, wie ich mich so elegant wie möglich aus der ganzen Sache hinauslaviere. Viel schlimmer kann der Abend jetzt sowieso nicht werden.

Er kann. Denn noch bevor wir beim Dessert angelangt sind, steuert Simone Kern auf unseren Tisch zu. »Darf ich Sie bitte kurz sprechen, Frau Direktorin?«

Ich drehe mich halbwegs genervt zu ihr um. Das muss doch wohl nicht gerade jetzt sein! »Kann das nicht warten?«

»Es tut mir leid, aber es ist ziemlich dringend!« Ihre Stimme hat einen flehenden Ton angenommen. Was kann denn jetzt so wichtig sein?

Ich lege meine Serviette auf den Tisch und entschuldige mich kurz bei meinen Gästen.

»Was gibt's denn so Eiliges?«, will ich vor dem Restaurant von Simone Kern wissen.

»Die Band kommt nicht.«

»Welche Band?«

»Na, die Jazz-Combo für den kleinen Festsaal. Der Botschafter will doch nachher noch den Geburtstag seiner Frau feiern und eine kleine Party geben.«

Oh nein – ich merke, wie mir heiß und kalt wird. Nicht auch noch das! Wiedemeyer erwürgt mich.

»Wir haben uns schon gewundert, dass die noch nicht da sind und aufbauen«, fährt Simone Kern fort. »Gerade haben sie angerufen. Hatten einen Autounfall mit ihrem Bus und liegen noch irgendwo auf der A7 vor dem Maschener Kreuz. Das Equipment ist beschädigt, und der Sänger hat ein Schleudertrauma – das wird heute nichts mehr.«

»Haben wir keinen Ersatz? Irgendjemanden, der kurzfristig einspringen kann?« Meine Stimme ist richtig heiser vor Schreck.

Kern zuckt bedauernd mit den Schultern. »Tut mir leid. Alle anderen Bands, die mir noch eingefallen sind, können natürlich so kurzfristig nicht kommen. Die müssten ja quasi schon versammelt und startklar sein, das können wir vergessen. Ich kann nur Herrn Giese bitten, ein Mischpult aufzubauen und vielleicht DJ zu spielen, aber eigentlich sind wir auch dafür nicht richtig ausgerüstet – unsere CD-Sammlung besteht hauptsächlich aus Fahrstuhlmusik.«

So ein Mist – Fahrstuhlmucke anstelle heißer Rhythmen? Da wird mir die Frau Botschafter gleich ihre Plastikfingernägel ins Gesicht rammen! Es muss doch noch irgendeine andere Lösung geben ...

Da durchzuckt mich plötzlich einer meiner seltenen Geistesblitze. Natürlich! Was sagte die Kerner gerade? *Versammelt und startklar.* Das ist es doch! Ich krame einen Zettel und einen Stift aus meiner Blazertasche und kritzle eine Handynummer auf.

»Hier. Das ist die Telefonnummer einer Band, die in diesem Moment gerade in einem Probenraum Luftlinie knapp zweitausend Meter von hier steht. Rufen Sie an – vielleicht haben wir Glück, und die hören es klingeln. Sagen Sie, die sollen sofort kommen, und sagen Sie Doreen, sie soll das Dessert und den Kaffee ein bisschen zögerlich ausgeben. Das könnte klappen.«

»Und welche Band soll das sein?«

»Sie kennen sie – zumindest das Demo: *Total Spirits*.«

»Oh nein – die Band von unserem Sascha?«

»Sie haben es erraten.«

Simone Kern verdreht die Augen. »Also, die finde ich wirklich nicht so berauschend.«

»Frau Kern?«

»Ja?«

»Ich sage nur: Fahrstuhlmucke.«

»Ich rufe sofort an und sage Doreen Bescheid.« Sie eilt davon – und ich sende ein Stoßgebet gen Himmel, dass Saschas Band live hoffentlich wirklich ein ganz, ganz kleines bisschen besser ist als auf der CD.

»So, dann wollen wir zum gemütlichen Teil des Abends übergehen.« Dr. Wiedemeyer reicht mir galant seinen Arm, um mich in den kleinen Festsaal zu führen. Zuvor hat er selbstverständlich die gesamte Essensrechnung übernommen, vermutlich werden wir wegen meines kleinen »Fauxpas« auch für sämtliche anderen Kosten der esachischen Delegation geradestehen. Damit dürfte sich mein Bonus für dieses Jahr mehr oder weniger erledigt haben. Aber was soll's. Das ist momentan mein geringstes Problem.

Viel wichtiger ist die Frage, was uns gleich im kleinen Festsaal erwarten wird. Eine knappe Stunde ist seit meiner konspirativen Besprechung mit Simone Kern vergangen, und ich habe nicht den blassesten Schimmer, ob es ihr noch gelungen ist, Sascha und seine Jungs zu erreichen, und ob uns nun gleich ein einsamer DJ mit *The Girl from Ipanema* erwartet.

Auf dem Weg in den Saal sehe ich Simone Kern in der Ecke stehen, sie gibt mir ein Zeichen: beide Daumen nach oben! Puh, das hat offensichtlich geklappt. Im Saal ist eine unserer mobilen Bars aufgebaut, Corado hat seine zwei hübschesten Jungs dahintergestellt, einen regelrechten Adonis aus Tunesien und einen schwedischen Sunnyboy, der so aussieht, als würde er die meiste Zeit auf einem Surfbrett verbringen. Na, das ist doch wenigstens schon mal etwas fürs Auge. Auch Frau Botschafter guckt gleich ganz besänftigt, wie ich zufrieden bemerke.

Die Bühne ist noch leer, aber die Scheinwerfer sind schon auf die Mitte gerichtet. Sieht ganz verheißungsvoll aus – ich hoffe stark, dass die Demoaufnahme nicht die Wirklichkeit widerspiegelt, sonst wird's gleich ganz schön grausam.

Die hübschen Jungs servieren allen Gästen den esachischen Nationalcocktail. Ich nippe kurz daran – brrr, starkes Zeug! Aber Alkohol für alle Beteiligten ist sicher eine sehr gute Idee, das wird sie hoffentlich etwas gnädiger stimmen. Nach drei kräftigen Schlucken bin jedenfalls ich nicht mehr ganz so nervös. Dr. Wiedemeyer ist bester Dinge und schäkert mit der Botschaftergattin, die mittlerweile auch deutlich entspannter aussieht. Ich will mich gerade zu den beiden gesellen, da geht die Deckenbeleuchtung aus, und über den Lautsprecher verkündet eine Stimme den zu erwartenden Top-Act: »Meine Damen und Herren: Begrüßen Sie mit mir jetzt *Total Spirits!*«

Die Gäste applaudieren artig und scharen sich mit ihren Cocktails um die Bühne, ich ziehe es vor, mich dezent im Hintergrund zu halten. Bin ungefähr so nervös wie bei meiner mündlichen Prüfung zur Hotelfachfrau anno dunnemal.

Zwei Sekunden später höre ich die ersten Takte einer Melodie, die mir ungemein bekannt vorkommt: *Smells like Teen Spirit* von Nirvana. Auweia! Ich kann mir beim besten Willen nicht vorstellen, dass Herr und Frau Botschafter gleich headbangend vor die Bühne stürzen. In diesem Moment stürmen fünf Bandmitglieder auf die Bühne – bevor *er* folgt und sich in der Mitte positioniert: Sascha. Und jetzt bin ich wirklich überrascht, denn während seine Musiker sofort mit echtem Grunge-Rock loslegen, sieht er selbst aus wie – Elvis! Seine Haare hat er wieder zu einer Tolle toupiert, er trägt eine glitzernde Hose und ein Rüschenhemd. Was soll das denn bloß werden? Dann setzt er zu den ersten Zeilen an – und ich bin hingerissen. Denn tatsächlich singt er *Smells like Teen Spirit* – allerdings in einer vollkommen abgefahrenen und mitreißenden Elvis-Version:

Load up your guns
Bring your friends
Its fun to lose
And to pretend

Die Gäste johlen und klatschen, aus dem Augenwinkel sehe ich Simone Kern, die mir einen anerkennenden Blick zuwirft. Auf einmal macht sich ein seltsames Gefühl in mir breit: Stolz? Tatsache, so ist es: Ich merke, dass ich stolz auf Sascha bin! Auf die Art, wie er singt, die Art, wie er die Leute mitreißt. Und gleichzeitig bin ich total gerührt. Dass er sich offenbar doch meinen Rat zu Herzen genommen hat. Dieser miese, kleine Schauspieler, wahrscheinlich hat er in den vergangenen zwei Wochen mit seiner Band an neuen Stücken gearbeitet – und mir gegenüber die beleidigte Leberwurst gespielt. Na, warte!

Das erste Set besteht aus vier Liedern, und als die Band nach *Join me in death* von H.I.M. eine kleine Pause macht, kommt der Botschafter mit Dr. Wiedemeyer zu mir herüber.

»Wirklich, Frau Christiansen, was für tolle Idee. Diese moderne Musik, aber gemacht wie eine Elvis-Song! Woher wussten Sie, dass meine Frau und ich so große Elvis-Fans sind? Als der King starb, war ich ganz junge Attaché in Washington. Ich habe in Fernsehen erfahren von sein Tod und ich musste weinen, so schlimm war für mich! Danke, das ist ein wundervolles Geschenk. Und so viel besser als langweiliger Jazz, den wir das letzte Mal gehört haben, als wir hier waren.«

»Herr Botschafter, das freut mich zu hören. Wirklich gewusst habe ich es nicht, aber gehofft«, schummle ich ein bisschen. »Nach dem unangenehmen Zwischenfall, mit dem unsere Bekanntschaft begonnen hat, habe ich natürlich alles darangesetzt, Ihnen einen unvergesslichen Abend zu schenken, und kurzfristig umdisponiert.«

»Das haben Sie? Extra für uns?« Der Botschafter nickt anerkennend und ruft seiner aufgerüschten Frau etwas in ihrer Heimatsprache zu. Sie kommt auf mich zugeschossen, und ich befürchte kurz, dass sie mich nun doch noch erwürgen wird. Aber sie lächelt.

»Sind Sie ganz und gar wunderbar!«, grölt mir Elena Gregorius fröhlich angetrunken entgegen. »Ich danke Ihnen! Und dass Sie haben kein Geschmack, was außergewöhnlich Mode angeht«, sie zeigt auf ihr Outfit, »das kann doch niemand übelnehmen Ihnen!« Die versammelten Esachen brechen in lautes Gelächter aus, und Elena ist so vergnügt, dass ich kurz befürchte, dass sie mir auch noch einen Kuss aufdrücken will. Stattdessen stürmt sie mit ihrer Entourage auf die Bar zu.

Dr. Wiedemeyer nickt mir anerkennend zu. »Gut gemacht, Christiansen. Sie haben wirklich ein Gespür für unsere Gäste.«

Der Abend wird ein voller Erfolg. Der Botschafter und seine Frau verlassen in bester Stimmung als Letzte unser kleines Fest, von ihrer kühlen Zurückhaltung nach dem Fiasko in der Bar ist nichts mehr übrig geblieben.

Ich atme tief durch. Das wäre geschafft. Wenn Sascha wieder aus der Garderobe kommt, werde ich ihn und seine Jungs erst mal an die Bar einladen, das haben sie sich wirklich mehr als verdient. Weil es schon ziemlich spät ist, rufe ich noch kurz im Appartement an. Nicht, dass Merle schon auf glühenden Kohlen sitzt und dringend nach Hause muss.

Es klingelt bestimmt zwanzig Mal, bevor endlich jemand den Hörer abnimmt. Allerdings ist es jemand, der definitiv nicht Merle ist.

27. Kapitel

»Du hast diesen Penner auf meine Kinder aufpassen lassen? Bist du komplett verrückt geworden?«

Ich weiß, dass ich hysterisch klinge. Egal – ich *bin* hysterisch!

»Er ist kein Penner. Heinz ist ein Freund«, verteidigt Sascha sich matt. Anstatt gemeinsam nett in der Bar zu sitzen und die Wiederauferstehung des Kings zu feiern, stehen wir in der Küche meiner Wohnung und streiten uns.

»Ein Freund? Dass ich nicht lache! Es war von mir schon ungeheuer großzügig, den Typen hier unterzubringen, bis er endlich eine Wohnung hatte.«

»Hat er keine Wohnung«, wirft Sascha ein. »Ist wieder in Schrebergarten.«

»Das ist doch jetzt egal!«, herrsche ich ihn an. »Jedenfalls geht es eindeutig zu weit, Ben und Greta mit ihm allein zu lassen. Wenn ich nur daran denke, was da alles hätte passieren können!«

»Wieso? Was hätte denn passieren können? Glaubst du etwa, ich Heinz gefragt hätte, wenn ich kein Vertrauen zu ihm? Hundert Prozent Vertrauen!« Sascha klingt völlig empört.

»Sieh dir den Typen doch mal an, Sascha! Heinz ist ein verwahrloster alter Mann mit Klamotten aus der Altkleidersammlung, der sich den ganzen Tag irgendwelchen billigen Fusel reinknallt.«

»Heinz trinkt nicht mehr. Du hast doch gesehen, dass er völlig nüchtern!«

»Gut, vielleicht trinkt er nicht mehr, aber er sieht immer noch gewöhnungsbedürftig aus.«

»Das stört Ben und Greta nicht. Kinder sehen mit Herzen, sie erkennen, dass Heinz guter Mensch. Solltest du vielleicht auch mal probieren – sehen mit Herz!«

Jetzt platzt mir aber endgültig der Kragen. »Sehen mit Herz? Was soll der Scheiß? *Du* solltest auf Ben und Greta aufpassen, nicht dieser *Penner!*«

»Du hast vergessen, dass ich heute habe frei.«

»Aber du hast gesagt, dass Merle kommt. Ich habe dir vertraut.«

»Ich habe nicht gesagt, dass Merle kommt. Ich habe nur gesagt, dass alles in Ordnung geht. Und außerdem ist in Wirklichkeit dein eigene Schuld. Du bist schlecht organisiert, du kannst nicht über meine ganze Leben bestimmen. Wenn du sagst, ich habe frei – ich nehme mir frei und mache andere Pläne!«

Gut, da hat Sascha nicht ganz unrecht. Ich muss zugeben, dass ich es ein bisschen versäumt habe, eine klare Dienstplanabsprache mit ihm zu treffen. Ist aber noch lange kein Grund, meine armen Kinder diesem Heinz auszusetzen.

»Aber stell dir mal vor, Ben und Greta wären aufgewacht. Die hätten doch den Schock fürs Leben bekommen, wenn sie dann Heinz gesehen hätten.«

»Heinz und ich waren schon oft mit Kindern spazieren. Sie kennen und mögen ihn. Er spielt mit ihnen und ist wie Opa.«

Ich bin baff. Wie ein Opa? Für meine Kinder?

»Er liebt Kinder. Er ist gut mit ihnen. Du würdest sehen, wenn du mal gucken würdest über Rand von Teller. Haben Ben und Greta geweint, als du reingekommen bist und er sie hatte auf Arm?«

Nein, haben sie nicht. Ich starre Sascha zwar noch grimmig an, merke aber, dass ich mich beruhige. »Trotzdem, du hättest mir das sagen müssen.«

»Ja, du hast recht. Aber mein Termin heute Abend war auch wichtig, und ich habe immer Gefühl, dass du nicht ernst nimmst, wie wichtig Musik für mich. Deswegen wollte ich nicht streiten, ich wollte einfach Problem lösen.« Sascha guckt mich dermaßen todtraurig an, dass ich sowieso nicht mehr so richtig böse sein kann.

»Ich weiß, wie wichtig dir die Musik ist. Aber mein Termin war auch sehr wichtig, und da muss ich dich eben auch spontan einplanen können«, versuche ich mich zu rechtfertigen. Und gleichzeitig ärgere ich mich, dass wir uns streiten. Eigentlich wollte ich doch mit Sascha feiern. Vielleicht … vielleicht hat er ja auch recht.

Ich atme einmal tief ein und sage dann, bevor ich es mir wieder anders überlegen kann: »Ich verspreche, dass ich Heinz eine Chance geben werde. Aber nur, wenn ich ihn mir vorher mit den Kindern zusammen ansehen kann.«

Sascha grinst mich erleichtert an. »Danke, Svenja.«

»Nein, ich muss mich bedanken. Du hast mich heute Abend mit der Band gerettet. Der Botschafter war begeistert, und ich denke, dass Simone Kern euch jetzt sicher öfter buchen wird.«

»Ja«, gibt Sascha zu, »das war gute Tipp von dir, dass wir lieber Musik machen, die zu meiner Stimme passt.«

»Also, Sascha: Frieden?«

»Einverstanden. Frieden!«

»Und nachdem wir uns nun erfolgreich gegenseitig den netten Abend an der Bar versaut haben, habe ich einen genialen Vorschlag zur Versöhnung.« – »Was für Vorschlag?« – »Ich rufe morgen Merle an und frage sie, ob sie am Wochenende Zeit hat. Falls ja, lade ich dich als Dankeschön für deine tolle Show zum Essen ein. Aber nicht in den Döner-Laden, sondern in ein Restaurant, das ich aussuche.«

»Hast du nicht gemocht, den Döner von meine Freund?«, kommt es prompt.

»Doch, sicher«, meine ich. »Aber ich würde dir gern eines meiner Lieblingsrestaurants zeigen. Und danach gehen wir zusammen in die *Bangkok Bar*, und ich freue mich schon sehr darauf, dich wieder singen zu hören. Wie klingt das?«

»Fantastisch. Manchmal hast du doch gute Idee.«

»Na, siehste!« Ich strahle ihn an.

»Aber eins musst du vorher versprechen.«

Welcher Pferdefuß kommt jetzt? Heinz darf mitkommen?

»Du musst auch mal singen in *Bangkok Bar*.«

Ich glaube, Sascha hat noch immer keine Vorstellung davon, wie schlecht ich singe.

»Ich habe dir doch schon einmal gesagt«, erinnere ich ihn, »dass ich nur Dinge mache, die ich kann.«

Sascha grinst. »Das stimmt aber nicht«, meint er dann.

»Stimmt nicht?«

»Nein«, er schüttelt den Kopf. »Oder hast du«, fährt er dann fort, »vor eine gute Jahr gedacht, dass du kannst gut umgehen mit Kindern?«

Ich überlege einen Moment. Tatsächlich hat er recht, Greta und Ben haben mich vor eine vollkommen neue Aufgabe in meinem Leben gestellt, die ich im Großen und Ganzen gar nicht so schlecht meistere. Aber ist das nicht etwas Anderes? Hat es nicht jede Frau irgendwie »drin«, eine Mutter zu sein? Ich äußere meinen letzten Gedanken laut.

»Glaube nicht«, meint Sascha darauf. »Ich finde, du machst besonders gut.«

»Danke.« Irgendwie freut es mich, dass Sascha mich für eine gute Mutter hält. Wahrscheinlich umso mehr, weil ich wegen meines Jobs latent die ganze Zeit doch ein schlechtes

Gewissen habe, Greta und Ben nicht die Mami sein zu können, die sie verdient haben.

»Bitte«, sagt Sascha. »Und deshalb du musst auch singen.«

»Oh, nein!«, wehre ich ab. »Das kann ich tatsächlich nicht.«

»Ich habe auch wenigstens ausprobiert deine Ratschlag.«

»Stimmt … aber dabei ging es darum, dass ich wollte, dass du überlegst, was dir liegt – und nicht, was dir nicht liegt. Und Singen liegt mir wirklich nicht.«

»Wir sehen dann«, kommt es zurück. Da muss ich ihm leider innerlich widersprechen: Das werden wir mit Sicherheit nicht sehen. Niemals. Ich mache mich doch nicht zum Volldeppen!

Merle kommt am Samstagabend schon um sechs und hilft mir, die Zwillinge zu füttern. Eigentlich hatte sie vorgeschlagen, dass ich die Kinder zu ihr bringe, aber das wäre mir für einen Abend etwas zu viel Aufwand gewesen. Wenn man mit zwei Kindern, Windeln, Klamotten, Ersatzklamotten, Reisebettchen, Spielsachen und was weiß ich noch alles irgendwohin muss, hat das immer was vom Auszug aus Ägypten ins Gelobte Land. Man sollte denken, Merle würde das als Mutter von zwei Kindern verstehen, aber trotzdem kommt sie am Samstag noch einmal auf das Thema zurück.

»Ich verstehe echt nicht, warum du Ben und Greta nicht zu uns bringen konntest.«

»Weil ich nur wenig Lust habe, einen Kleinbus zu mieten, um ihre Sachen durch die Gegend zu fahren.«

»So viel Umstand wäre das ja nun nicht gewesen.« Sie konzentriert sich darauf, Gretas Flasche in die richtige Position zu bringen, denn meine Tochter hat mit einem kleinen Nörgeln darauf hingewiesen, dass der Winkel ihr offenbar nicht passt.

»Und ich verstehe nicht, wo der Unterschied ist. Ob du nun hier oder bei dir zu Hause auf die Kinder aufpasst, ist doch egal. Ich hab schließlich auch einen Fernseher und einen DVD-Player, bei mir kannst du sogar noch den Etagendienst in Anspruch nehmen und dir was Leckeres zum Essen bestellen. Geht sogar aufs Haus«, biete ich ihr an.

»Ich hatte eher gedacht«, setzt sie zu einer Erklärung an. »Also, ich dachte, wenn du die Kinder zu uns bringst – dann hätte doch Sebastian auf alle aufpassen können und ich wäre mit euch ausgegangen …«

Aha, da liegt also der Hase im Pfeffer: Meine vergnügungssüchtige kleine Schwester will wieder auf die Rolle gehen! Tja, daraus wird diesmal wohl nichts werden.

»Weißt du, ich möchte Sascha als Dankeschön, dass er mir immer so toll hilft, zum Essen einladen. Ich denke, da ist es besser, wenn wir nur zu zweit sind.«

»Ihr wollt also allein sein?«, stellt Merle fest. Jetzt grinst sie mich wieder auf diese typisch provozierende Art an.

»Quatsch«, antworte ich.

»Aber du hast doch gerade wortwörtlich gesagt: Ich denke, da ist es besser, wenn wir nur zu zweit sind.«

»Ja, schon«, winde ich mich. Merle kann aber auch wirklich wunderbar alles auf die Goldwaage legen. »Aber nur, weil es eben um ein Dankeschön von mir an Sascha geht. Das ist doch kein romantisches Date!«

»Nein?« Noch immer dieses verschmitzte Grinsen.

»Außerdem«, füge ich dann flüsternd hinzu, »wäre es schön, wenn du etwas leiser reden würdest. Sascha ist schließlich nebenan im Bad und macht sich fertig.«

»Für das nicht romantische Date, meinst du?« Ich nicke entnervt. »Bei dem ihr mich also nicht dabeihaben wollt«, stellt sie dann noch einmal fest.

»Jetzt hör zu«, werde ich etwas energischer. »Der letzte Abend, an dem ich mit dir unterwegs war, endete damit, dass du kotzend auf der Rückbank eines Autos lagst. Wenn ich dich mal daran erinnern darf!«

»Na und?« Merle zuckt nur mit den Schultern. »Kann ja mal passieren.«

»Ja, aber ich hätte eben nicht so gern, dass so etwas heute Abend auch passiert.«

»Ist ja schon gut«, wehrt Merle ab, legt sich Greta über die Schulter und klopft ihr auf den Rücken, damit sie ihr Bäuerchen macht. Ich tue das Gleiche mit Ben, lege mir aber vorher ein Handtuch über die Schulter, damit ich mich nicht gleich wieder umziehen muss. »Ich kann ja verstehen, dass du mit Sascha allein sein willst. Er ist ja auch ein ziemlich attraktiver Kerl.«

Dazu sage ich jetzt mal nichts.

»Och, komm schon«, meint Merle. »Er ist groß und schlank, er hat ein hübsches Gesicht und kann toll singen – erzähl mir nicht, dass du ihn nicht magst!«

»Natürlich *mag* ich Sascha. Sonst würde ich ihm wohl kaum Greta und Ben anvertrauen und mit ihm in einer WG zusammenwohnen. Aber als Mann finde ich ihn eben total uninteressant. Er ist sechs Jahre jünger als ich, also quasi ein Kind. Und dann seine Planlosigkeit – der lebt einfach so in den Tag hinein. Ich glaube, mein Beuteschema sieht eindeutig anders aus. Irgendwie tougher, erfolgreicher.« Merle kichert. »Was ist denn daran so lustig?«, will ich wissen.

»Na, wohin dich dein bisheriges Beuteschema gebracht hat, wissen wir ja: Carsten.«

»Du bist echt eine blöde Kuh!«, quittiere ich ihre Gemeinheit.

»Aber bitte!«, sie sieht mich gespielt entsetzt an und hält

Greta die Ohren zu. »Solche Ausdrücke nicht vor den Kindern!« Jetzt muss ich auch lachen, Merle kann man einfach nicht richtig böse sein. Offenbar ist unser Kichern ansteckend, denn schon wenige Augenblicke später glucksen auch Ben und Greta vor lauter Freude mit. Ein echt schönes Gefühl, mit meiner Schwester hier zu sitzen, die Babys auf dem Schoß und einfach mal herzlich zu lachen. Da stört es mich auch nicht, dass Ben prompt einen Schluckauf bekommt und mir natürlich auf meine graue Hose sabbert. Ziehe ich mich eben noch einmal um, ist ja heute erst das dritte Mal.

»Was gibt zu lachen?« Die Badezimmertür fliegt auf – und mir verschlägt es glatt den Atem. Selbst Ben und Greta hören auf zu glucksen und mustern mit großen Augen den Mann, der vor uns steht: Ganz in Schwarz, sehr schlicht in Hose und Hemd im Seventies-Schnitt. Ich bin mächtig beeindruckt, so männlich habe ich Sascha noch nie gesehen. Und gleichzeitig spüre ich ein seltsames Kribbeln in der Magengegend. Merle zwinkert mir aus den Augenwinkeln zu, denn natürlich ist ihr mein Blick nicht entgangen.

»Wow!«, stelle ich anerkennend fest, als ich meine Sprache wiedergefunden habe. »Du siehst ja echt klasse aus!«

Sascha grinst und dreht sich einmal um die eigene Achse. »Nicht schlecht für ein Babysitter, oder?«

Merle und ich nicken beide. Wirklich, gar nicht schlecht. Ich stehe auf und halte Sascha Ben hin.

»Kannst du ihn kurz nehmen?« Ich deute auf meine vollgespuckte Hose. »Ich muss mich eben auch noch mal umziehen.« Sascha nimmt Ben auf den Arm, dabei schnuppere ich sein Aftershave. Sehr angenehm, ich tippe auf L'Eau D'Issey.

»Also, mein Kleiner«, höre ich Sascha noch sagen, bevor ich die Tür zu meinem Schlafzimmer hinter mir zuziehe. »Bitte sei brav und spuck keine Milch auf meine Hemd. Sonst bin ich nix mehr schick für Mama.«

Während ich mit fahrigen Händen meinen Kleiderschrank nach einem Teil durchsuche, das sexy ist, passt und keinerlei hartnäckige Flecken aufweist, frage ich mich, warum ich auf einmal so aufgeregt bin. »Svenja«, sage ich zu mir selbst, »es gibt überhaupt keinen Grund, nervös zu sein. Das hier ist kein romantisches Date. Du lädst einen Angestellten zum Essen ein. Quasi als Bonus. Nicht mehr und nicht weniger.« *Sicher,* füge ich in Gedanken hinzu, *du bist schon lange nicht mehr mit einem Mann ausgegangen. Aber deshalb musst du nicht gleich ausflippen. Und morgen, wenn du Sascha wieder in einem seiner ausgelabberten Pullover und den zerfetzten Jeans siehst, ist auch alles wieder ganz normal.* Das hilft, mein Puls wird langsam wieder etwas ruhiger. Ich forste weiter durch meinen Kleiderschrank und stoße schließlich einen erleichterten Kiekser aus. Da ist es ja: Mein dunkelgrünes Babydoll, das das Dekolleté so wunderbar betont. Hoffentlich passt es mir schon wieder! Na ja, Taille braucht man dafür nicht, vom Busen abwärts fällt es locker und weit. Wird also schon gehen.

Natürlich nehmen wir den Hinterausgang und gehen nicht durch die Lobby. Glücklicherweise musste ich das Sascha erst gar nicht erklären, so von wegen »Ich will nicht, dass uns einer sieht« – er hat von ganz allein den Weg Richtung Rückseite gewählt, nachdem er mir galant seinen Arm angeboten hat. Das Babydoll sitzt tatsächlich schon wieder ganz passabel, zusammen mit den hohen Stiefeln und einer langen Halskette sieht es einerseits zwar sexy, andererseits aber auch nicht zu aufreizend aus. Trotzdem hat Sascha mit einem »Hui« durchaus zur Kenntnis genommen, dass ich mich umgezogen habe – und auch das »Hübsche Mama!« hat mir durchaus gefallen.

Als wir das Hotel verlassen, führt mich Sascha schnurstracks auf eine schicke Limousine zu. »Habe ich Auto organisiert«, erklärt er.

»O nein!« Ich hebe tadelnd den Zeigefinger. »Damit fangen wir erst gar nicht wieder an. Wir nehmen ein Taxi – und gut!«

In diesem Moment schwingt die Fahrertür auf, Luis steigt aus und öffnet galant eine der hinteren Türen. »Vielen Dank, Luis«, wehre ich ab, »aber ich kann wirklich nicht zulassen, dass wir dieses Auto nehmen.«

»Machen Sie sich keine Sorgen, Frau Christiansen«, erwidert Luis. »Der Wagen gehört mir.«

Ich sehe ihn erstaunt an. »Wie, Ihnen?« Ich betrachte das Auto genauer, es handelt sich um einen Oldtimer-Jaguar. So eine dicke Schleuder fährt unser *Wagenmeister?*

Sascha nutzt meine Verwunderung aus und bringt mich dazu, einzusteigen.

»Wissen Sie«, erklärt Luis, nachdem auch er Platz genommen und den Motor gestartet hat, »ich brauche nicht viel, habe immer ein bescheidenes Leben geführt. Aber so ein Auto wie dieses, das war immer mein Traum. Und vor zwei Jahren habe ich es mir dann gekauft.« Beeindruckt lasse ich meinen Blick über die Armaturen aus Wurzelholz gleiten.

»Es ist wirklich ein wunderschönes Fahrzeug«, meine ich.

»Danke sehr. Und wohin darf ich Sie nun kutschieren?« Ich sage ihm die Adresse des Restaurants, und er fährt los.

»Siehst du«, flüstert mir Sascha ins Ohr. »Du musst einfach nur lernen, dass die Dinge oft nicht sind, wie scheinen.«

Ich muss lächeln. »Vielleicht hast du recht«, erwidere ich.

Dann gleitet der Wagen nahezu lautlos durch die Abenddämmerung – und ich fühle mich ein kleines bisschen wie *Pretty Woman*. Also, nicht die Pretty Woman, die in hohen Stiefeln am Sunset Boulevard rumlungert. Sondern die, die von Richard Gere per Privatjet in die Oper geflogen wird.

28. Kapitel

Also bist du ganz allein nach Deutschland gekommen?«
Ich lausche gebannt Saschas Ausführungen über sein
bisheriges Leben, während wir uns im *Nil* mit kulinarischen
Köstlichkeiten verwöhnen lassen. Dazu trinken wir einen
ganz hervorragenden Weißwein. Ich bin froh, dass ich mittlerweile abgestillt habe – endlich hat das Leben mich wieder!

Er nickt. »Meine Mama wollte mit die Geschwister in Moskau bleiben, aber ich hab für mich nicht gesehen Perspektive.«

»Aber du warst doch erst vierzehn!«

»Ja, aber ich hatte Tante in Bielefeld, bei der ich wohnen
konnte.«

»Na ja«, meine ich schmunzelnd, »ob die Perspektiven in
Bielefeld so viel besser sind als in Moskau …«

Sascha guckt mich fast böse an. »Du kannst dir nicht vorstellen, wie Leben in Russland war. Hier im Westen ist vieles
so einfach. Ihr könnt machen und tun, was ihr wollt, jeder hat
Freiheit, jeder …« Er scheint sich regelrecht in Rage zu reden,
ich kann ihn noch nicht einmal unterbrechen, um einzuwer-
fen, dass ich meine Bemerkung nicht böse gemeint habe.

»Ich weiß ja«, sage ich kleinlaut, damit Sascha mich nicht
für eine komplette Ignorantin hält, denn natürlich ist mir klar,
dass das Leben in der ehemaligen Sowjetunion nicht immer
und vor allem nicht für alle ein Zuckerschlecken war. »Das
war bestimmt nicht immer leicht, und ich kann es mir auch
nicht genau vorstellen«, lenke ich versöhnlich ein. Eigentlich
habe ich mir den Abend etwas anders vorgestellt, als mit Sascha sozialkritische Diskussionen zu führen. Nicht, dass das

nicht ein wichtiges Thema wäre – aber muss das ausgerechnet heute geklärt werden?

»Nein, kannst du nicht. Und darum versteht ihr auch nicht unsere Mentalität.«

»Da hast du allerdings recht. Zu verstehen seid ihr nicht«, meine ich lachend und hoffe, dass Sascha meinen kleinen Scherz versteht. Tut er wohl nicht, denn er wirft mir einen bösen Blick zu und setzt dazu an, etwas zu sagen. Aber ich lasse ihn erst gar nicht zu Wort kommen, sondern greife über den Tisch nach seiner Hand und drücke sie. »Sascha, es tut mir leid«, sage ich, »ich wollte doch nur die Stimmung wieder etwas auflockern.«

Er erwidert den Druck meiner Hand und seine Gesichtszüge scheinen sich ein kleines bisschen zu entspannen. »Ich will nicht streiten«, meint er.

»Dafür ist der Abend doch auch viel zu schön.«

Ich will meine Hand wieder wegziehen – aber Sascha hält sie fest und legt jetzt sogar noch seine andere Hand um meine. Zuerst bin ich überrascht. Dann merke ich, dass es sich weich und warm anfühlt, wirklich schön.

»Ich möchte«, sagt er und guckt mich auf einmal ganz ernst an, »dass du irgendwann mitkommst in meine Heimat. Dann kann ich zeigen, wie es ist.« Es scheint ihm ziemlich wichtig zu sein.

»Gern«, sage ich daher, obwohl ich mir nicht so recht vorstellen kann, mit Sascha nach Moskau zu fahren. Ich meine, wir sind ja kein Paar oder so, warum sollte er mir da seine Heimat zeigen? Und für die Kinder ist so eine Fernreise wohl erst recht nichts. Aber ich habe ja noch nichts unterschrieben, da kann ich ruhig mal zustimmen und es mir im Zweifel noch einmal anders überlegen.

Sascha drückt noch einmal meine Hand und erwidert: »Gut.«

Einen Moment lang gucken wir uns nur an, keiner sagt ein Wort. Ich merke, wie ich unter Saschas intensivem Blick nervös werde. Als ich schon das Gefühl habe, dringend zur Seite schauen zu müssen, kommt die Kellnerin mit unseren Hauptspeisen. Sascha lässt meine Hände los, damit sie die Teller eindecken kann.

»Heute musst du singen, du hast versprochen!« Kaum haben wir in der Karaoke-Bar an einem Tisch Platz genommen, schiebt Sascha schon die Songliste rüber zu mir.

»Den Teufel habe ich«, widerspreche ich grinsend. »Ich singe hier nur über meine Leiche!«

»Wie schade«, kommentiert Sascha, »du bist noch so jung für Sterben.«

»Zu jung *zum* Sterben«, korrigiere ich ihn lachend.

»Du hast schon verstanden«, entgegnet er und macht eine wegwerfende Handbewegung.

»Auch wieder wahr«, gebe ich ihm recht und nehme mir vor, meinen Korrekturdrang in Zukunft komplett zu unterdrücken.

»Gut, fangen wir an!« Sascha dreht sich zu der Bedienung um, winkt sie heran und flüstert ihr etwas ins Ohr. Eine Minute später kehrt sie mit zwei Schnapsgläsern zurück, die sie vor uns abstellt.

»Was ist das?« Misstrauisch beäuge ich das Glas vor mir.

»Was wohl?« Sascha lacht. »Wodka!«

»Wodka?« Ich verziehe angewidert das Gesicht. »So was trinke ich nicht.«

»Heute schon!« Sascha erhebt sein Glas und prostet mir zu.

»Aber ich vertrag das nicht«, wende ich ein. »Noch dazu, wo ich schon ewig nichts Richtiges mehr getrunken habe, da belasse ich es wirklich lieber erst einmal bei einem Wein oder einem Bier ...«

»*Nastrovje!*«, ruft Sascha, kippt seinen Wodka in einem Zug hinunter und mustert mich auffordernd. Ich seufze innerlich. *Was soll's?* Einer wird mich schon nicht umbringen. Also hebe ich ebenfalls mein Glas, setze es an die Lippen und stürze den Wodka in einem Zug hinunter. Eine Schrecksekunde lang merke ich gar nichts – dann beginne ich lichterloh zu brennen.

»Hchshdkhsizd!«, bringe ich prustend hervor.

»Tut gut, nicht?« Sascha strahlt mich an.

»Hmpfhsj«, keuche ich, weil ich zu mehr nicht fähig bin. Sascha will mich ganz eindeutig umbringen!

Er grinst, beugt sich über den Tisch und schürzt die Lippen.

»Gib Kuss!«, fordert er mich auf.

Gib Kuss? Was soll das heißen, ich bin doch kein Haustier! Doch ehe ich etwas erwidern kann, hat Sascha sich blitzschnell noch weiter über den Tisch gebeugt und mir einen dicken Schmatzer aufgedrückt. Er lehnt sich zufrieden lächelnd zurück. »Jetzt wir sind Brüder.«

»Toll«, sage ich und bin froh, meine Stimme wiedergefunden zu haben. Mittlerweile ist mir ganz warm im Bauch und meine Lippen kribbeln. Ob vom Wodka oder von Saschas Kuss kann ich nur schwer sagen, aber für einen kurzen Moment bin ich ganz durcheinander.

»Lass uns darauf noch einmal trinken!« Sascha winkt der Kellnerin ein weiteres Mal.

»O nein!«, will ich ihn stoppen. »Ich trinke keinen Wodka mehr, der eine reicht mir voll und ganz.« Sascha blickt enttäuscht drein, die Kellnerin, die mittlerweile an unseren Tisch gekommen ist, mustert uns abwartend. »Ich nehme ein Bier«, ordere ich bei ihr. Sascha verzieht das Gesicht.

»Bier!«, ruft er etwas theatralisch aus. Aber dann bestellt er trotzdem auch eins. Die Kellnerin bringt uns zwei *Singha*, natürlich ohne Glas, so dass Sascha und ich aus der Flasche trinken müssen.

Während ich an meinem Thai-Bier nuckle, frage ich mich, ob ich morgen mit allzu schlimmen Kopfschmerzen rechnen muss. Immerhin gluckert in meinem Bauch schon eine fröhliche Mischung: Sekt, Weißwein, Rotwein, Wodka, Bier – ich weiß ja nicht, ob sich das alles verträgt ...

»Gut«, meint Sascha, stellt sein Bier ab und schiebt mir wieder die Liste mit den Songs zu. »Du darfst dir aussuchen.« Ich schüttle den Kopf.

»Ich hab dir doch schon gesagt, dass mich keine zehn Pferde dazu bewegen werden, hier vor versammelter Mannschaft etwas vorzusingen. Da kannst du mir noch so viel Wodka und Bier geben!«

»Dummerchen«, antwortet Sascha lachend. »Du sollst aussuchen, was *ich* singe für *dich!*«

»Für mich?«

Er nickt. »Ja, ich singe Lied für dich.«

Die Idee gefällt mir spontan gut, schließlich hat mir noch nie jemand ein Ständchen gebracht. Ich greife nach der Liste und studiere die verschiedenen Titel. Sascha ordert in der Zwischenzeit zwei neue Biere, langsam muss ich aufpassen, dass er mich nicht komplett abfüllt. Wäre mir echt unangenehm, wenn Luis uns später abholt und diesmal ich anstelle von Merle die Sitze vollkotze.

»Und?«, unterbricht Sascha meine Gedanken. »Hast du ein Lied gefunden?« Ich schüttle den Kopf.

»Ich kenne mich mit Musik ehrlich gesagt nicht ganz so gut aus«, gebe ich zu. »Also, es gibt schon Lieder, die ich gern mag, aber oft weiß ich gar nicht, wie sie heißen und wer sie singt ...«

»Kein Problem«, meint Sascha und steht auf. »Dann suche ich aus.« Mit diesen Worten geht er rüber zu der kleinen Bühne und flüstert dem DJ etwas ins Ohr. Der nickt und beginnt sofort, etwas in seinen Computer einzugeben. Sascha winkt zu mir herüber – offenbar hat er ein passendes Lied gefunden. Da bin ich ja mal gespannt. So gespannt, dass ich mein Bier ein paar Augenblicke später offenbar schon wieder ausgetrunken habe. Ich nicke der Bedienung zu, eins wird ja wohl noch gehen.

Nachdem eine junge Frau ihre ziemlich schauderhafte Version von *Time after time* zu Ende geträllert hat, betritt Sascha die Bühne. Er nimmt das Mikro und verbeugt sich galant vor dem applaudierenden Publikum – viele scheinen ihn schon zu kennen, sonst würden sie ihn wohl nicht so begeistert begrüßen. »Heute singe ich ein Lied für wunderbare Frau«, beginnt Sascha und deutet in meine Richtung. Zirka hundert Augenpaare heften sich auf mich, schlagartig werde ich knallrot. Wie peinlich! Und irgendwie … auch schön! Ich versuche, Sascha anzulächeln, was nicht einfach ist, weil ich mich vor Nervosität schlagartig verkrampfe. »Denn sie ist nicht nur wunderbare Frau, sondern auch wunderbare Mutter. Und«, er macht eine kleine Pause und zwinkert mir zu, »ist sie auch wunderbare Chefin.« Dann wirft er eine Kusshand in meine Richtung.

Bevor ich vor Scham komplett unter der Bank versinken kann, erklingen endlich die ersten Takte Musik, und Sascha beginnt zu singen. Ich traue meinen Ohren kaum: Es ist *Glory of Love* von Peter Cetera!

»*I am a man who will fight for your honour, I'll be the hero you're dreaming of*«, singt er – und ich kann nicht anders, als in Gedanken zu ergänzen: *We'll live forever, knowing together that we did it all for the glory of love …*

Bis zum Refrain halte ich mich noch einigermaßen wacker,

aber dann kann ich nicht mehr. Das ist alles zu viel für mich, der Wein, das Bier, der Wodka, Sascha, der auf der Bühne steht und mich beim Singen regelrecht anstrahlt, und dann auch noch *ausgerechnet dieser Song!* Das Lied, das Carsten und mich doch mal so sehr miteinander verbunden hat. Dachte ich jedenfalls früher.

Eine riesige Welle der Emotionen spült über mich hinweg und haut mich fast vom Stuhl. Unmöglich, mich noch länger im Griff zu haben, längst laufen mir die Tränen in Sturzbächen über die Wangen. Hektisch springe ich auf und stürze aus dem Lokal, bevor auch noch der Letzte hier merkt, dass ich gerade die Fassung verliere.

Draußen lehne ich mich erschöpft gegen die Hauswand, schließe die Augen und atme die kalte Nachtluft ein, bis ich mich langsam wieder beruhige.

»Was ist passiert?« Saschas Stimme erklingt direkt neben mir, ich öffne die Augen und sehe in sein erschrockenes, fragendes Gesicht. Schnell wische ich mir die Tränen fort, aber vermutlich wird er trotzdem sehen, dass ich geweint habe.

»Nichts«, lüge ich.

Sascha tritt noch einen Schritt auf mich zu, legt mir eine Hand unters Kinn und sieht mir direkt in die Augen. »Nicht lügen«, tadelt er mich lächelnd. »Ich sehe, dass es geht dir nicht gut.« Seine Stimme klingt dabei so liebevoll und besorgt, dass ich sofort wieder in Tränen ausbrechen muss, ich kann es einfach nicht verhindern.

»Es ist … es ist nur«, bringe ich stockend hervor, »dieses Lied … und mein Leben … und überhaupt.« Wieder versagt mir die Stimme, weil ich so sehr schluchzen muss.

Behutsam legt Sascha nun einen Arm um mich und streicht mir mit einer Hand über den Kopf. »Nicht mehr weinen«, bittet er, zieht mich noch näher, bis er mit seinem Gesicht mein Haar berührt. »Ich will nicht, dass du weinst.«

Mir zittern die Knie, und ich bin ganz durcheinander. Gegen meine Brust kann ich deutlich Saschas Herzschlag spüren, ich fühle seine Wärme. Instinktiv lege ich meine Arme um ihn, ziehe ihn ganz fest an mich heran und bette meinen Kopf auf seine Brust. Was für ein schönes Gefühl! Mit einem Mal komme ich mir total geborgen vor und muss auch nicht mehr weinen.

Eine ganze Weile stehen wir nur so da, Arm in Arm, keiner von uns sagt etwas. Sascha streichelt noch immer meine Haare – und mein gesamter Körper ist mittlerweile von einer angenehmen Gänsehaut überzogen. Dann, nach einer scheinbaren Endlosigkeit, hebe ich mein Gesicht und sehe Sascha an.

Wie in Zeitlupe, Millimeter für Millimeter, nähert sich sein Gesicht dem meinen, ich versinke fast in seinen grünen Augen und kann mich nicht rühren, bin wie hypnotisiert.

Saschas Lippen sind angenehm warm und weich, als sie mich erst zärtlich, dann immer fester küssen. Sascha und ich stehen knutschend auf dem Kiez! Die ganze Situation ist absolut absurd. Und trotzdem habe ich es lange nicht mehr so genossen, jemanden zu küssen, ich gebe mich voll und ganz dieser Zärtlichkeit hin und weigere mich, darüber nachzudenken, was das für Folgen haben könnte. Jetzt, hier, in diesem Augenblick ist es schön – über alles Weitere will ich mir keinen Kopf machen.

»Svenja«, raunt Sascha mir nach gefühlten drei Stunden ins Ohr. Seine Stimme klingt etwas anders als sonst, irgendwie … sie scheint ein wenig zu zittern. Ich warte darauf, dass er noch etwas sagt, aber das tut er nicht. Stattdessen küsst er mich wieder. Auch gut, ich kann von diesen Küssen gerade nicht genug bekommen!

»Komm«, sagt er irgendwann, schiebt mich ein Stück von sich weg und lächelt mir zu. »Lass uns eine Nacht machen, die nicht zum Vergessen ist.«

Die man nicht vergisst, will ich fast sagen. Aber ich lasse es.

Hand in Hand laufen wir über den Kiez, stolpern in jede Kneipe, an der wir vorbeikommen, tanzen mitten im aufgeheizten Partyvolk, trinken noch jede Menge Bier und küssen uns zwischendurch so oft und lange, dass uns fast die Lippen bluten. Und wir lachen, lachen so viel und so laut, dass ich davon schon Bauchschmerzen bekomme. Ich kann mich nicht erinnern, wann ich mich das letzte Mal so benommen habe – aber das Gefühl ist herrlich! Es ist wie … Leben.

Der nächste Morgen fühlt sich nicht mehr ganz so gut an wie der Abend. Ich erwache und habe einen ziemlich dicken Schädel. Allerdings nicht so sehr vom Alkohol, es ist mehr der moralische Kater, der mir zu schaffen macht. Denn kaum habe ich ein Auge geöffnet, habe ich sofort wieder alle Bilder vor mir: Sascha und ich, wild knutschend in diversen Bars, die Fahrt in der Limousine hierher, bei der wir fröhlich weitergeknutscht haben (was wird Luis nur denken?), und dann auch noch Merle, die natürlich sofort gewusst hat, was los war, nachdem sie uns die Tür öffnete.

Ich setze mich stöhnend auf und sehe mich um. Meine Klamotten sind kreuz und quer durchs Zimmer verteilt, die habe ich wohl gestern Nacht einfach nur so von mir geworfen. Aber, immerhin: Ich bin allein! So betrunken, dass ich Sascha gestern noch mit in mein Zimmer geschleift hätte, war ich dann doch nicht. Na ja, was soll ich mir selbst etwas vormachen – Lust hätte ich schon dazu gehabt, aber die Vernunft hat mich gebremst. Oder eher gesagt ihn, wenn ich mich recht erinnere. Gott sei Dank, wie ich jetzt nur feststellen kann.

Ich hangle nach meiner Jogginghose, die auf dem Korbsessel neben meinem Bett liegt, ziehe sie an, streife mir noch ein T-Shirt über und gehe hinaus in den Flur. *Dieser verdammte Song*, denke ich auf dem Weg. Wenn Sascha nicht *Glory of Love* gesungen hätte, wäre das alles nicht passiert.

Denke ich jedenfalls.

Draußen im Flur duftet es nach frischem Kaffee. Ist Sascha schon wach? Vorsichtig schleiche ich Richtung Küche und werfe einen Blick hinein. Leer. Nur neben der Kaffeemaschine liegt ein Zettel.

Guten Morgen, Schwesterchen. Ich hab auf dem Sofa geschlafen und heute früh Ben und Greta mitgenommen. Vielleicht willst du lieber mit Sascha allein sein ... Melde dich, wenn ich die Kleinen zurückbringen soll.
Bussi, Merle

Ich muss lächeln, meine kleine Schwester ist zwar manchmal ein echter *pain in the ass* – aber dann kann sie auch wieder unheimlich süß sein! Ich gieße mir eine Tasse Kaffee ein, nehme die Packung Milch aus dem Kühlschrank und kippe etwas dazu, dann setze ich mich an den Küchentisch und denke nach.

Wie soll ich mich Sascha gegenüber verhalten, wenn ich ihm begegne? So, als wäre nichts passiert? Nein, das wäre albern. Aber andererseits habe ich auch nicht vor, da weiterzumachen, wo wir gestern aufgehört haben.

Sicher, wir haben aus einer Laune heraus geknutscht, und das hat auch Spaß gemacht, aber schließlich sind wir kein Paar oder so. Am besten wird es wohl sein, dass wir wie zwei Erwachsene darüber reden und die Sache klären. Er bleibt weiterhin mein Kindermädchen, ich seine Chefin – wie gehabt also.

Als hätte man ihm ein Stichwort gegeben, taucht in diesem Moment Sascha auf. Er kommt gähnend in die Küche geschlurft, reckt sich so, dass sein T-Shirt hochrutscht und ich einen kurzen Blick auf seinen muskulösen Bauch erhaschen kann, dann gießt er sich auch einen Kaffee ein, lässt sich auf den Stuhl neben mir plumpsen und drückt mir ein Küsschen auf.

»Guten Morgen«, sagt er, nimmt einen Schluck Kaffee und grinst mich an.

Ich bin zur Salzsäule erstarrt und kann überhaupt nichts sagen, so überrascht bin ich. Etwas hektisch schiebe ich meinen Stuhl zurück. »Ich, äh, ich muss ins Büro, die warten schon auf mich«, bringe ich stotternd hervor.

»Aber hast du nicht gesagt, du hast diese Sonntag keine Dienst?«, fragt Sascha überrascht nach. Das stimmt natürlich – aber ich muss einfach raus aus dieser Wohnung!

»Richtig, das dachte ich auch, aber … aber da sind noch ein paar Sachen liegengeblieben, die ich dringend … äh …«

Sascha greift nach meiner Hand, streichelt sie und lächelt mich an. »Süße«, gurrt er, »heute ist so schöne Tag. Bleib bei mir.«

Als hätte mich ein Stromschlag getroffen, springe ich auf und bringe ein gehetztes »Ich kann nicht!« hervor. Eine Sekunde später bin ich auch schon aus der Küche gestürzt, habe die Badezimmertür hinter mir zugeworfen und die Dusche angestellt.

»Na, super«, sage ich zu mir selbst, während mir das warme Wasser über den Kopf rinnt und hoffentlich dafür sorgt, dass ich wieder einen klaren Gedanken fassen kann. »Das hast du ja wirklich total erwachsen und vernünftig mit Sascha geklärt!«

Als ich mit dem Duschen fertig bin und mir die nassen Haare kämme, erklingt aus der Wohnung ein lauter Knall. Ich muss erst gar nicht nachsehen, um zu wissen, was das war. Offensichtlich hat Sascha das Appartement verlassen und die Tür hinter sich ins Schloss gedonnert. Mist! Irgendwie habe ich das Gefühl, dass diese kleine Eskapade von gestern sich nicht ganz so leicht aus der Welt räumen lassen wird.

Wie zu erwarten gelingt es mir im Büro nicht wirklich, mich auf die Arbeit zu konzentrieren. Glücklicherweise bin ich vollkommen allein. Sabrina Hoppe hat frei und Georg Trautwein ist irgendwo im Hotel unterwegs. Ich starre auf den Monitor meines Computers, als könnte ich dort irgendwo die Lösung für die missliche Situation finden, in die ich mich gebracht habe. Aber, welch Überraschung, in meiner Excel-Tabelle über den aktuellen Warenbestand ist nichts zu finden!

Zum Teufel mit dem Alkohol … Wie konnte ich mich nur wie ein Teenager zu dieser Knutscherei hinreißen lassen? Sicher, es war schön – aber ich hätte doch wissen müssen, dass das nicht ohne Konsequenzen bleibt. Herrje, während ich im Job so gut wie alles immer irgendwie gewuppt bekomme, scheine ich als Managerin meines Privatlebens eine ziemliche Niete zu sein. Das sah man ja schon bei Carsten. Und jetzt bei Sascha.

Ich halte inne und denke nach: Okay, was tue ich, wenn ich im Job auf Konflikte oder schwierige Situationen stoße? Ich stelle mich ihnen und räume sie so schnell wie möglich aus der Welt, da würde ich nie auf die Idee kommen, einfach die Flucht zu ergreifen und den Kopf in den Sand zu stecken. Bisher bin ich damit auch immer gut gefahren. Immerhin leite ich nun als Direktorin ein Hotel der absoluten Spitzenklasse.

Also gut. Ich greife zum Telefonhörer und wähle Saschas

Handynummer. Ich werde mich nicht verstecken, sondern dem Problem mutig ins Gesicht blicken. Das scheint mir der einzig sinnvolle Ausweg.

»Hallo?« Als Saschas Stimme erklingt, fühle ich mich mit einem Schlag leider überhaupt nicht mehr mutig und bin versucht, sofort wieder aufzulegen. Was natürlich sehr albern wäre, zumal Sascha meine Nummer auf dem Display sehen kann.

»Ich bin's, Svenja«, melde ich mich und hoffe, dass meine Stimme nicht zittert.

»Ich weiß«, sagt er nach einer kleinen Pause.

»Wo bist du denn?«

»Habe ich die Kinder bei Merle abgeholt und spaziere an die Elbe. Ist so schönes Wetter.«

»Gut«, sage ich, »dann treffen wir uns in einer halben Stunde in Övelgönne. Oberhalb der Strandperle.«

Sascha winkt mir zu, als ich über den kleinen Weg am Ufer entlanggelaufen komme.

»Hallo!«, begrüße ich ihn und spüre, wie schon wieder Nervosität in mir aufsteigt. Im Taxi bin ich etwa hundertmal durchgegangen, was ich zu ihm sagen will. Offenbar laut. Prompt hat der Fahrer mich nämlich mit einem »Na, denn man tau!« verabschiedet. Aber jetzt, wo Sascha vor mir steht, ist alles wie weggeblasen. Vor meinem inneren Auge spielt sich wieder die Szene von gestern Abend ab, ein Kribbeln geht durch meinen Körper.

»Hallo«, sagt er und grinst mich etwas schief an.

Um mich abzulenken, beuge ich mich zu Greta und Ben, die in ihrer Doppel-Kinderkarre liegen und interessiert durch die Gegend gucken. »Meine beiden Süßen«, begrüße ich sie und drücke jedem von ihnen einen dicken Schmatzer auf. »Mami ist wieder da.« Ben gluckst, Greta scheint gänzlich unbeeindruckt. Sie könnte mir von ihrem Pokerface in diesem Moment ruhig etwas abgeben.

»Also«, wende ich mich an Sascha, »gehen wir ein Stück spazieren?« Und so rollern wir los, einträchtig wie bei einem Sonntags-Familienausflug. Vorbei an den hübschen, kleinen Kapitänshäusern bahnen wir uns unseren Weg durch ganze Massen von Fußgängern, die das gute Wetter ebenfalls nutzen wollen. Wir sehen vermutlich aus, als wären wir einem Heimatfilm entsprungen – so kann der Schein trügen.

Zwar hatte ich mir vorgenommen, Sascha sofort auf den vorangegangenen Abend anzusprechen, aber ganze zwanzig Minuten lang bekomme ich nicht den Mund auf. Ich weiß einfach nicht, wie. Schließlich ist es Sascha, der das Schweigen bricht.

»Svenja?«

»Hm?«

»Gestern Abend ist dir peinlich, ich habe gemerkt. Du hast bereut, oder?«

Ich bin überrascht, wie direkt er ist, und muss erst dreimal schlucken, bevor ich antworten kann.

»Na ja, also, du weißt ja …«, stammle ich und merke, dass ich rot werde. Ich beuge mich zum Kinderwagen und schiebe Greta ihren Schnuller zurück in den Mund.

»Wäre anders, wenn ich nicht dein Kindermädchen wäre?«, will Sascha wissen.

»Nein!«, kommt es von mir wie aus der Pistole geschossen. »Das würde daran gar nichts ändern.«

»Sicher?«

»Sicher.« Ich versuche, so überzeugend wie möglich zu klingen. Dabei ist es eine faustdicke Lüge.

Sascha bleibt stehen und mustert mich eindringlich – und ich kann nicht umhin, schon wieder weiche Knie zu bekommen. Der Wind zerzaust seine schwarzen Haare, am liebsten würde ich mit einer Hand darüberstreichen. Aber noch viel schlimmer ist sein Gesichtsausdruck, der irgendwo zwischen verständnislos, bittend, verletzt und sehnsuchtsvoll liegt. Ich gebe es zu, ich könnte ihn jetzt auf der Stelle küssen! Sascha rührt in mir eine Seite an, die ich schon lange nicht mehr gespürt habe.

Aber es nützt ja nichts, wir zwei haben zusammen einfach keine Chance.

»Weißt du …« *Nun los, Svenja!* »Ich habe den Abend gestern wirklich sehr genossen. Aber mein Leben ist im Moment so kompliziert, dass ich keine weiteren Verwicklungen gebrauchen kann.«

»Verstehe«, erwidert Sascha. »Und ich wäre Verwicklung?«

»Irgendwie schon«, gebe ich zu. »Ich muss doch erst mal wieder alles auf die Reihe kriegen. Die Kinder, das Hotel … ich … ich habe immerhin auch einiges durchgemacht.« Plötzlich steigen mir die Tränen in die Augen, ohne dass ich es verhindern kann.

Sascha legt mir eine Hand auf den Arm und streichelt ihn sanft. »Das ich weiß«, flüstert er. »Ich nur gedacht habe …« Er beendet den Satz nicht.

»Sascha«, ich schaffe es, die Tränen zu unterdrücken, »was ich im Moment wirklich brauchen kann, ist ein guter Freund. Kannst du mein guter Freund sein?«

Er betrachtet mich eine Weile, dann nickt er langsam und bedächtig.

»Ja«, sagt er, »ich kann sehr gut sein gute Freund.« Dann lächelt er mich an und schiebt den Wagen langsam weiter.

»Danke«, sage ich leise. »Das bedeutet mir viel.«

Wir setzen unseren Spaziergang fort, schweigend, weil in diesem Moment wohl nichts mehr zu sagen ist.

Auf dem Rückweg halten wir an der Treppe, die hinunter zu dem kleinen Imbiss *Strandperle* führt.

»Komm«, sagt Sascha, »gehen wir kurz.«

Gemeinsam hieven wir die Karre runter an den Elbstrand. Der Kiosk selbst hat zwar geschlossen, trotzdem tummeln sich erstaunlich viele Menschen hier unten. Wir stellen die Kinderkarre ab und lassen uns direkt daneben in den Sand sinken. Versonnen hänge ich meinen Gedanken nach. Wie gut, dass Sascha und ich miteinander gesprochen haben, jetzt ist wieder alles klar. Ich genieße es, einfach nur mit ihm hier zu sitzen und aufs Wasser zu gucken; hin und wieder bahnt sich ein riesiges Containerschiff seinen Weg durch die Elbe.

»Manfred, guck doch mal!« Eine Frauenstimme lässt mich hochschrecken, ich war offenbar fast eingedöst, die gestrige Nacht steckt mir halt doch noch in den Knochen. Irritiert blinzle ich gegen die Sonne an und erkenne ein älteres Ehepaar, das direkt vor uns steht. »Entschuldigung«, sagt die Frau, »ich wollte Sie nicht wecken, aber ich habe Ihren Zwillingskinderwagen gesehen, da konnte ich nicht anders.«

Ich bin immer noch verwirrt. Was meint die Frau? Ich stehe auf, auch Sascha erhebt sich und klopft sich den Sand von seiner Jeans ab.

»Äh, ja?«, frage ich nach.

»Wissen Sie«, erklärt die Frau, »mein Mann und ich«, sie deutet auf den älteren Herrn im Wildledermantel, der neben ihr steht, »werden in zwei Monaten zum ersten Mal Großeltern. Unsere Tochter erwartet auch Zwillinge, und da sind wir immer ganz aufgeregt, wenn wir andere sehen.«

»Ja, so viele gibt es davon ja auch nicht.«

Wir fachsimpeln eine Weile, Sascha und ich beantworten artig Fragen, wie sich der Alltag mit Zwillingen so gestaltet, bis die Frau schließlich fragt: »Dürfen wir die Kinder mal auf den Arm nehmen?«

»Waltraud«, wird sie von ihrem Mann getadelt.

»Schon gut«, beruhige ich ihn lächelnd, »das ist kein Problem«. Eine Minute später haben die beiden Ben und Greta auf dem Arm, was meinen zwei Kleinen gut zu gefallen scheint. Auf alle Fälle glucksen sie fröhlich vor sich hin. Etwas wehmütig denke ich an meine eigenen Eltern, die in Sachen Oma und Opa nicht gerade die leuchtendsten Vorbilder sind. Aber ich will nicht ungerecht werden, schließlich ist es von Teneriffa aus schwierig, ständig präsent zu sein. Und insgeheim bin ich ja eigentlich auch ganz froh darüber.

»Wie niedlich ihr zwei Kleinen seid!«, stellt Waltraud fest und strahlt übers ganze Gesicht. Bestimmt hat sie in Gedanken jetzt auch schon ihre Enkelkinder auf dem Arm. »Unsere Tochter erwartet zwei Mädchen, eineiig«, lässt sie uns wissen.

»Wie schön«, erwidert Sascha. Dann reicht Waltraud ihm Greta und mustert ihn dabei intensiv.

»Also«, sagt sie, »ich muss schon sagen«, ihr Blick fällt nun auch noch auf Ben, »die Kinder sind ja ganz der Vater.«

»Wie bitte?« Ich bin etwas verwirrt. Ben und Greta haben Carstens braune Augen und meine blonden Haare geerbt – Sascha hingegen ist schwarzhaarig und hat grüne Augen.

»Es ist der Gesichtsausdruck«, erklärt sie, »der ist ja nahezu identisch.« Ihr Mann nickt dazu bekräftigend.

»Also, das ist«, setze ich an, um das Missverständnis aufzuklären, werde aber von Sascha unterbrochen.

»Ja«, sagt er und strahlt übers ganze Gesicht, »finden wir auch, sind ganz der Papa!« Er zwinkert mir zu, und ich beschließe, ihm den Spaß zu lassen. Wir legen die Kinder zurück in die Karre und verabschieden uns, Waltraud bedankt sich noch einmal dafür, dass sie die Kinder halten durften. Als wir zurück zu den Treppen stapfen, hören wir die zwei älteren Herrschaften noch miteinander reden.

»Was für ein hübschen Paar«, stellt Manfred fest.

»Und so süße Kinder!«, kommentiert seine Frau.

Sascha wirft mir aus den Augenwinkeln einen schelmischen Blick zu. »Hast du gehört?«, fragt er. »Hübsches Paar.«

»Ja«, erwidere ich knapp und weiß nicht, ob ich mich darüber amüsieren soll – oder ob wieder dieses komische Gefühl in mir überhandnimmt.

»Aber sind wir ja gar nicht Paar«, stellt Sascha fest. »Sind wir nur gute Freunde.«

Irgendetwas in mir sagt mir, dass die Lage zwischen Sascha und mir trotz unseres Gesprächs noch nicht vollkommen geklärt ist. Und wenn ich mir so ansehe, wie Sascha mit einem Honigkuchenpferd-Grinsen den Kinderwagen vor sich herschiebt, wird dieser Verdacht nicht gerade entkräftet.

29. Kapitel

Als würde es in meinem Leben nicht ohnehin schon drunter und drüber gehen, finde ich einige Tage später morgens einen Brief auf meinem Schreibtisch, der mich nichts Gutes ahnen lässt. Nachdenklich drehe ich ihn zwischen meinen Händen hin und her. Auf den Absender brauchte ich nicht zu schauen, ich weiß sofort, von wem er stammt. Schließlich kenne ich Carstens Handschrift seit fast zwanzig Jahren.

Es ist albern, aber ich habe beinahe Angst, den Brief zu öffnen. Schließlich muss es doch irgendetwas Bedeutsames geben, wenn Carsten zur Feder greift. Sonst mailt er nur. Schlechte Nachrichten vielleicht?

Andererseits hat sich unser Verhältnis seit seinem spontanen Hamburg-Trip deutlich verbessert. Nicht, dass ich vergessen hätte, wie unsere Beziehung zu Ende ging. Aber er scheint wirklich um ein gutes Verhältnis zu Ben und Greta bemüht zu sein – und das finde ich doch ganz schön, vor allem für die Kinder. Seit September war Carsten schon dreimal in Hamburg. Er hat sich jedes Mal in eine kleine Pension in der Nähe eingemietet und dann das Wochenende mit den Kindern verbracht. Ich glaube, die drei hatten viel Spaß, jedenfalls waren meine kleinen Räuber abends zwar immer völlig k. o., aber sehr gut gelaunt.

Der Einzige, der von den Besuchen nicht sonderlich angetan ist, ist Sascha. Dabei war es ursprünglich ja seine Idee, Carsten die Kinder zu zeigen. Und er profitiert von Carstens Besuchen ungemein – denn schließlich hat er dann das ganze Wochenende frei und kann mit seinen Jungs üben oder auftreten, bis der Arzt kommt. Aber an der ganzen Art, wie er mit Carsten

umgeht oder ihm erklärt, was gerade bei Ben und Greta angesagt ist, merke ich, dass es ihm lieber wäre, mein Ex würde
sich auf Nimmerwiedersehen verziehen. Sascha ist wie eine
Glucke, die eifersüchtig über ihre Lieblinge wacht.

Ich atme tief durch und schnappe mir den Brieföffner.

Liebe Svenja,
du wirst dich sicher wundern, warum ich dir heute einen
Brief schreibe. Aber es gibt etwas Wichtiges mitzuteilen –
und ich habe das Gefühl, dass du wichtige Dinge nicht
gerne per Mail erfährst.
Also, ich will's nicht so spannend machen: Ich werde im
Frühjahr nach Hamburg ziehen. Du hattest mir doch mal
den Kontakt zu WaterPriceCopper hergestellt – kurzum,
ich habe mich dort beworben und eine Stelle als Wirt-
schaftsprüfer bekommen. Am 2. März fange ich an.

Ich habe in den letzten beiden Monaten sehr viel über uns
nachgedacht. Mir ist klar, dass wir kein Paar mehr wer-
den. Aber ebenso klar ist mir geworden, dass ich zumin-
dest versuchen will, für Greta und Ben mehr zu sein als
»der Erzeuger« – wie du es immer so schön nennst. Das
geht von München aus nicht, deswegen mein Entschluss,
nach Hamburg zu kommen.

Keine Sorge, ich rücke dir nicht auf die Pelle. Aber es wäre
schön, wenn ich die Kinder regelmäßig sehen kann. Ich
hoffe, das ist auch in deinem Sinne – die letzten Male hat-
te ich jedenfalls diesen Eindruck.

Beste Grüße,
Carsten

Ich lasse den Brief sinken und brauche erst einmal einen Augenblick, um diese Nachricht zu verdauen. Carsten kommt nach Hamburg. Was ich mir noch im letzten Jahr gewünscht habe, wird nun wahr – und löst in mir alles andere als Freudengeheul aus.

Sicher, seine Wochenendbesuche waren nett, und ich bin mittlerweile auch froh, dass die Kinder später wissen werden, wer ihr Vater ist. Aber dafür hätte Carsten nicht nach Hamburg ziehen müssen. Mit seinen Kurzbesuchen ist mein Bedarf völlig gedeckt. Die Vorstellung, ihm wohlmöglich demnächst zufällig in der Stadt zu begegnen, finde ich ziemlich ätzend. Ich finde, Carsten hat in Hamburg überhaupt nichts mehr zu suchen.

Aber wie es aussieht, ist Carsten wild entschlossen. Mir fällt auch nichts ein, das ihn daran hindern würde. Es sei denn, ich erlaube keine Besuche der Kinder mehr – aber das ist keine echte Alternative.

Auf einmal packt mich eine ziemliche Sehnsucht nach meinen Mäusen, und ich beschließe, die Mittagszeit zu nutzen und ein Stündchen Pause zu machen.

Schon als ich die Tür zur Wohnung öffne, höre ich lautes Lachen aus dem Kinderzimmer. Ich linse hinein. Sascha sitzt auf dem Teppich und spielt Bens absolutes Lieblingsspiel: *Guck-guck – wo bin ich?* Sascha legt Ben eine Stoffwindel über den Kopf und zieht sie schnell wieder weg. Jedes Mal fragt er ihn dabei: ›*Na, wo ist denn der Ben?*‹ – und jedes Mal lacht sich mein Sohn schlapp. Greta liegt auf dem Bauch, schaut den beiden zu und nuckelt leicht gelangweilt an ihrem Ärmel. Ich gehe rein und nehme sie auf den Arm.

»Na, meine Süße, lassen dich die Jungs nicht mitspielen?«

»Oh, hallo. Ich habe gar nicht gehört, dass du reingekommen. Gibt es etwas Besonderes?« Sascha lässt die Windel einen Moment zu lange auf Bens Gesicht liegen, so dass dieser gleich empört aufheult.

»Nein, ich habe euch nur vermisst und wollte mal nach euch schauen.«

»Bist du sicher, alles in Ordnung?« Er mustert mich eindringlich. »Du wirkst komisch.«

Sascha, der alte Frauenversteher – offensichtlich merkt man mir den Schreck über Carstens Brief doch deutlich an.

»Nein, nein, es ist alles in Ordnung. Weißt du, mach doch mal eine Pause, ich gehe ein bisschen mit den beiden spazieren.«

Weil es für November mal wieder ein ziemlich warmer und sonniger Tag ist, rollere ich mit meinen beiden Zwergen zu meinem Lieblingscafé an der Alster: *Bodos Bootssteg*. Wie der Name schon vermuten lässt, ist es eine Mischung aus einem Café und einem Anlegesteg für Segelboote – und eine ziemlich gelungene noch dazu. Im Sommer kann man sich hier sogar in Liegestühlen auf einem Deck fläzen; jetzt hat die *Bodo*-Crew blaue Wolldecken auf die Teakholzstühle gelegt, damit man seinen Kuchen immer noch draußen genießen kann.

Ein netter Jogger, der anscheinend gerade eine kleine Pause macht, hilft mir, meine Zwillingskarre die Stufen zum Café hinunterzuwuchten, dann mache ich es mir an einem der Tische bequem. Es ist herrlich ruhig hier; Ben und Greta sind vor lauter frischer Luft gleich eingeschlafen. Auf der Alster sind natürlich kaum noch Boote, aber zwei, drei Segler hat es doch noch nicht ins Winterlager verschlagen. Hamburg ist einfach schön!

Mir ein bisschen Wind um die Nase wehen lassen und die letzten Sonnenstrahlen des Herbstes genießen, dazu ein leckeres Stück Apfelstreusel – schlagartig wird meine Laune besser. Außerdem habe ich vorhin noch schnell Merle angerufen. Sie hat heute kinderfreie Zeit und kommt spontan dazu. Ich bin gespannt, was sie zu der Geschichte sagt.

»Holla, der meint es anscheinend ernst – oder?« Merle gibt mir den Brief zurück, nimmt ein großes Stück von ihrem Kirschstreusel auf die Gabel und blickt es so konzentriert an, als könnte uns die leckere Nascherei Näheres über Carstens wahre Absichten erzählen.

»Tja, sieht ganz so aus«, seufze ich.

»Und was willst du jetzt machen? Antwortest du ihm?«

»Am liebsten würde ich ihn sofort anrufen und ihm sagen, dass er auf jeden Fall in München bleiben soll. Ich meine, unsere Besuchsregelung ist schließlich nur *goodwill*. Andererseits ist es bestimmt nicht schlecht, wenn Greta und Ben ein positives Bild von ihrem leiblichen Vater bekommen – von wegen Persönlichkeitsentwicklung und so. Und das wird wohl ohne Kontakt mit Carsten nicht gehen, deswegen will ich ihn nicht verhindern.«

»Meinst du, es geht ihm wirklich nur um die Kinder?«

»Klar, worum denn sonst?«

»Och, die Kinder haben zufälligerweise noch eine sehr attraktive Mutter, mit der Carsten Jahre seines Lebens verbracht hat … Vielleicht hätte er dich einfach furchtbar gerne zurück. Verständlich wär's.«

»Das glaube ich nicht«, sage ich stirnrunzelnd. »Ich denke, da habe ich mich ganz klar ausgedrückt.«

»Die Hoffnung stirbt bekanntlich zuletzt.« Merle grinst und lehnt sich mit ihrem Cappuccino gemütlich zurück. »Ah, wirklich schön hier. Ich habe überhaupt keine Lust, gleich meine Monster abzuholen. Ohne Kinder ist das Leben auch nicht schlecht. Jedenfalls manchmal.«

»Ich vermisse meine beiden tagsüber ganz schön. Ab und zu denke ich, dass du doch recht hattest. Vielleicht hätte ich zumindest ein Jahr aussetzen sollen. Die Zeit vergeht so schnell, und ich verpasse so viel.«

Merle zieht erstaunt eine Augenbraue hoch. »Witzig, dass du das sagst. Mir ging es neulich genau umgekehrt. Da waren wir auf einer Party einer alten Kollegin von mir eingeladen. Alle hatten sich etwas Spannendes aus dem Job zu erzählen – gewonnene Etats, Auslandsreisen, lauter gute Sachen. Und ich kam mir vor wie hinterm Mond. Das Aufregendste, was bei mir in letzter Zeit passiert ist, war der Gewinn des Gutscheins für eine Fußpflege in der Kindergartentombola. In dem Moment dachte ich, dass ich es vielleicht wie du hätte machen sollen. Manchmal habe ich schon ein wenig Angst, dass ich nie wieder in meinen Beruf komme.«

Ich bedenke sie mit einem altklugen Blick, muss dann aber grinsen. »Was lernen wir daraus? Wie man's macht, macht man's verkehrt.« Wir müssen beide lachen. Mütter sind schon komplizierte Wesen.

Zurück im Hotel, überlege ich, ob ich Sascha von Carstens Brief erzählen soll. Schließlich ist er derjenige, der momentan die meiste Zeit mit den Kindern verbringt. Und wenn ich ehrlich bin, ist er auch derjenige, mit dem ich momentan privat die meiste Zeit verbringe – also von Merle abgesehen. Aber dann lasse ich es doch, denn Sascha scheint immer ein bisschen eifersüchtig auf Carsten zu sein. Ich seufze und beschließe, mich wieder auf meine Arbeit zu konzentrieren.

»Frau Christiansen?« Georg Trautwein steckt seinen Kopf durch meine Bürotür, und wenn ich mich nicht täusche, hat er hektische rote Flecken im Gesicht. »Kann ich Sie bitte kurz sprechen?«

»Natürlich, kommen Sie rein.« Noch bevor ich den Satz ganz herausgebracht habe, hat Trautwein schon auf dem Stuhl vor meinem Schreibtisch Platz genommen.

»Also, stellen Sie sich vor – ich habe gerade mit Kibeck & Partner gesprochen.«

»Aha.« Kibeck & Partner ist eine der bekannteren Promi-Event-Agenturen, die gerne mal ein Austernessen auf Sylt organisieren oder zur Stelle sind, wenn die Begum und/oder Liz Hurley irgendeine Charity-Gala verbrechen. Aber da unser nobles Haus solcher glamourösen Umtriebe bisher völlig unverdächtig war, hatte ich mit den Damen noch nicht persönlich zu tun. Leider, muss ich sagen, denn so ein wenig Glanz kann keinem Hotel schaden. Dementsprechend guckt Trautwein so enthusiastisch, als ob der Papst persönlich angerufen hätte. Ich setze also ebenfalls eine verklärte Miene auf, auch wenn ich überhaupt nicht weiß, worauf er hinauswill.

»Diesmal haben wir wirklich sehr gute Chancen! Die Damen kommen nächste Woche zu einem konspirativen Meeting, denn wenn der Wechsel wirklich klappt, wäre das eine Sensation, und das muss natürlich sorgsam vorbereitet werden.« Trautwein reibt sich die Hände und schaut mich erwartungsvoll an. Ich habe leider immer noch keine Ahnung, wovon er redet, dafür aber das sichere Gefühl, dass ich genau das jetzt nicht zugeben kann, ohne ihn bitter zu enttäuschen. Es rächt sich eben, wenn man sich in seiner Arbeitszeit zu sehr mit privaten Dingen beschäftigt.

»Nun«, versuche ich es deswegen ganz neutral, »das wäre in der Tat eine Sensation. Was denken Sie, wovon es noch abhängt?« Jetzt muss doch endlich mal ein Stichwort kommen, mit dem ich etwas anfangen kann!

»Das letzte Wort hat natürlich der Sauer-Verlag, schließlich veranstalten die den Ball.«

Ha! Ich bin wieder im Film! Es geht um die »Nacht der Rosen«. Den hatte Trautwein ja schon mal an Land ziehen wollen – bisher allerdings ohne Erfolg.

»Die Kibeck hat mir gesteckt«, fährt er nun aufgeregt fort, »dass der Verleger schon beim letzten Mal überhaupt nicht mehr zufrieden mit dem Ozeanic wár. Und – stellen Sie sich vor – letzte Woche hat Sauer die Kibeck angerufen und sie gebeten, die Option im Ozeanic noch einmal zu verlängern. Das kann ja nur bedeuten, dass er sich die ganze Sache noch einmal überlegen will.«

Da hat Trautwein natürlich recht. Auch das Fürstenberger räumt für große Veranstaltungen Optionen ein, die irgendwann bestätigt oder abgesagt werden müssen. Wenn ein Kunde eine solche Option erst einmal verlängert, heißt das, dass er sich doch nicht sicher ist, ob er bei uns feiern will, und sich in der Zwischenzeit noch mal anderweitig umhört. Die »Nacht der Rosen« – das wäre wirklich eine Sensation!

»Und Kibeck & Partner organisiert den Ball?«

»Genau.« Trautwein strahlt mich an. »Frau Christiansen, ich habe ein gutes Gefühl. Diesmal könnte es klappen!«

»Trautwein, das haben Sie gut gemacht. Wie lange baggern Sie an dem Ball denn schon rum?«

»Fast zwei Jahre! Ich habe Frau Kibeck damals auf einem Weinseminar zugunsten der UNICEF persönlich kennengelernt.« Mensch, der Trautwein. Saufen für den Weltfrieden. Wer hätte das gedacht? »Ich habe ihr natürlich gleich erzählt, was ich im Fürstenberger mache, und sie hat auch ganz artig meine Karte eingesteckt. Dann habe ich regelmäßig mal nachgefasst, sie zu ausgewählten Veranstaltungen unseres Hauses eingeladen, damit sie das Fürstenberger besser kennenlernt. Hat ihr anscheinend ganz gut gefallen – aber noch nie waren wir so kurz davor, wirklich die ›Nacht der Rosen‹ zu kriegen!«

Würde ich jetzt mein Zimmer verdunkeln wollen, ich müsste Trautwein rausschicken, denn er glüht wie ein 1000-Watt-Scheinwerfer. Aber soll er ruhig, er hat allen Grund dazu. Für die »Nacht der Rosen« würden alle Hamburger Hotels über Leichen gehen … ach was, *alle* deutschen Hotels. In sämtlichen Zeitungen und Zeitschriften wird über dieses Event berichtet, auf allen Fernsehkanälen kann man dann das eigene Haus bewundern. Diese Werbung ist mit Geld nicht zu bezahlen, ganz zu schweigen davon, dass man schon mit der »Nacht« selbst ein gutes Geschäft macht. Dr. Wiedemeyer würde mir mit Sicherheit den großen Fürstenberger-Verdienstorden am Band verleihen, wenn das klappt. Jetzt bin ich auch ganz aufgeregt.

»Was gibt es Ihrer Meinung nach noch zu tun, um uns optimal zu positionieren?«, will ich von Trautwein wissen.

»Also, Simone Kern hat den Termin für die Gala natürlich schon optioniert. Wenn die Kibeck nächste Woche anrauscht, müssen Sie unbedingt dabei sein. Ich glaube, die ist in Verhandlungen ein harter Hund, und wahrscheinlich werden wir schon ein bisschen bluten müssen, was die Konditionen anbelangt. Aber ich denke mir, dass das Persönliche bei so einer Entscheidung eine große Rolle spielt und dass Sie – so von Geschäftsfrau zu Geschäftsfrau – bestimmt einen Vorteil haben. Und wenn dann die Kibeck uns bei Sauer auf die Nummer eins setzt, tja dann …«

»Hm, von Frau zu Frau? Hoffentlich haben Sie recht und es ist nicht genau umgekehrt. Manche Frauen verhandeln doch lieber mit Männern. Bisher kamen Sie doch gut klar mit der Dame.«

»Richtig, Frau Christiansen. Aber«, und jetzt senkt Trautwein seine Stimme, als fürchte er, mein Büro sei von fremden Hotelmächten verwanzt, »ich habe aus sicherer Quelle gehört, dass der Direktor des Ozeanic im letzten Jahr sowohl der Kibeck als auch der Verlegersgattin mit seiner eher herrenwitzigen Art ziemlich auf den Zeiger gegangen ist. Und da dachte ich, dass Sie deshalb besonders gute Karten haben – quasi als Kontrastprogramm.«

»Werden wir sehen. Vielleicht habe ich wirklich gleich einen guten Draht zu ihr. Seien Sie bitte so nett und bereiten mir in den nächsten Tagen ein kleines Dossier zur ›Nacht der Rosen‹ auf. Ich will alles wissen – wie viele Gäste, welche Promis, eben alles. Außerdem kann Ihre sichere Quelle vielleicht auch eine kleine Einschätzung geben, was die Vertragseckpfeiler mit dem Ozeanic sind.«

Trautwein grinst. »Alles klar, Chefin. Ich werde sehen, was sich machen lässt.«

»Sehr gut. Aber lassen Sie sich bloß nicht erwischen, ich wäre sehr traurig, wenn mein Weltklassestellvertreter demnächst tot auf der Alster treibt.«

»Keine Sorge, Frau Christiansen! Ich weiß, dass man es mir nicht ansieht – aber ich bin gewieft!«

30. Kapitel

Ben ist nölig und fängt seit zwei Stunden immer wieder an zu weinen. Seine Schwester schläft zwar davon völlig unbeeindruckt weiter, aber ich bekomme kein Auge zu. Dabei muss ich morgen topfit sein, denn gleich nach der Abteilungsleiterrunde haben sich Kibeck und ihre Partnerin angekündigt, um mit uns über die »Nacht der Rosen« zu verhandeln.

Ich schleiche noch mal ins Kinderzimmer – vielleicht sollte ich Ben einfach mit in mein Bett nehmen, dann muss ich wenigstens nicht immer aufstehen. Als ich den kleinen Brocken aus seinem Bettchen wuchte, kommt er mir ziemlich warm vor. Seine Wangen sind ganz rot, und er sabbert. Ich bin zwar ein Laie, aber das scheint mir doch auf das erste Zähnchen hinauszulaufen. Hatte mir nicht die Hebamme irgendwelche homöopathischen Kügelchen dagelassen, die auch bei Zahnungsbeschwerden gut helfen sollen?

Ich lege Ben in mein Bett und durchwühle im Badezimmer den Medikamentenschrank. Mist, den muss ich dringend mal aufräumen, ich finde einfach nichts wieder.

Unverrichteter Dinge kehre ich in mein Bett zurück und kuschele Ben an mich. Vielleicht vertreiben ein paar Streicheleinheiten seine schlechten Träume. Als ich mit der Hand über sein Köpfchen fahre, erschrecke ich. Ben glüht jetzt regelrecht, um Fiebermessen kommen wir nicht mehr herum. Ich mache meine Nachttischlampe an, um in der Tischchenschublade nach dem Fieberthermometer zu suchen. Auf einmal gibt Ben mir einen ziemlich kräftigen Tritt. Ohne mich nach ihm umzudrehen, greife ich mit einer Hand nach seinem Füßchen und halte es fest.

»He, Sportsfreund, Mami sucht nur das Fieberthermometer, wir kuscheln gleich weiter.« Während ich das Füßchen noch halte, fängt Ben an, mit dem anderen Bein zu treten. Ich fahre herum: Tatsächlich, das kleine Kerlchen zuckt auf einmal am ganzen Körper, verdreht die Augen und scheint gar nicht mehr richtig zu atmen! In Panik nehme ich ihn auf den Arm und wiege ihn hin und her. »Hey, Ben, was ist los mit dir?« Aber er reagiert gar nicht, stattdessen zuckt jetzt auch sein kleines Gesichtchen.

»*Sascha!*«, schreie ich erschrocken. Ich renne mit ihm in Saschas Zimmer, ohne mir die Mühe zu machen, bei ihm anzuklopfen. Wie von der Tarantel gestochen fährt er aus seiner Blümchenbettwäsche hoch. »Was ist los?«

»Ben ist krank! Er zuckt ganz komisch und verdreht die Augen.«

Sascha nimmt ihn mir aus dem Arm und setzt ihn sich auf den Schoß. »Ben, Mauska! *Tscho s toboi?* Was hast du bloß?«

Die Spannung scheint nun etwas von Ben abzufallen, die Zuckungen haben fast aufgehört. Schließlich sinkt er wie ein kleiner, schlaffer Sack in sich zusammen. Sascha legt ihn behutsam auf sein Bett. Dann springt er geradezu ins Wohnzimmer, und ich höre ihn telefonieren. Zwei Minuten später ist er wieder da.

»Mit wem hast du denn jetzt telefoniert?«

»Natürlich mit Notarzt. Wird gleich kommen.« Klar, der Notarzt! In meiner Panik bin ich gar nicht auf die Idee gekommen, aber das war natürlich genau das Richtige.

»Hast du schon Fieber gemessen?«, will Sascha wissen.

»Das wollte ich gerade, als er diesen Anfall bekam. Sascha, ich mache mir solche Sorgen! Was war das bloß? Meinst du, er hatte einen epileptischen Anfall?« Ich bin völlig aufgelöst und fange an zu weinen. Sascha nimmt mich in den Arm und streichelt mir über die Haare.

»Jetzt komm, Svenja, es ist bestimmt nichts Schlimmes. Wir warten Doktor ab, und dann beraten wir. Keine Sorge, ich bin doch bei dir.«

Ich kann gar nicht sagen, wie froh ich darüber bin.

»Machen Sie sich keine Sorgen, Frau Christiansen, ein epileptischer Anfall war das mit Sicherheit nicht.« Der junge Notarzt ist schon wieder dabei, seinen Koffer einzupacken. »Die Symptome, die Sie mir geschildert haben, dazu das relativ hohe Fieber – ich denke, Ihr Sohn hatte einen sogenannten Fieberkrampf. Ausgelöst wird der durch das schnelle Ansteigen des Fiebers, der Körper mancher Kinder reagiert darauf eben mit einem solchen Anfall. Aber der Grund für das Fieber selbst ist meistens harmlos. So wie ich das hier sehe, hat Ben nur einen kleinen viralen Infekt. Nichts Gefährliches also. Sehen Sie, ich konnte sein Köpfchen ganz normal hin und her drehen, eine Hirnhautentzündung ist es also nicht, da hat das Kind nämlich einen starren Nacken. Und eine Lungenentzündung ist es auch nicht, ich habe ihn abgehorcht, und das klang gut.«

Mir fallen ganze Steinladungen vom Herzen. Nichts Ernstes, Gott sei Dank!

»Ich habe Ben jetzt ein Fieberzäpfchen gegeben, damit er besser schlafen kann. Und das Gleiche empfehle ich Ihnen nach diesem Schreck auch – kein Fieberzäpfchen, sondern eine Mütze Schlaf, meine ich.« Der Arzt lächelt und klopft Sascha beim Rausgehen auf die Schulter. »Am besten bringen Sie Ihre Frau schnell ins Bett und kümmern sich um sie. Ich glaube, ihr geht es momentan schlechter als dem kleinen Mann hier.«

Nachdem Sascha den Arzt verabschiedet hat, kommt er wieder zu mir. Er grinst seltsam. Ich möchte fast sagen – anzüglich.

»So«, sagt er, »du hast gehört, was Doktor gesagt. Ich soll dich bringen ins Bett.« Er bleibt nur wenige Zentimeter direkt vor mir stehen und mustert mich abwartend. Plötzlich habe ich einen ganz trockenen Mund, und mein Herz galoppiert, Saschas aufreizende Art bringt mich ganz durcheinander.

»Ja«, stottere ich, »ich gehe wohl am besten … äh … sofort wieder ins Bett. Hoffe nur, dass … also, dass Ben jetzt durchschläft, ich mache mir wirklich Sorgen um meinen kleinen Mann.« Kaum fällt der Name Ben, ist Sascha wieder ganz normal. Sein kleiner Flirtversuch verpufft im Nichts – schon ist er wieder der nette, fürsorgliche Babysitter, den ich so sehr schätze.

»Pass auf«, sagt er. »Du hast morgen ganz wichtige Tag. Lass mich Ben in mein Bett nehmen, ich merke auch, wenn es Problem gibt, und du kannst in Ruhe schlafen. Gut?«

Ich zögere einen Moment, Sascha wird mit einem strampelnden Kleinkind neben sich kaum ein Auge zukriegen. »Ich weiß nicht, vielleicht sollte ich ihn lieber …«

»Mach dir keine Sorgen«, unterbricht Sascha mich. »Ich komme gut klar mit Ben.«

»Danke«, meine ich dann. »Vielleicht ist das wirklich eine gute Idee. Gute Nacht, Sascha – und vielen Dank. Ich bin sehr froh, dass du heute da bist. Ach Quatsch, ich bin überhaupt sehr froh, dass du da bist. Nicht nur heute Nacht.«

Sascha schaut mich nachdenklich an. Aber er sagt nichts, sondern seufzt nur leise.

Am nächsten Morgen fühle ich mich wie gerädert. Zwar konnte ich dank Saschas Rundumbetreuung den Rest der

376

Nacht ungestört schlafen, aber ich habe unglaublich schlecht geträumt: von Ben, der wieder anfing zu zucken, und Greta, die plötzlich auch krank war – und von Sascha, der auf einmal knutschenderweise mit Merle in der *Bangkok Bar* stand. Was für ein wirres Zeug!

Ich wälze mich aus dem Bett und taumle unter die Dusche. Aus der Küche höre ich schon einen gutgelaunten Sascha pfeifen, Ben und Greta begleiten seine Melodie mit einem zustimmenden »Rörörö«. Die drei sind anscheinend bester Dinge.

Umwickelt mit einem großen Badehandtuch setzte ich mich ein paar Minuten später dazu, Sascha serviert mir gleich einen großen Pott dampfenden Kaffee. »Hier, Mama, du siehst aus, als könntest du brauchen!« Herrlich, der Mann kann offenbar Gedanken lesen.

Ich beuge mich zu Ben vor, der in seinem Kinderstühlchen sitzt und an seiner Hand nuckelt. »Na, wie geht es dir, mein Schatz?«

»Also, richtig großes Fieber hat er nicht mehr, ich habe gemessen. Aber auch noch nicht normal. Geschlafen hat er ganz gut, war alles in Ordnung«, berichtet Sascha gewissenhaft.

»Sehr gut, mein Schatz. Ich habe mir gestern wirklich Sorgen um dich gemacht!« Ich streichle mit meiner Hand über sein Gesicht, was Ben mit einem begeisterten »lölölö« quittiert. Greta bekommt in der Zwischenzeit von Sascha einen Reisflockenbrei, der von Konsistenz und Farbe entfernt an Fugenmörtel erinnert. Ich lange kurz mit einem Finger rein – hm, schmeckt eigentlich auch genauso. Sascha errät meine Gedanken: »Also, den essen sie aber beide sehr gerne. Und habe ich extra mit HA-Milch angerührt.«

»Womit? Mit H-Milch? Igitt, nimm doch lieber frische Vollmilch, das schmeckt bestimmt wenigstens ein bisschen besser.«

»Nein, nicht H-Milch. HA, nicht H.«

Ich schaue komplett verständnislos.

»Hypoallergene Milch. Das ist spezielle Milch, die senkt Allergierisiko von Baby. Ich habe mich lange mit Verkäuferin in Drogerie unterhalten, und sie hat mir erklärt. Außerdem habe ich noch spezielle Zeitung gekauft und mir genau durchgelesen. Gebe ich dir gerne mal: Öko-Test Babys.«

Ich bin platt, Sascha klingt wie der Leiter einer Kinderklinik. Offensichtlich kann man mir die Überraschung deutlich ansehen. Sascha zuckt verlegen mit den Schultern. »Na ja, Babysitting ist nicht irgendein Job, sondern sehr wichtige Aufgabe. Muss man ernst nehmen, damit es Kindern auch gutgeht.«

»Natürlich, du hast völlig recht. Ich dachte nur, weil du doch sonst sehr locker bist ...«

»He«, schnaubt Sascha gespielt empört, »du dachtest, Sascha Antonow ist unzuverlässige Socke, den man gut kontrollieren muss!«

»Nein, nein«, beeile ich mich zu versichern. Aber bevor ich noch ausholen und Saschas Qualitäten als Kindermädchen in den höchsten Tönen loben kann, knufft er mich lachend in die Seite.

»Ist schon gut, ich weiß, wo ich Schwäche hab. Solltest du mal teures Auto haben, musst du besser Autoschlüssel vor mir verstecken.«

Den Weg ins Büro verbringe ich damit, darüber nachzudenken, ob ich ein schlechtes Gewissen haben sollte, weil ich das Wort HA-Milch heute zum ersten Mal in meinem Leben gehört habe. Nein, beschließe ich. Dafür kenne ich in meiner Eigenschaft als Hoteldirektorin so tolle Wörter wie Bewirtungsbeleg und Vorsteuerabzugsberechtigung.

»Mensch Trautwein, jetzt beruhigen Sie sich bitte mal. Sie machen mich auch schon ganz nervös!«

Mein Stellvertreter sitzt mit mir und unserer Bankettchefin Simone Kern zusammen im Wintergartenzimmer und spielt unablässig mit seinem Kugelschreiber. Im Sekundentakt lässt er die Mine rein- und rausschnellen, das Klickklickklick-Geräusch geht mir gehörig auf die Nerven.

»Tut mir leid, aber ich verstehe nicht, wo die bleiben. Wir warten jetzt schon zwanzig Minuten, und sie haben nicht mal angerufen. Langsam mache ich mir Sorgen, dass die Kibeck gar nicht mehr aufkreuzt und wir der Gala *Adieu* sagen können.«

»Und bei dem Termin bist du dir auch ganz sicher? Ich meine, du hast dich nicht etwa im Tag vertan?«, will Simone Kern von Trautwein wissen.

»Natürlich nicht, wir hatten den Termin per Mail gemacht, da müssten wir uns schon beide vertippt haben!« Trautwein klingt eingeschnappt. Peace, Leute!

»Vielleicht steht sie im Stau, und ihr Handy ist aus. Oder sie hat gar keins mit«, gebe ich mich optimistisch. »Oder, oder, oder. Mehr als noch ein bisschen zu warten, können wir ohnehin nicht machen.« Innerlich gebe ich Trautwein allerdings recht: Das ist wirklich komisch und kein verheißungsvoller Start in ein erfolgreiches Gespräch. Vielleicht ist es aber auch bloße Taktik, um uns mürbe zu machen und uns gleich in Grund und Boden zu verhandeln?

Nach weiteren zehn Minuten beschließen wir, dass es wohl keinen Zweck mehr hat, weiter zu warten. Ich schiebe meine Unterlagen zusammen, die Trautwein in der vergangenen Woche so liebevoll für mich zusammengestellt hat. So ein Mist, das wäre doch zu schön gewesen! Ich gebe zu, dass ich Wiedemeyer sehr gerne mit einem solchen Erfolg beeindruckt hätte, insbesondere seitdem ich weiß, dass ich bei ihm unter strenger Beobachtung stehe.

»Rufen Sie Frau Kibeck an?«, frage ich Trautwein. »Vielleicht gab es doch irgendein obskures Missverständnis hinsichtlich des Termins? Ich glaube zwar nicht daran, aber eine Nachfrage kostet schließlich nichts.«

Trautwein zuckt mit den Schultern. »Kann ich machen. Aber mein Gefühl sagt mir, dass die sich das einfach anders überlegt und nicht rechtzeitig abgesagt haben. Wahrscheinlich finde ich gleich eine entsprechende Mail in meinem Account.« Mit hängendem Kopf zieht er los – er tut mir richtig leid.

Ich sitze noch nicht ganz an meinem Schreibtisch, da habe ich Trautwein auch schon an der Strippe: »Es ist so, wie ich schon dachte, Kibeck hat zehn Minuten vor unserem Termin per Mail abgesagt. Und den Ball leider auch gleich. Telefonisch ist sie heute nicht zu erreichen, sagt ihr Sekretariat.«

»Was schreibt sie denn?«

»Ihr Kunde habe es sich leider anders überlegt und wolle die Gala auf alle Fälle im Ozeanic veranstalten.«

»Tja, das ist dann wohl eindeutig. Schade. Sagen Sie bitte auch Frau Kern Bescheid?«

»Ja, ich kümmere mich darum.«

georg.trautwein@fuerstenberger-hamburg.de

An:	Markus Giese
Betreff:	Nacht der Rosen
Datum:	13.11.2007, 12.35 Uhr

So ein Mist! Ich hab mich gerade voll bei der Chefin blamiert! Heute sollte doch die Kibeck kommen, du weißt schon, wegen der »Nacht der Rosen«. Tja, ist einfach nicht aufgetaucht und hat das Ding per Mail abgesagt. Wie stehe ich denn jetzt da? Wie ein Riesenidiot!

Georg Trautwein
Stellvertretender Direktor & Verkaufsleiter

markus.giese@fuerstenberger-hamburg.de
An: Georg Trautwein
Betreff: Re: Nacht der Rosen
Datum: 13.11. 2007, 12.54 Uhr

Sei nicht zu hart zu dir. Höchstens wie ein kleiner Idiot ☺

Markus Giese
Technischer Leiter

Schlecht gelaunt verbringe ich den restlichen Tag weitgehend mit Routinearbeiten. Ich mache meine üblichen Runden durch das Haus, begrüße Gäste, schaue in der Küche vorbei, lasse mir von den Finanzleuten die Zahlen der vergangenen Wochen zeigen und werfe einen Blick in neue Beschwerdebriefe. Gott sei Dank sind es nicht allzu viele, das wäre in meiner Stimmung fatal. Um vier beschließe ich, den Kleinen einen kurzen Besuch auf eine Tasse Kaffee abzustatten.

Sascha sitzt auf dem Sofa und liest die Gala, Ben und Greta halten im Kinderzimmer gerade ihr Nachmittagsnickerchen. Friedliche Stimmung – schön! Ich könnte mich jetzt auch gut für den restlichen Tag mit einem spannenden Schmöker verabschieden. Auf die Leitung eines Hotels habe ich gerade gar keine Lust.

»Na, wie war Gespräch über Rosenball?«, will Sascha wissen. Ich hatte ihm gestern davon erzählt, und er witterte natürlich sofort die Chance, mit seiner Band vor dem handverlesenen Promi-Publikum aufzutreten und »entdeckt« zu werden.

»Oh, hör bloß auf. Ganz schlechtes Thema. Die Agentur ist erst gar nicht erschienen, und ans Telefon haben wir die den ganzen Tag auch nicht bekommen. Das war ein Satz mit X.«

»Hä?«

»Ach so, 'tschuldigung. Satz mit X – das war nix. Anscheinend hat sich der Verlag, der die Gala veranstaltet, doch wieder für das andere Hotel entschieden. Schade. Erst sah es so aus, als wollten die unbedingt wechseln.«

»So eine Scheiß! Ich hatte ganz doll Daumen gedrückt, das wäre echt geil gewesen, so ein Event. Alle die wichtigen Leute …« Saschas Gesicht bekommt einen träumerischen Ausdruck.

»Ja, nu ist mal gut. Streu noch Salz in meine Wunden. Ich bin auch ziemlich enttäuscht. Und vor allem wüsste ich gerne, warum die mit uns noch nicht einmal verhandelt haben. Wenn das Ozeanic uns dramatisch unterboten hätte – okay. Aber so? Schon seltsam. Ebenso die Form der Absage – ich meine, der arme Trautwein baggert jetzt schon zwei Jahre an diesem Ball rum, da schickt man doch nicht einfach eine lapidare Mail, sondern ruft an. Gäste, wer wird sie je verstehen?«

»Das ist wirklich komisch. Ihr Deutschen seid doch sonst immer so überkorrekt. Mit welcher Agentur habt ihr denn verhandelt?«

»Wieso? Kennst du ja doch nicht.«

Sascha guckt beleidigt. »He, ich bin auch im Showgeschäft!«

Stimmt, wie konnte ich das nur vergessen? Der Herr ist schließlich Künstler.

»Kibeck & Partner.«

»Ach die.«

Alter Wichtigtuer. Ich wette, er hat den Namen noch nie gehört.

31. Kapitel

Ein Großteil der Woche besteht aus kollektivem Wunden-lecken. Alle versichern Trautwein, wie gerne sie die »Nacht der Rosen« im Fürstenberger gesehen hätten und wie ungerecht die Welt ist. Allerdings finde ich, dass das Mitleid nicht bei allen völlig aufrichtig klingt. Bei ein paar Kollegen scheint doch ein Hauch von Schadenfreude mitzuschwingen – wahrscheinlich entweder, weil sie ihm sowieso nicht zuge-traut haben, die Gala für uns zu gewinnen, oder weil sie ihn mittlerweile als meinen Liebling betrachten, quasi den Klas-senstreber.

Bei Maja Friedrichs ist eindeutig Letzteres der Fall. Ich frage mich, warum die Alte so destruktiv ist. Irgendetwas oder ir-gendwer muss sie total frustrieren, und ich weigere mich zu glauben, dass allein ich der Grund für ihr ständiges Gemecker bin. Ich nehme mir vor, morgen noch einmal mit ihr unter vier Augen zu sprechen. Nach der Geschichte mit der Bot-schaftersgattin war sie mir gegenüber zwar unglaublich auf-merksam – war mir wohl deutlich anzumerken, dass sie den Bogen überspannt hatte. Wirklich geändert hat sich die Situa-tion aber nicht. Aber die Hoffnung stirbt zuletzt: Vielleicht finde ich morgen doch endlich heraus, wo genau der Hase im Pfeffer liegt, und kriege unsere übellaunige Hausdame besser in den Griff.

Ben ist immer noch ein bisschen kränklich, deswegen be-schränke ich mich momentan wirklich auf eine Vierzig-Stun-den-Woche und bin abends immer zeitig zu Hause. Sascha nutzt die Gunst der Stunde und ist jetzt fast jeden Abend un-terwegs. Ich gönne es ihm, denn in letzter Zeit hat er sich an der Familienfront wirklich heldenhaft geschlagen. Da kommt ein bisschen mehr Freizeit mit seinen Jungs gerade recht, zumal mir unser Künstler versichert hat, jede freie Minute in die Erweiterung des musikalischen Repertoires zu stecken. Seitdem die *Total Spirits* den Botschafter und seine Frau gerockt haben, hat Simone Kern ihnen über ihre Kontakte tatsächlich den ein oder anderen Auftritt vermitteln können. Okay, noch nicht ganz die Color Line Arena, sondern eher Auftritte vor ein paar hundert Leuten – aber selbst Elvis hat mal klein angefangen. Und Sascha scheint den Ehrgeiz zu haben, den King irgendwann in den Schatten zu stellen. Meistens bin ich schon im Bett, wenn er wieder zu Hause aufschlägt, länger als bis Mitternacht kann ich nur schwer die Augen aufhalten.

Auch heute Abend bin ich um halb zwölf schon kurz davor, mein Lager vom Sofa rüber ins Bett zu verlegen. Ein letztes Mal zappe ich durch das völlig unspektakuläre Fernsehprogramm und stelle fest, dass sich die TV-Gebühren wirklich überhaupt nicht mehr lohnen – da steckt Sascha seinen Kopf durch die Wohnzimmertür.

»Na, Bandprobe schon beendet?«, wundere ich mich.

»Heute haben wir nicht geprobt.«

»Aha, na ja, kreative Pause muss ja auch mal sein. Dann gute Nacht!« Ich konzentriere mich wieder auf den Bildschirm, auf dem eine Frau gerade irgendwas über einen ganz tollen Staubsauger erzählt. Sascha macht allerdings keine Anstalten, wieder zu gehen, sondern setzt sich zu mir auf einen der Sessel. »Gibt's noch etwas?«, wundere ich mich.

»Ja«, antwortet er. »Ich wollte wissen, ob du morgen Abend eine Stunde Zeit hast für mich. In deinem Büro.«

»Warum?«

»Ist Überraschung. Also, hast du oder nicht?«

Im Geiste blättere ich durch meinen Terminkalender. »Warte mal … hm … Zwischen halb sechs und sechs würde es noch gehen. Willst du mir etwas mit den Kindern zeigen? Dann kann es vielleicht warten, bis ich Feierabend mache.«

Sascha schüttelt den Kopf und setzt eine geheimnisvolle Miene auf. »Nein, diesmal hat absolut nichts zu tun mit Kindern. Ich möchte dir jemanden vorstellen. Dann bin ich um halb sechs in deinem Büro. Ist seeehr wichtig. Und eins noch …«

»Ja?«

»Ist okay, wenn Heinz eine Stunde aufpasst auf Babys? Ausnahmsweise?«

Auch das noch. Andererseits muss es Sascha wirklich wichtig sein, wenn er sogar wieder Heinz ins Spiel bringt.

»Na gut, dieses eine Mal. Aber sei pünktlich.« Sascha steht auf, salutiert und schlägt die Hacken zusammen.

»Aye, aye, Sir.«

Als ich im Bett liege, frage ich mich, wen in Gottes Namen mir Sascha so dringend vorstellen will. Vielleicht eine Frau? Komisch, ich muss gestehen, dass ich bei diesem Gedanken nicht gerade ruhig wegdösen kann. Wobei – eigentlich geht es mich überhaupt nichts an. Ich habe Sascha immerhin deutlich zu verstehen gegeben, dass ich unser Verhältnis als rein dienstlich betrachte. Und das ist angesichts der Gesamtsituation auch mit Sicherheit das Schlauste.

Andererseits wäre es mir deutlich lieber, er würde mir morgen eine neue Band präsentieren. Das würde auch erklären, wo er die ganze Woche gesteckt hat. Genau! Proben mit einer neuen Band. Das ist es. Ich drehe mich beruhigt zur Seite.

Hm, eine neue Freundin würde allerdings auch sehr gut erklären, wo er die ganze Woche gesteckt hat …

Mist.

Ich bin jetzt wieder hellwach. Innerlich fluchend mache ich meine Nachttischlampe an und schnappe mir das Buch, das neben meinem Bett liegt: *1000 ganz legale Steuertricks*. Also, wenn ich jetzt nicht gleich schlafe, weiß ich es auch nicht.

Am nächsten Tag bin ich noch müder als sonst. Bis drei Uhr morgens habe ich in meinem Steuerwälzer gelesen und dabei interessante Dinge über die Absetzbarkeit von Kinderbetreuungskosten und geringfügig Beschäftigte herausgefunden. So um vier bin ich dann auch endlich eingeschlafen – nachdem ich mir schließlich ganz sicher war, dass Sascha eine neue Band gegründet hat.

Ich taumle durch den Tag und würde liebend gerne früher Schluss machen und mich zeitig ins Bett legen. Leider habe ich Maja Friedrichs für halb fünf einbestellt, um mit ihr endlich mal unter vier Augen zu sprechen. Vielleicht lässt sich die Situation zwischen uns so etwas entspannen. Und danach kommt mein mysteriöser Termin mit Sascha …

Für seine Verhältnisse unglaubliche drei Minuten vor halb sechs taucht Sascha in meinem Büro auf. Ich hatte so pünktlich natürlich nicht mit ihm gerechnet und bin noch mitten in meinem Gespräch mit Maja Friedrichs, aber offenbar ist es Sabrina nicht gelungen, ihn im Vorzimmer zu bändigen.

»Sascha, ich bin hier noch in einer Besprechung. Wartest du bitte draußen?«

Er guckt mich beleidigt an. »Aber du hast doch gesagt, ich soll pünktlich sein. Wie lange dauert denn?«

»Also, zehn Minuten brauchen wir hier noch.« Ich kann Maja Friedrichs hämische Blicke geradezu spüren und die dazugehörigen Gedanken lesen: *Hat noch nicht einmal ihren Babysitter im Griff, aber schwingt hier große Reden über konstruktives Miteinander und gegenseitigen Respekt. Lachhaft!*

Ich merke, dass ich völlig genervt bin – von der doofen Friedrichs, von Sascha, von der ganzen Situation. Es ist natürlich ungerecht, aber muss er jetzt wirklich wie angenagelt in der Tür stehen?

»Wenn es jetzt nicht mehr passt, kann ich auch gehen«, mischt sich nun auch noch die Friedrichs ein. Ein verlockender Gedanke, zumal ich natürlich tausendmal lieber erfahren würde, wen Sascha mir eigentlich vorstellen will, als mich mit der Alten noch weiter rumzustreiten. Aber so leicht kann ich sie nicht davonkommen lassen, da hat sie sich zu früh gefreut.

»Können wir den Termin verschieben?«, frage ich Sascha. »Auf heute Abend, wenn ich Feierabend habe?« Ohne noch ein Wort zu sagen, zieht Sascha ab – großartig, da steht mir heute Abend mit Sicherheit das nächste Konfliktgespräch bevor. Was ist eigentlich momentan los? Auch Maja Friedrichs ist völlig uneinsichtig und behauptet steif und fest, es gebe überhaupt keine Spannungen zwischen uns beiden, genauso, wie sie auch mit dem restlichen Team immer bestens auskommen würde. Ich seufze innerlich. An Tagen wie diesen könnte ich auf Führungsverantwortung gut und gerne verzichten. Aber einen Frontalangriff unternehme ich jetzt doch noch.

»Gut, Frau Friedrichs. Ich nehme mal die Abkürzung. Sie wirken auf mich wie eine völlig frustrierte Mitarbeiterin. Woran liegt das? Und ich will jetzt kein allgemeines Blabla hören. Sagen Sie mir klipp und klar, warum Sie eine dermaßen negative Grundhaltung an den Tag legen.«

Maja Friedrichs starrt mich völlig perplex an. Mit so einer direkten Frage hat sie offensichtlich nicht gerechnet. Dann holt sie tief Luft.

»Also gut, wenn Sie es unbedingt wissen wollen: Ich finde,

ich bleibe in diesem Job völlig unter meinen Möglichkeiten. Eigentlich sehen alle in mir nur die oberste Putzfrau. Dabei habe ich mich in meiner Freizeit und auf eigene Kosten weitergebildet und habe sogar mein Fernstudium für Hotelwirtschaft abgeschlossen. Trotzdem bin ich bei allen Bewerbungen um intern ausgeschriebene Stellen in anderen Bereichen wie Marketing oder Verkauf nie berücksichtigt worden.«

Ich bin überrascht. Eigentlich habe ich mir in den ersten Wochen meiner Einarbeitung alle Personalakten meiner Abteilungsleiter gründlich angeschaut – von einem Studium oder sonstigen Zeichen für Karriereambitionen habe ich in Friedrichs Unterlagen nichts gesehen.

»Tut mir leid, das wusste ich nicht.«

»Warum wundert mich das nicht?«

Was für eine Ziege! »Was Sie wundert und was nicht, Frau Friedrichs, ist Ihre Sache. Aber Sie können natürlich sicher sein, dass ich Ihre Unterlagen noch einmal prüfen werde und gerne auf Sie zurückkomme, wenn mir in Ihrem Lebenslauf eine Information fehlt, die wichtig für Ihre weitere Entwicklung hier im Fürstenberger ist.« So, schluck das!

Als die Friedrichs gegangen ist, lasse ich mir von Sabrina Hoppe die Personalakte geben und blättere sie noch mal durch. Und tatsächlich, ganz am Ende ist ein Zeugnis über den Abschluss als Hotelfachwirtin eingeheftet. Peinlich, peinlich – das muss ich übersehen haben, denn sonst könnte ich mich mit Sicherheit daran erinnern. Ist ja eher ungewöhnlich für eine Hausdame. Kein Wunder, dass sich die Friedrichs unterfordert fühlt. Aber eine Zicke ist sie trotzdem!

Um halb sieben bin ich endlich wieder in der Wohnung. Ich hoffe, Sascha ist jetzt nicht beleidigt, weil ich für ihn nicht alles habe stehen und liegen lassen, und ich kann in Ruhe mit ihm sprechen – schließlich bin ich schon gespannt wie ein Flitzebogen, zu erfahren, worum es geht.

Aber statt Sascha sitzt Heinz mit Ben und Greta in der Küche und hat gerade mit der Raubtierfütterung begonnen.

»Oh, hallo Heinz«, begrüße ich ihn überrascht. »Ist Sascha noch nicht da?«

»'n Abend, Frau Christiansen. Also, der Sascha war kurz da, hat sich aber nur ein paar Sachen geschnappt und ist wieder weg. Warten Sie, er hat Ihnen etwas aufgeschrieben. Liegt neben dem Telefon. Ich glaube, er war noch verabredet.«

Ich gehe zu dem kleinen Sekretär, der in unserem Flur steht. Tatsächlich, da liegt ein Zettel.

Liebe Svenja,
weil ich Wochenende sowieso frei habe, komme ich erst
Sonntagabend wieder.
Gruß, Sascha

Bitte? Das darf ja wohl nicht wahr sein! Der kann doch nicht einfach abhauen und einen auf beleidigte Leberwurst machen! Ich meine, natürlich darf er das Wochenende woanders verbringen – aber mir das so nebenbei auf einen Zettel zu schmieren? Offenbar ist Sascha richtig sauer auf mich, anders kann ich mir diese kindische Reaktion nicht erklären. Und gut, er hat wirklich das ganze Wochenende frei, aber irgendwie habe ich schon ein bisschen mit ihm gerechnet … Bisher hat Sascha nämlich auch seine freien Tage ganz gerne mit uns verbracht. Ich gehe zurück in die Küche.

»Hat er sonst noch irgendetwas gesagt? Mit wem er sich jetzt trifft oder wo er hingeht?«

Heinz zuckt bedauernd mit den Schultern. »Nein, leider nicht.«

»Können Sie noch einen Moment dableiben?«

»Bei den beiden Lütten?« Heinz strahlt wie ein Honigkuchenpferd. »Aber klar, mach ich doch gerne.«

Ich steuere auf den Empfang zu, an dem Britta Kruse gerade Dienst hat. »Sagen Sie, haben Sie zufälligerweise Sascha gesehen? Ich war eigentlich mit ihm verabredet, aber ich glaube, ich habe ihn verpasst.«

»Ja, der ist hier gerade mit einer jungen Frau aus der Tür.«

Also doch! Ich hab's gewusst.

Oder besser: Ich hab's befürchtet.

»Stimmt etwas nicht?« Anscheinend sehe ich so aus, als müsste man sich Sorgen um mich machen.

»Nein, nein, alles in Ordnung. Ich ärgere mich nur über mich selbst, das ist alles. Ich war anscheinend zu spät.«

britta.kruse@fuerstenberger-hamburg.de

An:	Doreen Lehmann
Betreff:	Chefin
Datum:	16.11.2007, 18:30 Uhr

Langsam glaube ich doch, da läuft was zwischen der Chefin und ihrem »Kindermädchen«. Sie hat gerade nach ihm gesucht. Als ich ihr sagte, dass er mit einer jungen Frau das Hotel verlassen hat, ist sie richtig blass geworden. War schon sehr seltsam!

Ich meine, verstehen könnte ich es: Er ist ein süßer Kerl, und sie ist Single. Andererseits ist der ein ganzes Stück jünger, das würde mich schon stören. Da kommt man sich gleich so alt vor ... Das Problem habe ich ja nicht, neben Harry wirke ich wie ein junges Reh, *kicher*!

Wie läuft es denn mit dir und Lutz? Hat Maja davon eigentlich mittlerweile Wind gekriegt? Sie wirkt ja noch schlechter gelaunt als sonst.

Britta Kruse
Empfangschefin

doreen.lehmann@fuerstenberger-hamburg.de
An: Sabrina Hoppe
Betreff: WG: Chefin
Datum: 16.11.2007, 18:44 Uhr

Britta hat mir gerade gemailt, sie glaubt doch, dass zwischen Sascha und der Chefin was läuft. Weißt du da nicht mehr?

Doreen Lehmann
Leiterin Restaurant

sabrina.hoppe@fuerstenberger-hamburg.de
An: Doreen Lehmann
Betreff: Re: WG: Chefin
Datum: 16.11.2007, 18:50 Uhr

Keine Ahnung, was da schon wieder los ist. Vorhin war Sascha kurz bei der Chefin im Büro, ist aber sofort wieder abgezogen. Ich hab den Eindruck, da herrscht dicke Luft … Na ja, mir egal, ich glaube mittlerweile, der Russe ist einfach ein seltsamer Vogel. Da verleg ich mich doch lieber auf Italiener ☺ Mein Essen mit Corado war jedenfalls totaaaal nett. Muss ich dir später mal erzählen!
So, over and out, Chefin kommt gerade zurück.

O Mann, sie sieht ECHT schlecht gelaunt aus.

Sabrina Hoppe
Assistentin der Direktorin

doreen.lehmann@fuerstenberger-hamburg.de

An: Britta Kruse
Betreff: Re: Chefin
Datum: 16.11.2007, 19:07 Uhr

Hab gerade mal bei Sabrina nachgefragt, bei der Chefin und Sascha scheint echt Knatsch zu sein. Aber warum fragst du sie eigentlich nicht mal selbst? Kannst doch ganz gut mit der!
Lutz? Wer ist das? ;-) Nee, ernsthaft, der geht mir mittlerweile etwas auf die Nerven, muss den dringend loswerden. Ich habe echt keine Ahnung, was Maja an dem immer gefunden hat. Bis später!
Doreen Lehmann
Leiterin Restaurant

Weder am Samstag noch am Sonntag erreiche ich Sascha auf seinem Handy. Er geht noch nicht einmal ran, wenn ich meine Rufnummer unterdrücke. Offensichtlich will er auf keinen Fall gestört werden – bei einem romantischen Liebeswochenende auch nicht weiter verwunderlich. Dass es sich um ein solches handelt, steht für mich mittlerweile außer Frage. Es passt leider alles zusammen: die vielen Abendverabredungen in letzter Zeit, seine Bemerkung, er müsse mir jemanden vorstellen, und jetzt noch die Tatsache, dass er das Wochenende offenbar ganz dringend ohne uns verbringen will.

Ich frage mich nur – wo in aller Welt hat er neben der Betreuung von Ben und Greta noch die Zeit gefunden, eine Frau aufzugabeln? Aus dem Fürstenberger kann sie nicht sein, dann hätte Britta Kruse sie erkannt und nicht nur von »einer Frau« gesprochen. Hat er sie beim Spaziergang an der Alster kennengelernt? Wohlmöglich, als die Zwillingskarre gerade mal wieder einen Platten hatte? Oder bei Schlecker, vorm Windelregal? Nein – jetzt hab ich's: bei der Pampersgymnastik! Babyturnen ist für Sascha immer das Highlight der Woche. Als einziger Mann zwischen lauter Neumüttern kann er sich einen Vormittag lang so richtig als Hahn im Korb fühlen. Und er hat selbst schon erzählt, dass die teilnehmenden Neumütter alle sehr ansehnlich sind. Ich muss an seine Flirtattacke beim Babyschwimmen denken. *Natürlich!* Sascha hat sich eine alleinerziehende Mutter aus dem Babyturnen an Land gezogen!

Obwohl ich sie nicht kenne, mag ich sie nicht.

»Wieso bist du dir denn so sicher, dass er dir wirklich seine neue Freundin vorstellen wollte? Schließlich bist du nicht seine Mutter, da finde ich die Idee eher abwegig.« Merle reagiert völlig verständnislos auf die sensationelle Neuigkeit, die ich ihr beim Sonntagsbrunch im Café *Diva Babylounge* verkünde. Wir haben uns dort verabredet, um in extrem kinderfreundlicher Atmosphäre mal wieder einen Kaffee zusammen trinken zu können. Das *Diva* ist eigens auf Familien mit Kleinkindern spezialisiert. Ben und Greta robben auf ihrer Krabbeldecke rum, während Merles Mädels schon in die Spielecke abgeschwirrt sind.

»Na, immerhin verbringen meine Kinder einen Großteil ihres Tages mit Sascha. So gesehen gehört er zur Familie, da finde ich es selbstverständlich, dass mir ein neuer Partner vorgestellt wird. Ich würde ihm auch meinen neuen Freund vorstellen, wenn ich denn einen hätte.«

Merle zieht die Augenbrauen hoch. »Du hast Sascha doch nicht einmal erzählt, dass Carsten nach Hamburg ziehen will. Oder etwa doch?«

»Nein, bisher noch nicht … Aber das ist etwas anderes.«

»Ach ja? Wie dem auch sei – vielleicht wollte dir Sascha am

Freitag auch etwas völlig anderes erzählen, und du bist gerade ein bisschen hysterisch. Was mich zum nächsten Punkt bringt: Mal angenommen, du hast doch recht und er wollte dir tatsächlich seine neue Perle vorstellen – kannst du mir sagen, warum dich der Gedanke so stört? Eigentlich geht dich sein Privatleben gar nichts an.«

»Ich bitte dich! Natürlich stört es mich, wenn ich daran denke, dass sich Sascha nicht gewissenhaft um meine Zwerge kümmert, sondern stattdessen mit irgendeiner Else rummacht. Noch dazu mit einer, die ich überhaupt nicht kenne.«

»Dass du sie nicht kennengelernt hast, ist deine eigene Schuld. Immer vorausgesetzt, er wollte sie dir tatsächlich vorstellen.«

»Ja, aber das war doch ganz offensichtlich eine Alibi-Veranstaltung: Kaum verschiebt sich bei mir einmal ein Termin, schon rauscht er mit der Alten ab. Wahrscheinlich wollte er nur sein schlechtes Gewissen beruhigen und war froh, als ich keine Zeit hatte.«

»Warum sollte Sascha denn ein schlechtes Gewissen haben? Hat sein Arbeitsvertrag eine Zölibatsklausel?«

»Weil, na … weil …« Eine richtig tolle Erklärung fällt mir darauf leider nicht ein.

»Weil du findest, dass er neben dir zu keiner anderen Frau Kontakt haben sollte?« Merle hat sichtlich Spaß daran, zu sticheln.

»Nein, das stimmt doch gar nicht!«, verteidige ich mich erbost. »Es stört mich nur …«

»… weil du selbst Gefühle für ihn entwickelt hast, die sich nicht ausschließlich in die Kategorie *freundschaftlich* einordnen lassen?«

»*Nein!* Das ist doch Quatsch!«

Gut, dass ich Merle nicht mit Details von dem Abend mit

Sascha in der *Bangkok Bar* versorgt habe. Sonst würde sie mir nun auf keinen Fall glauben. Aber an ihrem Blick sehe ich, dass sie das sowieso nicht tut. Egal, Hauptsache, ich glaube mir selbst.

Aber leider ist auch das nicht mehr wirklich der Fall.

Ben fängt an, sich an einem der Stühle hochzuziehen, er ist schon ziemlich mobil, der Kleine. Greta hingegen lutscht hingebungsvoll an einem Stück Laugenstange, das sie auf dem Boden gefunden hat. Als ich es ihr wegnehme, heult sie wütend auf. Um sie wieder etwas gnädiger zu stimmen, gebe ich ihr im Tausch ein Stück Brötchen von meinem Teller. Merle schaut versonnen zu, dann nimmt sie noch einen großen Schluck aus ihrem Kaffeebecher.

»Mal ein ganz anderes Thema – wie geht es nun eigentlich mit Carsten weiter? Zieht er wirklich nach Hamburg?«

Super, gleich mein nächstes Lieblingsthema!

»Ich denke schon. Nachdem ich seinen Brief bekommen habe, habe ich mich erst mal nicht gerührt, aber er kommt nächstes Wochenende wieder, um die Kinder zu besuchen. Da werde ich um ein Gespräch wohl nicht herumkommen.«

»Und du hast es Sascha nicht gesagt, weil er mit Carsten nicht so gut kann?«

»Stimmt, deswegen habe ich mich noch davor gedrückt.«

»Dann sieh es mal so: Wenn Sascha wirklich eine neue Freundin hat, trägt er diese Nachricht bestimmt mit Fassung.« Erstaunt schaue ich Merle an.

»Was hat denn das eine mit dem anderen zu tun?«

»Das ist doch völlig klar: Ich glaube, Sascha hat sich immer Sorgen gemacht, dass Carsten in Wirklichkeit nicht nur hinter den Kindern, sondern vor allem hinter dir her ist. Ich bin mir nämlich ziemlich sicher, dass Sascha zumindest ein bisschen verschossen in dich war. Wenn er aber jetzt frisch verliebt in eine andere ist, dann wird ihn Carstens Umzug nach Hamburg nicht mehr aus den Socken hauen. Also kannst du es ihm ruhig erzählen.«

»Du meinst, Sascha war richtig verliebt in mich?«

»Klar«, lacht Merle, »warum sonst sollte er so einen Gruseljob wie die Betreuung deiner beiden Gören auf sich nehmen?« Dazu sage ich nichts. »Aber ist doch letztlich auch egal. Wenn du sagst, dass du nicht in ihn verliebt bist, dann kannst du doch froh sein, dass sich endlich alles in Wohlgefallen auflöst.«

»Ja, genau«, sage ich und muss den Impuls unterdrücken, ihr den Rest meines Brötchens an den Kopf zu werfen.

Wir verbringen noch eine gemütliche Stunde im *Diva*, reden über die Kinder und alte Zeiten. Aber so ganz bin ich nicht bei der Sache, denn die Gedanken an Sascha gehen mir nicht aus dem Kopf. Was hat er neulich gefragt? *»Wäre es anders, wenn ich nicht das Kindermädchen wäre?«* Ach, wenn ich das nur wüsste! In mir herrscht völliges Gefühlswirrwarr: Wenn Sascha mehr als ein guter Freund wäre, würde das alles nur komplizierter machen. Aber dass mich der Gedanke an eine andere Frau echt trifft, kann ich auch nicht leugnen. Warum kann die Welt nicht nur aus Frauen bestehen? Es wäre so viel einfacher!

32. Kapitel

Sascha kommt mitten in der Nacht nach Hause. Ich höre genau, wie er die Tür aufschließt und leise wieder hinter sich zuzieht. Das kann er sich allerdings sparen, denn ich bin hellwach. Leider kann ich ihm wohl kaum im Nachthemd mit flammendem Schwert im Flur erscheinen, auch wenn ich es sehr gern täte. Ich tue also so, als würde ich wirklich schon schlafen, und rege mich nicht.

Jetzt tapert Sascha vom Bad in die Küche. Will er etwa noch kochen? Ich versuche, die Geräusche zu ignorieren, und konzentriere mich darauf, einzuschlafen. Klappt natürlich nicht. Außerdem bekomme ich jetzt unheimlichen Durst, und die Wasserflasche neben meinem Bett ist schon leer. Soll ich also auch in die Küche gehen? Wir können ja ohnehin nicht die nächsten Tage umeinander herumschleichen, als würden wir uns nicht sehen. Also, was soll's. Ich stehe auf.

Als ich in die Küche komme, erschreckt sich Sascha so, dass ihm fast die Bierflasche runterfällt. »*Tvou mat!* Verdammt, hast du mich erschreckt. Wo kommst du denn her?«

»Aus dem Bett natürlich. Du hast mich geweckt.« Okay, nicht ganz die Wahrheit, aber ein bisschen schlechtes Gewissen hat Sascha sowieso verdient.

»Tut mir leid. Habe ich doch versucht, ganz leise zu sein. Wie war Wochenende mit Kindern?«

Aha, Smalltalk. »Gut, wie war Wochenende mit Frau?« So nicht, mein Lieber!

»Mit Frau?« Sascha tut erstaunt.

»Ja, mit der jungen Frau, die dich laut Britta Kruse am Freitag so nett ins Wochenende begleitet hat.« Ich kann mir einen sarkastischen Unterton einfach nicht verkneifen.

Sascha blinzelt mich an. »Ach, ich verstehe. Aber ich bin jetzt zu müde. Lass uns morgen reden.«

»Von mir aus. Wann kannst du denn ein paar Minuten deiner wertvollen Freizeit für mich erübrigen?«

»Was soll das, Svenja? Freitag ich wollte mir dir sprechen. Du hast mich aus Büro geschmissen und mich weggeschickt. War peinlich, hatte ich doch meine Bekanntschaft mit dabei. Dann habe ich nach langer Zeit endlich mal zwei Tage frei, und du tust wie meine Mamutschka und regst dich hier auf. So will ich nicht weitersprechen. Ich gehe jetzt ins Bett. Nacht.« Spricht's und verschwindet.

Der ganze nächste Tag ist Gott sei Dank so hektisch, dass ich kaum zum Nachdenken komme. Eine chinesische Delegation hat sich bei uns einquartiert – leider sind es zehn Personen mehr als angekündigt. Normalerweise kein Problem, aber heute sind wir restlos ausgebucht, weil in Hamburg eine große Messe stattfindet. Als mich Britta Kruse über das Problem informiert, fluche ich innerlich. Einerseits möchte ich natürlich ungern die Delegation auseinanderreißen – zumal das chinesische Unternehmen, das die Herrschaften bei uns einquartiert hat, ein wirklich guter Kunde ist. Andererseits ist es auch nicht gerade ein Vergnügen, Gästen, die eine gültige Reservierungsbestätigung in den Händen halten und guter Dinge bei uns einchecken wollen, zu erklären, warum genau das nicht geht. Darauf wird es aber hinauslaufen.

Ich entscheide mich für die Variante »Den Letzten beißen die Hunde« und lasse mir von Kruse eine Liste der Gäste ausdrucken, die später noch erwartet werden. Gemeinsam gehen wir im Büro hinter der Rezeption die Namen durch und erarbeiten uns gewissermaßen eine Prioritätenliste. Wer auf dieser ganz weit unten landet, wird nachher von uns mit einem Taxi ins Melison Hotel geschickt. Natürlich gehen dann sowohl Taxi als auch Übernachtung auf unsere Kosten, aber bei den meisten Gästen dürften wir mit dieser Aktion trotzdem einen bescheidenen Eindruck hinterlassen.

»Jürgen Nitsch? Stammgast oder VIP?«

Britta Kruse schaut kurz in ihrer Datei nach, in die sie alle Gäste einpflegt, die unser Haus öfter besuchen oder aus sonstigen Gründen den Status »wichtig« haben.

»Ah, hier hab ich ihn. Geschäftsführer einer Firma aus Nordfriesland. Die buchen alle Mitarbeiter bei uns ein, die nach Hamburg kommen.«

»Also ganz klar ein Bleiber.«

Kruse nickt.

»Und was ist mit Helga und Klaus Schürmann?«

Ein kurzes Klappern auf der Tastatur ihres Laptops, dann schüttelt sie den Kopf. »Nee, waren noch nie hier und sind mir auch sonst nicht bekannt. Vermutlich Touristen auf einem Hamburg-Trip.«

»Gut, dann ab mit ihnen ins Melison. Zu zweit erträgt man den Trennungsschmerz auch eher.«

Kruse grinst und streicht sie auf der Liste durch. Eine halbe Stunde später haben wir tatsächlich acht Zimmer zusammen, aber die letzten beiden wollen sich einfach nicht finden lassen. Wir gehen die gesamte Liste noch einmal durch und kommen leider wieder zum gleichen Ergebnis – alle verbleibenden Gäste möchten wir auf keinen Fall in ein anderes Hotel schicken.

In diesem Moment steckt Maja Friedrichs den Kopf durch die Tür. »Na, wie ich höre, gibt es Probleme mit den Chinesen?«

Britta Kruse nickt. »Das kannst du laut sagen. Schlagen hier einfach mit zehn Mann mehr auf – kannst du dir das vorstellen?«

»Vielleicht hat unser göttlicher Reservierungschef Lutz die auch einfach falsch verstanden?«, bemerkt die Friedrichs gewohnt spitz. So, wie das klingt, hat sie die Trennung von unserem Reservierungschef noch immer nicht verknust. Okay, dafür tut sie mir leid, schließlich weiß ich, wie weh das tun kann. Dabei muss ich an Carsten und unser letztes Telefonat denken. Heute früh hat er kurz angerufen, um mir zu sagen, wann er am Wochenende in Hamburg ankommt. Schon komisch, wir haben ganz normal miteinander geplaudert – dass aus einer großen Liebe mal so etwas werden kann? Einfach nur noch Sachebene: Wir haben kurz geklärt, wann er die Kinder übernehmen kann und wie wir das regeln – und das war's dann. Über seinen Brief werden wir dann bei einem Abendessen reden.

»Frau Christiansen, alles okay?« Meine beiden Mitarbeiterinnen gucken mich verwundert an, offenbar war ich ein wenig abgedriftet.

»Äh, was?«

»Sie haben gerade so laut geseufzt«, erklärt die Friedrichs.

»Na ja«, rette ich mich, »es ist eben ärgerlich, dass uns die zwei Zimmer fehlen. Ich möchte wirklich keine Stammgäste wegschicken.« Dann werfe ich ihr einen fragenden Blick zu. »Haben Sie vielleicht eine Idee?« Halte ich zwar für ausgeschlossen, denn die ist garantiert wieder nur zum Stänkern gekommen, aber wer weiß – Wunder gibt es immer wieder.

»Ja, ich habe wirklich eine Idee, deswegen bin ich hier.«

Ach nee – der erste konstruktive Wortbeitrag von der Friedrichs seit über einem Jahr! Da bin ich mal gespannt.

»Als ich von dem Problem gehört habe, habe ich meine Damen gebeten, gemeinsam mit der Haustechnik zu überprüfen, ob wir mit Bordmitteln die verwüstete Isebek-Suite wenigstens für eine Nacht hinbekommen.«

Stimmt, die Isebek-Suite. Die hatte ich als völlig unbewohnbar abgehakt, und ich sehe an Britta Kruses Blick, dass es ihr genauso geht. Die fragliche Suite ist nämlich vor zwei Tagen Opfer eines betrunkenen, randalierenden Paares geworden, das zu allen anderen Schäden, die es im Zimmer verursacht hat, außerdem noch die Badewanne überlaufen ließ. Glück im Unglück war nur, dass in der Isebek-Suite der Schlaf- und Wohnraum nicht nebeneinander-, sondern übereinanderliegen und durch eine Wendeltreppe verbunden sind. Das Wasser lief also innerhalb der Suite von einer Etage in die andere, und wir mussten nur ein Zimmer aus dem Verkehr ziehen, nicht zwei. Dieses allerdings sah zumindest heute Morgen noch katastrophal aus. Neugierig schaue ich Maja Friedrichs an.

»Und, haben sie es hinbekommen? Kann ich mir eigentlich gar nicht vorstellen, das war doch ein klarer Fall für eine Grundrenovierung.«

Auf Majas Gesicht breitet sich ein triumphierendes Lächeln aus. »Doch, ich war eben da, und es sieht den Umständen entsprechend gut aus. Die schwarzen Löcher in der Wand im Schlafzimmer haben meine Mädels mit dem Wandteppich aus dem Polozimmer getarnt, die Wasserflecken auf der Decke des Wohnzimmers hat der Hausmeister zweimal mit Latexfarbe überstrichen. Das riecht natürlich etwas, aber man sieht es kaum noch, und bis die Flecken wieder durchschlagen, haben wir bestimmt einen Tag gewonnen. Die aufgequollene Auslegeware haben wir unter einem Läufer versteckt, jetzt noch ein paar Blumen und die Suite ist auf den ersten Blick wie neu.«

»Hervorragend!« Ich bin wirklich begeistert. Unser Problem scheint fast gelöst. »Frau Kruse, meinen Sie, zwei Gäste der chinesischen Gruppe könnten sich die Suite teilen?«

»Das dürfte eigentlich kein Problem sein. Immerhin können wir das Wohn- zu einem zweiten Schlafzimmer umstricken und zwei Bäder gibt es in der Isebek-Suite auch. Ich werde gleich mit den Gästen sprechen.« Schon saust sie los. Maja Friedrichs und ich bleiben im Büro zurück.

»Frau Friedrichs, das war ausgezeichnete Arbeit. Gut gemacht«, lobe ich sie. Sie wird tatsächlich ein bisschen rot und scheint sich etwas zu genieren.

»Wenn ich helfen kann, bemühe ich mich doch gerne.« Ganz neue Töne! »Wissen Sie, unser Gespräch neulich hat mich doch etwas nachdenklich gemacht. Dass Sie mich als so destruktiv empfinden, war mir nicht bewusst. Und dass Sie mir das so offen gesagt haben, fand ich eigentlich ganz gut.«

Wow. Damit hätte ich nun nicht gerechnet. »Danke noch mal. Das hat uns heute gerettet.«

Sascha und ich haben uns auf einen Babyfon-Cocktail an der Bar verabredet. Sobald die Mäuse eingeschlafen sind, wollen wir unser nächtliches Küchengespräch fortsetzen.

Ich habe es den ganzen Tag nicht in die Wohnung geschafft, obwohl ich mir eigentlich fest vorgenommen hatte, mit Ben und Greta Abendbrot zu essen und ihnen die Gute-Nacht-Geschichte vorzulesen. Deswegen habe ich ein schlechtes Gewissen, weiß aber auch, dass ich nur Chaos produziere, wenn ich jetzt noch mal hochgehe. Sehen mich die beiden nämlich kurz vorm Zubettgehen, drehen sie so auf, dass an Schlafen die nächste Stunde nicht zu denken ist. Also verkneife ich mir den sehnsüchtigen Wunsch, die beiden durchzuknuddeln und ihnen ein Gute-Nacht-Küsschen zu geben.

Stattdessen bestelle ich mir bei Corado einen Chardonnay, warte auf Sascha und haue mir die gesamten Erdnüsse rein, die in einer kleinen Silberschale auf dem Tischchen vor mir stehen. Hoffentlich bringt unser Barchef nicht gleich Nachschub, was Knabberzeug anbelangt bin ich leider völlig willenlos. Eine Tüte Erdnussflips überlebt bei mir nicht länger als zwanzig Minuten.

Aber bevor Corado das Schälchen auffüllen kann oder ich mich beim Nachbartisch bediene, kommt Sascha und stellt das Babyfon neben sich. »So, die schlafen erst mal. Habe ich noch ganze Stunde Löwe gespielt, bin jetzt selbst ganz schlapp.«

»Löwe gespielt?«

»Ja, ich krabble mit die Mäuse auf Boden herum und rufe: ›Bin ich Löwe, beiß in Popo!‹ Dann brülle ich ganz laut und kneife beide in die Windel. Du solltest sehen, wie sie sich kaputtlachen, ist eindeutig ihr Lieblingsspiel.«

»Ja, das würde ich sehr gerne sehen.« Und eigentlich würde ich es gern selbst spielen – Sascha glaubt gar nicht, wie sehr ich ihn um diese Momente beneide.

»So, aber nun zu Thema: Ich habe Gefühl, du bist sauer auf mich, und ich weiß nicht, warum. *Du* hast *mich* Freitag versetzt, also muss ich sauer sein, nicht du.« Saschas Argumentation ist von bestechender Logik, das muss ich zugeben.

»Ich bin gar nicht richtig sauer. Ich fand es nur … blöd, dass du nicht eine halbe Stunde warten konntest, sondern gleich mit deiner Tussi ins Wochenende abgerauscht bist und mir nur einen Zettel dagelassen hast.«

»Mit meine Tussi ins Wochenende abgerauscht?«

»Ja, so wie die Dinge liegen, hatte ich den Eindruck, dass du mir an dem Abend deine neue Freundin vorstellen wolltest und beleidigt warst, weil ich nicht gleicht alles stehen und liegen lassen konnte.«

Sascha sieht so aus, als würde er sich gleich vor Lachen auf dem Boden rollen.

»Liege ich da völlig falsch?«

»Ja, fast völlig.«

»Du wolltest mir also nicht deine neue Freundin vorstellen?«

»*Njet*, du bist schließlich nicht meine Mamutschka. Ich brauche doch nicht offizielle Termin bei Chefin, um neue Freundin anzuschleppen. Termin war nur für Business, ich wollte dir Wichtiges erzählen über Hotel und wollte, dass du dir richtig Zeit nimmst dafür.«

Also doch keine neue Freundin! Ich merke, dass ich etwas erleichtert bin. Okay, streichen wir das ›etwas‹. Svenja Christiansen, vielleicht solltest du zumindest dir selbst gegenüber zugeben, dass du eifersüchtig warst.

»Jetzt hast du mich aber echt neugierig gemacht. Worum geht es denn?« Mal sehen, was Sascha unter *Business* versteht.

»Wird dich umhauen, was ich herausgefunden.« Sascha scheint vor Wichtigkeit gleich zu platzen. Ich bin da etwas skeptischer, so sensationell werden seine Neuigkeiten schon nicht sein.

»Geht es um ›Nacht der Rosen‹«, Sascha senkt seine Stimme zu einem verschwörerischen Flüstern, »ich weiß jetzt, warum das soll bleiben in Ozeanic.«

Okay, gewonnen, es haut mich um.

»*Was?*«

»Psst, nicht so laut!« Sascha guckt mich an wie der Buchstabenagent in der Sesamstraße. »Ich kenne jemanden, der Assistentin bei Agentur war, die den Rosenball veranstaltet. Kibeck war nämlich auch gute Kunde von mein grandiose Limousinenservice.«

Ich rolle die Augen, was Sascha geflissentlich ignoriert.

»Und diese Assistentin hat mir erzählt, wie das alles gelaufen ist. Und am Freitag wollte ich dich zusammenbringen mit diese Frau, damit sie dir im Detail erzählt und wir vielleicht gemeinsam überlegen, was man kann jetzt machen.«

»Ach so … aber das konnte ich wohl kaum ahnen! Warum hast du mir das denn nicht vorher gesagt?«

»Weil du mir sowieso nicht geglaubt hättest. Deswegen wollte ich, dass dir Frau selbst erzählt.«

»Quatsch, wieso sollte ich dir nicht glauben?«

»Ganz einfach: Du nimmst mich nicht ernst. Wenn ich mit dir mal über Hotel und Geschäft reden will, du tust immer so, als sei ich Idiot. Liegt wahrscheinlich daran, dass ich dein russisches Kindermädchen.«

Erst will ich protestieren, aber wenn ich darüber nachdenke, dann hat Sascha wahrscheinlich recht. Eine unangenehme Erkenntnis. Also schnell zurück zum eigentlichen Thema: »Aber wie ist es denn nun mit der ›Nacht der Rosen‹ und dem Ozeanic gelaufen?«

»Also, Susanne, die Ex-Assistentin von Kibeck, hat mir erzählt, dass Verleger Sauer eigentlich schon einverstanden war mit Fürstenberger-Hotel. Letztes Jahr im Ozeanic hat ihm gar nicht mehr gefallen. So weit war schon alles klar, Kibeck sollte nun mit dir verhandeln. Aber dann hat Ozeanic-Chef mitbekommen, dass er Gala verliert. Aber: Nichte von Kibeck hat mal gemacht Praktikum in Ozeanic-Hotel, und da hat Chef ihr jetzt angeboten Platz in Trainee-Programm von Ozeanic-Gruppe. Bedingung war natürlich, Gala bleibt. Gut, hat Direktor von Ozeanic nicht direkt gesagt, aber war allen klar, dass so laufen muss.«

Ein Platz im Trainee-Programm der Ozeanic-Gruppe! Das ist natürlich sehr verlockend, wenn man im Hotelfach Karriere machen will. Dass Kibeck den Deal eintüten wollte, leuchtet mir sofort ein. Und uns hätte sie im Gegenzug kaum fragen können, ob wir ihre Nichte unterbringen können, ohne das Gesicht zu verlieren.

Hm, Mist, was machen wir nur?

»Weißt du, ob der Vertrag mit dem Ozeanic schon unterschrieben ist?«

»War sich Susanne nicht sicher, weil sie schon seit einem Monat nicht mehr bei Kibeck ist und ihr Kollegin die ganze Sache erzählt hat.«

Meine Laune steigt erheblich. Vielleicht ist es nicht zu spät, und wir kommen doch noch zum Zug? Mensch, ich ärgere mich richtig über mich selbst, dass ich diese Susanne nicht persönlich getroffen habe! Die hätte als Ex-Assistentin bestimmt auch eine gute Taktik parat, wie ich Kibeck nun am besten packen kann.

»Sascha, deine Idee mit dem Termin war goldrichtig. Es tut mir leid, dass ich dich nicht für voll genommen habe. Kannst du bitte schnell ein Treffen mit dieser Susanne arrangieren? Sprichst du sie noch irgendwann?«

»Klar. Ich spreche sie jeden Tag. Susanne ist meine neue Freundin.«

Ich glaube, ich habe mich gerade verhört.

»Bitte? Aber du hast doch gesagt …«

»Ich habe gesagt, du liegst *fast* völlig falsch. Mit neue Freundin ist richtig, aber das war nicht Grund für Termin.«

»Ach so …«

»Aber warum bist du so überrascht? War klar, dass ich Susanne muss gut kennen. Denkst du, sie hätte mir sonst so Geheimes erzählt?«

33. Kapitel

Sie ist ein absoluter Albtraum. Jung, schön, nicht auf den Kopf gefallen – und was die Sache noch schlimmer macht: Sie ist richtig nett. Es ist einfach entsetzlich. Hätte sie nicht zumindest eine arrogante Zicke sein können? Ohne innere Werte?

Ich sitze mit Susanne Paulsen im Seitenflügel der Lobby und versuche, mich auf das zu konzentrieren, was sie mir gerade über Sonja Kibeck erzählt. Aber obwohl die ganze Angelegenheit für das Fürstenberger ja nicht ganz unwichtig ist, schweifen meine Gedanken permanent ab – denn vor meinem inneren Auge sehe ich Susanne Arm in Arm mit Sascha.

»Ist alles in Ordnung?«, unterbricht sie meine düsteren Gedanken.

»Äh, ja. Wieso?«

»Sie sehen so abwesend aus«, erklärt mir die junge Frau, »und haben Ihre Stirn ganz kraus gezogen.«

»Ach so, das«, ich gebe mir Mühe, ein leichtes Lachen zustanden zu bringen, »so sehe ich immer aus, wenn ich konzentriert zuhöre.«

»Verstehe.« Dann fährt sie fort und senkt dabei ihre Stimme. »Frau Kibeck ist eben ganz vernarrt in ihre Nichte. Ich denke mal, weil sie und ihr Mann selbst keine Kinder haben. Hat wohl irgendwie nicht geklappt, es heißt, sie hätten es eine ganze Weile versucht. Mit Spezialkliniken und allem Drum und Dran.«

»Vielleicht sollten sie es einfach mal nicht mehr versuchen«, rutscht es mir heraus, weil ich mich mit dem Thema ja zufälligerweise ganz gut auskenne.

»Wie bitte?«

»Ist nicht wichtig, erzählen Sie weiter.«

»Jedenfalls hat Tamara, so heißt Sonja Kibecks Nichte, schon lange davon geträumt, ins Hotelgeschäft einzusteigen. Da kam das Angebot vom Ozeanic, also dass sie da gleich auf der Trainee-Ebene einsteigen kann, natürlich wie gerufen.«

»Kann ich mir vorstellen«, erwidere ich. »Dann hat die Wahl der Location für die ›Nacht der Rosen‹ also rein gar nichts mit den Örtlichkeiten zu tun?«

Susanne Paulsen schüttelt den Kopf. »Im Gegenteil! Eigentlich hatte es Frau Kibeck hier viel besser gefallen, und sie wollte dem Sauer-Verlag dringend raten, den Ball diesmal hier zu feiern. Aber das Angebot für ihre Nichte ...« Sie unterbricht sich, vielleicht, weil ihr gerade zum ersten Mal richtig bewusst wird, wie illoyal sie sich ihrem ehemaligen Arbeitgeber gegenüber verhält.

Wenigstens diesen einen kleinen Charakterfehler hat das kleine Sonnenscheinchen. Immerhin. Bevor ich mich davon abhalten kann, haue ich noch mal ordentlich drauf: »Sagen Sie, weshalb erzählen Sie mir das eigentlich alles? Mögen Sie Frau Kibeck oder ihre Partnerin nicht?«

»Doch, schon, das waren tolle Chefinnen!« Sie zuckt mit den Achseln, und ich meine, eine leichte Röte auf ihren Wangen zu entdecken, mit der sie gleich noch hundertmal so hübsch aussieht. Wenn das überhaupt möglich ist. Sascha hat sich da wirklich einen netten Feger ausgeguckt ... na super. »Aber wissen Sie, ich mag Sascha einfach sehr gern, er ... Sie wissen ja von dem Limousinen-Service, den er eine Zeitlang betrieben hat.«

»Davon weiß ich in der Tat.« Wie hätte ich diese wilde Nummer vergessen können?

»Damals hat er mir oft aus der Bredouille geholfen, wenn

ich für einen unserer Kunden keinen Wagen bekam oder ein Fahrer einfach nicht auftauchte. Dann ist Sascha immer sofort losgedüst und hat mir damit quasi den Kopf gerettet.«

»Verstehe«, sage ich, »so haben Sie sich dann auch kennengelernt.« Sie nickt.

»Und als er mir jetzt erzählt hat, dass Sie Hilfe brauchen und dass er Ihnen auch viel zu verdanken hat ... tja, da wollte ich ...« Sie kommt ins Stocken.

»Ist schon gut«, unterbreche ich sie. Ein Liebesdienst also. Könnte sie nicht wenigstens ein bisschen heimtückisch sein?

Aber im Endeffekt ist es egal, wie wir an die Informationen gekommen sind – Hauptsache, wir können sie dazu nutzen, das Ruder in Sachen »Nacht der Rosen« noch einmal herumzureißen. »Ich bedanke mich bei Ihnen, dass Sie sich Zeit für mich genommen haben«, sage ich freundlich, stehe auf und halte Frau Paulsen – die sich ebenfalls erhoben hat – meine Hand hin.

»Keine Ursache«, sagt sie und ergreift meine Rechte. »Aber bitte«, fügt sie noch hinzu, »erzählen Sie Frau Kibeck nicht, dass sie die Information von mir haben. Ich arbeite zwar nicht mehr für sie, aber ich bleibe ja in der Branche und fange im Januar in einer anderen Agentur an. Und Sie wissen ja, wie schnell sich so etwas rumspricht.«

»Da können Sie sich auf mich verlassen«, beruhige ich sie.

»Gut.« Sie wendet sich zum Gehen, hält dann aber inne. »Ach, und wissen Sie, wo Sascha gerade steckt? Wenn ich schon einmal hier bin, würde ich ihm gern einen Besuch abstatten.«

»Ich hoffe doch mal sehr, dass er gerade bei meinen Kindern steckt«, erwidere ich im Scherz. »Wahrscheinlich in unserer Wohnung.« Hoffentlich habe ich das »unsere« jetzt nicht so sehr betont, dass es peinlich eifersüchtig wirkt. Susanne Paulsen strahlt, sie scheint nichts bemerkt zu haben.

»Prima«, meint sie, »dann schaue ich da mal kurz vorbei. Ich weiß, wo das ist.« Mit diesen Worten ist sie schon entschwunden.

Im ersten Moment möchte ich ihr ein »*Woher wissen Sie das?*« hinterherbrüllen. Und im zweiten Moment: »*Was auch immer ihr tut – nicht vor den Kindern!*«

»Na ja, die übliche Vetternwirtschaft, wundert mich gar nicht.« Trautwein schaut grimmig, als ich ihm von den Zusammenhängen zwischen Kibeck, ihrer Nichte, die »Nacht der Rosen« und dem Ozeanic berichte. »Oder überrascht Sie das etwa noch? In der Hotelbranche wird doch überall gemauschelt.« Er lehnt sich in seinem Sessel zurück und trommelt mit den Fingern auf seiner Schreibtischplatte.

»Sicher, das ist mir auch klar«, erwidere ich. »Aber das Wichtigste ist jetzt, dass wir den Grund kennen, warum sie den Ball nun doch nicht bei uns machen wollen – und dass wir etwas dagegen tun können.«

Trautwein sieht mich nahezu desinteressiert an. »Was sollen wir da schon groß machen? Die Sache ist doch gelaufen.«

»Mensch, Trautwein!« Ich beuge mich vor und stütze mich auf seinen Schreibtisch. »Vor wenigen Tagen hätten Sie noch alles darum gegeben, den Ball zu bekommen – und jetzt ist Ihnen auf einmal alles egal?« Ich verstehe die Welt nicht mehr, weshalb ist ihm das plötzlich so schnurz?

»Na ja, wenn Sie mich schon darauf ansprechen, Frau Christiansen …« Ich spitze die Ohren, was kommt denn jetzt? »Also, irgendwie hat es mich schon etwas mitgenommen, dass wir den Zuschlag für den Ball nicht bekommen haben. Seitdem ist bei mir irgendwie die Luft raus.«

»Sehen Sie, Trautwein«, greife ich seinen Satz auf, »und jetzt haben wir die Chance, noch etwas daran zu ändern.« Doch Trautwein schüttelt nur den Kopf.

»Das meine ich nicht, Frau Christiansen. Ich habe in den letzten Tagen viel darüber nachgedacht, was ich eigentlich will.«

»Eigentlich will?«, echoe ich. »Wie meinen Sie das?« Oje, das klingt schwer nach Sinnkrise. Kommt jetzt ein Rucksacktrip durch Asien oder ein Jahr im Kibuz? Nein, Trautwein kann mich hier unmöglich alleinlassen, nur weil diese blöde »Nacht der Rosen« …

»Wissen Sie, ich habe immer davon geträumt, zu studieren.«

»Aha.«

»Meinen Eltern ging es wirtschaftlich nicht so gut, also habe ich mich doch für eine Lehre entschieden. Aber je älter ich werde, desto mehr bereue ich, dass ich mich damals nicht getraut habe, das einfach durchzuziehen. Es wäre zwar anstrengender gewesen, sich das Studium alleine zu finanzieren, aber geschafft hätte ich es bestimmt. Und damit ich nicht noch in dreißig Jahren grüble, ob ich nicht besser etwas anderes mit meinem Leben angefangen hätte, habe ich beschlossen, Betriebswirtschaftslehre zu studieren.«

»BWL?« Ich sehe ihn irritiert an. »Das ist Ihr *Traumstudium?*«

»Ja«, bestätigt Trautwein. »Ich meine, wichtig ist mir, überhaupt zu studieren. Ursprünglich wollte ich gerne Biologe werden, aber ich bin mit meinem heutigen Beruf ja grundsätzlich zufrieden. Deswegen habe ich mir jetzt ein Studienfach ausgesucht, das gut zu meiner Branche passt und mich weiterbringt. Schließlich kann ich doch nicht bis ans Ende meines Lebens das hier …« Er sieht sich mit einem bedeutungsvollen Blick um.

»Also, was Sie ›das hier‹ nennen – das wünschen sich viele Menschen«, wende ich ein.

»Ja«, gibt er zu. »Und ich mache den Job auch sehr gern. Aber trotzdem will ich eben noch etwas anderes. Etwas, das mich weiterbringt. Auch persönlich, meine ich.«

»Sie wollen also kündigen und ein Studium beginnen?« Ich bin fassungslos. »Sind Sie dafür … äh …«

»Meinen Sie zu alt?« Trautwein grinst mich an.

»Äh, so würde ich es zwar nicht formulieren, aber … äh … ja.«

»Keine Sorge«, erwidert Trautwein lachend, »das hatte ich eigentlich nicht vor.«

»Sondern?«

»Ich wollte Sie fragen, was Sie davon halten, wenn ich ab Herbst nur noch Teilzeit arbeite, weil ich ein Fernstudium beginnen möchte.« Im ersten Moment plumpst mir ein Stein vom Herzen, weil Trautwein nicht kündigen will. Aber dann fällt mir das böse Wort auf: Teilzeit.

»Teilzeit? Wie stellen Sie sich das vor?«

»Nun ja«, Trautwein grinst jetzt noch breiter, »bei Ihnen hat es doch immerhin auch geklappt. Dank meiner Hilfe, wie ich hinzufügen möchte.«

Mist, jetzt hat er mich.

»Das war aber doch etwas anderes«, werfe ich ein. »Ich habe schließlich zwei Kinder zur Welt gebracht, und es war nur für kurze Zeit. Und außerdem bin ich eine Frau.«

Habe ich das gerade wirklich gesagt? Trautwein bricht prompt in hysterisches Gewieher aus.

»Tolles Argument, Chefin«, prustet er. »Nee, wirklich, die Sache mit der Frau – super!«

»Na gut«, lenke ich kleinlaut ein, »das war vielleicht nicht so dolle. Aber wie gesagt …«

»Mein Baby«, unterbricht Trautwein mich, »ist dieses BWL-Studium. Es dauert zwei Jahre, und es wäre toll, wenn Sie mir das ermöglichen würden.«

Ich überlege einen Moment.

»Das kann ich so schnell und allein nicht entscheiden«, ist dann meine ehrliche Antwort, »doch natürlich werde ich alles tun, was möglich ist.«

»Das wäre phantastisch«, freut Trautwein sich.

»Aber zuerst«, stoppe ich ihn in seiner Euphorie, »wäre ich Ihnen für eine paar schlaue Ideen dankbar, wie wir Frau Kibeck dazu bringen können, dem Sauer-Verlag doch noch das Fürstenberger ans Herz zu legen.

»Das ist doch einfach«, meint Trautwein. »Erstens: Erpressung. Zweitens: Wir machen ihr das gleiche Angebot.«

»Ich habe befürchtet, dass Ihnen auch nichts Besseres einfällt«, seufze ich. »Denn darauf bin ich auch schon gekommen.«

»Sehen Sie«, erwidert Herr Trautwein. »Deshalb will ich ja auch BWL studieren.«

»Damit Sie danach Ideen haben, auf die Sie im Moment noch nicht kommen?«

»Nein«, widerspricht er mir. »Damit ich die richtigen Fachbegriffe lerne, mit denen ›Erpressung‹ nicht mehr ganz so brachial klingt.«

»Nehmen Sie doch bitte Platz, Frau Kibeck wird gleich Zeit für Sie haben.« Etwas nervös lasse ich mich auf die monströse Couchgarnitur in der Lobby von *Kibeck & Partner* sinken. Auf dem Tisch vor mir liegen alle möglichen People-Magazine ausgebreitet; von Gala über Bunte bis hin zu Intouch, Revue und Vanity Fair ist alles dabei, was die Welt der Boulevard-Blätter so zu bieten hat. Ich überlege kurz, ob wir das im

Hotel auch einführen sollten. Bisher legen wir auf den Tischen in der Lobby nur stylische Hochglanzmagazine wie Art oder Elle Decoration oder schicke Coffeetablebooks aus, für den selbstbewussten, erfolgreichen Karrieremenschen. Aber, wenn ich ehrlich bin, interessiert die Leute in Wahrheit doch etwas anderes. Wer mit wem und wer mit wem nicht mehr und vor allem: warum? Andererseits: Die anderen Magazine werden wenigstens nicht geklaut, also sollten wir es vielleicht lieber dabei belassen. Oder doch nicht? Während ich noch darüber grüble, kommt die Sekretärin wieder zu mir und reißt mich aus meinen Gedanken.

»Frau Christiansen? Frau Kibeck hätte nun Zeit für Sie.« Ich stehe auf und folge ihr durch eine Glastür, die in einen weiteren Vorraum führt. Hier gehen mehrere Türen ab, die Sekretärin klopft an eine von ihnen und öffnet sie, als ein »ja, bitte!« erklingt.

»Guten Tag, Frau Christiansen!« Sonja Kibeck erhebt sich hinter ihrem gläsernen Schreibtisch und kommt lächelnd auf mich zu. Ihre zierliche 36er-Figur steckt in teuren Designerklamotten, sehr elegant und trotzdem auch sportlich. Ihre langen, dunklen Haare hält sie mit einer Sonnenbrille zurück, was ich persönlich immer etwas affig finde, was in einer bestimmten Gesellschaftsschicht aber dazuzugehören scheint. Ich schätze sie auf Mitte fünfzig, wobei sie sich hervorragend gehalten hat. Möglicherweise auch mit ein bisschen chirurgischer Unterstützung, das weiß man heutzutage ja nie so genau. Jedenfalls fühle ich mich mit einem Schlag ziemlich plump, im Vergleich zu diesem Püppchen komme ich daher wie eine Sumpfkuh. Trotzdem lächle ich tapfer und versuche, selbstbewusst zu bleiben. Schließlich habe ich ein wichtiges Gespräch vor mir!

»Freut mich, Sie endlich mal persönlich kennenzulernen«,

erwidere ich und schüttle Sonja Kibecks Hand. Sie hat einen festen Händedruck, wie ich sofort registriere.

»Bitte«, sie deutet auf eine Sitzgarnitur in der Ecke, »setzen wir uns doch.« Ich folge ihrer Aufforderung, wobei mein Blick auf die vielen Bilderrahmen links an der Wand neben der Sitzgruppe fällt, Fotos und Zeitungsausschnitte von zahlreichen Charity-Events. Sonja Kibeck scheint ihr Handwerk zu verstehen. Aber gut, das tue ich auch.

»Worum geht es denn?«, eröffnet Sonja Kibeck das Gespräch, nachdem wir Platz genommen und Kibecks Assistentin uns mit Kaffee und Gebäck versorgt hat. »Sie hatten ja den Wunsch geäußert, so schnell wie möglich einen Termin bei mir zu bekommen.«

»Danke noch mal, dass es so kurzfristig möglich war.« Dann komme ich zu meinem eigentlichen Anliegen: »Ich wollte mit Ihnen noch einmal über die ›Nacht der Rosen‹ sprechen.«

Sonja Kibeck zieht fragend die Augenbrauen in die Höhe. »Den Ball?«

Ich nicke. Jetzt ist Fingerspitzengefühl gefragt, schließlich kann ich nicht mit der Tür ins Haus fallen. So nach dem Motto: *Hör mal zu, Alte, ich weiß genau, dass das Ozeanic dich mit einem Trainee-Programm für deine Nichte bestochen hat, und wenn du jetzt nicht spurst, werde ich das Familie Sauer brühwarm auf die Nase binden.* Nein, das käme unter Umständen nicht gut an.

»Ja«, erwidere ich stattdessen nur. »Wie Sie ja vermutlich wissen, hätten wir die Veranstaltung liebend gern in unserem Haus. Und da habe ich mich gefragt … was wir hätten besser machen können, um den Zuschlag zu erhalten.«

»Nun ja«, Sonja Kibeck sucht nach Worten, vermutlich muss sie sich jetzt fix einen Grund überlegen, der logisch klingt. Aber da ich davon ausgehe, dass unser erstes Angebot

attraktiver war als der der Konkurrenz, und von Susanne
weiß, dass Sonja Kibeck das Fürstenberger eigentlich auch
besser findet, muss sie da wohl erfinderischer werden. »Die
letzte Entscheidung liegt natürlich bei der Familie Sauer«,
schiebt sie vor. »Ich kann lediglich Vorschläge machen.«

»Das verstehe ich.« Ich lächle sie gewinnend an. »Aber ich
hatte gehofft, dass wir Sie mit unserem Angebot überzeugen
konnten.«

»Es war auch sehr überzeugend«, erwidert Frau Kibeck.
»Nur … na ja, manche Dinge habe ich eben nicht in der Hand.«
Sie schenkt mir ein zuversichtliches Lächeln. »Aber vielleicht
kommen wir ja im nächsten Jahr zusammen.«

Ich seufze und mache Anstalten, aufzustehen. »Tja«, sage
ich dann, »das ist schade.« Dann halte ich in meiner Bewegung inne. »Sagen Sie, Frau Kibeck, ich hätte da noch eine
Frage.«

»Ja?« Sie mustert mich abwartend.

»Ich habe läuten hören, dass Sie eine Nichte haben, die sich
für die Hotellerie interessiert.« Damit wage ich mich zwar
ganz schön vor, aber was soll's?

»Haben Sie?«

Ich nicke.

»Ja«, gibt sie dann zu. »Meine Nichte Tamara ist von diesem
Bereich sehr fasziniert. Warum fragen Sie?«

»Nun«, erwidere ich, »wir haben eine freie Trainee-Stelle in
unserem Haus, die ich gern besetzen würde.« Natürlich habe
ich diese Idee im Vorfeld mit unserem Personalchef abgespro-
chen, der kein Problem darin sah, einen weiteren Trainee unterzubringen. Sonja Kibecks Nichte wird ja hoffentlich nicht
taub, blind und blöd sein. Oder höchstens nur eins von allem.

»Oh, tatsächlich?«

Ich nicke. »Ja. Es wäre wirklich schade, wenn sich dafür niemand mehr finden würde. Es würde mit einem dreimonatigen Praktikum beginnen, danach das zweijährige Trainee-Programm. Damit verbunden sind natürlich Stationen in allen Fürstenbergers ... *weltweit*.«

Jetzt guckt Frau Kibeck erst recht groß. Das Ozeanic hat nämlich nur noch Dependancen in Berlin und München, kann also in Sachen Internationalität nicht gegen das Fürstenberger anstinken.

»Das klingt ja sehr interessant«, erwidert sie. »Möchten Sie noch einen Kaffee trinken? Darüber würde ich gern mehr hören!«

Während ich mich wieder gemütlich in meinen Sessel zurücksinken lasse und darauf warte, dass die Sekretärin neuen Kaffee bringt, habe ich ein ziemlich gutes Gefühl: Die Kibeck habe ich im Sack!

»Champagner für alle!« Ich bin bester Laune, als ich eine gute Stunde später wieder nach Hause komme.

»Pssst!«, bremst Sascha meine Euphorie und legt den Zeigefinger an seine Lippen. »Die Babys schlafen.«

»Ups – 'tschuldigung ...«, erwidere ich flüsternd, gehe rüber zum Kinderzimmer und öffne die Tür ganz leise. Mein Blick fällt auf Greta und Ben, die wie zwei Engel in ihren Bettchen schlummern. Mir geht regelrecht das Herz auf, so niedlich ist es, dabei zuzusehen, wie Greta im Schlaf eifrig ihren Schnuller bearbeitet und Ben sein linkes Ohr knetet.

»Sind ganz lieb heute«, flüstert Sascha mir ins Ohr. Er steht direkt hinter mir und guckt über meinen Kopf hinweg ins Zimmer. Ich kann die Wärme seines Körpers spüren, was ich in diesem Moment sehr genieße. Eine ganze Weile bleiben wir so stehen und betrachten versonnen die Babys. Kann es etwas Schöneres geben, als eine richtige, kleine Familie zu haben?

Nach einer Ewigkeit reißen wir uns von dem Anblick los, schließen die Tür zum Kinderzimmer und gehen zurück ins Wohnzimmer.

»Und?«, will Sascha wissen. »Wie ist gelaufen?«

»Ganz gut«, sage ich. »Sonja Kibeck meinte zwar, sie müsse sich das noch in Ruhe überlegen und natürlich würde die Familie Sauer die letzte Entscheidung treffen – aber ich denke, dass die ganze Sache so gut wie sicher ist.«

»Klingt gut«, sagt Sascha und nickt dabei zufrieden vor sich hin. Doch in der nächsten Sekunde scheint sich sein Blick zu verdüstern. »Bevor ich noch vergesse«, sagt er dann, »Carsten hat hier angerufen ... und er hat gefragt, was ist mit heute Abend.«

»Oh!« Ich werfe einen Blick auf meine Uhr. »Gut, dass du mich daran erinnerst, es ist ja schon gleich sechs! Carsten müsste jeden Moment hier sein.«

»Ihr seid also verabredet?«

»Ja, er ist am Wochenende in Hamburg und will mich und die Kinder sehen.«

»Kinder schlafen«, wirft Sascha ein.

»Ich gehe heute Abend mit ihm essen. Natürlich ohne die Kinder.« Mit diesen Worten eile ich auch schon ins Badezimmer, um mich fertig zu machen. Bevor ich die Tür hinter mir zuziehe, höre ich noch, wie Sascha »natürlich« sagt. Aber ich ignoriere es. Immerhin hat er eine Freundin, da werde ich ja wohl mit dem Vater meiner Kinder essen gehen dürfen!

»Wirklich schön ist es hier, hast du gut ausgesucht.«

»Ja?« Carsten strahlt mich an. »Ich habe extra ein paar Hamburger Geschäftsfreunde gefragt, weil ich mich hier fast nicht mehr auskenne. Und einer hat mir eben das hier empfohlen.« Wir sitzen in dem Restaurant *Das kleine Rote*, und ich freue mich darüber, seit ewig langer Zeit mal wieder so richtig groß ausgeführt zu werden.

»Du hättest auch mich fragen können«, tadle ich ihn lächelnd.

»Aber dann wäre es keine Überraschung mehr gewesen.«

»Stimmt.« Er mag sich wie ein Schwein benommen haben, aber er weiß immer noch, worüber ich mich freue.

Carsten winkt dem Kellner und bestellt für uns ein Menü. »Und bringen Sie uns bitte zwei Gläser Champagner.«

»Gibt's was zu feiern?«, will ich wissen.

»Nö«, meint Carsten. »Aber ich darf doch wohl eine wunderschöne Frau zu einem Glas Champagner einladen.« Er zwinkert mir zu und ich ... herrje, was mache ich denn da? Ich *kichere!* Das macht mich nun doch etwas nervös.

»Danke«, erwidere ich knapp, weil ich nicht so recht weiß, was ich sonst dazu sagen soll.

Der Ober bringt den Champagner, wir stoßen an. Schon seltsam, mit Carsten hier zu sitzen, als hätten wir ein Rendezvous. Dabei wollten wir doch nur besprechen, wie wir es in Zukunft am besten regeln können, damit er Greta und Ben regelmäßig sieht. Eine ziemlich ungewöhnliche Atmosphäre für so ein Gespräch. Fast schon unpassend, so ... romantisch. In diesem Moment muss ich daran denken, wie Sascha mich zum Essen in einer Döner-Bude geführt hat, wobei ich leise lachen muss. Echtes Kontrastprogramm zu dem hier!

»Was ist so lustig?«, will Carsten wissen.

»Sag ich nicht!«

Carsten lacht nun auch. Zwei Stunden später haben wir über so gut wie alles gesprochen – außer darüber, wie es mit uns als Eltern in Zukunft weitergehen soll. Gerade erzähle ich Carsten von der »Nacht der Rosen« und davon, dass ich mir große Chancen ausrechne, die Veranstaltung doch noch ins Fürstenberger zu holen.

»Das klappt schon«, meint Carsten. »Schließlich hast du immer alles geschafft, wenn du es wolltest.« Ich werfe ihm einen nachdenklichen Blick zu.

»Na ja«, antworte ich. »Fast alles.« Für einen Moment schweigen wir beide, vermutlich, weil wir wissen, wovon ich rede. Denn vor nicht allzu langer Zeit hatte ich mir meine Zukunft mit Carsten völlig anders vorgestellt, als es dann gekommen ist.

»Komm«, bricht Carsten schließlich das Schweigen, »lass uns für einen Absacker noch woanders hingehen.«

Eine gute halbe Stunde später betreten wir die *Milchbar* in Pöseldorf. Nicht unbedingt, weil ich den Laden so sehr mag, aber er ist praktischerweise direkt beim Hotel um die Ecke.

»Also, Svenja«, beginnt Carsten, nachdem wir Platz genommen und etwas bestellt haben. Er nippt an seinem Martini, bevor er weiterspricht. »Nun habe ich den ganzen Abend darauf gewartet, dass du endlich mal was sagst. Und nachdem das nicht passiert, muss ich wohl anfangen.«

»Nichts gesagt?« Wie meint er das denn jetzt? »Ich habe doch jede Menge gesagt.«

Carsten lacht. »Stellst du dich jetzt dumm?«

»Nein, wirklich nicht. Ich fürchte, ich stehe auf dem Schlauch.«

»Na gut, dann will ich dir das mal glauben.«

»Nett von dir«, frotzle ich. Wir grinsen uns beide an, es ist fast so, als würden wir ein bisschen schäkern. Aber dann macht Carsten die gute Stimmung mit einem Schlag zunichte.

»Was ich meine«, setzt er wieder an, »ist, dass du noch nicht einen Ton dazu gesagt hast, wie du es findest, dass ich zu WaterPriceCopper nach Hamburg wechsle.«

»Ach, das meinst du.« Ich rühre in meinem Martini. »Wie soll ich das schon finden?«

Carsten sieht mich überrascht an. »Ist dir das egal?«

»Egal nun nicht gerade ...«, erwidere ich zögernd.

Carsten seufzt. »Schade.« Er sieht mich nachdenklich an. »Ich hatte gehofft ...«

»Na ja, ich ...«

»Svenja«, unterbricht Carsten mich, greift nach meiner Hand und umschließt sie, »denkst du nicht auch, wir sollten noch einmal einen Versuch wagen? Auch den Kindern zuliebe?«

Erschrocken sehe ich ihn an und weiß gar nicht, wie ich darauf reagieren soll. »Was?«

Ich versuche, ihm meine Hand zu entziehen, aber er hält sie fest.

»Du sollst doch nur mal darüber nachdenken«, fleht Carsten nun nahezu.

»Bitte«, murmle ich und schaffe es, meine Hand zu befreien. »Ich kann nicht ... ich ... das überfordert mich gerade, ich kann dazu einfach nichts sagen.«

Carsten sieht mich traurig an. »Ich dachte, du würdest dich freuen.«

»Ja, schon«, versichere ich ihm. »Sicher freue ich mich ... irgendwie. Aber das kommt alles etwas plötzlich und mein Leben ...« Ich suche krampfhaft nach den richtigen Worten.

»Aber das wolltest du doch immer«, beginnt Carsten nun. »Eine richtige Familie, davon haben wir so lange geträumt. Und jetzt können unsere Träume Wirklichkeit werden.«

»Unsere Träume?« Plötzlich muss ich auflachen. »Schon

merkwürdig, aber weißt du, in *meinen* Träumen hattest du kein Verhältnis mit deiner Sekretärin!«

»Ich weiß«, gibt Carsten zerknirscht zu. »Da habe ich einen riesigen Fehler gemacht. Aber …«

»Aber du kannst diesen Fehler nicht einfach so ausbügeln, als wäre nichts passiert.«

»Das ist mir auch klar.« Jetzt klingt Carsten wie ein mauliger, kleiner Junge. »Aber vielleicht denkst du wenigstens mal darüber nach? Du musst ja heute nichts entscheiden.«

»Das werde ich auch bestimmt nicht.« Langsam schlägt meine Überraschung in so etwas wie Wut um. Hat Carsten etwa gedacht, dass ich selig in seine Arme sinke? Das stellt er sich ein bisschen einfach vor. Schon wieder. So wie damals mit den E-Mails.

»Hör zu«, schlägt Carsten einen versöhnlicheren Ton an. »Ich möchte nur, dass du weißt, dass ich noch immer viel für dich empfinde. Und ich kann verstehen, wenn du Zeit brauchst, um über alles nachzudenken. Ich werde mir erst einmal eine kleine Wohnung in Hamburg suchen. Dann können wir weitersehen.« Er sieht mich auf eine derart bittende Art und Weise an, dass er mir fast leidtut.

Jetzt schmilz bloß nicht dahin, ermahne ich mich selbst. *Denk einfach nur daran, wie du ihn mit dieser Schlampe im Bett erwischt hast, das sollte dir sämtliches Mitleid austreiben!*

»Ich glaube, ich geh besser nach Hause«, sage ich statt einer Antwort. »Es ist schon ziemlich spät.«

Carsten macht Anstalten, aufzustehen. »Ich begleite dich.«

»Nein, danke«, lehne ich ab. »Ich will lieber allein sein.« Carsten akzeptiert meine Bitte und winkt mir noch einmal zaghaft zu, als ich die *Milchbar* verlasse.

Draußen auf der Straße sorgt die kühle Nachtluft dafür, dass ich wieder einen einigermaßen klaren Kopf bekomme. Was, bitte, war das jetzt gerade? Hat Carsten das wirklich ernst gemeint? Er, ich und die Babys spielen fröhlich »Vater, Mutter, Kind«, als wäre nie etwas gewesen?

34. Kapitel

Kibecks Füller kratzt über das Papier. Endlich! Damit ist der Vertrag perfekt. Die »Nacht der Rosen« wird nächstes Jahr im Royal Fürstenberger Hamburg stattfinden! Ich kann's noch gar nicht richtig fassen, aber Sonja Kibeck ist schon aufgestanden und schüttelt mir die Hand.

»Glückwunsch, Frau Christiansen. Da haben Sie einen ganz dicken Fisch an Land gezogen. Aber Sie sind ja auch eine ausgekochte Verhandlerin, das muss ich Ihnen schon lassen.« Sie grinst.

»Sie leben ja noch«, gebe ich frech zurück, »aber Sie können mir glauben, dass ich auch mehr als glücklich bin, Sie als Kunden und die ›Nacht der Rosen‹ als Event gewonnen zu haben. Ich würde Sie aus diesem Anlass sehr gerne zu einem Glas Champagner einladen.«

»Gerne. Insbesondere, nachdem es wohl das letzte Glas Schampus ist, das ich nach Ihren Vertragsbedingungen in diesem schönen Haus nicht bezahlen muss.«

Jetzt lachen wir beide.

An der Bar hat Corado schon den Schampus kalt gestellt, schwungvoll gießt er für Sonja Kibeck, Trautwein, Simone Kern und mich Gläser ein. Herrlich! Kann es etwas Schöneres geben, als Hoteldirektorin zu sein?

»Haben Sie Familie Sauer eigentlich schon einmal persönlich kennengelernt?«, will Sonja Kibeck von mir wissen.

»Nein, bisher kenne ich die Herrschaften offen gestanden nur aus der Gala.«

»Eine wirklich besondere Familie. Sauers werden in den

nächsten Wochen mit Sicherheit vorbeikommen und sich mit Ihnen über die Menüfolge Gedanken machen. Gutes Essen ist ein besonderes Anliegen von Renate Sauer, sie ist sehr aktiv in der Slow-Food-Bewegung.«

Simone Kern fängt an zu kichern. »Das passt ja, unser Küchenchef ist auch immer ein bisschen langsam«, flüstert sie Trautwein zu. Ich werfe ihr einen bösen Blick zu, aber anscheinend hat Kibeck ihre Bemerkung nicht gehört.

»Slow Food, das finde ich auch sehr interessant. Wir legen in unserer Küche natürlich den allergrößten Wert auf qualitativ hochwertige Produkte. Wenn Renate Sauer sich vorab über unsere Lieferanten informieren will, kann sie mich gerne ansprechen.« Unser Küchenchef würde zwar die Krise kriegen, wenn sich jetzt jeder Restaurantbesucher danach erkundigt, wo er seine Kalbsschnitzel herbekommt, aber bei einem so wichtigen Gast muss er da einfach durch. Schließlich möchte ich, dass die Sauers von Anfang an das Gefühl haben, bei uns in den besten Händen zu sein.

»Ja, es kann sogar sein, dass Frau Sauer auf dieses Angebot zurückkommt. Ich will nicht sagen, dass die Sauers schwierige Gäste sind, anspruchsvolle sind sie aber allemal.«

Corado schenkt nach, wir plaudern noch ein bisschen, dann verabschiede ich Frau Kibeck, und wir verabreden uns, schon bald gemeinsam einen detaillierten Plan aller Dinge zu erarbeiten, die von jetzt an erledigt werden müssen.

Ich gehe zurück zur Bar, an der Trautwein und Kern immer noch stehen und sich rege unterhalten.

»Mensch, dass das wirklich klappt!« Simone Kern hat ganz rote Wangen – ob nun vor Aufregung oder ob des Champagners kann ich nicht beurteilen. »Weiß Wiedemeyer eigentlich schon Bescheid? Der fällt doch tot um, wenn er das hört. Die ›Nacht der Rosen‹ in unserem Hotel!«

»Nein, ich habe Herrn Wiedemeyer noch nicht informiert. Ich wollte erst die endgültige Vertragsunterzeichnung abwarten, außerdem haben wir nächste Woche unser European Business Review Meeting in London, da werde ich es ihm persönlich erzählen. Und nein, ich hoffe nicht, dass er deswegen tot umfällt.« *Auch wenn er mich in letzter Zeit wirklich schäbig behandelt*, füge ich in Gedanken hinzu.

Trautwein lächelt versonnen. »Der alte Wiedemeyer, hehe! Ich würde zu gern sein Gesicht sehen, wenn Sie's ihm erzählen. Das hätte der uns nie im Leben zugetraut. Ihnen nicht, weil er Sie als Mutter nicht mehr für voll nimmt – und mir nicht, weil er mich schon immer für eine Flasche gehalten hat.«

Ich schaue Trautwein überrascht an. Scheint doch feinere Antennen zu haben, als ich immer dachte.

»Sie brauchen gar nichts zu sagen, Frau Christiansen. Ich weiß schon, was der Alte von mir hält. Haben er und Steinfeld mich bei jeder Gelegenheit spüren lassen. Schön war das nicht, aber die Zeiten sind ja Gott sei Dank vorbei.«

Wieso werden Kinder eigentlich immer genau dann krank, wenn man es am wenigsten brauchen kann? Ich meine nicht, dass man es überhaupt brauchen könnte – aber es gibt Tage, die sind dafür günstiger, weil man nichts auf dem Zettel hat und entspannt ist. An solchen Tagen werden Kinder nie krank. Und dann gibt es die Tage, an denen bereits der nichtigste Zwischenfall eine Katastrophe auslöst, weil es keinen brauchbaren Plan B gibt. An solchen Tagen liegt die Wahrscheinlichkeit, von Windpocken, Scharlach oder galoppierender Schwindsucht heimgesucht zu werden, bei hundertzwei Prozent.

Insofern bin ich nicht überrascht, als ich nachmittags in die

Wohnung komme, um meine Sachen für London zu packen, und dort als Erstes einen extrem säuerlichen Geruch wahrnehme. Gleichzeitig höre ich Sascha im Bad russische Beschwörungsformeln singen, während der Rest der Geräuschkulisse eindeutig aus dem jämmerlichen Weinen zweier Kleinkinder besteht. Ich reiße die Tür zum Badezimmer auf.

»Was ist denn hier los?« Eigentlich eine blöde Frage, denn ich sehe und rieche es sofort: Ben und Greta sind von oben bis unten vollgespuckt, Sascha versucht gerade, sie aus ihren nassen Klamotten zu befreien, und ist schon ziemlich grünlich im Gesicht. Zwei kleine Worte, ein großes Problem: Magen-Darm!

»Gut, dass du kommst. Seit zehn Minuten ist hier Hölle! Wir haben nach Mittagsschläfchen gespielt mit Bauklötzchen und Turm gebaut, da hat Ben so komisch geguckt und auf einmal: Spuck, spuck – alle Brei wieder raus. Ich habe weggeputzt und umgezogen. Gerade fertig, da spuckt erst Greta und dann sofort auch Ben. Ich glaube, ein bisschen Fieber haben sie auch beide.«

»O nein. Wie kommt das denn?«

»Ich weiß nicht, vielleicht von Babyturnen? Ich muss mal andere Mütter fragen. Aber mir ist auch schon total schlecht, ich glaube, ich habe mich angesteckt.« Tatsächlich wird Sascha von Minute zu Minute grünlicher. Bitte nicht auch noch das! Der Super-GAU: Ich muss auf alle Fälle morgen nach London, aber mit einem Lazarett hier in Hamburg dürfte das schwierig werden. Sascha scheint meine Gedanken zu lesen.

»Dein Termin morgen ist sehr wichtig? Oder kannst du vielleicht absagen? Mir ist wirklich nicht gut.«

»Absagen? Das geht auf keinen Fall. So ein Scheiß, aber es geht echt nicht. Wenn ich morgen ausfalle, weil meine Kinder krank sind, dreht mir Wiedemeyer endgültig den Hals um.«

»Was will er machen? Wenn Kinder krank, Kinder krank. Ist doch logisch, kann man nicht ändern.«

Natürlich hat Sascha recht, aber er weiß ja nicht, wie das ist, wenn man so unter Beobachtung steht wie ich. Auf so was hat Wiedemeyer doch nur gewartet. Und außerdem will ich morgen mit der »Nacht der Rosen« auftrumpfen – die Gelegenheit muss ich einfach nutzen. Was mache ich bloß?

Während ich noch überlege, hat Sascha heldenhaft beide Kinder umgezogen und trägt sie wieder ins Kinderzimmer. Ich gehe hinterher und nehme Greta auf den Arm. Sie hat wirklich ganz warme Wangen und guckt mich ziemlich apathisch an. Die arme Kleine! Ich fühle mich jetzt völlig als Rabenmutter. Wie kann ich nur ernsthaft darüber nachdenken, wer Sascha vertreten kann, wenn er auch krank wird? Doch wohl nur ich, die Mutter!

Sascha unterbricht meine Selbstkasteiungsgedanken. »Du, jetzt habe ich doch gute Idee. Wenn du unbedingt musst morgen los und mir geht schlecht, ich rufe Susanne an.«

»Susanne?«

»Ja, gut, oder? Sie kennt und mag die Kinder, weil wir auch oft zusammen spazieren waren. Und sie hat doch momentan noch Urlaub, weil ihr neuer Job noch nicht angefangen. Sie kommt bestimmt und hilft pflegen kranke Mäuse und kranke Sascha. Na, was sagst du?«

Eigentlich eine super Idee, aber wenn ich ehrlich bin, passt sie mir überhaupt nicht. Kein Stück. Und wieso trifft Sascha sein Gspusi, wenn er sich um meine Kinder kümmern soll?

Svenja, ermahne ich mich selbst, *sei nicht zickig. Sie ist seine Freundin, natürlich gehen sie zusammen mit den Kindern spazieren. Was ist schon dabei. Und wenn sie morgen tatsächlich kommt und deinen Arsch rettet, soll es dir wohl recht sein.*

»Ja, vielleicht ist die Idee nicht so schlecht. Aber ich könnte auch kurz Merle anrufen und fragen, ob sie einspringt.«

Sascha zuckt mit den Schultern. »Wenn du meinst. Aber dann muss Merle ihre Kinder mitbringen und nachher die werden auch krank. Finde ich nicht guten Gedanken.«

Natürlich hat Sascha völlig recht, und wahrscheinlich zeigt mir Merle gleich einen Vogel. Trotzdem, mit Susanne tue ich mich schwer.

»Manchmal habe ich Gefühl, du magst Susanne nicht. Bist du vielleicht bisschen eifersüchtig?«

Dafür, dass es Sascha angeblich so schlecht geht, ist er doch noch ziemlich vorwitzig.

»Nein, wie kommst du denn darauf? Das bildest du dir ein. Ich freue mich, wenn Susanne Zeit hat. Ruf sie gerne an. Ist ja auch nur für den Fall, dass du krank wirst, oder?«

»Genau. Nur für den Fall. Sonst ich kümmere natürlich selbst.«

Als ich am nächsten Tag in den Flieger steige, bin ich völlig gerädert. Die Nacht war ein Albtraum, denn natürlich wurde Sascha auch noch krank, und ich war vollauf damit beschäftigt, entweder meine beiden Mäuse zu trösten, die bei mir im Bett schlafen durften und dieses dreimal hintereinander vollspuckten, oder Sascha einen Eimer ans Bett zu bringen und diesen auch regelmäßig zu leeren. Als es um acht Uhr morgens schließlich an unsere Tür klopfte, war ich dermaßen froh, Susanne zu sehen, dass ich ihr fast um den Hals gefallen wäre. Selbst wenn ich nicht nach London fliegen würde, wäre mir ihre Hilfe jetzt sehr recht. Und außerdem ist Sascha in dermaßen schlechter Verfassung, dass die beiden mit Sicherheit nicht übereinander herfallen werden, während meine beiden Süßen ihren Mittagsschlaf halten …

Ich versuche also, mich auf die anstehende Konferenz zu konzentrieren und mir noch ein paar schlaue Sachen einfallen zu lassen. Bisher habe ich das jährliche Meeting der europäischen Fürstenberger-Direktoren Mitte Dezember immer für eine öde Veranstaltung gehalten; als stellvertretende Direktorin war ich schon zweimal dabei, um die Zahlen und Prognosen für unser Münchner Haus abzugeben. Nicht besonders spannend, und die meiste Zeit habe ich mich auf das nette Rahmenprogramm der Tagung gefreut. Diesmal allerdings bin ich richtig aufgeregt, und die gemeinsamen Abendaktivitäten in London könnten mir egaler nicht sein.

Meine Finanzchefin Anja Burmester hat mir die üblichen Charts auf Powerpoint vorbereitet, insgesamt zehn Seiten über unsere Vorschau, unser Budget, unsere Auslastung – und so weiter und so weiter. Auf Seite 11, ganz am Ende, dann unser Knaller: die »Nacht der Rosen«! Schließlich muss ein bisschen Überraschungseffekt schon sein, da waren Trautwein und ich uns gleich einig. Ich erinnere mich gut, dass die meisten Teilnehmer des Jahresmeetings spätestens nach der dritten Präsentation den Schlaf der Gerechten schlafen. Vielleicht gelingt es mir diesmal, den ein oder anderen aufzuwecken.

Einer wird jedenfalls mit Sicherheit große Ohren bekommen: Dr. Hubert Wiedemeyer. Obwohl ich schon sehr versucht war, ihm vor dem London-Meeting von unserem Erfolg zu erzählen, habe ich es mir tapfer verkniffen. Möglicherweise tue ich ihm unrecht, aber so kann ich verhindern, dass er später im Konzern herumläuft und so tut, als habe er die Gala an Land gezogen. Nach seinem Verhalten mir gegenüber im ganzen letzten Jahr halte ich das jedenfalls nicht für ausgeschlossen. Und sollte ich einmal richtige Probleme mit ihm bekommen, ist auch nicht ganz unwichtig, was Wiedemeyers Chef über mich denkt. Wobei das interessanterweise eine

Chefin ist: Claire Burgfels, Spitzname »Commander«, eine sehr resolute Schweizerin mit annähernd dreißig Jahren Berufserfahrung. Neben ihrem Job als Europa-Chefin der Fürstenberger-Kette leitet sie auch das Londoner Hotel, in dem unsere Tagung stattfindet und das quasi das Flaggschiff des Konzerns ist. Eine Frau aus dem Leben also.

Ich hatte bisher nur auf besagten Jahresmeetings das Vergnügen, sie leibhaftig zu erleben, aber ich glaube, Wiedemeyer hat richtig Angst vor der Burgfels. Wenn er über sie spricht, klingt es so, als ob Sascha von Maja Friedrichs erzählt. Leider scheint sie keine besondere Kinderfreundin zu sein, jedenfalls hat sie keine eigenen, und Wiedemeyer hat mir schon ein paarmal zu verstehen gegeben, dass ich froh sein kann, die Burgfels nicht als direkte Vorgesetzte zu haben: *Sie wäre für Ihre familiäre Situation lange nicht so verständnisvoll wie ich, glauben Sie mir.* Haha! Meinte er bestimmt ironisch.

Für den Fall, dass er es doch nicht ironisch meinte, kann ich Burgfels aber mit der »Nacht der Rosen« bestimmt ein wenig für mich einnehmen, denn als Deutsch-Schweizerin weiß sie mit Sicherheit, wie bedeutend diese Gala in Deutschland ist. Hoffe ich zumindest.

Im Hotel angekommen, gehe ich noch kurz auf mein Zimmer und ziehe mich um. Ich habe mir für meinen hoffentlich großen Auftritt ein sündhaft teures neues Outfit gegönnt. In dem schlichten, blau-grauen Etuikleid sieht meine Figur fast wieder so aus wie vor der Schwangerschaft, und als ich mich im Geschäft darin vor dem Spiegel sah, musste ich es unbedingt kaufen. Schließlich gehöre ich zu der oberflächlichen Sorte Mensch, die sich gleich selbstbewusster fühlt, wenn sie sich gut aussehend findet. Schnell drehe ich mir noch die Haare zu einem lässigen Dutt und pudere mir die Nase über, dann greife ich meine Laptop-Tasche und verschwinde in Richtung Konferenzsaal.

Als ich dort ankomme, sind schon fast alle Plätze belegt, nur relativ weit vorne ist noch ein Tischchen am Konferenz-U frei. Auch gut, brauche ich wenigstens meine Brille nicht aufzusetzen, um etwas von den anderen Präsentationen auf der Leinwand erkennen zu können. Wiedemeyer sehe ich noch nicht, und auch Burgfels scheint noch nicht da zu sein.

Ich blättere noch einmal durch den Ausdruck meiner Powerpoint-Präsentation. Unser Jahresergebnis 2007 kann sich sehen lassen, die Auslastung war sehr gut, insgesamt hatten wir ein erfreuliches Veranstaltungsgeschäft, und das Weihnachtsgeschäft ist noch nicht einmal im Ergebnis enthalten. Bin schon gespannt, wie die Zahlen der anderen deutschen Kollegen ausgefallen sind, aber zu verstecken brauche ich mich auf keinen Fall.

Aus den Augenwinkeln sehe ich, dass die Türen des Konferenzraumes geschlossen werden, und jetzt kommen auch meine direkten Tischnachbarn, um ihre Plätze links und rechts von mir einzunehmen. Sofort wird mir klar, warum mein Platz so lange frei geblieben ist: Ich sitze genau zwischen Wiedemeyer und Burgfels. Auweia! Das verspricht nicht gerade entspannte Tagungsatmosphäre.

»Frau Christiansen, wie schön!«, begrüßt mich Dr. Wiedemeyer mit einem aufgesetzten Lächeln. »Wie geht es meinem deutschen Lieblingshotel?«

»Oh, bestens. Es gibt nur Erfreuliches zu vermelden«, versuche ich, ihm gleich mal den Wind aus den Segeln zu nehmen.

»Frau Burgfels, Sie erinnern sich sicherlich an Svenja Christiansen?«, stellt mich Wiedemeyer kurz vor.

Burgfels mustert mich einen Moment lang, bevor sie antwortet. »Sicher, sicher, Sie sind doch die junge Dame mit den Zwillingen, oder?« Ist das eine nette Nachfrage, oder klingt es eher unfreundlich? Ich merke, dass ich unsicher werde.

»Äh, ja, ich bin das mit den Zwillingen. Vor allem aber leite ich das Fürstenberger Hamburg.« Wollen wir doch schnell mal zum Beruflichen zurückkehren.

Frau Burgfels nickt. »Natürlich, das weiß ich doch. Ich bin sehr gespannt auf Ihre erste Präsentation als Direktorin.«

»Ich auch, Frau Burgfels, ich auch«, beeilt sich Wiedemeyer ihr bezupflichten.

Na, und ich erst!, würde ich gerne rufen, verkneife es mir aber.

Nachdem die Burgfels unser Meeting mit ein paar netten Floskeln eröffnet hat, geht es gleich los mit den ersten Präsentationen. Jeder von uns hat zwar die Order, nicht länger als fünf bis zehn Minuten zu sprechen, aber da es insgesamt fünfundzwanzig Fürstenberger-Hotels in Europa gibt, liegen einige Stunden Präsentationsmarathon vor uns. Ich schiele auf die Tagesordnung und kann mir ausrechnen, dass ich in ungefähr drei Stunden an der Reihe bin. Bis dahin ist garantiert auch der letzte meiner Kollegen eingeschlafen; hoffentlich bekomme ich wenigstens Wiedemeyer und Burgfels mit der »Nacht der Rosen« wieder wach.

Zweieinhalb Stunden später muss ich neidlos anerkennen, dass Claire Burgfels entweder ein Konzentrationsgenie oder zumindest eine gnadenlos gute Schauspielerin ist. Während Wiedemeyer mittlerweile schon Streichhölzer brauchen könnte, um seine Augen durchgehend offen zu halten, hat sie bei jedem der vorgestellten Hotels interessierte Nachfragen, hakt bei den Zahlen noch einmal nach und ist, davon abgesehen, offensichtlich bestens im Bilde über jedes Fürstenberger-

Haus. Selbst die Kaffeepause nutzt sie noch zu kleinen Fachgesprächen am Rande. Ich hingegen schnappe mir nur schnell eine neue Tasse Kaffee vom Buffet und gehe dann noch einmal meine Präsentation durch – ich bin die erste Referentin nach der Pause und mittlerweile schon ziemlich nervös.

Schließlich klatscht Burgfels in die Hände. »So, wollen wir dann mal weitermachen? *May we continue?*« Alle strömen zu ihren Sitzen zurück, ich habe bereits mein Laptop an den Beamer angeschlossen. Als es leise geworden ist, lege ich los. Beginne mit einer kurzen Vorstellung unseres Hotels, komme dann zu den Zahlen. Obwohl er bei meinen Vorrednern noch fast ins Koma zu fallen drohte, ist Wiedemeyer jetzt ganz wach. Vermutlich wartet er nur darauf, irgendwo etwas zu entdecken, was ihm nicht gefällt. Aber da macht er sich falsche Hoffnungen, denn wir sind wirklich gut aufgestellt. Auch mein Ausblick ist eine runde Sache – und Burgfels scheint die gesamte Präsentation zu gefallen, jedenfalls hat sie mir schon ein paarmal aufmunternd zugenickt.

»Und damit sind wir am Ende der normalen Präsentation angekommen«, sage ich – natürlich auf Englisch – und lächle meinen ermatteten Kollegen aufmunternd zu. »Aber wir im Hamburger Fürstenberg sind stolz darauf, nicht immer nur den normalen Weg zu gehen – sondern stets den zu finden, der uns zum Erfolg führt.« Während ich den sorgfältig einstudierten Satz vortrage, zähle ich in Gedanken rückwärts – *drei, zwei, eins … und los!* Dann drücke ich auf die Maustaste. Endlich bin ich bei meiner letzten Folie angelangt – sie zeigt ein Foto von Verleger Sauer gemeinsam mit der Bundeskanzlerin, dem Hollywoodschauspieler Clifton Jones und seiner Frau, dem Schagersternchen Chantal, bei der »Nacht der Rosen« im vergangenen Jahr. Ich mache eine kleine Kunstpause.

Wiedemeyer starrt erst auf das Bild, dann schaut er mich

irritiert an. Auch Burgfels scheint nicht gleich zu verstehen, worauf ich hinauswill.

»Sie sehen hier eine Aufnahme, die auf der bedeutendsten deutschen Wohltätigkeitsgala gemacht wurde, der ›Nacht der Rosen‹. Die gesamte deutsche Prominenz ist versammelt, wenn der Großverleger Sauer zugunsten von UNICEF einlädt. In allen deutschsprachigen Zeitschriften und Fernsehsendern wird darüber berichtet – es ist das Medienereignis des Jahres.« Wieder mache ich eine kleine Pause. An Claire Burgfels' Gesicht kann ich sehen, dass sie langsam merkt, worauf ich hinauswill.

»Und deswegen freut es mich umso mehr, dass ich unseren kleinen Ausblick damit abschließen kann, dass wir im nächsten Jahr Veranstaltungsort der ›Nacht der Rosen‹ sein werden.«

Meine Kollegen nicken anerkennend, einige sehen richtig begeistert aus. Wiedemeyer guckt fast erschrocken. Burgfels lächelt mich breit an: »Da gratuliere ich Ihnen, Frau Christiansen. Haben Sie schon länger versucht, diesen Event zu akquirieren?«

Ich nicke. »Mein Team bearbeitet den Veranstalter schon seit fast zwei Jahren. Diesmal hatten wir endlich eine realistische Chance – und haben gleich zugegriffen.«

»Auch von mir meinen Glückwunsch, liebe Frau Christiansen«, meldet sich Wiedemeyer mit einem breiten Lächeln zu Wort, das von seinem kühlen Blick Lügen gestraft wird. Dann schießt er hinterher: »Ich hoffe, Sie mussten preislich keine zu großen Zugeständnisse machen?«

Es kommt mir vor, als würden sich die Köpfe der Anwesenden nun wie bei einem Tennismatch mir zuwenden. Aber auf diesen Angriff meines Chefs bin ich bestens vorbereitet. »Nein, diese Gala wird eine sehr lohnende Sache. Ich habe Unterlagen vorbereitet, die ich Ihnen im Anschluss gerne zur

Verfügung stelle, wenn Sie an den Details interessiert sind. Aber«, ich lächle Wiedemeyer betont freundlich an, »wir haben den Ball natürlich nicht bekommen, weil wir günstiger sind, sondern *besser* als der Wettbewerber.«

Eine Kollegin, die mir genau gegenübersitzt, sieht aus, als wollte sie in spontanen Applaus ausbrechen. »Großartig!«, lobt auch die Burgfels. »Ich kann mir kein pressewirksameres Ereignis vorstellen. Das wird dem Fürstenberger Hamburg mit Sicherheit einen richtigen Popularitätsschub verleihen.«

Als ich wieder Platz genommen habe, schiebt mir Wiedemeyer einen Zettel zu. Will er etwas *Schiffe versenken* mit mir spielen? Ich werfe einen Blick darauf.

Warum haben Sie mich nicht im Vorfeld informiert?

Aha, der Chef ist stinkig. Antworte ich jetzt wahrheitsgemäß mit: *Weil ich schon wusste, dass Sie mir den Erfolg nicht gönnen, und deshalb sichergehen wollte, dass Sie sich nicht nach oben mit fremden Federn schmücken?* Ach nee, die Wahrheit bringt einen auch nicht immer weiter. Stattdessen kritzle ich schnell ›*Das hat sich relativ kurzfristig ergeben*‹ daneben. Soll Wiedemeyer doch denken, was er will.

Vor dem Abendessen lädt Claire Burgfels noch zu einem Cocktailempfang. Ich hatte zwar kurz überlegt, den zu schwänzen und mich stattdessen ein Stündchen aufs Ohr zu hauen, denn mittlerweile bin ich wirklich stehend k. o. Aber dann beschränke ich mich nur auf einen kurzen Anruf bei meinen Lieben und lasse mir von einer sehr fürsorglich klingenden Susanne versichern, dass alle noch leben und sie die Lage völlig im Griff hat.

Also stehe ich schließlich doch mit einem leckeren Bellini in der Hand zwischen meinen Mit-Direktoren. Gerade unterhalte ich mich sehr angeregt mit dem Direktor des Fürstenbergers Amsterdam, der eine unglaubliche Ähnlichkeit mit dem jungen Antonio Banderas hat – ziemlich ungewöhnlich für einen Holländer –, als Claire Burgfels zielstrebig auf mich zusteuert.

»Frau Christiansen, das war eine sehr gute Präsentation.«

Ich merke, dass ich ein bisschen rot werde. »Vielen Dank, aber ich habe natürlich auch ein super Team in Hamburg.«

»Natürlich. Trotzdem kommt es immer darauf an, was die Führung daraus macht. Ich habe übrigens schon auf eine Gelegenheit gewartet, um mit Ihnen zu sprechen.«

»Ja?«

»Die Geschichte mit Ihren Zwillingen hat mich tatsächlich ziemlich beeindruckt. Ich finde es phänomenal, dass Sie Kinder und Hotel im Griff haben. Ich persönlich habe mich das nie getraut – und das schon manches Mal bereut. Sie können stolz auf sich sein.«

Anscheinend sehe ich genau so perplex aus, wie ich es bin.

»Stimmt etwas nicht?«, will Burgfels wissen.

»Äh, nein, nein«, beeile ich mich zu versichern. »Ich dachte nur, Sie sähen das mit den Kindern eher kritisch.«

Burgfels lacht. »Wer hat das denn gesagt? Ich wette, der alte Wiedemeyer, oder? Lassen Sie sich von dem nicht verunsichern, der ist eben Traditionalist. Oder soll ich sagen: ein Fossil?« Gerade in diesem Moment trabt der so Bezeichnete an uns vorbei. Burgfels tippt ihm auf die Schulter. »Herr Dr. Wiedemeyer, trinken Sie doch einen Schluck mit uns. Ich wollte Ihnen schon die ganze Zeit gratulieren.«

»Oh, warum denn?« Wiedemeyer ist sichtlich erfreut.

»Na, Sie haben diese ausgezeichnete junge Dame zur Direktorin befördert. Und ich muss sagen, Sie hatten den richtigen Riecher. Frau Christiansen macht ihre Sache ausgezeichnet, finden Sie nicht auch? Eine echte Powerfrau – Kinder und Karriere, dafür ist sie nur zu bewundern.«

»Doch, doch, natürlich. Genau meine Meinung, deswegen habe ich ihr Hamburg ja anvertraut.«

»Und jetzt die Sache mit der Gala – phantastisch! Also, Wiedemeyer: Ich würde sagen, Frau Christiansen hat als Belohnung jetzt wirklich einen Wunsch frei.« Burgfels lächelt mich an. Wer auf die Idee gekommen ist, diese Frau als *Commander* zu bezeichnen, muss sich geirrt haben. Doch kaum ist mir dieser Gedanke durch den Kopf geschossen, sehe ich, wie Burgfels sich wieder meinem Chef zuwendet – und nicht knallhärter klingen könnte, als sie sagt: »Und das meine ich auch so, Wiedemeyer. Die nächste Sache, die Frau Christiansen Ihnen vorschlägt, ist genehmigt.«

Glücklich sieht Wiedemeyer nun nicht gerade aus. Aber er schlägt sich tapfer. »Natürlich, das sehe ich genauso. Also, Frau Christiansen – Ihr Wunsch ist mir Befehl.«

35. Kapitel

Ich bin wirklich gespannt, wie der Alte auf unseren Vorschlag reagiert.« Trautwein knetet nervös seine Hände und sieht extrem angespannt aus. Ich hingegen bin bester Dinge – schließlich haben wir uns gut auf das Gespräch vorbereitet und, was viel wichtiger ist: Seitdem ich vor fünf Wochen mit Claire Burgfels Champagner geschlürft habe, behandelt mich Wiedemeyer wie ein rohes Ei. Als ich meinen Wunsch nach einem Treffen mit ihm angemeldet habe, hat er sich förmlich vor Freundlichkeit überschlagen. Davon abgesehen habe ich immer noch meinen Joker, den ich mir für diesen Moment aufgespart habe. Was also soll uns passieren?

»Ganz ruhig, Georg. Das wird schon. Warum machst du dir Sorgen?«

»Na ja, die Idee mit dem Führungstandem ist ja schon ziemlich innovativ. Und bisher war Dr. Wiedemeyer überhaupt kein Freund von innovativen Ideen.«

»So? Woher willst du das wissen? Hast du schon mal einen innovativen Vorschlag gemacht?«, necke ich ihn.

Georg hebt seufzend die Hände. Seit dem Abend, an dem ich mit Georg Trautwein einen trinken war, um ihm meine Idee von dem geteilten Direktorenposten schmackhaft zu machen, sind wir per Du. Er war spontan begeistert von meinem Plan. Kein Wunder – ist schließlich auch eine wirklich gute Sache: Wir beide als Direktoren des Fürstenbergers Hamburg, er in Teilzeit, ich in Teilzeit. Ich werde dreißig Stunden arbeiten und Georg ebenso, macht also einen Sechzig-Stunden-Direktor für das Hotel, aber zwei Ansprechpartner für die Mitarbeiter – besser geht es nicht. Dass Trautwein und ich gut

439

zusammenarbeiten, haben wir schon bewiesen. Und mir macht es auch nichts aus, den Titel »Direktor« mit jemandem zu teilen. Natürlich bedeutet das für uns beide finanzielle Einschnitte. Aber was viel wichtiger ist: Er hat Zeit für sein Studium, ich endlich mehr Zeit für die Kinder – ziemlich genial, ich muss mich selbst loben. Das fand auch Georg Trautwein.

Jetzt allerdings scheint er nicht mehr ganz so zuversichtlich. Von dem Augenblick an, als uns der Empfang informiert hat, dass Dr. Wiedemeyer eingetrudelt und auf dem Weg in mein Büro ist, guckt er jedenfalls ziemlich unglücklich. Aber egal, notfalls rede eben nur ich. Das wird mir auch nicht schwerfallen, denn ich bin restlos überzeugt von unserer Tandem-Lösung. In London ist mir nämlich klar geworden, dass ich so nicht weitermachen kann und will. Ich liebe meinen Job – aber meine Kinder liebe ich noch mehr. Und sie so mickrig und krank mit dem ebenfalls mickrigen und kranken Sascha in Hamburg zu wissen, während ich tausend Kilometer entfernt auf einem Meeting hocke, war einfach zu viel.

»Äh, das ist in der Tat ein ganz neuer Gedanke für mich.« Man sieht Dr. Wiedemeyer überdeutlich an, dass er am liebsten rigoros ablehnen und mir einen Vogel zeigen würde – aber sich einfach nicht traut. Herrlich, er windet sich wie ein Aal in der Reuse, aber kommt einfach nicht raus! Nicht nur, dass wir die richtigen Argumente haben – da gibt es ja auch noch die wunderbare Anweisung: *Und das meine ich auch so, Wiedemeyer. Die nächste Sache, die Frau Christiansen Ihnen vorschlägt, ist genehmigt.*

Georg Trautwein ist nicht mehr ganz so blass. Hat wohl gemerkt, dass Wiedemeyer eine deutliche Beißhemmung hat. Ich habe ihm allerdings vorher auch nicht erzählt, dass mir

Claire Burgfels wie die gute Fee im Märchen einen Wunsch versprochen hat. Wenn ich ehrlich bin, wollte ich Georg schon ein bisschen mit meinem Verhandlungsgeschick beeindrucken.

»Und Sie denken wirklich, mit Ihrem, äh, wie nannten Sie es noch?«

»Tandem.«

»Richtig, mit Ihrem Tandem ließe sich so eine wichtige Führungsposition teilen?«

»Absolut.«

»Hm, ich kenne Teilzeitlösungen bisher doch eher von meiner Sekretärin oder den Damen am Empfang. Ich meine, von Positionen ohne Personal- oder Etatverantwortung. Aber wenn Sie meinen, dass es einen Versuch wert wäre ...« Er bleibt mit der Stimme oben hängen, als ob er hoffen würde, dass ich nun von alleine klein beigeben und ihn so aus der Nummer rauslassen würde. Aber nichts da!

»Herr Dr. Wiedemeyer, Sie werden sehen – wir werden alle davon profitieren«, versichere ich ihm generös. »Und wenn ich nicht wüsste, dass gerade Sie für innovative, neue Lösungen im Konzern bekannt sind, hätte ich es auch gar nicht vorgeschlagen.«

Georg Trautwein muss offensichtlich seine volle Konzentration darauf verwenden, jetzt nicht in schallendes Gelächter auszubrechen. Jedenfalls starrt er so angestrengt auf den Boden, als ob es da etwas ganz Besonderes zu sehen gebe. Wiedemeyer zuckt resignierend mit den Schultern.

»Tja, Frau Christiansen. Dann wollen wir das doch mal ausprobieren. Ihre Argumente sind ja wirklich sehr überzeugend – ich habe da natürlich vollstes Vertrauen.«

Ha!

Als uns Carsten einen Monat später zu einem Ausflug einlädt, tut er sehr geheimnisvoll. Nachdem er mit den Zwillis vom Spielplatz gekommen ist und wir alle in seinem Auto sitzen, murmelt er etwas von toller Überraschung, die er mir und den Kinder zeigen müsste, und lässt sich dann nichts mehr entlocken. Ich glaube, am liebsten würde er mir noch eine Augenbinde verpassen, damit ich nicht sehe, wo er hinfährt. Als er nach zehn Minuten anhält, sind wir mitten im Generalsviertel, einem sehr schönen Gründerzeitfleckchen im Stadtteil Eimsbüttel.

Neugierig schaue ich aus dem Fenster. Hm, kein Geschäft, kein Café, eigentlich eine reine Wohnstraße. »Was willst du uns denn hier zeigen?«

»Wirst du gleich sehen!« Galant hilft Carsten mir aus dem Auto, dann schält er Ben und Greta aus ihren Kindersitzen und greift in seine Hosentasche. Ein paar Sekunden später hält er einen Schlüsselbund in der Hand, nimmt Ben auf den Arm und geht zielstrebig auf eines der hübschen Jahrhundertwende-Stadthäuser zu. »Kommt mit!«, ruft er mir über die Schulter zu.

Ich schnappe mir Greta und laufe hinter ihm her. Carsten ist mittlerweile am Eingang des Hauses angelangt und schließt die Tür auf. Mir beginnt zu schwanen, warum wir hier sind.

»Carsten, du hast doch nicht etwa dieses Haus gemietet, oder?«

Er grinst jetzt von einem Ohr bis zum anderen. »Wie hast du das nur erraten, meine Liebe?«

»Bist du verrückt geworden? Das muss doch ein Vermögen kosten. Und was willst du allein mit einem ganzen Haus? Oder sind da mehrere Wohnungen drin?«

»Zu eins: nein. Zu zwei: na ja. Zu drei: wieso allein?«

Bitte?

»Also, nein, ich bin nicht verrückt geworden, sondern hatte den besten Einfall meines Lebens. Und es kostet kein Vermögen, weil einer unserer Partner für drei Jahre nach Singapur geht, dies hier seine Hütte ist und er sie gerne an eine vertrauenswürdige Person vermieten will. Da musste ich doch wohl zugreifen! Und natürlich will ich hier nicht allein einziehen, sondern mit euch dreien.«

Ich bin sprachlos. Ist das nun besonders mutig – oder einfach nur dreist?

»Ich weiß, das muss dir wie ein ziemlicher Überfall vorkommen. Aber wenn du dir das Haus ansiehst, wirst du merken, dass wir hier als Wohngemeinschaft zusammenleben können, ohne uns zu nahe zu kommen oder auf die Nerven zu gehen. Und die Kinder hätten uns beide. Das wäre doch ideal, oder?«

Ich schüttle langsam den Kopf. »Echt, Carsten. Du lässt wirklich nicht locker. Ich bin platt. Was soll ich dazu sagen?«

»Du musst doch erst einmal gar nichts sagen. Guck dir das Haus erst mal an. Es muss auch noch nichts sofort entschieden werden, mein Kollege meint, wir können uns damit noch etwas Zeit lassen.«

Unschlüssig stehe ich auf der Schwelle – aber dann siegt meine Neugier.

Carsten hat recht, das Haus ist ein absoluter Traum: hohe Decken, Stuck, nach hinten hinaus ein kleiner Garten, in dem schon eine Schaukel und eine Sandkiste stehen. Dagegen kann meine Wohnung im Fürstenberger natürlich überhaupt nicht mithalten.

»Siehst du, jedes Stockwerk hat ein eigenes Bad und auch Anschlüsse für eine eigene Küche. Wir könnten also im Grunde genommen zusammen, aber getrennt wohnen – wenn du weißt, was ich meine. So können wir ausprobieren, ob es nicht doch klappt mit uns. Zumindest als WG. Für Ben und Greta wäre das doch toll – zusammen mit Mama und Papa.« Auffordernd blinzelt Carsten mich an. »Und für mich wäre es auch toll – zusammen mit dir.«

Ich antworte nicht und gehe stattdessen noch einmal durch die Hintertür in den Garten. Für Anfang März ist es ausgesprochen warm, also haben es sich Ben und Greta schon in der Sandkiste gemütlich gemacht und spielen mit ein paar liegengelassenen Förmchen. Ben ist damit beschäftigt, seiner Schwester in rauhen Mengen Sand auf die Mütze zu schaufeln, während Greta hingebungsvoll einen Teil des Sands direkt in den Mund steckt. Ein schönes Bild. Carsten stellt sich neben mich und beobachtet die Kinder eine Weile.

»Schau mal, wie gut es den beiden hier gefällt. Ist doch ideal mit einem kleinen Garten …«

»Nun hör mal auf, mir die Hütte hier wie Sauerbier anzupreisen. Ich finde sie ja auch toll. Aber du weißt genau, dass das nicht das Problem ist«, setze ich mich zu Wehr.

»Nee, weiß ich nicht. Was ist denn das Problem? Oder hast du einen neuen Freund, mit dem du lieber zusammenwohnen möchtest?«

Ich starre ihn an. Langsam wird es mir zu blöd. »Quatsch. Und wenn es so wäre, warum sollte ich dir das verheimlichen?«

»Keine Ahnung. Ist es vielleicht Sascha? Komm, den findest du doch sicher mehr als niedlich. Und er dich auch. Das habe ich gleich gesehen.«

»Was? So ein Unsinn. Außerdem hat Sascha eine Freundin, die sehr nett ist.«

»Aha. *Außerdem.* Also, wenn er die nicht hätte, sähe das schon anders aus?«

»Carsten, du nervst! Und bevor wir uns jetzt in die Wolle

444

kriegen, sollten wir Ben und Greta einpacken und wieder ins Hotel fahren.« Ich stapfe auf die Kinder zu und fege Greta den Sand vom Kopf. Ben protestiert lautstark, als ich ihm das kleine Förmchen wegnehme, aber davon lasse ich mich nicht aufhalten. Schließlich trottet Carsten hinter mir her und nimmt Ben auf den Arm. Vor der Tür werfe ich noch einen Blick auf das Haus.

»Schön ist es natürlich schon.«

Carsten nickt eifrig. »Nicht wahr? Also, zumindest eines musst du mir versprechen.«

»Und zwar?«

»Dass du wenigstens mal darüber nachdenkst.«

Ich nehme einen großen Schluck aus meinem Rotweinglas. »Ach Merle, ich bin total durcheinander.«

»Das merke ich … aber ich glaube, ich verstehe es nicht so ganz.« Meine Schwester schenkt mir noch mal nach. »Was genau ist denn das Problem?«

»Ach, ich weiß auch nicht … Als ich mit Carsten zusammen das Haus besichtigt habe – das war schon irgendwie schön. Wie eine richtige Familie. Und du hättest Ben und Greta im Garten sehen sollen, die waren total happy. Und seitdem überlege ich … ob es nicht doch klappen könnte.«

»*Was* könnte klappen?«

»Das mit Carsten und mir.«

Merle sieht völlig entgeistert aus. »Du willst dich doch nicht wieder mit deinem Exfreund zusammentun, nur weil deine Mäuse zehn Minuten friedlich in einer Sandkiste gehockt haben.«

»Nein, so doch nicht. Aber vielleicht ist der WG-Gedanke gar nicht so verkehrt.«

»WG, WG – wenn ich das schon höre! Du weißt doch ganz

genau, dass Carsten keine Wohngemeinschaft mit dir gründen will. Und überhaupt – was sagt Sascha denn dazu? Will der etwa in Zukunft in trauter Kommune mit Carsten zusammenwohnen?«

Da trifft Merle allerdings einen wunden Punkt. Als ich Sascha davon erzählt habe, war seine Reaktion alles andere als gelassen. Er hat mich gefragt, ob ich jetzt verrückt geworden bin, dass ich überhaupt darüber nachdenke.

»Ich glaube, Sascha kann sich das nicht so gut vorstellen.«

»Das glaube ich sofort.«

»Aber warum? Immerhin hat Sascha eine Freundin und ist glücklich verliebt, ich dagegen bin immer alleine. Also, selbst wenn ich plötzlich wieder richtig mit Carsten zusammen wäre – Sascha müsste doch der Letzte sein, den das stört. Ich habe auch schon überlegt, ob es nicht insgesamt besser ist, wenn Sascha und ich nicht mehr in einer Wohnung wohnen.«

Merle schüttelt ungläubig den Kopf. »Wieso? Es ist doch ideal für dich und die Kinder.« Dann sieht sie mich herausfordernd an. »Ist doch eine tolle Lösung, deine WG mit Sascha.«

»Für die Kinder vielleicht«, widerspreche ich ihr, »für mich aber nicht.«

»Und weil deine WG mit Sascha nicht funktioniert, denkst du, dass eine WG mit deinem Ex nun eine bessere Idee ist?«

»Nun hör doch endlich mal auf mit dieser WG«, fahre ich sie an. »Du verstehst nicht, dass …«

»Genau, Svenja«, schneidet mir Merle das Wort ab, »ich verstehe nicht. Um genau zu sein: Ich verstehe *dich* nicht.« Durchdringend schaut mich meine kleine Schwester an.

Sie hat natürlich recht. Ich nehme noch einen Schluck Rotwein, so, als müsste ich mir ein bisschen Mut antrinken.

»Weißt du, ich habe es nie zugeben wollen – aber ich glaube, ich habe mich ziemlich in Sascha verliebt. Und ich glaube, er mochte mich eine Zeitlang auch ganz gern. Da konnte ich es mir aber noch nicht eingestehen. Als ich dann so weit war, da war es schon zu spät. Jetzt ist er mit Susanne glücklich. Und die doofe Kuh ist auch noch total nett.« Ich fange an zu weinen. Irgendwie tue ich mir gerade ziemlich leid.

Merle bleibt neben mir sitzen, sagt aber nichts. Sie hält einfach nur meine Hand und lässt mich alles, was sich in der letzten Zeit in mir angestaut hat, herausheulen. Nach einer gefühlten Ewigkeit schaue ich mit nassen Augen zu ihr hoch. »Und jetzt?«, frage ich kläglich.

Meine kleine Schwester schaut mich lange an. Dann sagt sie: »Jetzt machst du das, was du am besten kannst.«

Ich ziehe die Nase hoch. »Na toll. Und was wäre das?«

»Nicht mehr weglaufen, sondern angreifen.«

36. Kapitel

Lieber Carsten,
ich schreibe Dir diesen Brief, weil es vielleicht besser ist,
Dir die Situation schriftlich zu erklären, bevor es in einem
emotional aufgeladenen Gespräch vielleicht wieder zu
Missverständnissen kommt. So kannst Du erst einmal le-
sen und in Ruhe über alles nachdenken.

Zuerst möchte ich mich für Dein tolles Angebot mit der
gemeinsamen Wohnung bedanken. Die Aussicht, zusam-
men mit Ben, Greta und Dir wie eine ganz normale,
glückliche Familie zusammenzuleben, ist schon verlo-
ckend. Meine Mutter wäre mit Sicherheit begeistert. ☺
Aber die ganze Sache hat einen Schönheitsfehler: Sie ent-
spräche einfach nicht mehr der Wahrheit. Du und ich –
das ist einmal gewesen. Und es spielt auch keine Rolle,
wovon meine Mutter vielleicht begeistert wäre, sondern
es geht darum, wie wir alle – Du und ich und die Kin-
der – am besten und glücklichsten leben können.

Ich bin Dir nicht mehr böse wegen Deines »Ausrutschers«,
wirklich nicht. Sicher, ich war damals nicht begeistert,
aber Deine Affäre spielt bei meiner Entscheidung nicht
die geringste Rolle. Ich habe mich verändert und kann
mir mittlerweile nicht mehr vorstellen, dass Du und ich
als Paar eine Zukunft haben. Auch nicht als Wohnge-
meinschaft, denn ich weiß, dass Du Dir in Wahrheit etwas
anderes wünschst und am Ende nur frustriert wärst.

Ich wünsche mir, dass wir als Freunde eine Zukunft haben. Und als Eltern von zwei tollen Kindern, die Du natürlich jederzeit sehen darfst. Ich hoffe, dass Du meine Entscheidung akzeptierst und verstehst und wir ein freundschaftliches Verhältnis zueinander aufbauen können.

Alles Liebe,
Svenja

»Und das willst du abschicken?« Merle gibt mir den Brief zurück und sieht mich über den Rand ihrer Frühstückskaffeetasse fragend an.

Ich habe nach dem letzten Abend bei ihr übernachtet – ich wollte nicht, dass Sascha mich in meinem jämmerlichen Zustand zu Gesicht bekommt. Also habe ich ihn angerufen und gefragt, ob es okay wäre, wenn ich wegbliebe. Er murmelte etwas von ›Fernsehabend mit Susanne, kein Problem‹ – woraufhin ich leider noch drei weitere Gläser Rotwein trinken musste. Weil ich aber mit Alkohol im Kopf noch nie besonders gut schlafen konnte, habe ich mich noch nachts zwischen drei und vier Uhr hingesetzt und den Brief geschrieben. Wenigstens an einer Front brauche ich Ruhe, sonst drehe ich noch durch.

»Ja«, antworte ich. »Es ist so am besten.«

»Und was ist jetzt mit Sascha?«

»Das ist eine Entscheidung, die ich nicht treffen muss«, erwidere ich. »Er ist glücklich mit Susanne. Das werde ich akzeptieren. Abgesehen davon: Sascha und ich – das würde doch vorn und hinten nicht passen.«

»Und wenn es Susanne nicht gäbe?«

Auch darüber habe ich mir in der letzten Nacht lange

Gedanken gemacht. »Dann wäre er immer noch mein Kindermädchen und ich Direktorin des Fürstenbergers.«

Merle prustet los. »Na und? Was hat denn das eine mit dem anderen zu tun?«

»Jede Menge. Wir wären ein dermaßen ungleiches Paar – das könnte überhaupt nicht gutgehen.« Ich sehe sie fest an. »Weißt du – als du gestern gesagt hast, dass ich mich dem Problem stellen muss, ist mir etwas klargeworden: Ich fahre immer am besten damit, wenn ich mich auf das konzentriere, was ich gut kann und womit ich mich sicher fühle. Das sind mein Job und meine Kinder. Für etwas anderes – oder jemand anderen – gibt es im Moment keinen Platz in meinem Leben.«

Das hoffe ich wenigstens inständig, denn sonst hätte ich es ganz schön verbockt.

37. Kapitel

Mein Radiowecker springt an und macht mir unmissverständlich klar, dass heute der Tag der Tage ist: 12. April – heute Abend steigt die »Nacht der Rosen«!

Es ist zwar erst sechs Uhr morgens, aber ich bin schon dermaßen elektrisiert, dass ich wider meine sonstige Gewohnheit sofort ins Bad schieße. Ansonsten ist es in der Wohnung noch ganz still: Sascha übernachtet bei Susanne, Merle schläft dafür bei mir, um sich heute Vormittag um die Zwillinge zu kümmern, und Ben und Greta werden in letzter Zeit netterweise nie vor acht Uhr wach. Ich kann also in aller Ruhe schon eine Runde durch das Hotel drehen und überprüfen, ob alle Vorbereitungen auf dem richtigen Weg sind.

Als ich um halb sieben in die Lobby komme, ist auch Georg Trautwein schon da. Offiziell ist er zwar noch nicht Co-Direktor, aber seitdem wir das »Go!« von Dr. Wiedemeyer haben, hat er sich noch einmal hundert Prozent mehr reingehängt. Gerade bespricht er mit Maja Friedrichs, um welche Sachen sich Housekeeping und Putztrupp noch unbedingt kümmern müssen.

»Guten Morgen!«, rufe ich fröhlich in die Runde. Die beiden drehen sich zu mir um.

»Guten Morgen!«, antwortet die Friedrichs ungewöhnlich gut gelaunt. »Wir überprüfen nur gerade, ob wir noch etwas Grundsätzliches vergessen haben, aber es sieht eigentlich nicht danach aus.«

»Dann bin ich ja beruhigt. Falls mich jemand sucht – ich frühstücke kurz und bin dann in meinem Büro.« Ich will zwar nicht hoffen, dass es so kommt, aber vorsichtshalber werde ich meine Mails noch schnell auf unangenehme Nachrichten wie kurzfristige Absagen etwa der Gaststars oder prominenter Gäste überprüfen.

Wie sich drei Stunden später zeigt, sind alle Sorgen völlig unberechtigt: Das Fürstenberger schnurrt wie ein Uhrwerk geradewegs auf die Gala zu, selbst kleinere Pannen sind noch nicht aufgetreten. Toi, toi, toi – hoffentlich bleibt es so.

Mein Handy bimmelt und Merle erinnert mich daran, dass sie gleich gehen will: »Ich muss jetzt langsam mal los, wenn ich bis heute Abend rechtzeitig wieder hier sein will.«

»Es ist gerade mal elf Uhr vormittags!«, antworte ich überrascht.

»Sag ich doch: höchste Zeit, dass ich loskomme.«

»Übertreib's mal nicht.«

»Übertreiben?« Sie schnauft empört. »Du hast doch selbst gesagt, die ›Nacht der Rosen‹ ist *das* Promi-Event des Jahres. Da will ich mich schon ordentlich in Schale werfen. Übrigens vielen Dank noch einmal, dass du für Sebastian und mich zwei Karten organisiert hast, das werde ich dir nie vergessen!«

»Doch«, meine ich fröhlich, »du wirst es vergessen. Aber ich werde dich immer wieder daran erinnern. Soll ich noch kurz kommen?«

»Nicht nötig, Heinz hat gerade die Kinder übernommen und rollert mit ihnen um die Alster. Also, bis später.«

Als ich auflege, wird mir klar, dass ich auch mal einen Schlag reinhauen muss. Denn gleich treffe ich mich noch einmal mit Simone Kern, Georg Trautwein und der restlichen Mannschaft unten in der Lobby, um die letzten Vorbereitungen für heute Abend zu checken. Außerdem treffe ich nachher noch Sonja Kibeck, um mit mir den gesamten Abend durchzugehen. Das dauert bestimmt zwei Stunden. Und danach heißt es dann auch für mich endlich aufrüschen bis zum Anschlag. Nicht nur das Fürstenberger soll schließlich strahlend schön sein, auch ich will heute Abend nicht wie Aschenputtel vor der Verwandlung herumlaufen. Und Punkt 18.00 Uhr wird Familie Sauer das Hotel betreten.

Sascha ist seit einer Woche fast wie vom Erdboden verschluckt. Nachdem Simone Kern seine Band für einen Auftritt in einem der Nebensäle gebucht hat, verbringt er jede freie Minute im Probenraum. Oder mit Susanne, so genau weiß ich das natürlich nicht. Einerseits freue ich mich für ihn – andererseits hoffe ich, dass er mir als Babysitter erhalten bleibt. Sollte es mit seiner Karriere jetzt wirklich steil nach oben gehen, habe ich da so meine Zweifel.

»Pfui«, sage ich zu mir selbst, als im Bad vor dem Spiegel stehe, »du solltest dich schämen, so egoistisch zu sein! Freu dich doch, dass Sascha mit seiner Band jetzt endlich Fuß fassen kann.« Dann verstelle ich meine Stimme, als würde eine andere Person sprechen. »Ich freu mich ja auch. Aber ich will ihn nicht ganz verlieren.«

»Was verlierst du?« Ich fahre herum, als Saschas Stimme hinter mir erklingt. Mir bleibt fast das Herz stehen, ich habe ihn gar nicht hereinkommen hören.

»Oh, hi, Sascha!«, stottere ich unsicher. »Ich wusste gar nicht, dass du … äh, ich dachte, du bist noch bei der Probe.«

»War ich auch«, sagt er knapp. Offenbar ist er immer noch sauer, dass ich überhaupt in Erwägung gezogen habe, mit Carsten eine WG zu gründen, oder es liegt an meiner neuen Haltung ihm gegenüber. Jedenfalls ist er seitdem ziemlich muffelig. Egal, jetzt ist nicht der richtige Moment, um ihm zu erklären, dass es mit Carsten und mir nichts mehr wird. Das mache ich irgendwann in einer ruhigen Minute. Wenn die

»Nacht der Rosen« gelaufen ist. Dann kann ich ihm vielleicht auch begreiflich machen, warum ich unser Verhältnis bewusst auf die berufliche Ebene beschränkt habe. Dazu habe ich mich in jener Nacht bei Merle entschieden, und das ziehe ich durch. Auch wenn's mir schwerfällt.

»Muss noch holen meinen Anzug«, erklärt er nun.

»Ach so … ja, sicher.«

Eine Sekunde später ist Sascha in seinem Zimmer verschwunden. Als ich um kurz vor sechs die Wohnung verlasse, ist er noch immer nicht wieder rausgekommen.

»Frau Christiansen, ich muss sagen: Wir sind begeistert!« Werner Sauer, Europas erfolgreichster Verleger, klopft mir anerkennend auf die Schulter. Es ist halb sieben, in dreißig Minuten beginnt der Ball und unsere Auftraggeber scheinen nach einem ersten Rundgang durch die Festsäle mehr als zufrieden zu sein. Innerlich juble ich auf, das ist schon einmal die halbe Miete. Jetzt muss nur noch der Event selbst ein Erfolg werden, dann haben wir es geschafft.

»Freut mich, dass es Ihnen und Ihrer Frau gefällt«, antworte ich.

»Das tut es«, wirft Renate Sauer ein. »Wirklich, eine exquisite Vorbereitung.« Ich grinse vor Stolz, Georg Trautwein und Simone Kern tun es mir gleich.

»Das haben wir vor allem meinen hervorragenden Mitarbeitern zu verdanken«, erkläre ich. »Ohne Georg Trautwein, Simone Kern und die vielen anderen fleißigen Helfer wäre es uns nicht gelungen.« Die Sauers nicken noch einmal anerkennend.

»Gut«, meint Herr Sauer dann, »dann werden wir uns mal in den weißen Saal begeben, um dort unsere Gäste zu begrüßen.«

»Tun Sie das. Und sollten Sie heute Abend irgendwelche

Fragen und Wünsche haben, sind wir immer und jederzeit für Sie da.«

Herr Sauer reicht seiner Frau galant den Arm, dann schreiten sie – nachdem sie uns noch einmal zugenickt haben – von dannen. Herr Sauer selbstverständlich im schwarzen Smoking, Renate Sauer in einer Haute-Couture-Robe, die vermutlich dem Wert einer Mittelklasselimousine entspricht. Aber nur kein Neid – ich fühle mich in meinem schwarzen Kleid von Sonja Kiefer durchaus sexy. Und das, obwohl meine, nennen wir sie mal weiblichen Rundungen deutlich zu sehen sind. Mir gefällt es trotzdem.

»Dann wollen wir mal«, unterbricht Simone Kern meine Gedanken. »Ich geh mal gucken, wie weit die Jungs in der Küche sind. Damit auch alle Buffets rechtzeitig aufgebaut werden.«

»Okay«, sagt Georg Trautwein. »Ich werde überprüfen, ob im Entertainment-Bereich alles klarläuft und alle Künstler am Start sind.« Dann grinst er mich an. »Oder möchtest du das lieber übernehmen?«

Was meint er denn damit? Und warum lacht der mich so blöd an? »Wieso?«

»Ich dachte nur, weil …«, setzt er an, unterbricht sich dann aber wieder.

»Weil es keinen Grund gibt, irgendetwas an der Aufgabenverteilung so kurzfristig zu ändern«, fahre ich an seiner Stelle fort, »beziehe ich jetzt im Eingangsbereich Posten, begrüße die ersten Gäste und schicke sie in die richtige Richtung.«

»Alles klar«, meint Simone. Für den Bruchteil einer Sekunde sehen wir drei uns etwas unsicher an. Dann streckt jeder von uns eine Hand aus, wie vor einem Footballspiel legen wir sie übereinander und rufen uns einen Schlachtruf zu: »Toi! Toi! Toi! Let's make it a night to remember!«

Es *ist* eine Nacht, an die man sich immer erinnern wird. Oder zumindest werde ich mich immer an sie erinnern. Alles läuft wie am Schnürchen, überall nur gutgelaunte, fröhliche Gäste. Noch dazu äußerst prominente: lauter Stars, Sternchen und Persönlichkeiten aus Wirtschaft und Politik. Til Schweikert, Frauke Ludwig, Katja Reumann, Hamburgs erster Bürgermeister, Franziska von Almsicht (sieht auch schon wieder sehr sexy aus, schwanger macht eben doch schön!), Heinz König, Karl Lagerheld und, und, und … Ich schätze, alle fünfzig Zentimeter stolpert man über einen Promi, da fällt man schon eher auf, wenn man nicht bekannt ist.

»Wow«, raunt Merle mir zu, als sie zwischendurch mit Sebastian einmal an mir vorbeiflaniert kommt. »Ich habe mich gerade eine halbe Stunde lang mit dieser Moderatorin von der Tagesschau unterhalten. Einfach so, als wäre sie ein ganz normaler Mensch!« Ihre Stimme zittert vor Ehrfurcht. Ich muss lachen.

»Merle, sie *ist* ein ganz normaler Mensch!«

»Aber die ist doch beim Fernsehen!«

»Das ist für Merle so gut wie heilig«, erklärt Sebastian grinsend. Dann wendet er sich an seine Frau: »Du hättest dir ein Autogramm geben lassen sollen, das hätten wir dann bei eBay verticken können.«

»Ach, ihr seid blöd«, beschwert sich meine kleine Schwester. »Ich erleb's eben nicht alle Tage, dass ich so viele Promis auf einem Haufen sehe.« Sie hat den Satz noch nicht ganz zu Ende gesprochen, da erstarrt sie zur Salzsäule. »Da«, flüstert sie kaum hörbar, »da!« Mehr bringt sie nicht hervor, und ich sehe in die Richtung, in die sie blickt, kann aber niemand Besonderen erkennen.

»Wer ist denn da?«, will ich wissen.

»Clifton Jones!«, fährt sie mich empört an. »Aus Hollywood! Da muss ich hin!« Mit diesen Worten eilt sie auch schon davon, ihrem großen Idol entgegen. Sebastian und ich bleiben amüsiert zurück.

»Pass bloß auf«, warne ich ihn. »Sonst brennt Merle am Ende noch mit einem Filmstar durch.«

»Da mache ich mir wenig Sorgen«, erwidert Sebastian unbekümmert. »Letztendlich weiß sie ja dann doch, was sie an mir hat.« Die Art und Weise, wie er Merle nachsieht, bereitet mir ein ganz warmes Gefühl im Bauch. Mit so viel Zärtlichkeit und Zuneigung – allein bei dem Anblick könnte ich glatt in Tränen der Rührung ausbrechen.

»Äh, ich muss mal wieder eine Runde drehen«, verabschiede ich mich von Sebastian, bevor ich anfange zu heulen. Irgendwie bin ich emotional doch noch etwas durch den Wind, die ganze Sache mit Carsten und Sascha ist wohl etwas zu viel für mich gewesen. Und die Organisation für die »Nacht der Rosen« hat sicher nicht dazu beigetragen, mein Nervenkostüm zu kräftigen.

Ich wandle durch den großen Festsaal, lasse meinen geübten Blick über die Buffets schweifen, ob auch noch alles da und hübsch angerichtet ist, weise ein paar der Kellner an, nicht erst mit dem Austausch der Aschenbecher zu warten, bis sie überquellen, nicke mal dem einen, mal dem anderen Gast zu. Auch Dr. Wiedemeyer und Claire Burgfels, die ich an der Champagner-Bar treffe, sind sichtlich angetan.

»Chapeau, Frau Christiansen«, gratuliert Frau Burgfels und prostet mir mit ihrem Glas zu. »Der Ball ist wirklich ein großer Erfolg, ich bin begeistert.«

»Damit haben Sie wirklich bewiesen, dass Sie das Zeug zur Direktorin haben«, meint nun auch Wiedemeyer. Und seinem Lächeln ist anzumerken, dass er es inzwischen wirklich wieder ernst meint.

Wir plaudern ein paar Minuten, dann flaniere ich weiter. Auf meinem Weg vorbei an der großen Tombola bleibe ich überrascht stehen. Hinter dem Tresen mit den Gewinnen steht Maja Friedrichs. Das ist es allerdings nicht, was mich überrascht, denn schließlich hatte Verleger Sauer uns darum gebeten, dass sich einer um die Tombola kümmert, was Maja Friedrichs (immerhin nach Dienstschluss!) gern übernommen hat. Was mich wirklich beeindruckt, ist ihre Aufmachung. Maja trägt ein goldenes Kleid, in dem sie wirklich atemberaubend aussieht. Ihre sonst immer etwas zu krausen Haare hat sie in einer eleganten Hochsteckfrisur gebändigt, an ihren Ohren baumeln ein paar glitzernde Strass-Ohrringe, die perfekt zu ihrem Collier passen. Wüsste ich nicht, dass es sich um unsere Hausdame handelt – ich hätte sie beinahe nicht erkannt, denn sie sieht aus wie ein Hollywoodstar!

Aber was mich noch viel mehr überrascht, ist unser Revenue-Manager Lutz Strömel, der direkt vor ihr steht und auf sie einredet. Täusche ich mich, oder wirkt Maja Friedrichs nahezu genervt, wenn nicht sogar abweisend? Für einen kurzen Moment bin ich versucht, zu den beiden hinüberzugehen, zumal ich Strömel darauf hinweisen müsste, dass er im Saal nichts verloren hat. Doch dann entscheide ich mich dagegen. Was auch immer die zwei gerade zu bereden haben – das machen sie wohl besser ohne ihre Chefin. Allerdings nehme ich mir vor, in einer Viertelstunde noch einmal hier vorbeizukommen. Wenn er dann noch immer hiersteht, muss ich ihm doch einen Platzverweis erteilen.

Wobei, so wie es gerade aussieht, bekommt er den schon von einer anderen.

Um Punkt 22.00 Uhr lasse ich es mir natürlich nicht nehmen, im »Blauen Saal« vorbeizugucken: Schließlich ist es dort Zeit für den Auftritt von Saschas Band – das muss ich unbedingt miterleben. Während ich vor der Bühne stehe und wie alle anderen Gäste darauf warte, dass es losgeht, bin ich ganz schön nervös. Fast so, als müsste ich jetzt selbst einen Auftritt hinlegen, was ja glücklicherweise nicht der Fall ist.

Dann, zwei Minuten später, ist es so weit: *Total Spirits* betreten die Bühne. Applaus erklingt – und mir stockt fast der Atem: Sascha trägt einen schwarzen Anzug und sieht einfach umwerfend aus! Er geht ans Mikrofon und begrüßt mit tiefer, sonorer Stimme die Gäste.

»Guten Abend, meine Damen und Herren. Wir sind *Total Spirits* und wir freuen uns, Sie heute Abend bei der ›Nacht der Rosen‹ unterhalten zu dürfen. *Let's rock!*« Die ersten Takte erklingen, Sascha schließt noch einmal die Augen und holt tief Luft. Dann, bevor er loslegt, guckt er noch einmal ins Publikum.

Und mir dabei direkt in die Augen.

Ich vergesse fast zu atmen.

Er zwinkert mir zu – und beginnt, die Bude so richtig zu rocken.

38. Kapitel

»ZUGABE! ZUGABE! ZUGABE!«

Was soll ich sagen? Die Leute sind restlos begeistert! Nachdem *Total Spirits* ihr erstes Set gespielt hat, tobt der Saal. Ich müsste zwar schon längst wieder meinen nächsten Rundgang machen, konnte mich aber einfach nicht losreißen. Sascha und seine Band sind einfach genial – und überzeugen nicht nur mit den Coverversionen. Nein, ihre eigenen Sachen sind richtig gut geworden!

»Keine Sorge«, ruft Sascha ins Mikro. »Wir machen nur kleine Pause, gleich kommen wir zurück.«

Während ich noch dastehe und so lange applaudiere, bis meine Hände ganz taub sind, entdecke ich aus den Augenwinkeln ein bekanntes Gesicht: Thomas Fein, der Musikproduzent aus München, steht ebenfalls vor der Bühne und wirkt mehr als angetan. Scheint ihm sehr gefallen zu haben. Ob er sich noch erinnert, woher er den Mann auf der Bühne kennt?

Ich will Sascha schon ein Zeichen geben, doch da hat mein Russe den Produzenten bereits selbst entdeckt. Thomas Fein winkt ihm zu, Sascha springt grinsend von der Bühne zu ihm hinunter. Aus der Ferne beobachte ich, wie die beiden Männer sich miteinander unterhalten. Wie gern würde ich da Mäuschen spielen, aber Saschas Gesichtsausdruck spricht Bände: Er strahlt so sehr, wie ich es noch nie zuvor gesehen habe. Das heißt, ein paarmal habe ich es doch schon gesehen – wenn er mit Greta und Ben zusammen ist, dann sieht er ganz ähnlich aus.

Einige Minuten später drückt Thomas Fein Sascha eine Visitenkarte in die Hand, klopft ihm auf die Schulter und verabschiedet sich. Mit einem siegessicheren Grinsen kommt der Mann der Stunde sofort zu mir.

»Hast du gesehen?«, will er aufgeregt wissen.

»Ja, habe ich.«

»Das war Thomas Fein!«

»Ich weiß«, meine ich. »Wir haben ihn mal von dir befreit.«

»Tja, so können sich ändern Dinge«, stellt Sascha fest. »Er ist begeistert von Band und will, dass wir gehen mit ihm ins Studio in die nächste Woche.«

»In *der* ...«, setze ich an, unterbreche mich dann aber. »Das klingt toll!«

»Ja!« Sascha grinst noch breiter. »Das ist Chance, auf die ich schon habe lang gewartet.«

»Ich freu mich wirklich total für dich!« Während ich das sage, verdüstert sich plötzlich Saschas Gesichtsausdruck. Im ersten Moment verstehe ich nicht, warum er auf einmal so schlecht gelaunt aussieht – eine Sekunde später legt jemand von hinten einen Arm um mich.

»Da bist du ja«, haucht jemand in mein Ohr. »Ich habe dich schon überall gesucht. Toll siehst du aus!«

Carsten?

Ich fahre herum, und ehe ich es mich versehe, hat mein Ex beide Arme um mich gelegt und drückt mich an sich.

»Was machst du denn hier?« Ich befreie mich aus seiner Umklammerung. Ehe er antworten kann, schaltet Sascha sich ein.

»Ich muss wieder zur Band. Gleich beginnt zweites Set.« Mit diesen Worten macht er auf dem Absatz kehrt und verschwindet Richtung Bühne.

»Kannst du mir mal erklären, was das soll?«, fahre ich Carsten an. Der hebt entschuldigend beide Hände.

»Heh, was bist du denn so giftig? Ich wollte dich nur begrüßen.«

»Ach? Und deshalb musst du mich gleich in deine Arme reißen.«

»Mein Gott, sei doch nicht so empfindlich, ich habe dich doch nur einmal kurz gedrückt.«

Nur leider hat er sich dafür einen saublöden Moment ausgesucht!

»Läuft da doch was mit deinem Kindermädchen und dir?«, fragt er prompt.

»Natürlich nicht«, widerspreche ich heftig. »Aber ich muss hier arbeiten, da ist es nicht gerade passend, wenn ich mit einem Typen rumkuschle.«

»Verzeihung!«, meint Carsten ironisch. »Ich werde dich garantiert nicht mehr anfassen.«

»Wie kommst du eigentlich her?«

»Du scheinst die Gästeliste nicht gelesen zu haben«, erwidert er. »WaterPriceCopper hat heute Abend einen ganzen Tisch gekauft.«

»Aha.« Das erklärt es natürlich. »Hast du denn meinen Brief nicht gelesen?«, will ich, immer noch etwas gereizt, wissen.

»Doch, natürlich«, erwidert Carsten. »Aber du hast geschrieben, dass du möchtest, dass wir Freunde sind. Ich wusste nicht, dass das auch bedeutet, dass ich einen Sicherheitsabstand von einem Meter zu dir einhalten muss.«

»Natürlich nicht«, seufze ich. »Es ist nur …« Mein Blick wandert wieder zur Bühne, auf der Sascha und seine Band gerade ihr zweites Set beginnen.

»Also doch dieser Russe«, meint Carsten, und sein Gesicht verfinstert sich. »Das kann ich ja kaum glauben.«

Da ist nichts zwischen uns, will ich automatisch sagen. Aber

462

dann fällt mir auf, was mein Ex gerade gesagt hat. »Was kannst du nicht glauben?«, frage ich.

»Dass du mich für diesen Hilfsarbeiter abservierst.«

»Hilfsarbeiter?«, entfährt es mir.

»Ich meine, das ist doch kein richtiger Kerl. Der Typ ist dein *Kindermädchen*, also wirklich!« Ich merke, wie in mir auf einmal eine unbändige Wut aufsteigt. Was bildet Carsten sich eigentlich ein?

»Jetzt hör mir mal zu«, zische ich ihn an. »Zum einen habe nicht ich dich abserviert, das war ja wohl eher genau umgekehrt.«

»Ich …«

»Halt die Klappe!«, schneide ich ihm das Wort ab. »Sei froh, dass du nach allem, was du mir angetan hast, die Kinder noch sehen darfst und ich versuche, so etwas wie Freundschaft zu dir zu entwickeln. Aber wenn du jetzt anfängst, gegen Sascha zu ätzen, muss ich wohl noch einmal darüber nachdenken, ob ich dich in Zukunft in meinem Leben haben will.«

»Himmel, Svenja!« Carsten hebt abwehrend und lachend die Hände. »Reg dich nicht so auf, ich will doch nur dein Bestes. Und du musst schon zugeben, dass die Vorstellung, dass du und dieser komische Kerl …«

»Was?«

»Na, er, das Kindermädchen, und du, die Hoteldirektorin – also, das ist schon ziemlich absurd.«

»Ich kann dir sagen, was hier absurd ist«, blaffe ich ihn an. »Dass ich mir so etwas von dir überhaupt anhöre.« Meine Wangen glühen, nicht nur, weil ich furchtbar wütend bin, sondern weil es so unglaublich peinlich ist, dass Carsten genau den gleichen Wortlaut gebraucht, den ich vor nicht allzu langer Zeit benutzt habe. *Wie konnte ich nur?* Was bin ich für eine eingebildete, dumme Pute? »Sicher, Sascha passt wahrscheinlich nicht in deine kleine, engstirnige Welt, und … und …« Ja, was und? Bevor ich mich stoppen kann, spreche ich das aus, was einfach aus mir rausmuss: »Und vielleicht bin auch ich so arrogant, dass ich ihn nicht verdient habe. Aber eines kann ich dir sagen: Noch nie habe ich einen so warmherzigen, verständnisvollen und lebensweisen Mann wie ihn kennengelernt. Jemanden, der weiß, was wirklich wichtig ist – und der sich auch dafür einsetzt, ganz egal, was andere darüber denken könnten. Wenn du meine Meinung hören willst: Von jemandem wie Sascha kann ich noch eine Menge lernen – und *du* erst recht!« Carsten starrt mich einen Moment lang fassungslos an, dann verzieht sich sein Gesicht zu einem zynischen Grinsen.

»Wie du meinst, Svenja«, sagt er. »Dann wünsche ich dir viel Glück mit diesem Versager. Und ich kann für dich nur hoffen, dass du irgendwann wieder zu Verstand kommst! Ich komme in zwei Wochen vorbei, um die Kinder zu sehen.« Mit diesen Worten geht er fort. Ich bleibe zurück und fühle eine Mischung aus Ärger und Überraschung. Ärger, weil ich mich wieder einmal so in Carsten getäuscht habe. Und Überraschung wegen des flammenden Plädoyers, das ich gerade auf Sascha gehalten habe. Sicher, ich hatte mir schon eingestanden, dass ich in ihn ein kleines bisschen verliebt war – aber jetzt muss ich einsehen, dass das nicht einfach vorbei ist, nur weil ich mir das vorgenommen habe. Ich bin immer noch in Sascha verliebt. Mehr, als ich gedacht hätte.

Umso tragischer, dass ich es zu spät erkenne.

Wie aufs Stichwort taucht in diesem Moment Susanne auf und stürzt direkt auf die Bühne zu. Sie trägt ein rotes Kleid und sieht wirklich sensationell aus. Sofort grummelt es in meinem Bauch. Sie lächelt zu ihm hoch, er zwinkert ihr zu – und ich beschließe, dass es wirklich höchste Zeit für meine nächste Runde ist.

Gegen halb sechs Uhr früh sind auch die letzten Gäste nach Hause beziehungsweise auf ihre Zimmer gegangen, so dass die Hotelmannschaft mit den Aufräumarbeiten beginnen kann. Fast alle sind jetzt schon vierundzwanzig Stunden auf den Beinen. Mir selbst tun die Füße dermaßen weh, dass ich am liebsten die Schuhe ausziehen würde. Aber solange auch nur noch ein einziger Gast durchs Hotel irrt, geht das natürlich nicht. Außerdem muss ich langsam ins Bett, schließlich steht in ein paar Stunden schon das nächste große Event an: Gretas und Bens erster Geburtstag.

Trautwein wirkt ordentlich angeschlagen, als ich ihn an der Biertheke entdecke. Er winkt mir zu, also gehe ich rüber zu ihm.

»Mensch, Christiansen«, lallt er ein wenig und legt mir einen Arm um die Schulter. »Das haben wir echt gut gewuppt.« Dann winkt er dem Barmann zu. »Noch 'n Bier für mich und meine Chefin.«

»Bin ich ja gar nicht mehr«, korrigiere ich ihn lachend.

»Doch«, er nickt ein paarmal. »Für mich wirst du immer die Chefin bleiben.« Na gut, der Mann ist betrunken. Schätze, spätestens bei unserer ersten Auseinandersetzung – und ich bin nicht so naiv zu glauben, dass es zwischen uns nicht zwangsläufig krachen muss – wird er das vollkommen anders sehen. Aber egal, wir haben diese Schlacht heute wirklich glänzend geschlagen.

Als wir gerade miteinander anstoßen, kommt Simone Kern vorbei und fordert uns auf, ihr zu folgen. »Wir gehen alle in den Blauen Saal«, erklärt sie. »Offiziell ist der Ball jetzt beendet, aber die Belegschaft feiert noch ein bisschen weiter.« Ich werfe einen Blick auf meine Uhr. Zehn vor sechs, ich denke, da können wir getrost Schluss machen. Die Sauers sind schon vor zwei Stunden zufrieden und glücklich in ihre Suite getaumelt, nicht, ohne uns vorher zu versichern, dass sie ab sofort jede »Nacht der Rosen« bei uns feiern wollen. Wie gesagt: ein voller Erfolg!

Als ich zusammen mit den anderen den »Blauen Saal« betrete, stehen *Total Spirits* auf der Bühne und geben eine Extraeinlage für die Hotelmannschaft. Sascha sieht noch immer so gut aus wie zu Beginn des Abends, ihm scheinen die Stunden überhaupt nichts ausgemacht zu haben. Ist eben voll und ganz in seinem Element.

An einem der Tische direkt vor der Bühne sitzen Merle und Sebastian, sie wippen im Takt der Musik. Ich geselle mich zu ihnen. »Und?«, will ich wissen. »Wie fandet ihr den Abend?«

»Schuper«, kommt es von Sebastian. Er grinst mich aus glasigen Augen an. So kenne ich meinen Schwager überhaupt nicht, sonst ist er immer überkorrekt und trinkt höchstens mal ein gutes Glas Rotwein. Heute Abend könnten es auch drei, vier oder vielleicht fünf gewesen sein.

»Das hassu wirklich toll hingekriegt«, meint nun auch meine kleine Schwester und bekommt prompt einen Schluckauf. War klar, natürlich steht Merle ihrem Mann in nichts nach.

»Ach«, ich lege einen Arm um sie, »freut mich, dass es dir so gefällt.«

»Das tut es.« Dann macht sie eine Pause. »Und was ist jetzt mit dem da?« Sie deutet auf die Bühne.

»Sascha?« Sie nickt. »Was soll mit ihm sein? Darüber haben wir doch schon gesprochen. Er ist vergeben und Punkt.«

Merle beginnt zu kichern.

»Okay«, fängt sie dann an. »Ich sage dir das jetzt nur, weil ich einm Kahn hab. Aber das schtimmt alles gar nicht.«

»Was stimmt alles gar nicht?«

»Na ja«, wieder hickst sie. »Das mit Susanne. Die sind gar kein Paar.«

»*Was?*«

»Hassu schon richtig verstanden: Sascha ist mit dieser Susanne gar nich zusammen.«

Ich brauche einen Moment, um zu verstehen, was meine Schwester da gerade sagt. »Aber ...«, setze ich an, »... aber, wieso hat er mir das dann erzählt?«

»War meine Idee«, teilt Merle mir stolz mit. »Dachte, damit könnte er dich 'n bischn aus der Reserve locken.«

»Aus der Reserve locken?« Das wird ja immer doller! »Was soll denn das bitte schön heißen?«

»Ist doch klar.« Wieder ein Hickser. »Iss doch das älteste Spielchen der Welt, ein bisschen eifersüchtig machen und so ...« Sie greift nach ihrem Weinglas und nimmt einen großen Schluck. Ich weiß in diesem Moment nicht, ob ich stocksauer sein soll – oder ob ich mich freue. Darüber, dass Sascha gar nicht vergeben ist.

»Weißt du«, nuschelt Merle nun weiter, »dein Sascha war einfach so unglücklich und hat sich bei mir ausgeheult.«

»Bei dir?«

»Ja, was dagegen?« Sie guckt mich herausfordernd an, dann spricht sie weiter. »Sascha meinte, du würdest ihn sowieso nich ernst nehmen, so als Mann und überhaupt.« Sie tippt sich an die Stirn. »Und da hatte ich diese großartige Idee.« Merle grinst etwas debil. »Un immer, wenn er angeblich bei Ssussanne war, denn hat er bei seinen Jungs rumgehangen – hähäa, hassu garnich gemerkt, oder? Warte mal, wie heißt der eine noch – Mehmet oder so. Macht im Übrigen ganz dolles Döner, hmmm!«

»Wirklich tolle Idee!«, meine ich ironisch.

»Ja, nee? Susanne fand das auch un hat gerne mitgespielt. Hat gleich gemeint, wäre eine nette Vorstellung, Saschas Freundin zu sein, uiuiui!«

»Aber warum hast du Sascha denn nicht gesagt, dass ich nicht mehr mit Carsten zusammen sein will? Das habe ich dir doch erzählt.«

»Tja, da dachte ich doch glatt, du kriegst das alleine hin ... habbich dir doch gesagt, du sollst nicht mehr weglaufen. Bissu aber doch wieder. Aber jetzt weissu ja alles.« Sie guckt auf die Bühne. »Also los – hol dir das russischische Schnuckelchen!« Sie beugt sich dicht zu mir herüber. »Bevor ich das mache.« Mit diesen Worten sinkt sie bereits Sebastian in den Arm.

»Ich glaube, ich bringe Merle besser mal nach Hause«, erklärt er. »Wir hatten beide genug.«

»Das komm gar nich in Frage«, widersetzt Merle sich. »Jetzt geht's doch erst los!«

»Sei bitte einmal vernünftig«, meint Sebastian.

»Vernünftig kann ich sein, wenn ich tot bin!«

Ich höre den beiden schon gar nicht mehr zu.

Es war also alles nur sein Spiel. Um mich eifersüchtig zu machen?

Tja, sieht fast so aus, als hätte das gut geklappt.

»Meine Damen und Herren, für heute möchten wir uns von ihnen verabschieden. Sie waren ein wunderbare Publikum!« Alle klatschen, die Band spielt einen Tusch.

Sascha hüpft von der Bühne, ich marschiere zielgerade auf ihn zu. Als er mich sieht, verfinstert sich sein Gesicht sofort.

»Sascha«, fange ich an. »Ich möchte gern mit dir reden.«

»Gibt es nix zu reden«, fährt er mich an. »Weiß ich schon alles Bescheid.«

»Das stimmt alles nicht«, versuche ich zu erklären.

»Doch, doch«, herrscht er mich an. »Hab ich doch gesehen mit Carsten und ist alles klar: Du machst mit Papa jetzt schönes Familie. Und die dämliche Sascha geht, wo Pfeffer wächst!«

»Aber …«

»Nicht aber, Svenja. Alles, was du immer machst, ist reden, reden, reden. Aber ich will nicht mehr.« Mit diesen Worten lässt er mich einfach stehen und marschiert auf den Ausgang zu. Ich rufe ihm noch nach, aber er reagiert nicht mehr. *Mist!* Wie kann ich ihn dazu bringen, zurückzukommen? Wie ich diesen Sturkopf kenne, bringt der es fertig, seine Sachen zu packen und einfach zu verschwinden.

Hilfesuchend blicke ich mich im Saal um. Was soll ich machen? Da fällt mein Blick auf die Musiker von Saschas Band, die gerade dabei sind, zusammenzupacken.

Und auf einmal habe ich eine tolle Idee.

Na ja, ob sie toll ist, wird sich zeigen.

39. Kapitel

Liebe Kollegen ...« Meine Stimme zittert, als ich ins Mikrofon spreche. Ich hoffe nur, dass Sascha noch nicht zu weit entfernt ist, um mich zu hören. »Der heutige Abend war ein voller Erfolg und hatte viele Überraschungen zu bieten. Aber jetzt«, ich räuspere mich, »kommen wir zu einer weiteren Überraschung. Ich habe immer gesagt, dass ich nur Dinge mache, die ich kann. Heute ist der Tag, an dem ich mit diesem Vorsatz breche. Ich hoffe, es wird für Sie nicht allzu schlimm!« Dann gebe ich der Band ein Zeichen, los geht's!

»*If you leave me now, you'll take away the biggest part of me*«, fange ich an zu singen. »*Oo, oo, oo, no, baby, please don't go.*«

Mir geht wirklich der Arsch auf Grundeis. Aber wenigstens verlassen meine Mitarbeiter nicht sofort schreiend den Saal, sondern hören mir ganz andächtig zu. Wer weiß: So schlecht singe ich vielleicht gar nicht? Allerdings: Derjenige, für den ich diesen ganzen Zinnober hier veranstalte – von dem fehlt leider jeder Spur.

»*A love like ours is love that's hard to find; how could we let it slip away?*«

Ich will schon fast aufhören, als ich ihn auf einmal doch entdecke. Sascha kommt ganz langsam, die Augen ungläubig aufgerissen, in den Saal zurück und bleibt ein paar Meter von der Bühne entfernt stehen.

»*If you leave me now*«, singe ich so inbrünstig, dass ich merke, wie mir die Tränen in die Augen steigen, »*you'll take away the biggest part of me;*

*oo, oo, oo, no, baby, please don't go, oo, oo, girl, I've just got
to have you by my side.*

*Oo, oo, oo, no, baby, please don't go; oo, ah, ah, I've just got
to have you, boy.*«

Ich bringe die letzten Zeilen gerade so mit Ach und Krach zu
Ende, vermutlich eine mehr als peinliche Vorstellung, die ich
da abgeliefert habe.

Aber zu meinem großen Erstaunen bricht um mich herum
ein ohrenbetäubender Applaus aus, sobald die letzten Takte
verklungen sind. Die gesamte Hotelmannschaft klatscht nur
für mich, einige rufen sogar laut: »Zugabe« Aber ich nehme
das alles eigentlich nur am Rande wahr, auch, wie meine Kollegen mir anerkennend zunicken, als ich unsicher wieder von
der Bühne klettere. Der Einzige, für den ich gerade Augen
habe, ist Sascha. Er steht wie festgenagelt einige Meter von
der Bühne entfernt und sieht mich mit einem Blick an, den ich
nicht so recht deuten kann.

Mit zitternden Knien und pochendem Herzen gehe ich auf
ihn zu, bis ich direkt vor ihm stehe.

»Und?«, frage ich leise. »Wie fandest du das?«

Er überlegt einen Moment, dann scheint der Anflug eines
Lächelns über sein Gesicht zu huschen. »Gesanglich …«, fängt
er an, »nicht so gut.« Dann fügt er hinzu: »Aber auch nicht so
schlecht.«

»Vielen Dank!«, erwidere ich gespielt beleidigt und ver-
schränke die Arme vor meiner Brust.

»Aber«, fährt er fort und sieht mich dabei regelrecht streng
an, »hab ich dir schon einmal gesagt, dass Musik nicht muss
sein perfekt. Sie muss kommen von Herzen.« Er kommt den
einen Schritt, der uns noch trennt, auf mich zu. »Und ist gekommen von Herz?«

Ich blicke direkt in seine großen grünen Augen und muss

vor lauter Aufregung mehrmals schlucken, bevor ich überhaupt ein Wort herausbekomme.

»Ja«, sage ich ganz leise. Und dann nehme ich mir eben dieses Herz und spreche aus, was mir vor noch wenigen Tagen vollkommen unmöglich erschienen wäre. »Ich liebe dich.«

Sascha sieht so aus, als würde er vor lauter Überraschung jeden Augenblick umfallen.

»Liebst ... *mich?*«, wiederholt er irritiert. »Und was ist mit Carsten?«

»Nichts. Nichts mehr – und nie wieder.« Ich lächle ihn an. »Und was ist mit Susanne?«, kann ich mir dann aber doch nicht verkneifen.

»Hm«, meint Sascha, »das ist lange Geschichte.« Er kann ja nicht wissen, dass Merle mir bereits alles gebeichtet hat. Aber ich werde schon noch Gelegenheit finden, Sascha damit aufzuziehen.

Noch einen Moment lang gucken wir uns an, als würde einer den anderen im »Bitte nicht blinzeln«-Wettbewerb besiegen wollen – dann brechen wir beide zeitgleich in Gelächter aus.

»*Ja lublu tebja* – ich liebe dich!«, ruft Sascha, reißt mich in seine Arme und fängt an, mich vor versammelter Mannschaft abzuknutschen. Aus den Augenwinkeln sehe ich Britta Kruse, Maja Friedrichs, Dr. Hubert Wiedemeyer, Gerd Trautwein, Sabrina Hoppe und all die anderen Fürstenbergers, die die Szene amüsiert beobachten und miteinander tuscheln. Sollen sie ruhig – für einen Moment bin ich eben nicht die Hoteldirektorin, sondern einfach nur eine glückliche, verliebte Frau.

Wie hat Sascha einmal gesagt? Wenn du Direktorin bist, sei Direktorin. Wenn du Mutter bist, sei Mutter. Und ich füge eben jetzt noch hinzu: Wenn du verliebt bist, sei verliebt.

Sascha hört gar nicht mehr auf, mich zu küssen. Nach einer

Weile setzt um uns herum wieder Applaus ein. Das ist mir dann langsam doch etwas unangenehm, so ganz auf dem Präsentierteller muss ich mein neues Glück auch nicht ausleben. Also mache ich mich sanft von Sascha los. Dann richte ich mich an die Umstehenden.

»Ja, äh, also«, beginne ich, »dann würde ich sagen, die Show ist zu Ende – lasst uns alle weiterfeiern! Sascha, wir bitten dich um eine Zugabe!« Wieder zustimmender Applaus, die Band beginnt zu spielen, und Sascha marschiert Richtung Bühne.

Merle kommt zu mir und fällt mir um den Hals. »Das war so romantisch!«, juchzt sie. »Wie in einem Roman ... oder, besser noch, wie in einem Hollywoodfilm!« Sie verdreht die Augen Richtung Decke. »Hach, so etwas würde ich auch gern mal wieder erleben ...« Mit diesen Worten sieht sie rüber zu Sebastian, der sich gerade angeregt mit Georg Trautwein unterhält.

»Nur kein Neid«, beruhige ich sie, »ab morgen wird bei uns wahrscheinlich auch wieder alles Alltag sein.« Ich werfe Sascha einen Blick zu. Dabei hüpft mein Herz ein bisschen. Na ja, vielleicht wird der Alltag uns nicht ganz so schnell wieder am Wickel haben – aber das muss ich Merle ja nun nicht auf die Nase binden.

Sascha hat fast die Stufen der Bühne erreicht, als er von Maja Friedrichs gestoppt wird. Sie flüstert ihm etwas ins Ohr.

»Was geht denn da jetzt vor?«, will Merle wissen, die die Szene ebenfalls beobachtet hat.

»Keine Ahnung.«

»Irgendwas scheinen die jedenfalls auszuhecken«, stellt sie fest, da die beiden immer noch miteinander tuscheln.

»Was weiß ich«, gebe ich mich betont gelassen. »Wenn's was Wichtiges ist, werden wir es schon erfahren.« Und das werden wir wohl tatsächlich, denn zu meiner großen Überraschung ist es nicht Sascha, sondern Maja Friedrichs, die die Stufen zur Bühne erklimmt und sich ans Mikrofon stellt.

»Wusste gar nicht, dass die Friedrichs singen kann«, flüstere ich Merle zu.

»Das wusste bei dir ja auch keiner«, erwidert meine kleine Schwester.

In diesem Moment kommt Sascha zu uns zurück, nimmt mich in den Arm und deutet auf die Bühne. »Jetzt Überraschung«, sagt er.

Maja Friedrichs hat sich mittlerweile das Mikro gegriffen und der Band ein Zeichen gegeben, dass sie aufhören soll zu spielen.

»Liebe Kollegen«, beginnt sie mit zitternder Stimme, und ich kann verstehen, wie nervös sie gerade ist. Immerhin habe ich vor wenigen Minuten selbst noch auf dieser Bühne gestanden. Binnen Sekunden ist es wieder mucksmäuschenstill im Saal, alle warten gespannt darauf, was nun kommt. »Wie alle von Ihnen wissen, findet die ›Nacht der Rosen‹ dieses Jahr zum ersten Mal im Fürstenberger statt.« Sie macht eine gekonnte Pause. »Und ich denke, wir können behaupten, dass die Veranstaltung ein voller Erfolg war!« Die Leute applaudieren begeistert, Maja Friedrichs wartet einen Moment, bis es wieder leiser ist. »Wir alle haben unser Bestes gegeben, um diesen Abend so gelungen wie möglich zu gestalten.« Erneut wird geklatscht. Langsam, aber sicher scheint Frau Friedrichs sich in der Rolle der Moderatorin wohl zu fühlen. »Und deswegen sollten wir uns an dieser Stelle alle bei jemandem bedanken, ohne den das vergangene Jahr und dieser Ball mit Sicherheit nicht so stattgefunden hätten.« Ich spüre, wie mir schon wieder ganz heiß und kalt wird. »Frau Christiansen«, spricht sie mich an, »treten Sie bitte ein kleines Stück vor?«

Unsicher sehe ich mich um, bis mir Sascha einen unmerklichen Schubs in Richtung Bühne gibt.

»Äh, ja, was ist denn?«, frage ich etwas nervös, weil schon wieder alle Augen auf mich gerichtet sind.

»Frau Christiansen«, fährt Maja Friedrichs fort, »wie Sie ja wissen, haben wir – also die Angestellten des Hotels – eine kleine Wette abgeschlossen.« Nun erklingt vereinzelt Gelächter, auch ich muss grinsen.

»Ja, davon weiß ich.«

»Nicht nur das«, erinnert Frau Friedrichs mich, »Sie haben sogar mitgewettet. Und es ist zwar ein offenes Geheimnis, dass ich mit vielen Ihrer Entscheidungen nicht einverstanden war …«, vereinzelt erklingt Gelächter, »… und ich gehe auch nicht davon aus, dass wir in Zukunft nicht mehr aneinandergeraten werden. Aber trotzdem: In diesem Fall muss ich Ihnen meinen Respekt zollen, weil Sie offenbar genauso zäh sind wie … wie ich.« Von lauter Gelächter und einigen »Hört, hört«-Rufen begleitet, zückt sie einen Briefumschlag, öffnet ihn und holt ein Stück Papier hervor. »Also, unsere Wette lautete, dass Sie es nicht bis zum ersten Geburtstag Ihrer Kinder schaffen würden, die Leitung des Fürstenbergers zu behalten.« Dann senkt sie die Stimme. »Ich muss gestehen, dass ich zu den Leuten gehört habe, die gegen Sie gewettet hatten.« Um mich herum erklingt hier und da zustimmendes Gemurmel.

»Das denke ich mir«, erwidere ich lachend.

»Tja«, Maja Friedrichs zuckt mit den Schultern. »Ich lag falsch! Genauso wie siebenundsechzig weitere Mitarbeiter, die nun leider verloren haben! Denn wir haben bereits seit sechs Stunden den 13. April 2008, und Sie sind immer noch unsere Chefin. Und deshalb möchte ich Ihnen heute einen Scheck übergeben. Denn immerhin haben Sie gegen jeden, der es Ihnen nicht zugetraut hat, gesetzt.« Sie wedelt mit dem Papier, das ich jetzt als Scheck erkenne, in der Luft. »Also: Ich möchte Ihnen gern Ihren Wettgewinn überreichen.« Jetzt applaudieren wieder alle ganz laut, und ich laufe – wenn es überhaupt noch möglich sein sollte – noch etwas röter an. Maja Friedrichs winkt mich zu sich. »Komme Sie schon, Frau Christiansen! Sie haben es sich mehr als verdient.« Zögerlich gehe ich auf die Bühne zu und nehme das Stück Papier, das sie mir hinhält, entgegen.

»Danke«, sage ich, dann drehe ich mich zu den anderen um. »Was soll ich sagen? Glück im Spiel …« Ich sehe zu Sascha hinüber und grinse ihn fröhlich an. »Aber da ich mir Pech in der Liebe im Moment ganz sicher nicht leisten kann, werde ich meinen Gewinn dafür spenden, in den nächsten Tagen einen kleinen Umtrunk zu organisieren.« Daraufhin wird natürlich sofort wieder geklatscht.

»Gute Entscheidung«, lobt Sascha mich, als ich wieder bei ihm stehe und er mir einen Arm um die Schulter legt. »Wollen wir nicht auf Spiel setzen das Glück.« Dann zieht er mich noch fester an sich, beugt sich zu mir hinunter und gibt mir einen langen, zärtlichen Kuss, bei dem mir die Knie ganz weich werden.

»He, Chefin«, grölt Maja Friedrichs daraufhin ins Mikrofon. »Schluss mit dem Küssen – jetzt wird getanzt!«

Und das tun wir dann auch. So lange, bis Sascha und mir die Füße brennen und wir müde, aber glücklich und barfuß (sollen die Gäste halt gucken!) durch die langen Gänge des Hotels zurück in unsere Wohnung gehen. Dorthin, wo schon zwei kleine Sternschnuppen auf uns warten.

Epilog

lutz.stroemel@fuerstenberger-hamburg.de
An: Maja Friedrichs
Betreff: Mal wieder essen gehen?
Datum: 01.06.2008, 11.07 Uhr

Hallo, Maja!
Gratulation zu Deiner Beförderung. Stellvertretende Hoteldirektorin, das finde ich wirklich ganz große Klasse für Dich!
Ich weiß ja, dass es in den vergangenen Monaten zwischen uns beiden nicht so gut gelaufen ist, was sicher vor allem an mir lag. Irgendwie wusste ich nicht so recht, was ich will und so … Na ja, jedenfalls wollte ich Dich fragen, ob ich Dich in den nächsten Tagen mal zum Essen einladen darf. Vielleicht Samstag? Es gibt da einen tollen neuen Italiener in Pöseldorf. Was meinst Du?
Lutz Strömel
Revenue-Manager

maja.friedrichs@fuerstenberger-hamburg.de
An: Lutz Strömel
Betreff: Out of Office
Datum: 01.06.2008, 11.07 Uhr

Ich bin vorübergehend nicht erreichbar, Ihre Mail wird nach Rückkehr beantwortet. Sollten Sie in der Zwischenzeit Hilfe benötigen, wenden Sie sich bitte an unseren Empfang, +49 40 3890 0.
I am currently not at my desk, but I will reply to you on my

return. In the meantime, if you need some assistance, please call our reception desk at +49 40 3890 0.

Maja Friedrichs
Stellvertretende Direktorin Royal Fürstenberger Hamburg

Dank an ...

... Gesa Rohwedder, General-Manager des Intercontinental Hotels in Hamburg und Karl F. Foerster, Direktor des Radisson SAS Schlosshotels Fleesensee. Beide haben sich viel Zeit genommen und mir geduldig die Abläufe in Spitzenhotels und die Gepflogenheiten in internationalen Hotelkonzernen geschildert.

... die gesamte Mannschaft des Radisson SAS Schlosshotels Fleesensee für die sehr nette und persönliche Betreuung während meines Recherche-Aufenthalts.

... Yuliya Cheban für die vielen russischen Sprichwörter.

... Alex und Steve für die Einblicke in die russische Seele.

... meinen Lektor Timothy Sonderhüsken – ich sach mal: Sahnehäubchen.

... Bernd, Marko und Olav für das Catering.